MRS CLARK ET LES ENFANTS DU DIABLE

Née à Budapest, Christine Arnothy a fait de solides études à Paris et est devenue l'un des écrivains français les plus traduits (notamment onze best-sellers aux États-Unis). *J'ai quinze ans et je ne veux pas mourir* (Grand Prix Vérité du *Parisien Libéré* en 1954) est paru chez Fayard. Traduit en vingt-sept langues, devenu lecture conseillée dans les lycées et les collèges de plusieurs pays, ce journal de guerre d'une adolescente est considéré aujourd'hui comme un livre culte. Plusieurs générations ont été marquées par ce texte, des millions de volumes ont circulé dans le monde. En langue française, on compte plus de trois millions et demi d'exemplaires jusqu'à ce jour. La suite de *J'ai quinze ans…* suit les traces de ce premier grand succès. L'ultime autobiographie de Christine Arnothy, *Les Années cannibales*, est parue en 2008 chez Fayard.

Les romans de Christine Arnothy, après leur carrière dans l'édition classique, ont aussi été publiés au Livre de Poche. Juste quelques titres : *Le Cardinal prisonnier*, *La Saison des Américains*, *Le Jardin noir* (Prix des Quatre-Jurys en 1966), *Jouer à l'été*, *Chiche !*, *Un type merveilleux*, *J'aime la vie*, *Le Cavalier mongol* (Grand Prix de la nouvelle de l'Académie française en 1976), *Le Bonheur d'une manière ou d'une autre*, *Toutes les chances plus une* (Prix Interallié en 1980), *L'Ami de la famille*, *Les Trouble-fête*, *Vent africain* (Prix des Maisons de la Presse en 1989), *Une affaire d'héritage*, *Désert brûlant*, *Voyage de noces*, *Complot de femmes*, *On ne fait jamais vraiment ce que l'on veut*. *La Dernière Nuit avant l'an 2000* est paru au Livre de Poche en octobre 2008.

De l'autre côté de la nuit : Mrs Clark à Las Vegas et *Dernières valses à Vienne* sont parus chez Fayard respectivement en 2007 et en mars 2009. Pour plus d'informations concernant Christine Arnothy (biographie, résumés, éditions étrangères), consulter son site :

www.arnothy.ch

Récemment paru dans Le Livre de Poche : *Relations inquiétantes*, *Donnant, donnant*, *Malins plaisirs*, *L'Homme aux yeux de diamant*, *La Dernière Nuit avant l'an 2000*.

Parus dans Le Livre de Poche :

Autobiographies

J'AI QUINZE ANS ET JE NE VEUX PAS MOURIR
(Grand Prix Vérité du *Parisien Libéré*, 1954)
JEUX DE MÉMOIRE
EMBRASSER LA VIE

Romans

LE CARDINAL PRISONNIER
LA SAISON DES AMÉRICAINS
LE JARDIN NOIR (Prix des Quatre-Jurys)
JOUER À L'ÉTÉ
CHICHE !
UN TYPE MERVEILLEUX
J'AIME LA VIE
LE BONHEUR D'UNE MANIÈRE OU D'UNE AUTRE
TOUTES LES CHANCES PLUS UNE (Prix Interallié)
UN PARADIS SUR MESURE
L'AMI DE LA FAMILLE
LES TROUBLE-FÊTE
VENT AFRICAIN (Prix des Maisons de la Presse)
UNE AFFAIRE D'HÉRITAGE
DÉSERT BRÛLANT
VOYAGE DE NOCES
UNE QUESTION DE CHANCE
LA PISTE AFRICAINE
COMPLOT DE FEMMES
ON NE FAIT JAMAIS VRAIMENT CE QUE L'ON VEUT
ALLER-RETOUR, TOUS FRAIS PAYÉS
UNE RENTRÉE LITTÉRAIRE
RELATIONS INQUIÉTANTES
DIEU EST EN RETARD
DONNANT, DONNANT
MALINS PLAISIRS
L'HOMME AUX YEUX DE DIAMANT
LA DERNIÈRE NUIT AVANT L'AN 2000

Recueil de nouvelles

LE CAVALIER MONGOL
(Grand Prix de la nouvelle de l'Académie française)

CHRISTINE ARNOTHY
alias
William Dickinson

Mrs Clark et les enfants du diable

II

ROMAN

FAYARD

Les personnages de ce roman, comme leur nom ou leur caractère, sont purement imaginaires, et leur identité ou leur ressemblance avec toute personne réelle, vivante ou morte, ne pourrait être qu'une coïncidence insoupçonnée de l'auteur.

Cet ouvrage a été publié pour la première fois, en 1986,
aux Éditions Albin Michel dans la collection « Spécial suspense ».

ISBN : 978-2-253-12408-5 – 1re publication LGF

La ressemblance entre la fille et son frère aurait coupé le souffle au plus blasé. Ils avaient les mêmes traits fins, les cheveux courts et bouclés, les yeux noirs en amande et, surtout, le regard identique. À vous glacer le sang. Ils occupaient la cabine de téléphone public située à l'angle de la 5e Avenue et de la 74e Rue. Un type frileux, la monnaie dans la main, les aperçut, émit un sifflement et partit sans jeter un coup d'œil derrière lui. Ils étaient très minces bien que musclés, vêtus avec une certaine négligence – jeans et vieux blousons.

Le crépuscule voilait New York. La ville était balayée par la bourrasque. Heurtés par le vent comme des quilles, les gens se précipitaient pour rentrer chez eux. De l'autre côté de l'avenue s'étendait Central Park, masse noire et fourchue avec ses arbres pelés. Cruel mois de mars, violent et froid.

Calfeutrés à l'intérieur de la cabine publique, les jumeaux attendaient les derniers ordres. Cette nuit, ils détruiraient Betty Clark et ses deux enfants. En plus de leur plaisir personnel, ils gagneraient une prime d'un million de dollars en diamants. Marché fabuleux. Encore fallait-il réussir l'exploit : tuer et encaisser.

La sonnerie du téléphone retentit. Cool décrocha le combiné. Son frère s'approcha de l'appareil et tenta d'identifier la voix de leur commanditaire. Homme ou femme ? Impossible de le dire. Il n'y avait qu'une voix, toujours la même. Lorsque Cool agaçait leur interlocuteur, celui-ci l'appelait *gold sheet* pour l'humilier ou la faire taire.

La voix était plus oppressante que jamais :

— Tu as bien compris ? Et ton frangin à la cervelle de noix aussi ?

Les traits de Cool se figèrent : elle détestait obéir. Cependant, elle répéta les instructions, songeant, les tripes serrées par la peur, qu'ils allaient devoir avancer sur un fil de fer tendu dans le vide, pénétrer cette nuit dans un immeuble de Park Avenue semblable à une forteresse truffée de gardiens.

— Un seul faux pas et vous crèverez. Chaque seconde compte. Ensuite, je vous appellerai à l'endroit et à l'heure convenus.

Le commanditaire raccrocha.

Plaqués l'un contre l'autre, les jumeaux se regardèrent.

— Et si on laissait tomber ? demanda Slim. L'affaire est faisandée. On ne sait pas qui nous mène par le bout du nez.

Cool le rabroua :

— Cesse de te comporter comme une lavette. On fera la peau de la blonde distinguée. On va se marrer. Viens, on va d'abord bouffer et mettre tes couilles au chaud.

— Ne me prends pas pour un demeuré. Ce n'est pas parce que ce fantôme ne s'adresse qu'à toi que je vais me sentir diminué. Ou me laisser injurier. Ta gueule, petite sœur !

Ils quittèrent la cabine et s'engouffrèrent dans la 74e Rue. Quelques minutes plus tard, ils entraient dans un coffee-shop. Hissés sur des tabourets hauts, ils commandèrent des hamburgers-frites.

Le serveur fut tant troublé par leur ressemblance qu'il versa le café de Slim à côté de la tasse. Le Portoricain debout derrière le comptoir était superstitieux. Il regardait avec frayeur les enfants du diable.

La nuit et l'angoisse enveloppaient New York. Terrés dans les abris, les clochards se protégeaient du froid sous des couches de cartons ramassés dans la journée. Les peureux n'osaient pas quitter leur voiture : dans les parkings en sous-sol, ils attendaient, les mains agrippées au volant, guettant les ombres qui sortiraient des cercles de lumière. Les apprentis tueurs remettaient leurs projets de meurtre au lendemain et les caïds cherchaient du regard leur moisson de traîtres. Au dix-septième étage d'un building dont l'entrée était surveillée jour et nuit par des gardes armés, Betty Clark se réveilla en sursaut. Elle s'assit dans son lit, et, pour calmer les battements de son cœur, croisa les bras sur sa poitrine. Sa chambre se trouvait en face de celle des enfants. À n'importe quel moment, ils pouvaient venir vers elle. Betty jeta un coup d'œil sur le réveil en or massif accroché au bec d'un petit aigle en onyx. Il était 23 heures.

Elle tourna l'interrupteur de la lampe de chevet. La lumière la rassura, éloignant la crise d'angoisse. Pour la centième fois depuis qu'elle s'était installée à Park Avenue, elle s'interrogea : était-elle l'héritière de

l'une des plus grandes puissances occultes des États-Unis, Willy Harrison, ou tout simplement son otage, un jouet humain entre les mains du plus redoutable des obèses : son oncle ? Elle vivait ici depuis un an, dans un luxe ostentatoire. Ses enfants avaient adopté avec autant de facilité qu'elle-même leur nouvelle vie. Ils ne parlaient jamais de leur père, assassiné dans des circonstances étranges.

Betty abandonna ses songes pour écouter les bruits de la nuit. La chambre de Lord – le garde du corps – se trouvait au bout du couloir. Aurait-elle un jour le courage de lui demander son aide ? Elle ressentait une profonde attirance pour l'Anglais. Attirance morale et physique, réciproque, qu'ils devaient cependant dissimuler : Willy les observait ; il n'aurait certainement pas toléré que sa nièce eût une tendre liaison avec l'un de ses employés. De lui, on ne savait rien avec certitude sinon qu'il avait tué, quelques années auparavant, une prostituée dans la fameuse boîte de nuit de Willy, le Dollar. Willy l'avait couvert, lui fournissant un alibi plausible. En théorie, Lord n'en était que plus attaché à Harrison.

Betty décida de se lever et de se rendre dans la chambre de ses enfants. Elle regarda le tapis, fouilla coins et recoins du regard : elle avait une peur viscérale du python de Willy, apparemment inoffensif depuis que le milliardaire l'avait apprivoisé. À l'époque où elle avait emménagé, l'une des chambres du couloir correspondait par une trappe avec l'étage du dessus, où vivaient Willy et Léo – le python. Lorsque celui-ci s'ennuyait, il descendait ici. À la demande de Betty, la trappe avait été fermée, et la chambre ver-

rouillée. Pourtant, chaque soir, avant de se coucher, la jeune femme vérifiait que Léo ne pouvait sortir. Elle n'oubliait pas ce jour où elle l'avait heurté du pied. Léo, immobile, la tête plate collée contre ses écailles de mosaïque grise et marron, n'avait même pas ouvert les yeux : il dormait. Combien de fois Willy ne s'était-il pas moqué de son dégoût : « Tu n'as pas à avoir peur, lui répétait-il. Léo est un vieux membre de la famille. Évidemment, il ne faut pas l'agacer. Il ne devient dangereux que lorsqu'il perçoit la peur. Il s'enroule alors autour de sa "victime", mais seulement pour la réconforter. Il a tendance à serrer, anneau par anneau, jusqu'à se transformer en étau. »

Betty délaissa le tapis d'Orient dont les dessins auraient pu se confondre avec ceux du python. Utilisant l'interrupteur central, elle alluma toutes les lampes de la chambre dont le mobilier Louis XV avait été acquis par Willy chez les meilleurs antiquaires de New York. À droite, sur une commode, étaient posés des chandeliers en argent massif et, à gauche, des ornements de bronze et une statuette grecque illuminée par des spots camouflés dans le plafond. Betty leva la tête en direction des objectifs grâce auxquels Willy suivait chacun de ses déplacements. La veille, son oncle lui avait offert un cadeau somptueux (des boucles d'oreilles – « Six carats de pur blanc, ça te plaît ? »). Puis, ses paupières à moitié baissées transformant son regard en une lame grise et coupante, il lui avait demandé :

— Que voudrais-tu de plus ?

— Ne plus être surveillée. Je ne supporte pas l'idée que tu m'observes, que tu me voies, que je ne puisse être seule avec moi-même que dans ma salle de bains.

Il l'avait menacée de son index :

— Tu as quelque chose à me cacher ?

— Non. Mais si tu me poursuis de cette manière, si tu épies tous mes gestes et grimaces, je vais tomber malade.

Il avait finalement accepté de couper la surveillance électronique, histoire de faire montre d'une générosité passagère…

Pour Betty, c'était une première petite victoire. Il fallait jouer le jeu, mentir, se montrer souple. Ainsi parviendrait-elle un jour à s'arracher à l'emprise de Willy. Depuis des mois, elle faisait semblant de se plier à sa nouvelle vie. Mais il était plus facile de tromper la mort que de mentir à Willy. Elle devait être sur ses gardes.

Pour se libérer de l'oncle, il fallait de l'argent. Pour trouver de l'argent, il fallait un complice. Elle ne pourrait se sauver d'ici avec ses enfants sans aide. Lord, visiblement attiré par elle, semblait être l'allié parfait. Mais qu'il était difficile de se confier, de se dévoiler ! Et si Lord la « vendait » à son patron ?

Betty ouvrit la porte de sa chambre et parcourut du regard le couloir éclairé. Tout était calme, serein. Elle poussa un soupir de soulagement et se demanda pourquoi elle n'irait pas trouver l'Anglais. Au bout du couloir qui desservait les chambres, y compris celle de Han (l'employée chinoise, la nounou dévouée aux enfants), se trouvait le studio de Lord. Pourquoi ne pas s'y rendre ?

Elle traversa le couloir et entra dans la chambre des enfants. Là, elle haussa les épaules. Le luxueux décor la dégoûtait. La pièce était chargée d'animaux en peluche et de jouets géants. Willy avait accumulé ici tout ce qu'il y avait de plus cher et de plus chic à New York, le summum des caprices pour gosses de riches : la girafe en velours jaune, les poupées « adoptées » assises sur le canapé (elles avaient leur prénom et leurs papiers d'identité), l'armoire bourrée de jeux de société, une télévision à l'usage exclusif des enfants…

Betty se pencha sur Jimmy et l'embrassa tendrement. Le petit garçon s'étira dans son sommeil. Patty dormait, son pouce entre les lèvres. Betty chassa la frange qui barrait le front de sa fille, puis elle l'embrassa à son tour et quitta la chambre, apaisée.

Ici, les enfants semblaient en sécurité. Il fallait leur bâtir un avenir. Jamais ils ne devraient connaître le vrai passé de leur mère, ce passé intolérable qu'elle cherchait tant à fuir. Elle ne pourrait réussir qu'en déployant une patience infinie. Pour le moment, elle se savait livrée à oncle Willy, qui avait fait exécuter son père et avait rendu sa mère infirme. Celle-ci vivait, enfermée dans un mutisme maladif, dans une clinique très spéciale. Celle que l'oncle considérait comme « la morte vivante d'Atlanta » ne répondait que par monosyllabes lorsque Betty, avec l'autorisation de l'oncle, lui téléphonait. Réussirait-elle un jour à la sortir de cette prison déguisée en hôpital ? Pourrait-elle vérifier l'exactitude des renseignements que sa mère lui avait communiqués au sujet de l'argent caché à Las Vegas, lors de la visite unique qu'elle lui avait rendue ? Un ancien compagnon de cellule, un nommé Horovitz, en savait plus, paraît-il. Il habitait Brooklyn, mais, pour aller le voir, encore fallait-il pouvoir échapper à Willy.

Et cela n'était pas possible sans une complicité. Lord ? « Peut-être demain », pensa Betty. Elle devait agir. Elle ne pouvait plus se laisser enliser dans ce luxe qui sentait la peur.

La jeune femme se dirigea vers la chambre de Han. L'employée chinoise était absente : Willy avait dû l'appeler, comme à son habitude, pour ses soins nocturnes. La Chinoise massait les pieds du maître et, selon les humeurs de celui-ci, le comblait de caresses aussi mécaniques qu'efficaces, dans les remous d'un jacuzzi.

Betty fit quelques pas dans la chambre de la Chinoise. Des bourrasques secouaient les vitres entrouvertes. Elle jeta un coup d'œil par la fenêtre. La nuit noire était pailletée des lumières de New York. Elle ferma la fenêtre et ressortit de la chambre. Elle demeura quelques secondes dans le couloir. Pourquoi ne frapperait-elle pas à la porte de Lord ? Le moment semblait bien choisi : pourrait-elle encore faire couper le système de surveillance ?

Une pensée la troubla. N'était-elle pas attirée par Lord en raison de son passé chargé ? N'était-elle pas, d'instinct et par hérédité, plus proche des criminels, des truands, des voleurs de grande classe que de la vie paisible et limpide qui semblait s'étendre devant elle comme ce couloir aux portes closes ? Chaque battant était fermé sur un fragment de drame.

Hésitante, Betty s'approcha de la chambre de l'Anglais. Elle imaginait le contact soyeux de ses vêtements, sa chemise en soie, son peignoir en satin somptueux et glissant. À sa propre surprise, elle ressentit dans tout son corps un vif désir de se trouver en tête à tête avec Lord. « Demain, je sortirai et j'irai à la recherche de Horovitz. Demain, je prendrai mon destin en main. » N'osant frapper, elle fit demi-tour et longea le couloir pour retourner chez elle. Tout à coup, elle étouffa une exclamation et se retourna. Lord était près d'elle. Ils se regardèrent, muets. Une fois de plus, elle fut saisie par la beauté du visage de l'Anglais. Portant un vêtement de jogging, il faisait songer à un sportif sortant de sa douche. Elle savait qu'il allait l'embrasser. Elle ferma les yeux. Les lèvres de Lord se posèrent sur les siennes. Elle fut éblouie. Il existait donc encore un homme capable de la troubler et de l'arracher à une indifférence physique qu'elle croyait irrémédiable…

Elle se laissa guider, puis s'abandonna. Lord la souleva, la porta délicatement dans l'univers de diamants, d'argent et de brocart de sa chambre à coucher. Allongés sur le lit, ils se livrèrent à une passion maladroite. Betty savait que cette union folle dans une prison dorée était très dangereuse. Mais elle savait également que dans les bras de Lord elle ne résisterait pas et irait jusqu'au bout de ce voyage nocturne – fût-ce une seule fois.

Au moment précis où son corps était secoué par les premiers spasmes d'un plaisir intense, un cri d'épouvante l'arracha à ce rêve qu'elle n'espérait plus.

Han hurlait :

— Madame, Madame, les enfants !…

Paniquée, Betty repoussa Lord. Ils quittèrent le lit et s'habillèrent en quelques secondes. Ils coururent vers la porte. Lord retint Betty.

— Laissez-moi sortir d'abord.

Il se glissa dans le couloir, Betty sur ses talons. La Chinoise surgit de la chambre des enfants.

— Ils ne sont plus là, madame !

Lord déclencha l'alerte. Sur le tableau électronique, tous les points lumineux virèrent au rouge. Les portes du sous-sol allaient se bloquer automatiquement. Willy avait fait installer un système de défense très perfectionné qui, à cause des autres occupants de l'immeuble, ne pouvait fonctionner chaque soir.

Han regardait Lord et Betty, la main plaquée sur la bouche. On l'entendait seulement gémir.

Willy, qui ne s'affolait jamais, descendit bientôt avec une rapidité surprenante par l'escalier intérieur. Werner, son garde du corps, le suivait. Harrison s'approcha de sa nièce, tenta de la rassurer en répétant que les sorties étaient bloquées. Puis il parla de complot et lui reprocha d'avoir fait débrancher le système d'alarme. Il était vêtu d'une robe de chambre vert épinard, masse humaine enrobée de graisse qui pourtant parut presque rassurante à Betty.

Harrison interrogea Lord. Celui-ci déclara :

— J'ai fait une dernière tournée à 22 h 45 avant de retourner dans ma chambre. J'ai constaté que le téléphone intérieur était déconnecté. Werner m'a dit qu'il ne s'agissait pas d'une panne mais d'un ordre venant de vous.

— J'ai cédé à Mrs Clark. Le résultat n'est pas brillant… Retrouvons-nous au salon. Je veux entendre le rapport du gardien.

À l'extérieur, la tempête faisait rage. Les bourrasques étaient si violentes que ni les allers et retours de l'ascenseur, ni la course des hommes de Harrison n'attirèrent l'attention des locataires. Dans la panique générale, Wang, un des chauffeurs, annonça par le téléphone intérieur qu'ils avaient pu coincer l'un des kidnappeurs au sous-sol. La petite fille était avec lui.

— Je les amène, dit Wang.

Quelques minutes plus tard, l'ascenseur arriva à l'étage. Wang apparut avec Patty dans les bras.

Betty se précipita vers Wang, prit l'enfant, l'embrassa, la secoua.

— Mon amour, ma chérie !

— Elle a été chloroformée, dit Wang. Ne vous affolez pas, madame, ça ira mieux dans quelques minutes.

Tout en serrant sa fille inconsciente contre sa poitrine, Betty criait :

— Jimmy ? Où est Jimmy ? Où est mon fils ?

— On n'a pas pu les rattraper. Il a été enlevé.

Deux gardes apparurent dans la porte. Ils encadraient un personnage grand, mince, presque fragile, le visage recouvert d'un bas qui le rendait fantomatique.

Le cœur dans la gorge, le sang frappant ses tempes comme un tambour, Betty fut aussitôt certaine de connaître le personnage masqué : cette silhouette élancée, plate, l'attitude à la fois provocante et hostile lui semblèrent familières.

Tout en couvrant de baisers le visage immobile de Patty, elle dit :

— Je veux le voir.

Han tenta de prendre l'enfant, mais Betty serra sa fille contre elle.

L'un des gardes arracha la fine pellicule de tissu qui couvrait le visage du ravisseur. C'était une femme. Jeune, cabrée, tendue – un arc.

Betty poussa un cri en reconnaissant la jumelle qu'on appelait « Cool » dans le milieu. L'androgyne se mit à sourire, n'adressa même pas la parole à Betty mais lança à Harrison :

— Je vais te faire chier, gros lard.

Willy ferma les yeux. Il ne supportait pas d'être injurié.

— Tu vois, dit-il en se tournant vers Betty, tu vois… Tu as eu pitié d'eux…

Betty contempla la fille, meurtrière supposée de son mari. Elle lui dit :

— Pourquoi moi ? Je t'ai épargnée, et ton frère aussi… Où est mon fils ?

Willy réfléchissait à la façon dont il se vengerait de Cool. Une multitude d'images lui traversèrent l'esprit.

— Où est Jimmy ? demanda-t-il.

— Tu n'as qu'à remuer ton gros cul pour le retrouver. Te foutre en colère ne sert à rien. Si vous touchez à un seul de mes cheveux, on vous refilera votre marmot en petits morceaux.

Lord fit deux pas en avant.

— Ordonne à ton torche-cul de rester tranquille, lança Cool. Si je dis un mot à mon frère, il tuera le môme.

— N'y touchez pas, dit Willy à Lord.

Puis il demanda à Han d'appeler le Dr Thunder, un médecin du milieu qui se déplaçait à n'importe quelle heure, et qui savait se taire.

Betty coucha sa fille sur le canapé du salon. L'enfant ouvrit les yeux.

— Mon amour, mon trésor, ma petite fille chérie…, répéta Betty.

Willy se tourna vers sa nièce.

— J'ai fait appeler le médecin. (Puis, luttant contre sa colère, il poursuivit :) Tu vois le résultat de ta lâcheté ! Je t'avais donné ces deux minables. Tu aurais pu les faire liquider !

— Minables ? s'exclama Cool. Minables ? Gueule donc, gros cul, gueule. Nous avons gagné, mon frère et moi. Ce n'est pas parce que je suis là que vous nous possédez. Slim tient le gosse.

— Que voulez-vous ? Combien ? demanda Willy.

— On veut beaucoup de choses, dit Cool. D'abord, briser la Clark.

— Je ne peux plus la laisser parler, dit Lord. Monsieur Harrison, je voudrais…

— Tenez-vous tranquille, Lord, dit Willy. Puis, s'adressant à Cool : ensuite ?

— Les cailloux, tous les cailloux ! Mon frère vous donnera les conditions par téléphone. Attention, mon frère, un vrai petit génie, est capricieux. Il peut tuer le gosse rien que pour le plaisir, hein ?

Willy poussa un léger soupir et contempla Cool. S'il avait gardé sa fameuse boîte de nuit, le Dollar, il aurait livré Cool aux rats affamés. Mais peut-être Léo pourrait-il s'amuser avec elle, l'entourer et la serrer dans ses anneaux de muscles ?

— Mon frère va téléphoner, dit Cool. Il appellera souvent pour être sûr que je vais bien. De mes réponses, et donc de mon bien-être, dépendra la vie du gosse.

— Je vous ai sauvé la vie, dit Betty. Rendez-moi mon fils. Pourquoi s'en prendre à mes enfants ?

— Parce que quelqu'un veut te faire crever, ma belle. Tu agaces… C'est malheureux, mais tu tapes sur le système nerveux.

Cool n'avait pas peur. Ses yeux brillaient. Betty revit la scène de jadis. Willy lui avait livré les jumeaux, assis, ligotés à leur chaise sur la piste de danse principale du Dollar. Était-ce il y a quelques mois ou des siècles plus tôt ? « Tue-les, avait dit Willy. Ils ont assassiné ton mari. »

Betty n'avait touché ni au couteau ni au revolver qu'on lui avait présentés. Elle avait fait descendre les jumeaux au sous-sol de la boîte et avait demandé – pour gagner du temps – un délai de réflexion. Mais, vingt-quatre heures plus tard, les jumeaux avaient disparu. Quelqu'un les avait fait sortir de leur prison improvisée. Qui ? Willy n'avait jamais réussi à le savoir.

Obéissant à un signe de son maître, Wang se glissa à côté de Cool et, d'une prise experte, lui retourna le bras. Cool poussa un petit cri.

Tout en jouant avec un cure-dent trouvé dans sa poche, Willy lui dit :

— Qui vous a laissés entrer ici ?

— Slim va appeler, dit Cool. Si vous me touchez, il n'y aura plus de gosse. Et on lui fera tout ce que vous me faites.

Willy serra les poings. Il détestait ce pouvoir qui le freinait, ce chantage exercé sur lui.

— Qui vous a donné les renseignements sur l'immeuble ?

— Quelqu'un de beaucoup plus calé que toi, gros lard… Quelqu'un que nous n'avons jamais vu et que nous avons seulement entendu. Même sous la torture, je ne pourrai pas donner son nom : je ne le connais pas. Mais notre commanditaire n'ignore rien de ta maison. Nous savions à quel moment les deux gardes poseraient leurs culs sur les chaises du coffee-shop, nous connaissions l'instant exact où le gardien distrait traînerait ses pompes pour vérifier les portes, nous savions à quelle heure madame boufferait avec les gosses, bien servie, une vraie princesse…

— Vous étiez cachés dans l'appartement ? demanda doucement Willy.

— Dans la chambre où il y a la trappe. Nous l'avons fermée de l'intérieur. On jouait sur du velours. On n'avait qu'à attendre que vous tous, renards, vous preniez vos aises.

Il y avait donc un traître dans l'entourage. Quelqu'un qui connaissait les habitudes de la maison. Cela, Willy ne pouvait le supporter.

— Il faut appeler Hazel, dit-il.

Sa fidèle secrétaire, sa collaboratrice dévouée devait être tenue au courant des événements.

— Je ne voudrais pas…, dit Betty.

Willy l'interrompit :

— Toi, tu t'occupes de Patty. Pour le reste, c'est mon affaire.

Werner annonça l'arrivée du médecin. Quelques instants plus tard, le Dr Thunder pénétra dans le salon, se dirigea vers le coin où se trouvait le canapé et examina Patty sans se soucier une seconde de ce qui se passait autour de lui.

— Maman, dit l'enfant. Maman… Où est papa ?

Pour la première fois depuis sa mort, la petite fille réclamait son père.

— Et Jimmy, Jimmy, dit-elle. Où est Jimmy ?

Willy appela Wang et lui souffla un ordre à l'oreille. Le chauffeur bouscula Cool et la fit avancer. Il sortit avec elle du salon. Il devait la conduire dans une pièce spéciale, désignée par Willy.

Le regard de Harrison s'arrêta sur Lord, sur Betty, sur Patty. Puis l'oncle s'approcha du divan et tendit presque tendrement sa grosse main flasque. La petite fille, qui respirait par saccades, cacha son visage contre l'épaule de sa mère. Betty essaya de se dégager, craignant que l'oncle ne prît le mouvement de l'enfant pour une manifestation d'hostilité.

— Chérie, oncle Willy va nous aider. Oncle Willy retrouvera Jimmy.

Elle poursuivit, hésitante :

— Ne croyez-vous pas qu'il faudrait quand même appeler la police ?

— La police ? s'exclama Willy. La police ? J'ai ma police à moi. À moins que tu n'éprouves le besoin de revoir ton ami Dawson.

— Oh non ! protesta Betty. Je n'ai pensé à aucune personne précisément. J'ai seulement imaginé que la police pourrait…

— Elle ne peut rien. Sauf creuser la tombe de Jimmy…

Quelques secondes avant la fermeture automatique de la porte donnant sur la rue, Slim, l'enfant inconscient dans les bras, avait réussi à s'échapper. Ce piège redoutable n'avait pas été signalé par le commanditaire. L'inconnu qui les téléguidait depuis des mois n'avait pas prévu non plus que la servante chinoise descendrait trop tôt de l'étage supérieur. Les dix minutes de décalage avaient fait échouer l'opération. À moitié tout au moins.

Dans la rue glacée et mal éclairée qui reliait Park Avenue à Madison, Slim courait. L'enfant pesait lourd ; ses membres inertes brinquebalaient contre son corps. Slim l'aurait volontiers écrasé contre un mur pour s'en débarrasser. Mais il ne pouvait pas supprimer son otage, seule monnaie d'échange contre la liberté de sa sœur.

Dans un renfoncement situé entre deux immeubles, juste à l'entrée d'une impasse, Slim retrouva sa voiture. Il jeta le môme sur la banquette arrière, prit place dans le véhicule, actionna plusieurs fois la clef de contact et appuya, excité, sur l'accélérateur. Il devait se calmer cependant, éviter d'attirer l'attention des flics, conduire prudemment, atteindre l'East River, traverser Queensboro Bridge et s'engager sur le Northern Boulevard pour aboutir au trou perdu où ils auraient dû, Cool et lui, amener les deux enfants. Il irait avec un seul gosse.

Slim se retourna et jeta une couverture sur Jimmy. Il fallait le cacher et éviter qu'il n'attrape la crève. Il devait prouver à Cool qu'il était capable de prendre ses responsabilités et la sauver. Sans elle, il se sentait comme mutilé. Sa sœur jumelle constituait l'autre moitié de son être. Depuis leur naissance, ils vivaient en huis clos. Ils s'aimaient, s'épanouissaient dans un sentiment fait d'amour haineux, ressentaient leur dépendance tantôt comme une malédiction, tantôt comme une chance.

Ils avaient commis leur premier crime à dix-sept ans en étranglant un vieillard pour lui voler son magot. Ils l'avaient enterré dans la cave du pavillon où le petit vieux habitait. Ce crime, resté impuni, leur avait procuré une sensation de puissance. Depuis, ils croyaient détenir un pouvoir occulte. Jusqu'au rapt de ce soir, ils avaient toujours tout réussi. Mais, aujourd'hui, une porte s'était refermée sur eux. Sur Cool. Trop tôt. Il fallait la libérer. Slim réussirait.

Il se demanda pourquoi Cool s'était attardée. Avait-elle voulu jeter un coup d'œil dans la chambre de Betty ? S'était-elle arrêtée quelques secondes devant la porte fermée de cette femme qu'elle haïssait ?...

Derrière, l'enfant émit un petit râle. Slim se retourna. Si le gosse l'ennuyait, il l'assommerait sans pitié. Rien ni personne ne devait l'empêcher d'arriver à temps à la cabine téléphonique fixée comme lieu de rendez-vous par le commanditaire. Quelques jours avant le rapt, il avait repéré l'endroit. Encore fallait-il le retrouver dans la nuit alors que les essuie-glaces luttaient contre les flocons gluants qui s'agglutinaient sur le pare-brise.

Slim traversa le pont. De l'autre côté, la route était tantôt brillante, éclairée par les phares, tantôt plongée dans l'encre noire. Les camions qui passaient semblaient démesurés.

Slim quitta bientôt ces banlieues interminables. Ce cruel jeu de lumières était un vrai lavage de cerveau. Il aurait aimé se shooter et, dans n'importe quel taudis chauffé, divaguer sur un matelas posé par terre. Il avait goûté à la drogue l'année précédente. Cool l'ayant sevré à temps, il avait finalement choisi la vie. Mais, depuis qu'il s'était libéré de la drogue (dont il aimait à se rappeler les plaisirs), il se trouvait dans un état de dépendance plus affirmée que jamais vis-à-vis de sa sœur. « Espèce de sale crétin, lui avait-elle dit. Si tu te fais harponner par cette merde, il n'y aura plus d'union entre nous, et je te tuerai avant que tu deviennes une loque… » Elle l'avait enchaîné dans la cave, tantôt le battant, tantôt le nourrissant, le punissant parfois, le cajolant souvent. Ainsi l'avait-elle sorti du gouffre.

Après avoir lutté contre l'éblouissement des phares et les rafales de vent enneigées, Slim découvrit enfin la cabine téléphonique située au bord de la route. Il arrêta la voiture au moment où retentissait la sonnerie. Il descendit à la hâte et décrocha nerveusement le combiné.

— Que se passe-t-il ? demanda la voix. J'ai dû laisser sonner dix-huit fois.

— Tout ne s'est pas déroulé comme prévu, répondit Slim.

— Pas de détails, fit l'inconnu. Vous êtes tous les quatre dehors ?

— Non. Moi seulement, avec le môme (il avait failli dire « ma sœur »). Les deux autres sont retenus…

— Vous êtes des gougnafiers, bons pour la poubelle ! s'exclama le commanditaire.

Slim cria :

— Tu n'as pas à m'injurier. Les plans étaient faux, l'horaire inexact…

— Gueule pas ! dit la voix. Tu continues vers l'endroit indiqué… Je t'appellerai là-bas…

— Je veux récupérer Cool, dit Slim.

— Plus tard. Pour le moment, tu suis les ordres. Ensuite, tu les appelleras en menaçant – si on touche à ta frangine, tu supprimes le gosse… Tu as la boîte ?

— Ouais, dit Slim.

— L'endroit où tu dois te rendre est désert. Le téléphone fonctionne. Vas-y.

— Je les appelle ?

— Dès que tu seras arrivé. Si tu te fais repérer, tu es fini… Vas-y.

L'inconnu raccrocha. Slim sortit de la cabine et se dirigea vers sa voiture. Soudain, il aperçut les phares d'un véhicule qui approchait lentement. Affolé, il s'assit sur le siège du conducteur, prit son revolver et le cacha aussitôt sous son siège. Puis il se pencha, ramassa son imperméable crasseux et le jeta sur la couverture qui camouflait le gosse, toujours inanimé. Son corps frêle disparaissait sous les plis du manteau. Au bord de la crise nerveuse, Slim imagina le pire. Puis il sourit. Il sourit comme on enfile un masque. Après quoi, il lissa ses cheveux bouclés, s'aspergea d'un parfum coûteux – il y avait un spray piqué chez Saks dans la boîte à gants. Une voiture de la police de la route s'arrêta à côté de la sienne. Un agent sortit du véhicule et s'approcha. Slim baissa la vitre. L'agent se pencha vers lui puis recula, incommodé par le parfum. Slim afficha un grand sourire.

— Vous voulez mes papiers ? demanda-t-il en tendant la pochette en plastique au policier.

— Et poli avec ça ! dit l'agent. Qu'est-ce que vous faites là ?

— Je viens de parler à ma maman. Étant fils unique, je lui dois bien ça ! Elle n'aime pas me savoir sur la route par un temps pareil...

— Vous allez loin ?

Slim donna le nom d'un patelin situé à 110 miles de là.

— Chez qui allez-vous ?

— Chez mon oncle.

— C'est beau l'esprit de famille ! dit l'agent tout en promenant le faisceau de sa torche électrique à l'intérieur de la voiture. Puis il releva sa lampe et fit un geste de la main gauche.

— Vous voulez que je descende ? s'enquit Slim.

Sa gorge était râpeuse. La peur comprimait tant ses tripes qu'il craignit de lâcher un pet brûlant.

— Vos clefs, dit l'agent. Je vais juste jeter un coup d'œil dans le coffre. Il faut bien justifier notre salaire, même s'il est modeste...

Slim tendit la clef en souriant. Il souriait toujours tandis que l'agent contournait la Chevrolet. Il y eut une secousse : la porte du coffre résistait. Et si le môme se réveillait et se mettait à chialer ?... À la troisième secousse, le coffre s'ouvrit enfin.

— Ça y est, dit l'agent.

Il revint, rendit les clefs à Slim qui s'efforça de mettre le contact sans trembler.

— Et salut à ta mère ! lança l'agent en guise d'au revoir.

— Merci, bégaya Slim, qui fit le plus beau, le plus doux démarrage de sa vie. « Comme dans du beurre », se dit-il.

Il se sentit léger.

Avant de gagner la maison où ils auraient dû cacher les deux enfants et où il n'irait qu'avec Jimmy, il devait retourner dans leur propre maison, à Lake City. Il n'avait pas osé avouer au commanditaire que la boîte métallique ne se trouvait pas dans la voiture. Il l'avait cachée dans le pavillon hérité de leurs parents adoptifs, morts dans un accident. Ceux-là n'avaient jamais su quels monstres ils avaient recueillis avec tant d'amour...

Au cours de cette nuit glauque, traversée par des bourrasques vert sale, certains sombraient dans l'habitude, d'autres crevaient d'angoisse. Ainsi l'inspecteur Dawson, persécuté par l'idée de sa vie médiocre. Il se rongeait la moelle, et sa bouche était amère comme son âme.

— Moony ?

Il détestait le diminutif dont sa femme l'affublait : il fallait être réellement paumé pour se faire appeler « petite lune »...

Joan entra dans le living-room. Celui-ci était meublé avec quelques fauteuils aux pieds ressemblant à des pattes de teckel. Ce mobilier « de style », du Louis-quelque-chose, avait été acheté dans un bazar de la 8e Avenue parmi d'autres objets d'imitation européenne.

— Moony ?

Elle l'interpellait de la sorte lors de ses moments de grande tendresse, quand elle considérait que son mari était plus vulnérable que d'habitude.

— Mon Moony, je t'ai fait un cake... Tu ne sens pas l'odeur ? Il sera bientôt tiède, et tu pourras en manger une bonne tranche. Avec un verre de lait. Ça t'aidera à dormir.

Depuis quelques mois, Dawson perdait l'appétit. La grisaille de son travail l'écrasait. Il végétait entre les voyous qui s'attaquaient aux épiceries et un gang de loubards qui régnait dans son secteur. Frappé d'inaction – il n'aimait que la pêche aux gros poissons, les criminels en puissance comme « Harrison l'intouchable » –, il dépérissait à vue d'œil.

— C'est gentil, ton cake…

— Il faut attendre un peu… Si je le mets au Frigidaire pour qu'il refroidisse, il sera dur…

Comme il se fichait de ce cake ! Et combien l'adorable, l'unique Joan, sa femme, l'ennuyait avec ses petits soins. Il ne supportait plus rien, pas même elle : il ne pouvait plus la voir sans grincer des dents.

— Et si j'allais faire un petit tour, suggéra-t-il. Le temps que le cake refroidisse…

Mal à l'aise, les joues bleuies par une barbe naissante, les yeux cernés, le col de la chemise ouvert, Dawson ressemblait à un comptable qui aurait fait le faux le plus maladroit de sa vie.

— Faire un tour ? Devant l'immeuble de Harrison je parie, fit Joan.

— Pourquoi pas ?

Dawson connaissait le prix qu'il devait payer à l'intelligence de sa femme. Elle était réceptive comme un radar, ce qui, côté avantage, évitait d'avoir à expliquer longtemps ; à l'inverse, on ne pouvait lui mentir sans être aussitôt à découvert. C'était dur. Surtout quand il s'agissait de Betty Clark. Joan en avait été jalouse dès le début. Et si, ce soir, elle ne voulait pas se coucher, tournant autour de son mari, c'était pour l'empêcher de penser à elle. Lui, de son côté, ne cessait de songer à Willy Harrison. Le milliardaire échappait aux situations les plus périlleuses. Sa couverture – une affaire de vente de diamants en gros – le couvrait autant que ses relations. Harrison était inattaquable.

Joan s'assit à côté de son mari.

— « Il » n'a même pas voulu m'acheter, dit Dawson. Pour lui, je suis un fétu de paille. Il m'a reçu chez lui, au dix-huitième étage, en me parlant des dangers et des qualités de son absurde python, simplement pour me narguer. Les tout-puissants aiment parfois rencontrer les petits qui les embêtent. Histoire de se sentir encore plus gonflés, encore plus riches, encore plus forts… Il a été jusqu'à m'offrir une séance gratuite dans sa boîte et m'a fait miroiter un « traitement spécial ». Quand j'ai refusé, il m'a traité de candide, de plouc. « Un plouc n'a pas le droit de m'emmerder », a-t-il dit. On devrait le coffrer, mais personne ne veut y toucher… Les hommes et les femmes qui travaillent pour lui se taisent. Ils reçoivent des récompenses, et si quelqu'un trahit, il le fait tuer.

Dawson semblait véritablement paumé. Le blanc de ses yeux était injecté de sang. Joan l'aimait tel qu'il était. Il fallait le réconforter sans cesse. « On est un bon couple », se répétait-elle pour se rassurer. Mais elle savait que l'image de cette femme, de cette Clark, était désormais incrustée dans le cerveau de son époux.

— Si Harrison n'avait pas auprès de lui la jolie veuve éplorée qui ploie sous le poids des diamants, aurais-tu les mêmes préoccupations ?

— Harrison est coupable de meurtres ! s'exclama Dawson. Il a ses tueurs, je te l'ai dit. Il utilise des types qu'il fait éliminer lorsqu'ils deviennent encombrants.

— C'est la plus vieille manière de se débarrasser des inutiles…

Et elle pensa sans tendresse à Betty Clark. Ah ! si elle avait le pouvoir de la faire disparaître !

Un peu honteuse de ses idées d'homicide, elle se leva, alla à la cuisine et revint avec le cake. Elle en coupa une tranche.

— Il est tiède. C'est bon…

Dawson prit le morceau encore trop chaud et le reposa sur le plateau. Il grignota seulement un fruit confit.

— Tu as une dent contre Mrs Clark ?

— C'est possible. Les victimes en zibeline me font un effet bizarre.

Dawson souffrait.

— Joan, écoute-moi. Je sens qu'elle aimerait se confier à moi. J'en ai la certitude. Il y a quelques mois, lorsque j'ai réussi à lui parler devant l'immeuble où elle venait d'emménager, je lui ai donné notre numéro. Pas au commissariat. Ici.

Joan coupa délicatement une autre tranche et la posa sur une assiette.

— Tiens. C'est moins chaud.

Dawson picora un autre fruit confit, essuya ses doigts poisseux et jeta un coup d'œil sur sa montre.

— Et si j'allais faire un tour là-bas ? J'aimerais vraiment savoir ce qui se passe chez Harrison.

— À ce rythme-là, tu finiras par crever. Et ta Mrs Clark ne s'en souciera pas… Elle ne se souvient peut-être même pas de toi…

— Tout à fait d'accord, dit Dawson. Mais qu'est-ce qui m'empêche, en dehors de toi, d'aller jeter un coup d'œil ?

— Personne. Vas-y.

Dawson compta sur ses doigts.

— Le premier de la série fut le gosse de Chinatown. Puis Freedman, l'enquêteur de Diamonds and Co. Farmer, saigné à blanc à l'hôtel Nelson. Enfin, Clark. Ensuite, Harrison a installé Betty Clark chez lui et l'a hissée sur un piédestal. Elle commence à être connue à New York. Elle dépense des fortunes aux ventes de charité, elle apparaît toujours accompagnée par un nommé Lord, un Anglais non fiché qui est au service de Harrison.

— Tu te souviens du problème que j'avais soulevé ? À propos de l'identité de ta précieuse Mrs Clark ?

Dawson ne broncha pas lorsque leur chat, Phoenix, sauta sur ses genoux. L'animal s'étira, fit craquer ses articulations puis, après s'être tourné et retourné plusieurs fois, s'installa sur ses cuisses.

— Ce problème existe. Mais pour le moment…

— Pour le moment, le chat a répondu. Tu ne dois pas sortir.

— Si Betty Clark m'aidait, je pourrais coincer Harrison.

Joan se mit en colère.

— Tu es malade ? Elle ne survivra pas vingt-quatre heures à la fin de Harrison. Et quel intérêt aurait-elle à trahir ?

— Pour se sauver…

— Tu crois qu'elle préfère l'autobus à la Rolls ?

— Que fais-tu de la justice ? demanda Dawson douloureusement.

— Viens dormir, dit Joan, dégoûtée. Tu me parles de justice alors que tu es fiévreux… N'exagère pas, s'il te plaît !

Ces heures de lourd chagrin ressemblaient à une veillée funèbre. Il ne manquait que les chants rituels et les jeux d'ombres et de lumières des flammes vacillantes des candélabres. Le personnel de Willy se déplaçait sur la pointe des pieds, chacun se sentant responsable du drame et voulant passer inaperçu.

— Je vais prévenir Miss Hazel, déclara Willy Harrison.

Betty leva un regard sur son oncle. L'éclairage jaune et ocre du salon creusait ses traits. Mrs Clark résistait encore. Si seulement elle avait pu éviter de subir l'humiliation ! Mais non : elle allait être livrée aux questions perfides de Hazel. Elle devrait suivre ses conseils et écouter ses suggestions.

— Si on appelait plutôt la police ?

— Mais où te crois-tu ? demanda Willy. Qui te crois-tu ? Même si tu ne sais pas exactement ce que je représente, tu devrais réfléchir. La police essaie de me coincer depuis des années. Elle est pleine d'ambitieux qui voudraient faire carrière en ayant ma peau, de fouineurs inlassables que je n'ai pas pu acheter. Et même si nous étions ce qu'on appelle pompeusement une famille normale, respectable, nous devrions faire ce qu'on fait toujours en cas de rapt : attendre… Hazel peut être utile.

— Elle me déteste, dit Betty.

— Qu'importe. Elle est un peu jalouse, c'est vrai. Mais dans les moments durs, il n'y a qu'une seule personne qui compte pour elle : moi. Ce qui n'est pas ton cas… Tu n'as pas confiance en moi…

— Mais si ! répondit Betty en évitant le regard de Willy.

— Alors laisse-moi faire… Il faut que ce cinglé appelle. Lord a commis une très grande faute.

Le visage de l'obèse fut parcouru d'un rictus de colère.

— Et dire qu'à ta demande j'ai fait débrancher le système d'alarme !

— Je vous ai prié de déconnecter ma chambre, c'est tout… Je ne pouvais plus supporter une seconde l'idée que vous m'observiez…

— Un coup d'œil de temps en temps… Pour m'assurer que tout va bien pour toi… Tu reconnais qu'il y a un traître parmi nous ?

— Vous me suspectez d'avoir fait enlever mon propre enfant ? demanda Betty.

— Tchutt, fit Willy. Il ne faut pas laisser paraître l'ombre d'une mésentente entre nous…

— Vous n'avez pas confiance en moi non plus, dit Betty.

— Ton père m'a volé, ta mère s'est laissé tabasser jusqu'à l'agonie sans révéler l'endroit où l'argent était caché. Quant à toi, à seize ans, tu as changé d'identité pour m'échapper, tu as traversé les États-Unis pour t'enfuir…

— Mon père ne vous a pas volé. Ma mère, elle, a souffert pour rien, et j'ai voulu rompre avec ce passé. Vous m'avez retrouvée, et vous avez fait tuer mon mari…

— C'est faux, protesta Willy. Je ne voulais pas qu'il lui arrive malheur. Il était utile à l'entreprise. Il était mon meilleur démarcheur pour les opérations au noir…

— C'est à cause de vous qu'il est mort.

— Non.

— À cause de vous ! Et ensuite, vous avez fait de moi un otage.

— Ne raconte pas de sottises. Tes enfants vivent mieux qu'avant, non ? Ils jouaient avec des petits Portoricains dans un square bourré de drogués et de clochards…

— Mais personne n'aurait voulu les enlever, dit Betty.

Willy arpentait le salon tout en réfléchissant. Parmi les gens qui l'entouraient cette nuit avec tant de sollicitude (vraie ou fausse), il y avait un traître. Il se trouvait dans une position difficile. Il avait l'habitude de régner, de dominer. Tenant son entourage sur tous les plans, il avait cru à sa fiabilité. Or il s'était trompé. On l'avait touché à son point le plus sensible. Quelqu'un avait vendu les codes, les copies des clefs. On avait appris à l'ennemi l'existence de la chambre à la trappe toujours fermée.

Lorsqu'il avait obligé sa nièce à venir vivre auprès de lui, Willy les avait fait entourer, elle et ses enfants, de précautions extrêmes. Mais on ne s'était pas attaqué à la Rolls dans la rue, on n'avait pas essayé d'enlever les enfants à l'école. Non. On était venu jusqu'à leur chambre à coucher. Il pensa à Lord. Mais, par sa nature, par son comportement à la fois détaché et dévoué, l'Anglais semblait apparemment hors de cause.

Willy écouta les rapports, interrogea chacun. On lui parla à l'oreille. On se confessa. On avait peur. Au bout d'un certain temps, il reprit sa place dans l'un des fauteuils majestueux du salon, et demanda à Han d'appeler Lord.

L'Anglais arriva quelques instants plus tard.

— Que s'est-il passé exactement avant que vous entendiez Han appeler au secours ? demanda Willy.

Et, pour la seconde fois, il écouta attentivement le récit de Lord. Willy croyait à l'efficacité de la méthode policière consistant à faire répéter par le suspect la même histoire jusqu'à l'épuisement, jusqu'à la faille où la mémoire, la volonté ou le contrôle de soi-même fléchissent.

Il l'écouta donc, concentré, sensible jusqu'au rythme de la respiration de l'Anglais. Depuis le début de leurs relations, bien des années auparavant, il éprouvait une jalousie physique à son égard. Il enviait l'élégance naturelle de cet homme que la nature avait conçu tout en muscles et en harmonie. Lord avait les traits réguliers, un regard clair et lumineux comme celui des chiens de traîneau. Il évoluait avec une aisance parfaite dans tous les milieux. À l'époque où il avait été engagé, Willy et Hazel l'avaient longuement interrogé. Une rapide enquête privée avait permis de s'assurer qu'il n'avait pas de casier judiciaire. Il s'était introduit chez

Harrison par le biais de la boîte de nuit, le Dollar, qu'il fréquentait de manière assidue.

Les surveillants l'avaient d'abord pris pour un flic nouveau venu dans le secteur. Lord observait la faune, buvait très peu et seulement les consommations obligatoires qui lui permettaient de prolonger sa présence dans la boîte. Il ne dansait jamais. Intrigué et agacé, Willy l'avait fait appeler chez lui, dans son bureau, où il l'avait examiné de près. L'Anglais avait soutenu le siège des questions, affirmant qu'il avait rompu avec son milieu d'origine qu'il abhorrait. « Que savez-vous faire d'autre à part contempler ? » « Tout, avait répondu Lord. Votre établissement me plaît. » Il avait dit cela en souriant, mais son regard était resté froid. Au bout de quatre entrevues, lorsqu'il eut prouvé son indépendance, sa connaissance de plusieurs langues et une vaste culture, après qu'il eut montré son passeport britannique, Willy avait décidé de l'engager. Son surnom, « Lord », ne l'avait même pas fait sourire… « J'ai besoin d'un homme qui sache tout comprendre et tout faire, lui avait dit Willy. Mais inutile de vous dire qu'au moindre faux pas, il n'y aura plus de Lord. »

Il passa près d'un an dans l'établissement. Willy était satisfait de son flair. Une nuit, Lord massacra une des filles du Dollar. On le trouva à côté de la call-girl, celle-ci baignait dans son sang. Dans l'intérêt de la boîte, il fallut éviter le scandale. Devant Willy, Lord garda un mutisme total. Il lui dit seulement : « Livrez-moi à la police. J'ai de quoi me défendre. »

Willy le tira d'affaire, tout en se protégeant lui-même. Il n'en fut que plus persuadé du dévouement futur de l'Anglais : il comptait sur sa reconnaissance.

À tel point que lorsqu'elle était arrivée ici, un an auparavant, il lui avait confié Betty. Depuis, il rejetait toujours l'idée d'un lien éventuel entre eux. Mais si cela devait se produire, il sévirait cruellement. Il les considérait l'un et l'autre comme sa propriété privée.

Willy observa Lord et ne vit aucun trouble dans son regard, pas le moindre cillement des paupières. Un calme total. Rien que de l'indignation. Satisfait – quoique légèrement frustré –, Willy conclut que l'Anglais devait être hors de cause. L'homme était limpide.

Betty, présente pendant l'interrogatoire, n'était plus que remords et promesses. « Jamais plus Lord ne me touchera, se jurait-elle. Jamais plus je n'imaginerai, je ne souhaiterai d'autre bonheur que la présence de mes enfants. J'en fais le serment : si je retrouve mon fils, tous les autres hommes seront écartés de ma vie. » Elle savait bien que si elle ne s'était pas laissé emporter par Lord, son fils serait encore là. Elle voulait se punir.

— Quand va-t-il appeler ? dit-elle. Quand ?

— Bientôt, dit Willy. On tient sa sœur. Nous avons une monnaie d'échange.

Harrison décida de convoquer enfin Miss Hazel. Il prit le téléphone et composa son numéro.

— Hazel ? Allô, Hazel ? Je vous réveille ?

Dans son appartement situé dans un immeuble élégant donnant sur la 93e Rue et sur la 5e Avenue, la secrétaire répondit :

— Oui. Qui est à l'appareil ?

— Harrison.

Elle recouvra aussitôt ses esprits.

— Monsieur Harrison ? Je vous écoute…

— Il faut que vous veniez tout de suite. Nous avons un gros problème…

— Un gros problème ? Est-ce que…

— Non. Pas au téléphone. Venez…

— Maintenant ?

— Oui. Tout de suite.

— Vous m'envoyez Wang ?

— J'ai besoin de lui… J'ai besoin de tout le monde. Commandez un taxi. Han vous attendra en bas.

— Vous ne pouvez pas me parler ?

— Non. Je vous attends.

— Je m'habille et j'arrive.

Hazel jeta un coup d'œil sur son réveil. Il était 1 heure du matin. Si son patron l'appelait à cette heure tardive, c'est qu'il avait vraiment besoin d'elle. Et elle répondait aussitôt à sa confiance : Harrison était au centre de son existence, semblable à un dieu doté de tous les pouvoirs terrestres. Jusqu'à l'arrivée de cette nièce qu'elle avait détestée dès le premier instant, aucune femme n'avait osé l'approcher ni l'encenser. Hormis elle-même.

Hazel quitta son lit, se précipita dans la salle de bains, s'approcha du miroir et observa son image : une femme d'une quarantaine d'années, sans maquillage, anodine, les traits effacés. Au bureau, elle s'habillait de petits tailleurs style Chanel qu'elle agrémentait d'un collier de perles. Pour l'heure, elle enfila un pantalon, un pull-over, des bottillons fourrés, appela un taxi par téléphone et prit une élégante veste de fourrure dans la penderie de l'entrée. Elle regarda par le judas le palier éclairé puis sortit. Elle appela l'ascenseur. Au rez-de-chaussée, son pas fit sursauter le portier.

— Quelque chose ne va pas, madame ?

— J'attends un taxi.

— Restez à l'intérieur, dit le jeune homme.

Il secoua la tête comme s'il avait de l'eau dans les oreilles.

— Il fait froid dehors…

Bientôt, le taxi arriva.

— Relevez son numéro, dit Hazel. Et la compagnie.

Lorsqu'elle sortait seule le soir, elle faisait noter les numéros d'immatriculation des taxis. Elle se méfiait de tout et de tous.

— Une seconde, madame.

Le portier inscrivit le numéro du véhicule. Hazel s'installa sur le siège arrière et indiqua l'adresse au chauffeur. Celui-ci l'entendit grâce au micro installé dans la paroi de séparation qui assurait sa sécurité.

Respectant la limitation de vitesse, les mains crispées sur le volant, Slim conduisait prudemment sur les routes crasseuses de neige fondue de Long Island. Il devait passer par sa tanière de Lake City. Il comptait retrouver Cool, empocher la rançon, rendre l'enfant – dans des conditions qui, même lui, le remplissaient de dégoût – et disparaître. Il jeta un coup d'œil derrière lui ; le gosse ne bougeait pas.

Après avoir quitté la route nationale, il s'enfonça dans le dédale des lotissements des quartiers populaires de cette partie de Long Island, et longea le chemin qui conduisait vers la petite maison.

Le pavillon de Slim et de Cool ne payait pas de mine. Il était rempli de leurs butins divers. Parfois, Cool volait pour le plaisir, pour ne pas perdre la main. Depuis son adolescence, ses terrains de chasse préférés étaient les grands magasins de luxe situés sur la 5e Avenue, genre Bloomingdale, Saks et autres.

Slim entrouvrit la barrière et arrêta la voiture dans le jardin. Il sortit, ouvrit la portière arrière et, d'un geste brusque, retira l'imperméable qui recouvrait Jimmy. L'enfant resta immobile. « Et s'il avait clamsé ? »

pensa-t-il. Il le souleva, le secoua. Les bras de l'enfant pendaient tels ceux d'une marionnette désarticulée. Slim se pencha sur lui et l'entendit respirer. « Il a dû recevoir une trop forte dose de chloroforme », se dit-il. Mais il vivait.

Après avoir replacé la couverture et l'imperméable, Slim referma doucement la portière. Il était persuadé qu'il pouvait faire cavalier seul. Il décida de ne pas attendre l'étape prévue par le commanditaire : il allait appeler Harrison d'ici.

Depuis qu'on les avait fait sortir des caves de la boîte de nuit, sa sœur et lui ne venaient que très rarement à Lake City. Ils avaient établi leur quartier général à Brooklyn, dans une zone où les illégaux étaient en migration permanente. Ils avaient loué un studio dans un immeuble dortoir crasseux. Mais c'est à leur tanière de Lake City que leur commanditaire les avait contactés. Slim se souviendrait toujours de cette sonnerie tenace qui avait retenti dans la petite maison officiellement inoccupée. Il avait plaqué les mains sur ses oreilles pour ne pas l'entendre. Enfin, il avait décroché. Et il avait reçu son premier ordre. Depuis, Cool et lui vivaient comme sous une loupe ; les appels les rejoignaient partout.

« Qui êtes-vous ? » avait hurlé Slim une fois. Mais l'interlocuteur avait raccroché. Ensuite, il les avait punis en leur imposant un long silence, plus inquiétant encore que la sonnerie du téléphone.

Slim entra dans la maison. Il referma la porte vitrée derrière lui. Son regard scruta l'univers noir. Il grelottait.

Il composa le numéro de l'appartement du milliardaire. La ligne était occupée. Il resta là, pensif, le combiné à la main, se promettant d'insister jusqu'au moment où on lui répondrait.

Jimmy entendit les pas de Slim s'éloigner. Les gravillons enneigés crissèrent sous les semelles. Il bougea, rejeta la couverture et l'imperméable. Il eut envie de pleurer et sollicita silencieusement l'aide de son père. S'il avait fait semblant d'être inconscient, c'est parce qu'il avait vu suffisamment de films policiers à la télévision pour savoir que l'on tue les enfants qui crient lors d'un enlèvement. Il se redressa et jeta un coup d'œil à travers la vitre. Il aurait pu quitter le véhicule. Il ne savait pas s'il devait tenter de s'échapper ou essayer de mettre la voiture en marche. Un jour, papa s'était amusé à lui montrer comment on conduisait. Mais ses jambes n'étant pas assez longues pour toucher les pédales, tout le monde avait ri… « Si l'homme qui m'a enlevé m'attrape dehors, il va me tuer », pensa Jimmy. Il regarda les environs : pas une fenêtre n'était éclairée. S'il s'enfuyait, le méchant le rattraperait vite grâce aux phares de la voiture.

Tremblant d'impatience, Slim composa de nouveau le numéro de Harrison. Cette fois-ci, on décrocha dès la première sonnerie.

— Allô…, dit Slim. Harrison, je veux Harrison. Personnellement. Je ne parle pas à un sous-fifre.

— C'est moi, dit Willy. Le gosse va bien ?

— Pas frétillant, mais encore en vie. C'est déjà ça. Attention : il ne faut pas m'énerver…

— Combien ? demanda Harrison. En petites coupures, évidemment…

— On n'en est pas encore au prix, gros lard. D'abord, veille bien sur Cool. Si tu touches à un seul de ses cheveux…

— Je sais, coupa Harrison. Pas besoin de t'égosiller. Mais on ne l'échangera que contre l'enfant vivant. Tu ne nous refileras pas un cadavre…

Betty écoutait, glacée. Elle entendait comme à travers un rideau de coton. La vie de son enfant dépendait de cette négociation.

— Combien, en plus de ta sœur ?

— Les diamants. Ceux que ta nièce portait le fameux soir au Dollar.

— Tu n'as pas la reconnaissance du ventre, mon salaud, dit Willy. Elle vous a sauvé la vie…

— Tu vas me faire pleurer ! s'exclama Slim. Je veux ma sœur et les cailloux. Et ne plus m'énerver avec ta ligne occupée. Tu n'as qu'à foutre les bavards en l'air. Je te donnerai des instructions dans quelque temps. Tu dois être prêt. Cool et les diamants. C'est clair, hein ? Le collier, les boucles d'oreilles et la bague, mon gros…

Willy encaissa le choc. Le soir où les jumeaux allaient être condamnés, Betty n'avait pas encore sa fameuse bague. Au bout du fil, le tordu venait de préciser un détail révélateur. Hélas, tout son entourage connaissait l'existence de la bague. Sauf les jumeaux…

— Tu courrais moins de risques avec des petites coupures…

— Ne t'en fais pas pour moi et pour ma sécurité, mon gros, hein ? À tout à l'heure.

Harrison se tourna vers Betty.

— Ton fils va bien. On va l'échanger contre cette femme que nous tenons. Si on peut appeler ça une femme… Après, on verra ce qu'on fera…

Par le téléphone intérieur, le gardien annonça l'arrivée de Miss Hazel. Harrison se sentit brusquement soulagé.

Après avoir raccroché, Slim jubila. Il avait su agir, prendre l'initiative, dominer les événements. Commander ! Lors de ses prochaines retrouvailles avec Cool, il pourrait redevenir le patron et ressouder leur union, la dominer. Cool était devenue trop indépendante, cachottière, agressive même. Leur entente physique elle-même avait changé. Avant la soirée du Dollar, ils avaient l'habitude de se retrouver dans une passion exclusive, corps contre corps, lèvres contre lèvres. L'inceste les rendait forts, invulnérables. Au lit, leur ressemblance les excitait. À travers leur image, ils composaient leurs fantasmes. Comme les couleurs d'un kaléidoscope.

Cool avait eu une aventure avec le mari de Betty. John avait été jeté dans ses bras pour être mieux manipulé. Le but de l'opération consistait à prendre un jour une livraison de diamants. Elle avait tué John parce qu'on lui en avait donné l'ordre et un peu pour son plaisir. À l'époque, l'homme l'avait marquée. Il ne cessait de parler de Betty, sa femme. Lorsque le commanditaire les avait appelés, elle avait immédiatement donné son accord pour l'opération du kidnapping. « Que sais-tu de celui qui appelle ? » avait protesté

Slim. « Il y a une occasion à saisir, avait répondu Cool : liquider Betty Clark et être payés pour la joie de la supprimer. Que veux-tu de plus ? »

Sauvés des sous-sols du Dollar, ils étaient devenus les jouets de la personne qui les tenait en laisse. Mais, cachés dans leur immeuble de passage, ayant pris racine dans ce taudis, ils pouvaient s'engueuler, s'affronter. Personne n'entendait le bruit de leurs chamailleries : leur cage à lapins de Brooklyn était une vraie tour de Babel ; d'autres querelles couvraient les leurs. Et même s'ils n'étaient pas furieux, les gens parlaient si fort – souvent en espagnol – qu'on pouvait croire qu'ils s'entre-tuaient. Les télévisions hurlaient aussi, et, dans les escaliers, les gosses costauds rançonnaient les plus faibles : pour franchir le cap du quatrième étage, ces derniers devaient payer en donnant quelques cents ou des chewing-gums. Parfois, pour échapper aux chantages divers, ils s'engouffraient par bandes dans l'ascenseur branlant. Il leur arrivait de rester des heures dans la cabine immobilisée, piaillant comme des jeunes singes, se mordant et se griffant.

« Tu veux rester longtemps dans cette taule ? avait vociféré Cool. Avec la peau de cette nana et celle de ses gosses, nous aurons ses diamants. Et ensuite, ce sera la vie. La vraie. Tu pourras me baiser au soleil, sur une plage, couché presque dans l'eau… »

Du premier étage du pavillon, Slim jeta un coup d'œil sur la voiture dont les contours se perdaient dans la nuit noire. Tout était calme.

Il entra dans l'une des petites chambres du premier étage. Elle était bourrée d'objets volés ou achetés avec de l'argent extorqué – ce qui revenait au même. Slim ouvrit les portes d'une armoire remplie d'objets hétéroclites. Les manteaux de vison de Cool glissaient mollement des cintres. L'un d'eux, une pièce superbe, avait été acheté à Chicago ; un autre venait de Denver. Le contact des fourrures l'excitait. L'atmosphère de la chambre était empreinte du parfum de sa sœur. Il jeta les manteaux sur le sol, s'allongea sur les fourrures, aussi soyeuses que la peau de Cool. Il ressentit une envie folle de se camer. Finalement, il se masturba. Plus tard, il remit les fourrures collantes de sperme dans l'armoire d'où il sortit une grande boîte métallique. Il l'ouvrit et, à la lumière de sa torche, en contempla le contenu. « Un vrai bijou, se dit-il. Le retour du gosse sera une belle surprise... » D'où lui venait cette envie de tordre le cou frêle de l'enfant ? Pourquoi le détestait-il ? Il fallait dominer cette tentation, qui pourrait coûter la vie à Cool. Il chercha un grand sac en plastique pour y glisser la boîte. Et s'il voulait tuer l'enfant simplement pour lui épargner ce qu'il allait subir ? Il refusa d'y penser.

Jimmy comprit rapidement qu'il ne pourrait pas s'enfuir. Après avoir visité l'intérieur du véhicule, il revint sur le siège arrière. La manche de son petit pull s'accrocha à la partie saillante d'un cendrier cassé. Il tira de toutes ses forces mais la vilaine patte métallique le retenait. Si seulement papa et maman étaient là... Il réussit enfin à dégager le tricot. Il se glissa sur la banquette, remonta la couverture sur lui, s'efforçant de ne rien laisser – pied ou main – à découvert. Enfin, il se recroquevilla et s'immobilisa.

Slim descendit du premier étage. Il chercha un sac en plastique au rez-de-chaussée, dans le vieux buffet de l'ancienne salle à manger. Il ouvrit le bas du meuble et plongea la main dans le fouillis. Aussitôt, il poussa un cri de dégoût : il avait touché une masse grouillante.

— Dégueulasse, cria-t-il. Qu'est-ce que c'est que cette merde ?

Dans le faisceau de sa torche, il découvrit une nichée de souris qui s'enfuyaient en émettant des sons à peine perceptibles. Il y en avait partout.

Il jura et tenta de les écraser avec les semelles en caoutchouc de ses bottes. Enfin, il attrapa un sac marqué du nom d'une boutique de luxe. Il y glissa difficilement la grande boîte en métal.

Jimmy n'était pas sûr d'être bien camouflé. Il essaya d'arranger la couverture sur lui. Il ne fallait pas oublier l'imperméable. L'homme pourrait entendre son cœur qui battait, paniqué. Si papa était là, il le sauverait. Il l'emporterait loin d'ici. Il se demanda ce que maman ferait. Aurait-elle assez de force pour courir avec lui ?

Jimmy ferma les paupières : quand on ne voit pas, on croit ne pas être vu. Il entendit les pas de l'homme qui revenait vers la voiture. Puis celui-ci sembla repartir et revenir. Il ouvrit une portière.

— Et on voulait que je laisse ça dans la voiture !

L'homme était si occupé qu'il ne jeta qu'un simple coup d'œil à l'arrière. L'enfant était là. Immobile. La voiture démarra et prit la direction d'East Norwich.

Il n'était que 2 heures. La nuit s'écoulait avec une lenteur insupportable. Plutôt que de compter les moutons, le lieutenant Dawson énumérait les victimes présumées de Harrison. « Si je faisais un tour autour de l'immeuble, pensa-t-il. Pour me calmer simplement. » Dans un mouvement d'impatience, il donna un coup de poing à son oreiller.

Sa femme sursauta.

— Essaye de ne pas te battre avec ton oreiller, lui dit-elle.

Il garda le silence. Depuis des années, sa vie était jonchée de crimes. Jamais de gros bonnets mais des loubards, des drogués, des revendeurs, des spécialistes du hold-up, des amateurs surexcités qui prenaient patrons et clients en otages, quitte à les massacrer. Ici et là quelques viols. Rien d'autre. Dans la police, on prenait sa retraite assez tôt. Mais Dawson avait encore sept ans à tirer avant de pouvoir s'installer dans la maison qu'ils retapaient pendant les week-ends avec des artisans du coin. Une heure et demie pour s'y rendre à cause des embouteillages du vendredi. Faute d'argent, l'air conditionné n'y était pas installé. Ils prétendaient que c'était plus sain ainsi. L'été, les moustiques les prenaient pour des steaks saignants.

Dawson rejeta son bras gauche. Joan évita le coup de justesse.

— Tu veux un somnifère ?

— Non, grogna Dawson. Tu veux m'abrutir ?

Elle poussa un soupir. Elle savait qu'il avait besoin d'amour physique pour s'endormir.

— Je vais te masser les trapèzes, dit-elle.

Il se retourna aussitôt sur le ventre. Elle tâta ce dos crispé, et dès qu'elle l'eut effleuré, Dawson émit des petits soupirs d'allégresse.

— Des cordes avachies, tes trapèzes, dit Joan.

Elle le chevaucha avec douceur, s'assit à califourchon sur ses jambes en retenant son propre poids pour ne pas lui faire mal.

— Si tu te tourmentes ainsi, tu vas finir dans un asile. Ta carrière va en souffrir.

— Ma carrière est foutue, marmonna Dawson, le nez enfoui dans l'oreiller. Je suis un raté.

— Tu es injuste avec toi-même.

Elle le massait énergiquement, comme on traite les sportifs.

— Tu oublies l'affaire Probido. Ton grand succès…

Probido était le nom de code d'une opération menée par Dawson, qui avait pu, grâce à une ténacité sans faille, remonter vers le chef d'un gang très protégé.

— Ce n'est pas suffisant, dit-il, les lèvres contre l'oreiller.

Mais le compliment et le massage avaient agi.

— Tu me lâches ? dit-il, et il se retourna.

Plus de tourments, plus de criminels, plus d'âge.

Même au bout de vingt ans, Joan ressentait avec une intensité aiguë le plaisir qu'il lui procurait.

— Je me demande, dit-elle, haletante, ce que tu ferais chez un kiné… Chaque fois qu'on te masse…

Plus tard, elle ajouta à mi-voix :

— Si tu oses encore te traiter de raté, je te mords. Tu n'as jamais été aussi…

Il l'interrompit :

— Tu te souviens que Harrison m'avait invité dans sa boîte en m'offrant des filles ?

Il aurait mieux fait d'avaler sa langue. Joan s'exclama :

— Tu m'embêtes avec Harrison !

Elle luttait contre le malaise et la colère.

— Dawson, dit-elle doucement. J'espère que tu n'as pas pensé à elle en me faisant l'amour ?

— À qui ? demanda-t-il.

Elle martela le nom :

— Betty Clark.

— Cesse de dire des âneries, répliqua-t-il. J'ai besoin de te parler des affaires en cours. Soit, pour le moment, de Clark. Je devrais comprendre le comportement de cette femme et je n'y arrive pas… Donne-moi un calmant.

Elle se mit en colère :

— L'amour ne sert plus à rien ? Tu ne vas pas te droguer parce qu'on parle de ces gens !

Dawson voulut la prendre dans ses bras. Elle le repoussa.

— Tu te souviens, je t'ai signalé il y a quelques mois la présence étrange d'une fille. Un androgyne. Elle a un frère jumeau. Ils ont disparu de la circulation.

Ils se promènent quelque part. Mais où ? Ils sont d'une beauté à remuer n'importe qui…

— Dawson, tu es trop jeune pour le démon de midi et trop vieux pour les divagations d'adolescent. Encore un peu et tu vas me raconter *Deep Throat,* non ?

— Et puis, continua Dawson – il parlait maintenant pour lui-même –, derrière tout cela, il y a Harrison. J'ai l'impression qu'il veut acquérir une position sociale à New York.

— C'est moi qui t'en ai parlé, dit Joan. C'est ce que j'ai lu dans *People.*

— Il n'y a pas que cela, continua Dawson. Il utilisera Betty Clark pour essayer de jouer un rôle politique.

— La seule chose que je puisse encore faire pour toi, dit Joan, c'est remplir une pochette de glaçons et te la poser sur la tête. J'en ai assez de ta Clark.

— Elle est au centre du problème. Sa mère, considérée comme psychiquement atteinte, se trouve dans une clinique spéciale, à Atlanta.

— S'ils ont encore une chambre libre, on pourra la retenir pour toi, dit Joan. Tu vas avoir besoin de soins…

— Tu sais, poursuivit Dawson, imperturbable, j'ai pu lui parler dans la rue, il y a près d'un an.

— Je sais, l'interrompit Joan. Tu m'as raconté l'histoire vingt-cinq fois… Envisonnée, endiamantée, roulant en Rolls, servie comme une reine, elle a daigné t'adresser la parole. À toi, un brave type impressionnable et snob. Oui, tu es un flic snob. Tu as été ébloui…

— … Si un jour elle appelle, tu dois me prévenir où que je sois…

— Même sous la douche ? demanda Joan. Je suis la meilleure standardiste du monde, je te le garantis. Je prends des cris de secours en sténo… Je transmettrais même un message d'un muet à un sourd. Que veux-tu de plus ?

— Me lever, dit-il. Me lever. Il faut que je sorte d'ici. Je veux juste passer par Park Avenue.

Il s'habilla à la hâte.

— Tu ne dois pas me retenir ! s'écria-t-il.

— Mais je ne te retiens pas… Pas du tout… Cours, vas-y… Tu ne sais pas ce que tu cherches…

Il s'arrêta près du lit. Il avait les cheveux ébouriffés, le regard brillant.

— Tu es gentille, dit-il, et tu me comprends. Je t'aime.

« Qu'elle aille au diable ! » pensa Joan. Puis elle dit doucement :

— Je te comprends très bien.

Lorsqu'elle entendit la porte se refermer, elle serra les poings. Il fallait se battre. Mais contre qui ?

Pour prouver leur indignation face à un kidnapping odieux autant que pour se donner des airs de dévouement, les serviteurs de Willy Harrison se déplaçaient sans cesse. Werner inspectait inlassablement les lieux, fouillant toutes les pièces de l'étage où vivait Betty Clark. Han, les joues mouillées par les larmes, parcourait les couloirs et revenait toutes les cinq minutes vers Patty. Elle était comme une folle fuyant ses remords. Pourtant, elle n'avait quitté les enfants que sur l'ordre de son maître, dont elle devait masser chaque soir les pieds.

Betty, le visage creusé par la douleur, vêtue d'un pantalon et d'un simple pull-over, arracha les draps du matelas, jeta les oreillers à terre, et piétina les couvertures. Elle aurait aimé effacer de sa mémoire jusqu'au souvenir de son étreinte avec l'Anglais. D'autres images l'assaillaient. Elle se revit, enfant, serrée dans les bras de sa mère. « Maman, maman, criait-elle, j'ai peur d'oncle Willy. J'ai peur de ses grandes mains. » L'obèse faisait irruption dans leur appartement comme s'il avait eu déjà un pouvoir sur eux. S'il avait pu se contenter de très peu de place, il serait venu s'installer chez eux pour les regarder vivre. Déjà, il tentait d'apprivoiser sa nièce avec des cadeaux.

Betty se souvint de son père, qui tempêtait contre les visites de son frère Willy avant de lui céder. Par malheur, il devint un de ses « courriers » – voyageant avec des diamants achetés et vendus au marché noir. Des étrangers vinrent chez eux. Ils débarquaient d'Anvers. Il y avait des Belges blêmes et débonnaires, des Hollandais qui baragouinaient un anglais bizarre. Willy les rencontrait dans leur appartement. Son regard fureteur se posait toujours sur la petite fille. Elle essayait de se cacher.

Lorsqu'elle eut seize ans, le drame survint. Willy accusa son père de lui avoir volé plus d'un million de dollars. Peut-être sur dénonciation de Harrison, le pauvre fut emprisonné pour un délit mineur puis massacré par des hommes manipulés par Willy. Ensuite, la mère de Betty fut torturée. Prétendant n'avoir jamais rien su des affaires de son mari, elle refusa d'indiquer l'endroit où l'argent avait été caché. Betty finit par s'enfuir et vécut une autre vie sous un autre nom. L'enfer. Sa mère, elle l'avait crue morte. Un an auparavant, lorsque Willy l'avait retrouvée et « reprise » en sa possession, elle avait appris de lui qu'elle vivait sous surveillance à Atlanta. Elle y était allée. Sa mère lui avait indiqué l'endroit où l'argent était caché : quelque part à Las Vegas ; un ancien compagnon de cellule, un vieux juif nommé Horovitz, devait en savoir plus.

On frappa à la porte de la chambre. Betty alla ouvrir.

— Ah non ! s'exclama-t-elle.

D'un geste rapide, Lord lui fit signe de se taire.

— Je viens vous prévenir que Miss Hazel est arrivée.

Les objectifs placés au-dessus des rideaux étaient immobiles.

— Il faut retrouver mon enfant, chuchota Betty. Nous sommes fautifs.

— Je n'aurais jamais dû venir ici, dit l'Anglais. Ma vie est à votre disposition. Je vous aiderai…

— Nous avons commis…, dit Betty.

L'Anglais l'interrompit :

— Ne vous tourmentez pas à notre sujet. Ayez confiance. J'irai où vous voulez, j'entreprendrai ce que vous me demanderez. Je serai l'autre moitié de vous-même. Nous retrouverons Jimmy. Et ensuite…

Elle voulut lui dire l'essentiel :

— Je veux nous libérer, moi et mes deux enfants, et sortir ma mère d'Atlanta…

— Comptez sur moi, dit-il.

— Vous ne me toucherez plus jamais.

— Miss Hazel est arrivée, madame, répéta soudain Lord, d'une voix métallique.

Han marchait dans le couloir.

Betty répondit :

— J'arrive.

Elle referma la porte de sa chambre, longea les couloirs et entra dans le grand salon violemment éclairé.

— Bonsoir, madame Clark, dit Hazel… Je suis bouleversée…

Betty découvrit une lueur de triomphe dans les yeux de la femme de confiance de Harrison. Moins empruntée que d'habitude, les gestes déliés, elle ouvrit les bras pour serrer Betty contre elle.

Effrayée par cette effusion, Betty fit deux pas en arrière.

— Ma pauvre chérie, poursuivit Hazel. Dans quel état êtes-vous… Quel drame ! Mais ne vous tourmentez pas trop : nous retrouverons Jimmy… Pardonnez ma familiarité, je voulais vous embrasser pour vous marquer mon affection… Quand je pense que vous pourriez pleurer Patty aussi… Où est l'adorable petite fille ? Je peux la voir ?

— Elle est dans sa chambre, dit Betty.

— J'espère que cette fois-ci elle n'est plus seule.

La phrase venimeuse atteignit Betty en pleine poitrine. Pâle, glacée de peur, elle sentait l'ennemi. Mais elle devait affronter cette femme. Elle pouvait être utile. Même si elle devait s'agenouiller devant elle pour demander son aide, elle le ferait. Après les gifles de Rolph, le souteneur qui l'avait gardée en esclavage, elle pouvait supporter le regard perçant et malveillant de Hazel.

— Quelle épreuve, clama la secrétaire de Harrison. Dans quel monde vivons-nous ! Calmez-vous, madame Clark. Dans ces cas-là, il ne sert à rien de s'agiter.

Qu'en savait-elle, Hazel, de « ces cas-là » ?…

La secrétaire relégua bientôt Betty parmi les figurants du drame, écoutant Willy commenter avec précaution les événements.

— Madame Clark…

Betty entendit prononcer son nom. Oui, elle avait été heureuse lorsqu'elle avait épousé John Clark. Oui, elle avait été la plus heureuse des femmes quand elle avait découvert qu'elle était enceinte. Oui, elle avait voulu une vie simple faite de vrais sourires. Oui, elle avait désiré revivre à travers l'enfance de Jimmy et de Patty.

— Chère madame Clark, dit Hazel. Je suis à votre disposition. Mais hélas, je n'ai que mon sang-froid et ma logique à vous proposer. Comme nous tous.

L'équipe de Willy, rassemblée au grand complet, écoutait. L'obèse leur jeta un regard gris avant de se tourner vers Lord :

— Je vous demande de reconstituer le déroulement des événements pour Miss Hazel. Une fois de plus.

Placide, Lord débita son rapport.

— À partir de 21 heures, j'ai fait mes tournées habituelles. Le système électronique d'alerte de l'étage fonctionnait. Au moment où je me suis retiré dans ma chambre, il était encore branché. Il a dû être coupé aussitôt après.

Son vêtement de jogging était fripé, la barbe naissante alourdissait légèrement les contours de ce visage dont la régularité et l'harmonie plaisaient à Hazel. Elle se fit aimable et se tourna vers Betty.

— Si Mrs Clark veut bien se donner la peine de me raconter sa version, j'aimerais bien…

Betty tremblait de colère. Sa version ? Hazel poursuivit :

— Une mère voit tout, sait tout, sent tout. Grâce à vous, peut-être découvrirons-nous un détail important.

Betty observait Hazel. Il n'y avait pas l'ombre d'une perfidie dans sa remarque, même pas la haine habituelle qu'elle vouait à l'intruse. Elle semblait attentive et généreuse.

— Je n'ai pas terminé, intervint Lord… Je suis sorti plusieurs fois dans le couloir entre 21 heures et

23 heures. J'ai même dérangé Han – apparemment sans raison – à ce moment-là.

— Lord est venu, bégaya Han. Juste avant que vous m'appeliez pour que je monte vous masser, monsieur…

— Que voulait-il ? demanda Hazel.

— Comme d'habitude. Savoir si j'avais besoin de quelque chose, moi ou les enfants…

— Merci, Lord, dit Hazel.

Betty l'écoutait et tentait de garder son calme. Hazel n'avait pas à remercier Lord. Elle était employée, elle aussi.

Hazel continua :

— Je suis heureuse de mieux vous connaître. Quelle conscience !

Son regard glissa de Betty à Lord.

— Et alors ? insista-t-elle.

Han poursuivit :

— Je lui ai dit que les enfants dormaient bien et que j'allais bientôt éteindre à mon tour.

Hazel se tourna vers Willy. Le hasard la hissait ce soir sur un piédestal. Elle jubilait : cette promotion l'enchantait.

— Monsieur, me permettez-vous de vous poser une question ?

— Je vous écoute.

— J'imagine que quelques minutes après le dernier contrôle, vous avez appelé Han.

— Comme d'habitude.

— Je suis montée à 22 h 30, dit Han.

— Avec l'ascenseur ?

— Oh non, madame. Par l'escalier intérieur.

— Vous êtes donc venue jusqu'au hall.

— Oui, madame.

— Donc, vous êtes passée devant la porte de Lord ?

— Oui, madame.

— N'avez-vous rien entendu ?

— Sa télévision, madame.

Lord encaissa le coup sans broncher. Sa télévision, la veille au soir, ne fonctionnait pas. Il lisait, allongé sur son lit.

— Vous êtes donc montée ensuite chez M. Harrison ?

— Oui, madame…

— Et ensuite ?

— Lorsque je suis descendue, les lits des enfants étaient vides.

— Je vois, dit Hazel. Si j'ai bien compris, monsieur – et elle se tourna vers Willy –, vous tenez l'un des kidnappeurs… la fille.

— C'est exact.

— Si nous allions l'interroger ? suggéra Hazel. Mais avant de la voir, puis-je me permettre de me renseigner auprès de Mrs Clark ? Certaines petites choses me gênent…

— Allez-y, dit Willy.

— Chère madame Clark…

— Vous pourriez appeler ma nièce « Betty », déclara Harrison.

— Han, allez dans la chambre des enfants, et restez près de ma fille, dit Betty.

— Oui, madame.

La Chinoise ne demandait pas mieux que de quitter le salon.

— Madame Clark, avez-vous regardé la télévision vous aussi ? demanda Hazel.

— Quelle importance !

— Les ravisseurs se sont introduits dans l'appartement avec des clefs qu'ils possédaient. Y compris celle du système d'alarme du couloir. Comme me l'a précisé M. Harrison, ils étaient cachés dans la chambre où il y a la trappe. Mais ils sont sortis à un moment donné…

— Lorsque j'ai entendu Han crier, dit Betty, il était trop tard.

— Vous dormiez si bien ?

— Non, je ne dormais pas. La preuve : j'ai entendu crier…

— Évidemment, dit Hazel. Faut-il que je sois bête ! Si vous aviez dormi, vous n'auriez pas entendu les cris tout de suite.

— Où voulez-vous en venir ?

Willy intervint :

— Betty, tu n'as pas dit à Hazel que lorsque tu es sortie de ta chambre, Lord était déjà dans le couloir.

— C'est exact.

— Une affaire désolante ! s'exclama Hazel. Monsieur – elle dominait presque Harrison –, lorsque vous m'avez dit que la fille que vous tenez était la jumelle Connors, j'ai failli me trouver mal. Où est ce monstre, monsieur ?

— En haut, répondit Willy. Sous la surveillance de Léo. Il n'a même pas fallu l'attacher : avec mon python dans la pièce, elle ne peut pas faire un mouvement sans risquer d'être étouffée.

— C'est parfait, dit Hazel. Si vous le permettez, je

voudrais jeter un coup d'œil dans le couloir et dans l'appartement de Mrs Clark. Si elle le permet aussi, bien sûr. Ensuite, nous monterons la voir.

— À votre guise, répondit Betty. Je vous accompagne.

— Inutile : je connais le chemin. Depuis que j'ai dirigé les travaux d'embellissement, ces lieux me sont familiers.

— Je vous accompagne ! répéta Betty.

Hazel sortit du salon après s'être inclinée obséquieusement devant Betty. Elle se sentait follement heureuse. Enfin, elle jouait le rôle principal ! Tous les fantômes serviles du salon l'avaient écoutée, suspendus à ses pensées. Y compris le grand patron emballé dans sa graisse et couvert de ses millions de dollars. Le garde du corps anglais, séduisant et dangereux. Liu et Han, ce couple de tueurs à gages engagé par Willy à Hong Kong. Le chauffeur d'origine vietnamienne, Wang, meurtrier de l'adolescent de Chinatown et de Freedman, minable « enquêteur sociologue » de Diamonds and Co. Et Werner, qui fumait dans un coin, attaché lui aussi au service de Harrison et, comme la plupart, tenu en laisse par un dossier susceptible de l'envoyer en prison pour des années. Ils avaient tous une raison de se venger de Harrison et chacun d'eux rêvait de contempler le corps refroidi de leur patron.

Hazel se dirigea d'un pas rapide vers la chambre de Betty. Elle traversa le petit hall et entra dans le studio de Lord. La télévision fonctionnait, bien que le volume eût été coupé. Il y avait quelques livres près du lit.

— Curieux, n'est-ce pas, dit Hazel en se tournant vers Betty. Votre garde du corps se serait endormi avec la télévision allumée en face de son lit ? Après avoir coupé le son et, donc, après le passage de Han… Que de livres, dites donc !

Elle fit quelques pas, se pencha et ramassa un ouvrage. Puis elle s'exclama :

— Les êtres humains sont de vrais mystères ! Un tueur qui lit Dickens ! C'est plutôt amusant, non ? Il a massacré une hôtesse au Dollar et il lit *Pickwick Club*. Il doit avoir l'âme sensible par moments. Qu'en pensez-vous ?

— Je n'en sais rien, dit Betty.

Elle allait quitter la pièce. Hazel l'attrapa par le bras.

— Pas si vite, ma chère. Je viens avec vous. Chez vous…

— Je le sais. Mais j'ignore ce que vous cherchez chez moi.

— Parce que vous pensez que je cherche quelque chose ? Vous n'êtes tout de même pas suffisamment cachottière pour jouer un mauvais tour à votre oncle en camouflant un détail ?

— Ne m'agacez pas, dit Betty.

La combattante émergeait enfin de l'anesthésie.

— Je veux retrouver mon enfant. Vous, vous ne songez qu'à m'humilier. Je refuse ces investigations.

— Comment voulez-vous que je vous aide si je ne comprends pas clairement le déroulement des événements ? Il faut essayer de trouver le traître, sinon nous pourrions être piégés à chaque instant. Il ne faut pas vous énerver, ma chérie, dit Hazel. Gardez votre calme…

Betty haussa les épaules, entrouvrit la porte de la chambre des enfants. Han avait mis Patty au lit.

— Ne la quittez pas une seconde, Han.

— Non, madame.

Puis elle pénétra dans sa propre chambre, suivie par Hazel. Celle-ci éprouvait un profond sentiment de satisfaction. Elle renifla les odeurs avec délice, devinant les empreintes à peine palpables d'une vie privée. L'atmosphère de la chambre, ce luxe, ces parfums sur la table de chevet, cet oiseau en onyx qui tenait une montre précieuse dans son bec, les diamants…

— Vous laissez traîner ces merveilles ? Pourquoi ne pas les garder dans votre coffre ?

— L'appartement à lui seul est un coffre-fort…

— Était…

Hazel s'approcha de la penderie. La surface rosée des miroirs renvoyait l'image des deux femmes. Hazel regarda Betty, songeant que cette hypocrite au visage de vierge égarée connaissait les hommes. Elle savait tout d'eux : leurs vices et leurs faiblesses. Tandis qu'elle, Hazel, avait toujours eu peur de ces bêtes et de leurs mensonges. Elle n'avait qu'une seule passion : le pouvoir – et donc Harrison. Très laid et très riche, il possédait ce que la secrétaire adorait : la puissance. Elle avait toujours espéré qu'un jour, lorsqu'il serait vieux et impotent, il l'épouserait. Elle deviendrait alors la fidèle compagne de travail, la complice des meurtres. Elle souhaitait le voir infirme. Qu'il ne puisse pas faire un mouvement sans elle. Qu'il lui soit livré. Tout se serait probablement passé pour le mieux si la nièce n'était pas apparue…

— Vous permettez ? demanda Hazel, dominant difficilement sa jalousie.

Elle pénétra dans la salle de bains. « Il l'a sortie du caniveau pour lui offrir un luxe insensé », pensa-t-elle. Puis elle reprit le contrôle d'elle-même. Elle toucha la main glacée de Betty.

— Il faut être indulgente. Je me suis énervée, poussée par la compassion.

— Avez-vous trouvé ce que vous cherchiez ?

— J'espérais des indices.

— Dans ma chambre ?

— Vous n'avez jamais eu confiance en moi, dit Hazel.

Elle regardait ce visage fin ; la fatigue et l'angoisse le rendaient encore plus beau.

Elle tourna la tête vers la table de chevet et considéra la coupe débordante de diamants.

— Ils auraient dû prendre vos diamants. Ç'aurait été plus logique.

— Cela ne m'aurait pas émue, dit Betty.

— Vous avez un passé tourmenté. Beaucoup de rencontres, beaucoup de gens côtoyés… Essayez de vous reposer un peu. L'attente sera longue. Il est impossible de prévoir les mouvements d'humeur d'un ravisseur. À la moindre alerte, Slim Connors assassinera votre fils.

— Cessez de me torturer, dit Betty.

— Je voulais vous rassurer, répondit Hazel avant de s'éclipser.

Les yeux de Betty étaient secs, sa respiration accélérée. Elle sortit de chez elle et se dirigea vers la chambre des enfants. Patty dormait. Han était assise par terre devant le lit. Betty rejoignit son oncle au salon. Hazel était auprès de lui. Werner, maladroit, servait du café.

Wang entra dans la pièce et glissa un message à l'oreille de Willy.

— Quoi ? Encore ce fou ? s'exclama l'obèse. Foutez-le dehors. Je ne veux rien savoir de ce cinglé.

— Quel cinglé ? demanda Betty.

— Tu le sais bien.

— Non !

— Le fou d'en face, collé sur nous. Jetez-le dehors. Il ose venir nous importuner en pleine nuit !

Wang ajouta quelques mots à voix basse.

— Alors jetez-le dehors poliment, dit Willy. Personne ne doit savoir ce qui se passe ici…

Hazel se pencha vers Willy :

— Qui, monsieur ? Qui veut venir ?

— J'aimerais aussi le savoir, dit Betty.

— Le détraqué. Le type d'en face, dit Willy au moment où Betty quittait la pièce.

Au rez-de-chaussée, dans le hall d'entrée, l'homme qui remplaçait le gardien assommé par les jumeaux répétait au visiteur :

— Non. N'insistez pas. M. Harrison ne reçoit personne.

— Lui avez-vous dit mon nom ?

— Oui, mais il ne désire voir personne.

L'homme qui se tenait face au portier était mince, plutôt élégant, chaudement vêtu. Il portait une longue écharpe en cachemire.

— Pourquoi toutes les pièces du haut sont-elles

éclairées ? demanda-t-il en glissant un billet de dix dollars dans la main du portier.

— Je ne sais pas, monsieur.

— Vous serez là demain matin ?

— Peut-être. Je reçois mes ordres à la dernière minute.

— Je repasserai demain, dit l'homme. À tout hasard je vous remets une carte. Une fois de plus. Les autres gardiens me connaissent. Faites monter cette carte dès que vous pourrez.

— Oui, monsieur.

L'homme partit. Le gardien improvisé examina la carte : « Axel von Eberhardt. Import-Export. » L'adresse privée et le numéro de téléphone figuraient sur le petit carton.

Axel von Eberhardt hocha la tête. Il était agacé. Il habitait juste en face de l'immeuble dont Harrison possédait les deux derniers étages. Il n'y avait là ni hasard ni coïncidence : les réseaux d'espionnage est-allemands lui avaient permis d'obtenir une location à cet endroit précis, en face de Harrison.

Depuis quelques mois, la cote d'Eberhardt était en baisse. Il savait que sans un succès éclatant, on le rejetterait comme un citron pressé. Il fallait réussir l'opération, échanger la drogue contre les diamants et prouver qu'il était encore et toujours d'une rare efficacité. L'Est semblait se fermer devant lui. On avait toujours su qu'il était agent double, et on l'avait utilisé à ce titre. Or, depuis quelques semaines, ses contacts se raréfiaient et la personnalité du service de contre-espionnage américain qui le protégeait de ce côté-ci ne le rappelait plus. Il était possible qu'un camp l'eût lâché. Mais si les deux s'y mettaient, la situation deviendrait alarmante. Sans coup brillant, sa vie ne vaudrait plus grand-chose. La clef de son avenir s'appelait Harrison. Mais Harrison refusait obstinément de le recevoir.

Eberhardt traversa la chaussée glissante, se retrouva devant l'immeuble où il habitait, pianota le code sur le tableau et pénétra dans une première entrée. Il monta les marches et s'arrêta devant la porte vitrée qui le séparait de la seconde entrée. Il sourit. Le gardien l'examina de loin, puis il appuya sur le bouton de commande et Eberhardt entra.

— Bonsoir, dit-il en soulevant son chapeau et en le remettant précautionneusement, à la manière de ces Européens aussi vieux que leur continent (pourtant, il n'avait qu'une cinquantaine d'années et se sentait apte pour les trafics de toute sorte – trop âgé pour se reclasser et, à son avis, trop jeune pour mourir).

— Bonne nuit, lui lança le portier.

Eberhardt pénétra dans l'ascenseur et monta chez lui. Devant la porte d'entrée entrouverte attendait Go, une métisse fine et belle comme un tanagra.

— Je t'ai fait du café, dit Go en zézayant légèrement.

Eberhardt était excité à l'idée d'avoir dans son lit et dans sa vie une femme qui avait une connaissance profonde des bas-fonds new-yorkais. De plus, son défaut de prononciation l'émoustillait. Ce charme involontaire avait rejoint l'utile à l'époque où Axel avait racheté Go à l'enfer de nuit de Harrison : le fameux Dollar.

Le sergent Ridder était un arriviste du genre malingre. Plus d'ambition que de muscles, plus de muscles que de cerveau. Il avait débuté comme simple flic dans la rue. Plus tard, il patrouilla la nuit en voiture. Dans son secteur, il arrivait souvent juste après les incidents. Rares étaient les occasions où il avait pu empêcher les vols et autres crimes.

Sous les ordres de Dawson, il se sentait ragaillardi. Même un type plus élevé que lui dans la hiérarchie pouvait souffrir d'un sentiment d'humiliation et d'impuissance face à la pègre de très haut niveau. Le lieutenant Dawson, pour lequel il se serait assis dans la braise – en théorie –, lui avait demandé un service personnel : contourner chaque nuit le bloc où habitait le milliardaire obèse, Harrison, l'homme qui, paraît-il, portait, incrusté dans son nombril, un diamant de cinq carats. Sa nièce circulait toujours accompagnée d'un garde du corps et, souvent, de ses deux enfants. « J'aimerais tondre cette ordure de Harrison, lui avait dit Dawson. Mais je n'ai rien contre lui. Ou plutôt, tout dans la tête, rien dans les mains. »

Le sergent Ridder, agacé par l'odeur d'ail qui émanait de son collègue, fonça dans Madison, tourna à la hauteur de la Gare centrale et s'engagea en ralentissant dans Park Avenue. Une bouillasse humide s'accumulait sur le pare-brise. Ridder essaya d'apercevoir les étages de Harrison. Il quitta Park Avenue une rue plus loin, rejoignit la 5e Avenue, descendit d'un bloc et revint dans la rue au coin de l'immeuble de Harrison. Il stoppa la voiture près du trottoir de façon à pouvoir observer le sommet du bâtiment. Son compagnon, qui louchait légèrement vers l'extérieur, lui demanda pourquoi il s'arrêtait.

— Mange, lui dit Ridder. Tu n'as pas à réfléchir. Mange.

Ridder remarqua que presque toutes les pièces des deux étages qui appartenaient à Harrison étaient éclairées. Pourtant, on n'avait pas signalé de réception mondaine chez le gros lard.

Un taxi freina devant la forteresse de Harrison. Une femme en descendit, paya et s'engouffra aussitôt dans l'entrée. « À cette heure-ci ! » s'étonna Ridder. Hésitant, il composa sur le cadran du téléphone de la voiture le numéro de Dawson.

Une voix de femme répondit :

— Oui ?

— C'est Ridder à l'appareil. 'soir madame. Vous me passez le patron ?

— Il allait sortir. Attendez…

Quelques secondes passèrent, puis Ridder entendit la voix de Dawson :

— Oui ? Ridder ? Quoi ? J'allais faire un tour où vous savez…

— J'y suis. Si ça vous intéresse, une femme vient

d'arriver en taxi. Les fenêtres des deux étages sont éclairées. Toutes. Vous m'avez demandé de vous signaler le moindre détail…

— J'arrive, dit Dawson, surexcité. Indiquez-moi exactement l'endroit et j'arrive.

— Ce n'est peut-être pas la peine, patron…

— Je viens. Donnez-moi précisément votre position.

Un quart d'heure plus tard, Dawson s'installait dans la voiture de Ridder. Le flic assis derrière grignotait des crackers. Devant les grognements répétés de Dawson, il abandonna son travail de rongeur.

— Comment était la femme ? demanda Dawson.

— Je ne sais pas.

Peu après, Dawson descendit de la voiture, avança à pied jusqu'au coin et s'engagea dans Park Avenue balayée par le vent. Il aperçut la silhouette d'un homme qui traversait et pénétrait dans l'immeuble de Harrison. L'homme en ressortit quelques instants plus tard. Il traversa à nouveau l'avenue et se retrouva sur le trottoir. Dawson se colla contre un mur d'angle. « Quelque chose est arrivé chez Harrison, pensa le policier, quelque chose… »

Il décida d'attendre.

*

* *

Joan était furieuse. Elle battait son oreiller. « J'ai épousé un raté, un frustré, un maniaque, un fou. Qu'est-ce que c'est que ce crétin qui attrape le démon de midi, qui s'amourache d'une ancienne pute, d'une sale hypocrite ? »

Le téléphone sonna.

Furieuse, Joan décrocha :

— Allô ?

Rien de l'autre côté.

— Allô ? Qui est à l'appareil ?

Rien qu'un petit souffle, une présence timide. Joan savait d'instinct que si elle parlait plus doucement, comme elle le faisait d'habitude, l'inconnu répondrait…

Mais, dans un accès de colère qu'elle ne voulut pas dominer, elle se mit à crier :

— Ne dérangez pas les gens en pleine nuit avec des coups de téléphone anonymes !…

L'inconnu raccrocha.

« Certains collectionnent de l'argent, et nous, les cinglés… », pensa Joan.

Betty raccrocha. Elle avait voulu entrer en contact avec Dawson. Lui dire qu'elle avait besoin d'aide. Elle serra ses deux mains sur sa poitrine. Elle regarda le téléphone. La femme de Dawson ne semblait pas commode. Betty se recroquevilla sur elle-même puis se leva et gagna le salon. Ils étaient tous là, figés dans une attente de plus en plus intolérable.

Lorsqu'elle referma la porte, Hazel déclarait :

— Maintenant, je voudrais voir la fille. Si on pouvait en tirer des informations…

— On pourrait, dit Willy. Mais ensuite, il n'y aurait plus de Jimmy. Espérons au moins que Léo l'aura adoucie… Il faut voir.

Willy emprunta l'escalier intérieur, suivi par Hazel. Il s'agrippa à la rampe puis s'arrêta sur le petit palier en forme de demi-lune. Il respira longuement et son attention se fixa sur Lord. Soudain, il imagina sa nièce dans les bras de l'Anglais. Il refusa furieusement l'image. N'importe quoi, mais pas ça. Qu'elle eût été la prisonnière d'un proxénète, qu'elle eût épousé un minable, un type honnête et fade, qu'importe ; mais il ne lui accorderait jamais le droit d'aimer un homme. Betty lui appartenait.

Willy détacha les yeux de Lord et arriva à l'étage où se trouvait son appartement.

— Je vous ai fait attendre, dit-il à Hazel qui le suivait.

— Vous étiez perdu dans vos pensées…

Il se retourna et tapota le dos de cette femme à qui il pouvait faire confiance. Le seul être dans son entourage qui lui fût vraiment dévoué.

Dans le couloir éclairé par des appliques dorées, Willy s'arrêta.

— Si elle sait quelque chose, elle le dira. Elle est enfermée avec Léo. Même si le python n'a pas bougé, il fait peur. Personne ne peut résister nerveusement à Léo.

Hazel réprima une légère nausée. Elle n'avait jamais avoué à son dieu, Willy, son horreur du serpent, emblème de la puissance du milliardaire. Il l'avait ramené longtemps auparavant d'un voyage en Afrique. Il l'avait dompté, apprivoisé. Ne racontait-on pas dans le milieu que le python, sensible aux ultrasons, pouvait étrangler n'importe qui au moindre coup de sifflet de Harrison ?

— J'espère qu'il n'a pas fait de mal à la fille, dit Hazel.

Willy la dévisagea.

— Vous êtes inquiète ?

— Oui. Pour Mrs Clark. Si on ne retrouve pas le petit garçon, elle deviendra folle de chagrin.

— Votre sympathie pour elle me touche, dit Willy.

Ils parvinrent devant la première porte du couloir.

Juste à côté, entre deux appliques, une peinture moderne était accrochée : un paysage abstrait figurant des effets de lumière sur un lac.

— Personne n'a jamais su me dire si ces reflets dans l'eau symbolisent un bateau blanc ou la lune…

Harrison savourait ce moment de détente, cet élément d'harmonie fragile.

— Je vous admire, dit Hazel. Vous savez tout, vous connaissez tout, vous aimez les arts… Vous êtes raffiné.

« Cent vingt kilos de raffinement, pensa-t-elle. Je l'aurai, Harrison… »

— Je n'aime pas être encensé Hazel, protesta le milliardaire. Je me méfie des flagorneurs.

— Je suis franche, dit-elle. Parfois, je ne peux pas modérer mon enthousiasme.

D'un geste sec, Willy ouvrit la porte.

Pour la première fois depuis qu'elle était à son service, Hazel entendit son patron crier. La pièce était aspergée de sang. La tête tranchée de Léo gisait par terre, au milieu de la chambre. Cool se dressa devant eux, un couteau à la main.

— Elle l'a tué, s'écria Willy. Elle a tué Léo… Tu ne sortiras pas vivante d'ici. Lâche ce couteau… Léo ! Léo !

Cool recula et se plaqua contre le mur.

— Tu m'as dérangée, gros lard. J'étais en train de prendre des mesures. Je voulais savoir combien de paires de chaussures on peut tailler dans la peau de cette merde…

— Léo ! dit Willy en pleurant presque.

Il s'approcha de la tête coupée du python.

— Mon Léo…

Hazel sortit de la pièce en hoquetant de dégoût. Elle appela au secours. Liu arriva le premier.

— Venez, Léo a été assassiné.

Willy était maintenant près de Cool. Il lui siffla au visage :

— Je vais te faire trancher la gorge à toi aussi…

Ils étaient si proches que chacun d'eux respirait l'haleine de l'autre.

— Si tu me touches, dit-elle, Slim découpera le gosse en morceaux, et on enverra tous les jours une ration à ta nièce… Tu pourras engager un extra pour ouvrir les paquets…

— Tu me le paieras un jour très cher…

— Non, dit-elle. Tu ne m'attraperas jamais. Et je te mets en garde, gros lard : lors de l'échange avec le gosse, tu ne pourras rien contre nous. Nous avons pensé à tout. Nous avons mis sur pied un système infaillible. Moi partie avec les diamants, tu ne pourras rien. Rien.

Deux larges mains se portèrent au cou de Cool. Des doigts épais cherchèrent la veine jugulaire. Délicatement, presque à regret, Willy commença à serrer le cou de la fille.

— Si… tu… me… fais… mal… ta nièce est foutue, gros… lard…

Le visage de Willy se voila.

— Tu… vas…

Liu entra dans la pièce. Il n'aurait jamais osé s'interposer entre son patron et l'androgyne s'il ne s'était agi du petit Jimmy. Il intervint et Willy lâcha prise. Cool s'écroula, à moitié asphyxiée. Elle haletait.

Betty arriva en courant. Hazel l'apostropha aussitôt :

— Tout est votre faute. Vous avez apporté le malheur dans la vie de M. Harrison. Et si à cause de vous sa chance l'abandonnait…

— Vous savez très bien que je n'y suis pour rien, dit Betty. Je veux retrouver mon fils…

Lord monta à son tour. Il croisa Willy dans le couloir.

— Lord, lui dit le milliardaire, Lord…

Il regarda l'Anglais. Pour la première fois de sa vie, Harrison était sur la défensive, presque affolé.

— Lord, vous m'êtes fidèle, n'est-ce pas ?

— Oui, monsieur.

— À côté du bouddha, dit Willy au bord des larmes, il y a une boîte en argent massif. Apportez-la. On y déposera la tête de Léo et on l'enterrera dans le jardin d'hiver.

Liu avait ligoté Cool qui recouvrait peu à peu son souffle. Han nettoyait la pièce, ramassant les morceaux de Léo.

— Elle avait glissé un couteau dans sa botte, expliqua Liu un peu plus tard.

— A-t-il souffert ? demanda Willy. Léo a-t-il souffert ?

— Non, fit Liu, je ne crois pas…

La tête tranchée du python fut recueillie dans la boîte en argent lourd finement ciselé, puis enterrée dans la forêt d'orchidées qui constituait le jardin d'hiver de William Harrison.

Slim suivait l'itinéraire qui lui avait été dicté par téléphone. Le brouillard était épais. Il lut difficilement sur un panneau à moitié cassé le nom de l'endroit où il devait tourner.

Après avoir quitté la route nationale, il repéra une voie secondaire encore goudronnée, puis, quelques miles plus loin, s'engagea dans un secteur résidentiel. Il chercha, s'égara dans des culs-de-sac qui aboutissaient à des barrières fermées. Il reculait alors, le cou tordu. Les plaques de verglas s'écrasaient sous ses pneus. Parfois la bourrasque balayait les franges de brouillard et laissait apparaître une lune blafarde.

Peu à peu, les résidences secondaires devinrent des tas de briques et de ciment rassemblés et entourés d'arbres nus.

Sur la banquette arrière, Jimmy grelottait. Vêtu seulement d'un pyjama et d'un pull, recouvert d'une couverture puant l'essence et d'un imperméable, il n'en menait pas large. C'était un enfant solide et intelligent. En dehors de l'amour qu'il portait à sa mère, il aimait le square, où il se battait, et la télévision. Il savait d'instinct que plus il se ferait oublier, plus longtemps il vivrait.

Hésitant, Slim finit par arrêter la voiture sur un chemin de terre. Il ouvrit la portière et sortit. D'après les descriptions, il devait être arrivé au bon endroit. La barrière de la propriété était fermée avec un cadenas. S'il devait enjamber les battants, il serait obligé de porter le gosse sur le dos. S'il le jetait de l'autre côté, le môme risquait de se casser quelque chose. Or, selon le plan établi, lors de l'échange, il devrait avoir la force de marcher et même de courir vers Harrison, dont les hommes lâcheraient simultanément Cool.

Slim examina la barrière dont les poteaux pointus étaient coiffés de neige glacée. Aucune autre solution ne se présentait : il fallait traverser la clôture, le gosse sur le dos, ou la contourner pour rejoindre l'arrière de la maison.

Les fesses serrées dans son jean, la poitrine pincée par le froid, il souffla sur ses mains engourdies pour les réchauffer. Il hésita puis aperçut une autre barrière de l'autre côté du chemin. Plus loin, il entendit le gémissement d'un chien.

Il rebroussa chemin et revint vers la voiture. Il plaqua son visage contre une des vitres arrière et contempla la masse recouverte par la couverture. Et si le gosse était mort ? Il ouvrit la portière arrière, se pencha à l'intérieur et extirpa Jimmy de l'imperméable. Il le secoua :

— Hé, réponds, hé… Tu n'es pas crevé, non ?

L'enfant gardait les paupières closes. Leurs nez se touchaient presque. Slim constata qu'il respirait. Il le secoua encore.

— Dis quelque chose.

— J'ai faim…

Slim s'arrêta net. La phrase le surprit par son naturel. Faim ? Le gosse avait faim ? S'il réussissait à pénétrer dans la baraque, il trouverait peut-être quelque chose à manger. Lui aussi avait faim.

— Bouge pas, crevard ! lança-t-il à l'enfant.

Il referma doucement la portière, s'approcha de la barrière, s'y hissa puis se laissa tomber de l'autre côté.

Après avoir traversé des espaces plantés d'arbustes devenus chauves à cause de l'hiver, il se retrouva sur une allée couverte de neige glacée. Il s'approcha de la maison. Elle était large et trapue, n'avait qu'un seul étage et ses murs étaient percés de portes-fenêtres. Les volets étaient baissés.

Slim songea qu'il se trompait peut-être de propriété. Il contourna la bâtisse et aperçut, soulagé, la piscine et le court de tennis qu'on lui avait décrits. « Ça doit être bath ici en été, pensa-t-il. Ces gonflés passent leur temps à roupiller, à baiser, à bouffer, puis, tels des monstres aquatiques, ils plongent dans l'eau. Ils font semblant de nager. Ensuite, ils secouent leur graisse en courant après les balles. »

Il trouva bientôt la porte qui lui avait été signalée. Et si son excursion à Lake City l'avait beaucoup retardé ? Si le commanditaire l'avait appelé ? Il pourrait toujours répondre qu'il avait perdu du temps à chercher l'endroit… « Il rappellera, se dit-il. Et même, s'il n'appelait plus, je pourrais mener l'opération seul. »

Grisé par son indépendance, il se sentit soudain fort et futé. La clef qu'on lui avait fait parvenir était accrochée à une cordelette nouée à son cou. Il l'enleva et ouvrit la porte. Il entra dans une pièce qu'il éclaira avec sa lampe de poche. Il y avait des tondeuses, des pelles, des sécateurs accrochés à de gros crochets fixés au mur. Une deuxième porte ouvrait sur un couloir. Slim le suivit. Il poussa ensuite l'une des portes les plus proches. Il devina une cuisine aux dimensions impressionnantes. Il avança doucement. Le réfrigérateur fonctionnait. Il l'ouvrit, s'orientant grâce à la lumière de l'appareil. Sur une étagère, il prit une pochette remplie de tranches de lard fumé. Il déchira le plastique avec ses dents, tira quelques tranches et les mâcha. Il n'osait allumer le plafonnier. Il traversa la cuisine et ouvrit une porte au hasard. Il se trouva dans une pièce et tourna l'interrupteur après s'être assuré que les volets étaient baissés. C'était quelque chose, cette piaule ! Même congelé, ça puait le fric ici. Que de fauteuils et de canapés en cuir ! Que de cendriers en pierres semi-précieuses ! Il en souleva un : un seul petit coup avec ça, et le crâne éclate comme une noix !

Au fond de la salle de séjour, un escalier intérieur bordé d'une rampe large et cossue conduisait à l'étage. Slim monta pour inspecter les lieux. Il fit irruption dans la première pièce du couloir. Cette fois, il alluma sans hésiter. Il vit un lit à baldaquin et imagina le cadavre du gosse caché ici. La distance entre le haut du lit et le plafond était suffisante en effet pour y cacher un corps d'enfant. L'idée l'amusa. Il imagina une invitée couchant ici, dans cette douce campagne, et recevant un squelette sur la figure. Il rit tout seul puis continua sa visite. Les autres chambres étaient aussi glacées et somptueusement meublées que la première.

Slim descendit. Il repéra le téléphone sur l'une des tables basses. Il décrocha le combiné pour vérifier le bon fonctionnement de la ligne. Puis il songea qu'il fallait maintenant sortir le gosse de la voiture et se débarrasser du véhicule. Sans oublier la boîte métallique. Ensuite, il s'installerait ici, peinard. Il se ferait des œufs, s'il en trouvait… Du café. Il se demanda s'il existait des œufs congelés…

Slim, soudain, devint nerveux. Il n'était pas tenaillé par le manque de drogue mais par le souvenir de quelques plaisirs de voyage qu'il avait éprouvés. Depuis sa plongée et sa guérison, il était souvent pris de fringales ; il fallait qu'il mange, qu'il bâfre, qu'il dévore des quantités de gâteaux, de sucreries, ou d'immenses plats succulents, de mets en sauce. Quand il ne pouvait pas manger, alors il devait agir, commander et se prouver à lui-même qu'il était quelqu'un. S'affirmer. Ainsi était-il sûr d'exister sans sniffer.

Il n'y avait plus de lard dans la pochette. Il s'essuya les mains sur son jean et décida d'appeler Harrison. Le fait de savoir le milliardaire à sa merci le remplissait d'une profonde satisfaction.

Il composa le numéro de Park Avenue. La sonnerie ne retentit que deux fois. Willy décrocha.

— Oui ? Harrison à l'appareil.

— C'est moi, Slim. Tas de graisse, je tiens le gosse. Je le tiens bien. Ma frangine doit être entourée d'un grand confort. Dans quelque temps je t'appellerai pour te donner des nouvelles et en prendre. Installe-la près d'un téléphone, dans un beau fauteuil.

— J'ai compris, dit Harrison. J'ai compris. Pas la peine de répéter tout cela.

— Le prochain appel sera pour ma frangine, hein ? Tu décrocheras toi-même et tu lui passeras l'appareil. Si j'entends la voix de ma sœur, le gosse te remerciera.

Il raccrocha et éprouva un immense sentiment de puissance. Maintenant, il fallait aller chercher l'enfant.

Il ne pourrait pas apporter le gosse et la boîte métallique en même temps. Ni laisser traîner la voiture dans l'allée. Ne lui avait-on pas ordonné de la conduire devant le supermarché, à un mile d'ici ? Et pourquoi, finalement, ne caserait-il pas la Chevrolet dans le garage de la propriété ?

Il se dirigea vers la cuisine. Soudain, le téléphone sonna. Slim fonça à travers le living-room, fit valser un fauteuil, ressentit une douleur violente au tibia. Il décrocha.

— Tu me fais attendre, dit la voix.

— Et tu me fais chier, répondit-il pour se rassurer.

Il souffrait à l'idée d'être traité comme un guignol. Il devait prouver à cet inconnu qu'il existait, lui, Slim Connors. Oui, il pourrait conduire la suite des opérations tout seul.

— Gueule pas, dit la voix. Le gosse ? Où est-il ?

— Il est O.K. mais il faut qu'il bouffe. Et il ne fait pas trop chaud non plus…

— Il doit être en état de courir demain soir, dit la voix. Je te préciserai la façon exacte dont il faudra procéder à l'échange ainsi que l'endroit.

— Où est-ce exactement ?

— Je te le dirai demain. Tu ne dois plus quitter la maison. Sous aucun prétexte.

— Le gosse n'est pas encore à l'intérieur de la maison.

— Qu'est-ce que tu attends ? Qu'il crève ? Et ta sœur ensuite, hein ? Une fois le môme dedans, tu amèneras la voiture devant le supermarché. Tu ressors de l'impasse, tu tournes deux fois à droite, et juste avant le patelin, tu verras le supermarché. Tu laisseras la bagnole avec la plaque de rechange du Minnesota.

— Et comment je vais revenir ?

— Tu n'as pas de jambes, connard ? Tu marcheras… Au prochain appel pour Harrison, tu préciseras que ta sœur doit porter les diamants sur elle. Tu n'accepteras aucun marchandage.

— Où suis-je, ici ? À qui appartient la maison ?

— Tu veux l'acheter, hein ? Non ? Alors ne sois pas curieux. T'es en sécurité. Ça suffit.

— Et après l'échange ?

— Vous partirez comme prévu.

— Et si quelqu'un vient ici dans la journée ? demanda Slim. On ne sait jamais.

— Si, on le sait. Personne ne viendra.

L'interlocuteur raccrocha.

Slim quitta la maison d'un pas rapide et avança vers la barrière. Il décida de ne pas conduire le véhicule au parking désigné. Il allait la caser dans le garage de la maison.

Il essaya d'ouvrir le cadenas du garage, fermé et gelé. Dans cette maudite propriété, tout tenait solidement. Il se hissa sur la palissade, se laissa retomber à l'extérieur, et atteignit la voiture. Il ouvrit la portière arrière. Sa colère contre l'interlocuteur insaisissable se traduisit dans la violence de ses gestes. Il retira l'imperméable et empoigna le gosse. Jimmy poussa un cri.

— Ta gueule !

Soudain pris de panique, Slim abattit sa main droite sur le visage de l'enfant. Puis il le prit dans ses bras. Il le trouva lourd. Il le porta sur son épaule comme un sac, contourna la clôture, remonta le chemin qui traversait un petit bois et accéda à l'arrière de la maison. Il y pénétra enfin. L'enfant gémissait.

— Boucle-la ou je t'écrase !

Jimmy pleurait silencieusement. Il appelait sa mère. Dans le living-room, Slim hésita à le lâcher. Même à travers sa veste de cuir doublée, il percevait le tremblement de son corps. Il décida de le monter au premier, enjamba les marches deux à deux, arriva en haut, ouvrit la porte de la première chambre et balança Jimmy – comme on se débarrasse d'un baluchon – sur le lit à baldaquin.

— Tu ne bronches pas, dit-il. Tu ne bouges pas. Si en revenant ici je te trouve hors du lit, je t'étripe.

— J'ai envie de faire pipi, dit l'enfant.

Il ne pleurait plus.

— Quoi ?

— Pipi…

— Mais va pisser, bon sang !

Il ouvrit la porte de la salle de bains.

— Entre, connard !

Au bout de quelques secondes, il entendit l'enfant uriner. Il l'installa ensuite dans le lit et ferma la porte, tournant la clef de l'extérieur. Puis il s'arrêta net. Il avait l'impression détestable qu'en dehors d'eux il y avait peut-être quelqu'un dans la maison. Il sentait une présence. Sa respiration s'accéléra. Il refusa cependant de céder à la peur, songeant orgueilleusement que c'était à lui d'inspirer la crainte. Il se surprit à marcher sur la pointe des pieds. Il revint devant la porte fermée. Le silence était total, le gosse ne bougeait pas. Il fallait lui donner à manger. Mais d'abord, cacher la voiture. Peut-être trouverait-il la clef du portail dans le garage.

Il descendit et traversa le living-room, puis s'engagea dans un couloir dont la porte du fond devait logiquement donner sur les quelques marches qui menaient vers le garage. Slim se retrouva bientôt dans un débarras rempli d'outils, de bacs doublés de sacs en plastique, de poubelles. Le jardinier avait tout rangé pour l'hiver.

Il entra dans un réduit qui sentait l'essence. La porte blindée donnant sur le garage était fermée. Slim revint vers le débarras, fouilla les étagères et trouva, cachées derrière une rangée de pots réservés aux fleurs d'été, plusieurs clefs. Il les prit, revint à la charge. La seconde clef qu'il essaya était la bonne. Slim pénétra dans le garage. À la lumière du débarras resté allumé, il découvrit une superbe Mercedes recouverte d'une pellicule de poussière grasse. Cette maison était peut-être dotée d'un autre garage donnant sur l'arrière de la propriété. Perplexe, Slim passa derrière la Mercedes pour explorer les lieux. Il frôla le coffre de la voiture et sentit son cuir chevelu s'engourdir tant il avait peur. Il s'arrêta. Le bouton du coffre le fascinait. Et s'il l'ouvrait ? Mais le coffre était fermé. Par la vitre arrière, il observa l'intérieur de la voiture. Il utilisa une puissante torche électrique trouvée parmi les affaires du jardinier. Il fit jouer le jet de lumière et éclaira la clef de contact sur le tableau de bord. Il se traita de trouillard, avança et tendit le bras pour ouvrir la portière, côté conducteur. Il poussa un cri. Il y avait un cadavre dans la voiture. Il recula puis avança à nouveau, promenant son faisceau de lumière.

D'après les vêtements, c'était une femme. Son visage était noir, depuis longtemps dévoré par la vermine, desséché. Un squelette habillé. Elle avait été installée à la place du conducteur lorsque la mort – sous quelle forme ? – l'avait saisie. On l'avait ensuite couchée, les jambes repliées, sur les deux sièges avant. Jamais Slim n'avait vu de macchabée dans un tel état. La nausée l'envahit. Il vomit et promena encore une fois le pinceau de la torche à l'intérieur de la voiture. À côté du levier de vitesses, il découvrit un petit sac en crocodile. Il voulut le prendre. Il courut vers le réduit à outils, trouva une perche qu'on devait utiliser pour repêcher les objets tombés au fond de la piscine. Il revint et réussit à attraper le sac avec le crochet. Il referma la voiture, essuya la poignée et le bouton du coffre avec un pan de sa chemise. Il se pencha enfin pour vérifier un détail : le pot d'échappement était bouché par un chiffon. Pourquoi la victime n'était-elle pas ressortie de la voiture puisque la portière avant était ouverte ?

Slim ramassa le petit sac et le regarda, fasciné. Le fermoir, un vrai bijou, formait des initiales. Il soupesa le sac et s'essuya la bouche du revers de la main. Puis il quitta le garage. Il n'avait aucune envie de s'aventurer plus loin…

L'affaire devenait de plus en plus angoissante. À qui appartenait la maison ? Pourquoi l'inconnu ne semblait-il pas être intéressé par le butin ? Pourquoi laisserait-il passer un million de dollars de diamants sous son nez ? Qui tenait les leviers de commande ? Qui les manipulait depuis des mois ? Serait-il tombé dans un piège qui se refermerait sur lui le lendemain ? S'il quittait la maison, la voix le retrouverait-elle encore ? Et si sa sœur et lui devenaient peu à peu des jouets entre les mains de quelqu'un ? Des jouets ou des victimes. Appâtés par l'espoir de l'argent, fonçant tête baissée vers leur perte… S'il fuyait, il ne retrouverait plus jamais Cool. Mais en cas de réussite, rien ne serait plus facile que de les exécuter à leur tour, faire disparaître leurs corps et s'emparer des diamants. Ils auraient fait le sale boulot pour mourir.

Slim referma soigneusement le garage, nettoya la poignée de la porte, essuya les clefs. Il les remit à leur place, derrière les pots.

Il pénétra ensuite dans le living-room. Le téléphone sonna. Il sursauta, comme atteint par un fouet électrique. Il décrocha.

— Allô ? dit-il.

— Je voulais seulement savoir si tout allait comme prévu, dit la voix.

— Qui êtes-vous ? Où êtes-vous ? hurla Slim, tout à coup. Dans le garage, il y a…

— Tu ne devais pas y aller, dit la voix. Plus tu désobéis, plus tu auras de difficultés. Tu pourrais même t'asseoir sur une chaise électrique. Il y a aussi l'intraveineuse des condamnés à mort…

Slim se mit à trembler. Puis il se reprit : il fallait gagner du temps, retrouver Cool et fuir.

— Je vous obéis.

— La voiture au parking. Tout de suite. Compris ?

— Oui.

Tout en parlant, il dirigeait le faisceau de la torche sur le sac. Le joli sac de femme.

— Appelle Harrison pour ta sœur. Si tu y tiens. Ensuite, remue tes fesses et va mettre la bagnole au parking. Je rappellerai.

Slim resta quelques instants l'écouteur à la main, puis raccrocha à son tour. Il s'assit par terre, sur un tapis précieux.

Il ouvrit le sac et en examina le contenu : un poudrier en écaille, un tube de rouge à lèvres, un étui à lunettes vide. C'était tout. Slim palpa l'intérieur du sac. Il allait le rejeter lorsqu'il sentit une petite protubérance dans la doublure. Il se rendit à la cuisine et chercha un couteau. Il revint et défit délicatement la doublure. C'était presque un travail de couture à l'envers. Il trouva trois feuilles aussi fines que du papier à cigarettes. Il les examina longuement à la lueur de la torche. Il découvrit une pastille en métal. Sa taille ne dépassait guère celle d'une pièce de vingt-cinq cents. Lisse, presque blanche. De l'acier ? Du platine ? Il émit un sifflement. Il ne savait pas qu'il était dorénavant mêlé à une affaire qui le dépassait largement.

Willy n'était pas au mieux de sa forme. L'arythmie cardiaque le guettait. Léo, emblème de son pouvoir silencieux et glissant, symbole de ses exécutions par personnes interposées, n'était plus. Croisant Hazel dans le couloir, Willy l'invita à le suivre. Ils se retrouvèrent dans un petit salon-bureau. Hazel prit place sur un canapé.

— J'ai failli l'étrangler, commença Willy. Si je l'avais fait…

— Oui, monsieur, dit Hazel, docile. N'importe qui aurait été saisi par la colère…

— Le chagrin, Hazel, le chagrin.

— Personne n'en doute, monsieur.

Elle détourna la tête, de peur que son regard ne la trahisse. Elle était troublée. Depuis quand son patron hésitait-il avant de faire exécuter quelqu'un ?

Willy supportait difficilement le poids de son corps. Même assis, il suffoquait.

— Il faut faire nettoyer la pièce, la désodoriser, et laver cette garce. Si on la laisse avec ce sang et cette odeur de Léo sur elle, nous allons nous trouver mal.

— Je ne pourrais pas y toucher, monsieur, dit Hazel.

Le contact physique avec un homme ou une femme – sale ou propre – la hérissait.

— Je n'ai pas imaginé un seul instant que vous la plongeriez dans la baignoire. Dites à Han de la purifier… (Il souligna le mot « purifier ».) Il faut aussi prendre contact avec Blumenfeld. Il a l'habitude d'être bousculé.

— Nous n'avons que peu de temps devant nous, monsieur, chuchota Hazel.

— Réveillez-le. Allez-y maintenant. Prenez Wang. Blumenfeld commence à « recevoir » vers 9 heures dans une chambre d'hôtel. On ne sait pas où il habite, mais faites de votre mieux.

Les phrases de ce genre humiliaient Hazel. Du rôle de confidente, elle redescendait à un niveau inférieur, elle redevenait l'employée. Mais ne devait-elle pas tout accepter pour continuer à gravir les échelons ? Prendre sur elle-même avec une patience infinie ?

— J'essaie toujours de remplir mes missions au mieux, dit-elle.

— Je veux que vous voyiez Calder, le gardien qui a été attaqué. Où est-il ?

— Il a été soigné. On lui a bandé la tête. Il est chez lui mais partira bientôt en vacances forcées à Fort Lauderdale. Il vaut mieux l'éloigner de New York. Il partira demain matin avec sa femme.

— Que sait-il ?

— Rien. Il a été attaqué par-derrière. Un sale coup sur la nuque. Il aurait pu avoir les vertèbres brisées.

— Il s'en tirera ?

— Tout à fait.

— Maintenant, allez chez Betty, dit Willy.

Hazel retrouva Mrs Clark dans la chambre des enfants. La petite luttait contre les mauvais rêves. Elle se réveillait souvent et se calmait en voyant sa mère.

— Le téléphone ? demanda Betty. Il a appelé ?

— Non. Je viens chercher les diamants. Puis-je les prendre dans votre chambre ?

— Pourquoi les diamants ?

— Ne discutez pas, c'est un ordre de votre oncle.

— Je vais vous les donner. Mais pourquoi ?

— Je vous expliquerai.

Hazel interpella Han :

— Lorsque Mrs Clark sera de retour auprès de Patty, vous irez nettoyer la fille. Elle pue.

Elle devait jouer la comédie et camoufler la joie qu'elle ressentait à l'idée que le serpent avait disparu de l'existence de Willy.

Elle quitta la pièce et se dirigea vers la chambre de Betty où elle pénétra avant cette dernière. Elle saisit la coupe posée sur la table de chevet et la reposa après avoir rassemblé les diamants dans une pochette.

— Qu'allez-vous faire de tout cela ? demanda Betty.

— Je vais les faire identifier. Un appareil à infrarouges définira la manière dont les pierres ont été taillées. Ce sera plus facile de les retrouver ensuite.

— Vous ne ferez rien qui puisse inquiéter le cinglé qui a enlevé mon fils, n'est-ce pas ? Je veux retrouver mon enfant. Qu'importent les diamants…

— Dans le milieu, le silence règne. Nous devons prendre un minimum de précautions. Comptez sur moi.

Betty retourna dans la chambre des enfants et s'installa auprès de sa fille. Han monta à l'étage. Elle demanda l'aide de Lord. Ensemble, ils pénétrèrent dans la pièce où l'androgyne attendait. La fille était recouverte de bave, de tripes, de sécrétions séchées. Elle était au bord du malaise, victime de l'odeur du reptile, semblable à un relent de marais infesté ou à des émanations de feuilles pourries. Ses mains étaient crasseuses.

Cool se méfiait de l'Anglais. Elle lui lança :

— Si tu viens me savonner, tu vas pouvoir te rincer l'œil. Mais si tu t'emballes, le gosse en bavera. C'est clair ?

Lord jeta une couverture sur elle.

— Je pue comme un étal de marchand de poissons de Canal Street au mois d'août…

— Tais-toi, dit l'Anglais.

Il emporta Cool dans l'une des salles de bains de l'étage. Han fit couler l'eau dans la baignoire aux robinets en forme de tête de dauphin. En or.

Cool émit un sifflement :

— Si après chaque ragoût de python on vous sert un bain pareil…

Elle ne put continuer. Une force irrésistible la plongea dans l'eau. Elle crut que ses poumons allaient éclater. Une image lui traversa l'esprit, une personne disant : « Alors, madame Connors, c'est la petite fille ou le garçon ? » Enfin, on la laissa émerger. Le visage de Lord était près du sien.

— Tu vas rester très sage. Tu ne parleras qu'à ton frère quand il appellera. Je serai près de toi. Si tu prononces un seul mot qui puisse l'inquiéter ou le déséquilibrer, tu deviendras infirme pour la vie.

Cool fit oui de la tête. L'Anglais lui tourna le dos tandis que Han commençait à la laver. La Chinoise ne put s'empêcher d'admirer les jambes musclées et longues comme des lianes, les hanches étroites, la longue taille, la peau fine, ce mélange de force et d'élégance. La poitrine aurait pu être celle d'un jeune homme. La fille n'avait pas de seins, hormis le dessin pâle des mamelons. Les épaules étaient larges et frêles à la fois, les oreilles, de vrais bijoux, étaient plaquées contre un crâne recouvert d'un casque de cheveux noirs. Han pensait au plaisir qu'elle aurait pu procurer à cette fille si elle n'avait pas été son ennemie.

Lord sortit quelques instants de la salle de bains. Han ne put résister à la tentation. L'androgyne allait-il réagir comme tous les autres ? Avec une douce lenteur, elle remonta ses mains à l'intérieur des cuisses. Les attouchements aboutirent à un point précis de l'aine.

Cool la dévisagea et dit :

— Je sais aussi faire du ragoût de Chinetoque. Si tu continues à me toucher, je te tue.

Elle ajouta avec grâce :

— À la première occasion.

La Chinoise la savonna brutalement.

— J'espère qu'elle se tait, dit Lord, de retour dans la salle de bains.

— Oui, monsieur, dit Han. On peut la sortir de l'eau, maintenant. Elle n'a jamais été aussi propre…

Ils soulevèrent Cool et l'enveloppèrent dans un peignoir de bain doux et rose, semblable à un crépuscule de mai. Debout, elle était aussi grande que Lord. Elle s'approcha de lui et dit avec une impertinence folle :

— Merci de m'avoir lavé les cheveux…

Les miroirs de la salle de bains étaient voilés de buée. Ils étaient là, face à face, dans une intimité chaude et humide. Han se fit toute petite.

— Tu n'étais pas dans ta chambre quand on s'est attaqués aux gosses, dit Cool près du visage de Lord.

— Je peux te noyer, répondit celui-ci. Tu vas te tenir tranquille ? Je t'ai avertie. Ne dis plus rien.

Il se détourna rapidement. Elle voulut lui cracher au visage mais la salive, après avoir manqué sa cible, coula sur son menton.

Selon les instructions de Willy, ils amenèrent Cool au salon et l'installèrent dans un fauteuil. Enveloppée dans l'un des immenses peignoirs de Willy, pieds nus, les cheveux mouillés, elle devint la vedette de ce cirque d'enfer.

Lorsque Slim appela, Betty lui parla avant de lui passer Cool.

— Votre sœur va bien. Je vous en supplie, rendez-moi mon fils. Je vous donne tout ce que vous voulez, y compris les diamants. On ne vous recherchera pas. Ne faites pas de mal à mon fils, je vous en supplie…

— Pour le moment, il va bien, répondit Slim. Il a un peu chialé en appelant « maman, maman », comme ça…

Il imita la voix d'un enfant qui geignait.

— J'aimerais lui parler, dit Betty. Je vous en prie !

— Passe-moi d'abord ma sœur, exigea Slim. Ton gosse roupille, tu lui parleras demain.

Cool regardait Betty avec l'intérêt malsain d'un enfant qui surveille l'agonie d'un insecte.

— Oui, dit-elle à Slim, ça va. Ils feront exactement ce que tu leur diras de faire. Mais il faut en finir rapidement. Je ne supporterai pas de les voir trop longtemps.

Craignant que les appartements de Willy Harrison fussent sur table d'écoute, Slim voulut interrompre la conversation.

Willy entra dans le salon à ce moment-là.

— Quand et où ? demanda-t-il en prenant le combiné des mains de Cool.

— Tu le sauras en temps utile. T'es pas le seul à vouloir retrouver quelqu'un. Toi, c'est le môme, et moi, c'est ma sœur. Et les diamants. Reste près du téléphone.

Après avoir raccroché, Slim se sentit plutôt satisfait de lui. Mais il avait froid, faim, et peur aussi. La présence du cadavre dans la voiture l'effrayait au plus haut point. Il se dirigea vers la cuisine pour y faire du café. Il voulait également donner quelque chose à manger au gosse. Il vérifia les ouvertures et constata que les volets étaient fermés partout. Il tourna le commutateur et fouilla la cuisine à la recherche de nourriture. Il inspecta les placards, trouva des biscottes, du lait en poudre et du café. Il mit de l'eau à chauffer, but plusieurs tasses de café et mangea des biscottes. Puis il monta une tasse de lait chaud à Jimmy. Même protégé par la couverture, le gosse grelottait.

— Sors de là, avorton, lui dit-il. C'est moins bon que chez ton oncle, mais c'est chaud.

Jimmy leva les yeux et prit la tasse que Slim lui tendait. Il se brûla les lèvres au contact d'un liquide épais. Slim avait versé la moitié d'une boîte de lait en poudre dans la tasse. « On n'est pas responsable de ceux qui nous engendrent », pensa Slim en observant le gamin. Cool et lui ne savaient rien de leurs vrais parents.

— Je retournerai quand chez maman ? demanda Jimmy.

— Ta gueule ! répondit machinalement Slim.

Il était tourmenté par la présence du cadavre dans le garage. Malgré les diamants, il maudissait leur mission et craignait un piège. L'idée même de renvoyer le gosse « préparé » comme il devait le faire l'inquiétait. Le comportement de Cool le tourmentait aussi. Sa sœur avait changé : depuis des mois, leur fabuleuse entente avait été ébranlée. Et Mrs Clark ? Cette femme autour de qui les événements se précipitaient, s'entrechoquaient… Elle aurait dû s'acharner sur Cool et sur lui-même. N'avaient-ils pas tué son mari en Floride ? Elle n'aurait pas dû les épargner.

Chaque détail de cette nuit restait gravé dans la mémoire de Slim. Il se souvenait des visages blêmes, des femmes utilisées et rejetées, des souteneurs, des truands, des hommes de main de Harrison. Il se rappelait aussi les heures d'attente dans la cave de la boîte de nuit, la nourriture froide qu'on leur avait balancée, la perte de conscience due au chloroforme. Ils s'étaient réveillés dans une voiture en stationnement sur un chemin de terre, quelque part dans le Maryland. Avec quelques dollars en poche et leur permis de conduire. Ils étaient revenus à leur tanière puis s'étaient installés dans la maison-dortoir de Brooklyn. Peu après, la voix les avait contactés.

Slim regarda le môme et sa moustache de lait. Il était exaspéré.

— C'est fini maintenant ? s'écria-t-il, pris d'une violente colère.

Pour échapper à la gifle, Jimmy se glissa jusqu'au menton sous la couverture.

— Et ne bouge pas, hein, merdeux, ou je te casse en petits morceaux !

Le môme fit oui de la tête. Slim pensa qu'il n'était pour rien dans tout cela. Une monnaie d'échange, simplement.

Il quitta la chambre et décida de lutter contre le sommeil en fouillant la maison. Il voulait savoir à qui cette baraque appartenait. Un nom, il fallait trouver un nom. Il se souvint d'avoir aperçu une pièce qui ressemblait à un bureau. Il dévala l'escalier et, errant çà et là, retrouva l'endroit. Il s'attaqua à un meuble dont il inspecta les tiroirs : ils étaient tous vides. Après avoir ouvert les penderies du rez-de-chaussée, il s'arrêta soudain. Le sac. Le sac en croco. Il revint vers la pièce où il l'avait laissé, et taillada le cuir jusqu'au moment où, gloussant de plaisir, il découvrit une deuxième pastille métallique. Une toute petite pièce ronde et brillante. Il ramassa son butin et le glissa dans une enveloppe : trois feuillets dont deux plus épais que le premier, et deux pastilles en métal. « Et si je roupillais un peu ? » pensa Slim.

Dawson brûlait d'impatience en observant les fenêtres éclairées de l'immeuble de Park Avenue. Ridder avait déjà fait trois fois le tour du bloc, parcourant les rues glacées et endormies. Puis ils s'étaient à nouveau planqués en face du bâtiment, dans la voiture.

— Je ne peux pas m'en aller, dit Dawson. Je ne peux pas. Il faut que je reste là. Même si je fais pousser des racines et que je crève ensuite, il faut que je reste. Je sais qu'il y a quelque chose.

Ridder bâillait à côté de lui.

— Vous allez la décrocher ! dit Dawson.

— Quoi ?

— Votre mâchoire !

Ridder se tassa sur lui-même, les épaules baissées, le menton sur la poitrine. Il dormait à moitié. L'autre, derrière, son collègue, bouffait. Il avait une réserve inouïe de boîtes de carton et de pickles en gobelets. Une furieuse odeur de cornichon empestait la voiture.

— Des cornichons ? dit Dawson, des cornichons, au petit matin ? Il faut avoir un estomac spécial.

— Offrez-moi un café et des œufs et je vous donne mes cornichons.

— Toujours la bouffe, la bouffe, dit Dawson.

Puis il appela son appartement à partir de la voiture. Il expliqua à Joan qu'il voulait seulement lui dire qu'il l'aimait. C'était faux mais il avait besoin de son aide et de son réconfort. Joan lui dit que tout allait bien…

Après qu'il eut raccroché, elle resta éveillée. Elle aurait dû parler du coup de téléphone. Elle avait honte. Elle était persuadée que l'appel venait de Clark, la première femme qui avait réussi à s'incruster dans le cerveau de son mari. « Tant pis, se dit-elle. Personne n'est parfait. »

Alors qu'il roulait lentement autour du bloc, Dawson aperçut Wang, le Vietnamien, qui sortait par la porte de service de l'immeuble. Il était 3 heures du matin. Dawson décida soudain de faire une tentative, même si elle était désespérée. Il allait voir Harrison.

*

* *

— Quoi ! s'exclama Harrison. Ce flic ici ? Maintenant ? Foutez-le dehors !

Sa nièce l'observa, pleine de rancœur. Prisonnière depuis l'enfance d'une famille impossible, élevée dans des bas-fonds combinards parmi les escrocs, dans l'ombre d'une femme martyre – sa mère –, elle n'avait jamais pu empêcher le destin de frapper. À cause de l'Oncle. Depuis toujours : l'Oncle ! Mais ce monstre de chair débordante, dont l'affection la rebutait, l'attirait parfois. Elle songeait qu'il serait excitant de le placer un jour sous son influence.

Willy se tourna vers Betty.

— C’est insensé ! Ce Dawson erre autour de l’immeuble depuis des heures. Il faut le chasser.

Il se laissa tomber dans un fauteuil.

— Je dois dormir au moins une heure.

Il se releva péniblement, se retira dans sa chambre et fit appeler Han pour qu’elle lui massât les pieds. Il lui signala par un grognement qu’elle pouvait commencer.

— Que se passe-t-il avec Patty ? demanda-t-il dans un souffle.

— Mrs Betty est à ses côtés. La petite dort.

— Han, dit-il, je veux savoir la vérité.

Ramassés à Hong Kong, sauvés d’une sordide histoire de mafia locale, Liu et Han devaient leur vie à Harrison. Ils le haïssaient pourtant, car en échange de leur existence, leur maître les avait transformés en tueurs. Han devait satisfaire Harrison sur tous les plans : ses mains savantes devaient aussi bien assassiner que l’exciter et lui procurer toutes sortes de plaisirs. Dans la maison, seule Betty était comme un rayon de soleil. Elle considérait la Chinoise non comme un objet mais comme une femme digne. Han s’était attachée à elle et aux enfants.

Tout en travaillant les doigts de pied de Harrison – chaque pression correspondait à une terminaison nerveuse –, Han revoyait la scène vécue cette nuit. Elle descendait de l’appartement de son maître et arrivait sans bruit grâce à ses chaussons en feutre, lorsqu’elle vit Lord et Betty s’observer, s’approcher l’un de l’autre puis se souder dans une étreinte passionnée.

Willy poussa un soupir de contentement. Le massage le détendait.

— La vérité, grommela-t-il.

— Ce que vous avez déjà entendu, monsieur, dit Han. Rien d'autre à ajouter.

Elle prit garde à ne pas changer le rythme de son massage pour que l'homme qui régnait sur leurs existences ne pût déceler la moindre modification dans les attouchements et deviner un mensonge.

— Quelqu'un me trahit, Han, dit Willy. Il y a un traître sous mon toit. Un traître qui se venge à travers les enfants de ma nièce.

— Je ne sais pas qui peut vouloir du mal à Mrs Betty, dit Han.

Il fallait calmer le patron, l'apaiser.

— Qui ? Han, qui ?

Han se pencha sur les pieds de son maître. Parfois, il lui semblait que ces pieds étaient des personnages qu'il fallait servir et satisfaire.

— Appelle ma nièce, dit Willy.

Han eut l'impression que le maître de leur mauvais destin, celui de son mari et d'elle-même, devinait ses pensées.

— Je ne continue pas le massage ?

— Appelle ma nièce.

Han obéit. Quelques minutes plus tard, Betty apparut.

— Laisse-nous, Han, demanda Willy.

Puis il se redressa sur son lit.

Betty attendait. Elle le regardait avec haine, violence et aussi une attirance qu'elle se niait à elle-même, farouchement.

— On retrouvera Jimmy, dit Willy. Nous suivrons les instructions que nous donnera Connors. Je viendrai aussi.

— Si quelque chose arrivait à mon fils, je me tuerais, dit Betty.

— Tu laisserais ta fille seule au monde ?

Betty se tut.

— Tu me détestes, constata-t-il douloureusement.

— Je veux récupérer mon enfant et changer de vie après, déclara Betty. Je ne suis responsable de personne. Ni de mon père ni de rien. Laissez-moi partir avec mes enfants. Je m'installerai loin de New York et gagnerai ma vie.

— Comme quoi ? Vendeuse ou secrétaire ? Qui t'engagerait avec ton passé ? Tu n'as pas encore compris que tu es mon héritière, ma seule famille ? Tu devrais être un peu plus attachée à moi.

Elle détourna la tête.

— J'entretiens ta mère dans l'une des cliniques les plus élégantes d'Atlanta.

— Sous bonne garde.

— Tu as pu lui parler…

— Elle ne m'a rien dit.

C'était faux.

— Betty, ma chérie, réponds à une question : tu t'entends bien avec Lord ?

— Je suis bien avec tout le monde.

— Sauf avec ma fidèle Hazel.

— Je dois l'accepter telle qu'elle est.

— Tu mesures trop tes paroles, dit Willy. Et tu sembles épuisée. Comme nous tous. As-tu pris un peu de café ?

— Werner m'en a donné.

Elle luttait contre le sommeil.

— Et si tu te reposais un peu ici ?

Elle se sentit soudain si lasse qu'elle accepta de

s'allonger sur le grand canapé qui occupait le fond de la chambre. Elle s'assoupit aussitôt.

Willy attendit puis se leva et la regarda dormir. Il aurait pu lui caresser les cheveux, toucher son cou fragile, effleurer de sa main puissante l'élégant profil de sa nièce. Il observa avec attention son visage. Endormie, Betty lui appartenait totalement.

Harrison marcha dans la chambre puis pressa le bouton de la sonnette posée sur sa table de chevet. Celle-ci était faite d'un plateau en onyx noir veiné çà et là de filets blancs et bleus.

Liu se présenta.

— Couvrez ma nièce.

Le Chinois apporta une couverture et la posa sur la jeune femme. Willy regagna son lit.

— Liu ?

— Oui, monsieur ?

— Elle ne va pas attraper froid ?

— Je ne crois pas, monsieur.

— Couvrez ses pieds aussi, s'il vous plaît.

Willy fit ensuite venir Hazel, qui, en entrant dans la pièce, jeta un coup d'œil sur Betty.

— J'ai fait ce que vous m'avez demandé, dit-elle. Mais j'ai mis très peu de calmant dans son café. Juste ce qu'il faut pour l'endormir.

— Prenez une chaise… Nous avons été trahis, Hazel.

Elle aurait voulu lui dire que leurs problèmes avaient surgi depuis l'arrivée de Betty Clark ; elle aurait aimé le mettre en garde contre sa nièce. Mais il fallait avancer précautionneusement…

— On a tué Léo aussi, poursuivit Willy, faisant à voix basse l'inventaire de leurs malheurs.

— Il n'a pas dû souffrir, dit Hazel.

— C'est son assassin qui souffrira le jour où Jimmy sera en sécurité…

— Je présume que les conditions de l'échange ne laisseront guère la possibilité de tricher ni de déjouer le frère…

— Mais après, dit Willy, après, on les retrouvera tous les deux.

Elle déclara doucement :

— Je me demande ce que Lord a réellement fait pendant le rapt…

— Il dormait, Hazel, fit Willy, très calme. Même lui, il a le droit de dormir.

— A-t-il une femme dans sa vie ? demanda Hazel sur le ton de la confidence.

— Vous voulez suggérer que ma nièce est une bien jolie femme et Lord un homme séduisant ?

La colère s'empara de Willy. Sa virulence l'étonna lui-même.

— N'essayez pas d'intriguer…

— Oh non ! s'exclama Hazel. Quelle idée, monsieur ! En parlant de Lord, j'essayais seulement d'imaginer un rêveur parti dans ses fantasmes… et prêtant ainsi peut-être moins d'attention aux événements extérieurs…

— Rêveur ? Fantasmes ? De quoi parlez-vous ? Il a massacré une femme au Dollar. C'est un tueur. Il l'a prouvé.

— Je ne voulais pas vous fâcher, dit Hazel. Nous étions en train d'analyser la situation…

— Hazel, vous êtes la seule à connaître l'étendue de mes pouvoirs…

— Rien qu'une petite partie, monsieur… Mais vous avez du génie.

— J'ai horreur des compliments, Hazel.

— Pourquoi me dites-vous cela, monsieur ? Je ne pense pas vous avoir donné l'occasion de me blâmer.

— Hazel, vous n'aimez pas ma nièce.

Il était trop intelligent. Il était presque impossible de lui mentir.

— On ne peut pas aimer tout le monde, monsieur. Je vous aime, vous. Pour moi, c'est suffisant. Il n'y a pas de place pour deux personnes dans mon cœur. Mais je suis toujours à votre disposition. Ce que je fais pour Mrs Clark, je le fais aussi pour vous.

— Pourquoi ne l'aimez-vous pas ?

Hazel devait viser avec l'adresse et la précision d'un lanceur de couteaux. Un centimètre d'erreur et elle s'exécuterait elle-même. Elle devait frapper juste et fort. Et toucher le seul point sensible de Willy.

— Elle porte la poisse.

— Vous exagérez, Hazel. Nous sommes dans une mauvaise passe mais elle n'y est pour rien.

Hazel distilla ses arguments, trempant ses mots dans du poison.

— Elle désoriente. Apparemment sans défense, elle est très à son aise dans son rôle de veuve qui ne s'occupe que de ses orphelins. Pourtant, je crois qu'elle sait très bien ce qu'elle veut…

— Vous devenez méchante…

— Non, monsieur. Je suis solidaire des femmes. Je crois qu'il faut la défendre aussi contre elle-même.

— Je veux qu'elle me succède un jour. Mais je poserai mes conditions : elle devra vous garder. Elle aura besoin de vous.

Une bouffée de haine colora les joues de Hazel.

— Je suis à votre service à vous, monsieur.

— Je vois loin, dit Willy.

— Moi aussi, monsieur.

Avant de se séparer d'elle, Willy lui lança :

— Ma chère Hazel, gardez-vous bien d'une seule chose…

— Oui, monsieur. De quoi ?

— Des mesquineries féminines, des intrigues. N'essayez pas de me faire croire que ma nièce s'intéresse à un homme, quel qu'il soit. Depuis la mort de son mari, elle se consacre à ses enfants. Et à part eux, le seul être auquel elle est attachée, c'est moi. Est-ce bien clair, Hazel ?

— Tout à fait, monsieur. J'ai toujours pensé qu'il devait en être ainsi.

Liu frappa et entra dans la chambre.

— Monsieur Harrison, pour la deuxième fois cette nuit, un certain M. Eberhardt est en bas. Il insiste pour vous voir.

— Il faut vous en débarrasser, répondit Willy. Foutez-le dehors. Je ne le connais pas et ne veux pas le connaître. Et vous Hazel ? Avez-vous déjà entendu ce nom ?

— J'ai l'impression que je le connais. J'ai dû le rencontrer il y a longtemps, à Diamonds and Co. Mais je ne sais pas pourquoi quelqu'un ose vous déranger à un moment pareil…

De retour chez lui, Axel von Eberhardt s'interrogea. « Pourquoi ne veut-il pas me voir ? » Il marchait de long en large dans le salon du building de Park Avenue. La pièce était grande, meublée de façon rudimentaire : une table, quelques fauteuils, une télévision, un canapé en cuir.

S'approchant d'une fenêtre, Eberhardt observa l'immeuble d'en face. Go lui offrit des gâteaux. Eberhardt accepta une friandise.

— Cette femme ne veut pas que nous rencontrions Harrison, dit-elle.

— Tu la connais mieux que moi, dit Eberhardt. C'est toi qui m'as mis en contact avec cette arriviste. Pourquoi le mécanisme se rouille-t-il soudain ? Voilà des semaines que nous attendons…

— Peut-être qu'elle ne veut plus se mouiller, répondit Go. Avant, elle était seule dans la vie de Harrison. Maintenant, la nièce prend une place de plus en plus importante.

— Nous aurons des problèmes, de graves problèmes.

— Il existe d'autres gens que Harrison, dit Go.

— Personne n'est aussi puissant. Il est à peu près le seul à payer la marchandise avec des diamants.

— Tu as vu ? Une voiture de police vient de tourner dans la rue pour la troisième fois, annonça Go.

— Une patrouille ordinaire…

Eberhardt se tourmentait. Il arpentait maintenant la pièce.

— J'ai même songé à m'attaquer à la nièce. Je ne demanderais pas mieux que de l'épouser. Quelle est l'Américaine qui cracherait sur un titre de comtesse ?

— Elle, certainement. Cette fille n'a pas d'ambitions de ce genre. Elle a perdu son mari dans des circonstances assez atroces. Elle l'a aimé…

— Aucune veuve n'est inconsolable ! J'aimerais l'utiliser comme la clef de la porte ouvrant sur le royaume de Harrison. Mais je n'arrive pas à la rencontrer. Ni lui, ni elle.

Il bâilla.

— Il faudrait dormir un peu. La journée va être dure. Et avec tout ce qui nous attend demain !…

Go l'observait avec admiration. Elle était attachée à cet homme qui l'avait libérée de son esclavage au Dollar. Au lieu de danser sur une piste en verre épais dont les reflets changeaient à chaque seconde, au lieu d'atterrir dans les bras des plus offrants et de faire l'amour devant des hublots derrière lesquels les danseurs observaient les ébats, elle pouvait vivre confortablement entretenue.

À l'époque fastueuse de la boîte de nuit, les meilleurs clients avaient le privilège de participer à des mises aux enchères de femmes. L'action se déroulait dans une pièce réservée aux plus riches. Rolph, un ancien proxénète devenu directeur artistique, dirigeait les opérations. Les clients fixaient leur choix et Rolph mettait les filles aux enchères. La plus désirée partait avec le plus offrant. Ainsi l'Autrichien acheta-t-il vingt-quatre heures de la vie de Go. Ils se retrouvèrent dans un hôtel de luxe. Au moment où elle se déshabillait, affichant un sourire machinal qui se voulait prometteur, Axel lui avait dit de ne pas se fatiguer, mais de s'asseoir et de lui parler de l'inaccessible, de l'invisible, de l'insaisissable William Harrison.

Pour conserver une fille longtemps, il fallait faire des offres à Miss Hazel. Celle-ci travaillait dans les bureaux d'une entreprise apparemment modeste et indépendante du Dollar, Diamonds and Co. Les transactions se déroulaient d'une manière feutrée, aucune parole compromettante n'étant jamais prononcée. Eberhardt avait pu se réserver la présence de Go pour un mois. À la suite d'un incident grave qui se produisit lors de la troisième semaine de ce « bail », le Dollar fut fermé et les accords tombèrent.

Go resta avec Eberhardt et lui livra tous les renseignements qu'il désirait sur Harrison, Lord et Hazel. Elle lui parla aussi de la nièce. Depuis, Eberhardt avait conservé quelques rapports avec Hazel.

Il ne comprenait pas pourquoi elle ne l'aidait plus. Pour l'éblouir, ne l'avait-il pas invitée dans la maison de Long Island qui servait souvent de relais aux visiteurs étrangers de passage ?

— La patrouille passe pour la quatrième fois, annonça Go. Et les lumières sont toujours allumées dans l'appartement de Harrison.

Eberhardt alla se coucher sur le canapé. Go vint

vers lui et enroula ses pieds dans un plaid écossais. Eberhardt, que la fatigue rendait vulnérable, ressentait la présence bienfaisante de la métisse. Aimant parfois être materné, il aurait souhaité partager avec elle le poids des événements qu'il lui faudrait supporter le lendemain. Rester allongé à côté d'elle, sa joue contre ses seins magnifiques, couleur d'orage tropical, lui parler, lui dire l'essentiel… La prudence, en même temps que le sommeil, l'arrêta à temps. Il sourit. Il savait encore se taire. L'avenir lui appartenait.

Le jour à peine levé, Slim rappela. Willy, Werner, Wang et Hazel écoutèrent les instructions à suivre. Le soir même, à 23 heures, ils devraient se trouver à Long Island, pas loin du ferry, du côté d'un futur lotissement. Celui-ci était bordé d'un côté par un chemin de terre et de l'autre par une petite forêt. Slim précisa que Cool devrait porter les diamants dans une pochette accrochée par une cordelette à son cou, et qu'elle croiserait Jimmy au milieu du terrain choisi pour l'échange.

Plus tard, revenu au salon, Harrison s'installa dans un fauteuil et surveilla ses hommes. Dehors, les premières lueurs de l'aube déchiraient l'horizon. Han traversa la pièce et remit un papier plié à Willy.

— Personne n'ose vous le donner, monsieur. Je le fais.

— Qu'est-ce que c'est ? rugit Harrison.

— Un message.

Il déplia la feuille et lut :

« Monsieur, quitte à me faire injurier, je vous demande l'autorisation de monter. J'aimerais vous parler. À titre privé. Lieutenant Dawson. »

Willy roula le message en boule et se tourna vers Betty. Celle-ci était pâle ; elle luttait contre la torpeur.

— Le policier est là. Dawson. J'hésite. J'ai presque envie de le recevoir. Je veux savoir ce qu'il cherche.

— Je resterai là pendant votre entrevue.

— Je ne pense pas que cela soit utile. Il lui suffirait de t'apercevoir pour comprendre que nous sommes en plein drame. Tu n'es pas capable de jouer la comédie.

Elle avait terriblement envie de voir Dawson. Quelqu'un du monde extérieur. Quelqu'un qui représentait la loi. Venait-il parce qu'elle avait appelé chez lui ? Sa femme lui avait-elle transmis le message muet ? Son mari avait-il deviné l'identité de l'interlocuteur ?

— Je préfère que tu retournes auprès de ta fille et que tu attendes.

Il était difficile de protester. Pourtant, elle voulait apercevoir Dawson, lui dire quelque chose. Oui. L'appeler au secours. Elle aurait aimé que les hommes de Dawson eussent enregistré les ordres de Slim.

Pour Harrison, la décision de recevoir Dawson relevait du défi. Il se sentait surveillé de tous côtés : par le nommé Eberhardt, qui osait se présenter au milieu de la nuit ; par Dawson, qui voulait s'infiltrer chez lui. Décidément, son existence ne cesserait jamais d'être observée et commentée…

Sur ses ordres, Werner, Liu et Lord organisèrent une mise en scène. En quelques instants, deux tables furent apportées, des cartes disposées sur les tapis verts et un écran déployé dans un des coins. On installa quelques chaises devant l'écran, et un appareil de projection derrière. Le grand salon fut transformé en salle de jeu et de cinéma amateur.

Willy observa le décor ; il croisa les mains sur son estomac, et déclara :

— Faites monter le flic… Et poliment.

Sitôt introduit dans le hall, Dawson flaira le drame. D'une sensibilité épidermique redoutable, il pouvait passer à côté d'une peinture impressionniste sans éprouver le moindre frémissement. Mais, enfant des quartiers pauvres, éternellement à l'affût de la vérité, il enregistrait immédiatement les intentions et les peurs cachées. Il sentait l'odeur du crime comme d'autres celle de la sueur.

Il traversa le hall d'entrée chargé de chefs-d'œuvre et de richesses sans se préoccuper d'autre chose que de la tension environnante. L'homme de main qui le guidait, un nommé Werner, était trop réservé ; il le laissait passer devant lui comme un bourgeois s'effaçant devant une femme enceinte.

Il se rappela sa première visite ici, lorsque ce même Werner n'avait cessé de le harceler. Bien des choses avaient changé depuis.

Appuyé contre un mur, un Maure d'ébène d'origine vénitienne tenait entre ses mains une torche montée en lampe. Dawson désigna la statuette d'un geste.

— Il est fidèle celui-là ! Il ne bouge pas. Je le connais.

Werner haussa les épaules.

— Avancez. On va plus loin.

Ils s'engagèrent dans un autre couloir. Dawson vit apparaître la Chinoise qui était au service de Betty.

La petite femme les arrêta et prit Werner à part. Puis elle se tourna vers le visiteur.

— Allez-y. Je vais conduire le lieutenant Dawson.

Werner hésita.

— Quand ? Et pourquoi ?

— Je ne sais pas, dit Han. Mais il vaut mieux y aller…

Werner hésita encore. Il haussa les épaules et fit demi-tour. À peine eut-il disparu au bout du couloir que l'une des portes s'ouvrit. Dawson se trouva en face de Betty Clark. Son visage était défait.

— Madame Clark, dit-il, lui-même ébranlé. Que vous arrive-t-il ?

— On a kidnappé mon fils. Aidez-moi. Mais je ne sais pas comment… Vous vous souvenez des jumeaux Connors ? Ils sont venus tous les deux et ont voulu enlever mes deux enfants. Le frère a réussi à s'échapper avec Jimmy. La sœur a été coincée au sous-sol. Ma fille est sauvée. Je suis folle de peur.

— Vite, dit Han, vite. Il faut avancer…

Betty saisit le bras de Dawson.

— Je vous en supplie, faites quelque chose ! Sans mettre la vie de mon fils en danger. On doit échanger la sœur contre mon fils, ce soir, à Long Island, non loin du ferry. Je vous ai téléphoné mais je n'ai pas parlé. Votre femme a dû deviner que c'était moi. Je ne sais pas. Vous ne pouvez pas faire intervenir la police, mais peut-être que vous-même…

Ils entendirent des pas. Betty retourna dans la pièce et referma la porte sur elle.

— Continuons, allons, dit Han.

— Mais…, dit-il en s'arrêtant.

— Venez vite.

Ils firent quelques pas. Werner apparut.

— Vous êtes encore là ? J'ai vérifié les fenêtres chez Patty. Tout me semble normal. Que faites-vous encore ici ?

Puis il ajouta, méfiant :

— Mrs Clark ne se trouvait pas dans la chambre de sa fille. Savez-vous où elle est ?

Dawson intervint :

— Je me suis arrêté pour regarder un tableau.

Il désigna un portrait signé Picasso accroché au mur.

— Voyez-vous, on a l'impression qu'il y a deux têtes et ces yeux vus de profil m'intriguent. Si nous avions des photos d'identité ainsi décalées, tous les criminels seraient en liberté. On ne sait même pas s'il s'agit d'un homme ou d'une femme.

Dawson suivit Werner. Il se sentait grandi. Betty Clark avait besoin de lui. Son amour pour elle s'épanouissait dans un orgueil professionnel jamais ressenti auparavant. Il avait brusquement envie d'agir…

Comme il franchissait un nouveau couloir, il fut soudain submergé par une vague de musique classique. C'était un opéra qu'il ne connaissait pas. Semblable à celle d'un rossignol, la voix de la cantatrice se cognait contre les parois invisibles d'une cage. Dawson songea que ces aigus cristallins auraient pu faire éclater n'importe quelle double vitre. Il se souviendrait toute sa vie de ce moment-là. Betty Clark, en l'appelant à son secours, venait de se dresser contre son milieu tout en lui prouvant sa confiance. Il fallait l'aider. À n'importe quel prix.

Werner frappa contre une porte à double battant, puis il fit entrer le lieutenant. Au moment où Dawson franchissait le seuil, Harrison arrêta la musique en usant de la télécommande.

Dawson enregistra l'image du salon. Il pinça les narines. Il y avait quelque chose de trop parfait dans ce décor.

— Bonsoir, monsieur, dit Dawson.

Harrison sourit.

— Je ne savais pas que même mes crises d'insomnie prêtaient à la curiosité. Que voulez-vous ?

Dawson attira une chaise à lui et s'installa à côté de Harrison.

— Vous êtes très aimable de me recevoir.

— Je ne voulais pas que vous vous emmêliez les pieds dans des théories absurdes. Je sais que depuis longtemps je représente pour vous une idée fixe, mais il y a des limites…

— Le pouvoir fascine, monsieur, dit Dawson. Et puis vous savez bien que je suis tourmenté par le décès de plusieurs personnes qui appartenaient à votre entourage. Des employés… Disons la vérité : vos employés.

— New York est une ville qui appelle la mort.

— Je ne suis pas sociologue, monsieur Harrison. Pour moi, un cadavre n'est pas un élément de statistique, mais simplement un cadavre.

— Vous n'êtes pas venu me parler de mes malheureux ex-employés ? demanda Harrison.

— Non. C'était seulement une parenthèse. Les lumières de vos deux étages m'ont intrigué. Il y a chez vous un va-et-vient inhabituel. Il paraît que vous avez convoqué Miss Hazel peu après minuit…

— Ce qui se passe chez moi ne vous regarde pas. Ni officieusement, ni officiellement. Voudriez-vous persécuter d'honnêtes citoyens souffrant d'insomnie ? Mais, voyez-vous, j'apprécie nos relations. Nous sommes simultanément ennemis et presque complices. J'ai pensé qu'un entretien avec vous chasserait peut-être les affres de l'insomnie. Je suis un homme d'affaires surmené. Les soucis sont souvent à l'origine des nuits blanches. J'exige que l'on veille avec moi. Je refuse que mon entourage dorme d'un sommeil paisible alors que je ronge mon frein.

— Peut-être avez-vous une raison particulière – et récente – de vous inquiéter, monsieur Harrison ?

L'obèse ferma les paupières. La fatigue le gagnait. Han traversa le salon. « Il faut retrouver Jimmy », pensa Harrison. Une idée saugrenue le traversa : s'il demandait l'aide de la police, il passerait à l'avenir pour un honorable contribuable. Pourquoi ne pas utiliser l'enlèvement de Jimmy pour se constituer une façade de victime ? Il chassa aussitôt cette tentation : non, il ne risquerait pas la vie de Jimmy en jouant avec la police.

Il fit un geste large.

— Regardez, je me distrais au poker…

— Avec vos employés ?

— Mais oui ! On ne joue pas gros. Nous regardons aussi des films. Je viens d'acquérir une maison modeste aux îles Cayman. J'ai filmé la mer. Là-bas, la couleur est fabuleuse. Malheureusement, ma corpulence ne me permet pas de me baigner. Pourtant, je flotterais…

Il aimait se torturer ainsi en se moquant de son infirmité.

Gêné par les allers-retours incessants de Han, Dawson demanda :

— Comment va votre nièce ?

Puis, exaspéré, il se retourna pour voir ce que la Chinoise rangeait.

— Han reclasse mes disques. Que m'avez-vous demandé ?

— Votre nièce…

— Elle va très bien…

— Et ses enfants ?

— Vous n'êtes pas leur parrain. Vous demandez de leurs nouvelles comme s'il s'agissait de votre famille !

— L'amour de ses proches est une grande qualité chrétienne, dit Dawson. Êtes-vous croyant ?

Harrison se sentait mal à l'aise. Et si Hazel avait raison ? Si, soudain, son destin virait de bord ? Si cette chance fabuleuse qu'il considérait comme une contrepartie de son handicap physique l'abandonnait ?

Dawson observa le visage impénétrable, pourtant empreint de lassitude.

— Je suis venu vous dire que malgré les apparences, je ne vis pas dans l'espoir de vous acculer. Je pourrais vous être utile…

Dawson ne quittait pas son interlocuteur des yeux. Le visage de Harrison, envahi par la graisse, n'était ni coléreux ni affolé. Seulement triste.

Harrison adopta un ton plaintif :

— Vous m'avez toujours pris pour un personnage néfaste, sans cœur, pour une machine à faire de l'argent et à assassiner les gens. Vous vous êtes montré d'une grande injustice…

Harrison s'égarait avec plaisir dans sa comédie.

— Je n'aime pas vos allusions. Je n'ai jamais fait de mal à une mouche, lieutenant…

— Parce que la mouche ne s'est pas trouvée à portée de votre main, monsieur Harrison. Les mouches sont de plus en plus futées. Votre nièce est considérée comme votre prisonnière. D'après les ragots, elle ne sort jamais seule, et ses enfants ne circulent qu'avec des gardes du corps.

— J'ai trop d'argent, Dawson. Sans protection, ils seraient exposés aux convoitises les plus diverses. La vérité, c'est que nous formons une famille. Une vraie famille… Maintenant, je suis fatigué. J'aimerais que vous partiez. Votre curiosité doit être amplement satisfaite. Je vous ai rassuré sur ma bonne conduite, n'est-ce pas ?

Dawson se leva.

— Je vous le répète, si vous étiez un jour en difficulté – tout peut arriver –, je pourrais vous aider d'une façon peut-être plus efficace que vos relations habituelles. La guerre des gangs…

— De quels gangs voulez-vous parler ? Je suis un homme d'affaires qui a créé un réseau international. Je ne sais pas ce que signifie l'expression « guerre des gangs ». Ça fait film en noir et blanc. Eliott Ness. Vous n'êtes plus dans le coup, Dawson. Moi non plus d'ailleurs… Connaissez-vous mon âge ?

— Non, monsieur.

— Cinquante-cinq ans, dit Harrison. Je suis vieux.

Il montra sa poitrine côté cœur.

— Ce cœur a de plus en plus de mal à traîner un poids pareil… Débarrassé de ma graisse, je serais un autre homme. Regardez-moi ça…

Il leva les mains et montra ses doigts au policier : des boudins blancs et lisses.

— On ne voit même pas les articulations…

Aucun dictateur déchu n'avait jamais témoigné d'une telle mélancolie.

— Avant que je me mette à pleurer, dit Dawson, dites-moi… c'est le manque de sommeil qui a transformé vos gens en fourmis anesthésiées ?

— Vous commencez à m'énerver, Dawson, dit Willy, émergeant soudain de sa fausse douceur. Laissez-moi en paix, cessez de fouiner. Mon infinie gentillesse à votre égard, mon amabilité de cette nuit peuvent se transformer en colère. Han, reconduis le lieutenant.

Dawson retraversa l'appartement sans rencontrer Mrs Clark. En bas, dans le hall, une équipe de nettoyage fantomatique venait d'arriver. Il était tôt. Au moment où Dawson allait quitter l'immeuble, il croisa Hazel qui entrait. Saisissant la chance au bond, il lui barra presque le passage.

— Miss Hazel ! Quelle joie de rencontrer l'irremplaçable, la formidable Miss Hazel !

Elle avait les traits tirés.

— Que faites-vous là ?

— Je viens de rendre une visite amicale, ou neutre, comme vous voudrez, à votre patron…

— Je ne vois pas pour quelle raison la police fait une intrusion chez lui…

— Intrusion ? Non. Il s'agissait en quelque sorte d'une offre de service faite à titre privé. Vous n'êtes pas sans savoir que M. Harrison et moi sommes de vieux ennemis ? À ce degré d'hostilité et de suspicion – peut-être injustifiée –, il y a sans doute de la place pour la sympathie…

Hazel haussa les épaules.

— Il faut que je monte.

— Je ne vous en empêche pas…

Elle entra dans l'ascenseur. Dawson quitta l'immeuble. Il monta dans la voiture et demanda par téléphone qu'on lui envoie immédiatement deux véhicules banalisés : il fallait surveiller les entrées et les sorties des deux côtés de l'immeuble.

Puis il appela chez lui.

— Joan…

— Oui, Dawson. Attends, ne t'emballe pas. J'ai quelque chose à te dire. J'ai des problèmes moraux. Des remords… J'ai failli à mon devoir de femme de flic. J'ai honte.

— De quoi s'agit-il ?

— J'ai reçu un appel. La personne n'a pas parlé. Ma voix l'a effrayée. Ce n'était pas un satyre : il m'aurait couverte d'obscénités. L'appel était muet. On voulait te parler.

— À quelle heure ? demanda Dawson.

— Peu après ton départ. Je n'ai entendu qu'une légère respiration. Puis elle a raccroché.

— Elle ?

— Je crois que c'était elle, déclara Joan. Ta Clark.

— Elle n'est pas « ma » Clark. Elle est l'élément central d'un puzzle. C'était peut-être quelqu'un d'autre ?

— Je crois que c'était elle… Tu es fâché ? Je suis tout à fait désolée, poursuivit-elle. Quand rentres-tu ?

— Je ne sais pas, dit Dawson.

Derrière, le policier somnolait sur le siège crasseux couvert de miettes. Les yeux de Ridder se fermaient.

— Je vais changer d'équipe, continua Dawson. Je te tiendrai au courant de mes déplacements.

— Je ne bouge pas d'ici, fit Joan. Je surveillerai le téléphone. Il n'y aura plus de bavure, je te le promets.

Betty regardait jouer sa fille. Patty rangeait sa maison de poupées. Han, accroupie à côté d'elle, lui tendait tantôt un petit meuble, tantôt un accessoire de cuisine miniature.

— Maman, demanda la fillette, Jimmy va revenir ? Quand ? Maman !

Elle courut se jeter dans les bras de sa mère.

— Je veux Jimmy.

— Je vais te ramener Jimmy, la consola Betty. Plus tard, nous vivrons dans une maison avec un jardin. Vous aurez votre chien. Nous partirons d'ici. Nous irons ailleurs.

— Maman, j'ai peur pour Jimmy.

Betty couvrit sa fille de baisers. Elle essaya de la calmer. Puis elle quitta la chambre des enfants. Elle croisa l'Anglais dans le couloir. Celui-ci mit son index devant ses lèvres pour l'inciter au silence. Elle fit non de la tête, comme si elle confirmait une fois de plus qu'entre eux il n'y aurait jamais rien de plus qu'une complicité morale.

— Où allez-vous ? demanda doucement Lord.

— Il faut que je voie cette femme, la fille Connors.

— Elle est dans une des chambres du haut. Je vous accompagne.

Betty fit quelques pas. Comme Lord faisait mine de la suivre, elle lui demanda de la laisser seule.

Elle prit l'escalier intérieur et monta à l'étage de son oncle. Liu gardait la porte de la chambre où se trouvait Cool.

— Je voudrais la voir, dit Betty.

— Le patron le sait ?

— M. Harrison est toujours d'accord avec moi !

Liu s'effaça.

Betty entra dans la pièce. Cool, étendue par terre, se réveilla en sursaut.

— Tiens, la mère éplorée ! s'exclama-t-elle. J'attendais votre visite.

Betty l'attaqua de front.

— Pourquoi m'avez-vous choisie ? J'aurais pu vous faire défigurer tous les deux, vous faire exécuter. Ce soir-là, dans la boîte de nuit, je vous ai épargnés. Par pitié.

— T'étais lâche, tout simplement. Lâche, dit Cool, en s'étirant. Ce n'est pas facile de faire exécuter des gens quand on est lâche.

Le désarroi de Betty la remplissait d'aise. Elle la dominait. Mrs Clark se pencha sur elle :

— Tous les diamants que Harrison m'a donnés seront à vous. Vous aurez tout ce que vous voudrez. Mais rendez-moi mon enfant sain et sauf.

— Je suis attendrie, déclara Cool. La douleur d'une mère, ça, c'est quelque chose, n'est-ce pas ?

Betty s'assit à côté de Cool, à même le sol.

— Qu'est-ce que je t'ai fait ? Pourquoi t'en prends-tu à mes enfants ?

— Fous-moi la paix, dit Cool. La conversation n'est pas incluse dans la rançon.

— Je t'en supplie, dit Betty. Dis-moi où est mon fils et je te sortirai d'ici.

— Je ne sais pas, dit Cool. L'affaire est super fignolée. Je ne sais pas. Tu n'as qu'à la boucler et attendre. Comme moi…

— Je ne comprends pas ta haine, dit Betty. Je suis née, comme toi, dans la misère.

— Arrête ou je vais chialer, l'interrompit Cool. Frime pas. Le manque d'argent ou les amours malheureuses me foutent le cafard. Je suis sensible. Et je n'ai pas de mouchoir sur moi. La morve, tu comprends, la morve, ça gêne…

Bien que jetée à terre, les mains liées derrière le dos, elle était menaçante. Comme si elle était habitée par une force occulte.

— Qui vous a envoyés ici ?

— Rien qu'une voix, ma pauvre chérie.

Elle sourit.

— Dis donc, le beau mec qui est entré dans ta chambre quand nous sommes passés, ce beau mec est dangereux. Il a voulu me noyer.

— Te noyer ?

— Il m'a plongé la tête dans la baignoire.

— Je ne le savais pas.

— Lorsqu'il est avec toi, il se défoule comment ?

— Il n'est pas avec moi.

— À d'autres !

Elle adopta le ton de la confidence :

— Qu'est-ce qu'il fait le mieux, baiser ou tuer ? Cette nuit, il t'a rendu visite…

— On entre dans ma chambre comme on veut, dit Betty. Je n'ai pas de secret. Tantôt c'est Han, la Chinoise, tantôt c'est Lord, le garde du corps.

— Bien choisi pour garder ton corps… Laisse-moi me marrer ! Ton oncle doit quand même deviner que pour satisfaire les manques de ton ancienne vie, tu t'envoies un de ses types. Le mieux de tous, d'ailleurs…

Betty l'attrapa par les épaules et la secoua.

— Tais-toi, sale garce !

— Si tu touches à un seul de mes cheveux, tu ne reverras plus ton morveux. Un mot au téléphone et Slim l'exécute. Il est nerveux, mon frangin. Il tue ce qui lui tombe sous la main…

Betty lâcha prise.

— Que veux-tu exactement ?

— Des toasts, lança Cool. Des œufs, beaucoup de café et un lit où je puisse dormir. La journée sera longue pour tout le monde. Apporte-moi aussi des fringues plus chaudes. Mets-moi de bonne humeur. Oui, sers-moi. Je veux que tu m'apportes mon petit déjeuner sur un plateau. Toi. Ou le beau mec… s'il est capable de se dominer.

Slim cherchait des indices mais la maison gardait ses secrets. Il compta cinq chambres à coucher au premier étage mais une seule avait un lit étrange. « Les riches ne savent pas quoi faire avec leur argent, alors ils inventent des choses tordues », se disait-il. Cool et lui allaient être riches à leur tour. Leur commanditaire ne pourrait pas leur faire endosser un meurtre commis des mois auparavant. Pourtant, s'il pouvait connaître le nom du propriétaire de cette baraque, il serait plus tranquille…

Au rez-de-chaussée, il ne découvrit que des armoires vides, des placards dotés de nombreux portemanteaux en plastique et un congélateur vide. Il s'arrêta au bas de l'escalier intérieur et écouta le silence. Aucun chat ne miaulait. Rien. Slim sautilla et battit des bras devant et derrière son dos. Il fallait se réchauffer un peu. Il fut tenté d'allumer un feu dans la cheminée. Il songea qu'il lui fallait brûler le papier sur lequel il avait inscrit l'itinéraire en grosses lettres enfantines.

À un certain moment, saisi d'une crainte, il quitta son poste d'observation du living-room, monta au premier étage et pénétra dans la chambre où le gosse semblait dormir, la couverture remontée jusqu'à ses yeux fermés.

Slim l'observa. Les paupières de l'enfant tremblèrent.

— Je sais que tu ne dors pas, lui dit-il sur un ton presque conciliant. T'as pas faim ? T'es pas malade ? Ouvre les yeux ! Ouvre les yeux ou je te tords le cou !

L'enfant contracta ses paupières et Slim vit des larmes couler. Jimmy pleurait les yeux fermés. Slim le regarda, fasciné. Lorsqu'il avait son âge, était-il différent ? Malingre et malin, cabotin et victime à la fois, il avait eu la chance d'avoir une sœur jumelle. Si bien qu'il n'avait jamais eu le sentiment d'être seul, livré aux adultes. Avec Cool, ils constituaient une équipe depuis leur enfance. Ils avaient été abandonnés et recueillis sans avoir été séparés. Ensemble, ils étaient invincibles. Il y a quelques mois seulement, même le diable aurait hésité à les séparer.

Slim jeta violemment un paquet de biscottes entamé sur le lit de Jimmy.

— Bouffe, ou tu n'auras pas la force de courir vers ta mère.

Il inspecta la chambre puis la salle de bains. Il alluma : sous une lumière fade et rose, un cafard allait d'un côté à l'autre dans le fond de la baignoire. Sa carapace, brillante comme le vernis noir, agaça Slim. Il entra dans la baignoire et essaya d'écraser l'insecte. Mais celui-ci disparut dans l'orifice d'écoulement. Slim fut dégoûté. Il avait l'estomac fragile et la peur le tenaillait. S'il tuait l'enfant pour se prouver qu'il n'avait rien perdu de son envergure ? N'était-ce pas lui qui avait achevé le petit vieux dans le pavillon proche de leur tanière ? Il y avait longtemps de cela, certes, mais il l'avait fait.

Il fut saisi de panique. Se retournant, il découvrit le gosse. L'enfant recula et dit :

— J'ai envie de faire pipi…

Slim le secoua.

— Tu m'as fait peur… Tu n'as pas le droit de venir ici…

— Je dois faire pipi…

Il laissa le gosse aller jusqu'à la cuvette des W.-C. Il l'entendit uriner.

— Si tu bouges encore sans me demander la permission, je vais te ligoter. Je vais nouer une corde autour de ton cou qui t'étranglera si tu gigotes…

L'enfant, comme anesthésié, dit :

— Je veux aller chez maman…

— Ce soir, chuchota Slim. Ce soir. Au lit ! Si tu veux revoir ta mère, reste tranquille.

— Oui, répondit l'enfant.

Il alla vers le lit d'un pas mesuré et s'y installa.

Slim vérifia une nouvelle fois que les volets étaient baissés. Il sortit de la chambre et referma la porte à clef. Puis il refit la tournée des pièces, allumant ici et là des lampes de chevet qui ne dispensaient que peu de lumière. Enfin, il découvrit une corbeille à papier qui contenait un journal plié en quatre. Il le déplia. Les pages étaient déchirées. Il déchiffra la date : Le *New York Times* datait du 7 juillet de l'année précédente. Il parcourut les pages mutilées. Mais il lisait trop lentement pour ne pas s'ennuyer ; l'effort l'agaçait. Il ne s'était jamais intéressé aux événements du monde. Il rejeta les lambeaux de papier dans la corbeille.

Il descendit au rez-de-chaussée et prépara un feu dans la cheminée. Il repéra du petit bois jeté en vrac dans une corbeille en osier disposée à côté de vieux journaux entassés. Il en fit des boules de papier et vérifia les dates : 7 juillet de l'année passée. Il prit des allumettes dans une boîte allongée qui traînait sur le dessus de la cheminée. Les flammes prirent facilement et le petit bois se mit à craquer. Il repéra des bûches de petite taille. Il en posa deux sur le faible échafaudage et se chauffa en se frottant les mains.

Dans la chambre du premier étage, l'enfant avait quitté le lit depuis peu de temps. Il essaya sans succès de faire fonctionner la poignée de la porte en s'y appuyant, puis courut vers une des fenêtres et manœuvra la manivelle pour ouvrir une brèche sur la surface lisse des volets. Enfin, il alluma et éteignit régulièrement la lumière centrale, un lustre en faïence bleue.

*
* *

La gardienne de la propriété d'en face venait de quitter son lit et se rendait à la cuisine pour préparer son café. Tôt le matin, elle aimait siroter une boisson chaude. Elle s'approcha de la fenêtre de la cuisine et aperçut des lumières sur la façade de la maison d'en face. Pas très proche, celle-ci était bien visible en hiver à travers les arbres nus. Une lampe clignotait sans cesse, bouleversant la tranquillité de cette heure matinale.

Mme Ida Lander n'était pas d'une nature curieuse. Sa grande prudence lui interdisait de s'intéresser aux secrets d'autrui. Ancienne rescapée des massacres lituaniens, devenue américaine et veuve d'un sergent de l'armée américaine, elle n'avait eu aucun mal à trouver une place de gardienne dans l'une de ces riches propriétés de Long Island occupées surtout en été. Le propriétaire y venait rarement. La plupart du temps, la maison était louée entre le printemps et l'automne, souvent à des diplomates étrangers accrédités à New York. Ils venaient là passer le week-end.

Les gens riches préféraient engager des couples pour garder leurs maisons. Mme Lander avait argué du fait qu'elle ne s'absentait jamais, ne prenant aucunes vacances, et que Red, son berger allemand, une bête robuste aux poils roux plus proche du loup que d'un animal domestique, était plus fort qu'un catcheur de métier. Lorsque, sur ordre d'Ida, il se jetait sur des intrus, ceux-ci se trouvaient cloués au sol, immobilisés.

Grâce à ses anciennes relations – qui aurait refusé d'aider une veuve méritante ? –, Ida avait fait dresser le chien par des copains militaires. Elle était devenue son seul chef. Elle n'enlevait presque jamais le sifflet à ultrasons qui bringuebalait, semblable à un pendentif, sur son abondante poitrine.

À quarante ans, Mme Lander débordait de sensualité ; elle aimait la vie et la gagnait largement. Elle vivait dans cette propriété somptueuse, se prélassant au bord de la piscine pendant les semaines d'été. Grâce à son chien, elle n'avait peur de personne. Lorsqu'elle recevait l'ordre d'organiser des réceptions, elle régnait avec aise sur le monde des extras. Pendant la saison, on lui assurait également du personnel pour l'entretien de la propriété : un retraité de l'endroit s'occupait du nettoyage de la piscine, un jardinier, du parc, et un Portoricain venait régulièrement pour laver les baies vitrées et nettoyer les annexes. Ida recevait des films – des cassettes vidéo – par correspondance. Elle s'organisait des séances de cinéma. Elle ne s'ennuyait jamais.

Cette vie de quiétude n'était troublée que par la présence de la propriété voisine, un peu trop proche. Souvent inoccupée aux meilleures périodes de l'année, elle se remplissait aux moments les plus inattendus. Les gens disparaissaient, d'autres arrivaient : une vraie valse. Les voitures étaient munies de plaques témoignant d'horizons divers.

Mme Lander prépara son café. Comme d'habitude, elle ignorerait les agissements des voisins, ce jeu de lumières pourtant exaspérant. De ce côté de la façade, les deux propriétés n'étaient séparées que par un chemin de terre à peine assez large pour permettre aux voitures de manœuvrer. Pour ne pas bloquer le passage, les hôtes courtois rentraient sans attendre leur voiture dans le garage. Pendant la nuit, Ida avait entendu le bruit d'une voiture. Red avait grogné, mais il n'avait pas jugé utile de quitter son abri.

Ida entrouvrit la porte-fenêtre qui donnait sur la grande véranda. Elle porta son sifflet à ses lèvres. Quelques instants plus tard, comme chaque jour, Red arriva. Il fit la fête à Ida qui lui avait préparé des boulettes de viande fraîche. Elle parla au chien. En face, la lumière trouait la grisaille matinale. Elle pensa qu'il s'agissait peut-être d'un signal, s'approcha d'une fenêtre et, à moitié cachée derrière les rideaux, parcourut les environs du regard. Devant sa cuisine-salle à manger chic et chère s'étendaient des espaces givrés, des buissons déplumés par l'hiver, de jeunes arbres et, en bordure, des sapins. Au sol, des touffes d'herbe blanches ployaient sous les paquets de neige. Dans l'impasse, il y avait une voiture. Et toujours cette lumière intermittente qui s'allumait à l'une des fenêtres du premier étage.

— Va voir, dit Ida à son chien. Va voir ce qui se passe.

Le chien s'étira, bâilla, puis s'approcha de la porte de la cuisine.

— Va voir, répéta Ida au chien.

Elle entrouvrit la porte. Le chien s'élança, traversa cette partie du petit parc. Il sauta par-dessus la barrière. Ida n'avait pas besoin de sortir de la maison. Le chien reniflait maintenant la voiture. Ida aperçut un filet de fumée qui s'échappait d'une des cheminées.

*
* *

Les paumes tendues vers le feu, Slim se réchauffait. Il songeait avec dégoût au cadavre du garage. Soudain, obéissant à un réflexe, il s'élança vers le premier étage. Jimmy l'entendit arriver et n'eut que le temps de se jeter sur le lit. Slim fit irruption dans la pièce. Il s'approcha de l'une des fenêtres. Le volet était légèrement remonté. Il se courba pour jeter un coup d'œil sur les environs. Il aperçut une partie du parc de l'autre propriété et fit une grimace en pensant à sa voiture qui bloquait le chemin. Il aurait dû la conduire au parking du supermarché. « Tant pis », pensa-t-il.

Il regarda la maison d'en face, une grande bâtisse d'aspect cossu, trouée de nombreuses portes-fenêtres. Tout était immobile. Slim ne vit pas le molosse aux poils roux installé près de la voiture.

Dans la matinée, Eberhardt relança Harrison. Fatigué, profondément choqué par la trahison dont il était la victime, bouleversé à l'idée de se retrouver à découvert sur son propre terrain, le milliardaire accepta dans un moment de faiblesse de prendre Eberhardt au téléphone.

— Monsieur Harrison, je sollicite une entrevue. Je peux vous assurer que vous ne serez pas mécontent de faire ma connaissance. Mon nom ne vous dit rien. Je désire vous entretenir d'une affaire qui peut être aussi intéressante pour vous qu'elle le serait pour moi et pour ceux que je représente. Il s'agit d'import-export.

— Je vous trouve indélicat, dit Harrison. On n'essaie pas de s'introduire chez les gens pendant la nuit.

— Je suis prêt à tout tenter pour vous rencontrer... J'habite en face. Malgré la largeur de notre Park Avenue, vos pièces éclairées toute la nuit m'ont intrigué... Je ne vous prendrai pas trop de temps. Recevez-moi, je vous prie.

Go écoutait. Elle venait d'apporter du café et des petits gâteaux. L'incessant défilé des voitures remplissait l'air d'un grondement sonore. D'un geste, Eberhardt demanda à Go de fermer la fenêtre. On ne pouvait en ouvrir qu'une seule dans cet appartement où l'air conditionné fonctionnait été comme hiver. (Poussé par ses instincts européens, Eberhardt avait fait desceller une fenêtre ; il s'y penchait parfois pour respirer l'air vivant : même chargé de pollution, c'était toujours l'air de l'extérieur.)

— Monsieur Harrison, demandez donc à Miss Hazel. Elle n'a pas pu oublier que j'étais un client fervent du Dollar. Quel endroit magnifique !... J'ai souvent été en contact avec Miss Hazel, une femme redoutablement intelligente...

— Venez me voir, dit Harrison, excédé. Vers 10 heures ce matin.

Il raccrocha et ordonna qu'on fît venir Hazel.

— Trouvez-la, où qu'elle soit. Je veux qu'elle vienne ici, tout de suite.

Par chance, Hazel était encore dans son bureau privé situé dans l'appartement de Willy.

— Je suis là, monsieur, dit-elle en entrant dans la pièce où l'attendait le milliardaire. J'allais partir à la recherche de Blumenfeld. Que désirez-vous ?

— Vous êtes soit une menteuse, soit une cachottière. Vous ne m'avez jamais parlé d'un nommé Eberhardt. Il m'assiège, il veut me rencontrer.

— Ah oui ? dit-elle. Eberhardt. Il apparaît, il disparaît. Je ne pouvais pas vous présenter tous ceux qui s'adressaient à moi au temps du Dollar !

— Vous vous en souvenez, hein ? s'exclama Harrison.

— Mais évidemment ! C'était une relation d'affaires mineure. Il avait « acheté » une métisse aux enchères pour vingt-quatre heures : Go. Ensuite, il est revenu me voir parce qu'il voulait garder la fille pendant un mois. Nous nous sommes trouvés dans l'obligation de fermer avant l'expiration de ce délai.

— Bravo, fit Willy, vous vous souvenez de tout. D'après vous, que veut-il ?

Hazel, mal à l'aise, prit ses précautions.

— À vrai dire, il a essayé de me relancer aussi. Mais je ne voyais pas l'intérêt de m'occuper de lui.

Son regard était limpide.

— Ce genre de personnage a toujours une affaire en cours…

— Quel genre d'affaire ?

— Les individus qui achetaient les filles gardaient le silence sur leurs activités. Combien d'hommes politiques se cachaient derrière de faux noms ! Ils avaient peur : l'opinion publique, leur femme, les photographes… tout était à craindre.

— Eberhardt n'est pas un homme politique, dit Willy. C'est un étranger.

— Protégé, répondit Hazel. Mêlé à beaucoup d'affaires…

Hazel hésita. Si Eberhardt évoquait sa visite à Long Island, elle se trouverait dans une situation difficile. Elle ajouta négligemment :

— C'est un homme de contact. Il fait son beurre des deux côtés. L'Est et l'Ouest. Il m'a invitée dans une maison qu'il avait louée, à Long Island. Une assez jolie maison.

— Vous y êtes allée ?

— Oui, monsieur. Je voulais m'assurer qu'il ne représentait aucun danger pour vous. Il aurait pu être une taupe envoyée par le FBI dans notre milieu.

— Pourquoi ne m'en avez-vous pas parlé ?

— Mais monsieur, dit-elle, si ma vie vous est consacrée, la vôtre débouche sur le monde entier ! Entre l'Indonésie et San Francisco, quelle place y a-t-il pour un Eberhardt ?... Cela dit, je ne crois pas qu'il soit un agent double.

Elle se fit presque câline.

— Monsieur, si je vous disais qu'au moment où j'ai décidé d'accepter son invitation, c'était un peu pour me libérer de vous...

— Vous libérer de moi ?

— Il me fallait lutter contre mes sentiments grandissants. Je devais rencontrer d'autres hommes. Un autre milieu. Quel serait mon destin si je tombais amoureuse de vous ?

Elle eut peur soudain. N'avait-elle pas été trop loin ? Elle sourit. Une vraie Joconde.

Willy l'observa. Se sachant repoussant, il comprenait que si elle le flattait, c'était parce qu'elle était sur la défensive, prise en flagrant délit de mensonge. Mais il ne voulait pas perdre une secrétaire si parfaite.

— Il faut garder votre libre arbitre, Hazel. Je ne suis pas homme à être aimé.

— Monsieur, dit-elle, la séduction qu'exerce un homme est une affaire très personnelle.

— Pour moi, ce ne peut être que l'argent, le pouvoir ou la peur, dit Willy. Ne gâchons pas nos relations, voulez-vous ?

À 9 h 50, Eberhardt traversa Park Avenue et entra dans l'immeuble de Harrison. Prévenu, le portier le salua. L'ascenseur s'arrêta. Un couple emmitouflé dans des vêtements chauds apparut. La femme portait un chien minuscule dans les bras. L'animal avait des poils dans les yeux, un nœud sur le haut de son crâne et de minuscules bottes en plastique. Il puait le parfum. Eberhardt regarda l'homme s'éloigner. Il ressemblait à un grand insecte étourdi. L'ascenseur empestait.

— Vous n'aimez pas l'odeur, monsieur ? demanda le portier.

— Non, aboya Eberhardt.

— Moi non plus.

Les portes métalliques se refermèrent. « Je vais enfin voir Harrison », pensa Eberhardt. Il maîtrisait difficilement son trac.

Un type aux épaules larges et aux yeux papillonnant de sommeil l'attendait sur le palier. Il ressemblait à un bunker vide.

— Suivez-moi.

Axel von Eberhardt franchit enfin le seuil de l'appartement légendaire de Harrison. Comme tout était différent de ce qu'il avait imaginé ! Il s'était représenté l'obèse entouré de défenseurs et servi par des beautés exotiques, tout ce joli monde évoluant dans des pièces aux murs recouverts de peintures érotiques. À peine la porte d'entrée se fut-elle refermée sur lui qu'il aperçut un Vermeer sur le mur recouvert d'une épaisse soie beige foncé. Éclairée par des filets de lumière issus de spots cachés, la peinture baignait dans une douceur lumineuse. Le tableau représentait une femme lisant près d'une fenêtre. Soudain, un souvenir vint à l'esprit d'Eberhardt : lors de son dernier voyage à Paris, les journaux avaient évoqué le vol de plusieurs toiles de maîtres dans un musée ou chez un particulier béni des dieux. N'y avait-il pas un Vermeer parmi les chefs-d'œuvre disparus ?

L'homme qui l'accompagnait le pressa :

— Venez.

Eberhardt le suivit le long d'un couloir transformé en galerie d'exposition. Il ne put résister à la tentation de s'arrêter devant un Van Gogh.

— Mais, dit-il, ce n'est pas celui qui…

— Ne vous arrêtez pas. Peu de gens viennent ici. Il ne faut rien regarder.

Une fois au salon, Werner s'aperçut de son erreur : il avait oublié de prendre le manteau du visiteur.

— Si vous voulez me donner votre manteau…

Étourdi par tant de beauté, Eberhardt se laissa déshabiller.

— Votre foulard aussi, dit Werner.

Puis il quitta le salon.

Seul au milieu de cette galerie d'art, sûr d'être observé, Eberhardt, subjugué, en oubliait presque la raison de sa visite. Il pensait être reçu par un magnat assis sur une marchandise interdite, et il se retrouvait dans la caverne d'Ali Baba. Sur tout un mur étaient accrochés des Picasso de la période bleue. Le mobilier était digne des peintures, chaque meuble étant probablement estampillé par un maître ébéniste. Des objets d'art et de culte se mêlaient à des fontaines en étain datant des XVIIe et XVIIIe siècles, à des masques hindous inestimables… Et dans un coin, sur une table, il y avait un jeu d'échecs en or et en ivoire dont les pions étaient posés sur un plateau d'ébène. Enfin, un tapis d'Orient dont le dessin central prouvait la rareté courait sur toute la surface du sol.

Eberhardt se sentait presque misérable. Comment entamer une conversation avec Harrison ? Celui qui régnait sur la pègre new-yorkaise et dont les tentacules, d'après ce que l'on savait, parvenaient jusqu'à Las Vegas, celui qui avait créé la première boîte de nuit où les femmes pouvaient choisir des hommes, celui qu'on présentait comme l'empereur incontestable et insaisissable de la drogue, celui qui avait su déséquilibrer le marché parallèle des pierres précieuses d'Anvers en inondant les sous-traitants de diamants bruts importés clandestinement d'Angola, cet homme-là vivait dans un cadre pareil !

Il s'assit dans un fauteuil et reprit ses esprits. Il jeta un regard sur ses chaussures, impeccablement entretenues, achetées en même temps qu'une douzaine d'autres lors de son dernier voyage en Italie. Il examina sa montre-bracelet, extra-plate et extra-chère, choisie avec amour chez un joaillier de Genève à qui il avait commandé une chevalière dessinée par ses soins : il avait souhaité y faire graver sa couronne de noblesse enlacée par ses initiales. Lui aussi aimait passionnément le luxe…

Il prit soudain conscience d'une présence et s'arracha à ses pensées. Une jeune femme venait d'entrer. Elle était blonde, très pâle, vêtue d'un tailleur sport au cuir aussi fin que de la soie.

— Madame ?

Betty s'arrêta. Elle ignorait que quelqu'un attendait au salon.

L'homme se leva et s'approcha d'elle. Betty lui tendit la main. L'étranger esquissa un de ces baisemains à l'européenne qui évoquait les fastes des siècles passés.

— Je m'appelle Axel von Eberhardt. Ne seriez-vous pas la nièce de M. Harrison ?

— Quelle importance ? dit-elle.

— Madame, lorsqu'on a la chance d'apercevoir une orchidée d'une beauté aussi rare, on essaie d'en saisir tout le parfum.

Betty le regarda. Il était à peine plus grand qu'elle. Soigné, la peau un peu flétrie, les cheveux bien fournis, légèrement grisonnants. Les yeux étaient bleus, la bouche trop charnue, les lèvres très rouges. Une bouche indécente.

— Que désirez-vous ? Que faites-vous ici ?

— J'ai rendez-vous avec M. Harrison. Permettez-moi de déposer mes hommages à vos pieds. Et d'espérer vous revoir…

— Il n'y a aucune raison pour que vous me revoyiez, monsieur, répondit Betty en luttant contre un malaise.

Au milieu du drame qu'elle vivait, la présence onctueuse et les manières empruntées de cet homme lui paraissaient insupportables. Seules les dernières instructions reçues retenaient son attention : l'échange de la fille Connors contre Jimmy devait avoir lieu à 23 h 30. Il fallait tenir jusqu'à la nuit. Ne plus pleurer, ne pas absorber trop de calmants… De loin, comme perçues à travers un rideau de coton, elle entendit les paroles du visiteur :

— Je suis issu d'une très vieille famille d'aristocrates d'Europe centrale. Ceux qui m'ont précédé au cours des siècles passés…

Betty fut soudain prise d'une nouvelle vague d'angoisse : et si cet homme avait un rapport avec le rapt ? S'il était venu pour mesurer l'atmosphère de la maison et l'ampleur de son chagrin ?

— Qui êtes-vous ? Et pourquoi êtes-vous là ?

La voix de Betty se cassa.

Eberhardt se félicita ; son instinct ne l'avait pas trompé : quelque chose d'anormal se passait chez Harrison. La nièce paraissait bouleversée.

— Je suis venu proposer une affaire à votre oncle.

— Pourquoi justement ce matin ?

— Depuis le temps que j'essaye de le rencontrer !… J'ai saisi la première occasion pour le voir… Je suis ébloui par ce cadre unique que rehausse encore votre présence, madame.

Tout en débitant ses compliments, il observait Mrs Clark. Elle lui sembla encore plus séduisante qu'à travers les images prises au téléobjectif. La manière dont elle luttait pour camoufler son extrême tension était pathétique. Elle faisait songer à un cerf poursuivi par une meute de chasse à courre. Von Eberhardt avait toujours chassé et massacré. Sa seule vraie jouissance physique se produisait ou se renouvelait au moment où il voyait apparaître un animal à abattre. C'était un esthète sanguinaire. Quelques années auparavant, en Afrique, il avait abattu au fusil à lunette un éléphant qui avait son éléphanteau près de lui. Il avait observé l'agonie de la bête, guettant les battements des paupières ourlées de cils très longs… Il savait, lui, que les éléphants avaient des cils fournis et épais et qu'ils pleuraient avant de mourir.

Face à Mrs Clark, Eberhardt percevait l'émanation chaude de la peur physique ; il en sentait presque l'odeur. Pourquoi cette femme était-elle paniquée à ce point ?

— Madame, je ne voudrais pas vous choquer ni paraître excessif ou familier, mais, permettez-moi de vous dire, avec tout le respect que je vous dois, que vous me subjuguez.

Il sourit. Même pour un mariage d'intérêt, elle représentait un morceau de choix. Belle, fragile, riche, extrêmement sensible. Il serait si amusant de la faire trembler pour la consoler ensuite !... avant de la faire replonger dans la panique...

D'après la rumeur, Harrison était fou de sa nièce. Il l'exhibait dans tout New York, allant jusqu'à faire des dons aux œuvres de charité pour le seul plaisir de la montrer. L'ampleur des dons était si importante que Betty apparaissait comme une vedette.

— Nous, les gens de l'Est, pouvons flamber de passion. Nous sommes très différents des Américains. Je demanderai à votre oncle la permission de vous revoir.

— Restez dans votre siècle, dit Betty. Je vis aujourd'hui. Pas hier. Je suis une Américaine rationnelle et occupée. J'ai deux enfants.

Sa propre phrase la blessa tant qu'elle en perdit le souffle.

Lord entra au salon à cet instant et annonça à Eberhardt qu'il allait être reçu par M. Harrison.

— Suivez-moi, s'il vous plaît.

Axel passa dans un sas surmonté d'une cabine de contrôle électronique semblable à celles des aéroports. Ses clefs firent siffler l'appareil. Après examen, on les lui laissa.

Il suivit Lord et pénétra avec émotion dans la chambre de Harrison. Le décor était somptueux mais il l'admira à peine : toute son attention devait se concentrer sur ce qu'il allait dire à Harrison.

Il s'approcha du lit sculpté. À demi allongé et le dos soutenu par des coussins, le milliardaire refusa la main que lui tendait Eberhardt.

— Je vous salue, monsieur, et je vous remercie vivement de me recevoir.

Sa main resta en l'air. Il la laissa tomber avec gêne.

Willy fit un geste en direction d'une chaise installée à côté du lit. Willy demanda à Lord de rester avec eux.

— Vous avez forcé ma porte, dit-il. Pourquoi cette insistance ? Ne croyez pas cependant que vous m'avez eu à l'usure. Ma secrétaire m'a communiqué certaines informations vous concernant. Je vous accorde quelques minutes.

— Vous enregistrez notre conversation ? demanda Eberhardt.

— Cela vous dérange ?

— Au plus haut point. Je porte sur moi un avertisseur électronique indispensable dans ce qu'on appelle pompeusement « mon métier ». Je suis dans l'obligation de contrôler ce genre de détail. Si vous voulez bien arrêter l'enregistrement, je continuerai. Sinon, je vous parlerai seulement de l'impression qu'ont faite sur moi vos tableaux, vos objets d'art et la beauté de votre nièce.

Puis il se tourna légèrement vers Lord.

— Je vous prierai aussi de demander à ce monsieur si attentif de nous laisser.

— Un citoyen honnête n'a pas de secrets, dit Willy sans ironie.

Mais il ordonna à Lord de quitter la chambre.

La porte se referma sur l'Anglais. Willy appuya sur une touche d'un clavier et l'enregistreur cessa de tourner. Eberhardt vérifia le clip piqué sur la poche intérieure de sa veste.

— Tout est en ordre, dit-il. Voici le but de ma visite : J'ai une marchandise d'une qualité exceptionnelle, pure à 90 %.

Willy baissa les paupières. Il bâilla, s'étira puis lança :

— Quelle idée ! Je suis un homme d'affaires bénéficiant d'un réseau international. Je ne traite pas comme ça de petits contrats improvisés.

— Rien n'est improvisé, dit Eberhardt. Pourquoi croyez-vous que j'aie tant insisté pour vous rencontrer ? Il ne s'agit pas d'une petite affaire mais de dix kilos à livrer à l'intérieur du pays.

— Pourquoi m'avoir choisi ?

— J'ai besoin de diamants. Pas d'argent mais des diamants.

— Les temps sont durs, dit Willy. Le marché a tendance à s'élargir au niveau de la demande, mais la distribution est difficile. De plus en plus difficile.

— Le bénéfice est en rapport avec le risque. Nous vous ferions des prix.

— Inutile de poursuivre, dit Harrison. Ce n'est pas le moment.

— Je crois, monsieur, que ce moment-là ne se représentera peut-être jamais. On dit…

— Qui ?

— Dans le milieu… On dit, donc, que vous êtes généralement preneur si on vous offre un produit de grande qualité.

— Je suis imprévisible, dit Harrison. Et je ne vous connais pas. Vous pourriez être un agent du FBI en quête de promotion. Un je-ne-sais-quoi qui voudrait attirer un honnête citoyen dans une aventure sans retour. Vous voulez me corrompre ?

— Monsieur Harrison, dans les jours à venir, de nouvelles dispositions fédérales rendront la marchandise encore plus rare. Il sera très difficile de la faire entrer dans le pays.

— D'où tenez-vous ces informations ? demanda Willy.

— Peu importe. Faites-moi confiance.

— Je ne veux pas de cette marchandise.

— Je vais vous persuader du contraire.

D'une poche intérieure, Eberhardt sortit un petit sachet qui contenait une poudre blanche. Il le tendit à Willy.

— Goûtez.

— Non. J'ai des chimistes pour cela. De toute façon, offrez-la à quelqu'un d'autre. Je ne veux pas de cela chez moi.

— Je vais vous dire la vérité. Pour certaines recherches techniques, l'Allemagne de l'Est a besoin de diamants de deux carats. J'ai pour mission de les lui procurer en très grande quantité. On m'a demandé de trouver un preneur sûr pour dix kilos d'héroïne. Avec vous, je peux lier les deux affaires. Je vais vous faire un prix, monsieur Harrison. Un prix tellement avantageux que vous ne résisterez pas.

L'obèse l'observa.

— Pas besoin de cadeau. Si vous me faites un prix c'est que vous avez absolument besoin de moi. Je n'aime pas cela. Pas en ce moment…

— Vous laisseriez échapper une affaire pareille ! s'exclama Axel.

— Je ne vois pas en quoi vous la trouvez si exceptionnelle, dit Harrison.

— Je vous offre dix kilos de poudre pure pour un prix dérisoire à condition d'être payé en diamants. Cette livraison pourrait ne pas être unique. Je peux faire entrer de l'or blanc aux USA. Mais uniquement contre des diamants. Pour vous, la marge bénéficiaire est énorme. Vous pourrez ensuite faire faire le mélange que vous choisirez. Nous donnons du pur contre des diamants blancs de deux carats. D'une qualité parfaite eux aussi.

— Je n'aime pas qu'on compte dans ma poche, dit Willy. Et je suis le seul à pouvoir dire d'une affaire qu'elle est bonne pour moi. Pour qui travaillez-vous ?

— À ma place, le diriez-vous, monsieur Harrison ?… Certainement pas. Mais croyez-moi, l'affaire promet d'être grandiose. Le départ, la source, c'est l'Europe. Avec des ramifications en Allemagne, en France et en Autriche. Vous connaissez Vienne ?

— À combien évaluez-vous votre marchandise ?

Eberhardt énonça un chiffre. Puis il ajouta :

— Vous achetez une grande partie de vos diamants sans les déclarer. Nous, nous n'aurons pas à blanchir l'argent. Il n'y aura pas de perte. Ou très peu. Pour vous comme pour nous. Nous pouvons donc nous faire plaisir à des prix raisonnables.

Willy réfléchissait. Si la marchandise était d'aussi bonne qualité que le promettait Eberhardt, il pourrait réaliser un bénéfice considérable. Il y avait très peu d'héroïne pure sur le marché des grossistes, et les difficultés d'importation ralentissaient de plus en plus les affaires.

— Vous voulez tout en deux carats ?

— Un tiers en trois carats. Sinon le tout en deux. Si vous pouvez nous fournir les diamants, vous ferez l'affaire du siècle. Et nous aussi. Vous comprenez maintenant pourquoi j'ai tellement insisté pour vous rencontrer ?

— À quel moment voudriez-vous faire l'échange ?

— Je vous le confirmerai ce soir.

— Pas ce soir. Demain.

— Demain, si vous voulez. La rencontre pourrait avoir lieu lorsque vous aurez les diamants taillés.

— J'en ai déjà une belle quantité, dit Willy. J'ai toujours de la réserve. Disons, la semaine prochaine.

— Pour moi, quarante-huit heures ce serait parfait, dit Eberhardt. La rencontre pourrait avoir lieu à une heure et demie de voiture de Manhattan.

— Évidemment, dit Willy, j'enverrai mes chimistes. Et vous, vos experts en diamants. Je n'ai jamais trompé personne mais vous pourriez me réserver des surprises. Je vous préviens, je prévois les pièges.

— Je vous fais confiance, dit Eberhardt.

— Je ne suis pas du tout obligé d'accepter l'endroit que vous me proposerez…

— Je vous ferai peut-être une autre suggestion, et vous une contre-proposition. Nous verrons cela ensemble, monsieur Harrison. Et pour l'avenir ?

— Pour le moment, travaillons au coup par coup.

— Je suis un homme d'affaires comme vous. Moins riche, mais bénéficiant de beaucoup de relations mondaines et politiques. Je suis introduit dans les salons et dans les sous-sols…

— Devant moi, ne soyez jamais trop sûr de vous. Si vous êtes un agent provocateur, je vous aurai jusqu'à la moelle. Moi, je feindrai toujours d'être l'honnête citoyen qui conclut un marché pour mieux renseigner la police sur les trafics. Maintenant, je voudrais que vous partiez.

Il sonna. Lord entra.

— Reconduisez ce monsieur, dit Willy. Ne le quittez pas une seconde des yeux. Je ne voudrais pas qu'il me laisse une carte de visite dans un coin (il pensait au sachet de poudre).

Soudain, Willy aperçut le voyant rouge du téléphone qui clignotait. Il chassa Eberhardt et décrocha le combiné :

— Allô ?

— Comment va ma frangine ?

— Tu t'amuses en m'appelant, hein ? Tu t'amuses ?

Willy luttait contre la colère. Ce rat le défiait.

— Ta sœur ? On l'a baignée, nourrie, et quelqu'un lui raconte des contes de fées pour l'amuser…

Le ton de Slim vira à l'hystérie.

— Te paie pas ma tête ! Si elle a le moindre ennui…

— Je sais, coupa Willy. Mais ne t'inquiète pas : nous tenons à revoir le gosse en bonne santé. C'est clair ?

Prévenue de l'appel que d'autres écoutaient ailleurs dans l'appartement, Betty fit irruption dans la pièce et prit l'écouteur.

— Votre Jimmy a bouffé… Il s'appelle Jimmy, non ? Et il roupille. Toi, t'as assez de mémoire pour retenir des directives ? Il y a de la place dans ta grosse tête ? La graisse n'a pas envahi ta cervelle ?

— Pour toi, je ferai un effort…

— Alors écoute-moi bien. Tu quitteras ta poubelle de Park Avenue à 21 heures. Ensuite…

Slim indiqua le trajet étape par étape. Il précisa l'emplacement des deux cabines téléphoniques, chacune située à vingt minutes de distance l'une de l'autre. L'emplacement de la troisième cabine, dans laquelle ils recevraient les dernières indications, serait précisé lors du deuxième contact. Cool devait porter les diamants dans un sac accroché autour de son cou.

— Tu m'as déjà dit tout cela, dit Willy. Tu te répètes…

— Peut-être, dit Slim. Mais si tu te trompes, plus de gosse du tout !

— Je veux lui parler, s'écria Betty.

Elle arracha presque le combiné de la main de son oncle.

— Je vous en supplie, ne faites pas de mal à mon fils ! vous aurez tout : les diamants, la sécurité, l'oubli… Je vous oublierai. Une fois, déjà, je l'ai prouvé.

L'autre raccrocha.

— Il rappellera, dit Willy. Au moins pour s'assurer qu'on a bien enregistré l'itinéraire.

Il se redressa.

— Je retrouverai ton enfant.

— C'est à cause de vous qu'on l'a enlevé, dit Betty. Et c'est aussi à cause de vous que mon mari est mort. Si vous ne l'aviez pas obligé à accomplir sa mission à Miami, il serait encore vivant.

— Je vais me fâcher, dit Willy. Ton mari n'avait pas d'envergure. C'était un brave type mais il manquait de carrure pour être avec toi… Je veux t'assurer un avenir sûr. Je trouverai une solution qui te permettra d'avoir ton autonomie. J'ai toujours souhaité que tu sois mon héritière, et pas seulement sur les papiers : dans ton esprit aussi…

— J'aimerais vivre avec mes enfants et avec ma mère.

— Ta mère m'a toujours exaspéré, dit Willy. Lorsque je l'ai connue, c'était une jolie fille. Elle a préféré ton père. Elle ne voulait pas du gros. Et ton père m'a volé. Je ne supporte pas qu'on me vole. Freddy est la seule, l'unique personne au monde qui ait réussi à me doubler. Et il n'était même pas un génie. Seulement un médiocre et un jaloux.

Son regard gris analysait Betty.

— Elle ne t'a vraiment rien dit, ta mère ? Rien ? Elle en sait des choses, pourtant. Et pas seulement sur l'argent volé. Quand on aura retrouvé Jimmy, tu pourras retourner la voir. Tu vois comme je suis gentil !

— Vous semblez craindre ma mère. Pourquoi ne puis-je pas la voir quand je veux ?

— Elle sait des choses. Si elle ne parlait que de l'argent volé, ce serait parfait. Mais elle pourrait prononcer d'autres paroles qui gêneraient nos relations.

— Vous avez rendu ma mère muette…

— Je me méfie d'elle, dit Willy.

— D'une infirme ?

— Question de flair, dit Willy. Elle est infirme parce qu'elle veut l'être…

Hazel ne revint qu'aux environs de midi. Elle abandonna son manteau de fourrure à l'un des serviteurs et demanda un café à l'autre. Werner et Liu étaient aux petits soins pour elle.

— Le patron vous attend.

Elle retrouva son dieu allongé sur le lit tout frais, vêtu d'un peignoir de soie. La pièce était surchauffée.

— Je viens vous donner des nouvelles, dit-elle en s'asseyant. J'ai retrouvé Blumenfeld. Je lui ai confié les diamants. Au début il rechignait, disant que ce n'était pas possible. Vous connaissez son accent yiddish : « Mes sous-traitants ne sont pas là aujourd'hui… »

— Où était-il ? demanda Willy.

— Dans son hôtel minable. Tous ses accessoires étaient étalés sur sa table, même ses compas. Il ressemblait à un horloger fou. Cet homme me fascine.

— Alors ? demanda Willy. Venez à l'essentiel.

Pourtant il aimait que Hazel lui parlât de Blumenfeld. Lui-même était issu d'un univers considéré par d'autres comme minable. Au début, dans le monde des diamants, on rejetait ce jeune gros qui n'était ni charmeur, ni juif, ni d'origine étrangère, mais seulement un vague descendant d'Irlandais immigrés cent ans auparavant. Sa réputation était venue, longtemps après, lorsqu'il avait commencé à faire tuer par contrat. Alors, on l'avait enfin respecté.

— Vous l'avez fait céder ? demanda-t-il à Hazel.

— Je lui ai dit que vous aviez besoin de lui. Que le fabuleux, l'extraordinaire, l'insaisissable Harrison avait besoin de lui.

Willy croisa les mains sur son estomac. C'était bon signe.

— Savez-vous, dit-il, que Blumenfeld a claqué un fric colossal au jeu ? Et même pas au grand jeu… Quelques parties de poker au début. Plus tard, dans sa déchéance, je l'ai vu jouer comme un dingue à Las Vegas. Et quand, il y a trois ans, je l'ai sorti d'une salle du Circus-Circus, il était accroché aux manettes des machines à sous. C'est un artiste incomparable. Plus qu'un faussaire : un créateur. Ses faux sont plus beaux que les vrais. S'il était Dieu, il s'amuserait à faire des maquettes de la Terre. Savez-vous pourquoi on lui confie des fortunes malgré sa passion du jeu ?

Hazel écoutait avec attention. C'est grâce à ces diversions aussi rares qu'occasionnelles qu'elle avait pu s'introduire dans les dédales du métier, et connaître psychologiquement les gens, leurs potins et leurs légendes.

— Pourquoi ? demanda-t-elle.

— Parce que sa fille est toujours auprès de lui.

— Je ne vois pas le rapport entre sa fille et la confiance qu'on peut accorder à un joueur.

— Blumenfeld a joué un jour au blackjack la valeur

d'un collier de diamants qu'on lui avait remis. À l'époque, il avait déjà perdu sa boutique qui était située au coin de la 57e Rue et de la 5e Avenue. Il était spécialisé dans la vente de bijoux anciens et dans la fabrication de faux. Mais le jeu l'a perdu. Il faisait des coups et allait jouer avec le fric gagné. Cette fois-là, il a pris des avances, a mis en gage le collier qui appartenait à un Oriental, et il a joué. Il a perdu l'argent du collier. Le client l'a puni de la manière la plus atroce : il a fait arracher les yeux de sa fille devant lui. Blumenfeld devint fou de douleur et de remords. Il ne put ni se suicider ni disparaître : il avait une aveugle à sa charge. Depuis ce temps-là, il ne quitte plus sa fille une seconde. Il est son esclave. Et elle ne marche que s'il la tient par la main.

— Ça s'est passé à Las Vegas ? demanda Hazel.

— Non. À New York. Des années plus tard, lorsque je l'ai repêché au Circus, il était avec sa fille aveugle. Elle, assise devant une machine, et lui sur un tabouret. Et tandis que Blumenfeld perdait ses sous, la fille glissait elle aussi des quarters dans l'appareil. Une fois, elle a eu le jackpot et a gagné deux cents dollars. Les pièces tombaient. On venait la regarder et elle, elle écoutait le bruit de l'argent qui dégringolait… On peut tout confier à Blumenfeld. Au moindre faux pas, c'est de nouveau sa fille qui paierait ; on lui couperait les mains. Dans ce milieu, Hazel, il faut être d'une régularité et d'une moralité absolues. Il suffit d'une faute et on vous liquide.

Il marqua un temps.

— À propos… Pendant votre absence, j'ai reçu le nommé Eberhardt. Il paraît que vous lui avez laissé croire, il y a un an, que j'étais parfois intéressé par certaines transactions.

— J'avais pensé à l'époque que ce genre de contact pouvait être utile. D'autres étaient au courant aussi : il y a eu une période de flottement. On n'avait pas beaucoup de marchandise.

— Mais vous n'avez rien dit… à personne ?

— Je n'ai rien dit…, fit Hazel.

La peur nouait son ventre.

— Vous avez dû laisser paraître quelque chose. Je n'aime pas ça… Mais vous allez pouvoir vous racheter, ma chère.

— Je n'ai commis aucune faute, monsieur.

— On peut en discuter, Hazel. Bref, je ferme les yeux… J'ai conclu une affaire. Nous aurons de l'héroïne pure contre des diamants taillés. Pour une somme de…

Il attendit quelques secondes avant d'annoncer le chiffre. Hazel fit oui de la tête.

— Grande opération, monsieur.

L'obèse observa Hazel.

— C'est vous qui serez le chef de l'opération. Vous vous rendrez au rendez-vous avec les chimistes.

— Ah non ! s'écria-t-elle. Je n'ai jamais été mêlée à une affaire sur le plan, disons, pratique…

— Il faut un début à tout, dit Willy.

Il se mit à rire.

— Voyez-vous, si je n'avais pas confiance, je me dirais tiens, tiens, elle a peur, elle n'est pas sûre d'Eberhardt. Nous ne savons rien de lui, hein ? Et vous l'avez lâché sur moi…

— Je ne peux rien vous garantir, monsieur Harrison. Vous me traitez parfois comme si j'étais une domestique.

— N'exagérons rien. Vous êtes l'âme de mes affaires. Mais je crains toujours que vous ne vous emballiez, que vous ne soyez trop intelligente, trop ambitieuse. Enfin, soyez tranquille. Je ne vous taquinerai plus.

— Monsieur Harrison, Eberhardt a appelé assez souvent le bureau de Diamonds and Co. J'ai toujours refusé de lui parler. Je n'avais pas envie de renouer avec un dépravé du Dollar.

— Un quoi ?

Hazel se mordit la langue – trop tard. Le sang de Willy ne fit qu'un tour.

— Vous dites des clients qu'ils sont des dépravés ? Mais ils nous ont apporté beaucoup d'argent, ces « dépravés » ! Nous sommes tous des dépravés... Et quels sont les fantasmes qui peuplent vos nuits chastes ?

— J'ai employé un mot malheureux. Veuillez m'excuser. Je suis bouleversée, aujourd'hui. Comme nous tous.

— J'espère bien que vous êtes bouleversée, dit Willy. Et à l'avenir, ne faites plus courir un homme d'affaires de cette envergure dans la nuit. C'est clair ? Un mot encore. Si vous jouez bien votre rôle dans cette affaire, je mettrai l'appartement à votre nom comme je vous l'ai promis.

Hazel occupait un somptueux pied-à-terre qu'elle aurait toujours aimé avoir à elle : deux chambres, un grand living-room et une petite terrasse donnant sur Manhattan. L'appartement se trouvait dans un immeuble situé au coin de la 93e Rue et de la 5e Avenue. Une véritable merveille.

— Merci, monsieur, dit-elle.

Et elle ajouta :

— Ce soir, lorsque nous aurons retrouvé le cher petit Jimmy, nous serons moins nerveux.

— Après, ce sera à moi de jouer, dit Willy. Je découvrirai le traître. Quand nous aurons l'enfant.

Il se tut un instant puis ajouta :

— L'affaire Eberhardt est juteuse. Même au prix où ils nous vendent leur blanche. Les diamants ont été payés à un prix dérisoire. Repartez au bureau et voyez le stock. Prévenez-moi s'il y a des problèmes éventuels. Il me faut des deux carats.

— Et si je ne trouve pas tout ?

— Blumenfeld a des hommes pour tailler. À quelle heure le revoyez-vous ?

— À 18 heures.

— Allez, faites votre inventaire. Et tenez-moi au courant. D'après moi, nous devrions avoir le stock nécessaire.

Willy éprouvait toujours un grand plaisir lorsqu'il rappelait à Hazel qu'il savait de mémoire ce que contenaient ses programmes d'ordinateur. N'avait-elle pas conservé certains renseignements pour elle ? N'avait-elle pas refusé de faire le moindre effort pour initier Betty ? Notamment en refusant de lui indiquer les éléments mineurs, mais essentiels, des transactions tentaculaires de Diamonds and Co ?

— Récapitulons, dit Willy. Vous prévenez Blumenfeld. Qu'il soit prêt si on a besoin de lui.

— Je ne le verrai pas avant le rendez-vous, dit Hazel.

— Débrouillez-vous. Et je vous préviens : le flic maison, Dawson, tourne autour de l'immeuble.

— Qu'est-ce qu'il veut encore ! s'exclama Hazel.

— Il vous a vue arriver cette nuit. Il a surveillé ce qu'il appelle nos « bouleversements ».

— Monsieur, je vous ai suggéré à maintes reprises d'intervenir pour qu'on déplace Dawson. C'est un fouineur. Il veut s'immiscer dans nos affaires. Vous êtes devenu son idée fixe. Il faudrait que vous vous en débarrassiez. Avec vos relations, vous pourriez le faire muter ailleurs, dans un autre État par exemple, ou dans un quartier éloigné.

— Ce serait exactement l'erreur à ne pas commettre, dit Willy. Vous me décevez, Hazel. Il faudrait être fou pour tenter de modifier la situation de Dawson. Les temps ont changé ! Il est intouchable. Évidemment, si par miracle le destin nous aidait en s'acharnant sur lui…

Hazel songea qu'elle ne s'était pas trompée : l'arrivée de Betty avait changé la nature de Willy Harrison. Il était moins aimable, moins prévenant avec sa secrétaire, moins soucieux de ne pas la brusquer et, surtout, plus méfiant avec la loi.

Elle se leva.

— Il faut que je parte, maintenant. Vous m'avez donné beaucoup de responsabilités, monsieur…

— Je n'ai jamais sous-estimé vos capacités, dit Willy. Dans les heures à venir, vous aurez à prouver que vous êtes à la hauteur de n'importe quelle situation. Par dévouement, je n'en doute pas.

Il ajouta, distrait :

— Et puis vous avez peur, n'est-ce pas ?

— Je n'ai pas à avoir peur, dit Hazel. Ma conscience est tranquille.

— Je le sais, dit Willy, soudain jovial.

Dans le couloir, Betty se cogna presque contre Hazel. Les deux femmes se dévisagèrent. Puis la secrétaire saisit le bras de Mrs Clark.

— Ne désespérez pas. Nous retrouverons Jimmy. Nous avons tous les atouts. On tient la fille, on donne les diamants…

Betty la regarda. Ne s'était-elle pas trompée en croyant que Hazel la détestait ? Ne se montrait-elle pas solidaire dans ce drame ? Dans un élan spontané, elle l'embrassa.

— Merci !

La secrétaire se dégagea. Ses joues brûlaient.

Plus tard, dans son bureau, Hazel chercha à joindre Blumenfeld. Depuis qu'elle connaissait l'histoire de cet homme, sa vie remplie de drames, elle imaginait la présence de sa fille dans la chambre voisine. Elle se souvint vaguement d'avoir vu chez lui une porte entrouverte. De toute façon, aucun problème ne surgirait. « Je m'en tirerai toujours, pensa-t-elle. Blumenfeld ne me dénoncera pas. »

Le Boeing 747 parti de Vienne à 10 h 30 allait atterrir à Kennedy Airport à 14 heures heure locale. Une autorisation spéciale avait été accordée à une ambulance appartenant à une compagnie privée : elle pourrait s'approcher de l'appareil et charger sur la piste une civière sur laquelle reposait un malade trop gravement atteint pour être transporté dans le dédale des couloirs de débarquement.

Quatre sièges de première classe avaient été réservés à l'intention du grand accidenté, et son brancard avait été posé à l'emplacement des sièges enlevés. Cette partie de la cabine avait été séparée par un rideau du reste de l'avion. De temps à autre, une infirmière allait chercher un peu de café au comptoir des boissons situé juste avant l'entrée de la « business class ».

D'après les renseignements communiqués par les hôtesses aux passagers curieux, le blessé était le fils d'un riche Américain. Le jeune homme avait eu un accident de voiture à Vienne. On l'avait opéré de la colonne vertébrale mais des risques de paralysie subsistaient. À la demande de ses parents, les médecins avaient accepté de transporter le blessé à New York.

L'avion atterrit à l'heure prévue. Les hôtesses demandèrent aux passagers de patienter quelques minutes et de rester à leur place.

Les employés de l'aéroport ajustèrent une échelle munie d'une large plate-forme au niveau des premières classes. Bientôt, la porte du Boeing s'ouvrit. Les rideaux séparant la première classe et la « business class » étaient tirés.

Il fallut quatre hommes pour descendre la civière, pratiquement maintenue à l'horizontale. Le blessé était couché sur le ventre. L'infirmière attachée à son service tenait la tige métallique de la perfusion. La descente fut difficile. La civière fut ensuite glissée dans l'ambulance. L'opération se déroula assez rapidement.

L'ambulance s'éloigna en suivant un autre véhicule, qui, muni d'une autorisation spéciale, devait la conduire en dehors de l'aéroport. Elle prit bientôt la route de Manhattan. Le blessé ouvrit les yeux et tourna légèrement la tête. L'infirmière, qui avait déjà raccroché sur le trépied chromé le récipient contenant le liquide de la perfusion, lui adressa un sourire d'encouragement. L'ambulance roulait maintenant en direction de Triboro Bridge. L'homme assis à côté du chauffeur préparait la monnaie du péage.

Une vingtaine de minutes plus tard, l'ambulance s'engagea sur la 1re Avenue. L'infirmière souriait. Le véhicule roulait assez doucement. Le chauffeur se retourna et fit un signe d'acquiescement. L'infirmière dit : « O.K. » Le blessé poussa un soupir et, d'un geste impatient, rejeta la couverture à ses pieds.

— Vite, dit-il. J'en ai marre !

L'infirmière défit rapidement les éléments de la mise en scène. Elle ôta les aiguilles et les tuyaux qui étaient fixés dans le creux du bras de l'homme par de larges bandes de sparadrap.

— Ça y est, mon héros, dit-elle. Tu peux te dégourdir les jambes…

Le jeune homme descendit de la civière, s'étira, se débarrassa de son déguisement de malade. Il sortit des vêtements d'un sac, enfila un pantalon et un gros pull. L'infirmière embrassa l'homme sur les lèvres.

— Bravo. T'es un as.

— Toi aussi, dit-il.

Le jeune homme se lissa les cheveux puis s'installa près de la portière arrière de l'ambulance. Le véhicule quitta la 1re Avenue et tourna dans la 38e Rue. À la deuxième signalisation, un « Wait » rouge arrêta la file des voitures. L'homme entrouvrit la portière et quitta le véhicule. Il atteignit le trottoir, jura parce qu'il avait failli glisser et s'engagea d'un pas rapide en direction de la 2e Avenue. Quelques mètres plus loin, il frôla presque un chœur de l'Armée du salut composé de trois personnes chaudement vêtues qui chantaient le regard levé vers le ciel. Le jeune homme les évita de justesse. Il repéra un coffee-shop, y entra et découvrit une place libre à une table où deux personnes étaient déjà installées. Il avait si faim qu'il aurait dévoré les pickles présentés dans leurs coupes.

— C'est libre ?

Les deux autres occupants se crurent obligés de dire oui.

Impassible, la serveuse noire passa trois fois près de lui avant de consentir à prendre la commande. L'homme demanda un hamburger avec beaucoup de pommes de terre et du café. Les deux autres personnes – un couple – s'éloignèrent.

Bientôt, Cliff engloutit de grandes bouchées de viande hachée. La vie était belle et l'avenir bourré d'espoir. Il venait de passer une semaine aux frais de l'Organisation à Vienne, et il recevrait cinq mille dollars pour le transport. Il serait payé le lendemain dans un restaurant japonais où l'on mangeait à une table commune. Quelqu'un lui passerait l'argent pendant que les clients suivraient du regard les gestes spectaculaires du cuisinier nippon.

Demain à 19 heures.

Blumenfeld était rongé par l'anxiété. Depuis les dramatiques événements qui avaient déchiré sa vie, il ne faisait plus partie du clan des marchands de diamants et ne traitait que quelques rares affaires. On avait recours à lui quand on ne pouvait pas se passer de ses services. Irritable, diabétique et fou de remords, il ne quittait jamais sa fille Shaula et suivait sa propre filière à New York. Il était difficile à joindre : il ne laissait que des numéros provisoires à un service d'abonnés absents qui lui transmettait les numéros qu'il devait rappeler sans jamais communiquer le moindre renseignement sur lui ou sur l'endroit où il se trouvait. On perdait ainsi sa trace, ce qui ne l'empêchait pas de prendre contact avec autrui.

Il avait un casier judiciaire vierge et épargnait comme un obsédé pour assurer l'avenir de Shaula. Il fallait beaucoup d'argent pour être sûr que Shaula, même seule, ne manquerait de rien. Sans son père, que deviendrait-elle ?

Blumenfeld, qui ne traitait que des affaires délicates, se méfiait de Miss Hazel. Ce genre de femme à la voix douce et impertinente à la fois le mettait mal à l'aise. Hazel se pâmait et affichait une aura de puissance. Elle était élégante, distinguée, irritante.

Après sa visite, Blumenfeld ouvrit la porte qui communiquait avec l'autre pièce. Shaula l'attendait en tricotant.

— Tu as entendu la voix de cette femme ?

— Oui, dit-elle en levant vers lui un visage lisse.

Ses orbites, vidées comme des oursins, étaient habituellement cachées derrière des lunettes noires.

— Remets tes lunettes, dit Blumenfeld.

— J'aime bien parfois avoir le visage libre, répondit-elle.

Elle était petite et mince, vêtue de jupes achetées dans des grands magasins. Elle ne cessait de tricoter : des capes, des couvertures légères et des pull-overs.

Elle n'avait jamais fait de reproches à son père. Mais parfois, lorsqu'il s'échappait pour jouer et qu'il disposait ensuite les billets crasseux sur les genoux de Shaula, elle les tâtait et répétait inlassablement : « C'est peu de chose. Il faudrait de l'argent véritable. Mais pas au risque de me faire couper les mains aussi. Tu sais maintenant que c'est sur moi qu'ils se vengeraient » (« ils », c'étaient les autres, les puissants, ceux qui punissaient).

— La femme qui est venue t'a menti, dit Shaula.

Blumenfeld l'écoutait toujours attentivement : il croyait en son instinct.

— On va s'en aller d'ici, dit-il.

Il se leva et rangea ses accessoires dans une mallette. Il ne se séparait jamais de cette mallette à casiers doublés de tissu où étaient rangés ses loupes, ses appareils électroniques miniatures, ses identificateurs à infrarouges et ses compas. Il se procurait ses outils en Allemagne, tantôt à l'Est, tantôt à l'Ouest. Ses « révélateurs de défauts » à rayons laser étaient conçus en RDA. Ils étaient uniques dans leur genre.

S'il décidait brusquement de partir avec Shaula – n'importe où, à n'importe quel moment –, il avait suffisamment d'argent sur lui pour prendre l'avion et disparaître en Californie. Parfois, il transportait des fortunes sur lui. Jamais personne ne connaissait le jour et l'heure de ses départs ou la direction qu'il allait prendre. Le père avec sa mallette et la fille avec son sac en bandoulière et sa canne blanche formaient un couple d'aspect pitoyable.

Shaula vint au milieu de la chambre où Hazel avait été reçue.

— Je vais aller à côté, dit-elle, et je vais essayer de me rappeler ce que j'ai entendu. Quelque chose m'a gênée.

D'habitude, Blumenfeld recevait ses clients dans la chambre d'à côté. Hazel ne savait pas que Shaula était présente et que cette dernière, peut-être parce qu'elle était aveugle, avait développé par compensation des dons exceptionnels et inquiétants. Sa mémoire, entre autres, fonctionnait comme un ordinateur.

— Rejoue la scène, papa.

Elle s'éloigna et prit place sur une chaise.

— Je lui ai demandé : « En quoi puis-je vous être utile ? » Elle s'est assise, s'est accoudée sur le plateau de la table et a sorti une pochette de son sac. Elle l'a ouverte et en a déversé le contenu sur le tissu. J'ai émis un petit sifflement. Tu as entendu, Shaula, quand j'ai sifflé ?

— Oui, papa.

— Il y avait une bague avec une pierre dont le bleu-blanc éblouissait, des boucles d'oreilles et un collier, avec un pendentif taillé en poire. « Vous voulez le vendre ? » « Non ! s'est-elle exclamée. Je vais vous expliquer ce que je veux. » Et elle a ajouté prudemment : « Ce que M. Harrison veut. » Je lui ai dit que d'après mes souvenirs, Harrison avait fait monter ces pierres pour sa nièce chez Raffiot – j'ai forcé un peu la voix pour être certain que tu m'entendrais. Elle m'a dit : « Vous reconnaissez le travail de Raffiot ? » « C'est le meilleur, ai-je répondu. Il travaille uniquement en sous-traitance. Il n'a jamais pu s'intégrer dans aucun clan juif, mais on l'utilise : il est remarquable et discret. »

— Reste tranquille papa, ne dis plus rien, ne bouge pas. Elle a dit : « Je vais vous expliquer ce qu'il faut faire. » Et toi, papa, tu t'es exclamé : « Non ! Ne me demandez pas l'impossible. » Elle : « Si on ne vous demandait pas l'impossible, vous paierait-on le prix que vous demandez ? » « Pour quand ? » « Ce soir à partir de 18 heures », et elle a ajouté : « J'ai des arguments pour vous convaincre. D'une part, la demande de M. Harrison. De l'autre, plus modestement, la mienne. » « M. Harrison est-il au courant de votre propre souhait ? » « Vous n'avez pas à le savoir. Comprenez ma démarche dans le sens qui vous convient. »

Blumenfeld s'avança vers sa fille.

— C'était à peu près ça.

— Oui, mais elle ment. Harrison ne connaît pas son souhait à elle… Tu ne vas pas faire ce qu'elle te demande ?

— Il n'est pas sûr qu'elle veuille tromper Harrison. Et nous pourrions nous aussi tirer profit de cette affaire, Shaula.

— Une fois déjà, tu as voulu profiter d'une situation. Regarde ce qui m'est arrivé.

Elle retira ses lunettes.

— Je t'en supplie, fit Blumenfeld, je t'en supplie…

— Tu devrais prévenir M. Harrison, dit Shaula en roulant machinalement en boule le tricot sur lequel elle travaillait.

Shaula avait vingt-deux ans. Et de longues années devant elle pour tricoter…

— Allons chez Raffiot, dit Blumenfeld.

Il téléphona au Français pour le prévenir qu'il avait un travail à lui confier.

— Je ferai ce que je pourrai, répondit Raffiot.

— Ensemble, nous y arriverons. Je travaillerai auprès de vous. J'arrive tout de suite.

Blumenfeld et sa fille quittèrent le petit appartement et se glissèrent dans le vieil ascenseur de l'hôtel. Un commis voyageur qui sentait la sueur s'y engouffra avec eux. Shaula se pinça les narines. Ils passèrent devant le guichet de la réception et sortirent dans la rue. Blumenfeld arrêta un taxi en maraude, aida sa fille à s'installer sur la banquette, se glissa à côté d'elle et, à travers le mica opaque recouvert d'autocollants (« Parlez au chauffeur à travers la plaque », « Mettez l'argent dans la coupelle », « Ne crachez pas sur le siège », « Le conducteur n'a pas d'argent sur lui », « Pas de change de plus de 5 dollars »), donna l'adresse de Raffiot. Celui-ci habitait un immeuble proche de l'endroit de Brooklyn où ils vivaient eux-mêmes, une zone infestée de clandestins, de vrais et de faux pauvres, de migrants bénéficiant d'une nationalité américaine usurpée.

Pendant le trajet, Shaula resta muette. Elle écoutait les bruits des rues. Depuis l'atroce cauchemar qu'elle avait traversé – ce cauchemar dont elle n'avait jamais pu se réveiller –, sa vie était calquée sur celle de son père. Depuis huit ans, son existence n'était qu'un tunnel noir, un tunnel sans fin. Ses sens s'étaient développés, la nature ayant compensé l'absence de vue par de grandes qualités d'intuition. Sa perception des êtres était stupéfiante. Elle pouvait reconnaître l'odeur de quelqu'un, aucune voix n'échappait à son analyse, elle pesait et mesurait les intonations, détectait le mensonge le plus subtil. Tout en la servant et en la protégeant, son père utilisait ce don acquis et développé par leur malheur. Lorsqu'elle se trouvait au milieu d'autres personnes, on parlait devant elle aussi librement que si la perte de sa vue avait entraîné également celle de son ouïe. Dans ces moments troublants, elle se fondait dans le décor, abandonnant ses aiguilles pour mieux percevoir.

Durant le trajet, elle dit à son père :

— Je te suis très reconnaissante de vouloir ainsi assurer mon avenir…

Blumenfeld eut peur de ce qu'elle allait dire : la moindre phrase, aussi innocente fût-elle, pouvait tomber sur lui et l'assommer de remords.

— J'aimerais savoir, poursuivit-elle doucement, pourquoi tu n'as jamais songé à récupérer l'argent dont vous avait parlé votre compagnon de cellule…

Blumenfeld ne la suivait plus.

— De quoi parles-tu ?

— Vous étiez trois dans la même cellule. L'un d'entre vous a été assassiné et l'autre, un nommé Horovitz, vit à Brooklyn.

— Tout ça, c'est loin. De vieilles histoires. Si tu savais tout ce qu'on peut dire en prison ! On devient fou, paranoïaque, on invente n'importe quoi – les plus beaux diamants, les plus belles fesses, les plus somptueuses escroqueries…

— Alors pourquoi sommes-nous allés à Las Vegas il y a trois ans ? dit-elle d'une voix atone. Tu étais pris par un vent de folie. Il fallait absolument partir. Là-bas, tu m'as laissée seule pendant quelques heures. J'écoutais la télévision. Puis tu as voulu jouer et je suis venue avec toi. Je gagnais. Jusqu'au moment où Harrison – ou l'un de ses hommes – t'a « décroché » de la machine à sous.

— Il ne faut pas parler de ça, dit Blumenfeld en transpirant. Je ne peux pas remplacer tes yeux. Je te dois la vie mais ne me torture pas.

— Tu peux m'écouter, dit-elle. J'ai entendu la voix de cette femme, celle que tu appelles Miss Hazel, lors de ce voyage à Las Vegas.

— C'est vrai, elle y était. Elle accompagne toujours Harrison.

— Elle est venue t'interroger dans ta chambre. Tu lui as menti. C'est la seule fois de ta vie où tu as menti. Cette femme te posait des questions au sujet du frère de M. Harrison.

— Il fallait qu'on me croie. Nous avions conclu un accord avec Horovitz. À Miss Hazel, j'ai répondu que je m'étais séparé de Fred Harrison bien avant qu'il fût assassiné. Elle m'a cru. Personne ne pouvait imaginer que Fred avait vraiment parlé. En prison, on préfère crever plutôt que parler. Inventer, oui, mais dire la vérité, jamais.

— Mais tu m'as dit que Fred Harrison connaissait l'intention de son frère de le faire assassiner.

— Il imaginait la vengeance de Willy. Mais l'être humain espère jusqu'au bout la survie…

Shaula poursuivit :

— Tu m'as dit qu'on n'échappait pas à Harrison. Tu ne m'as pas amenée à Las Vegas simplement pour me garder dans une chambre d'hôtel et m'installer ensuite devant une machine à sous. Tu y es allé à cause du Golden Inn.

— Tais-toi, Shaula, tais-toi ! s'écria Blumenfeld. Ma journée va être horriblement difficile. Et moins tu en sauras, mieux cela vaudra. J'ai renoncé à cet argent.

Arrivés à destination, ils quittèrent le taxi. Blumenfeld se dirigea vers l'immeuble où se trouvait l'atelier de Raffiot. Ils débarquèrent chez le Français. Celui-ci protesta contre l'effort qu'on lui demandait. Puis il prit les pierres et les admira.

— Je ferai de mon mieux, fit-il enfin. Mais j'ai des limites…

Blumenfeld et Shaula ressortirent et traversèrent les deux blocs qui les séparaient de leur domicile. Shaula se rendit aux toilettes puis dans la salle d'eau. Elle était une fanatique de l'hygiène. Elle brossait souvent ses cheveux, de beaux cheveux châtain clair. Elle ne se souvenait plus de son visage mais l'imaginait. Ses yeux arrachés avaient été bleus. Ce bleu s'étendait en elle comme un lac. Dans sa propre nuit, elle voyait un visage avec deux lacs bleus à la place des yeux.

Elle prépara une légère collation, mit la table avec tant d'adresse qu'on aurait pu croire qu'elle voyait.

— Papa…

— Oui, ma chérie, dit Blumenfeld. Il était penché sur la bague de Betty qu'il dessertissait.

— Est-ce que j'ai vu beaucoup de lacs lorsque j'avais mes yeux ?

— Tu as vu le lac de Chicago, des lacs à la montagne lorsque tu avais huit ans et que maman était encore avec nous, quelques lacs au Canada. C'est tout ce que j'ai comme lacs à t'offrir.

— Papa…

— Oui ?

— Le repas est prêt.

Il ôta une loupe vissée à son œil droit. Il ressemblait à un insecte fatigué. Il s'approcha de la table. Shaula avait acheté leur nourriture dans une épicerie kasher.

Assis en face de sa fille, Blumenfeld goûta la choucroute. Elle n'était pas assez chaude.

— Papa ? Est-ce que j'ai eu l'occasion de voir un lac aussi bleu qu'étaient mes yeux ?

Il posa sa fourchette. Son estomac était noué.

— Non, dit-il. Lorsque nous sommes allés à Las Vegas…

— J'étais déjà aveugle… Papa…

— Oui ?

La torture allait continuer. « Je le mérite », pensa Blumenfeld.

— Papa ?

— Oui, Shaula. Non, je t'en prie, n'enlève pas tes lunettes.

— Pourquoi je vois sans cesse un lac bleu qui me rappelle mes yeux…

Lorsqu'on s'approche de Las Vegas, dans le désert rouge, juste après les boursouflures ocre du Grand Canyon, on aperçoit un lac bleu indigo qui fait pâlir le ciel. Un lac d'un bleu violent, d'un bleu volcanique, d'un bleu tendant presque sur le rouge. Mais ce bleu-là, Shaula ne l'avait jamais vu.

— Tu ne me réponds pas, papa, dit-elle. Peux-tu me donner du lait ?

Blumenfeld se leva, soulagé par cette diversion. Il sortit un carton de lait du réfrigérateur et remplit le verre de sa fille.

— Tu ne me réponds pas, dit-elle, excédée. Tu me caches quelque chose…

— Mais non ! s'écria-t-il. Il y a un lac près de Las Vegas, mais c'est un lac artificiel, tu le sais bien. Il est retenu par les barrages. C'est un lac très bleu. Le lac Mead. Que veux-tu de plus ?

— Je voudrais que nous retournions là-bas, dit-elle en levant la tête, et que nous nous rendions au bord de ce lac…

— Il est grand, très grand, dit Blumenfeld, désespéré.

— Quelque chose là-bas m'attire, dit-elle. Je nous imagine en voiture, avançant lentement. Tu me décrirais tout ce que tu vois, sans omettre aucun détail. Et je te dirais : « Arrêtons-nous ! c'est par ici ! »

— De quoi parles-tu ? demanda Blumenfeld, presque au bord des larmes. Tu vas me tuer et ensuite tu n'auras plus personne pour te servir et te protéger. Personne.

Elle était émouvante, d'une beauté vulnérable. La tête légèrement penchée en arrière, elle regardait le néant. Ses cheveux tombaient, soyeux, sur ses épaules. Le dessin de ses lèvres était admirable. Aucun homme ne les effleurerait jamais. Son nez était délicat, son front celui d'une madone. Ses lunettes noires cachaient le fond déchiqueté de deux lacs bleus.

Blumenfeld s'approcha d'elle et la prit dans ses bras.

— Pourquoi ce lac, mon amour ?

— L'argent, dit-elle. Je le sens là-bas. L'argent de Harrison. Nous pourrions le prendre et aller vivre ailleurs. À Hawaï. Là-bas, tout est bleu aussi, n'est-ce pas, papa ?

Elle passa sa petite main sur le visage de Blumenfeld.

— Oh ! non, ne pleure pas, papa. Je ne t'en veux pas…

L'ambulance vira, emprunta la 5e Avenue et descendit vers Greenwich. À l'intérieur, l'infirmière pliait les couvertures qu'elle déposait sur la civière. Le véhicule changea de direction à la hauteur de la 12e Rue et, après d'assez longues pérégrinations, pénétra dans un garage. Le fond de l'atelier débouchait sur une cour intérieure où l'ambulance s'arrêta, entre un camion et une Peugeot 205, voiture française à la mode. Les bruits et le va-et-vient incessant des ouvriers couvraient le ronronnement du moteur. Personne ne s'occupait d'eux. Le chauffeur – un Haïtien – manœuvra en sorte que l'ambulance fût isolée par le camion du reste du garage. Les propriétaires de l'endroit louaient et vendaient des véhicules. Ils étaient d'autant plus discrets et d'autant moins curieux qu'ils tenaient à leur vie. Ils encaissaient l'argent contre de la place et le secret des transactions.

L'infirmière reçut les instructions par émetteur. Il fallait changer de voiture et repartir vers Queensboro Bridge, en direction de Long Island. Elle retourna la civière et fit une incision dans la toile. Elle y prit quatre rouleaux recouverts d'un tissu de bâche aspergé d'un produit qui neutralisait les chiens détecteurs. Les dix kilos d'héroïne pure étaient bien arrivés à Manhattan. Il fallait les livrer cet après-midi. L'adresse exacte où ses compagnons et elle devaient porter les paquets lui serait communiquée plus tard.

Le chauffeur haïtien descendit de l'ambulance et se dirigea vers la 205. Il émit un petit sifflement de plaisir puis ouvrit la portière avant, pénétra à l'intérieur de la voiture et détacha les housses des sièges.

L'infirmière le rejoignit. L'homme introduisit les pochettes entre les dossiers et les housses avant de remonter les fermetures à glissière. Il sortit, verrouilla la 205 et fit sauter la clef dans sa main.

L'immeuble de Park Avenue semblait paisible. Locataires et propriétaires circulaient sans manifester d'intérêt pour les agissements de ce fameux M. Harrison qui occupait les deux derniers étages et dont les gardes, qui ne coûtaient rien aux autres, rendaient bien des services.

Lord passait d'un appartement à l'autre, d'une pièce à l'autre, contrôlait tout. Il était lui-même surveillé et le savait. Il feignait la placidité. Depuis la nuit dernière, sa vie avait changé. Il devait aider Betty Clark et la faire partir d'ici, avec ses enfants.

Il enregistra mentalement les allées et venues de Miss Hazel. La secrétaire lui adressa un bonjour inattendu – et inquiétant – accompagné d'un petit mouvement de tête.

Lord avait assisté à l'arrivée de Dawson. Il ne comprenait pas les raisons pour lesquelles Harrison avait reçu le policier. Il avait également assisté à la visite d'Eberhardt. Tout cela cependant comptait moins que Betty. Il espérait la rencontrer, échanger avec elle ne fût-ce qu'un regard complice, et c'est pourquoi il revenait périodiquement dans le couloir qui desservait la chambre des enfants.

À la cuisine, Han préparait des repas pour chacun. Hazel, suivant les ordres de Willy, avait donné congé à la cuisinière : Harrison ne voulait pas que tout le personnel fût au courant du rapt.

Betty entra dans la chambre de Patty, la serra contre elle puis lui proposa d'aller au grand salon et de s'asseoir devant la télévision. Elle pourrait regarder les dessins animés tout l'après-midi si elle le voulait. Ainsi ne resterait-elle pas isolée dans sa chambre...

Une fois sa fille installée sur le canapé avec une de ses poupées auprès d'elle, Betty décida de monter chez son oncle.

L'obèse, allongé sur son lit, la reçut d'une manière affable et patiente.

— Pourquoi avez-vous donné l'ordre à Miss Hazel de prendre mes diamants ?

Elle avait bien dit « mes diamants ». Cela l'étonna elle-même.

Willy entrouvrit légèrement les yeux.

— Juste pour une vérification. Grâce à une méthode spéciale, les diamants, même montés différemment ou retaillés, peuvent être reconnus... Malgré ton détachement des biens de ce monde, ajouta-t-il avec un sourire un peu méprisant, j'imagine que tu te rends compte du prix que nous payerons ce soir pour reprendre ton fils.

— Je pense à sa vie, dit-elle. À l'avenir, il ne faudra plus me donner de pierres. Plus rien.

Était-ce le moment de lui rappeler son seul et unique souhait : Partir ? Elle n'osa pas le provoquer et songea que mieux valait l'amadouer. Oui, il fallait séduire Willy. Elle ne s'en était pas donné la peine jusqu'à présent. Mais aujourd'hui, le destin de son enfant en dépendait. Elle devait jouer la comédie. Et bien la jouer.

— Plus tard, dit-elle, je pourrai peut-être vous seconder dans vos affaires. Je crois que j'ai compris votre nature, votre intelligence, l'immensité de vos champs d'action, la variété de vos marchés, l'étendue de votre pouvoir…

— Je suis touché par l'intérêt que tu manifestes soudain pour ma personne, dit Willy, mi-railleur mi-attendri. Évidemment, si je pouvais vraiment compter sur toi…

— J'ai changé, dit-elle. Jusqu'à aujourd'hui seuls mes enfants et ma mère étaient au centre de ma vie.

— N'ajoute rien, dit-il. Tu mentirais.

— Pourquoi ?

— Tu me hais.

— Tout cela est plus complexe. Vous aviez sans doute vos propres raisons pour agir comme vous l'avez fait. Tout cela ne me regarde plus…

— À tes yeux, dit-il, je suis l'homme qui a fait tuer ton père et qui a rendu ta mère infirme… C'est ce que tu me reproches sans cesse. Mais pourrais-tu admettre que l'affaire n'a jamais été simple ?

Lui aussi voulait l'amadouer.

— Si j'avais été bon, ce qu'on appelle un homme bon, on m'aurait liquidé, piétiné, humilié… même ta mère. Surtout ta mère ! Elle a préféré le malingre, mon frère, dont le seul, l'unique exploit de sa vie aura été de me voler. Je n'avais pas à avoir pitié d'elle. Pas du tout ! Un jour, parlant de moi et croyant que je ne l'entendais pas, elle a dit que j'étais un monstre, que je la dégoûtais. J'ai payé pour ça aussi…

— Si seulement je pouvais rester en dehors de ces confidences ! Laissez-moi mes images…

— Moi le tueur et elle la victime ?

Un silence pesant tomba entre eux. Betty ne put s'empêcher d'avoir les larmes aux yeux.

— Ne m'enlevez pas mon enfance – ou quelques moments de mon enfance.

— Je veux tout te donner, rétorqua-t-il. Encore quelques heures et nous retrouverons Jimmy. Tu sais, j'aime ton fils… J'aime Patty, aussi. Mais ton fils…

L'homme qui payait les « contrats » les plus chers pour éliminer ceux qui se dressaient sur son chemin « aimait » son fils. L'affection de cet être monstrueux était intolérable. Betty ne pouvait la supporter.

Pourtant, elle devait continuer à l'amadouer. Elle sortirait peut-être victorieuse de ce duel. Avec son enfant retrouvé et Lord, elle gagnerait peut-être.

Soudain, elle ne sut plus qui elle devait vaincre. Elle-même ? Hazel ? L'oncle ? La vie ?

Une image surgit du passé.

Une marche arrière dans un passé qu'elle aurait aimé garder intact. Une partie de son enfance. Sa mère qui l'embrasse, s'éloigne soudain, la regarde et dit : « Non, non, non »… Non à qui, à quoi, et pourquoi ? Entendre ce non comme un écho dans une grotte. Non… à qui ?

Slim avait une faim de loup. Pour calmer son estomac, il observait la femme d'en face à travers les lamelles légèrement écartées d'un volet du premier étage. Une créature épaisse qui déplaçait beaucoup d'air, allant et venant au rez-de-chaussée de sa maison. Une femme dans sa cuisine, une vraie femme qui épluchait des légumes, qui remuait des casseroles. Pas des boîtes de conserve éventrées comme avec Cool (parfois, ils dévoraient comme des bêtes et se faisaient des tartines de caviar les jours fastes). Non, une vraie femme, avec un tablier comme sur une image.

Des souvenirs assaillirent Slim. M. et Mme Connors, leurs parents adoptifs, avaient été aux petits soins pour eux. Ils étaient servis comme des rois. Avant la visite des Connors à l'orphelinat, personne n'avait voulu d'eux. Les braves Connors s'étaient déclarés preneurs. Mais Cool et lui n'avaient découvert officiellement leur état civil réel qu'à l'âge de 12 ans. Ces braves paumés n'étaient que des parents de seconde zone. Dès lors, ils avaient espéré être les enfants de grands criminels.

Slim se rappelait parfaitement le soir où ils avaient appris la nouvelle. Tous leurs instincts, que maman Connors avait timidement désignés comme « mauvais », avaient flambé. Cool la première avait lancé l'idée qu'ils étaient peut-être les descendants d'un meurtrier connu. Ils avaient cherché dans des journaux les exécutions capitales qui auraient eu lieu à l'époque de leur abandon. « Notre madre s'est peut-être suicidée brisée par le chagrin », avait dit Cool. Ce fut la seule fois où Slim la vit pleurer. Le soir même, elle avait décidé de perdre sa virginité dans les bras de son frère, et il l'avait déchirée en pleurant.

Après leur premier meurtre commis ensemble et resté impuni, Slim et Cool eurent la certitude d'être invulnérables. C'est alors qu'il avait goûté à l'héroïne. Il s'était « fixé » quatre fois. Cool l'avait cruellement puni. Il avait eu peur et n'avait plus recommencé : Cool l'aurait étripé. Pour compenser ce manque, il avait pris l'habitude de manger des sucreries en grande quantité. Il n'en avait jamais assez. Depuis, il se demandait si la légende prêtée au dieu Elvis était vraie : on prétendait qu'il engloutissait des quantités de crèmes, de flans et de mousses. Des crèmes à la vanille, parfumées avec des sirops multicolores…

Slim quitta la fenêtre. Il avait froid et sa peau lui collait aux os. Il avait aperçu un chien, certainement celui de la voisine. La bête était installée près de la voiture. Ces chiens de garde le mettaient mal à l'aise. Quelques années auparavant, il avait dû tuer un molosse qui avait foncé sur lui. Il n'avait pu l'arrêter qu'en l'abattant.

Slim se ressaisit et décida de conduire sa voiture au parking du supermarché. Il y achèterait de la nourriture. Mais où était la clef de la bagnole ? Il la chercha fiévreusement et finit par la découvrir au fond de sa poche de blue-jean. Soulagé, il monta au premier, entra en trombe dans la chambre et, brandissant son revolver, lança :

— Morveux, je vais garer la voiture, après quoi je resterai devant la porte. Si tu bouges, je rentre et je te tue, compris ? Je t'interdis de quitter le lit. Même pas pour pisser, c'est clair ?

Il allait dévaler les marches sans faire de bruit. Lorsque le gosse entendrait le bruit du moteur de la voiture, il n'oserait pas piper.

Il pensa vaguement que ce serait plus efficace de le ligoter, mais la corde roulée qu'il avait aperçue à la lueur de sa torche électrique, la nuit passée, se trouvait dans le garage et il n'avait aucune envie de retourner auprès du macchabée.

Il regarda Jimmy. Le sort que lui réservait le commanditaire était atroce. « Faut-il avoir l'enfer dans le cerveau pour avoir inventé ça ! » pensa-t-il. Il était dégoûté mais secrètement admiratif – on ne sert pas tous les jours des bourreaux aussi raffinés et qui, en plus, payent en diamants !

Cool et lui partiraient pour Caracas puis, grâce à un avion loué, pour Trinidad. Là-bas, ils joueraient aux touristes. Avant de s'envoler pour l'Amérique du Sud, ils rencontreraient le receleur qui reprendrait les diamants – il les paierait en argent blanchi, moins de la moitié de la valeur, mais l'opération était sans risque. Un super fric, bon à prendre et à dépenser sous les palmiers.

En redescendant, Slim découvrit à côté de la cuisine

un petit appartement, parfaitement organisé, sans doute destiné aux domestiques. Il s'étonna de ne pas l'avoir remarqué plus tôt.

En passant dans le salon, il fit fonctionner une télécommande trouvée sur une table, mais l'écran de la télévision resta désespérément gris. Dehors, le molosse était assis près de la Chevrolet. Il était midi.

Slim entendit le téléphone sonner. Il s'élança et attrapa le combiné. La voix feutrée voulait s'assurer que l'opération se déroulait sans heurts. Elle demanda ce que faisait le gosse. Slim déclara que tout allait bien et qu'il avait déposé la voiture au parking du supermarché après avoir changé les plaques minéralogiques.

— As-tu bien dicté l'itinéraire que les autres doivent suivre ce soir ? Tu n'as omis aucun détail ? La moindre erreur, et ta peau et celle de ta sœur ne vaudront pas un sou…

— Et la bagnole ? Je vais pas planer avec le gosse sur un tapis volant !

— Tu iras rechercher la voiture. Va dormir maintenant.

Slim fulminait. Il se sentait humilié. Il fallait prouver à l'inconnu son intelligence et son indépendance.

Il quitta la maison et se dirigea vers la barrière. Il réussit à faire basculer le taquet de la serrure : les battants du portail grincèrent mais il ne put que les entrouvrir. Le chien poussa un soupir et se redressa.

Ida Lander, la voisine, observait ce type jeune et beau comme un ange depuis l'une des fenêtres de sa cuisine. Il portait un blouson et, sous son jean collant, la forme de son sexe apparaissait. Slim regarda à droite et à gauche puis s'arrêta. Il avait peur du chien.

Le sourire d'Ida s'épanouit. Elle prit son sifflet à ultrasons et entrouvrit l'une des fenêtres. Aimant fixer l'image de ceux qui circulaient sur ce chemin de terre, elle gardait son appareil photo sur la table à proximité de la fenêtre. Pourquoi ne photographierait-elle pas l'archange grelottant qui avait – et avec raison – si peur du chien ?

Depuis une quinzaine de jours, Ida n'avait pas eu d'homme dans son lit : son amant habituel était parti en Floride depuis deux semaines. Il lui manquait.

Le jeune homme fit un pas en avant. Le chien montra ses crocs. Slim arriva près de la portière de sa voiture. L'animal s'ébroua. Ida porta le sifflet à ses lèvres, et le chien entendit l'appel, l'ordre de retour. Il s'élança en direction de la maison tandis que Slim, soulagé, s'engouffrait dans la Chevrolet. Il la mit en marche, effectua une marche arrière puis s'engagea sur la route secondaire qui débouchait sur la nationale au bord de laquelle s'étendait le supermarché et son parking.

Après avoir roulé pendant un mile à peine, il atteignit l'endroit et immobilisa le véhicule sur l'un des emplacements disponibles. Il aurait dû changer plus tôt les plaques d'immatriculation. Il haussa les épaules et décida de ne plus s'occuper de ce détail. Il entra dans le supermarché, saisit un chariot, parcourut le dédale des rayons. Il prit du café, des œufs, du beurre et du pain. Il hésita devant les vins mais renonça finalement à en acheter : il ne buvait qu'avec sa sœur dans l'instant qui précédait « l'inceste du siècle », comme aimait à dire Cool.

Il paya, sortit du magasin et se dirigea vers sa voiture. Mais il se rappela tout à coup qu'il devait la laisser là. Il étouffa un juron et sortit du parking à pied. Il marcha sur le bord de la route. Il faisait froid. Les voitures passaient à côté de lui. Un break ralentit et une femme l'interpella :

— Vous montez ?

Il jeta un coup d'œil sur la conductrice. La tentation était grande. Fallait-il continuer à marcher dans cette bouillasse, avec son petit sac à provisions, comme un crétin ? Il hésita.

— Allez ! dit la femme. J'habite la maison qui est en face de la vôtre. Celle où vous êtes depuis hier. Je vous ai vu partir. J'avais aussi des courses à faire. Pourquoi rentrez-vous à pied ? Votre voiture est en panne ?

Il bredouilla quelques mensonges à propos de la voiture. Il était sûr de ne pas avoir vu cette femme au supermarché, presque désert, tout à l'heure. L'occasion était à saisir. Il détestait marcher.

— C'est à vous le chien ?

— Oui.

— Il faudra m'en débarrasser. Les clébards de ce genre m'emmerdent. Quant à votre offre de transport, si vous n'avez pas peur de ramasser des inconnus, alors je viens. Je vous préviens, je suis dangereux.

— Mais oui, dit Ida. Quel âge avez-vous ? Avec une gueule d'ange comme la vôtre…

— Est-ce que je vous demande votre âge ? Non. Alors mettons l'état civil à la poubelle…

Elle acquiesça aimablement. Le mignon avait la

dent dure. Il n'en était que plus intéressant. Elle jeta un coup d'œil sur lui.

— Vous n'avez pas faim ?

— J'ai très faim.

Ida susurra :

— J'ai un repas tout prêt. À faire saliver le plus dur à la détente… Si vous n'avez rien de mieux à faire, vous pouvez manger avec moi. Je vous invite.

— Vous êtes imprudente, dit-il. Je pourrais être un truand. Un sadique.

— Je suis toujours armée, répondit-elle comme s'ils avaient parlé d'ice-creams. Et j'ai le chien : une vraie bombe.

Slim éprouvait un curieux mélange de sentiments. Il craignait un piège éventuel mais était en proie à une tentation irrésistible de bouffer.

— On verra, dit-il. Si vous n'êtes pas trop bavarde, je ne dis pas non…

— Je ne vous poserai aucune question, dit Ida… Il fait chaud chez moi, il y a un bon repas et un excellent vin. Et vous n'aurez que le chemin à traverser après avoir mangé.

Slim sentait son odeur de parfum et de transpiration. Pour la première fois de sa vie, il était confronté à une de ces femelles qui ont de gros seins, une grande bouche, un grand sexe, qui font la cuisine, le ménage et l'amour. Trahirait-il Cool en mangeant avec elle ? « Certainement pas, pensa-t-il. Je vais avoir besoin de forces supplémentaires pour ce soir. »

— Si vous insistez, j'accepte, dit-il. Mais je partirai très vite.

— Vous ferez comme vous voudrez, affirma-t-elle, émoustillée.

Elle n'avait encore jamais eu dans son lit un homme si jeune et si beau, un apprenti démon.

Arrivée sur le chemin de terre, elle gara sa voiture dans l'allée du garage. Elle descendit et fit signe à Slim de la suivre. Ils pénétrèrent dans la maison par la porte-fenêtre de la cuisine. D'un geste, elle calma le chien qui les guettait.

L'univers luxueux, chaud, les odeurs épicées, les relents qui s'échappaient des casseroles en cuivre étourdirent Slim. Ida posa des assiettes en faïence épaisse sur la grande table en chêne massif. Avec un grand couteau, elle détacha un bout de pain de campagne, sortit un saucisson sec d'un placard. Elle en coupa des tranches qu'elle posa sur le pain, puis tendit l'amuse-gueule à Slim en même temps qu'un verre aux trois quarts plein d'un vin presque noir.

— Mange, dit-elle. Tu tiendras bien le temps que je coupe la viande ? Tu aimes la sauce ?

— Oui, j'aime la sauce.

— Moi, j'aime les gourmands, dit-elle. Les bons vivants, ceux qui ont l'habitude de vider leurs assiettes et de remplir les femmes de plaisir. Enfin, je dis ça en plaisantant. Un petit ange comme toi ne sait peut-être pas très bien ce qu'est une vraie femme, celle que les bonshommes appellent vulgairement entre eux « une femelle ».

Le vin réchauffa Slim. Il vida complètement son verre et dévora le pain et les tranches de saucisson. Ida sortit une pièce de bœuf d'une des casseroles posées sur la cuisinière électrique.

— Le bœuf aux légumes, je le fais dans une cocotte. Tu sens l'odeur des herbes ? Ça, c'est quelque chose ! Viens voir mes pommes de terre. Je ne les achète pas précuites mais nature ! Je les lave, je les épluche, je les bichonne, je les enduis de beurre, de gros sel… Mes pommes de terre, personne ne peut les oublier.

Elle voulut remplir à nouveau le verre de Slim, mais hésita. S'il lui claquait ensuite entre les doigts, préférant dormir plutôt que faire l'amour ?

Elle déposa sur une assiette un morceau de rôti cuit, mijoté en sauce. Avec des pommes de terre à faire se damner un saint.

— Viens maintenant, et mange.

« Ça ira très bien », pensa-t-elle.

Elle vida un second verre de vin noir.

*
* *

Jimmy émergea du lit. Il tourna la tête à droite, à gauche. On l'écoutait certainement. Il avait besoin de faire pipi. S'il ne sortait pas dans le couloir, personne n'en saurait rien.

Il se dirigea sur la pointe des pieds vers la salle de bains. Il entrouvrit la porte, s'y glissa puis s'immobilisa devant la cuvette des W.-C. et laissa couler un petit pipi silencieux, cassant le jet contre la paroi en porcelaine rose. Il aperçut une porte dans un renfoncement habilement camouflé entre deux penderies. Il s'en approcha. Le carrelage était froid.

Il décida de tenter sa chance. Il pesa sur la poignée

de la porte. La béquille céda sous la pression. Jimmy poussa le battant. Il attendit un peu. La porte grinça. Il l'entrebâilla très lentement et regarda dehors. Le couloir était désert. Il quitta la salle de bains et constata que personne ne faisait le guet devant la porte de la chambre, fermée à clef de l'extérieur. Le kidnappeur lui avait menti pour lui faire peur. Soudain, il sursauta comme si on l'avait frappé : la sonnerie du téléphone retentissait. Fallait-il retourner au lit et faire semblant de dormir ? La sonnerie transperçait les couches de silence. Et s'il décrochait ? S'il disait à celui qui appelait qu'il était prisonnier ici, et qu'il fallait prévenir maman pour qu'elle vienne le chercher ? Il avança vers l'escalier intérieur et saisit la rampe de sa petite main. En se penchant, il pouvait apercevoir le living-room. Il estima la distance qui le séparait du téléphone. S'il essayait ? Il descendit les marches. Le téléphone était au bout de la pièce, sur une petite table. Il continua à descendre et avança ensuite sur les tapis qui couvraient le sol en marbre. Et si on l'avait oublié ? Et si le méchant était parti ?

Il tendit la main puis décrocha le combiné. Mais l'interlocuteur, pourtant tenace, avait raccroché en même temps. Personne ne répondait au bout du fil.

*

* *

Slim dévora le repas. Un sentiment de bien-être le submergea. Il se leva, s'approcha de la fenêtre de la cuisine d'où il aperçut le premier étage de la maison. Tout y était calme. Ida lui versa encore du vin.

— On va finir la bouteille…

— Non, dit-il, en reprenant place à table, il vaut mieux pas…

— Ça réchauffe !

— Mais ça donne aussi un coup sur la tête.

Pourtant, il but encore deux gorgées. Ida n'était que douceur. Elle revint vers la table avec une assiette pleine et la posa devant Slim.

— Ça te plaît ? demanda-t-elle.

Slim fut gêné à l'idée que quelqu'un le regardait manger.

— Et toi ? demanda-t-il. Tu n'as pas faim ? Si tu ne m'accompagnes pas…

Ida pensa que si elle voulait obtenir un résultat satisfaisant, elle devait rassurer sa nouvelle conquête. Elle fit semblant de s'empiffrer et de boire. Content, Slim ne se rendit pas compte du manège. Il avait envie de cette femme. Réticent et curieux à la fois, il ne savait pas s'il devrait partir après le repas ou rester.

Il voulut s'essuyer la bouche avec le dos de sa main, mais Ida lui tendit une serviette.

— T'es trop beau pour ces vilains gestes… Si tu n'aimes pas le fromage, j'ai du gâteau au chocolat à t'offrir. Tu veux le goûter ?

Tu fais une cuisine pareille pour toi toute seule ?

— Je te l'ai dit ! s'exclama-t-elle, j'attendais des invités. Ils ont eu un empêchement. Si tu ne m'écoutes pas… Alors, du gâteau ?

— Pourquoi pas ?

Ida s'affaira dans le réfrigérateur et en sortit un gâteau au chocolat de taille moyenne ainsi qu'une petite cruche pleine de crème épaisse. Elle coupa une tranche de gâteau, l'arrosa de crème et tendit l'assiette à Slim. La pâte était moelleuse. Entre les couches tendres, la crème ressemblait à une mousse. Un vrai régal…

— Tu ne manges pas ? demanda Slim.

Ida passa ses mains sur ses hanches.

— Si je mangeais comme j'aime, je serais comme un tonneau. Les desserts me font grossir.

Lorsque Slim eut nettoyé son assiette, il ne restait même pas une miette. Elle lui dit :

— Viens. Je dois te montrer la maison.

— Elle est à toi ? demanda Slim en lorgnant vers le reste du gâteau.

— Tu en mangeras plus tard, dit-elle. La maison ? C'est comme si elle m'appartenait. Je vis ici depuis des années. Avec le chien. Viens.

Cette maison semblait plus luxueuse, mieux entretenue que celle d'en face. Ils pénétrèrent dans un living-room. Ida passa devant la cheminée et s'y arrêta. Elle fit craquer une longue allumette et taquina les papiers roulés en boule sous un tas de petit bois. Le bûcher s'embrasa.

— On mettra quelques grosses bûches après – son « après » était lourd de sous-entendus.

Elle tendit la main à Slim et ils montèrent au premier étage. Un assez large couloir s'ouvrit devant eux. Ida entra dans la première pièce, une chambre rose bonbon, surchauffée.

— Voici mon véritable chez-moi, dit-elle.

Puis elle ajouta :

— Déshabille-toi, mon poussin.

Elle regarda Slim.

— Va te laver un peu. La salle de bains est là. Une douche chaude te fera du bien.

Puis elle eut peur que Slim change d'avis et ajouta, avec un large sourire :

— Je vais te laver, mon poussin. Je connais les hommes et leur corps.

— Je ne suis pas sale, protesta-t-il.

— C'est plutôt pour le plaisir, mentit-elle.

Elle l'entraîna dans la salle de bains, défit ses vêtements et les jeta à terre. Slim se retrouva nu dans une vaste cabine de douche où on pouvait tenir à deux. Elle ôta ses vêtements, gardant son soutien-gorge – que Slim trouva fascinant – et son slip.

— Lève tes bras, mon poussin. Il ne faut jamais oublier de savonner les aisselles.

Elle promena sur lui le pommeau de la douche et savonna son sexe et ses cuisses. Il n'en revenait pas d'être ainsi cajolé et caressé. Bientôt, il fut mitraillé d'innombrables filets d'eau chaude. La cabine était équipée d'un système de multi-jets. Les giclées étaient parfois très chaudes, parfois très fraîches. Les mains d'Ida ne négligeaient aucun recoin de son corps.

Les yeux fermés, le corps en éveil, le sexe raide et bien calé dans les mains d'Ida, Slim goûtait à ces nouvelles sensations. Il était ébahi. Ce n'était plus une femme qui s'attaquait à lui, mais une sorte de pieuvre dont chaque tentacule était source de plaisir. Les mains agiles d'Ida le parcouraient, mais aussi sa bouche, sa langue, son énorme poitrine… Comme Cool serait jalouse ! La poitrine de la femme le fascinait. Il l'effleura d'abord timidement. L'ogresse le couvrait de coups de langue, se plaquait contre lui. Les mains de Slim touchèrent un chignon, un grand nœud mouillé. Cool avait les cheveux bouclés et courts. Elle n'avait pas de seins sinon des aréoles légèrement foncées, bien dessinées sur sa cage thoracique.

— Viens, dit Ida, viens mon poussin. Tu n'as peut-être jamais vu des seins comme les miens, mais ce que tu as là – elle saisit le sexe de Slim – est aussi de belles proportions. J'adore cette forme de démesure.

Elle arrêta l'eau, sortit de la cabine, essuya Slim puis l'entraîna vers le lit. Il faisait si chaud dans la chambre que le garçon mesurait à peine la différence entre la tiédeur de l'eau et celle de l'air. Leurs corps humides se rejoignirent. Il se laissa guider dans une confusion délirante. Il ne distinguait plus les moments où il était l'homme qui pénétrait et ceux où son corps était possédé par cette femme. L'univers se déchaînait dans des râles et des mouvements savants. Il était insatiable et émerveillait Ida. Sa trouvaille, sa conquête, son ange était immensément doué. Elle avait rarement connu cela dans toute son existence de chercheuse de plaisirs. Et lui, excité par les seins et la douceur insidieuse qui l'entourait, se libérait peu à peu de Cool.

*

* *

Jimmy explorait les lieux sur la pointe des pieds. Il voulait téléphoner à maman, mais il ignorait le numéro de la maison d'oncle Willy. Il ne connaissait que l'ancien, quand ils habitaient encore dans la 46e Rue Ouest.

Il s'approcha du téléphone. Qui pourrait-il appeler ? S'il essayait la police ? Mais pour dire quoi ? S'il ne savait pas indiquer l'endroit où il se trouvait, on croirait à une farce de gosse. Maman lui interdisait de faire des bêtises. S'il appelait leur ancien numéro, il pourrait demander aux gens qui habitaient dans l'appartement qu'ils aillent prévenir maman. Il tendit la main vers le combiné. Mais il avait tellement peur du méchant qui pouvait surgir à n'importe quel moment qu'il n'osa pas composer le numéro.

Il décida de remonter dans la chambre, de se recoucher et d'attendre. Il monta les marches en pleurant, le cœur gonflé de chagrin. Depuis la mort de papa, tout avait changé. Il avait des jouets, mais papa lui manquait.

Il regagna la chambre au premier étage en traversant à nouveau la salle de bains, dont la porte étroite recouverte de la même tapisserie que celle du mur était à peine visible. Une porte sans relief, avec un bouton comme poignée.

Il se glissa dans le lit. Si le vilain l'oubliait, s'il ne revenait pas, il appellerait la police et essaierait de décrire ce qu'il voyait par les fentes des volets.

Ida Lander attira Slim vers elle.

— Reviens, lui dit-elle, reviens ! Tu te débrouilles comme un démon. Et maintenant, dis-moi : à quelle affaire es-tu mêlé ?

Slim fut alerté par cette phrase. Il enjamba le corps musclé d'Ida et attrapa sa montre.

— Une montre pareille pour un si jeune homme ! s'exclama-t-elle. Et étanche, hein ?

Quand elle l'avait entraîné vers le lit, elle avait ôté elle-même le bracelet de luxe.

« J'aime pas faire l'amour avec un type qui porte une montre-bracelet, avait-elle dit. J'ai l'impression d'être pressée… »

— Que fais-tu dans la vie, mignon, pour te balader avec une montre pareille ? Combien l'as-tu payée ? À moins qu'on te l'ait offerte ?

Slim hocha la tête.

— Tu parles trop, dit-il, et il se calma.

Il n'était que 15 heures. Il pouvait rester encore. Cette expérience nouvelle l'enchantait, et il n'avait pas envie d'abandonner aussi vite cette source de plaisirs. Il déposa la montre et revint sur Ida. Il cacha son visage entre ses deux seins opulents mais fermes. Ça le changeait de ceux de Cool. Quand il prenait sa sœur, il imaginait tenir un garçon dans ses bras, un autre Slim.

Il pénétra Ida. « Elle n'en aura jamais assez », se dit-il. Sa sœur faisait l'amour comme si elle livrait un duel. Elle dissimulait ses orgasmes, ne se livrait pas. Ida, elle, haletait, et poussait des cris. L'abondance de sa chair l'excitait.

Il s'abattit à côté d'elle et tenta de reprendre son souffle.

— Tu connais les gens d'en face ? demanda-t-il.

Ida prit le sexe de Slim entre ses mains.

— Non, mon ange. Mais toi, tu devrais les connaître, puisque tu es dans la maison…

— Ce sont des relations d'affaires.

— Tu traites une affaire avec eux ? Chapeau ! Ce ne sont pas des enfants de chœur en face… Si tu n'es pas sûr de ce que tu fais là-bas, reste sur tes gardes.

— Tu n'as pas de leçon à me donner…

— C'est vrai. Mais qui pose des questions, hein ? C'est bien toi ! Moi, je ne suis pas curieuse. Je ne t'ai même pas demandé pourquoi tu avais garé ta voiture à un mile d'ici. Si tu étais en cheville avec eux, tu aurais pu la mettre dans le garage…

— Ça m'a permis de me dégourdir les jambes, de me balader un peu, répondit Slim.

— On s'amuse comme on peut…

— Te fatigue pas. Je vais partir, maintenant. Peut-être avais-tu tes raisons pour me ramasser sur la route et m'attirer ici ?…

— Ta beauté, dit-elle. Je n'aime que les hommes beaux.

Les mains de Slim glissèrent autour du cou d'Ida.

— Dégage, dit-elle brusquement, ne joue pas.

Elle le regarda bien en face. Elle ressentait une impression de danger. Fallait-il le garder encore ? Elle ne trouverait pas une occasion pareille avant longtemps.

— Attends une seconde, dit-elle. Je reviens avec une surprise.

Slim jeta un coup d'œil sur sa montre. Il n'était que 15 h 30. L'après-midi allait être long. Il pouvait rester encore.

Ida alla à la cuisine. Elle entrouvrit la porte donnant sur la véranda, siffla le chien. Red arriva aussitôt. Ida lui ordonna de se coucher et d'attendre à l'intérieur de la maison. Red s'installa près de la table, et posa sa tête entre ses pattes avant.

Ida déboucha une bouteille de champagne, prit deux verres dans une seule main et remonta dans la chambre. Slim attendait, les yeux fermés. Ida ôta son peignoir, s'approcha puis aspergea de champagne le corps de son jeune amant. Slim sursauta. Ida posa la bouteille et tendit un verre plein.

— Du français. Pourtant, le californien est excellent. Mais pour les grandes occasions je préfère le français. Je suis snob.

Slim but goulûment. Elle remplit à nouveau son verre puis, sans toucher au sien, se pencha sur le garçon et se mit à lécher à petits coups de langue efficaces le champagne resté sur sa peau. Lorsqu'elle constata qu'elle n'avait plus rien à attendre de ce jeune homme si facilement dragué, elle en eut assez. Provisoirement.

— Tu peux t'en aller, maintenant. Si du moins tu as quelque chose à faire… Sinon, reste dormir et on recommencera après.

— Juste quelques minutes…

Slim s'assoupit. Il dormit une bonne heure et fut soudain tiré de cette fausse quiétude. La peur le saisit. Il sauta du lit. Il fallait partir. Il chercha son jean, l'enfila en sautillant sur un pied puis sur l'autre. Il chercha ses chaussures.

« Il lace ses chaussures comme un môme », pensa Ida.

— Tu es pressé, mon ange ?

Il devint mauvais.

— T'occupe pas, lui lança-t-il.

Il était 16 h 45. Son estomac se contracta. Il fallait déguerpir, oublier cette vieille, et, surtout, ne pas se laisser ronger par le remords. « Cool ne doit jamais savoir ce qui s'est passé ici. » Il prit son blouson. Il avait l'impression d'avoir grandi : les manches semblaient plus courtes qu'auparavant. La femme l'observait. Et s'il lui tranchait la gorge ?

Slim avait l'alcool mauvais. Plus il se dégrisait, plus il devenait agressif. « Je n'ai pas le temps de la saigner », se dit-il. Et, par crainte de trahir ses pensées, il se mit à sourire. Il n'en était que plus effrayant.

Ida s'assura qu'elle avait bien le sifflet accroché à son cou. Le chien la défendrait.

— Tu peux quand même me dire si t'es patronne ou gardienne ?

En quoi ça le regardait, le morveux ?

— T'occupe pas, dit-elle, c'est pas ton business… Est-ce que je te demande si t'es un bouc émissaire ou un tueur, moi ?… Je plaisante, mon ange…

*
* *

La 205 venant de New York avec dix kilos d'héroïne dans la doublure des sièges avant filait sur la route. Joe, l'Haïtien, constata qu'ils avaient une demi-heure d'avance sur l'horaire. Helga, la fausse infirmière, fumait des cigarettes très fortes fabriquées en Allemagne de l'Est.

— On y sera bientôt, dit-elle.

D'après les instructions, ils devaient entrer la 205 au garage pour sortir la marchandise et la cacher dans la maison. Joe avait déjà en main la commande permettant d'enclencher à distance le mécanisme d'ouverture de la porte à bascule.

*
* *

Slim quitta en courant la maison d'Ida. Il traversa le petit parc et franchit la barrière au moment où la 205 arrivait au carrefour situé à deux miles de la maison.

Il atteignit la maison, traversa le salon en courant, enjamba les marches et parvint au premier étage. C'est alors qu'il entendit une portière claquer. Il se précipita dans la chambre : le gosse était assis sur le lit. Il grelottait. Slim regarda par une fente du volet et aperçut une voiture arrêtée sur le chemin de terre. Un Noir en descendit. Il observa l'endroit, fit le tour du petit parc, sans doute pour s'assurer qu'il était vraiment à l'adresse qu'on lui avait indiquée. Il revint et entrebâilla les battants du portail.

Slim fut pris de panique. Aucune visite de ce genre n'avait été prévue. Il se tourna vers Jimmy.

— Ne bouge pas ! Un seul mot et je te tords le cou !

Si les intrus – qui semblaient décidés à entrer la voiture dans l'allée – voulaient monter, que ferait-il ? Il fallait se cacher.

Slim prit l'enfant, tira le couvre-lit sur l'oreiller, et, le gosse dans ses bras, dévala l'escalier. Il traversa le salon, parvint à l'office et décida de descendre au garage. Mieux valait affronter un cadavre à moitié en poussière qu'un type bien baraqué, accompagné d'une femme qui serrait frileusement son manteau contre elle.

Slim referma les portes à clef derrière lui. Le garage était séparé du rez-de-chaussée par une porte blindée. Il fit fonctionner la serrure de sécurité et bloqua la porte de ce côté-ci. Il jeta Jimmy à terre, n'entendit même pas le cri de douleur de l'enfant, et courut vers la porte automatique. À l'aide de deux cales qu'il glissa dans l'encadrement de la porte, il parvint à neutraliser le système d'ouverture.

L'Haïtien appuya sur le bouton de commande. La porte resta immobile. Il consulta Helga. Finalement, ils décidèrent de décharger la voiture et de rentrer la marchandise dans la maison. Joe constata que tous les volets étaient baissés. Il fit le tour de la bâtisse et y pénétra par l'office et le débarras du jardinier. Il découvrit la porte qui, logiquement, devait s'ouvrir sur le garage. Il tenta de pousser le battant puis observa la serrure. Sa complexité le découragea.

Après avoir franchi plusieurs portes fermées dont les clefs se trouvaient sur les serrures, Joe arriva enfin au salon. Il n'osa pas téléphoner : toute communication avec le seul numéro qui lui avait été communiqué était interdite, sauf en cas d'extrême urgence. Le blocage de la porte du garage n'était pas une raison suffisante. Il remonta les volets d'une des portes-fenêtres et sortit dans le jardin. Il fit signe à Helga. Celle-ci remit le contact et fit avancer la voiture dans l'allée. Joe la rejoignit. Ils défirent les doublures des sièges et en extirpèrent les grandes pochettes remplies d'héroïne. Ils portèrent les paquets au salon. Puis ils montèrent au premier étage et pénétrèrent dans la première chambre à coucher. Joe émit un sifflement étonné à la vue du lit à baldaquin. Il invita Helga à le suivre. L'Allemande inspecta la pièce du regard. Puis elle posa l'index de sa main droite sur ses lèvres, s'approcha du lit qu'elle découvrit d'un geste assez brusque. Sous le couvre-lit, les draps étaient froissés et l'oreiller portait une vague empreinte. Helga glissa la main dans le lit, hésita, secoua la tête. Le lit n'était ni froid ni glacé : étonnant en cette saison dans une maison non chauffée.

Elle ramassa quelques miettes et les montra à Joe. L'Haïtien réfléchit. Helga alla d'une penderie à l'autre, fouilla sans rien découvrir. Tout était vide. Suivie de Joe, elle entra dans la salle de bains. Quelqu'un l'avait précédée peu de temps auparavant. Elle retourna dans la chambre, fit le tour du lit, et le découvrit complètement. Sur le drap était dessinée l'empreinte d'un corps qui n'était pas celui d'une grande personne.

— La femme de ménage a mal fermé la maison, dit-elle. Elle a recouvert le lit en laissant les draps sales en dessous… Tu peux monter les paquets.

Joe descendit et revint quelques instants plus tard. Helga lui conseilla de faire glisser les pochettes remplies d'héroïne sur le haut du baldaquin. L'homme dut monter sur une chaise et étira son corps, comme un joueur de basket-ball. Helga lui passa les paquets. Joe redescendit. Helga recula de quelques pas : le tissu du « ciel » était trop solide pour s'affaisser sous le poids.

Ils quittèrent la chambre.

— J'ai l'impression qu'il y avait du monde dans cette maison il n'y a pas longtemps, dit Joe. Quelqu'un a dû venir ici et dormir.

— C'est un endroit de passage, dit Helga.

Ils décidèrent de tout fermer et de rentrer à New York.

*

* *

Ida Lander, qui avait assisté de loin à l'arrivée de Joe et de Helga, prépara la pâtée du chien. Elle voulait le nourrir mieux que jamais : il avait fait preuve d'une telle intelligence et d'une telle patience cet après-midi !… Elle lui murmura des mots d'amour.

Dans le garage, Slim finissait d'attacher les mains de Jimmy derrière son dos. Il lia également les pieds de l'enfant puis retourna au salon. Il était prudent. Il voulait être certain de ne pas avoir été trompé par le bruit du moteur. Mais la voiture était vraiment repartie.

Slim regarda par la fenêtre. Le parc était gris, l'allée déserte, la barrière refermée. Il imagina Ida Lander, la gorge tranchée. Ah ! s'il n'y avait pas le chien ! Il avait peur du molosse. Presque autant que de la voix.

Slim redescendit dans le garage et jeta une couverture sur l'enfant.

Jimmy paraissait fiévreux.

— Ne me regarde pas comme ça, lui dit-il. J'exécute une commande. Un contrat. Tu en es l'enjeu. Je n'y peux rien. Si tu promets de ne pas gueuler, je ne te bâillonnerai pas…

Jimmy fit non de la tête. C'était comme un accord passé entre eux.

Quand le méchant l'avait caché dans le garage, il n'avait pas pleuré. Jeté comme un chien à même le béton, il avait regardé la grande voiture noire. Si ce qui lui arrivait était comme une aventure vue à la télévision, que ferait-il ? À la télé, les enfants sont futés, débrouillards, ils s'échappent des pièges, ils arrivent même parfois à faire savoir où ils sont quand on les kidnappe…

Jimmy s'était demandé où Slim était parti. S'il avait pu retrouver maman, il aurait osé lui dire qu'il s'entendait bien avec oncle Willy, que celui-ci l'invitait parfois dans son appartement du haut pour bavarder avec lui. Il lui posait des questions, il voulait savoir ce que Jimmy voulait faire quand il serait grand. Jimmy répondait qu'il voulait être militaire et ressembler à son père, comme sur la photo que maman avait sur sa table de chevet. Il n'avait jamais dit à maman qu'oncle Willy lui avait promis les plus beaux jouets du monde s'il décidait de devenir avocat. « Si tu es un avocat célèbre un jour, je n'aurai besoin de personne d'autre que toi. » Alors, il avait répondu à l'Oncle : « Si tu veux, je serai avocat et militaire. »

Il avait essayé de ramper. Si seulement il avait pu arriver jusqu'à la grande voiture et se cacher derrière !... Mais il avait abandonné ses efforts car Slim l'avait trop bien ligoté.

Il avait entendu le bruit d'une voiture. S'il n'avait pas été un enfant entraîné aux batailles rangées sur le terrain de jeux où maman le laissait aller parfois – avant la mort de papa –, il n'aurait certainement pas tenu aussi bien le coup. Il avait été enlevé comme dans les films de la télé ! Serait-il libéré de la même manière ? Ah ! s'il avait pu se jeter contre sa mère, se retrouver dans les bras de maman !

« Je te paierai Harvard », lui avait dit l'Oncle. Jimmy ne savait pas ce qu'était Harvard.

Dawson venait d'avoir l'autorisation d'utiliser deux voitures de patrouille mises à sa disposition. Ridder rentra chez lui se coucher, et l'autre flic aussi. Il avait réussi à acheter un nouveau sandwich aux merguez.

Dawson avait obtenu une assistance grâce à la complicité de son chef direct. Celui-ci avait l'habitude de couvrir les velléités de ce Dawson, brave type mais « un peu mythomane », disait-il, ajoutant : « Il voit des coupables partout, et plus ils sont haut placés, plus il leur en veut. » Mais parce que Dawson avait vraiment insisté, et que rien ne prouvait qu'il courait une fois de plus à l'échec, son supérieur avait lâché du lest. Les voitures 1 et 2 avaient pour mission de surveiller les portes de l'immeuble de Harrison.

Auprès de son nouveau collègue, Dawson se sentait sale, barbu, dégoûtant. Il avait peur : la moindre erreur de sa part pourrait coûter la vie du gosse et la sécurité fragile de Betty.

Dawson demanda qu'on le ramène chez lui.

— Il faut que je me lave, dit-il. Je suis dégueulasse.

On l'avertit par radio qu'une femme d'une quarantaine d'années était revenue dans l'immeuble. La description correspondait à celle de Miss Hazel. On signalait aussi le va-et-vient habituel des gens qui habitaient l'immeuble. Le portier de jour venait souvent sur le seuil et regardait dans la rue. Il attendait quelqu'un ou s'ennuyait…

Dawson monta chez lui par le vieil ascenseur de l'immeuble. « Si on me tue un jour, ça se passera dans l'ascenseur », répétait-il à Joan. Celle-ci lui déclarait à son tour qu'on ne pouvait pas déménager à cause d'une idée fixe. « Ta deuxième idée fixe, c'est l'ascenseur. La première, c'est Mrs Clark… »

L'ascenseur s'immobilisa au quinzième étage dans un soupir rouillé. Dawson brandit sa clef comme un revolver. Il avait une envie furieuse de s'en prendre à quelqu'un, fût-ce à sa femme. Joan avait laissé sa clef dans la serrure. Dawson secoua la porte tout en plaquant la paume de sa main contre le bouton de la sonnette.

Joan arriva en criant :

— Arrête ! tu vas l'enfoncer !

— Ne bloque pas cette putain de serrure…

Elle ouvrit. Il pénétra chez lui en tremblant de rage.

— Du calme, ce n'est qu'un oubli ! Viens boire un verre de lait, dit Joan.

Devant le visage hagard de son mari, elle soupira :

— Qu'est-ce qui ne va pas ? Quelque chose de spécial est arrivé à cette chère Mrs Clark ? Quelle garce ! Il n'y a qu'elle pour te mettre dans des états pareils…

— Ne la traite pas de garce, s'écria Dawson. Je te l'interdis !

— Viens à la cuisine, dit Joan. Au lieu de t'égosiller, prends un calmant.

Il enleva son manteau.

— J'ai besoin de prendre une douche et de me raser.

— Viens d'abord manger, dit Joan. J'ai tout gardé au chaud pour que tu puisses te nourrir à n'importe quelle heure. Depuis vingt ans, j'essaie de te prouver que je suis la femme idéale…

Il la suivit, maussade. Aujourd'hui, il n'avait pas envie d'être reconnaissant. Cette cuisine ! Ces pilules sur la table ! Il fallait en avaler deux avant les repas, si possible pris régulièrement. Quel enfer ce bonheur…

Joan s'affairait autour de sa cuisinière électrique. Dawson, muet, sirotait son café. Puis Joan posa un plat devant lui : un rôti de veau sans gras, avec des pommes de terre cuites à la vapeur. Dawson fut exaspéré en même temps qu'attendri. Il aurait préféré avoir son ulcère et Betty plutôt que Joan et ses remèdes… Il pensait à Mrs Clark, présente comme si on l'avait tatouée sur sa peau.

Joan s'éloigna. Elle revint comme Dawson repoussait son assiette vide.

— Tu manges comme un taulard, dit-elle. Vite et mal. Et sans plaisir. Tu te nourris seulement. Tu ne vis plus.

Elle se pencha en avant.

— Ça va mal, n'est-ce pas ?

Il crut qu'il allait commettre sa première faute professionnelle. La première et la plus grave. Son système de défense était amoindri face à deux femmes dont l'une l'attirait extraordinairement et dont il aimait la vulnérabilité apparente, alors que l'autre, son radar maison, lui faisait perdre le nord.

— Tu es amoureux, Dawson, déclara Joan.

Elle ramassa les miettes sur la table de la cuisine avec sa main droite. Elle les fit passer dans sa main gauche, puis les garda. Elle avait envie de pleurer.

— Non, dit Dawson. Là n'est pas le problème. Ce sont des mots. Rien que des mots. Tu te fais mal avec ça.

Il se retenait encore. S'il pouvait ne pas parler…

— C'est vrai, dit Joan. (Elle se moucha.) On ne va pas ficher notre vie en l'air. J'ai parlé un peu vite. Je crois que c'est elle qui a appelé et qui a raccroché.

— On a enlevé son enfant, dit Dawson. Le petit garçon, Peut-être qu'elle ne le reverra plus jamais.

Joan sursauta. La nouvelle la frappa comme une lame de fond. Elle essaya de dominer ses dernières rancunes. Elle dit :

— Elle a toujours quelque chose d'inédit à te proposer pour que tu t'intéresses à elle…

Puis elle ajouta, regrettant déjà ce qu'elle venait de dire :

— N'empêche qu'elle doit souffrir le martyre…

— Je ne peux rien pour elle. Coincée entre Harrison et les jumeaux Connors, entre son passé et son absence de présent, elle est sans défense.

Joan savait que si elle voulait garder son mari, l'intéresser encore ou même le reconquérir un jour, elle devait l'aider. Quitte à se montrer hypocritement compatissante. Il fallait que Mrs Clark retrouve son enfant. Autrement, elle deviendrait la victime, l'intouchable. Et Joan perdrait Dawson à coup sûr.

— Tu peux la mettre sur table d'écoute ? demanda-t-elle.

— Je n'aurai pas l'autorisation. Et j'ai promis de ne rien dire. Un échange doit avoir lieu ce soir. La fille Connors contre l'enfant. Je devrai seulement rester spectateur. Ça me rend fou. Le fait qu'elle m'ait parlé de ce drame prouve qu'elle a confiance en moi, qu'elle a besoin de mon aide. Mais entre son oncle et les ravisseurs, une bande de truands des deux côtés, je ne peux rien pour elle.

— Si on réfléchissait ensemble ? proposa Joan.

— Je vais prendre une douche, dit-il.

— Va, dit Joan, va…

Elle l'aimait tant, son flic paumé ! Il fallait donc l'aider dans l'affaire Clark. Il fallait lui jouer la comédie. Et la jouer bien.

La tension montait dans l'appartement de Willy Harrison. Toute l'équipe se préparait à l'affrontement, à la rencontre qui devait avoir lieu à 23 heures précises. La moindre erreur serait fatale à Jimmy.

— Ne t'inquiète pas, répétait Willy à Betty, et ne me regarde pas comme ça. Tu veux me culpabiliser ?

— Non, dit-elle. Je vous serai totalement dévouée et utile. Mais aidez-moi à retrouver mon enfant.

— Je ne fais que ça, dit Willy. Tu n'es pas femme à avoir des crises d'hystérie, hein ? Tu retrouveras ton fils, et on verra après ce que tu veux vraiment. Il y a cent mille manières de partir d'ici ou de rester avec moi.

Willy l'observait : Hazel avait peut-être raison. Et si sa nièce n'était qu'un trouble-vie, un réveil-conscience, un porte-poisse ?

— Ne m'en veuillez pas, dit-elle. La tension est trop forte. Je n'en peux plus.

— Il faut que tu résistes, dit-il. Et si moi aussi j'avais besoin de réconfort ? Tu ne me consoles même pas pour la perte de Léo. Il était mon ami, mon compagnon.

Willy Harrison réclamait un peu de tendresse, ce

qui n'était pas nouveau. À dix ans, obèse déjà – ses pantalons craquaient sur ses fesses déformées –, il courait vers sa mère et se plaignait qu'on ne l'aimât pas à l'école et qu'on se moquât de lui. À dix ans, il avait compris que la graisse ne donnait pas de force, qu'il n'aurait jamais assez de muscles pour battre quiconque. À dix ans, il avait compris qu'il devait vaincre avec son cerveau. Déjà, il détestait son frère, devenu voleur sur le tard, par jalousie, par fureur.

La lumière de la lampe de son bureau représentait une femme en jade qui tenait une ombrelle abat-jour. Cette femme souriait. Elle était d'une beauté rare.

— Betty, si tu voulais que nous fassions la paix, nous serions tellement plus forts ! Je te promets de retrouver Jimmy ce soir. Mais sois mon alliée…

*

* *

Les voitures de police qui patrouillaient autour du building de Park Avenue transmettaient par radio le moindre événement à Dawson.

Eberhardt surveillait aussi de sa fenêtre. Il découvrit la lente valse des voitures banalisées autour de l'immeuble d'en face. À 20 heures, il reçut un appel de Manhattan. Helga annonça le succès de l'opération et précisa que quelqu'un était passé récemment dans la maison.

— Elle est fermée depuis six mois, dit Eberhardt. Personne n'y va… Le dernier ménage a dû être mal fait. La porte du garage était bloquée ? Qu'importe ! Les systèmes électroniques ne sont pas toujours fiables…

*
* *

Les gorilles de Willy, Wang et Liu, encadrèrent Cool. Vêtue d'un manteau appartenant à Betty, elle prit place dans la première limousine qui attendait devant le building. Il y avait deux hommes à bord. Wang s'installa derrière le volant. La seconde voiture, la forteresse personnelle de Willy, s'avança lorsque Harrison, précédé de Lord et accompagné de Betty, sortit de l'immeuble. Hazel s'installa sur le siège avant, à côté de Lord. Elle était furieuse d'être assise à côté du chauffeur, comme une domestique.

Han resta avec Patty dans l'appartement. La petite fille dormait déjà, et Han, couchée sur le sol, devant le lit de l'enfant, réfléchissait. Elle savait qu'il y avait deux gardes dans le hall. Elle ne les connaissait pas bien : Willy les avait fait venir une heure avant le départ.

Dawson, dans sa voiture personnelle, sa femme à ses côtés, passait devant l'immeuble. Il brûla presque le feu rouge pour ne pas rester bloqué à quelques mètres des deux voitures de Harrison.

— Mrs Clark est dans la deuxième voiture. Il y a une femme à côté du chauffeur, lui annonça-t-on de l'une des voitures de patrouille.

— Je ne veux pas les perdre de vue…

À New York, il est difficile de faire le tour d'un pâté de maisons, les sens uniques interdisant les raccourcis. Pour tourner, il faut donc descendre et monter plusieurs blocs. Le temps de faire ces manœuvres et les deux limousines avaient quitté Park Avenue.

Dawson interdit aux patrouilles de suivre Harrison de trop près. Arrêté à un feu rouge, il frappait sur le volant de ses deux poings serrés.

— Ils ont disparu. Je n'arriverai jamais à coincer cette ordure de Harrison…

— Là n'est pas le problème, dit Joan. Ce soir, c'est le gosse qui compte. Il s'agit d'un enfant.

— Je n'y suis pour rien ! s'écria Dawson. Mais pourquoi me l'a-t-elle dit ? Pourquoi ?

— Une mère affolée s'adresse au premier venu.

Un des policiers appela à ce moment-là pour indiquer qu'on avait repéré l'itinéraire. Le lieutenant éprouva un grand soulagement.

— Ne t'emballe pas, dit Joan. Tu ne peux pas intervenir. Tes hommes non plus.

Dawson donna l'ordre à la voiture n° 2 de suivre la limousine de Harrison et, se penchant à l'extérieur, colla son gyrophare sur le toit.

— Maintenant, on va rouler vite. Très vite. Je vais tâcher de vous rejoindre, dit-il par radio. Guidez-moi.

Lorsque Dawson déboucha toutes sirènes hurlantes sur la 1re Avenue, Joan se cramponna à son siège. « Il faut en passer par là, pensa-t-elle. Le démon de midi n'épargne pas les policiers. »

— Jusqu'où vas-tu continuer la course ? demanda-t-elle au moment où Dawson brûlait un feu rouge et fonçait à une allure folle, slalomant entre les voitures.

Dawson ne répondit pas. Il ne savait pas très bien à quel moment exact il voudrait ou pourrait s'arrêter.

*

* *

Slim se rendit à pied au parking et revint avec la Chevrolet dont les pneus crissaient sur la mince couche de verglas. Il sortit de la voiture et alla quérir ce paquet encore vivant qu'était l'enfant. Il fallait aussi ramasser la mallette dont le contenu le dégoûtait. Il traversa le salon, redescendit au garage. Il tâtonna puis, en jurant, fit fonctionner sa torche électrique. L'enfant gisait sur le sol, les yeux fermés.

— Viens, dit-il. C'est bientôt fini.

L'enfant se laissa porter. Il était fatigué. Presque inerte. Il n'avait plus ni faim, ni peur, ni froid.

Hazel guidait le convoi d'après les ultimes indications – maintes fois répétées et modifiées – transmises par Slim lors de son dernier appel.

Betty ne supportait pas d'entendre la secrétaire s'exprimer par monosyllabes.

— Vous êtes sûre que vous ne vous trompez pas ?

— Je connais mon métier, madame.

— Ce n'est pas un métier que de se rendre là où des ravisseurs attendent pour rendre un enfant, répliqua Betty. Vous dites n'importe quoi.

— Je fais mon métier de secrétaire.

— Où sont les diamants ?

— Je les ai, répondit Hazel.

Betty se pencha en avant.

— Donnez-les-moi.

— Pourquoi ?

— Je vous demande de me les remettre.

Hazel se retourna vers Harrison.

— Que dois-je faire ?

— Ce que ma nièce vous demande.

De son sac à main qui gisait à ses pieds, Hazel sortit une pochette en tissu. Elle la tendit à Betty.

— Voilà vos diamants…

Betty songea que si elle devait se comporter un jour comme la nièce du tout-puissant Harrison, si elle acceptait de devenir l'héritière du milliardaire, elle se débarrasserait de Hazel. Elle chercha le regard de Lord dans le rétroviseur.

— Si tu acceptes de devenir une vraie Harrison, dit Willy en croisant ses mains sur son ventre que couvrait difficilement l'énorme manteau de cachemire, alors tout changera pour toi.

Betty serrait contre elle la pochette contenant les diamants. La vie de son fils.

— Donnez-moi vos notes, demanda-t-elle à Hazel. Je ne veux pas rouler à l'aveuglette. Nous sommes en plein Queens. Je veux savoir où nous allons.

Hazel se retourna. Jamais elle n'oublierait ces paroles.

— Voici.

Betty prit la feuille pliée en deux, l'ouvrit et poussa une exclamation. Le papier était vierge.

— Qu'est-ce que cela veut dire ?

Sans même se donner la peine de se retourner, Hazel répondit :

— Monsieur Harrison, pouvez-vous expliquer à votre nièce que je travaille presque toujours de mémoire. J'ai gravé en moi tout ce qu'on m'a dit… Mais si Mrs Clark continue à m'énerver, je risque d'oublier un détail…

— Tout va bien, Hazel, dit Willy en posant sa grosse main sur celle de Betty.

Puis, s'adressant à celle-ci :

— Ne t'inquiète pas. Je te garantis que tout se passera pour le mieux.

Ils roulèrent sans plus parler sur une route encombrée. Le trafic devint plus fluide. La pluie se mit à tomber.

Hazel se tenait, raide, à côté de Lord. Celui-ci cherchait parfois le regard de Betty dans le rétroviseur.

Dans la deuxième voiture, conduite par Wang, la tension n'était pas moindre.

— T'as de la chance d'être plate, dit Werner à Cool.

La jeune fille était serrée contre lui.

— Ainsi, on n'est pas tenté de te palper les nichons. Quand il n'y en a pas...

Cool lui envoya une bordée d'injures.

— Ferme ta gueule, veux-tu ? dit-il.

Cool lui dit qu'elle lui trancherait un certain organe si elle était libre et lui ligoté. Werner serra les cuisses et s'accrocha à son arme. Il vérifia que les portières étaient bien bloquées.

Les deux véhicules roulaient à distance l'un de l'autre, respectant la limitation de vitesse afin de ne pas être interceptés par une voiture de police. On avait quitté l'immeuble de Harrison depuis plus d'une heure. La route se déroulait dans la nuit, semblable à une éternité noire.

Les deux limousines arrivèrent au carrefour indiqué par Hazel, tournèrent à gauche et débouchèrent sur une large chaussée non goudronnée qui bordait une petite forêt. On pouvait apercevoir un terrain, vaste et nu : le futur lotissement. Par beau temps, on entendait certainement le bruit de la mer.

— Arrêtons-nous, dit Hazel.

Elle regarda sa montre.

— Nous sommes en avance. Quand l'autre voiture arrivera, nous éclairerons le terrain. Et eux feront de même de l'autre côté.

Les deux véhicules, tous phares éteints, stoppèrent dans la nuit.

*

* *

Un camion chargé de véhicules neufs freina brutalement devant la voiture de patrouille n° 1. Celle-ci pila pour éviter la collision. Le camionneur descendit de la cabine : il devait arrimer un véhicule qui allait glisser. La voiture de police n° 2 resta également bloquée. Dawson transmit par radio l'ordre de faire demi-tour.

— Laissez tomber, dit-il. On rentre.

Ils étaient à une demi-heure du centre de Queens. Ils rebroussèrent chemin et traversèrent à nouveau la banlieue. Courbé sur son volant, Dawson fulminait et maudissait son impuissance.

— Tu t'es donné un mal de chien toute la journée, dit Joan. Il est temps de rentrer à la maison et de dormir. Même s'ils avaient appelé la police officiellement, il y aurait eu des difficultés monstres. Que veux-tu faire seul ? Regarder l'échange de loin et, ensuite, courir après les ravisseurs ? De plus, il s'agit probablement d'une affaire interne à leur milieu. Un règlement de comptes, peut-être…

— Pourquoi m'en a-t-elle parlé ? demanda Dawson.

— Parce qu'elle était affolée, dit Joan. Et tu as une tête qui inspire confiance. J'en sais quelque chose !

La nuit était froide et hostile. L'un des essuie-glaces de la voiture fonctionnait si bien qu'on ne pouvait plus l'arrêter. De son poing fermé, Dawson martelait le volant.

— Rentrons, dit-il, enragé. Rentrons.

Willy regarda sa montre. Il était 22 h 47.

— Je ne peux plus attendre ici, enfermée ! s'exclama Betty. Laissez-moi sortir.

— Un peu de patience encore, dit Willy. Tu ne peux pas aller dans ce champ pour appeler ton fils.

— Il est là, quelque part, tout près. Je le sais, je le sens.

Hazel se retourna.

— Voulez-vous me passer la pochette avec les diamants ?

— Pourquoi ?

Hazel se montra patiente : devant Willy, il fallait feindre de tout supporter – hystérie et injustice. Elle souffrait pour son patron.

— Il faut commencer à préparer la fille, dit-elle avec calme.

— Allons-y, dit Betty en lui rendant la pochette.

Elle quitta la Rolls.

Le froid la mordit au visage. Elle écouta les bruits de la nuit, cherchant le grondement d'un moteur. D'après ses indications, Slim Connors devait arriver à 23 heures au point de rendez-vous.

Betty fouilla l'ombre du regard. La forêt était peuplée de spectres. Où se trouvait son enfant ? Il était sans doute bâillonné, transi de peur. Vivait-il encore ?

Elle vit Werner qui sortait Cool de l'autre voiture. Une scène de cauchemar. Il fallait maintenant lui nouer le sac autour du cou. Betty s'approcha.

— Si je pouvais t'étrangler, sale garce ! disait Werner à Cool.

— Non, dit Betty en s'approchant. N'y touchez pas.

— Tu vois, héros de tes deux, dit Cool. J'ai une protectrice : cette chère, très chère Mrs Clark.

Betty saisit Cool par les épaules.

— Tu joues aussi ta vie.

— Je le sais, mais c'est plus fort que moi. Il y a des moments où j'ai envie de me marrer à n'importe quel prix.

Betty se tourna vers Lord.

— Il y a quelque chose d'anormal, dit-elle. Elle est trop sûre d'elle.

L'Anglais était près de Cool.

— Tu sais ce qui t'attend si le gosse ne revient pas ?

Willy s'approcha d'eux.

— Pas trop de zèle, Lord, dit-il.

*

* *

Slim éprouva quelques difficultés à ouvrir la mallette. Le métal était froid, et le taquet de la serrure coincé. Il était frigorifié et dégoûté par le boulot qui l'attendait. La boîte métallique se trouvait maintenant à côté de lui, sur le siège avant du passager.

— Je vais voir maman ? demanda Jimmy d'une toute petite voix.

— Oui, dit Slim. Tu te réchaufferas en courant vers elle. Tu devras faire exactement ce que je te dirai quand on sera là-bas…

Il ressentit une sensation bizarre, chassa des pensées démoralisantes et démarra. Il allait arriver sur le terrain du rendez-vous dont l'emplacement lui avait été soigneusement décrit :

« En quittant le chemin de terre, tu parviendras sur une route secondaire. Tu avanceras et aboutiras bientôt sur une route nationale. Tu tourneras à droite. Répète. »

Il avait répété.

« Ensuite, tu regarderas sur ton compteur, tu feras cinq miles et des poussières. De l'autre côté, tu verras une flèche et un panneau sur lequel seront écrits ces mots : "Terrain à vendre." Tu remonteras jusqu'au carrefour suivant. Tu tourneras, t'enfonceras dans les terres et puis tu t'arrêteras. Tu prépareras le gosse. Ensuite, tu continueras le long de la forêt, et tu arriveras sur un chemin qui borde le terrain à bâtir. Harrison attendra en face avec son équipe. Tu feras une petite marche arrière, tu allumeras tes phares et eux les leurs. La rencontre doit avoir lieu dans un champ éclairé plein phare. Le gosse ira lentement jusqu'au moment où il croisera Cool. Tu le dirigeras de la voix. Il aura les écouteurs du walkman. »

Jusqu'au moment où il dut s'arrêter pour « équiper » Jimmy, tout alla bien. Il surmonta l'instant le plus difficile : toucher l'enfant. Il sentit ses côtes, la petite cage thoracique secouée de pleurs retenus. Jimmy répéta : « Je vais voir maman. » À contrecœur, Slim lui lança :

— Ta gueule.

Roulant au pas, il arriva ensuite sur le chemin de terre. Il tourna la tête et aperçut un groupe de gens de l'autre côté. « Ils doivent être tous là », pensa-t-il.

Il fit une marche arrière, un peu en biais, puis alluma ses phares. Le pinceau lumineux troua la nuit.

— Nos phares, ordonna Willy.

L'affaire était bien montée. Harrison éprouvait presque de l'admiration pour ceux d'en face. Ils allaient suivre du regard la silhouette de Cool qui s'éloignerait jusqu'à la limite des phares, et ils apercevraient au même moment Jimmy qui pénétrerait dans leur champ de vision.

— J'accompagne la fille, dit Betty.

— Non, dit Lord. Laissez-moi y aller.

— Allez-y, Lord, dit Willy. Qu'on en finisse maintenant.

Cool marcherait lentement en levant les mains et en balançant la pochette avec les diamants pour que Slim vît bien qu'elle les avait en sa possession.

Au lieu de lâcher Cool, Lord la prit par le bras.

— Tends ton bras, garce, qu'il voie ton butin.

— Tu es triste de te séparer de moi, hein ! dit-elle.

Betty ne supportait plus son sourire.

— J'y vais aussi.

— Non, dit Willy. Attends encore quelques minutes.

— Va, dit Slim à Jimmy. Va et écoute mes ordres.

Jimmy avait les écouteurs. Il obéit à Slim qui lui disait : « Va lentement, surtout lentement. »

L'enfant avança dans la lumière. Cool se mit en mouvement, Lord à ses côtés. La silhouette de l'enfant se dessina sur le rideau de lumière. Slim avait poussé Jimmy à contrecœur dans la zone illuminée par les phares.

Cool avançait en balançant le sac de diamants. Betty, ne pouvant plus attendre, s'élança. Werner lui courut après. Ils ressemblaient à des ombres chinoises projetées sur une toile de fond d'une clarté aveuglante. La mère était comme un papillon de nuit soûl de lumière. L'enfant marchait lentement. Soudain, Lord immobilisa Cool et hurla :

— Arrêtez ! Que plus personne ne bouge !

L'enfant continuait d'avancer : il n'écoutait que les ordres de Slim.

— Arrête-le ! hurla Lord, ou je tue ta sœur, là, sous tes yeux.

Il posa la lame d'un couteau sur l'artère jugulaire de la fille.

Betty aperçut une large ceinture sur son enfant. Elle comprit tout. Elle se mit à courir et hurla dans la direction où Slim devait se trouver :

— Slim ! Sors de ton trou, viens ici ! Si tu ne m'obéis pas, nous sauterons tous.

Elle empoigna Cool. Jimmy s'arrêta. L'enfant était proche. Il était engoncé dans un Mae West.

— Lord, venez près de moi, dit Betty.

Jimmy ne savait plus ce qu'il devait faire. La voix de Slim résonna dans sa tête : « Ne bouge pas. »

Bien qu'il eût désiré par-dessus tout se jeter dans les bras de maman, il s'immobilisa. Sa mère elle-même semblait l'implorer de rester où il était.

La jolie Mrs Clark, si fragile, si distinguée, s'était transformée en une mère folle de peur et de rage – mais parfaitement déterminée.

— Sors de ton trou, cria-t-elle à l'adresse de Slim. Si on doit tous crever parce que tu es fou, ta sœur y passera la première.

Lord cria :

— Je lui tranche la tête si tu n'enlèves pas l'explosif.

Betty s'avança vers Jimmy.

— Non ! hurla Lord. Ce qu'ils veulent, c'est vous faire sauter ensemble. Arrêtez !

— T'es intelligent, ma foi, dit Cool.

Slim apparut dans la lumière. Il s'approcha de l'enfant, lui ôta son gilet, enleva les écouteurs et cria :

— Il est *clean* mais je ne le lâche pas si ma sœur n'est pas libérée. Avec les diamants…

— Avance, dit Lord à Cool, avance…

— T'es pressé ? demanda Cool avant de courir vers son frère.

— Si elle n'arrive pas jusqu'ici, j'abats le gosse, hurla Slim.

Betty courait aussi, le visage ruisselant de larmes. Elle tendit les bras à Jimmy. L'enfant se jeta contre elle. À cet instant précis, Slim aurait dû actionner le détonateur.

Tout en parlant à Jimmy et sans cesser de le couvrir de baisers, Betty avançait en trébuchant. Elle entendit un vrombissement de l'autre côté : une voiture qui démarrait. Mais qu'importe ? Jimmy était vivant.

— Que fait-on ? On les suit ? demanda Werner.

— Non, fit Willy. Nous les aurons d'une autre façon.

— Je vous félicite, dit Hazel à Willy. Vous avez réussi, monsieur Harrison. Vous avez sauvé votre neveu.

— Moi ? Non. C'est Lord.

L'obèse ouvrit les bras et embrassa Jimmy. Il remercia Lord à plusieurs reprises puis, les paupières mi-closes, il dit à Hazel :

— Vous avez été le cerveau de cette affaire.

— Je n'ai fait qu'exécuter vos ordres, dit Hazel.

— Je vous le répète, fit Harrison, vous avez été le cerveau de cette opération.

Hazel se troubla, brusquement inquiète : elle n'aimait pas quand Willy employait ce ton douceâtre.

On installa Jimmy sur les genoux de sa mère, dans la Rolls chauffée. Willy s'assit auprès d'eux. Sa grande main puissante se posa sur celle de l'enfant. Muet de froid et de peur, Jimmy s'abandonna enfin, entre sa mère et son oncle.

Dawson avait mal à l'estomac. Joan lui donna des pastilles. Le lieutenant attendait des nouvelles par l'intermédiaire de l'une des voitures de patrouille chargées de surveiller l'immeuble de Park Avenue.

— Dites-moi tout ce qui se passe, n'intervenez pas, mais tenez-moi au courant de chaque mouvement, avait-il ordonné.

Il tournait en rond. « Comme un fauve en cage », pensait Joan.

Vers trois heures du matin, la voiture de patrouille appela le lieutenant. Une voix nasillarde l'informa des mouvements qui se déroulaient autour de l'immeuble de Harrison.

— Tu crois qu'elle a récupéré l'enfant ? demanda Joan.

— Apparemment, tout va bien. Je me demande…

Elle l'interrompit :

— Si tu me demandes encore quelque chose…

— Merci, dit Dawson.

Il se pencha vers elle.

— Merci. Tu as été formidable, Joan…

*
* *

Eberhardt quitta la fenêtre du salon juste avant le retour des voitures de Harrison. Il gagna son lit, s'y tourna et s'y retourna. Il était satisfait de sa rencontre avec le milliardaire. Désormais, son existence et sa sécurité dépendaient de la réussite de l'opération proposée à Harrison. S'il parvenait à gagner sa confiance, sa situation serait confortée. Et s'il devenait membre de la famille de l'empereur de la pègre new-yorkaise, il gagnerait une position en or massif. Mrs Clark deviendrait comtesse. Willy pourrait alors passer la main ou, plus simplement, mourir. Eberhardt se trouverait à la tête d'une fortune que personne ne pouvait chiffrer. Il garderait Go avec lui. À condition qu'elle se fît discrète : la délicate Betty Clark n'accepterait certainement pas la présence « officielle » de la métisse avec qui elle avait été livrée, à l'époque du Dollar, à un nommé Rolph, disparu depuis de la circulation.

Il pensa à Helga et à Joe qui avaient apporté l'héroïne dans la maison de Long Island. Les questions d'Helga l'avaient exaspéré. Personne n'allait là-bas. La maison servait de lieu de rencontre et permettait d'échanger des marchandises, mais uniquement sur rendez-vous. En été, parfois, sur ordre de l'Organisation, Eberhardt la remplissait d'invités qui ignoraient qu'ils n'étaient que les figurants d'une immense mise en scène. La gardienne d'en face, la veuve du militaire américain, était une femme intelligente ; elle coûtait une somme rondelette à Eberhardt, qui la payait pour qu'elle ne posât aucune question. Avec elle, il n'avait rien à craindre.

Il se souvenait de l'effet que la maison avait produit sur Miss Hazel, invitée l'été dernier. Il avait voulu l'éblouir. La secrétaire s'était promenée dans la propriété et, au terme de son séjour, avait promis d'arranger un rendez-vous avec Harrison. Elle n'avait pas tenu sa promesse.

Eberhardt se demanda pourquoi la porte du garage était restée bloquée. Il se promit d'inspecter les lieux la veille de l'échange avec Willy.

Ses pensées dérapèrent. Si les fournisseurs ne lui avaient pas menti quant à la qualité de l'héroïne, Harrison allait réaliser le bénéfice du siècle. Mais il était le seul à pouvoir leur procurer autant de diamants de deux ou trois carats, surtout dans un délai aussi court.

Il jeta un regard sur sa montre. Il était 5 heures du matin. À 9 heures, il passerait commande chez un fleuriste à la mode et enverrait des brassées de lis à Mrs Clark. Eberhardt était tellement imbu de lui-même et si paranoïaque qu'il ne doutait pas une seconde du succès de ses efforts. « Si je le veux vraiment, se disait-il, j'aurai la nièce de Harrison. »

— Appelez un médecin, dit Betty. Mais je ne veux pas de ce truand déplumé qui est venu pour Patty. Trouvez-moi un vrai médecin muni d'un vrai diplôme, quitte à le sortir de son lit.

Hazel se redressa et siffla :

— Le Dr Thunder est un excellent médecin. Il viendra sans poser de questions.

— Faites ce que je dis, répliqua Betty, coupant sèchement la parole à Hazel. Nous sommes tout de même suffisamment connus à New York pour faire se déplacer un médecin la nuit !

— Pour lui dire quoi ? demanda Hazel. Votre fils n'est même pas malade…

La secrétaire se rendit chez Harrison pour l'informer des « ordres » de Betty.

L'obèse, qui détestait être pris entre les feux des deux femmes, essaya de calmer Hazel.

— Elle est inquiète. La nuit a été éprouvante.

— Pour tout le monde, déclara Hazel. Je refuse d'appeler un autre médecin que Thunder. Je ne prends pas la responsabilité d'attirer l'attention sur nous pour une raison aussi stupide.

Fatigué, désireux d'être enfin tranquille et de dormir, Willy décrocha le téléphone intérieur et persuada Betty d'accepter le Dr Thunder.

— Ce n'est pas parce qu'il a fait de la prison qu'il est moins bon médecin qu'un autre, expliqua-t-il. Que veux-tu raconter à un praticien à qui on présente un enfant transi de froid à 4 heures du matin ?

Betty céda aux instances de son oncle. Le Dr Thunder arriva quarante minutes plus tard. Jimmy était couché dans le lit de Betty. Patty savait déjà que son frère était revenu.

Le Dr Thunder prit délicatement la tension de l'enfant et constata que le rythme cardiaque était rapide. Puis il prit la température : Jimmy avait 38° 5.

— Mon fils a été exposé à une succession de chocs, dit Betty. Aussi bien moraux que physiques.

— Il faut attendre, dit le médecin. Jimmy peut couver un début de pneumonie ou être seulement commotionné. Le meilleur remède consiste à le sécuriser. Restez avec lui. Il ne faut pas dramatiser. Pour le moment, il a besoin de chaleur, d'amour maternel et de sommeil. Appelez-moi demain matin…

— Nous sommes déjà demain, dit Betty avec un faible sourire.

— C'est vrai, nous sommes déjà demain…

Après le départ du Dr Thunder, Betty se coucha à côté de son fils et le réchauffa en le serrant contre elle. Jimmy noua ses bras autour du cou de sa mère.

— Maman, j'ai voulu téléphoner…

— Chut ! dors.

— Je ne peux pas dormir, maman… C'était une grande maison.

— Ne te fatigue pas, mon chéri…

— Le lit avait un toit.

— Un toit ?

— Un toit avec des fleurs. Et de la fenêtre de la chambre, on voyait une autre maison. Une dame est allée dans le jardin. Elle avait un chien.

— Jimmy, mon trésor, dit Betty, écoute-moi. Nous aurons bientôt notre propre maison. Avec un jardin et un chien. Il me faut un peu de temps. Un jour, nous irons vivre ailleurs et nous inviterons grand-mère à venir habiter avec nous.

— Tu inviteras Honey et Sam aussi ?

Les enfants avaient toujours appelé leurs grands-parents paternels par leur prénom. La mère de John, une grosse dame blonde, était Honey, et le vieux joaillier juif, son mari, était Sam.

— Non, eux ne viendront pas habiter avec nous, dit Betty.

Elle se méfiait d'eux. N'étaient-ils pas, depuis la nuit des temps, tacitement au service de Harrison ?

— Il m'a descendu au garage, dit Jimmy. J'étais ligoté, couché sur le béton.

— Essaie de dormir, dit Betty.

— Il me parlait beaucoup.

Betty caressait le dos de son enfant.

— Calme-toi, mon chéri. Repose-toi.

— Quand nous aurons notre maison, oncle Willy habitera avec nous ?

Elle s'exclama :

— Oncle Willy ? Quelle idée ! Non, nous serons indépendants ! Nous serons… – elle hésita, elle n'osa prononcer le mot « libres ».

— Il est gentil, oncle Willy, dit encore Jimmy. Il voudrait que je devienne avocat. Et toi ?

Puis, sans transition, comme le font souvent les enfants, il s'endormit.

Betty écouta son fils respirer puis s'assoupit à son tour. Lorsqu'elle se réveilla, l'enfant dormait toujours. Elle se leva, prit un bain et s'habilla d'un pantalon de cuir noir, d'un pull-over en cachemire noir également et d'une paire de bottes. Elle embrassa Jimmy et entra dans la chambre des enfants. Elle dit à Han qu'elle allait préparer un copieux petit déjeuner.

Dans la cuisine, elle fit un café italien. L'odeur se répandit à travers l'appartement et, bientôt, les amateurs se présentèrent. Lord fut le premier. Betty sourit, versa du café fort dans une tasse et la lui tendit. Puis ce fut le tour de Werner, un peu sonné par la nuit mouvementée. Enfin, Wang et Liu arrivèrent à leur tour. Betty fut bientôt entourée d'une équipe silencieuse et affamée.

— Vous avez tous faim ? leur demanda-t-elle.

Elle sortit des boîtes d'œufs du réfrigérateur.

— Vous n'allez pas me regarder sans rien faire ? Allez, mettez la table, les tasses, les assiettes…

Elle défit des sachets de lard fumé, grilla quelques tranches et battit les œufs dans un grand saladier. Ce ballet muet de tueurs apprivoisés tournant autour d'elle la surprenait. Ils s'affairaient près de la table et louchaient sur la gigantesque omelette que Betty préparait. Avec leurs barbes naissantes, leurs yeux cernés, leurs paupières lourdes, ils ressemblaient aux membres d'une expédition polaire sauvée de justesse.

Betty servit Lord le premier. Instinct de femme. Il

lui était difficile de camoufler leur entente naissante. Elle se rappela la promesse qu'elle s'était faite : « Si je retrouve mon fils, jamais plus Lord ne me touchera. » C'était le seul vœu qu'elle avait eu à offrir en sacrifice.

La porte s'ouvrit et Jimmy apparut dans son petit vêtement de training. Solennel, sûr de son effet, il déclara :

— Regardez, j'ai des pantoufles ! Je ne suis plus pieds nus !

Il fut accueilli par des exclamations. Conscient de son rôle de vedette, il s'installa sur les genoux de sa mère et s'attaqua aux œufs, aux tartines et à une tasse de lait. Lord les regardait. Puis, en une seconde, il revit l'image : le manoir familial flambant comme une torche. Il chassa le souvenir.

— Encore du café ? lui demanda Betty.

— Volontiers.

Plus tard, pendant que les autres débarrassaient la table, Betty lui glissa à l'oreille :

— Je dois m'absenter pour aller à Brooklyn. Vous allez m'« oublier ». Je veux sortir seule.

Puis, d'une voix forte :

— Lord, s'il vous plaît, voulez-vous ramener Jimmy dans ma chambre ?

Lord prit Jimmy dans ses bras.

— Je vous le confie, ajouta Betty.

Go frappa à la porte d'Axel. Elle insista longtemps. Elle portait un grand plateau.

— Déjà ? dit l'Autrichien, encore barbouillé de sommeil.

— Mme Lander a téléphoné.

Réveillé en une seconde, il s'exclama :

— Que veut-elle ?

— Te parler.

Axel vida d'un seul coup une tasse de café.

— Appelle-la, dit-il ensuite.

Il dévora un petit pain. Go n'avait jamais compris pourquoi cet homme qui vantait si souvent la noblesse de ses ancêtres mangeait comme un porc…

Axel la pressa :

— Appelle !

Go composa le numéro et tendit le combiné à Axel :

— Allô ! Madame Lander ? On ne s'est pas vus depuis longtemps ! J'espère que vous recevez bien les subsides que je vous envoie ?

— Je vous en suis reconnaissante, répondit l'autre. C'est la raison pour laquelle je vous ai appelé. Vous m'avez demandé de ne rien voir et de ne rien entendre.

Ce n'est pas très confortable, mais c'est possible. Sauf quand le « rien » s'introduit chez vous…

— Expliquez-vous…

— Connaissez-vous toutes les personnes susceptibles de venir dans la maison ?

Axel prit un air faussement détaché :

— La propriété appartient à une collectivité dont je gère les intérêts. Chaque membre influent a le droit d'utiliser les lieux. En cette période d'hiver, les membres du très sélect club des Old Spirits ne bougent guère de chez eux : Long Island ne les tente pas beaucoup quand il fait froid.

— Froid ou pas froid, un jeune type a occupé la maison pendant vingt-quatre heures environ. Il est arrivé mardi dans la nuit et est reparti mercredi soir. Nous sommes jeudi.

— Qui était ce type ? demanda Axel.

— Il ne semblait pas appartenir à un club élégant. Il a laissé sa voiture sur le chemin qui sépare les deux propriétés pendant toute la nuit de mardi à mercredi. Il errait comme une âme damnée. Je lui ai donné à manger.

— Que savez-vous de lui ?

— Il m'a demandé à qui appartenait la maison. J'ai été étonnée qu'il vienne chez vous sans savoir où il était…

— Mais, s'exclama Eberhardt, affolé, n'avez-vous pas vu venir un couple hier après-midi ?

— Vous voulez parler d'une femme accompagnée d'un Noir ?

— Oui.

— Je les ai vus aussi. Ils ont essayé de faire entrer leur voiture dans le garage. Ça n'a pas marché. Ils ont transporté des paquets à l'intérieur de la maison.

Axel serra son poing gauche au point d'en faire craquer les articulations.

— Quels paquets ?

— Je n'en sais rien. Normalement, ils auraient dû croiser le jeune homme, mais d'après moi il a dû se cacher. C'était une espèce de rôdeur, un marginal qui a sans doute utilisé votre maison comme planque. Il a réussi à découvrir une villa vide et ensuite il m'a trouvée en face. Heureusement, j'ai mon chien.

Elle se garda bien de dire qu'elle était partie elle-même à la recherche de son « petit ange » et qu'elle l'avait ramassé sur la route.

— Madame Lander, accepteriez-vous d'être payée non plus pour ne rien connaître mais au contraire pour tout voir et tout reconnaître ? Vous profiteriez ainsi d'une grosse récompense…

— Je ne peux vous garantir de surveiller la maison en permanence. Mais si vous connaissez les gens qui y viennent…

— Je vous comprends, déclara Axel. Je vous rémunérerai bien.

— Alors je pourrai vous aider. (Ida Lander jouait à la coquette.) Moi aussi, je suis curieuse parfois. Deux semaines après votre grande réception, une Mercedes est entrée dans le garage…

— Pourquoi vous souvenez-vous plus particulièrement de cette voiture, chère madame ?

De sa main gauche, Eberhardt pétrissait nerveusement un croissant.

— La voiture était splendide. Carrossée spécialement, je crois. Mais ce qui était plus extraordinaire encore, c'était la femme qui conduisait. Elle avait une de ces chevelures ! Une crinière rousse qui lui dégringolait dans le dos… Elle est descendue de la voiture pour lever la barrière, puis elle a ouvert le garage…

— Et alors ? Vous vous souvenez d'elle parce qu'elle avait une belle voiture et des cheveux roux ?

— Non. Parce qu'elle n'est plus jamais ressortie de la maison.

— Qu'en savez-vous ?

— C'est une certitude. À moins qu'elle ne soit repartie à pied…

— D'où pêchez-vous cette idée ?

— Mon chien me prévient de tout. Le moindre passage de voiture sur le chemin de terre me vaut un aboiement ou un grognement.

— Soyez tout à fait rassurée, dit Axel. Elle est repartie. Je la connais bien : c'est la nièce de l'un de nos membres.

C'était faux. Mais il fallait faire croire à Ida Lander qu'il était au courant, sinon il perdrait la face en même temps que les miettes d'autorité qui lui permettaient d'exercer sur elle un semblant de pouvoir.

— Mais, hier, avez-vous vu repartir l'Haïtien et la femme ?

— Oui, absolument, monsieur Eberhardt. Ils n'ont passé que peu de temps dans la maison. L'Haïtien est vraiment beau. Je l'aurais bien hébergé… et gratuitement, encore !

Axel adopta un ton badin.

— Vous êtes charmante…

— J'aime les hommes, dit Ida avec gourmandise. C'est pour cela que je n'oublie pas les femmes : chaque femme est une rivale potentielle, et chaque homme un amant qui s'ignore peut-être. Pas longtemps, quand il est en ma compagnie…

— Quelle belle nature vous avez là ! J'ajouterai une superbe prime à mon prochain versement.

— À bientôt, monsieur Eberhardt, dit Ida.

Go n'osa broncher tant la colère d'Axel semblait violente.

— Appelle-moi Helga et Joe. Au rapport, et tout de suite…

Il alla dans la salle de bains et revint avec un rasoir électrique qui bourdonnait dans sa main.

— Tu les as eus ?

— Helga sera là dans une heure.

Eberhardt la reçut dans son bureau. Elle devait partir par un vol de nuit pour Los Angeles. Joe, l'Haïtien, comptait s'envoler pour Seattle. Après chaque opération délicate, Eberhardt envoyait ses complices aux quatre coins des USA. Ainsi effaçait-il toute trace éventuelle de leur passage à New York.

— Je veux des détails. Qu'avez-vous constaté de suspect dans la maison ?

— Rien, monsieur. À part l'impossibilité d'ouvrir le garage.

— Et pourquoi n'avez-vous pas essayé d'ouvrir de l'intérieur ?

— Je vous ai dit, monsieur Eberhardt, que la porte blindée entre le garage et les locaux de la maison était fermée.

— Cette porte a été renforcée pour empêcher les cambrioleurs de pénétrer dans la maison par le garage.

— Elle était fermée. Il aurait fallu la dynamiter… Je vous ai indiqué l'endroit où nous avons stocké la marchandise.

— Oui, dit Eberhardt, je le sais. Mais n'avez-vous pas eu l'impression qu'il y avait quelqu'un ? N'avez-vous pas senti d'odeur de cigarette ? N'avez-vous pas eu le sentiment d'une présence ?

— Monsieur Eberhardt, si nous n'avions pas jugé l'endroit sûr, nous aurions rapporté la marchandise ici. La chambre dont je vous ai parlé était apparemment inoccupée. Mal nettoyée, mais déserte. La femme de ménage qui a fermé la maison a sans doute oublié de la ranger. Il y avait encore des draps sur le lit. Des miettes, aussi.

Eberhardt était fou de colère.

— Mais qu'est-ce que c'est que cette maison ? Des draps oubliés, des miettes, un garage bloqué, une porte de communication fermée, et tout cela ne vous a pas paru suspect ?

— Vous nous avez toujours demandé d'exécuter vos instructions aveuglément. Vous nous avez même interdit de vous appeler.

— Vous êtes inconscients ! s'écria Eberhardt.

Helga lui renvoya la balle.

— Je ne vois pas pourquoi vous me parlez sur ce ton. Cliff et moi avons rempli une mission dangereuse. Il aurait suffi d'un contrôle sanitaire pour que l'on comprenne que le « grand blessé » était un trafiquant… Vous n'avez pas le droit de vous en prendre à nous…

Helga était tenaillée par l'envie de fumer. Le manque de nicotine la rendait irritable.

— Nous avons laissé la maison fermée, les volets baissés. Que vouliez-vous faire de plus ? Sinon revenir et débarquer chez vous avec dix kilos d'héroïne !

Eberhardt marchait de long en large tout en réfléchissant. S'il faisait transporter les paquets chez Ida Lander, celle-ci pourrait le faire chanter à l'avenir. Elle était dangereuse. Il ne fallait pas la mêler à l'affaire.

— Prenez un vol de nuit pour Los Angeles, dit Eberhardt. Comme nous en étions convenus. Je vous appellerai. La prochaine livraison aura lieu dans deux mois. Avec des petits vieux originaires de Vienne.

— Je ne veux plus recommencer le coup de la civière, dit Helga.

— Vous ne le ferez plus.

Eberhardt changea de ton :

— Helga, vous êtes une valeur sûre de notre organisation. Partez tranquille et profitez de la vie. Vous avez mérité vos vacances…

— J'irai peut-être à Hawaï, dit-elle.

— Où vous voulez. Mais si vous quittez Los Angeles, contactez-moi dans six semaines… À propos, j'aurais dû commencer par là : nous avons prévu une prime de dix mille dollars pour vous.

Helga sourit.

— Gentille attention. Je suis toujours à votre disposition. À bientôt.

Go la raccompagna jusqu'à la porte d'entrée.

Eberhardt décrocha le téléphone et appela Harrison.

— M. Harrison se repose encore, déclara une voix avec un fort accent asiatique.

— Il faut le réveiller.

— Rappelez plus tard, dit Liu.

Il était chargé ce matin-là de veiller sur le repos du patron.

— Demandez à M. Harrison de rappeler M. Eberhardt.

— Oui, répondit le Chinois.

Axel trépigna.

— Vous répondez oui, mais vous n'avez pas noté mon nom…

— Eberhardt, dit Liu. Il faut appeler E-be-ha…

— Ou bien essayez de me trouver Miss Hazel.

— Elle est partie dormir chez elle.

Liu était ravi de s'amuser avec l'Européen arrogant.

Eberhardt se mit à crier :

— Mais qu'est-ce que cette maison où tout le monde dort ?

— Si vous êtes impatient, téléphonez à Diamonds and Co. C'est le bureau de M. Harrison.

— Je le connais.

— Vous voulez le numéro ?

— Je l'ai, dit Eberhardt, épuisé. Dites à quelqu'un… au premier qui se réveillera…

— Qu'E-be-ha est impatient, dit Liu.

Soudain, Axel devina qu'il se payait sa tête.

— Vous plaisantez ? demanda-t-il à Liu.

— Non, monsieur, moi pas oser…

Liu raccrocha doucement.

Betty décida d'attaquer son oncle de front. Comme elle montait à l'appartement de Willy, elle rencontra Liu qui lui signala qu'un certain Eberhardt avait appelé. Il n'avait pas osé déranger M. Harrison.

— Il faut rappeler M. Eberhardt, dit le Chinois.

Betty promit de transmettre le message à son oncle. Elle se dirigea vers la salle de bains du milliardaire. Pour y accéder, il fallait parcourir un couloir somptueusement décoré de tableaux – une série de petits maîtres de la fin du XVIIIe siècle – qui desservait aussi la chambre à coucher. Elle frappa à la porte :

— C'est Betty. Puis-je entrer ? J'ai à vous parler.

— Tu ne peux pas attendre un peu ?

— Je ne crois pas.

— Entre, dit Willy d'une voix forte. Et donne-moi une serviette. Ne regarde pas dans ma direction avant…

Betty franchit le seuil, prit une serviette sur une pile et la tendit, les yeux fixés au sol.

La baignoire en forme de coquille, en marbre de Carrare, était scellée dans un sol recouvert de mosaïque ancienne, achetée en fraude en Italie.

— Tu peux t'asseoir, dit Willy. Je n'aime pas parler à quelqu'un qui me regarde de plus haut.

Elle prit une chaise et s'assit à côté de la baignoire.

— Alors, ma chère nièce, tu viens me remercier ? J'ai sauvé ton fils. Je te l'ai rendu.

— En effet, dit-elle. Je suis venue pour vous dire merci. Et aussi pour vous annoncer ma décision : je change de vie.

Le téléphone intérieur sonna dans la salle de bains.

— Décroche, dit Willy.

— Madame, expliqua Liu, ce M. Eberhardt est fou. Il réclame M. Harrison. Il dit que s'il ne lui répond pas, il viendra…

— C'est ce nommé Eberhardt, dit Betty en tendant le combiné. Il veut absolument vous parler…

— Branche la communication sur l'amplificateur, demanda Willy.

Il entendit la voix surexcitée de l'Autrichien.

— Monsieur Harrison ?

— Oui ?

— Je vous entends mal…

— Moi je vous entends très bien. Qu'est-ce qui se passe ?

— Nous nous trouvons dans une situation délicate. Je voudrais que l'on procède à l'échange dès demain.

— Vous n'êtes pas raisonnable, dit Willy.

Il fit une grimace, indiquant par cette moue ce qu'il pensait de l'Autrichien…

— Pourquoi êtes-vous si pressé ? Je ne touche qu'à des affaires sans risque. Si vous avez le moindre problème à propos de cette offre, je renonce d'emblée.

— Il n'y a pas de problème de provenance… seulement de stockage.

— Pas avant la fin de la semaine. Et si vous voulez que je fasse un effort, faites-en un de votre côté. Celui qui est pressé baisse son prix de vente.

— Baisser le prix ! s'exclama Eberhardt. Je ne peux grignoter que sur ma part…

— Alors, ne grignotez rien et gardons les dates qui avaient été prévues. Je pourrais avoir les pièces demain, mais je les paierais plus cher en raison du rétrécissement des délais. En ce cas, je serais obligé de vous donner moins.

— Qu'entendez-vous par « moins » ? demanda Eberhardt, qui, manifestement, souffrait.

— 20 %.

— Non, répondit Eberhardt. Éventuellement 5 %. Sinon, je n'aurais plus qu'à me pendre…

— L'idée n'est pas mauvaise, lança Willy. Entrez en contact avec Miss Hazel. Allez la voir dans les bureaux de Diamonds and Co. Si elle peut mettre l'affaire sur pied pour demain soir, je n'y vois pas d'inconvénient. C'est à elle de voir…

— Vous la prévenez ?

— Évidemment. Calmez vos nerfs, monsieur Eberhardt. C'est important, les nerfs…

Willy raccrocha.

— Tu vois ! dit-il à Betty. Dans les affaires, quelle que soit la marchandise, il faut avoir des réserves. Il se trouve que je détiens dans mes stocks la plus grande partie des diamants dont Eberhardt a besoin. Nous allons empocher un bénéfice colossal, ce qui me permettra, nous permettra – il insista sur le « nous » – de nous installer à Las Vegas.

Betty ne broncha pas. L'oncle parlait d'une manière si naturelle de Las Vegas… Que savait-il des ragots de prison, de l'argent volé et caché, devenu presque légendaire ?

Willy surveillait l'effet de ses paroles sur le visage fatigué de sa nièce.

— Tu sembles désagréablement surprise, dit-il. Ce n'est pas le moment de te dégonfler. Tu veux une nouvelle vie, libre et active ? Tu peux l'avoir… Je ne veux pas passer toute ma vie à l'écart des affaires juteuses de Las Vegas. Il y a longtemps déjà, j'ai fait une demande de licence à la commission des jeux. Même si je ne l'ai pas encore parce qu'on retarde la réponse, et même si je ne l'obtiens jamais, j'ai inventé une nouvelle formule qui m'amuse et qui pourrait être introduite là-bas. Je vais gagner des bénéfices énormes avec la marchandise d'Eberhardt, que j'ai déjà revendue, en principe. Si la qualité qu'il me promet est confirmée, je ferai la meilleure affaire de ces dix dernières années. Il faut en profiter. Je ne vais pas me mouiller avec des histoires de dosage : je ne suis pas un épicier. J'ai des acheteurs très solides qui paient avec de l'argent déjà blanchi. Veux-tu en bénéficier toi aussi ?

— Je ne souhaite pas être mêlée à une affaire de drogue, répondit Betty.

— Pas de leçon de morale, s'écria Willy… Ajoute de l'eau dans le bain, s'il te plaît.

Betty ouvrit un robinet en or, sculpté en forme de dauphin.

— Écoute-moi, poursuivit Willy : je vais te donner un territoire neuf ! Si tu as quelque chose dans le ventre, tu pourras prouver tes talents. Tu quitteras New York pendant quelques mois. À Las Vegas le climat est meilleur. Il y fait chaud. Si tu as confiance en Lord, il t'accompagnera. Mais si tu le trouves inefficace, tu pourras prendre Werner comme garde du corps. Quoi qu'il en soit, je te prête Han pour les enfants. Je ne sais pas si tu mesures mon sacrifice : me séparer de Han !

La proposition de son oncle semblait venir avec un tel naturel, la chance qu'il lui offrait lui paraissait si énorme qu'elle crut rêver.

— Quel genre d'affaire ? demanda Betty en restant sur ses gardes. Ne comptez pas sur moi pour devenir patronne de bordel ou pour servir de couverture à vos histoires de drogue.

— C'est le côté petit-bourgeois de ta mère qui ressort ! Mais peut-être que je me trompe et que tu n'as aucune carrure…

— Entre la carrure et le crime, il y a un fossé, dit-elle.

Willy se fit maussade.

— Veux-tu que je t'offre un magasin de vêtements pour hommes ? Sans blague ! Je t'ai dit que tu pourrais avoir une affaire *clean.* Si tu n'en as pas les capacités, Hazel prendra ta place. Et tu pourras toujours vendre des cravates…

— Si je vais à Las Vegas, vous informerez Miss Hazel de chacun de mes mouvements. S'il s'agit d'un travail qui me concerne personnellement, j'aimerais être libre.

— Hazel s'occupe de mes comptabilités apparentes et occultes, expliqua-t-il. Il me sera difficile de l'écarter au moment où je lancerai une nouvelle entreprise. Mais si tu te révèles solide, et femme de tête, je pourrai me défaire d'elle. Si un jour tu étais capable de prendre la relève… Au lieu de me faire des reproches, tu devrais apprendre, comprendre et t'introduire grâce à moi dans certains secteurs que je garde jalousement…

Puis il se fâcha :

— Abandonne ton fantasme ridicule : la petite maison avec le petit jardin. Toute ta sainte famille, si pure et si paisible, s'y retrouverait massacrée. Ils ne laisseront même pas ton chien en vie…

— Pourquoi ? demanda Betty, glacée. Et pourquoi me menacez-vous ?

— Ta mère pourrait t'expliquer certains détails que tu ignores.

— Elle est infirme à cause de vous, et vous voulez encore vous acharner sur elle ? La charger de secrets qu'elle ne détient pas ? Me faire croire qu'elle connaît des choses que j'aurais dû savoir, moi aussi ?

Elle se tut.

— Tu n'as qu'à choisir, dit Willy. Tu peux t'en aller, partir d'ici, prendre tes gosses et te retrouver dans la rue. Si c'est ça l'avenir que tu leur réserves…

— Vous seriez d'accord pour que j'emmène ma mère avec nous ?

— Plus tard, oui. Lorsque tu seras installée dans la maison que je te réserve. Ce sera plus facile.

Betty avait déjà entendu parler de la maison que

Willy possédait près du lac Mead, mais elle ne s'y était jamais vraiment intéressée.

Willy, la serviette mouillée sur sa poitrine, ajouta :

— Un jour, tu apprécieras mes qualités humaines à leur juste valeur. Tu comprendras que j'aurais pu être un homme foncièrement bon mais que j'ai raté cette vocation qui m'aurait vite envoyé au cimetière…

— Si l'affaire que vous voulez créer ne concerne ni la drogue ni les femmes…, commença Betty.

Willy l'interrompit :

— Ce n'est pas une fabrique de vêtements pour premiers communiants non plus. Ne m'agace plus ! Tu marches, oui ou non ?

— Vous allez fermer les yeux sur ce qui s'est passé ici la nuit dernière ? demanda-t-elle.

— Pas du tout. J'ai mon idée concernant l'affaire des jumeaux. Mais j'ai besoin de quelques éléments supplémentaires pour y voir plus clair. Quant à ceux d'en face, blousés comme ils le sont, ils vont bientôt se transformer en fauves. Ils finiront par tomber d'eux-mêmes dans le premier piège tendu.

— Pourquoi blousés ?

— Parce que les diamants qu'on leur a donnés sont faux.

Harrison se mit à rire.

— En quelques heures j'ai fait faire des copies. Tu n'imagines pas qu'on leur aurait offert une fortune pareille !

— Vous avez joué sur la vie de Jimmy !

— Sur la leur davantage encore. Je savais qu'ils ne pourraient pas vérifier la marchandise. Quand l'auraient-ils fait ? Et comment ? Avec un peu de malchance, nous aurions tous sauté. Cet aspect de l'affaire semble t'avoir échappé. Leur commanditaire avait prévu l'élimination des jumeaux. Ainsi que la tienne et celle de ton gosse… J'aurais pu y passer dans la foulée. Nous sommes en face d'une personne déterminée qui a voulu nous liquider tous, d'un seul coup. Ce ne sont pas ces deux tarés qui ont monté une combine pareille… Il existe un contrat dont nous sommes l'enjeu, c'est évident. Mais nous serons plus forts qu'eux. Attendons un peu. Je dois venger Léo, aussi. L'androgyne aura un jour la tête tranchée.

Le téléphone intérieur sonna de nouveau. Han annonça que des fleurs venaient d'arriver pour Mrs Clark. Le gardien demandait ce qu'il devait faire du bouquet.

— Ouvrir et voir ce qu'il y a dans l'emballage, répondit Willy.

— C'est un très grand bouquet, dit Han. Il y a deux livreurs… Ils veulent monter chez Mrs Clark.

— Il n'en est pas question, dit Willy. Je vous envoie Werner.

L'Allemand descendit pour examiner l'envoi. Il appela du hall et décrivit une immense brassée de lis.

— Comme un bouquet de mariée, dit-il. Une mariée très riche…

— Et la carte ?

— Je l'ouvre ?

— Oui.

— « À la belle Mrs Clark, rencontrée par bonheur. Avec mes hommages jetés à ses pieds… »

— Avec quoi ? demanda Willy.

— C'est tapé à la machine, patron : « Avec mes hommages jetés à ses pieds. Axel von Eberhardt. »

— Ces Européens sont tous détraqués ; des malades mentaux, dit Willy en s'ébrouant dans l'eau. Trouve-moi une église et flanque le bouquet dans les bras d'un curé. Il faut fleurir l'église la plus proche. Une petite câlinerie au ciel, ça peut toujours servir.

Il raccrocha.

— Pourquoi m'envoie-t-il des fleurs ? demanda Betty.

— Pour nous plaire. Pour le moment, tout le monde en profite. Y compris l'église… Sais-tu pourquoi je suis athée ?

Elle songea : « Parce que vous êtes peut-être le diable. » Mais elle ne desserra pas les dents.

— Chaque religion consacre une journée par semaine au Seigneur. Moi, je n'ai pas de temps à perdre… Alors, ta décision ?

— Je veux bien essayer, répondit Betty. Mais je pose mes conditions.

— Tu es gonflée ! Vas-y quand même…

— À partir d'aujourd'hui, je veux avoir le droit de circuler comme je l'entends, avec qui je veux. Sans avoir à justifier mes absences.

— Tu auras toujours besoin d'un garde du corps. Je t'ai dit que tu pouvais prendre Lord avec toi.

Betty se demanda si l'oncle n'avait pas monté toute cette affaire pour mieux les tenir. Que savait-il exactement des événements de la nuit dernière ? Qu'avait-il deviné ?

— Mais si tu n'as pas confiance en moi…, dit-il, penaud.

— Si seulement vous étiez franc !

— Tu crèverais de ma franchise. J'ai des choses à te dire. Mais je le ferai plus tard. C'est toi qui t'es fourrée dans les pattes de Rolph, c'est toi qui as accepté les papiers d'identité d'une autre femme…

— Pour vous échapper ! s'écria-t-elle.

— Pourtant, c'est moi qui t'ai sortie des mains de Rolph. Ne le nie pas !

— Je ne le nie pas.

— Il faut assumer sa famille, dit Willy. On n'en est pas responsable, mais lorsqu'elle est là, il faut l'assumer.

— Quand dois-je partir pour Las Vegas ? demanda Betty.

Willy s'adoucit :

— La semaine prochaine. Je t'expliquerai tout.

— M'autorisez-vous à m'arrêter à Atlanta ? Le temps d'une escale. Je voudrais que mes enfants fassent la connaissance de ma mère.

— C'est possible, dit Willy.

— Me permettez-vous de l'appeler pour lui annoncer notre visite ?

— Ne crois-tu pas qu'elle préférerait la surprise ?

— Vous ne voulez pas que je l'appelle ?

— Jouons la carte de la surprise. Qui sait ? cela la sortira peut-être de son mutisme !

— Vous n'abdiquez jamais, dit Betty.

— Jamais, fit Willy. Jamais.

Les jumeaux se chamaillaient. Cool avait envie de taper sur Slim.

— On réglera nos comptes après. Roule, espèce de crétin.

— Quels comptes ? C'est toi qui t'es attardée, pas moi !

— Tu me fais chier, espèce de con ! Tu aurais dû camoufler l'explosif...

— On serait déjà en lambeaux ! hurla-t-il.

Le matin les surprit dans les rues de Brooklyn. Cool n'avait pas cessé d'injurier son frère. Ils arrivèrent dans leur logement au lever du jour. Slim réussit à trouver une place dans une cour proche encombrée par l'épave d'un véhicule rouillé et pillé. Il écarta un clochard en lui donnant des coups de pied.

Cool et lui s'enfoncèrent ensuite dans l'immeuble sordide. La plupart des gens dormaient encore. La fourmilière géante était encore tranquille.

Ils évitèrent de prendre l'ascenseur, décoré, comme les rames de certains métros, avec de grandes fleurs délirantes et des bouches ouvertes tracées au pistolet à peinture. Ils avaient peur de rester coincés dans la boîte branlante. Mieux valait grimper à pied les marches pourries de l'escalier.

À peine arrivés chez eux, Cool revint à l'attaque :

— À quoi sers-tu, hein ?

— Comment, à quoi je sers ? C'est moi qui ai tout fait !

— Espèce de crétin ! Tu as oublié l'essentiel ! Je te le répète : tu aurais dû camoufler la ceinture d'explosifs sous le pull du gosse. Il m'aurait dépassée, je me serais éloignée en courant, et il aurait volé en morceaux avec sa chère mère. Tu es un débile mental ! Je te hais !

Slim reconnut, en maugréant, que sa sœur avait raison. Depuis le début, il avait l'impression d'avoir oublié une instruction. Mais il ne pouvait se défendre qu'en contre-attaquant.

— Si tu n'avais pas été en retard, on aurait été deux à réfléchir…

— Qu'as-tu fait de la deuxième ceinture ? demanda Cool.

— Elle est toujours dans la boîte.

— Nous avons fait tout ce trajet avec les explosifs dans le coffre ?

— Oui, répondit-il. Mais on est là. Ne gueule plus et montre-moi les diamants.

Elle enleva la cordelette qui ceignait son cou, défit la pochette et en déversa le contenu sur la table.

Slim émit un petit sifflement :

— Plus de soucis pour l'avenir !

Les diamants s'étalaient dans toute leur splendeur. Slim souleva un collier et l'embrassa.

— Superbe babiole…

— Quelle heure est-il ? demanda Cool en cherchant quelque chose dans un tiroir. Je n'ai plus de montre, plus rien.

— Tu as des blousons et des pantalons dans l'armoire… et certainement une ou deux montres dans les poches, dit Slim en jouant avec les pierres précieuses.

— À la première heure, on se pointe chez Bruckner. Il doit payer ce matin. Et on prend l'avion de Miami à 14 heures.

Cool s'approcha de son frère et l'embrassa sur la joue. Pour faire la paix. Mais, stupéfaite, elle recula d'un pas :

— Tu sens la femme !

— Ne sois pas idiote, dit Slim en s'écartant.

Elle insista :

— Tu pues !

Il lui donna un coup. Elle atterrit sur le canapé.

— Tu n'as pas à me renifler. Je fais ce que je veux de ma vie !

La phrase était sacrilège. N'étaient-ils pas liés ensemble par une promesse qu'ils s'étaient faite lors d'une cérémonie rituelle dont le souvenir les hantait ? Ils avaient mêlé leurs sangs et s'étaient juré de ne jamais se quitter, encore moins de se livrer à une trahison quelconque. Pour mieux se défendre, Slim devenait si menaçant que Cool eut peur. Il vint auprès d'elle.

— C'est à moi de te poser des questions, pouffiasse. Depuis des mois, tu as changé. Tu me traites de crétin, mais c'est toi la débile. Tu n'as pas encore compris que l'explosion aurait pu nous déchiqueter nous aussi ? C'est sur le terrain que j'ai compris que la distance n'était pas suffisante. On aurait tous sauté. Et je ne trouve pas normal que le « commanditaire » puisse nous appeler n'importe où et n'importe quand… Pourquoi sait-il toujours où nous nous trouvons, hein ? Tu y es pour quelque chose ?

Son regard se posa sur le téléphone.

— Ça ne m'étonnerait pas qu'il nous joigne ici aussi.

Cool se redressa.

— Qu'est-ce que tu crois, pauvre type ? Qu'on nous a fait sortir des caves du Dollar sans contrepartie ?

Cool s'approcha du visage de Slim et chuchota :

— Rappelle-toi. Nous étions séparés et enfermés dans deux caves différentes. Là-bas, j'ai reçu une visite, moi. On s'était adressé à moi, et pas à toi…

— Quelle visite ?

— Quelqu'un est venu et m'a proposé un marché. Un marché dont l'enjeu était Mrs Clark : sa mort et celle de ses deux gosses. À la première occasion.

— Qui ? demanda Slim.

— Je ne sais pas. Je n'ai pas pu l'identifier. Elle ou il portait une tunique et un masque. Femme ou homme ? Je n'en sais rien.

Elle s'empara des diamants.

— Si on nous paie vraiment, s'il n'y a pas d'accroc, nous partirons comme prévu. Dans quelques mois, on s'installera peut-être à Hawaï. Je pourrai entreprendre là-bas ma chasse au millionnaire. Ou en Europe ? Il y a des riches en Europe… En Allemagne, par exemple.

Slim eut l'impression que sa sœur gardait un secret, qu'elle n'était pas fidèle à leur pacte. Il fallait la faire plier, l'humilier, prendre le commandement. Il fallait lui donner une leçon, qu'elle se sente en danger. La déséquilibrer.

— J'ai couché avec une femme, lança-t-il.

Il guetta l'effet produit par son aveu. Cool devint livide.

— Je l'avais senti, dit-elle. Je te l'ai dit. Mais je ne pensais pas que c'était vrai. Que tu oses…

Des cernes se creusèrent sous ses yeux. Elle respirait d'une manière saccadée. Une veine bleue saillit sur son cou.

— Quelle femme ? demanda-t-elle. Donne-moi des détails. Allons, je veux des détails croustillants…

— J'ai couché avec une vraie femme. Pas avec un fantôme comme toi – il voulait l'écraser pour mieux la réconforter ensuite. Une femme avec des seins, des odeurs, des appétits, une femme à qui j'ai plu… Elle avait une envie folle de moi. Maintenant que j'ai couché avec elle, je pourrai me débrouiller avec n'importe qui.

Où donc s'étaient envolés les promesses de fidélité, la complicité, le bonheur de vivre, la confiance ?

— Ça ne fait rien, dit soudain Cool. Il était temps que tu aies des expériences. J'ai bien couché avec des types. Ça n'a rien changé à nos relations.

Elle essayait de jouer. Elle devait cacher sa profonde jalousie et ne pas faire éclater leur union avant d'avoir touché l'argent des diamants.

— Si tu le prends comme ça, dit Slim, c'est bien. Nous sommes des gens évolués, réfléchis.

— Juste une question : qui est l'heureuse élue ?

Elle était si calme qu'il tomba pieds et poings liés dans le piège.

— La gardienne de la propriété qui se trouve en face de la maison où j'étais caché avec le gosse.

— Tu as fait sa connaissance et tu as atterri dans son lit ?

— Pratiquement, dit Slim, et j'en étais très fier. Elle était dans un état !... Je lui ai tellement plu ! Tout était grand chez cette femme : ses yeux, ses seins, ses hanches, même sa cuisine, ses plats, son chien... Une sale bête... Quand elle jouissait, elle ouvrait la bouche, une vraie ogresse. J'avais peur qu'elle ne m'avale. Elle happait l'air pour ne pas étouffer de plaisir. Un plaisir que je lui procurais, moi...

— Tu es une vraie terreur au lit ! dit-elle sournoisement. Je suis fière, tu sais, très fière... J'aime les exploits.

— Si tu le prends comme ça, ça va, dit-il, à la fois déçu et soulagé.

Il ne savait pas très bien sur quel pied danser. Mais il dansait... Encouragé par l'attitude de Cool, il devint intarissable :

— Je crois qu'elle s'appelle Lander. Ida Lander. Quelque chose comme ça. Elle l'a dit au téléphone.

Il venait probablement de signer l'arrêt de mort de la robuste veuve, « qui ne fera plus beaucoup la cuisine ni l'amour », pensa Cool. Dès qu'elle aurait un peu de temps, elle ferait une descente chez elle.

— Tu veux du café ?

Elle s'affaira autour de la plaque électrique, aussi bouillonnante de rage que l'eau frémissante.

— À part cette aimable voisine si accueillante, tu n'as rien eu d'autre à baiser ? demanda-t-elle en posant la casserole d'eau brûlante et le café en poudre sur la table à côté des diamants.

Slim décida de tout lui raconter :

— J'ai découvert un truc. Mais ça ne nous regarde pas. Moins on en sait, mieux ça vaut.

— Quoi donc ? demanda Cool en cherchant deux tasses dans un placard.

— Pour tout te dire, je n'ai pas amené la voiture tout de suite au parking du supermarché.

— Qu'est-ce que tu en as fait ?

— J'ai voulu simplifier les opérations et la rentrer au garage. C'était plus logique.

— J'adore savoir que tu es « logique », dit-elle. Alors, frérot, raconte, ne me laisse pas périr de curiosité…

Slim, encouragé, raconta :

— J'ai donc voulu rentrer la voiture au garage… Ça me semblait plus pratique que d'aller courir ailleurs.

— Alors ? fit-elle.

— Je suis descendu dans le garage par l'intérieur de la maison. Il a fallu que je cherche la clef de sécurité de la porte blindée qui le sépare de la maison.

— Et tu l'as trouvée, cette clef ?

— Mais oui ! Et j'ai découvert une Mercedes. Mais, ce qu'il y avait dedans, ouais, ce n'était pas un cadeau ! Je n'avais jamais rien vu de pareil dans ma vie. Enfin, j'ai digéré le choc, j'ai réagi…

« Frérot » s'émancipait : il baisait à part, réfléchissait sans consulter sa sœur, évoquait sa vie et ses réactions…

— Quel choc ?

— Un cadavre dans la voiture.

La tasse s'échappa des mains de Cool. Elle reçut le café brûlant sur les cuisses.

— Explique.

— Il y avait un cadavre dans la voiture. Couché devant, en travers des sièges. Une femme. Elle avait dû avoir les cheveux longs. Je t'assure que c'est quelque chose que d'être confronté à une tête de mort ! Le pot d'échappement était bourré de chiffons. Elle aurait pu sortir de la voiture. Je ne comprends pas pourquoi elle y est restée. Même si c'est un suicide, c'est dégueulasse.

— À qui appartient la maison ? demanda Cool.

— Je ne sais pas. Pourtant, j'ai fouillé partout. J'ai même découpé le sac de cette femme en lamelles. Et j'ai découvert dans la doublure des feuilles aussi fines que du papier à cigarettes. Il y avait également une pastille de métal. J'ai tout mis dans une enveloppe que j'ai cachée dans un tiroir… Tu étais tellement agressive tout à l'heure que je ne t'ai pas tout dit : un Nègre est venu avec une femme. Eux aussi voulaient rentrer leur voiture dans le garage. J'ai réussi à bloquer la porte automatique de l'intérieur.

— Et qui étaient ces deux-là ? demanda Cool en continuant d'éponger le café sur son pantalon.

— Comment veux-tu que je le sache ? Tu es peut-être très intelligente mais tu n'aurais pas vu non plus à travers les murs…

— Si j'avais été avec toi, commença Cool (et son

cerveau fonctionnait comme un ordinateur, classant, énumérant les hypothèses, calculant)…

— Si tu avais été avec moi, nous serions en lambeaux, dit Slim. Je reconnais que tu aurais disposé plus habilement les ceintures sur le gosse. Mais à cette heure, il n'y aurait plus personne pour engueuler l'autre…

Slim reconnut cependant les capacités de Cool. Il admit même qu'elle aurait mieux accompli la mission. Il n'en était pas moins vrai que cette succession d'erreurs dans l'exécution des ordres leur avait sauvé la vie.

— Pour nous défendre, dit Cool, il nous faut connaître le nom du propriétaire de la baraque où on nous a envoyés. La grosse voisine n'a rien dit ?

— J'ai essayé de tâter le terrain. Mais je ne voulais pas l'intriguer. En principe, j'aurais dû savoir où je me trouvais…

— Nous avons rendez-vous avec Bruckner tôt dans la matinée, dit Cool. Ensuite, nous retournerons là-bas.

— Ah non ! s'écria Slim. Avec tout le fric qu'on va ramasser, je veux me retrouver au soleil ! On ne va pas promener notre argent sur le verglas pour redire bonjour à un macchabée !

Cool réfléchit à haute voix.

— Pourquoi il ou elle aurait sacrifié les diamants ? demanda-t-elle. Pourquoi ?

— De quoi parles-tu ?

— Tu donnerais pour un million de dollars de diamants qu'un receleur reprendrait pour trois cent mille… à des types qui vont partir en lambeaux ?

— Tu déraillles ? fit Slim. Harrison devait penser qu'il récupérerait les enfants de sa nièce !

— Oui, dit Cool. Mais écoute-moi. Tu vois bien que quelque chose n'est pas logique… Toi qui aimes la logique !

— La mort de Mrs Clark valait bien un million de dollars, non ? Mais c'est Harrison qui aurait casqué pour sa propre mort ? Joliment calculé ! L'affaire était géniale. Et nous, crevés aussi. Il n'y aurait plus personne pour réclamer… Et si le commanditaire avait voulu garder les diamants ?

Cool prit des vêtements dans l'armoire. Elle jeta à terre son jean trempé de café, enfila un pantalon en velours et un blouson. Puis, fouillant dans ses poches, elle retrouva une de ses montres.

— On va se pointer chez Bruckner. Si on a le fric, on part à Miami. Si on ne l'a pas, on file à Long Island…

— Ne t'en fais pas, dit Slim en bâillant. Tout ira pour le mieux. On est vivants et on a les diamants.

— Tu crois ? dit-elle. À la place du mec qui nous a lâchés sur les Clark, moi, je n'aurais pas sacrifié les diamants. Si on tient de vrais cailloux, ce sera un oubli ou un miracle… Et côté miracle, tu sais bien qu'on n'est pas fortiches…

Ce matin-là, à 9 heures, Dawson dormait encore. Joan l'observait. L'homme de sa vie dormait comme d'autres se soûlent : le sommeil était son seul refuge.

La nuit précédente, revenu bredouille d'une chasse à l'homme où il n'avait même pas pu intervenir, il s'était jeté sur son lit. « Laisse-moi seul », avait-il dit.

Joan voulut ranger. Mais le cœur n'y était pas. Betty Clark avait-elle retrouvé son enfant ? Joan détestait Mrs Clark.

Le téléphone sonna dans le couloir. Elle décrocha et entendit une voix timide. Elle devina l'identité de l'interlocutrice.

— Pourrais-je parler à M. Dawson ?

— À quel sujet ?

— Qui est à l'appareil ? demanda Betty.

Joan aurait aimé lui envoyer à la figure le chapelet de mots grossiers collectionnés en vingt ans de mariage. Elle se domina.

— C'est Mme Dawson.

— Je voudrais parler à votre mari, si vous voulez bien.

— Mon mari dort. Il vaut mieux le laisser tranquille.

Betty songea que si elle voulait contacter Dawson, il fallait amadouer la femme du policier.

— Je parle d'une cabine publique. Pouvez-vous le réveiller ? C'est tellement important !...

— Important pour qui ?

— Pour lui, pour moi.

Tout en parlant, Betty regardait les gens qui passaient à côté de la cabine. Plus loin, sur un chantier, une grue soulevait une poutre d'acier.

La conscience de Joan eut raison de son aversion.

— Je vais l'appeler, dit-elle. Ne quittez pas.

Elle retourna dans la chambre.

— Réveille-toi. C'est un appel urgent, dit-elle en secouant son mari.

Il s'arracha de son sommeil, s'assit, hirsute, la barbe naissante.

— Qui ?

— Tiens...

Elle avait apporté le téléphone. Elle lui tendit le combiné.

— Allô ? dit-il, la voix rouillée.

— Betty Clark à l'appareil. Mon fils est sauvé. Je voudrais vous rencontrer. Je suis en ville. Seule. Je ne sais pas pour combien de temps. Pouvons-nous déjeuner ensemble aujourd'hui ?

Dawson pensa en même temps à son ulcère et à sa femme.

— Au restaurant ?

— Mais oui, dit-elle.

— D'accord. Où et quand ?

— Chez Kaplan. Dès que vous pourrez. Le premier arrivé s'installe et attend l'autre. Vous venez ? Oh ! merci ! À tout à l'heure.

Elle avait raccroché. Dawson tenait encore le combiné.

— Elle veut me voir, dit-il. Chez Kaplan.

— Un homme marié qui accepte un déjeuner de ce genre est un fou…

— Pas tout à fait, dit Dawson. C'est peut-être l'occasion d'avoir Harrison. De le coincer grâce à sa nièce.

— Hypocrite ! lança Joan.

Il quitta le lit.

— Non, je ne suis pas hypocrite. Je suis seulement heureux. Elle a retrouvé son enfant. Elle a pu m'appeler. Quelque chose d'important se passe chez Harrison.

— Et tu es ravi d'avoir ce rendez-vous avec elle ? Ravi, n'est-ce pas ? Elle…

Soudain, elle se tut. Elle avait appris, aux côtés de Dawson, que la meilleure phrase et la plus utile parfois est celle qu'on ne prononce pas.

Sous la douche, Dawson lança à sa femme :

— Ne t'en fais pas, je ne mangerai pas épicé !

— Une belle nature, ta Clark, dit Joan. La nuit dernière, c'était une pauvre victime… Et elle va déjeuner avec un flic chez Kaplan le lendemain. Quel estomac !

— L'endroit est bien choisi. Il y a toujours foule chez Kaplan. Et on y mange si bien que les gens s'occupent plus de leur assiette que de leurs voisins.

Malgré son ulcère, Dawson était enchanté à l'idée

de déguster la cuisine abondante de ce restaurant, ses ragoûts, ses poulets rôtis, ses plats relevés, ses cornichons à la russe dont le goût délicieux évoquait les arômes d'Europe centrale.

En sortant de la douche, il saisit sa femme et la serra contre lui. Il sentait la pâte dentifrice, l'aftershave, le savon et la sueur. Il n'avait pas dû se laver sous les aisselles. « Tant pis, pensa Joan, meurtrie par la jalousie, tant pis... »

— Je ne comprends pas pourquoi tu as besoin de manger avec quelqu'un dans le cadre d'une enquête.

— Elle veut me parler. Il vaut mieux se voir dans un restaurant qu'au commissariat.

— Pauvre type ! s'écria-t-elle tout à coup. Parler ? Avec ses diamants, ses fringues, son chauffeur, sa Rolls ? Parler de quoi, pauvre innocent ? Elle te prend pour un jouet. Elle veut son amuse-gueule, son flic ébloui...

Elle le poursuivit de ses remarques pendant qu'il bouleversait l'ordre d'une armoire. Il cherchait une chemise à son goût. Joan refusa de l'aider.

— Pauvre Dawson, continua-t-elle. Tu n'as rien compris. Elle profite de son oncle, de toi et de tout le monde. Tu n'obtiendras jamais la vérité. J'ai lu quelque part que Harrison a loué, un an à l'avance, les deux salles de réception du Savoy. Il veut y donner une fête de charité présidée par sa nièce Betty. Et tu imagines qu'elle va te livrer les secrets de Harrison ? Rien, tu n'auras rien ! Tu es un double zéro, Dawson. James Bond, au moins, avait un sept à côté. Toi, tu n'as que des zéros.

— J'avais une cravate à carreaux, dit Dawson. Et un pull qui allait avec…

— On dirait un gamin qui va à son premier rendez-vous ! s'exclama-t-elle. C'est à ne pas y croire ! Hier on était en plein kidnapping, et aujourd'hui la mère éplorée t'invite à déguster les merveilles de Kaplan ! Il faut être un simple d'esprit pour ne pas comprendre !

Il ne l'écoutait plus. Il adorait cette journée grise, ce smog léger qui enveloppait New York.

Il prit Joan dans ses bras, puis, l'écartant légèrement, lui tapota la joue :

— Ne te mets pas dans cet état…

— Lâche-moi…

— Tu es jalouse, dit Dawson. Il n'y a pourtant aucune raison. Ton mari n'est pas si candide que ça.

Il referma la porte d'entrée et attendit l'ascenseur qui, tel un pou repu, grimpait vers lui.

Hazel, le visage rendu livide par la fatigue et les émotions de la nuit, devait passer ce matin-là quelques heures à Diamonds and Co. Elle pénétra dans l'immeuble comme on entre dans un caveau : pour y rencontrer des ombres. Diamonds and Co était la couverture de Willy, une affaire transparente réservée au fisc : la vente et l'achat en gros et au détail de diamants excitaient l'envie des contrôleurs de taxes. Jamais personne n'avait pu prouver l'existence des ventes et des achats illégaux. Hazel recevait là les émissaires de certains diamantaires d'Anvers, ville réputée pour ses secrets. En liaison avec les réseaux belges (qui fonctionnaient admirablement) et grâce à un certain nombre d'agents de change complaisants et d'une habileté exemplaire, l'argent noir circulait en masse sur le marché monétaire. Willy blanchissait des fortunes.

Si les opérations incessantes des Américains contre la fraude étaient relativement efficaces, on ne pouvait en dire autant des efforts – vrais ou feints – de certains pays européens. Harrison profitait largement de ce laxisme. Et Hazel aussi, à sa manière.

La secrétaire monta les étages à pied et pénétra

dans son bureau. Elle caressa du regard son ordinateur puis convia ses collaborateurs au rapport et distribua leur travail aux secrétaires. Elle était épuisée et choquée par les événements de la nuit dernière. Après avoir quitté le terrain, elle avait compris qu'on avait voulu l'éliminer elle aussi. L'avenir s'annonçait désastreux. Elle pensa à tous ceux que Willy avait fait assassiner : le directeur général de la boîte, Farmer, l'enquêteur social trop curieux, Freedman – ceux qui avaient voulu franchir les frontières de leur espace bien délimité. Hazel frissonna et maudit la présence de Betty Clark. Jusqu'à son apparition, elle était le numéro 2 de l'entreprise. L'arrivée de la nièce avait déséquilibré son ascension.

Hazel regrettait également la fermeture du Dollar. Là, elle avait su nouer des relations importantes. Au Dollar, le brassage humain était incessant. Des hommes d'affaires en vadrouille s'y détendaient, des hommes politiques fuyant leur bonheur conjugal monotone s'y défoulaient. Grâce aux renseignements et aux photos, aux bandes d'enregistrement des ébats, soigneusement gardés dans des coffres, elle était devenue une interlocutrice redoutable pour certains. En « prêtant » des filles, elle attirait les inexpérimentés dans des pièges et exerçait ensuite des pressions fluides et efficaces sur eux. Personne n'aurait pu l'accuser de chantage. Elle obtenait ce qu'elle voulait avec douceur. Elle faisait toujours semblant de protéger et ne menaçait pas. C'est ainsi qu'elle avait pu développer une relation avec Eberhardt, qui l'avait invitée dans la maison de Long Island. Hazel n'avait jamais perdu l'espoir de rencontrer un jour, quelque part, un homme puissant qu'elle dominerait moralement. Willy ne lui suffisait pas. Insatiable, elle rêvait de pouvoir.

Au Dollar, elle utilisait les services d'un proxénète ambitieux d'une très grande envergure : un nommé Rolph.

Ils étaient devenus complices. L'imprévisible était né de la malchance : une fille mineure ramassée dans un square et apprivoisée par Rolph s'était révélée être la nièce de Harrison. Celui-ci devint fou de rage lorsqu'il la reconnut sur une photo. Aussitôt, Rolph libéra la mijaurée. De la persécutée, on fit la vedette de la famille.

Jusqu'à l'apparition de la nièce, Hazel avait exercé un pouvoir total sur la mère de celle-ci. Cette mère pesait lourd sur sa conscience. Elle n'avait pas avoué à Willy que l'infirmière-garde de la malade l'avait appelée un jour d'Atlanta pour signaler des troubles intervenus chez Mme Harrison. Des signes de surexcitation et une forte montée de tension. Elle n'avait rien dit à Harrison : pourquoi l'aurait-elle agacé avec cela ? En outre, ce n'était pas la première fois que depuis son internement (déguisé en repos), la belle-sœur de Willy Harrison s'était montrée agitée.

Sur sa ligne directe, Hazel appela Eberhardt. L'Autrichien semblait mécontent :

— Heureusement que vous m'appelez ! J'attendais un signe de vous. Vous n'êtes pas fiable. J'ai dû forcer la porte de Harrison. Vous ne m'avez pas aidé. Je vous ai invitée dans la maison des Old Spirits, je vous ai toujours comblée ! Contrairement à nos accords, vous m'avez laissé courir derrière Harrison. Vous avez refusé d'établir le contact. Pourquoi avez-vous manqué à votre parole ? J'ai dû errer toute une nuit pour essayer de m'introduire chez l'homme le plus secret de New York. Pourquoi m'avez-vous fait tourner en rond ?

— Calmez-vous, dit Hazel. Je n'avais pas le choix. Il y a eu des imprévus. Depuis des semaines, la situation est tendue. Il valait mieux que je feigne de me souvenir vaguement de vous. À partir du moment où la curiosité de Harrison a été éveillée, j'ai dû prendre des précautions. J'ai confirmé que nous nous connaissions. C'est moi qui viendrai avec la marchandise...

— Quand ? demanda Eberhardt. A-t-il compris que j'étais pressé ?

— Je crois que nous aurons la quantité prévue pour demain soir, dit Hazel. Mais avant que vous le préveniez, dites-moi où nous allons nous retrouver.

— Dans la maison de Long Island, répondit Eberhardt. À l'Albatros. Le plus tôt possible. Il a rogné sur le prix de l'ensemble.

— En vous montrant trop pressé, vous vous êtes mis dans la situation du demandeur...

— Je suis pressé.

— Vous n'auriez pas dû le montrer... Vous serez prévenu de l'heure par mon intermédiaire, ajouta Hazel. Lorsque je vous appellerai, peut-être devant lui, ne faites aucune allusion à notre entretien, n'est-ce pas ? Ne vous trompez pas : le téléphone est parfois branché sur écoute.

Après avoir raccroché, Hazel chercha à joindre Blumenfeld tout en sachant qu'il y avait peu d'espoir de le trouver. Depuis la veille, elle ne cessait d'élaborer les versions qu'elle raconterait à Willy au cas où Blumenfeld flancherait.

Entre deux coups de fil, elle reçut un client. Celui-ci fut enchanté par l'amabilité de Miss Hazel. Elle était d'une douceur… un véritable enchantement ! Il faut dire qu'on avait besoin de « réguliers » chez Diamonds and Co, des acheteurs *clean* dont les acquisitions déclarées nourrissaient la comptabilité. Officiellement, Willy était un riche diamantaire qui tâtait aussi de l'immobilier – plusieurs buildings commerciaux lui appartenaient. Il jouait gros à la Bourse, et s'amusait parfois en ouvrant une boîte de nuit ici ou là. Il fallait « soigner » cette couverture.

Plus tard, Hazel appela le domicile de Harrison. Mais la ligne directe ne répondait pas.

— Le patron vous demande quelques minutes de patience, susurra Liu au téléphone.

Hazel serra les dents : la disgrâce était-elle dans l'air ? Quand Harrison prit la communication, elle lui dit simplement qu'elle devait passer pour lui parler.

— Venez donc, dit l'obèse, venez.

Elle quitta le bureau, héla un taxi sur l'avenue des Américains et remonta jusqu'à Park Avenue. Lorsqu'ils arrivèrent, le chauffeur grimaça : le trajet avait été court et le pourboire, qu'elle ajouta à la somme marquée au compteur, chiche. Hazel franchit le seuil du building. Le gardien la salua avec déférence. Cette solennité mit un peu de baume sur son amour-propre. Il fallait affronter Willy et s'assurer de sa confiance.

Lorsqu'elle arriva dans l'appartement, Werner la pria d'attendre au salon. « Attendre ? Moi ? » L'angoisse la rongeait.

Elle entra au salon comme si elle était devenue étrangère à la maison. À travers la porte en verre épais, elle contempla le somptueux jardin d'hiver. L'espace clos s'étendait sur une partie de la terrasse qui dominait ce dix-huitième étage. Une vraie forêt vierge. Grâce aux groupes électrogènes, la climatisation du jardin était assurée. Léo, le python, avait vécu ici. De cet endroit, il se faufilait partout en décrivant des S larges, des glissades sans cesse renouvelées sur les tapis d'Orient. Il gagnait la pièce munie d'une trappe d'où il pouvait descendre dans l'appartement de Betty Clark. Dans le jardin, il faisait également sa mue et digérait les proies que Willy lui faisait livrer vivantes : grenouilles, souris et parfois même petits lapins. Du serpent, il ne restait plus que la tête coupée, enfermée dans une boîte en argent ciselé déposée dans un parterre d'orchidées.

Hazel entrouvrit la porte en verre. Une odeur moite, des relents de terre humide et de feuilles pourries pénétrèrent dans le salon surchauffé.

— Alors ? l'interpella Willy qui apparut au salon. On admire mon royaume d'orchidées ?

— Bonjour, monsieur, dit Hazel. Ici, je suis toujours éblouie…

Elle le regarda. « Un vrai empereur », pensa-t-elle. L'obèse était aussi impressionnant que le bouddha en or assis sur un support en ébène placé à l'autre bout du salon (dont la pièce maîtresse était une peinture de Renoir : une femme languissant sur un canapé, dans un demi-rêve, son corps robuste nimbé de lumière). Hazel, le souffle rapide, regardait Willy approcher. Elle aurait fait n'importe quoi pour qu'il l'épouse un jour. Elle l'aurait servi et, surmontant son dégoût, se serait soumise à n'importe quelle humiliation physique. Elle aurait tant aimé dominer des réseaux internationaux, manipuler des forces occultes et intervenir dans les combines qui entouraient certaines campagnes pour les élections ! Avoir un jour un vice-président à sa botte !…

— Monsieur, dit-elle, peinée, je suis étonnée par la façon dont vous me recevez. Je ne suis pas une étrangère mais votre collaboratrice, votre confidente. Du moins je l'espère.

— Liu, du champagne ! s'écria Harrison, et il s'assit dans un de ses fauteuils conçus sur mesure.

Du champagne ? Hazel n'en revenait pas. Que voulait Harrison ?

Il attendit que Liu leur serve le champagne. La bouteille avait une forme particulière ; l'âge et l'origine en étaient garantis.

— À votre santé, Hazel ! dit Willy en levant une flûte en cristal.

Hazel se déplaça pour trinquer avec lui.

— Asseyez-vous.

Hazel devait agir sans perdre une seconde.

— Si vous permettez, je vous rends tout d'abord les diamants de Mrs Clark.

Elle sortit de son sac la pochette d'origine et la tendit à Harrison.

Celui-ci déposa son verre, ouvrit la pochette, sortit le collier et le palpa.

— Vous n'avez pas fait d'erreur ? Imaginez que vous me remettiez la deuxième copie ?

Il était donc au courant.

— Mais monsieur…

— Pourquoi deux copies, Hazel, hein ?

Blumenfeld avait dû le prévenir.

— Blumenfeld est formidable ! Il vous a donc prévenu, monsieur. Quelle fidélité, quelle efficacité !

— Il a voulu tromper un client, une seule fois. Depuis, sa fille a perdu ses yeux. Il a peur…

— Il a eu parfaitement raison de vous prévenir. C'est normal. Je ne suis qu'une secrétaire. Personne ne connaît les liens d'amitié qui nous unissent. Vous ne doutez pas de ma discrétion, n'est-ce pas ?

Elle maudissait Blumenfeld.

— Hier soir, vous avez récupéré les vrais diamants et deux copies. Nous avons refilé une première copie aux jumeaux. Mais pourquoi en avoir fait faire une deuxième ?

Hazel s'anima, parlant vite :

— J'ai pensé vous faire plaisir. Et à Mrs Clark aussi. Supposons que, choquée par les événements de la nuit, elle ait décidé de porter les copies et de garder les vrais dans un coffre. Je voulais être prête et démontrer que je pense à tout…

— Ma nièce ne portera jamais de diamants en toc. Jamais !

Hazel avait de plus en plus peur.

— De simples suppositions de ma part ! Que voulez-vous que je fasse avec la copie, monsieur ?

— Vous me la rendrez cet après-midi. Liu, du champagne ! Vous ne buvez pas ?

— Si, je bois, dit-elle. Je bois…

Elle vida son verre puis le tendit à Liu sans le moindre tremblement.

— Ma chère Hazel, je bois à votre chance aussi. À notre chance…

— Monsieur…

Elle bégayait presque.

— Si ma nièce n'avait pas vu la ceinture bourrée d'explosifs, si Lord n'avait pas immobilisé la fille, nous aurions tous sauté ! Même vous. Le danger que vous avez couru cette nuit-là vous lave d'éventuels soupçons.

— Quels soupçons, monsieur ? – elle était indignée – quels soupçons ?

— Jusqu'au terme de l'échange, tout le monde était suspect. Mais ceux qui étaient présents ont un alibi. On peut rêver de vengeance, d'argent, de combines, mais se tuer soi-même pour avoir la peau des autres, voilà qui n'est concevable que dans un monde de fanatisme religieux ou politique.

Il se pencha en avant.

— Je vais vous dire une chose. Les jumeaux auraient sauté eux aussi. Vous le savez bien. Celui qui a monté l'affaire est très fort. Et il aime agir et tuer. Tuer en gros. Il ne fait pas dans le détail. Vous allez me trouver les noms de ceux que nous avons éloignés d'une manière ou d'une autre de Diamonds and Co, et, surtout, du Dollar. Il me faut une liste complète de tous ceux qu'on a mis à la porte.

— Sans oublier Rolph, monsieur ?

Willy esquissa un geste d'impatience.

— Rolph n'a pas suffisamment d'envergure pour monter une opération pareille. C'est un bellâtre, un impuissant, dit-on. Il ne prenait du plaisir qu'en maltraitant les filles. Avec ses cheveux gominés, sa petite moustache, ses hanches ridiculement étroites moulées dans ses pantalons noirs, il ressemble plus à un danseur espagnol qu'à un tueur. Il n'aurait pas eu la carrure nécessaire. Mais si vous pouvez avoir des renseignements à son sujet, tant mieux. Plus on en sait sur les gens, même les plus médiocres, plus on se préserve soi-même.

— Vous l'avez envoyé en prison, monsieur.

— Il en est sorti depuis des mois. Aujourd'hui, il est en Colombie. Voyez-vous, j'imaginerais plutôt un type dans le genre de Freedman…

— Il n'est plus de ce monde, monsieur.

— Je le sais. Je le cite en exemple.

Willy vida sa coupe de champagne. Puis, regardant sa secrétaire bien en face :

— Je voulais aussi vous dire : vous pouvez convoquer le notaire. Je signerai les actes qui vous donneront la pleine propriété de votre appartement…

— Merci, monsieur.

— Ce Eberhardt, quand l'avez-vous connu ?

Hazel resta impassible.

— Il y a longtemps, monsieur. Je l'avais presque oublié. Je n'ai jamais imaginé qu'il viendrait vous assiéger. D'ailleurs, il n'est pas exclu qu'il vous soit utile un jour…

— Il nous propose une affaire faramineuse.

— Je le sais. L'échange doit avoir lieu demain soir, n'est-ce pas ?

Willy tomba sur elle comme un faucon.

— Qui vous a dit que c'était pour demain soir ?

Hazel ne cilla pas.

— Vous, je crois.

— En êtes-vous sûre ?

— Tant de choses se sont passées, monsieur !... Nous avons eu une overdose d'événements...

— Je ne vous ai pas dit que c'était pour demain.

— Mais si, monsieur !

Elle sourit.

Willy hocha la tête.

— Vous m'étonnez. C'est à nous de le prévenir que la marchandise est disponible.

— Nous aurons le tout demain soir. C'était convenu avec vous.

Willy se troubla : Hazel était si sûre d'elle !

— Monsieur, je voulais aussi vous dire que l'infirmière m'a appelée : la mère de Mrs Clark ne semble pas aller très bien.

Willy soupira, hypocrite.

— Ma belle-sœur est une pauvre femme. Elle passe par des hauts et des bas. Il n'y a aucune raison pour prévenir Betty.

— J'ai l'impression que depuis la visite de votre nièce à Atlanta, l'infirmière est énervée. Le fait que Mrs Clark ait pu s'entretenir avec sa mère en tête à tête la tourmente encore.

— Qu'importe ces quelques minutes. Depuis des années, cette femme est sous surveillance. Certes, elle nous coûte les yeux de la tête, mais elle n'a jamais rien dit. Pourquoi aurait-elle parlé à Betty ?

— En raison du choc. Revoir sa fille après tant d'années...

— Non, dit Willy. Je ne le crois pas.

Il reposa son verre et ajouta :

— Partez maintenant. Dites à Han que je veux voir Jimmy.

— Je demanderai à Mrs Clark de le conduire ici.

— Elle n'est pas là.

— Où est-elle ?

— Elle est sortie. Elle avait besoin d'air.

— Je la comprends, monsieur. Et j'imagine qu'avec Lord elle ne risque rien…

— Elle n'est pas avec Lord.

— Avec qui est-elle ?

— Seule.

— Seule ?

— Mais oui, Hazel. Tout va changer. Mrs Clark et moi avons conclu une alliance. Je l'enverrai à Las Vegas où dans quelques mois elle dirigera une de mes filiales. Un nouveau secteur, conçu pour elle…

— Quoi ! s'écria Hazel, oubliant son rôle.

— Je projette de créer au Nevada une affaire comme on n'en a jamais vu. Quelque chose de fabuleux.

— Vous changez d'attitude, monsieur.

— C'est la vie qui change autour de nous, Hazel. Et pour survivre, il faut s'adapter… Maintenant, allez chercher Jimmy.

La secrétaire revint quelques minutes plus tard avec l'enfant. Celui-ci s'assit sur une chaise basse.

— Hazel, dit Willy d'une voix très douce, voulez-vous nous trouver des coussins : nous sommes assis trop bas.

Elle se leva, s'éloigna et rapporta des coussins du canapé qui se trouvait à l'autre bout du salon.

Jimmy glissa de son siège pour que Hazel puisse y poser les coussins. Puis il retrouva sa place.

— Voilà, Jimmy, dit Willy. Tu es à la bonne hauteur. Tu n'es pas malade ? Tu n'as pas attrapé froid, mon trésor ?

— J'ai eu très froid dans la maison.

— Elle était grande, cette maison ?

— Je crois. J'étais au premier étage. Quand le méchant partait, je sortais du lit pour regarder.

— Et qu'est-ce que tu as vu, mon Jimmy ?

— La maison d'en face. Un grand chien est venu s'asseoir devant la voiture.

— De qui ?

— Du méchant. Il courait quand le téléphone sonnait.

— Parce que le téléphone sonnait souvent ?

— Oui.

Hazel interrompit le dialogue :

— Pardonnez-moi, monsieur, mais si vous me gardez ici, la journée va filer trop vite. Je dois retourner au bureau.

Willy la fit taire d'un geste.

— Qu'est-ce que tu as entendu, Jimmy ?

— Des pas. Puis…

L'enfant changea d'idée.

— Tu m'achèteras la voiture électrique ?

— Dès qu'on aura le temps d'aller faire des courses… Et tu auras d'autres surprises si tu me racontes tout ce dont tu te souviens à propos de cette maison.

Hazel se leva.

— Je vous dis au revoir, monsieur. Vous me trouverez au bureau.

— Vous repassez ici ce soir ? demanda Willy.

— J'aimerais dormir un peu.

— Où est maman ? demanda Jimmy.

— Elle est sortie.

— Avec Lord ?

— Non. Elle est partie seule. Elle se promène et prend l'air.

— Elle revient quand ?

— Bientôt.

— Tu m'achètes aujourd'hui la voiture, oncle Willy ?

L'obèse s'attendrit : Jimmy l'avait appelé « oncle Willy »…

— Hazel va téléphoner pour qu'on la livre ici, n'est-ce pas Hazel ? Demandez une voiture de sport conçue pour un enfant.

— Oui, monsieur.

Willy se tourna vers Jimmy.

— Avant votre départ pour Las Vegas, tu pourras déjà rouler dans les couloirs. Ils sont assez larges. Ensuite, au Nevada, tu seras le roi de la piste. J'ai une maison, un vrai ranch, près de Las Vegas…

— Il y a des chevaux là-bas, oncle Willy ?

— Pas pour le moment. Quand tu seras grand, si tu veux, j'achèterai des chevaux.

— Tu vas venir avec nous ?

— Peut-être. La maison est assez grande pour nous tous. Elle se trouve au bord d'un lac très bleu.

Le téléphone intérieur sonna.

Willy décrocha, impatient. Il détestait être dérangé. Il aboya :

— Qui est à l'appareil ?

— M. Eberhardt désire vous parler…

— Passez-le-moi… Que voulez-vous, Eberhardt ? C'est moi qui devais vous appeler…

— Je voudrais vous voir un peu plus tranquillement avant demain soir.

— Pourquoi ?

— Pour vous parler de vos plantations de canne à sucre à Haïti. Le changement politique intervenu dans l'île pourrait vous faire tout perdre.

— De quoi vous mêlez-vous, Eberhardt ?

— Je suis un homme tentaculaire, monsieur Harrison. Et si vous voulez une autre livraison au printemps, vous devriez me traiter avec plus d'égards…

— Nous verrons tout cela après le rendez-vous… À ce propos : vous indiquerez l'endroit de l'échange à ma secrétaire, Miss Hazel. Organisez-vous avec elle.

— Vos désirs sont des ordres… Au fait !

Axel marqua un silence.

— J'ai envoyé des fleurs à votre charmante nièce.

— Ce genre de cirque est parfaitement inutile.

— Si vous me donniez l'occasion de mieux la connaître, j'en serais très heureux.

— Mieux connaître qui ? fit Willy, grinçant.

— Votre nièce.

— Pourquoi ? Que voulez-vous exactement ?

— Je la trouve belle et je me sens un peu seul à New York. Je n'y ai que des relations d'affaires. Si je pouvais l'inviter à dîner un soir…

— Foutez-moi la paix avec vos conneries ! s'écria

Willy. Ça suffit pour aujourd'hui. Restez en contact avec Miss Hazel. Au revoir.

Jimmy regardait son oncle.

— Tu es fâché ?

Willy confia Jimmy à Hazel.

— Ramenez-le à Han. Il faut nous débarrasser d'Eberhardt. Dès que l'affaire sera terminée, je ne veux plus le voir.

Avant que l'enfant le quitte, il l'embrassa.

— Je voudrais qu'un jour tu sois un grand avocat. Le mien. Tu entends ?

— Peut-être, dit Jimmy. Mais avant, j'aimerais avoir un cheval à moi. Tu veux bien m'en acheter ?

— Mais oui, dit l'obèse.

Hazel s'efforçait de dissimuler sa haine. Il fallait sourire.

— Viens, mon trésor, dit-elle en tendant la main à Jimmy.

L'enfant se retourna sur le seuil du salon.

— Oncle Willy ?

— Oui ?

— Je pourrais avoir un cheval avant d'être grand ?

— Un petit cheval, alors ?

— Un cheval, dit l'enfant.

— Tout ce que tu voudras, dit Willy.

Hazel sentit une crampe la mordre à l'estomac : la jalousie…

Depuis ses fiançailles assez pudiques avec Joan, Éric Dawson n'avait jamais eu rendez-vous avec une autre femme. Une jolie femme, une femme au passé plus trouble que les marécages des Everglades. Son cœur battait la chamade. Il avait un trac fou. Il laissa sa voiture au garage et se rendit en taxi chez Kaplan. Pour y arriver, il fallait passer à côté d'un de ces chantiers éternellement renouvelés de New York où, derrière des palissades, on démolissait un vieux building pour bâtir à la place une tour d'acier et de verre.

Il poussa la porte du restaurant et fut aussitôt assailli par un mélange d'odeurs et de bruits. À gauche se trouvait le comptoir où l'on servait la nourriture à emporter. Il fallait le longer pour atteindre la grande salle. De grosses serveuses, puissantes comme des tracteurs, circulaient entre les tables, elles portaient des plats débordant de tranches de viande. Chez Kaplan, même les végétariens les plus fanatiques se fussent damnés pour un repas. Dans ce lieu, véritable corne d'abondance, on parlait toutes les langues, mais le yiddish dominait.

Dawson aperçut Betty. Il se dirigea vers sa table

sans parvenir à dissimuler la joie qu'il éprouvait à la voir.

— Je suis en retard.

— Non, dit-elle. C'est moi qui suis en avance.

« Elle est unique », pensa-t-il. Il donna son manteau à une serveuse. Il maudit son cache-col, trop bien enroulé autour de son cou. Il dut lutter pour s'en défaire. Enfin, il s'assit à la table.

— Savez-vous ce que j'ai fait, moi qui ne bois jamais rien ? demanda Betty. J'ai commandé une bière.

Une autre serveuse s'arrêta près de leur table.

— Que voulez-vous ? demanda Dawson.

— Du poulet pané, dit-elle. Et encore une bière, et encore des cornichons. Je suis folle de joie. Savez-vous pourquoi ?

— Et pour vous ? demanda la serveuse.

— La même chose, dit Dawson sans même regarder la carte.

— Et comme boisson ?

— Bière et café.

— Quelle bière ?

— En bouteille.

— Quelle marque ?

— Ce que vous voulez.

Il était bouleversé.

— Madame Clark…

Elle lui effleura la main.

— Ne dites rien. Nous avons survécu à une nuit horrible. Mes enfants sont avec moi et ma vie est en train de changer : pas de garde du corps, un déjeuner avec un flic…

— Que d'événements !

— Tout change, dit-elle, tout.

Elle devinait l'origine du trouble de Dawson et le regrettait : elle avait besoin d'un ami, d'un confident – pas d'un homme amoureux.

Le poulet pané, croustillant, roulé dans une chapelure brillante de graisse leur fut bientôt servi. La bière, le pain coupé en tranches et encore tiède les comblèrent.

— Cette nuit, dit-elle, j'ai traversé un véritable enfer. Mais depuis j'ai eu le courage d'affronter Willy Harrison et de lui dire que je voulais vivre différemment : le quitter ou rester à ses côtés, mais en liberté.

— Et alors ? demanda Dawson.

— Il m'envoie à Las Vegas... Je m'installerai d'abord à l'hôtel pendant quelques jours. Puis, avec les enfants, j'irai dans un ranch qui se trouve au bord du lac Mead.

Elle allait quitter New York. Comme une ombre, la tristesse s'abattit sur Dawson.

— Il va me confier la direction d'une affaire. J'apprendrai les rudiments nécessaires pour gravir les échelons. Ensuite, je dirigerai une entreprise que j'aurai créée moi-même.

La mélancolie de Dawson se transforma en agacement. Sa femme avait-elle raison ? Betty Clark seraitelle une fausse victime ?

— Quelle affaire ? demanda-t-il. Traite des Blanches, des Noires, des métisses, trafic de drogue, marché parallèle de diamants ?

Betty pâlit. Elle posa sa fourchette, son couteau et dit :

— Vous cherchez à me démolir...

— Je ne vous veux aucun mal, dit Dawson. Mais vous ne pouvez quand même pas considérer brusquement l'un des plus grands truands de notre décennie comme un papa gâteau ! Il vous offre une affaire comme on propose un joujou !

— Je n'ai pas d'autre possibilité que d'aller à Las Vegas. Il m'a promis une affaire propre. Il faut vraiment que j'aille à Las Vegas, répéta-t-elle. Là-bas…

Dawson attendait.

Elle se tut.

Dawson la relança :

— Vous allez vous embarquer dans d'énormes difficultés et vous retrouver un jour en prison. Réfléchissez-y et laissons cela pour le moment… Parlez-moi de la nuit dernière et aidez-moi à faire arrêter les kidnappeurs. J'agirai à titre privé. Vous ne pouvez pas couvrir une telle opération…

— Je n'ai rien à dire, déclara Betty. Mon enfant m'a été rendu. C'est suffisant. C'est l'essentiel.

— Contre quelle somme ?

— Quelle importance ?

— Qu'ont-ils reçu en échange ? De l'argent ? Des billets numérotés ou bien (il prit un air dégoûté) des diamants ? L'empereur des diamants a dû payer la rançon en cailloux…

— Ne soyez pas hostile !

— Pourquoi ce déjeuner ? Pour fêter votre départ et votre décision de vous intégrer aux affaires louches de Harrison ?

— J'avais besoin d'un contact amical, dit-elle. Je voulais être comme tout le monde. Je voulais aussi vous dire…

Mais elle n'avait plus confiance en Dawson. Ce flic futé dont elle avait cru qu'il pourrait lui être utile n'était qu'un type amoureux d'elle. Et jaloux.

— Si vous couvrez les ravisseurs, dit-il, vous travaillez à votre propre perte. À plus ou moins brève échéance…

Elle réfléchit : si elle se contentait de parler des jumeaux, elle ne causerait aucun tort à Harrison.

Elle raconta les événements de la nuit d'une manière imprécise, tenta de décrire l'endroit où l'échange avait eu lieu, parla des jumeaux Connors.

— Ils n'ont gagné que de faux diamants, dit-elle.

Lorsqu'elle évoqua la ceinture bourrée d'explosifs, Dawson fit une grimace de dégoût.

— Ignoble, dit-il. Pourriez-vous vous souvenir de l'itinéraire et reconnaître l'endroit où vous êtes allée cette nuit ?

— Je ne sais pas, dit-elle. Nous avons souvent tourné en rond. Il faisait nuit, j'étais folle de peur. Mais mon fils a donné quelques détails assez précis sur la maison dans laquelle il a été séquestré. Ce qui surtout l'a frappé, c'est la présence d'une femme habitant la maison d'en face. Elle a un gros chien.

— Et vous croyez que c'est rare à Long Island ? Là-bas, il n'y a que cela : des femmes, des chiens et des maisons !

Il se pencha vers elle, par-dessus la table.

— Madame Clark, dit-il, il faut que je vous rappelle une réalité : vous vivez avec de faux papiers…

— Pourquoi me dites-vous cela ? s'exclama-t-elle.

— Vous vous appelez Helen Wallace. Officiellement du moins…

— Tout cela n'a plus d'importance, dit Betty. J'étais mineure quand j'ai brûlé mes papiers. Je ne voulais pas qu'on me ramène chez moi. Ma mère doit avoir mon certificat de naissance. En cas de besoin, on pourrait rembobiner le vilain film de ma vie, prendre un avocat, retrouver mes papiers Harrison et modifier mon permis de conduire.

— À votre place, je ne tarderais pas à faire cette démarche, dit Dawson. Vous vivez avec les papiers d'une femme qui a disparu. Pour la justice, les affaires classées ne sont jamais tout à fait oubliées… Si nous arrivions à coincer les Connors, accepteriez-vous de témoigner contre eux ?

— Je ne crois pas, dit-elle. J'ai peut-être la possibilité de m'en sortir. Sans procès, sans rechanger d'identité, sans vengeance. Je voudrais seulement un peu de paix…

— Vous rêvez ! Vous voulez bâtir une vie sur des faits inexacts et des cadavres réels !

— Ne soyez pas féroce, dit-elle. D'ailleurs, comment voudriez-vous que je témoigne sous une fausse identité ? Il faut laisser le passé tranquille.

La serveuse venait de déposer deux autres bières sur la table.

— Continuez, dit-il. Votre candeur me donne la chair de poule.

Betty se rétracta.

— J'en ai déjà trop dit. Vous m'avez fait parler.

— Vous en aviez besoin. Je suis là à titre privé.

— Privé ?

La fourchette à la main, tout en fixant le bocal de cornichons, Dawson lui dit d'une voix douce :

— Moi aussi, je pourrais avoir envie de changer d'existence. Pourquoi pas ? Quitter la police, ouvrir un bureau d'enquêtes, devenir un privé... Cela me permettrait de m'installer aussi à Las Vegas ou à San Francisco. Je n'ai pas envie d'être loin de vous. C'est tout.

— Monsieur Dawson...

— Éric.

— Éric, dit-elle, vous avez une gentille femme. Vous ne devriez pas vous permettre des plaisanteries de ce genre.

— J'ai une gentille femme, c'est une certitude, mais je ne plaisante pas. Écoutez... Je ne suis pas beau – il posa délicatement un os d'aile de poulet dans son assiette –, je ne suis pas séduisant...

— Je ne comprends pas où vous voulez en venir.

— Attendez... J'ai peu d'attraits à vos yeux. Mais je suis dévoué et je peux être tendre. J'ai tous mes cheveux et sexuellement, je ne déçois pas. J'ai quarante-cinq ans. Je pourrais recommencer ma vie avec vous. Quittez donc Harrison ! On prend les enfants, et on va s'installer dans un État lointain du Sud...

— Qu'est-ce que vous racontez ? demanda Betty. Et que ferait-on dans le Sud ?

Dawson vida son verre.

— Je suis un flic raté, continua-t-il. Je me suis toujours attaqué aux types protégés. Si je devenais un privé, je pourrais être moi-même, c'est-à-dire faire réellement ce que je veux. On pourrait s'associer...

— S'associer ? En quoi ?

— En tout. Vous vous libérez de Harrison et nous ouvrons un bureau. Nous pourrions utiliser votre expérience humaine, votre instinct, votre intuition féminine. Vous avez tant d'expérience que vous auriez pu vivre trois vies. C'est un capital.

— Vous délirez, dit Betty.

— Encore une bière ? demanda la serveuse (elle s'était approchée sans qu'ils la remarquent).

— Volontiers.

Dawson éclata :

— Non, je ne divague pas !

— De toute façon, mon expérience humaine m'a peu servi. Et avec mon « intuition », je me suis plutôt cassé la figure... Mais vous êtes aussi un drôle de salaud, ajouta-t-elle avec sérénité. Un vrai malhonnête. Vous n'avez pas de leçon de morale à donner à quiconque. Vous oubliez votre femme ? Elle vous aime, votre femme ! Je ne briserais le mariage de personne, même si je vous aimais. Et je ne vous aime pas. Vous me faites froid dans le dos. C'est ça, un bonhomme ? Il suffit qu'une femme le fasse bander pour qu'il songe aussitôt à abandonner sa compagne ? Non !

— Vous ne m'aimerez jamais, n'est-ce pas ? demanda-t-il.

La serveuse déposa les verres de bière sur la table.

— Oublions tout cela, poursuivit-il. Que voulez-vous que je fasse ?

— Rien. Ne revenez plus chez mon oncle. Laissez-le tranquille. Vous le chargez de tous les maux du monde... Vous vous occupez un peu trop de lui...

— Mais c'est du délire ! s'écria-t-il. Vous renversez les rôles ! La reine des vertus outragées défend le roi des trafiquants... Votre oncle empoisonne la moitié de New York, ses dealers sillonnent les rues, on voudrait les coincer…

— Il n'a pas de dealers, et personne ne sillonne les rues pour lui, dit-elle. Vous faites fausse route. Laissez-nous tranquilles.

— Vous voulez donc verrouiller les portes ? Les refermer sur votre propre enfer ?

— Quel enfer ?… À Las Vegas, j'aurai une autre vie. Ce n'est pas vous qui m'en empêcherez. Et je ne tiens pas à me mettre Harrison à dos au moment où il commence à me faire un peu confiance.

— Pourquoi avez-vous voulu que nous déjeunions ensemble ? demanda Dawson.

— J'ai commis une erreur. C'est une preuve de mon manque de psychologie. En me prenant comme associée, vous couleriez vite votre affaire ! J'avais espéré la présence d'un ami, c'est tout… Vous n'imaginiez tout de même pas que j'allais vendre mon oncle ou tomber dans vos bras ?

— Vous êtes abjecte, fit-il. Comme lui.

— L'abjecte repousse le médiocre, dit-elle.

— Pourquoi m'avez-vous choisi ? s'écria Dawson.

— J'avais besoin de quelqu'un, répondit Betty.

Elle posa un billet de dix dollars sur la table.

— Ne protestez pas. Je paie toujours ma part.

Cool et Slim arrivèrent chez le receleur à l'heure convenue. Bruckner habitait au dixième étage d'un building commercial. Sa « couverture », un bureau d'import-export, servait à camoufler ses affaires marginales. L'environnement était peu accueillant, et le bas de la 5e Avenue particulièrement laid. Ce qui n'empêchait pas les locations d'atteindre des prix exorbitants.

Les jumeaux attendirent cinq minutes. Puis une secrétaire les introduisit chez Bruckner. Celui-ci les salua d'un petit mouvement de tête. Sans se lever, il tendit la main et saisit la pochette dont il vida le contenu sur le plateau posé au milieu de la table. Il vissa une loupe sur son œil droit. Il ressemblait à un insecte.

Le collier fila entre ses doigts.

— Du beau travail, du superbe travail ! siffla-t-il… Regardez-moi cette monture : fabuleux ! J'ai toujours su que Raffiot avait un talent fou !… Mais pourquoi venez-vous me montrer tout ça ? On ne vous a pas refilé ces cailloux pour des vrais ?

Bruckner se sentit brusquement mal à l'aise face aux jumeaux. En tâtonnant du bout de sa chaussure, il chercha le bouton d'alarme qui le reliait à la pièce voisine où attendait son garde du corps. Le manque de réaction des deux phénomènes l'étonna. Ils se comportaient comme s'ils avaient prévu le coup.

D'un geste, Cool ramassa les faux diamants. Elle les glissa dans la pochette et se pencha sur Bruckner.

— L'adresse du type…

— Il n'y est pour rien, répondit Bruckner. C'est un artisan qui exécute les commandes. Il est très doué, c'est son seul tort.

— Où crèche-t-il ?

Bruckner répondit sans l'ombre d'une hésitation :

— 43, au 360.

Si quelqu'un devait payer, ce ne serait certainement pas lui. Il indiqua même la porte : « La deuxième à droite. »

Une demi-heure plus tard, Cool et Slim sonnèrent chez Raffiot. L'artisan leur ouvrit. Ils l'agrippèrent par le col de sa chemise et le forcèrent à traverser les locaux à reculons.

Dans l'atelier, Slim le bâillonna et plaqua ensuite les deux mains du Français sur la table. Raffiot étouffait ; il émettait des sons désespérés. Cool chercha un objet tranchant et revint avec une petite scie à métaux.

— On va te couper les doigts un par un, dit-elle.

L'homme se débattait, les yeux écarquillés par la terreur.

— Tous, ajouta Slim, sauf si tu craches la vérité immédiatement.

Il enleva le chiffon de la bouche de Raffiot.

— Qui t'a confié le soin de copier les diamants Harrison ? Qui ?

— Blumenfeld, répondit aussitôt Raffiot.

— Qui lui a donné l'ordre à lui ?

— Je ne sais pas, répondit l'homme. Il me les a apportés et j'ai dû faire deux copies.

— Deux ! cria Cool. Deux ?

— Deux…

— L'adresse de Blumenfeld.

— Il n'en a pas.

Cool brancha la scie.

— Non, non ! hurla Raffiot. Il en a plusieurs… Mais il se terre souvent dans un logement à Brooklyn.

Il donna le numéro de la rue et de l'immeuble situé près de l'angle d'Atlantic Avenue et de Brooklyn Avenue. Il précisa même de quel côté tourner, quelle rue prendre.

— Si tu essaies de le prévenir, on revient pour te couper les doigts, dit Cool. Et on te cassera les deux bras aussi. Fini l'artisanat !

Slim estourbit Raffiot en l'envoyant contre un mur. L'homme perdit connaissance.

— Il ne préviendra personne, dit Slim.

— Grâce à notre bonté, il peut encore changer de métier et devenir pianiste, siffla Cool.

Ils dévalèrent l'escalier et se jetèrent dans un taxi. Le chauffeur voulut protester, mais rien ne résistait aux jumeaux Connors.

— Ta gueule, et avance. Tu n'as pas ta merde de mica, et on peut te trouer avec une balle. Avance, connard…

Le retour à Brooklyn leur parut long. Leur logement-dortoir se trouvait à moins d'une dizaine de blocs de l'endroit où vivait Blumenfeld.

Le taxi s'arrêta devant un immeuble à la façade

noire. Les jumeaux montèrent les escaliers quatre à quatre et enfoncèrent presque la porte de Blumenfeld qu'ils surprirent au milieu de la pièce. Ils se saisirent de lui et le plaquèrent contre le mur. Le joaillier ne tenta même pas de se défendre. Le visage cramoisi, à moitié étranglé, il bégaya :

— Je vais vous expliquer…

— Dégoise, petit vieux, dit Cool. Tes couilles doivent être sèches comme des pruneaux, mais on les coupera quand même. Tu les porteras en boucles d'oreilles…

Elle jeta un coup d'œil circulaire dans la pièce et découvrit une porte donnant sur une autre chambre. Elle fonça, mais la porte était fermée. Elle haussa les épaules et s'approcha de Blumenfeld :

— Qui t'a donné l'ordre de faire faire des copies des diamants de Harrison ?

— Je suis lié par le secret professionnel. Si je parle, je me condamne moi-même à mort. Vous devez savoir que Harrison était le propriétaire des diamants. Sa nièce, plutôt…

— Il finaude, le con, dit Cool. On n'a pas de temps à perdre.

Slim repéra les poutres qui soutenaient le plafond. Il sortit une corde de son sac à bandoulière.

— On va te pendre, vieux crabe, dit Cool. Mais tu crèveras lentement. Nous avons fait un boulot, et nous avions un contrat pour cela. On nous a trompés et tu as servi d'intermédiaire.

— Je ne sais jamais pourquoi on me confie un travail ! cria Blumenfeld.

— Que t'a dit Harrison ?

— On ne le voit jamais, lui.

Ils ligotèrent Blumenfeld, qui, le cou serré dans un nœud coulant, fut obligé de monter sur une chaise. Ils attachèrent la corde à une poutre.

— Pendant qu'il respire encore on va lui faire bouffer sa camelote, dit Slim. Ouvre ta gueule.

Ils bourrèrent la bouche de Blumenfeld avec les faux diamants.

— Si tu te décides à parler, en nous disant par exemple qui est venu te voir pour Harrison, tu vivras, dit Slim. Fais un signe de tête si tu te décides…

Ils se mirent à jouer avec la chaise. Blumenfeld, hoquetant, la bouche pleine de diamants, essayait de se maintenir sur la pointe des pieds.

Brusquement, la porte de communication avec l'autre pièce s'ouvrit. Une jeune fille apparut dans l'embrasure. La moitié de son visage était masqué par des lunettes noires.

— Lâchez mon père.

— Qui est-ce ? demanda Cool. Qu'est-ce que tu fais là ?

— Je suis la fille de M. Blumenfeld. Et si vous lâchez mon père je vous dirai ce que vous voulez savoir.

— Non, Shaula, non, articula péniblement l'homme.

Slim défit le nœud coulant. Blumenfeld descendit de sa chaise. Il pleurait.

Shaula débita sèchement les renseignements qu'exigeaient les jumeaux.

— La commande a été passée par la secrétaire de M. Harrison. Elle s'appelle Hazel. Je crois que son patron ne voulait qu'une copie. Elle en a exigé deux.

Elle est venue seule, elle semblait inquiète, tendue et, surtout, pressée.

— Tout cela me semble bien précis, dit Cool. Mais si tu bavardes…

Elle s'approcha de Shaula et, d'un geste brutal, lui arracha ses lunettes. Cool poussa un cri et recula. Sur le joli visage, il n'y avait que deux orbites sanguinolentes et horribles.

— Partons d'ici ! s'écria Cool. Partons…

Elle avait envie de vomir.

Shaula se mit à quatre pattes et chercha ses lunettes noires. Son père, qui tremblait encore, les retrouva et les lui tendit.

— Tu vois bien qu'on ne peut plus rester ici, dit Shaula. Partons pour Las Vegas. Avec un peu de chance, on retrouvera le fric de Freddy Harrison.

— Je crois qu'il n'y a que ça à faire, dit Blumenfeld. Changer d'air…

— Et de vie aussi, fit Shaula tranquillement.

La tête relevée comme si elle fixait un point lumineux dans sa nuit noire, elle poursuivit :

— J'aimerais sentir la chaleur du soleil sur mon visage…

Elle se tourna brusquement vers son père :

— Je trouverai l'argent. Il faut essayer…

Blumenfeld alla uriner puis revint. Il était pâle comme un mort.

— Allons directement à La Guardia, dit-il. Nous prendrons le premier vol pour Los Angeles. On passera la nuit là-bas et demain on débarquera à Las Vegas. J'ai sept mille dollars chez un ami. Et à Las

Vegas, certains me doivent de l'argent. En tout, une vingtaine de mille…

— Il faut aller jusqu'à Atlantic Avenue pour trouver un taxi, dit Shaula.

Elle tendit la main à son père.

— Je laisse les tricots ici. Il fait chaud en Californie. Ta main, papa… Tu vois, encore heureux que je puisse tendre mes mains… Si tu fais encore des bêtises, c'est moi qu'on punira, papa…

Cool et Slim descendirent par l'ascenseur et quittèrent l'immeuble.

— Nous avons été manipulés, dit Cool. On nous a pris pour des novices. On va filer à Long Island et explorer la baraque. Ainsi, je pourrai jeter un coup d'œil sur la dame d'en face. Celle qui est si accueillante…

— Laisse-la tranquille, dit Slim. Je l'ai déjà oubliée… Et puis, on s'en fait trop. On a de l'argent à la tanière. Tirons-nous d'ici. Pourquoi se fourrer dans le guêpier auquel j'ai pu échapper ? Celui qui tire les ficelles est très fort. C'est quelqu'un de très intelligent…

— T'es une poire, répliqua Cool. Écoute, génie : si on découvrait à qui appartient la maison, on pourrait remonter jusqu'à l'ordure qui a voulu nous faire massacrer.

Comme toujours lorsqu'elle était en colère, elle montait sur ses grands chevaux. Mieux valait obéir.

Ils marchaient dans la rue tout en réfléchissant. Cool s'exclama soudain :

— T'as vu la gueule de la fille aveugle ? Ça m'a fait quelque chose ! J'en ai eu la nausée.

— C'est que tu as un cœur d'or, dit Slim.

Cool s'énerva :

— Allons, plus vite ! On est comme des chenilles sur une feuille pourrie !

— Tu vas faire quoi, maintenant ? demanda Slim.

— Si j'étais une guenon, je commencerais à compter les poux sur la tête de mon bébé…

— Cool, tu me les casses !

— Il est temps ! Comme ça, tu ne feras plus de faux pas. Quelle idée d'aller baiser ailleurs !

— On n'est pas liés pour la vie dans un lit !

— Pauvre type ! Tu n'as pas compris que c'est ça qui nous tient ensemble, en plus… Si tu touches à notre union, on est foutus…

Cool attrapa le poignet de Slim. Leurs deux mains se mêlèrent, les doigts croisés, comme pour une prière. Chacun sentait l'épiderme moite de désir de l'autre. Ce contact était d'une sensualité rare. Les deux paumes s'unissaient comme deux sexes avides.

— Moi aussi, dit-elle, je pourrais faire une excursion ailleurs, dans un autre lit.

— Tu l'as déjà fait…

— Par intérêt, pauvre con, dit-elle. Mais j'ai compris, cette nuit, et même avant, dans la baraque de Harrison, que l'Anglais me plaît…

Son visage n'était plus qu'une coquille d'albâtre éclairée par le désir et la haine. Elle n'avait jamais été si belle depuis que cette terre maudite la supportait. Elle avait envie d'allumer frérot comme une torche. « Il va flamber, pensa-t-elle, et seulement grâce à mes mots, en pleine rue… Il aura le sexe raide ! »

— Tu sais ? Quand je suis sur toi, au lit, et que je

te recouvre, je ne laisse même pas bouger ton sexe. Puis je m'écarte pour que tu t'enfonces…

Il frémit. Même lorsqu'ils faisaient ainsi l'amour, elle le dominait.

— Tu sais ? Quand tu plaques tes deux mains sur mes fesses dures, que tu les immobilises et les caresses comme si tu voulais être sûr que je reste.

— Oui, dit-il.

— Et mon absence de poitrine t'excite plus que les ballons de la grosse voisine dont je ferai la peau.

— Oui, répéta-t-il. Arrête !

— Et quand je plonge ma langue dans ta bouche et que ton sexe est en moi, on ne sait plus comment se pénétrer davantage…

Un passant ahuri se retourna. Il venait d'entendre des mots qui l'atteignaient comme un coup de poing.

Aujourd'hui, la municipalité faisait ramasser les clochards. En hiver, on les cueillait, on les séchait, on les nourrissait. Les épiceries pullulaient ; on pouvait sortir de l'une et pénétrer aussitôt dans l'autre. Un Noir de haute taille vendait des marrons. Et Cool allumait Slim de plus en plus.

— Viens, petit frère, on va faire la noce… Je vais plaquer mon corps contre le tien. Je vais t'absorber par la peau. Tu auras juste la possibilité de bouger en moi. Je te sentirai aller et venir, ta douceur sera infinie.

— Pourquoi tu me fais ça ? marmonna Slim en avançant.

— Je te raconte la séance que je veux vivre avec l'Anglais, dit Cool. Je le désire comme je n'ai jamais désiré personne. Je le rendrai fou, je l'enlèverai à Betty Clark. Je le couvrirai un jour de mon corps. Il croira être devenu un homme léger comme une plume. Et avant qu'il explose et inonde mon ventre, je lui dirai d'ouvrir les yeux. Il verra sa fin dans mon regard. Il n'aura ni la force ni l'envie de se sauver.

— Que veux-tu lui faire ? demanda Slim. Je bande… Attends d'être chez nous. Tu me crèves !

Elle devenait lumineuse de beauté. La foule les pressait. Ils approchaient de leur voiture.

— Au moment où il ouvrira la bouche pour hurler de plaisir, je lui trancherai la gorge.

— Pourquoi me dis-tu cela ? interrogea Slim. Tu veux me faire peur et me rendre jaloux ?

— Tu m'as trompée, dit-elle. Et lui, il m'a menacée. Je dois me venger. Tu peux me suivre ou te débiner.

— Tu te fous de moi, Cool ! s'exclama Slim. J'aimerais vivre peinard au soleil. Je voudrais prendre ma retraite sous les cocotiers.

— Sous les cocotiers ! C'est l'enfer qui nous attend. Tu n'as pas compris, pauvre demeuré, que nous sommes les enfants du diable ! Nous sommes nés d'une mère inconnue et d'un père qui règne sur l'enfer ! Demain, on va faire un tour dans la maison de tes rêves, mon paumé.

Ils arrivèrent à leur voiture et s'effondrèrent sur les sièges froids.

— Je vais aller là-bas, dit Cool. Et après, on va à Tobago. La mer y est chaude et les coraux n'écorchent que des crétins comme toi, frérot.

Puis elle ajouta :

— Je t'aime.

Betty venait de quitter son taxi.

— Attendez-moi, dit-elle au chauffeur. Je vous donnerai un bon pourboire.

— Combien de temps ?

— Une demi-heure ou cinq minutes. Tout dépend si la personne que je cherche est chez elle.

Betty pénétra dans l'immeuble surpeuplé. Elle s'efforça de déchiffrer les noms sur les boîtes aux lettres. C'était le troisième immeuble qu'elle visitait. D'après sa liste, il lui restait encore deux Horovitz.

De l'autre côté de la porte vitrée apparut un couple âgé. Lorsqu'ils furent dehors, elle les aborda :

— Je cherche M. Horovitz. Pouvez-vous m'aider ?

— Il y a beaucoup de locataires dans cette maison, dit la femme. Si on s'occupait de tout le monde, on en sortirait pas…

Elle avait peur et était irritée.

— On ne cesse de nous demander des renseignements… Moi, je ne demande rien à personne !

Son mari l'interrompit :

— Ne t'énerve pas.

Puis il se tourna vers Betty.

— Il y a un Horovitz au deuxième étage. Sa porte est celle qui est proche de l'ascenseur.

— Merci, dit Betty. Vous êtes vraiment très aimable.

Elle entra dans la cage de l'escalier. En un éclair, elle songea aux années qu'elle avait passées dans la 83e Rue avec son mari. Alors, elle prenait des leçons de danse. Comme tout cela était loin. Des années-lumière la séparaient du passé.

Elle monta à pied au deuxième étage. L'ascenseur était retenu quelque part ; les franges d'une discussion traversaient l'espace. L'immeuble sentait l'oignon. Ce troisième Horovitz serait-il celui qu'elle cherchait ?

Elle appuya plusieurs fois sur la sonnette puis elle entendit des pas de l'autre côté de la porte ; des pas hésitants auxquels succéda la respiration inquiète de celui qui devait la guetter par le judas. Elle leva la tête pour mieux offrir son visage à l'interlocuteur prudent.

— Monsieur Horovitz ?

Elle dut forcer la voix ; dans l'un des appartements du palier, un sourd devait regarder la télévision.

La porte s'entrouvrit. Derrière la chaîne, un vieil homme, le visage inquiet, la scrutait du regard.

— Vous devez vous tromper... Nous ne nous connaissons pas.

Avant d'apercevoir cette jeune femme à l'élégance insolite dans cet immeuble, Horovitz avait pensé que son neveu farfelu, Joshua, qui avait toujours la tête dans les nuages, était, pour une fois, à l'heure. Évidemment, ce n'était pas lui.

— Si vous vouliez me laisser entrer… Il m'est difficile de crier sur le palier.

— Vous pouvez dire ce que vous voulez, je n'ai pas de secrets. Allez-vous-en !

— Accordez-moi dix minutes. Est-ce que par hasard vous n'auriez pas été en prison, en 1978, avec…

— Taisez-vous ! J'ouvre.

Horovitz décrocha la chaînette. Il hocha la tête.

— Vous faites un peu de chantage, non ? Même si je n'avais jamais été en prison, que penseraient les voisins s'ils vous entendaient ? Vous ne pouvez pas agresser de la sorte un honnête citoyen !

Il la fit entrer. Dans l'étroit vestibule assombri par un papier peint fatigué régnait une odeur de cuisine. Comme une ombre épaisse, un chat frôla les mollets de Betty.

— Vous n'aviez pas à me parler de prison sur le palier, répéta Horovitz. Même si je n'ai rien à voir avec vos divagations, ça peut me déranger. Les locataires pourraient se faire de moi une opinion erronée.

— Ne m'en veuillez pas. Je n'avais pas de temps à perdre et vous sembliez difficile à convaincre.

Betty espérait avoir enfin trouvé le « bon » Horovitz.

— Venez, dit le vieux monsieur. Suivez-moi…

Il la précéda dans l'unique pièce de l'appartement qui ressemblait à un débarras tant elle était emplie d'objets. Sur un mur encombré d'étagères étroites, serrées comme des lignes tracées sur une feuille, s'entassaient des cassettes et des films vidéo. Dans un coin se trouvait un lit, entouré d'une bibliothèque en bois blanc bourrée de livres. Près de la fenêtre, il y avait une table couverte de feuilles éparpillées et noircies par une écriture minutieuse. S'entassaient également des dossiers, des publications dont certains passages étaient soulignés au crayon rouge.

— Que voulez-vous ?

Betty chercha une chaise.

— Vous permettez ?

— Est-ce la peine de vous asseoir ? J'attends du monde. Je suis très pressé. On croit souvent que les vieux ont tout leur temps pour s'installer et bavarder.

— Je ne vous prendrai pas trop de temps. Harrison, Fred Harrison, ça vous dit quelque chose ?

— Des Harrison, il y en a beaucoup, dit l'homme. Comme des Horovitz. Le monde est peuplé de Horovitz et de Harrison.

— Mais ils ne sont pas forcément réunis dans la même cellule…

— Je ne vois pas très bien à quoi vous faites allusion. Je vous demande de ne pas trop vous attarder. J'attends mon neveu ; il est curieux de nature. S'il vous trouve ici, il va me harceler de questions.

— Mon père, Fred Harrison, a été tué en prison par ses codétenus. Pendant un certain temps, il a partagé, paraît-il, la cellule d'un nommé Horovitz, un juif religieux.

— Dieu n'a rien à voir avec tout cela, répondit l'homme. Et vous devriez savoir qu'en prison la détention excite l'imagination. Chaque cellule peut devenir un berceau de légendes. On y raconte n'importe quoi. Les fantasmes se développent, ils permettent la survie.

Le chat s'approcha de Betty, puis il sauta sur le lit et s'y installa, juste à côté d'une pile de journaux.

— Qui êtes-vous ? Vous entrez dans ma vie, sans vous présenter…

— Je suis Betty Harrison. Mon père, Fred Harrison, était le compagnon de cellule d'un certain Horovitz qui, un an après sa libération, a rendu visite à ma mère.

— Visite à votre mère ?

L'homme hocha la tête.

— Vous semblez ne pas vraiment comprendre… Rendre visite ! Jolie expression ! Il ne s'agit pas d'un monde élégant et convenable où on se rend visite ! C'est grotesque.

Il soulignait ses mots et il n'avait pas envie de plaisanter.

— Il s'agit d'un univers où on tue, continua-t-il.

— Vous êtes le M. Horovitz que je cherche…

— Si vous n'en aviez pas la certitude, seriez-vous en train de parler ?

— Si vous pouviez me répondre, dit Betty, nous gagnerions du temps.

— Vous ne parlez que pour vous, ma petite dame. C'est vous qui êtes intéressée dans cette affaire. J'ai appris dans quel état se trouvait votre mère après avoir subi l'interrogatoire et la punition de Willy Harrison. Cela m'a amplement suffi. Je préfère me tenir à l'écart de toute cette affaire.

— Donc, c'est vous…

— Supposons. Que voulez-vous exactement ?

— L'argent, dit Betty. Il s'agit de beaucoup d'argent.

— Vous croyez m'apprendre une nouvelle ? Vous vous trompez, déclara Horovitz. Pour une fois, la légende dépasse largement la fiction. La somme énoncée par Harrison est bien inférieure à la réalité. Mais je ne dis plus rien. Je préfère la vie. Laissez-moi tranquille.

Betty se pencha vers lui.

— Si je retrouvais l'argent grâce à vos indications, je vous en donnerais une partie…

Horovitz s'exclama :

— Vous êtes bonne, vous êtes généreuse ! Mais ai-je l'air de quelqu'un qui a besoin d'une aumône ? Non ! Si l'affaire n'était pas aussi sale, aussi difficile, aussi tortueuse, je m'y serais attaqué tout seul… Personne ne crache sur l'argent… J'aimerais aller sur la terre de mes ancêtres. J'aimerais voir et revoir le Mur, avoir un appartement à Tel-Aviv et passer mon temps entre New York et Jérusalem. Mais l'argent de Harrison, c'est la mort.

Betty se pencha vers le vieux.

— Je vais vous faire une confidence. J'aime ma mère. Il y a quelque temps, elle a pu me parler. Par bribes. D'après elle, l'information venait de vous. Elle a prononcé le nom d'un motel où l'argent serait parfaitement bien caché.

— J'ai entendu parler de ce motel, chuchota Horovitz. Mais l'endroit en question n'était qu'une première étape. Harrison ne l'y a pas laissé. L'argent a ensuite été transporté à San Francisco. Il croyait qu'il fallait le blanchir. C'était une erreur, une première erreur. Il a découvert à temps que les billets n'avaient pas été marqués. Donc, il a pu garder la totalité de la somme. Il avait bien plus d'un million de dollars en sa possession. Il avait peur de Willy : votre oncle était fou de colère. Il a été blessé dans son amour-propre. Il n'a jamais pu accepter l'idée d'avoir été volé. C'est un homme féroce, parfois sentimental, ce qui le rend encore plus dangereux. Regardez ce qu'il a fait de votre mère…

— Je ne vois pas pourquoi vous lui prêteriez des sentiments à partir du moment où il a fait torturer une femme ! s'indigna Betty. Puis elle ajouta : Vous savez beaucoup de choses, monsieur Horovitz. Pourquoi ne parleriez-vous pas… Vous auriez une contrepartie…

— Je veux que vous partiez d'ici. J'estime que ma vie est plus précieuse que l'argent. Et puis il est bien caché…

— Mais où ? s'écria-t-elle. On ne peut pas fouiller tout le Nevada !

— Vous n'avez besoin de rien, dit Horovitz. Pourquoi insistez-vous ? Vous tournez autour de l'énigme, comme votre oncle. Mais réfléchissez ! Pourquoi Harrison a-t-il acheté une maison près du lac Mead ? Dans sa tête, ce vol a tourné en obsession. Il a confié un transport d'argent à son frère, et celui-ci l'a volé. On a osé « faire » ça à Harrison ! Mais, au-delà de l'argent, il y a eu aussi des raisons personnelles.

— Quelles raisons personnelles ? Vous devez me le dire !

— Je ne dois rien, à personne. Même brûlé au fer rouge, je me tairai.

Betty l'observait.

— Il s'agit, au bas mot, d'un million et cent mille dollars, ajouta soudain Horovitz. De plus…

— De plus ?

— Des ragots de prison. Fred Harrison a pu divaguer, inventer des détails pour se donner de l'importance. Mais s'il disait la vérité, ce qui est peu probable mais pas exclu, alors l'histoire se corserait. La veille de son départ pour Miami, on lui aurait également confié des saphirs destinés au sous-fifre d'un dictateur régnant sur une île chaude. Chaude sur tous les plans…

— Des saphirs ?

— Oui. Il devait les remettre à un émissaire venu de Haïti. Willy Harrison possède là-bas des plantations de canne à sucre. Pour conserver ses privilèges, à l'époque, il a voulu – paraît-il – faire plaisir à l'un des dirigeants du pays. Ce n'était pas le président, mais quelqu'un d'autre… Et votre père aurait volé ces saphirs aussi. Willy Harrison a donc perdu à la fois ses dollars, les pierres précieuses et la face… D'où sa rancune ! Et le soulagement éprouvé par votre père lorsqu'il a été arrêté pour une affaire mineure. Il se croyait à l'abri en prison… Nous avons fait connaissance d'une manière très anodine. Peu à peu, il s'est habitué à moi. Bientôt, un troisième détenu est arrivé dans notre cellule. Un nommé Blumenfeld. Au début, nous l'avons pris pour un mouton. On a compris plus tard qu'il n'en était rien. Notre trio s'entendait bien. Une amitié prudente est née. Puis, d'un jour à l'autre, votre père a eu le sentiment d'être menacé. Dans les prisons, il y a des gangs. Et, dans les gangs, l'obéissance aveugle est de rigueur. Nous étions tous trois des marginaux : un voleur, un escroc et un faussaire. L'ordre de supprimer Fred a dû être donné par Willy qui est sans doute entré en relation avec le chef de l'un des gangs qui régnaient et semaient la terreur. Autour de Fred, les incidents se multiplièrent. Les chocs se succédèrent. Il a finalement compris que son frère l'avait fait condamner à mort (il y avait eu des bousculades dans la cage d'escalier, des querelles dans les douches…). Il s'est mis à nous parler. Il avait besoin de se soulager, de se vanter – peut-être pour avoir moins peur –, de nous expliquer pourquoi il avait déclenché tant de haine. Selon le rythme de ses crises, il devenait loquace. Il lui arrivait de se retrouver en tête à tête avec moi. Il m'a donné des détails. Mais il pouvait aussi raconter la même histoire à Blumenfeld, d'une manière toute différente. Il voulait nous prouver que, même persécuté, il était plus fort que son frère. Il a aussi parlé de sa fille. Donc de vous. Il éprouvait une certaine amertume à votre égard…

— J'ai à peine connu mon père. Et pour ce qu'il m'a laissé comme héritage !… Je ne suis pas à envier.

Horovitz l'interrompit.

— Réfléchissez avant de juger. Ne le condamnez pas. Et n'oubliez pas : je ne vous ai rien dit, rien d'essentiel.

— Pourquoi n'avez-vous jamais vendu ces renseignements, vrais ou faux, à Willy Harrison ?

— Cette affaire est un trop gros morceau pour moi. Il y a trop d'intérêts en jeu, trop de puissance occulte. Je suis un homme qui a une situation modeste mais des espérances de vie. Personne ne pourrait jamais prouver que j'ai tout dit. Et je n'ai pas envie de mourir sous la torture. Crever sur un lit de dollars n'est pas une affaire rentable.

— Mais moi, je les veux, ces dollars ! s'écria Betty. Et avec les saphirs en prime... Si vous vouliez m'aider, vous auriez votre appartement à Tel-Aviv. Je vous l'offrirais.

— Vous voyez ! s'exclama Horovitz. Vous croyez que j'en sais plus... Partez d'ici !

— Mais par où commencer les recherches ? demanda-t-elle. Si le motel Golden Inn n'est plus l'endroit où il faut chercher...

— Je me tairai comme une carpe d'Israël, conclut Horovitz. J'ai dit certaines choses à votre mère. C'est fini. J'ai complètement rompu avec le milieu. La seule chose que je souhaite, c'est qu'on m'oublie... Qu'ils m'oublient, tous.

— Mon père ne vous a jamais demandé de me communiquer des renseignements ?

— Non. Étrangement, il ne se préoccupait pas de votre destin. Mais c'était peut-être pour vous préserver. Je n'en sais rien. Personne n'a le droit d'interpréter les paroles d'un homme qui ne peut plus s'expliquer. Il ne faut pas faire parler les morts. La seule chose qui m'a toujours étonné, c'est que je n'avais jamais vu ni connu une telle passion. Parfois, j'avais l'impression que votre père connaissait des secrets qui dépassaient largement l'histoire de ce vol.

— Quoi ?

— Je ne sais pas.

— Monsieur Horovitz, vous qui avez passé des mois avec mon père...

— J'ai végété avec lui. Il était malade de peur. Il savait qu'on le tuerait. Je ne sais même pas s'il n'avait pas inventé des histoires pour tenter de se rassurer.

Quand je dis « inventer », je parle de la dimension qu'il se donnait. Il testait les effets de ces histoires sur les autres. Plus on était étonné, plus il se croyait fort.

Le chat s'étira puis fit le gros dos. Il chercha la caresse d'une main amie puis, déçu, s'en alla.

Betty se leva.

— Je ne vous dérange pas plus longtemps. Merci de votre aide.

— Je ne vous ai pas aidée, dit Horovitz. Je m'en garderais bien… On raconte que vous habitez maintenant avec votre oncle et que cette vie semble vous plaire.

— Que savez-vous de moi, monsieur Horovitz ?

— Un détail qui ne devrait pas vous surprendre.

— Lequel ?

— Que quelqu'un veut la peau de la jolie nièce de Harrison… et celle de ses gosses.

Betty le regarda.

— Les menaces de ce genre, je les connais. On peut raconter n'importe quoi sur moi. En vérité, je ne compte pas beaucoup dans la vie de Willy Harrison.

— Ce n'est pas l'avis des autres.

— Des autres ? Qui ? s'écria-t-elle. Que savez-vous des dangers que mes enfants et moi courons ? Vous avez rompu avec le milieu, non ?

Horovitz hocha la tête.

— Ne vous emballez pas. Je suis gentil avec vous. Je pense à votre mère – une bien brave femme ; elle m'aime beaucoup…

— Quelle générosité ! s'exclama Betty. Vous me mettez en garde sans vouloir me dire l'essentiel. C'est pire que n'importe quoi !

— C'est déjà très bien de ma part, dit Horovitz. N'oubliez pas que c'est vous qui êtes venue me voir. C'est vous qui avez voulu me poser des questions. Je n'aurais jamais souhaité vous connaître…

— Qui ? demanda Betty. Qui veut me tuer ?

Elle était persuadée que Horovitz avait raison. Elle se sentit soudain fatiguée.

— Je sais seulement que votre tête est mise à prix. Depuis ce matin, le bruit court qu'on offre un million de dollars pour vous faire disparaître avec vos enfants… C'est le contrat le plus mirobolant qui ait jamais été proposé.

— C'est fini, dit-elle, épuisée. Nous avons survécu à cette nuit… J'ai mes enfants…

— Je vous répète que le bruit court depuis ce matin.

— Qui m'en veut ?

— Personne ne s'aviserait de prononcer un nom…

Betty le quitta rapidement. Elle dévala l'escalier, évita de faire glisser sa main sur la rampe collante et sortit dans la rue étroite qui s'ouvrait sur Jamaica Avenue, non loin de National Cemetery.

Avant de s'engouffrer dans le taxi, elle jeta un coup d'œil à l'intérieur du véhicule : elle se méfiait de tout. Le chauffeur grommela :

— L'attente a été longue…

Betty lui tendit un billet de dix dollars.

— Hors compteur, pour l'attente.

Le chauffeur accepta l'argent en maugréant.

— Où va-t-on ?

Elle donna l'adresse de Park Avenue. Durant ce long trajet, elle lutta contre son impatience. Elle arriva enfin. Elle entra dans l'immeuble, monta dans son appartement. Elle fonça chez les enfants, les retrouva en bonne forme, s'étonna, tout en les embrassant, de leur résistance aux chocs et aux émotions puis les laissa s'amuser sous la surveillance de Han. Ils ne semblaient ni préoccupés ni éprouvés. En ressortant dans le couloir, elle jeta un œil sur le système de surveillance électronique : les minicaméras, fouillant inlassablement tantôt à droite, tantôt à gauche, balayaient l'espace. Betty passa sans s'attarder devant la chambre de Lord. En traversant le salon, elle aperçut Werner qui somnolait dans un fauteuil. Willy et son entourage émergeaient difficilement des événements de la nuit.

Elle remonta par l'escalier intérieur et pénétra dans le couloir qui desservait le bureau de Willy. La veille encore, elle se serait fait annoncer, attendant patiemment l'autorisation d'entrer. Mais, après la nuit de supplice qu'elle avait vécue, elle se sentait changée, différente.

Elle frappa à la porte de Willy mais n'attendit pas qu'il lui dise d'entrer. Elle fit irruption dans le bureau et, dans son élan, ne s'aperçut qu'une fois à l'intérieur de la présence d'un homme qui se leva aussitôt et s'avança vers elle.

— Bonjour, lança Betty au visiteur.

Puis s'adressant à Willy :

— J'ai cru que vous étiez seul. Sinon, je ne vous aurais pas dérangé !

— D'habitude, tu n'entres pas de cette manière, dit Willy.

Le visiteur fit face à Mrs Clark.

— J'ai eu le bonheur de vous rencontrer. Mais je

me présente encore une fois pour rafraîchir vos souvenirs : je suis Eberhardt.

— Bonjour, dit-elle sèchement. Je me souviens de vous, monsieur.

Puis à Willy :

— J'aimerais vous parler…

Harrison hocha la tête.

— Un peu de patience. Tu es bien brusque.

Il se tourna vers Eberhardt :

— Ma nièce sera un jour mon bras droit. Elle est en train d'apprendre le métier. Je crois que l'échange de nos produits serait un élément intéressant pour elle. Je ne voudrais pas la mêler directement à l'action mais je désire qu'elle soit au courant.

Il désigna une chaise à Betty.

— Nous discutions des détails d'une livraison.

— Nous nous sommes mis d'accord sur une date et un lieu, dit Eberhardt. Toute l'opération se déroulera demain.

Puis il ajouta – et à l'instant même il comprit qu'il commettait une gaffe :

— J'ai été un client du Dollar.

— Ma nièce n'aimait pas cet endroit, intervint rapidement Willy.

Pour racheter sa maladresse, Eberhardt décida de se compromettre :

— Moi, si. C'est là-bas que j'ai rencontré quelqu'un qui m'est cher. Et j'y ai connu des dames, poursuivit-il, tout en admirant Betty. Parmi les beautés du Dollar, il y avait une métisse qui s'appelait Go. Un surnom, évidemment. Elle connaissait tout le monde dans ce milieu un peu trouble.

— Un peu ? fit Betty.

Eberhardt songea que s'il se mettait la nièce de Harrison à dos, il serait perdant dans l'avenir. Visiblement, la blonde fragile, l'héritière superbe voulait oublier son passé.

Betty le provoqua :

— Vous dites « un peu trouble »…

Elle se fit agressive, attaquant pour ne pas recevoir sa propre histoire à la figure. Elle scruta le visage d'Eberhardt. Avait-il été un de ses « clients » ?

Pour rattraper sa gaffe, Eberhardt se fit débonnaire :

— J'ai eu le plaisir, à l'époque, de faire la connaissance de Miss Hazel. C'est avec elle qu'on discutait l'emploi du temps des jeunes femmes et leur disponibilité…

Il pensa que Betty était radieuse, fascinante, si juvénile et si blonde dans son tailleur de cuir noir qui lui donnait un petit air sophistiqué…

— Oui. Grâce à Go, compagne temporaire, j'ai connu le bras droit de M. Harrison.

Il parlait de Willy comme si celui-ci n'était plus dans la pièce.

— Ah bon ? dit Betty. Et alors ?

— Je voulais seulement préciser mes liens avec le Dollar, dit il. Je tiens à l'amitié de Miss Hazel ! Elle a toujours eu la gentillesse de me tenir au courant – dans les règles de la discrétion la plus stricte, évidemment…

— De quoi ? demanda Betty.

Willy, immobile, observait Eberhardt.

— Elle vous a tenu au courant de quoi ?

— Elle parlait de vous, madame Clark. Des détails.

De certaines branches des activités de M. Harrison. Il y a quelques mois, c'est elle qui m'a conseillé de m'adresser à M. Harrison au sujet de cette affaire que j'aurai le bonheur de conclure demain. Ensuite, elle a changé d'attitude, je ne sais pas pourquoi. Les femmes sont souvent imprévisibles...

— Vous a-t-elle demandé de l'argent en échange de ses services ? demanda Betty.

— Cela n'a jamais été exprimé de façon aussi crue, dit Eberhardt. Mais la vie est faite d'échanges de toutes sortes...

Willy sourit à son tour. Hazel n'aurait pas l'appartement qu'elle désirait tant. Il reculerait et annulerait ensuite le rendez-vous prévu pour la signature.

— Parlez-moi encore de Miss Hazel, dit-il.

— Une femme remarquable, reprit Eberhardt. Elle aurait voulu entrer dans notre... je n'ose pas dire « organisation »... disons, dans notre circuit d'affaires. Mais nous n'avions besoin d'elle que par rapport à son puissant patron.

Betty voulait tout savoir. Il fallait avancer prudemment.

— Un jour prochain, voudriez-vous venir dîner chez nous, monsieur Eberhardt ? En dehors de notre cuisinière, nous avons une Chinoise qui fait des repas sublimes.

L'estomac d'Eberhardt chavira : il détestait la cuisine chinoise.

— Je suis devenu très américain, dit-il. Je me nourris de hamburgers...

— Rien n'est plus facile, dit Betty. Vous aurez des hamburgers !

Elle voulut mesurer son pouvoir de séduction :

— Vous parlez un anglais si élégant... J'éprouve un vrai plaisir à vous écouter. Votre accent...

— Oxford, dit Eberhardt. Quand ils arrivent d'Europe centrale, les gens de mon milieu s'appliquent à parler l'anglais d'Oxford.

Betty demanda doucement :

— Miss Hazel ne vous a rien dit de nos difficultés de la nuit dernière ?

— Non, dit Eberhardt. Elle est très discrète. D'ailleurs, elle ne m'appelle jamais pendant ses heures de travail.

— Tout ce qu'elle ne sait pas par vous, Miss Hazel l'apprend de moi demain, déclara Willy. Je lui ai dit que la rencontre de demain aurait lieu dans une maison de Long Island.

— Quand elle reconnaîtra les environs, elle sera tout à fait à son aise. Elle a été invitée là-bas cet été. Je crois vous l'avoir déjà dit...

— Oui, dit Willy. Il me semble. Mais tout cela a si peu d'importance...

Betty raccompagna Eberhardt jusqu'à l'ascenseur. Puis elle revint vers Willy. L'obèse attendait l'explosion de colère de sa nièce.

— J'ai compris, dit-il. J'ai tout compris. N'insiste pas.

— Ce sera elle ou moi, dit Betty. Je suis d'accord pour aller à Las Vegas et y prendre la direction d'une nouvelle affaire. Mais débarrassez-moi de Hazel.

— Ne t'emballe pas. Il faut que je puisse m'en détacher en douceur. Elle sait trop de choses. Et n'oublie pas qu'elle a été courageuse cette nuit, qu'elle nous a été utile… Qu'as-tu fait dehors ?

— Je me suis promenée, dit-elle. J'ai respiré l'air de la liberté.

— Où es-tu allée ?

— J'ai roulé, en taxi ; j'ai regardé les rues, les gens. Je faisais ce que je voulais…

Willy hocha la tête.

— On s'amuse comme on peut.

— Vous êtes à l'affût de chacun de mes mouvements, dit-elle. Mais vous témoignez d'une patience inexplicable pour Hazel. Vous n'êtes même pas choqué par ses relations avec Eberhardt ! Elle peut vous assener tous les coups. Je ne comprends pas très bien ce qui vous lie à elle…

— Elle était très utile, dit Willy. Elle l'est encore. Même si elle a fait semblant de vouloir empêcher Eberhardt de me rencontrer, c'est elle qui m'a amené cette affaire.

— Et vous ne croyez pas qu'en l'écartant de votre vie, de la nôtre, nous aurions moins de problèmes ?

— Je ne sais pas, dit Willy. Hazel est une grapilleuse, mais elle serait incapable de me faire du mal.

— Votre candeur me désoriente, dit Betty.

— Tu as osé dire candeur ? fit-il. Attention à ton vocabulaire ! Hazel est avec moi depuis au moins dix ans. Elle peut avoir des faiblesses ; elle manipule une si grosse fortune…

— Vous devez pourtant choisir, déclara Betty : c'est elle ou moi. Et choisissez tout de suite. Laissez-moi partir et gardez votre chère Hazel.

— Calme-toi, dit Willy. Pendant la période d'adaptation, je vous garderai toutes deux.

— Quelle adaptation ?

— La tienne. Il faut préparer le départ de Hazel de l'entreprise. Je dois lui donner des indemnités telles qu'elle n'éprouvera jamais l'envie de me faire chanter.

— Vous avez bien des scrupules à son égard ! s'exclama Betty. Et si elle avait été mêlée à l'enlèvement de mes enfants ?

— Non, déclara Willy. Elle n'aurait jamais osé se mêler d'une affaire aussi scabreuse. Elle tient à la vie… Pour le moment, elle est non seulement utile, mais indispensable. Nous allons la surveiller. De près, de très près. Elle brasse tant de diamants qu'à sa place n'importe qui serait déréglé. Mais, continua-t-il, nous allons peut-être lui faire une surprise. Si tu y participes…

— Quelle surprise ?

— Tu verras. Demain…

Selon le désir de Rachel, sa mère, Joshua devait rendre visite à son oncle. Avec son abnégation coutumière, il s'apprêtait à entendre les mêmes histoires…

Joshua avait compris depuis quelque temps qu'il manquait de génie. Il n'était pas Woody Allen. Sa mère l'avait compris avant lui. Joshua avait abandonné ses rêves et renoncé à une carrière d'acteur. Il n'était pas un meneur d'hommes non plus. S'il se voyait souvent dans un bureau, avec de gros cigares, de belles nanas, dominant un univers de secrétaires terrorisées, il n'avait même pas réussi à se placer comme grouillot chez un diamantaire. Il avait l'air si gentil qu'on le prenait souvent pour un type un peu idiot, ce qui n'arrangeait pas ses affaires…

Il arriva en se traînant jusqu'à l'immeuble où habitait l'oncle. Joshua n'avait pas envie d'écouter ses discours. Il soupira et monta à pied les deux étages puis sonna à la porte. Il fut bien reçu mais trouva Horovitz un peu excité. Peut-être l'exaspérait-il ? N'était-il pas considéré par la famille comme un hâbleur, un type fantasque, quelqu'un qui invente n'importe quoi pour recouvrir de ses mensonges pailletés un fond de paresse ?

— J'ai à te parler, déclara d'emblée Horovitz. Comme si tu étais un homme mûr. Si je me taisais, j'aurais une crise cardiaque. Je fais des rêves et des antirêves. Je vais te raconter une histoire. Et après, on tiendra un conseil de famille. Mange si tu veux, caresse le chat mais ne dis rien. J'ai besoin d'un silence total. Essaie de te concentrer et de m'écouter, vraiment…

Joshua étouffait tant la pièce était chaude. Il renifla une odeur de choucroute.

— Tu en auras, dit Horowitz. Je la fais chauffer doucement… J'ai reçu une visite qui m'a coupé l'appétit. Mais à deux, ça ira mieux…

L'oncle achetait ses repas tout préparés à l'épicerie kasher située à deux pas de l'immeuble.

— Ça vient d'en bas ? demanda Joshua.

— Oui. Tu sais bien qu'ici, tout est juif.

— Tu aurais dû aller vivre en Israël…

— Si je n'avais pas été un juif européen, persécuté et sauvé de justesse de la chambre à gaz, si j'étais né sur le sol américain, je n'aurais eu de cesse de vouloir aller en Israël et même de m'y installer. Mais, connaissant la fragilité du monde, je préfère ne plus jamais quitter ma patrie d'adoption, l'Amérique est le seul endroit où je me sens en sécurité et où, en allant à la synagogue, je ne crains pas les bombes.

Joshua aurait pu réciter ce chapelet à la place de son oncle. Combien de fois l'avait-il entendu dire cela ! Il acquiesça et, bientôt, mangea avec plaisir la choucroute que l'oncle lui présenta dans une assiette creuse.

— Évidemment, si j'avais beaucoup d'argent, mais vraiment ce qu'on appelle beaucoup, j'irais faire un tour... Un voyage organisé avec d'autres vieux juifs comme moi.

Cela aussi, Joshua l'avait entendu. Il repensa à sa mère et se fit doux comme un agneau.

Privée de son, la télévision débitait des images muettes. Sur l'écran, les événements se succédaient : il y avait le feu ici, des inondations là et le mauvais temps sévissait en Floride.

Lorsqu'il eut fini, Joshua emporta son assiette et la posa dans l'évier de la petite cuisine. Il revint et s'installa sur le canapé. Il enleva ses chaussures mouillées. Une de ses chaussettes était trouée.

— Il y a des trous même dans ces nouvelles matières ? demanda Horovitz. Moi, je ne porte que des chaussettes de laine et je les reprise.

Joshua décida de se taire et attendit patiemment que Horowitz ait vidé son assiette.

— Tu manges trop vite, dit l'oncle.

Horowitz avait l'impression d'avoir vieilli en quelques mois. Il se reprochait de plus en plus d'avoir renoncé trop tôt aux agréments de la vie... Son attitude détachée par rapport à l'argent n'était peut-être pas la solution idéale pour s'assurer une vieillesse confortable.

— Joshua, puis-je avoir confiance en toi ?

— Il est temps... Je suis sérieux. On me croit, même toi, superficiel. Je ne suis pas un rigolo. Je sais garder des secrets.

Il s'apprêtait à écouter l'une des interminables histoires de l'oncle dont la vie, trop riche en tout – sauf en argent –, nourrissait les conversations. Auprès de lui, Joshua avait appris à bâiller sans broncher, sans laisser frémir le moindre muscle de son visage.

— En prison…

Joshua l'interrompit : il connaissait la musique.

— Oui, où tu as été enfermé par erreur car tu étais un homme pur et sans tache…

— Moque-toi de moi ! s'écria l'oncle. Tu me confirmes d'ailleurs dans mon raisonnement : si j'avais de l'argent, tu aurais plus de respect pour moi…

— Mais non, mon oncle, mais non !

Le vieux eût arpenté la pièce s'il y avait eu suffisamment de place. Il se contenta de se lever, exaspéré.

— Je sais où il faudrait chercher pour trouver une somme énorme…

L'oncle avait un budget de cent dollars par semaine. Qu'entendait-il par « somme énorme » ?

— J'ai une idée de l'endroit où on pourrait trouver un million de dollars et des poussières. Des poussières très importantes… Mais inutile de t'en dire plus. Deux tiers un tiers si tu marches avec moi… Tu es jeune, intrépide…

Joshua fit une grimace.

— Intrépide ?

— Tu peux courir, escalader, aller dans les bars…

— Le tiers est pour toi ?

— Quoi ? dit Horovitz. Deux tiers pour moi et un tiers pour toi !

— J'aurai tout à faire ?

— Je penserai et tu exécuteras…

— Alors, moitié moitié, dit Joshua. De quoi s'agit-il ?

— Appelle d'abord ta mère et passe-la-moi. J'essaierai de lui couper la parole et de placer une phrase.

— Quelle phrase ?

— Je dirai que nous partons pour le Nevada.

— Elle va demander pourquoi.

— Je dirai : pour affaires.

— Elle va demander quelle affaire.

— Veux-tu cesser de m'ennuyer ?

— Tu connais ma mère. Me laisser partir…

— Vas-y.

Joshua composa le numéro.

— Maman…

Puis il tendit rapidement le combiné à Horovitz qui inonda sa sœur de paroles. En yiddish, il raconta une histoire concernant une affaire à conclure, la possibilité qu'il avait d'introduire Joshua dans les rouages d'un grand hôtel de Las Vegas…

— Il faut qu'il connaisse la Californie, la côte Ouest.

— Las Vegas ? s'écria Rachel. C'est l'enfer. C'est la perdition ! Une ville immorale ! Tu vas le pourrir là-bas ! cria-t-elle. Déjà qu'il n'est pas très réaliste… Si par malheur il jouait et gagnait, il serait fini, mort. Je ne veux pas qu'il gagne…

— Tais-toi une seconde, Rachel. Je suis l'aîné de la famille, dit Horovitz. Si tu veux qu'il ait un jour une vie constructive, utile, laisse-le partir. Je répète : je suis l'aîné et je mesure la responsabilité que je prends.

Au terme de quinze minutes de bataille verbale, il remporta la partie. Puis Joshua écouta pendant longtemps encore les recommandations de sa mère.

Lorsqu'il eut raccroché, Horovitz coupa court aux questions.

— Je t'expliquerai tout sur place. On prendra un vol de nuit pour Los Angeles et nous arriverons au petit matin à Las Vegas…

— Avec quel argent vas-tu payer les billets ? demanda Joshua.

— J'ai douze mille dollars d'économies. L'argent pousse à Las Vegas. Il suffit de se baisser pour le ramasser.

— Tu veux jouer ?

— Cela ne va pas être exactement un jeu. Mais nous cherchons quelque chose. Il y a une fortune à trouver.

— Pourquoi as-tu attendu ?

— Attendu quoi ?

— De partir…

— Parce que je ne voulais pas risquer ma vie.

— Et tu vas risquer la nôtre ? demanda Joshua.

— Tu peux rentrer chez ta mère… J'avais peur. Tu ne sais pas ce que c'est, la peur physique. La peur psychique. Je voulais me défendre en faisant semblant de n'être au courant de rien. J'ai fait fausse route. Tu as vingt ans, maintenant, Joshua. Tu dois t'aguerrir. Et te comporter comme si tu étais un sabra, né dans le danger, né pour vaincre. Je détiens une clef qui permet de gagner, à coup sûr, une fortune. Mais pas dans une salle de jeu. Ailleurs…

— C'est dangereux ? demanda Joshua.

— Extrêmement dangereux. Tu veux changer d'avis ?

— Non.

— Alors téléphone et réserve deux places pour Los Angeles.

— À quel nom ?

— Smith.

— Tu crois que nous ressemblons à des Smith ? demanda Joshua.

— Alors réserve une place à ton nom et une autre au nom de Himmelfarbe. Tu sais ce que ça veut dire ?

— Dans quelle langue ?

— Si tu poses encore une question à mes propres interrogations, nous allons devenir fous !

— Ça dure depuis cinq mille ans et on ne peut pas dire que ça nous ait si mal réussi !

— Himmelfarbe : couleur du ciel, dit Horovitz.

— Et pourquoi ce nom-là ?

— C'est plus prudent…

Horovitz dit qu'il allait demander à la voisine de s'occuper du chat. Si elle n'acceptait pas, il faudrait le prendre avec soi.

— Tu voyagerais avec le chat ! s'exclama Joshua.

— Si j'étais marié, je laisserais ma femme mais jamais le chat…

— J'ai à vous parler, dit Betty en entrant brutalement dans le bureau de Willy.

— D'abord, calme-toi, répliqua celui-ci. Je n'ai pas l'habitude d'être ainsi agressé.

— Vous avez voulu que je sois violente. Je le deviens…

— Mais pas avec moi.

Willy transpirait. Il s'essuyait le front, le nez, les yeux avec des mouchoirs en papier : c'était un tic. Les boîtes de Kleenex traînaient partout.

Il ajouta :

— Assieds-toi…

Betty marchait de long en large.

— Je n'ai pas envie de m'asseoir. Le monde va éclater autour de nous. Vous rendez-vous compte que nous sommes sur une poudrière !

— Les crises de nerfs ne servent à rien. Tu étais superbe pendant l'épreuve. Ne perds pas ton sang-froid maintenant. Les enfants sont sauvés. Ils sont là et tu iras avec eux à Las Vegas.

Elle décida de l'attaquer de front, de l'écorcher. Elle voulait briser les tabous :

— Vous êtes un hypocrite, un comédien ! Vous jouez avec moi. Ne faites pas cet effort inutile.

— Tu as dit « comédien » ?

— J'ai dit « comédien », oui ! Vous connaissiez très bien l'existence de Horovitz. Vous saviez que mon père, lui et un nommé Blumenfeld ont été tous les trois dans la même cellule. Vous connaissiez les différentes légendes concernant l'argent volé... Prétendument volé...

— Il a été volé ! s'écria Willy. Je n'ai jamais couru après un fantasme ! Et cet argent, je l'aurai. Mais toi... Comment connais-tu l'existence de Horovitz ? Seule ta mère a pu te communiquer son nom ! Elle t'a donc parlé quand je t'ai autorisée à lui rendre visite ?

— Elle a lâché quelques bribes. Elle a prononcé plusieurs fois le nom de Horovitz. J'ai décidé de le retrouver. J'ai découvert un vieux mythomane. Il brode ses histoires, il invente, il veut se rendre intéressant. S'il avait la moindre idée de l'endroit où se trouve l'argent, il ne moisirait pas depuis des années dans un logement minable !

— Allons, dit Willy, les joues roses d'émotion. Tu fais tes petites enquêtes ? Tu frappes à la porte d'inconnus et tu les interroges ? C'est dangereux ! Tu crois que je vais me contenter de m'amuser en te regardant taquiner des fauves ?

Elle le calma :

— Je n'ai pas parlé, moi. J'ai écouté. Et, après tout, vous avez voulu que je m'introduise un peu plus dans votre milieu, non ? Je m'émancipe ! Ça devrait vous plaire !...

Elle tentait de lui faire croire qu'elle ne prenait pas

au sérieux les divagations d'un ancien taulard paranoïaque.

Willy se leva. Les velléités d'indépendance de Betty l'agaçaient. Il l'aurait souhaitée combative, mais à ses côtés, non pas contre lui.

Il s'approcha d'elle, la pochette contenant les diamants à la main.

— Tu veux tes cailloux ?

Elle haussa les épaules.

— Gardez-les. Ils ne sont pas vraiment à moi. Si je pouvais les vendre, je m'y intéresserais. Mais vos diamants dans ma prison, non... Gardez-les ! Vous voulez m'appâter, me décorer, me flatter pour mieux me faire crever. Nous tournons en rond...

— Mais non ! dit-il. C'est faux. Je voulais te combler. Il y a un malentendu entre nous. Tu n'as jamais compris ni deviné ce que je pouvais représenter pour toi. On vante les instincts des femmes, mais les tiens ne fonctionnent pas parfaitement, loin de là !...

— Mes instincts me seront nécessaires pour survivre. Horovitz m'a dit qu'un contrat circulait dans le milieu : on veut m'anéantir, moi et mes enfants.

— C'est faux ! tout est fini ! s'écria Willy. Le kidnapping a échoué. Nous étions tous visés à travers les enfants, mais c'est terminé.

— Terminé ? Qu'est-ce qui est terminé ? Comment osez-vous affirmer que c'est fini ? lança-t-elle. Qu'avez-vous fait pour déchaîner une telle haine ? Si je n'y étais pas mêlée, je regarderais la bataille de l'extérieur. Mais je suis au milieu des affrontements. Depuis l'âge de seize ans, je vis avec les papiers d'identité d'une femme disparue, uniquement parce que j'ai voulu vous échapper !

— Quelle réussite, ta fuite. Parlons-en ! Tu t'es retrouvée livrée à un proxénète. Tu es passée sous tous les types qui pouvaient s'offrir ton corps ! Tu as été achetée, louée même… Ne me dis pas que c'était mieux que de supporter ma présence !

— Vous déformez tout ce que je dis. Lorsqu'il m'a ramassée à Washington Square, je ne savais pas que Rolph était un souteneur. J'avais faim, je ne savais pas où aller, je l'ai suivi.

— Tu l'as pris pour le Père Noël ?

— Moquez-vous de moi, allez-y ! Il cherchait des filles pour votre sale boîte. À partir du moment où j'ai pris l'identité d'Helen Wallace, je n'ai pas pu m'échapper. J'ai été coincée, j'étais dans l'engrenage…

— C'est moi qui t'en ai sortie ! s'écria Harrison. Quand j'ai deviné la présence de la petite nièce, quand je t'ai reconnue sur des photos, j'ai arrêté la machine. Tu devrais plutôt m'en être reconnaissante ! Cesse de me harceler ! Fiche le camp si tu souffres à ce point du confort. Fiche le camp avec tes gosses ! J'en ai marre de tes jérémiades ! Va chercher un type médiocre, enfonce-toi dans une vie grise !

— Grise ? Qu'appelez-vous grise ? Que savez-vous de mes désirs ? De quel droit voulez-vous diriger mon destin ? J'étais heureuse avec mon mari. Vous avez tout cassé. Et à cause de vous et de vos affaires, quelqu'un en veut à ma vie et à celle de mes enfants. Vous fermez les yeux sur les incartades de votre chère Hazel, vous vous montrez très indulgent pour ses défauts, et c'est moi qui subis vos coups de tête !

— J’ai mes idées concernant Hazel. J’attends quelques renseignements et je réglerai cette affaire. Il me manque deux informations à son sujet.

— Vous lui offrez un appartement…

Willy sourit.

— Pauvre chérie ! Ai-je l’air de quelqu’un qui offre un cadeau à une secrétaire, même apparemment indispensable ? Pour qui me prends-tu ? Je n’ai jamais été un enfant de chœur ! Je soufflais trop quand je m’agenouillais pour qu’on accepte les services d’un phoque ! Pourquoi crois-tu que j’ai installé Hazel dans son bijou de Manhattan ? Avant qu’elle y habite, j’y ai fait monter un système d’enregistrement unique dans son genre. Indétectable ! L’enregistrement commence au moment même où sa porte s’ouvre. J’ai des bobines espions en pagaille. Depuis qu’elle habite l’appartement, elle n’a jamais reçu personne, sauf l’employé d’une entreprise qui nettoie ses baies vitrées. Chaque fois qu’elle sort de chez elle, Wang s’introduit dans l’appartement et prend l’enregistrement. Un seul appel téléphonique m’a jusqu’à présent inquiété. Hazel a dit : « Je vous défends de venir ici. » À qui interdisait-elle de venir chez elle ? Je l’ignore. Mais je le saurai. Demain, je la lance dans l’action. Elle sera obligée de se rendre au rendez-vous avec Eberhardt. Elle quittera son appartement et se rendra à Diamonds and Co. Elle y prendra les diamants et, accompagnée par Liu et Han, se dirigera vers l’endroit désigné. Ils ont rendez-vous avec mes deux chimistes dans un motel.

— Vous êtes capable d’un tel double jeu !

— Tu devrais être satisfaite et tu t’indignes ? dit Willy. Si je n’avais pas adopté ce comportement, je ne serais plus vivant depuis longtemps… Dès que je connaîtrai l'identité de la personne qui « ne doit pas venir chez elle », dès que je saurai pourquoi son téléphone sonne parfois trois fois juste avant qu'elle ne sorte, j'agirai. Si elle a des rendez-vous secrets, je les saurai.

Il fit une pause et ajouta :

— C'est très fatigant de vivre dans ces conditions. Peut-être est-ce à cause de cela que je commence à vieillir…

Il se fit pitoyable. Il n'était plus qu'un ramassis de graisse. Ses mains fureteuses tripotaient les Kleenex. Il avait le visage tout plissé. Mais derrière ce décor de chair, son regard, ni moqueur ni troublé, la perçait comme un rayon laser.

— Quel comédien vous faites ! répéta-t-elle. Je devrais vous applaudir.

Le mot « comédien » le rejetait dans son enfance, lorsque, à l'école, on le considérait comme le roi des cabotins. À l'âge de dix ans, le corps déjà lourd, il marchait comme un vieux gros. Mais, payant des camarades plus bêtes, plus soumis que les autres, il jouait au caïd. À l'époque, il achetait son monde avec des chewing-gums et des cents : il n'avait encore ni diamants ni héroïne…

Willy observa Betty. Elle se battait contre lui, ce qui le satisfaisait : il pouvait donc la rendre combative. Quel dommage qu'elle ne fût pas cruelle ! Grave défaut pour une future patronne des ténèbres… Il effleura sa poitrine de sa main gauche.

— Cesse de m'énerver. Je risque une crise cardiaque. L'idée de la mort me remplit d'angoisse.

— Vous avez des angoisses ? Vous ? Votre passé est jonché de cadavres, et vous osez dire que vous avez peur de mourir !

— Raison de plus pour avoir peur, dit-il doucement.

Puis il se fâcha. Personne n'avait le droit de lui parler de ses règlements de comptes. Ni des « punis », ses victimes.

— Et si nous tenions les jumeaux, hein ? Tu leur pardonnerais encore ? Si tu avais accepté leur exécution au Dollar, ils n'auraient jamais pu s'attaquer aux enfants.

— Il y en aurait eu d'autres, dit Betty. Et puis vous qui êtes censé tout savoir, vous n'avez jamais découvert l'identité de ceux qui ont libéré les jumeaux des caves du Dollar…

— J'avais une centaine d'employés, tous ayant une raison de se venger. J'ai des ennemis partout. Comme tous les hommes puissants. Tu dois choisir ta vie. Et me répondre honnêtement.

— Curieux mot dans votre bouche !

— L'impertinence te va très mal, dit-il. Je veux connaître les raisons véritables pour lesquelles tu acceptes de partir pour Las Vegas. Seras-tu mon associée, mon bras droit, ou voudras-tu t'échapper et te lancer à la recherche de l'argent volé par ton père ?

Elle se montra plus douce : elle devait savoir la vérité ; c'était peut-être le moment…

— Pourquoi tenez-vous à moi ?

— Un jour ta mère t'en parlera peut-être. Si elle le veut ! Mais je crois qu'elle ne le fera pas.

— Elle a tellement peur de vous !

— C'est elle qui a choisi.

Willy poursuivit :

— Le silence est devenu sa meilleure arme. Elle a dû s'exclure de son propre passé, se détacher des souvenirs… Mais là n'est pas le problème. Si tu acceptes la mission de Las Vegas, tu pourras devenir toi-même, découvrir ta vraie personnalité. Tu ne veux quand même pas passer le reste de ton existence ballottée et menacée ! On te retrouvera partout, même si tu cours au bout du monde !

— Qui ? demanda-t-elle glacée. Qui ?

— Ceux qui supposent que Harrison aime sa nièce. Ils s'imaginent que ta mort m'éprouverait… Bon. Mais je ne veux pas reprendre cette discussion stérile. Sois digne de ton oncle Harrison, c'est tout ce que je te demande. Je te dirai peut-être un jour les raisons pour lesquelles je suis très attaché à toi.

— On n'a jamais vu un oncle aimer sa nièce d'une telle manière !

— Il faut de tout pour faire un monde, dit Willy. Passons à autre chose. Demain, nous allons conclure une affaire très juteuse. Ensuite, tu partiras pour Las Vegas. Là-bas, tu vivras dans des conditions uniques. Je t'autoriserai à aller voir ta mère à la clinique. Tu feras une escale à Atlanta, tu lui présenteras les enfants puis tu continueras sur Las Vegas.

— Et là-bas je vivrai aussi sous une loupe ? Chacun de mes pas, chacun de mes déplacements sera contrôlé ?

Willy haussa les épaules.

— Las Vegas est la capitale de la frime et, en même temps, un grand village. Tu auras la Rolls à ta disposition. Liu conduira, Han s'occupera des enfants et Lord te suivra comme ton ombre. Au Caesar's Palace, vous occuperez la suite royale. Je ne voudrais pas que toi et Lord donniez l'impression de former un couple. Lord est à ton service. Il y a des apparences à respecter. Tu seras donc une belle jeune femme, très riche, suivie de son garde du corps – mais pas de son amant. Lorsque tout Las Vegas aura goûté à ta présence, quand tu auras été reconnue comme la nouvelle reine des nuits de la ville, vous vous installerez dans ma propriété, près du lac Mead.

— Vous voudriez que je meure de peur là-bas ? Je me sentirais plus en sécurité à l'hôtel !

Elle cédait déjà. Willy ressentit comme un sourire intérieur. Tout le monde était donc achetable. Même Betty.

— Ma maison est inattaquable, dit Willy. Un système électronique signale le moindre mouvement autour de la propriété. Et pendant la nuit, vous dormirez tranquilles : des chiens fous veilleront sur vous.

Betty frissonna.

— Quels chiens ? Pourquoi fous ?

— J'ai découvert une entreprise dirigée par deux anciens cascadeurs devenus infirmes à la suite d'un accident. Ils louent des chiens détraqués. Des chiens qui ont été torturés par leurs dresseurs, des chiens rendus enragés par les souffrances qu'ils ont endurées. Le soir, lorsqu'ils seront lâchés, personne ne pourra arriver jusqu'à la maison. Tapis au sol, presque invisibles, camouflés par la nuit, silencieux comme la mort, les chiens se jetteront sur les intrus pour les dévorer. Ils ont accumulé une telle haine contre les hommes qu'ils sont invincibles…

— Vous inventez des pièges vraiment vicieux ! Nous serons nous-mêmes les prisonniers de la maison…

— On ne peut pas tout avoir, ma chérie. La sécurité, ça se paie !

— Et de quelle manière ces fauves seront-ils récupérés le matin ?

— Ils ont toujours faim. Il suffit de les attirer avec de la nourriture. Ensuite, on les met dans une camionnette et on les transporte ailleurs.

— Et vous imaginez que votre horrible invention me rassure ?

— J'offre ce que j'ai, répondit Willy, ravi de l'effet provoqué. Il suffira de bien fermer les portes le soir. Et de ne pas avoir l'idée d'aller se promener dehors… Mais nous sommes encore loin de ton installation dans cette maison… Je l'appelle « Le ranch ». C'est beau, non ? « Le ranch »… Mon fantasme d'enfant à moi, hein ? J'ai eu aussi des fantasmes !… Si tu es d'accord avec moi, tu devras être la révélation de Las Vegas. Tu dois créer la surprise. Tu vas paraître et apparaître. Tu passeras à côté des tables de jeu sans jamais jouer, même pas pour la frime. Celui qui vend de la drogue n'y touche jamais. De même, celui qui a une salle de jeu ne joue pas non plus. Une garde-robe somptueuse devra mettre en valeur tes diamants. Je veux qu'on te reconnaisse de loin grâce à ton style. Tu iras les épaules nues, les cheveux ramassés en chignon, et tu ne porteras qu'un bijou : une simple boucle d'oreille taillée dans un diamant de dix carats. J'ai l'espoir d'obtenir une licence de jeu. L'hôtel dont je négocie l'achat abritera une salle assez intime si on la compare aux dimensions des autres locaux, qui sont de vrais halls de gare. Je cherche à concevoir un centre de jeu spécial. J'étudie un système qui permettra de lier jeu et sexe…

— Vous m'aviez promis…

— Oui ! dit Willy. D'accord. Pour toi, j'ai inventé quelque chose d'innocent. Ou de presque innocent. Tu sauras de quoi il s'agit le moment venu. Il faut que tu comprennes ce phénomène étonnant : le sexe ne nuit jamais au jeu. Les joueurs, les vrais, ne s'occupent pas des femmes : ils ne les voient même pas. À Las Vegas, des dizaines de beautés se promènent. Personne ne les aborde. Toi, on te regardera pour deux raisons : parce que, couverte de diamants, tu seras époustouflante de richesse ; ensuite, parce que tu es ma nièce.

— Mais quel est le but de cette opération ?

— Les clans installés là-bas doivent s'habituer à l'idée que je viendrai m'y installer. Il faut afficher ma richesse. La proclamer. La faire admirer. Habillée par de grands couturiers français, tu porteras des parures merveilleuses, pas des bricoles. En peu de temps, tu comprendras que seul le pouvoir que je te donne t'assurera la sécurité.

De violentes images traversèrent brusquement la mémoire de Betty. Elle revit sa mère et entendit son père : « Si tu m'en parles encore une fois, je te tue. » La guerre entre son père et sa mère. Et les gens qui arrivaient et repartaient à n'importe quel moment de la journée ou de la nuit. « Si tu me dis cela encore une fois, une seule fois… », répétait son père…

— À quoi penses-tu ? demanda Willy.

— Au passé.

— Il faut le balayer. Il faut le dominer. Si Hazel n'a pas fait de bêtises, je la garde et tu la domineras par ta connaissance des affaires. Cela te permettra d'oublier le passé. Elle se trouve maintenant dans un état de supériorité parce qu'elle n'a pas de concurrents. Elle dirige pratiquement seule Diamonds and Co. Entre dans la danse : c'est le seul moyen de régler l'histoire ancienne.

— Je crois que je vais accepter le pari de Las Vegas, dit Betty. À condition d'avoir une affaire à moi, qui me convienne.

Chacun d'eux défiait l'autre.

« Je trouverai l'argent, pensa-t-elle. S'il existe vraiment, je le trouverai. Et je me libérerai de Willy. » Elle s'imagina quelque part en Europe. À Londres, par exemple. Les enfants seraient avec elle. Ils attendraient un autobus rouge. Une foule sans visages se refermerait sur eux.

— Betty… Lorsque tu comprendras la puissance de l'argent et la fascination du pouvoir, tu seras domptée. Entends bien ce mot : domptée par les évidences. Commence déjà à t'occuper de ta garde-robe. Je veux des robes du soir somptueuses, insolites. Achète ce qu'il y a de plus cher. Tu partiras avec des parures dont même les reines pourraient rêver.

Il se leva et s'approcha d'elle. Il posa sa main sur l'épaule droite de Betty.

— Tu seras plus à ton aise à Las Vegas que dans un logement pour Américaine moyenne… Mieux que dans le camping-car d'un mari honnête. À propos de mari…

Betty resta immobile.

— Il serait peut-être bien que tu te trouves un homme de compagnie… Quelqu'un d'élégant, bien né, issu de la vieille aristocratie européenne. Un titre ferait sourire certains, mais ce serait un sourire jaune.

— Je n'ai jamais vraiment compris les raisons de vos ambitions sociales ! s'exclama Betty. Les ventes de charité, les cocktails… Rappelez-vous pourtant que nous ne sortons même pas du ruisseau mais des égouts ! Comme des rats…

— Les rats sont très intelligents, répliqua Willy. Intelligents, ambitieux et vindicatifs. Et puis on peut vouloir compenser le passé. Tout s'achète. Même des morceaux d'amour-propre. Pense à tes enfants. Quand Jimmy ira à Harvard, il aura besoin d'un encadrement chic. L'argent n'est pas tout, mais il peut tout. Ou presque.

— Je veux ma mère. Qu'elle puisse vivre avec nous dans quelques mois.

— Ce n'est pas impossible, convint Willy.

Betty se leva. Elle voulait s'arracher du cercle d'envoûtement que Willy dessinait autour d'elle. En même temps, elle luttait contre une impression absurde. Ressentait-elle une attirance, une forme d'attachement, quelque chose qui ressemblait presque à de la tendresse pour son oncle ?

Elle frissonna.

— Tu as froid ? demanda Harrison.

Ils se regardèrent. Elle aurait aimé le blesser avec des mots. Mais elle s'en montrait incapable.

— Betty ?

— Oui.

— Betty…

Il ne broncha plus. Elle avait envie de sourire et de pleurer.

— Betty…

« M'arracher d'ici », pensa-t-elle.

La redoutable douceur de Willy la désarmait. Comme sous l'effet d'un poison paralysant, elle voyait sa vie défiler et ressentait soudain l'envie de se laisser porter par les événements.

— On n'a pas que de mauvais souvenirs, toi et moi, n'est-ce pas ? Te souviens-tu du ballon que je t'ai apporté un jour ?

Elle ne l'avait pas oublié. Son père l'avait fait éclater avec le bout de sa cigarette. C'était le ballon d'oncle Willy.

Cool et Slim se faufilèrent parmi les voitures du parking. Sous l'éclat des néons, elles semblaient teintes en rose et en bleu. Ils avaient réussi à garer la Chevrolet entre deux breaks chargés de paquets. Le supermarché allait fermer dans une demi-heure. Au milieu des chariots abandonnés, un enfant appelait sa mère.

Après avoir quitté le parking, Slim et Cool suivirent la route principale. Mais bientôt, ils désertèrent le béton mitraillé par les phares des voitures et, dégringolant presque, s'enfoncèrent parmi les arbustes nus. Ils avançaient au pas de course et, vingt minutes plus tard, retrouvèrent la propriété. Elle était entourée par une frêle forêt râpée par l'hiver. En pénétrant sur le terrain par ce côté-là, ils ne risquaient pas de passer dans le champ de vision de Mme Lander. Ils avancèrent sur un sol couvert de feuilles pourries et de branches cassées.

Ils brisèrent une vitre et abaissèrent la poignée de la porte de service. Le couloir était aussi accueillant qu'un caveau. Slim hésita puis, suivant le filet de lumière de sa torche électrique, il retrouva le débarras du jardinier. Il y entra puis en ressortit en brandissant victorieusement la clef de la porte blindée qui séparait le garage de la maison. Cool le rejoignit. Ils entrèrent dans le garage et s'approchèrent de la voiture. Cool ouvrit la portière avant, côté conducteur. Elle ne put réprimer un haut-le-cœur devant cette image de cauchemar : un crâne à la peau comme calcinée, des pommettes sillonnées par les trajets des vers, une mâchoire entrouverte et des orbites vides.

— Le lifting de Miss Cercueil est raté, dit-elle d'une voix rauque. Il faudrait être médecin légiste pour deviner l'âge de la nana…

— Tu te trouves drôle ? demanda Slim.

— Je pourrais aussi chialer… de peur, chuchota-t-elle. Je fais ce que je peux…

— Maintenant que tu l'as vue, on peut partir, hein ?

— Pour aller où ? Et avec quel fric ?

— Partons, dit Slim.

— On serait venus pour des clous ? Non ! Je vais essayer de trouver une indication. Tiens la lampe.

Cool fit le tour du véhicule et ouvrit l'autre portière. Elle tenta de sortir ce qui restait du corps. La tête bascula en arrière et se détacha.

Cool poussa un cri, recula, puis écarta le crâne avec le bout de son pied.

— Qu'est-ce qu'on fait ? demanda Slim en claquant des dents.

Le corps fut déposé sur le béton, où il tomba en morceaux. Cool prit les chaussures et les examina. Elle y découvrit une marque italienne connue. Et aussi le nom d'un magasin puis celui d'une rue et d'une ville : Vienne.

— Vienne ? dit-elle. Où c'est Vienne ? Quelque part en Europe ? Près de la Grèce ?

— Ça doit être en Allemagne ou quelque chose dans le genre.

— Je veux voir le manteau, déclara Cool.

Elle tira le vêtement vers elle. Elle le dégagea du cadavre et l'examina. Un grand col, de grandes poches et, à l'intérieur, une griffe, un nom et une ville : Londres.

Elle fouilla les poches.

— Où est son sac ? demanda-t-elle.

— Je l'ai tailladé en petits morceaux et l'ai caché parmi des vieux papiers dans une des poubelles.

— Repêche-le…

Slim partit vers le local réservé aux poubelles. En l'attendant, Cool s'installa dans la voiture. Elle tâta les doublures et glissa les mains derrière les sièges. Elle cherchait un indice. Entre la banquette arrière et l'accoudoir qui séparait les sièges, elle découvrit un petit carton. Elle l'éclaira. Un « E » et un « R » y étaient griffonnés. Suivaient quelques numéros de téléphone.

Slim revint avec le sac en maugréant.

— Tu vois qu'il n'y a rien dedans…

Cool soupesa la pochette en cuir.

— Les feuilles et les pastilles, qu'est-ce que tu en as fait ?

— Je les ai fourrées dans une enveloppe qui traînait sur un bureau. Dans la maison.

Cool sortit de la voiture. Les restes du corps qui traînaient en désordre sur le sol la dégoûtaient.

— On la laisse ici ?

— Évidemment !… Il faut passer la maison au peigne fin. On ne sait toujours pas à qui elle appartient. Allons, au travail ! Montre-moi l'enveloppe.

— Si je la retrouve !

Ils sortirent du garage et se faufilèrent dans le living-room. Passant dans un des couloirs, ils retrouvèrent le bureau. Slim erra dans la pièce obscure, cherchant du regard, hésitant. Puis il s'approcha d'un meuble et regarda les enveloppes qui y traînaient. Il dut en ouvrir plusieurs avant de découvrir la bonne.

— Les voilà, tes feuilles et tes pastilles, dit-il, soulagé.

Il allait enfin se décharger de ses responsabilités. Cool était là pour réfléchir.

Elle examina longuement le contenu de l'enveloppe. Elle soupesa les feuilles, à peine plus lourdes qu'un souffle. Elle renifla : elles n'avaient aucune odeur. Elle les plaça dans l'enveloppe qu'elle cacha dans la poche de son jean.

— Montre-moi le reste…

Ils grimpèrent au premier étage. Slim amena sa sœur dans la chambre où il avait gardé Jimmy.

— Ils m'agacent avec leur fric, dit Cool. Quand on sera riches, on sera moins tordus !

Elle dirigea le pinceau de sa lampe de poche sur le lit à baldaquin.

— Un vrai cauchemar. Tu imagines la nana du garage couchée sous le baldaquin !

Elle regardait, pensive, la toile tendue.

— Tu vas rire, mais j'ai l'impression qu'il y a quelque chose là-dessus…

Au moment où elle s'élançait pour examiner de près le haut du lit, la sonnerie du téléphone retentit.

— Il faut partir ! cria Slim. J'en ai marre de ces fantômes : en haut, en bas, au milieu, partout des fantômes !

Il retenait sa sœur.

— Ne va pas répondre.

— Et si j'entendais la voix qui nous a traînés ici ? Notre commanditaire, cette espèce d'ordure, court toujours. Et s'il appelait ?

— Dans une maison vide ?

— Il attend peut-être quelqu'un… Après tout, pourquoi n'aurait-il pas un rendez-vous téléphonique avec d'autres personnes ?

La sonnerie du téléphone résonnait toujours. Cool s'arracha presque des mains de son frère.

— Lâche-moi.

Elle s'élança et dévala l'escalier. Elle se précipita vers l'appareil posé sur une des tables basses du salon. Slim la suivit. Il tenta de retenir sa sœur.

— N'y touche pas…

— La paix !

Elle le repoussa si violemment qu'il faillit tomber en arrière.

— Allô ?

Elle entendit une voix de femme surexcitée :

— Allô ! allô !… C'est vous, monsieur Eberhardt ?

Cool éloigna le combiné de son visage et le tint entre elle et son frère. Slim put écouter.

— Vous avez dit Eben… quelque chose ?

— Oui. M. Axel von Eberhardt. Est-il là ?

— Je ne connais pas ce monsieur, répondit Cool. Vous avez dû faire un faux numéro.

— Peut-être…

— Certainement !

Cool était si aimable qu'on lui aurait donné le bon Dieu sans confession. Sans lâcher le combiné, elle chercha dans la poche droite de son blouson le petit carton qu'elle avait découvert dans la voiture. Muette, elle le brandit sous le nez de Slim. Puis, très douce et presque inoffensive, elle reprit la conversation avec l'inconnue :

— Tout le monde peut se tromper de numéro !… Même lorsqu'on le connaît par cœur !… D'où appelez-vous, madame ?

— De la maison qui se trouve en face de l'Albatros, la propriété de M. Eberhardt. Je la surveille pour lui rendre service. J'ai cru y voir de la lumière. J'attends M. Eberhardt qui devait venir de New York. J'ai pensé qu'il était arrivé. Je vais refaire le numéro… Bonsoir, madame.

— Bonsoir, dit Cool.

Elle raccrocha et se tourna vers Slim.

— Tu as tout entendu ? La grosse d'en face est bavarde. Tout ce qu'elle ne t'a pas dit au lit, je l'ai appris par téléphone. La baraque s'appelle l'Albatros. Et le proprio est un certain Eberhardt. Ta gonzesse nous a refilé tous les renseignements. Le type qui nous a téléguidés devrait être ce nommé Eberhardt. Tu as entendu ? Il doit venir. On va l'attendre, ce petit. Sur la carte que j'ai trouvée dans la voiture, il y a un « E » avec un numéro à New York. On va l'appeler pour vérifier. Mais pas tout de suite : la grosse d'en face va refaire son numéro et il ne faut pas que la ligne soit occupée.

— T'es forte, dit Slim, admiratif. T'es même géniale…

La sonnerie retentit à nouveau. Cool s'exclama :

— Elle a fait le « bon » numéro !… Elle est persuadée qu'elle s'est trompée. Attendons un peu.

Lorsque le silence fut revenu, Cool composa le numéro indiqué sur le carton.

— Qu'est-ce que tu vas dire ? s'inquiéta Slim.

— Laisse-moi réfléchir…

Elle compta les sonneries. Puis quelqu'un répondit. La voix était à peine audible :

— Allô ?

— Allô… Je voudrais parler à M. Eberhardt, dit Cool d'une voix très claire. Je téléphone de la part de M. Harrison.

Slim fit des signes désespérés. Il toucha sa tempe de l'index de sa main droite, exprimant à sa sœur qu'il la considérait comme une folle.

Il y eut un grand silence à l'autre bout du fil.

Désorientée, Go ne savait que répondre.

— Je ne peux rien vous dire, fit-elle. Si vous désirez un renseignement, adressez-vous directement à M. Harrison.

— Merci.

Cool raccrocha.

— On tient le bon bout, mon cher frère, génie méconnu de ce siècle.

— De qui tu parles ?

— De toi.

— Tu te payes ma tête !

— Il faut bien que je me défoule… Eberhardt connaît Harrison. Pourquoi a-t-il voulu faire enlever les enfants de Betty Clark ? Pourquoi nous a-t-il envoyés dans une maison où repose un cadavre ?… Il faut savoir qui est le monsieur « R » inscrit sur la carte. On va demander le tuyau aux renseignements…

Slim se mit à crier :

— Tu ne vas pas ouvrir un bureau d'enquêtes, non ? T'es folle ! Il faut sortir d'ici ! Qu'importe le type qui nous a baisés !

— Tu crois que je vais bouger d'ici avant de savoir qui voulait nous faire exploser ? Écoute…

Elle se tut. Ils entendirent une voiture approcher. Cool courut vers une des fenêtres et regarda à travers les interstices des volets.

— Si c'est Eberhardt, on va le faire parler. Je reconnaîtrais entre mille cette maudite voix qui nous a poursuivis…

Paniqué, Slim répétait :

— Cool, on devrait partir !

Ils entendirent un bruit de pas. Des phares éclairèrent la façade de l'Albatros. Un chien aboya. La femme d'en face sortit de sa maison et rejoignit le visiteur. Celui-ci se tenait près de la voiture et inspectait les environs. Emmitouflée dans un gros manteau, Ida Lander lui parlait.

— Elle lui raconte le coup de téléphone, dit Cool.

Dans le grand salon, les rares lumières venues de l'extérieur dessinaient des hiéroglyphes sur les murs.

— Regarde le mec, reprit Cool. Il écoute comme si sa vie en dépendait. La voisine doit être curieuse.

Ça m'étonne qu'avec une femme pareille, il laisse traîner un cadavre dans son garage…

— Elle n'a pas la clef, dit Slim. Elle me l'a dit. Elle est payée pour ne pas s'occuper de ce qui se passe ici. Mais ce soir, ça a l'air de changer.

— Et tu y es pour quelque chose ! On a beau ne pas vouloir s'occuper d'une maison, quand un mec arrive et tombe dans votre lit, ça doit susciter l'intérêt, tu ne crois pas ?

— Fiche-moi la paix avec tes crises de jalousie !

— Elle aura son compte, la vieille…

L'homme s'éloigna de la voiture. Il marchait comme un crabe, en biais, suivi par la voisine qu'il écoutait attentivement. Ida, volubile, racontait avec force gestes. Des années de silence, imposées par Eberhardt, se brisaient. Enfin, elle pouvait se rendre intéressante ! Démontrer et prouver son intelligence ! Elle qu'on payait pour ne pas s'occuper de ses voisins allait peut-être les sauver de dangers insoupçonnés !…

— Vous n'êtes pas venu depuis l'été, monsieur Eberhardt. La maison aurait pu être squattérisée… Je pourrais faire de temps à autre une petite inspection et vous prévenir… Comme je vous l'ai dit, un jeune type a dû s'infiltrer là…

Eberhardt n'avait qu'un seul souci : se débarrasser de Mme Lander et entrer seul dans la maison. Il voulait y passer la nuit, inspecter les lieux et préparer la marchandise pour les chimistes qui devaient venir le lendemain afin de tâter, goûter, renifler. Et lui, il recevrait les diamants qu'il livrerait quarante-huit heures plus tard à Vienne. Les pierres devaient quitter l'Amérique intégrées à son corps – ce corps qu'il aimait bien –, et tout cela n'était pas très rassurant.

Il glissa quatre billets de cent dollars dans les mains chaudes de la voisine.

— Des broutilles, dit-il. Dès que j'aurai un peu plus de temps à vous consacrer, nous discuterons sérieusement de l'avenir.

Ida ne demandait pas mieux que de parler d'avenir avec un homme aussi plaisant.

— Toujours à votre disposition, monsieur Eberhardt. N'hésitez surtout pas à me demander des services.

— Je vous prends au mot, madame.

— Vous ne voulez vraiment pas que je vienne vous donner un coup de main ce soir ?

— Non, madame, non.

Quand il fut enfin seul, il se dirigea vers la maison. Au moment où il ouvrait la porte principale, Slim et Cool pénétraient dans le garage.

Eberhardt longea le couloir et entra dans le living-room. Tout semblait calme, silencieux et, surtout, glacé. Dans l'ombre, les meubles et les objets paraissaient mystérieux. Pour un peu, l'Autrichien se serait cru dans un zoo encombré d'animaux préhistoriques.

L'office se trouvait derrière la cuisine. Il s'y rendit en tâtonnant. Il fit fonctionner le disjoncteur et la maison s'illumina brusquement. Qui avait tourné les commutateurs ? Semblable à une bête pistant le gibier, Eberhardt retraversa le living-room. Il se retrouva au bas de l'escalier intérieur qui conduisait au premier étage. Il monta les marches et arpenta la galerie qui surplombait le living-room. Il pensa qu'il n'était peut-être que le spectateur d'une scène qui devait se jouer en bas. Il se retourna, oppressé, et entra dans la chambre qui se trouvait juste derrière lui. Ici aussi, la lumière était allumée, et la porte donnant sur la salle de bains était entrouverte. Eberhardt se précipita vers la salle d'eau. L'intérieur de la baignoire était légèrement mouillé. Il toucha les robinets. L'un d'eux était humide. Sans doute avait-il été mal fermé.

Il revint dans la chambre, prit une chaise et monta sur le velours bordeaux pour examiner le haut du baldaquin. Les paquets d'héroïne s'y trouvaient. Il ressentit un immense soulagement. Tout était en ordre.

Eberhardt remit la chaise à sa place et redescendit au salon. Il réfléchit un court instant et décida de passer la nuit dans un motel. Il avait besoin de voir des gens, de leur parler. Il désirait fuir ce silence, cette solitude, ce froid. Il pensa aux propos rapportés par Ida Lander, à cette voiture qui ne serait jamais sortie du garage… Il haussa les épaules. La grosse femme d'en face, assez appétissante d'ailleurs, avait dû raconter ses fantasmes. Mais, avant de partir, il allait descendre au garage, ne fût-ce que pour comprendre pourquoi la porte était bloquée. Demain, les visiteurs auraient peut-être besoin du garage. Il fallait que tout se déroule comme prévu.

Tout en marchant dans la maison, il songea à ses ancêtres, ces nobles jamais effarouchés mais toujours farouches. Il était bien différent, lui qui avait dévié de ce droit chemin bordé de bonnes intentions, ourlé de titres vrais et de gloires inventées, saupoudré de légendes étincelantes.

Il pensa à l'énorme hamburger qu'il allait manger en vidant des coupes entières de pickles. Oui, il irait dîner. Mais d'abord, il fallait débloquer la porte.

Comme il longeait le couloir qui aboutissait à l'arrière de la maison et desservait le débarras, le local des poubelles et la pièce du jardinier, il perçut une odeur. Une odeur à la fois familière et repoussante. Une odeur indécente, plus présente dans son esprit que dans ses narines. Il frissonna.

La porte du garage était entrouverte. Pourquoi l'Haïtien et l'Allemande avaient-ils prétendu qu'elle aussi était bloquée ?

Il tourna le commutateur ; le garage fut aussitôt éclairé par une lumière blafarde. « Tout pue ici, pensa-t-il. Même cette Mercedes noire. »

S'il avait eu le courage de s'avouer sa lâcheté, il aurait quitté cette maison en courant. Mais il devait découvrir la vérité. Il s'approcha de la voiture : un vrai corbillard couvert de poussière. Il contempla le coffre ; la surface noire était recouverte de traces de doigts semblables à des pattes d'oiseaux.

Comme il regardait le sol, il aperçut une tête de mort qui le dévisageait. Il fit deux pas en arrière, en proie à la terreur. C'était comme s'il était assailli par un ennemi invisible, comme si des oiseaux sauvages, des vautours affamés s'acharnaient sur lui, le déchirant de leurs becs. Et il n'avait plus de visage, plus de voix, plus de gorge. Autour de lui, tout n'était que couteaux, objets pointus, étouffement.

Il se retrouva soudain avec un bandeau sur les yeux, un bandeau tenu par des pattes, des mains, des racines qui le poussaient et l'engloutissaient.

Une lame de couteau se posa sur son cou et il entendit une voix de femme :

— T'as pas de temps à perdre. Nous non plus. Avant que je t'épluche les cordes vocales, tu vas nous raconter une belle histoire. Comment tu as monté le kidnapping, salaud… Tu vas raconter gentiment pourquoi t'en veux à Harrison et aux gosses de Betty Clark. Si tu ne déballes pas la vérité, on va t'arracher les ongles. Quand tu voudras palper du vrai fric ou de faux diamants, tu n'auras plus rien pour sentir…

— Vous vous trompez de cible, balbutia Eberhardt. Je n'ai pas mis les pieds dans cette maison depuis l'été.

Cool lui entailla le lobe de l'oreille, Eberhardt étouffa un cri.

— Ça saigne, ton histoire, papa… Ça va saigner ! Tu n'as pas de mémoire, papa ? Tu oublies tout ? Tu vas dans des belles maisons, juste pour dire bonjour à des dames décomposées ? Tu cumules, papa… Kidnapping, meurtre… T'es bon pour la picouse. Slim, si dans cet État il n'y a plus d'exécution capitale, on peut lui en organiser une, et des plus belles, des plus lentes…

Eberhardt essayait désespérément de comprendre. On avait donc kidnappé les enfants Harrison… Qui avait manigancé tout cela ? Et quel rapport y avait-il avec cette maison ?

— Tu vas nous parler, maintenant. On va écouter ta belle voix…

— Vous faites erreur, prononça-t-il. Je n'ai ni tué ni fait enlever personne.

— Tu entends notre rossignol ? demanda Cool à Slim. Tu l'entends ? Il chante bien…

Eberhardt saignait de l'oreille.

— Ôtez le bandeau, dit-il, et laissez-moi vous expliquer ce que je sais.

— Vas-y…

— Pas avec un couteau sur la gorge.

— Tu veux un collier en faux diamants ? Ou une corde pour te pendre ?

— Écoutez-moi, dit-il. Je peux vous donner de l'argent, en espèces. Mais je veux comprendre de quoi il s'agit. Je suis un paisible homme d'affaires.

Cool lui entailla le lobe de l'autre oreille.

— Ton sang, c'est comme deux boucles d'oreilles rouges, dit-elle, admirative.

« Deux truands, pensa Eberhardt, deux minables introduits dans une affaire qui les dépasse. Et dans cette maison ! Ils ont découvert le cadavre et ont attendu le propriétaire. Mais ils ignorent qu'il y a dix kilos d'héroïne dans la chambre. Il faut s'en sortir et les éloigner d'ici. Ne pas mourir aussi bêtement. Ne pas mourir dans un garage de Long Island, victime de deux individus qui me prennent pour un riche oisif qui aurait tué un ami ou une maîtresse encombrante et qui serait mêlé à un kidnapping. »

— Ôtez ce bandeau, répéta-t-il. Me couper la gorge ne sert strictement à rien. Un cadavre ne parle pas. Je ne suis pour rien dans l'affaire du kidnapping et ce n'est pas moi qui ai tué l'homme ou la femme qui était ici. J'ai eu droit à une surprise double : le cadavre et vous. Vous êtes deux, n'est-ce pas ? Ôtez ce bandeau. J'ai de l'argent. Il vous est plus facile d'avoir mon argent et de vous en aller que de me massacrer pour rien. Ôtez ce bandeau !

Slim et Cool, désorientés, se consultaient du regard. Slim demanda :

— Qu'est-ce que tu nous offres ?

— J'ai soixante mille dollars en espèces dans un coffre.

— Où ? Ici ?

— Ôtez ce bandeau, dit Eberhardt. Je veux vous voir.

Par signes, Cool fit comprendre à Slim que la voix de cet homme n'était pas celle de leur commanditaire. Slim ôta le bandeau. Eberhardt se retourna et les dévisagea. La fille était d'une beauté saisissante : de grands yeux noirs étirés en amande vers les tempes, un casque de cheveux courts et bouclés, une expression cruelle qui ne laissait place à aucune marge d'erreur. Le frère était physiquement identique. « Deux personnes semblables, pensa Eberhardt. Quel jeu fabuleux de la nature ! Ils sont si beaux ! Mais si je ne les achète pas, ils me tueront. » Il décida de retourner avec ces deux démons à Park Avenue, de monter à l'appartement, d'ouvrir le coffre et de leur donner de l'argent. Après quoi, il se débarrasserait d'eux.

Il s'adressa à la fille :

— Une beauté comme toi ! Et vivre cette vie…

— Pas de discours, papa, dit Cool. De l'argent. On a l'air gentils parce que tu veux bien discuter. Mais ne te trompe pas : on est des impatients – surtout mon frère quand il attrape une crise, il se met à trembler et il tue.

— Alors vous allez venir avec moi. Je dois retourner à Park Avenue.

Cool se figea. Slim fit une grimace. Eberhardt continua :

— J'habite Park Avenue. J'ai de l'argent dans le coffre de mon appartement. Vous n'avez rien à craindre. Vous êtes armés tous les deux alors que je suis seul et sans armes.

Cool l'interrogea :

— Y a-t-il quelqu'un dans l'appartement ?

— Une femme. Elle n'est pas dangereuse. Vous êtes donc les plus forts. Laissez-moi vivre et acceptez mon argent.

— T'as un mouchoir ? demanda soudain Cool.

— Pourquoi ?

— Dis-moi des mots doux à travers un mouchoir… On accepte ton argent. Là n'est pas le problème. Parle-moi avec un mouchoir devant les lèvres.

Eberhardt sortit un mouchoir de sa poche et le plaça devant sa bouche.

— Vous vivez dans l'erreur. D'abord, je n'ai tué personne. Ensuite, je n'ai commandé aucun enlèvement.

— Alors, dit Cool, pour te fourrer dans une situation pareille, tu es le roi des idiots !

— Ce n'est pas exclu, dit Eberhardt. Mais je m'en suis toujours tiré.

Cool le regardait, étonnée. Était-il possible de rencontrer quelqu'un qui n'avait pas peur d'eux ?

Eberhardt, quant à lui, songeait que seul le bluff lui permettrait de s'en sortir.

— Je suis un pourri, un dégueulasse, mais pas un

assassin. Et j'ai beaucoup d'argent. Il faut prendre ce que je vous offre. Un type qui peut payer comme moi ne court pas les rues.

— Et des tueurs comme nous non plus. Belle rencontre ! Tu vas appeler chez toi, papa, dit Cool.

— Pourquoi m'appelles-tu papa ?

— C'est comme ça. Je t'appelle papa parce que ça me plaît. Ça te diminue. J'aime bien te voir diminué : tu es trop sûr de toi.

— L'assurance peut convaincre.

Cool lui rétorqua :

— N'en fais pas trop, papa. On va chez toi…

Slim intervint :

— Tu crois qu'on peut vraiment ?

— Pour soixante mille dollars, on prend des risques, frérot.

Eberhardt attendait. S'ils discutaient, il y avait de l'espoir. De toute façon, il paierait : c'était la seule manière de sauver sa vie et les dix kilos d'héroïne.

— On va aller au rez-de-chaussée, papa, et tu vas appeler chez toi. Je prendrai l'écouteur. Tu feras très attention à ce que tu diras. Tu dois nous convaincre que la personne qui est chez toi est seule et qu'elle sera seule quand tu reviendras. Si tu nous trompes, tu te retrouveras avec deux lames de couteau dans les tripes.

Elle fit surgir de ses mains un couteau fin et brillant. Slim devait avoir le même.

— Il est inutile de me tuer et de me menacer, dit Eberhardt. Je joue franc-jeu.

Il suivit les jumeaux dans le living-room. Pour la première fois, le code établi entre Go et lui allait fonctionner. Il était convenu entre eux que s'il l'appelait « ma chérie », elle devait comprendre qu'il était en danger de mort. S'il lui disait « ma chérie, je viendrai avec des amis », c'est qu'il reviendrait en très mauvaise compagnie.

— Vas-y, dit Cool. Fais ton numéro.

Eberhardt sentit la pointe d'un couteau sur son ventre et une autre dans son dos. La sonnerie retentit dans l'appareil. Go décrocha.

— Allô ?

— Allô, dit-il, allô, ma chérie, je t'appelle pour te dire que je reviens, le temps de faire le trajet entre l'Albatros et chez nous. Je serai avec des amis.

— Tu m'as appelée « ma chérie » ?

— Oui, répondit-il.

— Comme tu es tendre !

— Plus tendre que jamais...

Par ces derniers mots, il confirma à Go la gravité du danger.

Une heure et demie plus tard, encadré par les jumeaux, Eberhardt appuya deux fois sur le bouton de la sonnette, glissa sa clef dans la serrure et ouvrit la porte d'entrée de son appartement.

Go l'attendait au milieu du hall. Elle sourit en les voyant.

— Je te présente mes amis, dit Eberhardt... On va ouvrir le coffre.

— Le coffre ?

Elle feignit d'être étonnée.

— Je vais donner de l'argent à mes amis.

Cool et Slim, tendus, surveillaient le moindre cillement de paupière.

— Allons-y, papa ! s'exclama Cool.

Eberhardt songea que les jumeaux les massacreraient lorsque le coffre serait ouvert. La fin du voyage…

— On sert nos amis, dit-il à Go, et je t'emmène ensuite aux îles Fidji, ma chérie.

Elle était prévenue. Elle devait accomplir l'ultime acte qui leur permettrait peut-être de survivre.

— Tu as la clef, ma jolie ?

— T'es câlin, papa, dit Cool, exaspérée. Fais ouvrir le coffre et cesse de zozoter tes mots d'amour !

Go, comme tous ceux qui avaient travaillé au Dollar, avait entendu parler des jumeaux Connors. Et les deux démons étaient là. Ils existaient donc ! Ce n'était pas une légende ! Elle se maudissait d'avoir parlé à Rolph de l'Albatros. Elle avait cédé car le souteneur la faisait chanter : à la moindre désobéissance, elle perdrait Eberhardt.

Elle se dirigea vers le coffre. Eberhardt la suivit, solidement encadré par Cool et Slim. Go s'immobilisa devant une armoire chinoise incrustée de nacre. Elle ouvrit les deux battants. Elle découvrit un écran mobile tendu d'une soie rouge, l'enleva et le posa sur l'armoire. Puis apparut le cadran d'un coffre-fort. Elle le manipula délicatement. Enfin, le coffre s'ouvrit. Et les liasses de dollars apparurent.

— Un sac, dit Cool. Vite…

— Je n'en ai pas, dit Go.

Elle reçut une gifle qui la déséquilibra. Eberhardt voulut la rattraper.

— Bouge pas ! dit Slim, et il tendit la main vers Go. Ton foulard !

La métisse défit sa grande écharpe de soie.

— Par terre ! Mets l'argent dans le foulard. Vas-y.

Go enleva les liasses de dollars et les posa sur l'écharpe. Comme elle allait s'emparer de la dernière rangée, Cool siffla, semblable à un serpent à sonnette prêt à l'attaque :

— Arrête !

Ces deux-là étaient décidément trop calmes. Go commit alors une erreur.

— Vous n'allez pas laisser une petite fortune, dit-elle.

À la seconde même, Cool l'assomma et Slim, obéissant au signal de sa sœur, planta son couteau dans les côtes d'Eberhardt. Celui-ci sentit sa vie s'enrouler autour de la lame. S'il criait, Slim allait l'achever. Il ferma les yeux. Il saignait, mais il vivait. Cool et Slim replièrent l'écharpe en baluchon et, quelques secondes plus tard, quittèrent l'appartement. Sur le palier, Cool hésita.

— Il faut sortir de l'immeuble, dit-elle. Pendant que j'occupe le gardien, tu t'approches et tu l'estourbis par-derrière. Si la chance continue à nous sourire, frérot, nous irons aux îles Fidji. Avec ce qu'on a raflé, on prend notre retraite !

Ils descendirent. Dans le hall, tassé derrière sa table, le gardien lisait. Il avait remarqué Eberhardt et les jumeaux sans leur prêter une attention particulière : anesthésié par les pourboires, il avait, depuis longtemps, cessé d'être curieux. Pourtant, quand il vit apparaître Cool vêtue de son blouson déboutonné, il ouvrit tout à la fois les yeux et la bouche. Femme ou homme, ce phénomène était excitant en diable.

— Si un jour tu me rends visite, dit-il, la voix rauque, tu fournis le mode d'emploi… Par quel bout faut-il te prendre ?

— Rince-toi l'œil, dit-elle. À ton avis, je suis un mec ou une gonzesse ?

Avant même qu'il ait pu donner son avis, Slim assomma le portier qui s'affala derrière son bureau. Cool referma son blouson et les jumeaux marchèrent vers Madison. À cette heure, les taxis en maraude étaient nombreux. Ils hélèrent le premier qui passa.

— À La Guardia, lança Cool.

Le dos calé contre le dossier du siège arrière, elle prit la main de son frère.

— On va aller à Los Angeles. Et ensuite, peut-être, en Australie. Il y a de bons hôtels là-bas, et les mecs sont très riches.

— Encore faut-il les trouver, dit Slim en bâillant. Mais toi, je suis sûr que tu découvriras le premier disponible. Et tu le prendras.

— Pour que j'en aie un peu envie, dit-elle, il faudrait qu'il ressemble à l'Anglais.

— Quel Anglais ?

— Lord, dit Cool avec une certaine nostalgie.

*

* *

Go reprit connaissance. Elle ouvrit les yeux sans oser bouger : elle craignait que les jumeaux ne soient encore là. Axel gisait à ses côtés, mort peut-être. Avec l'abnégation ancestrale des races persécutées, elle se redressa lentement et rejeta ses magnifiques cheveux noirs dans son dos. Elle avança à genoux, semblable à un pèlerin, et toucha le corps d'Eberhardt. Puis, avec la grâce d'une fleur cassée au milieu de sa tige, elle se pencha sur lui et posa sa tête sur sa poitrine. Elle entendit battre son cœur et ressentit une joie immense. Il ouvrit les yeux et articula quelques mots :

— Essaie de trouver un médecin. Mais il faut éviter l'hôpital. Est-ce que je saigne encore ?

Go écarta délicatement la veste d'Axel.

— Le couteau a dû glisser…, dit-elle.

Eberhardt tenta de plaisanter :

— Tu vois, je faisais le mort avant de mourir. Ça a servi !… Je dois être debout pour demain matin.

Go l'aida à s'asseoir.

— C'est moi qui vais y aller, dit Go.

Eberhardt hocha la tête.

— Tu ne peux pas conclure l'affaire seule.

— Si, dit-elle. Je t'aime tant que je suis capable de tout.

Elle était comme un astre guérisseur.

— Je vais réussir, Axel. Mais ensuite, partons d'ici.

— Pourquoi le système n'a-t-il pas fonctionné ? demanda Eberhardt.

— Je n'ai pas pu enlever la dernière rangée de liasses. Ils se sont méfiés trop tôt.

Un système d'alarme était caché dans le fond du coffre. Il devait provoquer le blocage électronique de la porte d'entrée et déclencher des sirènes qui hurlaient comme des hyènes. Cette défense théorique n'avait jamais été éprouvée.

— J'ai très mal, dit Eberhardt.

— Je vais essayer de te porter jusqu'à ton lit.

Elle le hissa presque sur elle. Le poids de l'homme l'écrasait. Cependant, grâce à sa volonté, elle arriva jusqu'au lit.

— Go, il y a un cadavre dans le garage de l'Albatros. Je pourrais être accusé de meurtre. Je n'ai rien fait, je te le jure. Je crois qu'il s'agit d'une femme. Il faut l'enterrer avant l'arrivée de Harrison et de ses hommes. Tu dois…

Elle s'exclama, affolée :

— Axel, tu connais ma peur de la mort ! Comment veux-tu que je touche aux restes d'un être humain sans lui rendre les honneurs dus aux morts ?

— Je respecte tes idées, mais si tu ne peux pas m'aider à faire disparaître ce corps, nous sommes perdus. Je suis responsable de la maison. La femme d'en face a vu la voiture entrer dans le garage. Je pourrais expliquer la présence de cette voiture. Mais pas celle du corps. Tu ne dois pas m'abandonner maintenant.

Go pensa qu'elle se rachèterait ainsi. Elle se redressa et répondit d'une voix métallique :

— Je vais faire exactement ce que tu veux. Tant pis pour le sacrilège. Tu as besoin de moi…

Eberhardt lutta un moment contre le vertige. Puis il dit :

— Avant d'appeler un médecin, tu vas graver dans ta mémoire tout ce que tu dois faire.

Un filet de sang apparut sur ses lèvres.

— Je saigne, dit-il. Et si j'avais une hémorragie interne ?

Elle le regardait, paniquée.

— Go, tu seras en face du plus puissant, du plus redoutable des adversaires : Willy Harrison.

— C'est Hazel qui va venir, dit-elle. Tu me l'as dit.

— Qu'importe, dit Eberhardt. Qu'il envoie Hazel ou quelqu'un d'autre, c'est lui le grand patron… Je saigne. Fais quelque chose, je t'en supplie !

Go, affolée, courut vers la salle de bains. Elle revint avec une serviette. Eberhardt s'essuya la bouche.

— Je t'explique ce que tu dois savoir et ensuite seulement tu appelles un médecin. Et même si je perds connaissance, si on me sépare de toi, tu exécuteras mes ordres. Si je meurs, tu garderas les bénéfices de l'affaire et tu iras vivre loin.

— Je dois te dire quelque chose, dit Go. Tu te souviens de Rolph ?

— Oui…

— J'étais obligée de lui donner des renseignements.

— Quels renseignements ?

— Sur la maison… Il voulait savoir quand la maison était vide.

— Le cadavre, bégaya Eberhardt. C'est peut-être lui l'assassin… Pourquoi as-tu fait ça, Go ?

— Pour ne pas te perdre.

— Il sait pour l'héroïne ?

— Pas par moi, dit Go.

— Si tu me trahis, tu iras en enfer.

— Je ne te trahirai plus jamais.

— Grave mes indications dans ta mémoire. Écoute-moi bien, Go…

Hazel rentra tard chez elle. Elle referma la porte doucement, ôta son manteau et traversa le living-room. Elle sortit sur une petite terrasse admirablement intégrée dans ce paysage de béton, de verre et d'acier. Les lumières de Manhattan éclaboussaient la nuit alentour. New York était éblouissant.

Hazel respira profondément, rentra presque à regret et referma la porte-fenêtre. L'idée d'aller le lendemain au rendez-vous lui était insupportable. Jusqu'alors, elle avait agi dans l'ombre. Elle aurait aimé y rester.

Issue d'une famille à la mentalité puritaine, Hazel n'avait jamais imaginé s'enrichir un jour grâce à la drogue et au sexe. Engagée dix ans auparavant par Harrison, empereur secret des pourritures terrestres, elle avait cru devenir la secrétaire d'un grand homme d'affaires. Au fur et à mesure, elle avait découvert les manœuvres, les trafics, les marchés noirs. D'abord horrifiée, bientôt hardie et enfin vorace, Hazel avait décidé de devenir un pouvoir dans le pouvoir. Elle avait appris à ne pas s'indigner, à cacher ses émotions. Elle s'était habituée aux contacts avec les tueurs et, surtout, aux diamants. Willy Harrison avait rapidement eu besoin d'elle. Tout en feignant une complicité dévouée et respectueuse, Hazel s'était épanouie. Elle avait découvert ses capacités, son goût pour les combines. Elle qui supportait à peine la vision de la vie nocturne avait fini par régner sans malaise sur le monde du sexe. Elle avait appris les lois élémentaires de cette jungle.

Parfois, devant son miroir, elle scrutait son visage. Son propre dédoublement la fascinait. Qui aurait pu imaginer que cette femme réservée, effacée, détenait une telle force ? Elle était cruelle avec les filles. Elle les brisait, les écrasait. Elle aimait les observer, critiquer leur physique et mesurer sur les visages creusés par la fatigue les ravages de la nuit.

Elle n'avait jamais été touchée par un homme – pour des questions de malchance au début, puis par choix. Elle cachait son manque d'expérience et rejetait toute vision d'étreinte. Elle préférait rêver de chantage et de diamants.

Hazel fut tirée de ses réflexions par la sonnette de l'entrée. Son cœur battit plus vite. Elle n'attendait personne.

Elle traversa le vestibule, regarda par le judas et poussa un petit cri. C'était Rolph. Il n'aurait pas dû venir ici.

Elle entrouvrit la porte.

— Je vous ai demandé de ne pas venir. Je ne peux pas vous laisser entrer !

— Mais si, dit-il.

Mince, les cheveux foncés, les yeux noirs, brillants, le visage aux traits réguliers, il ressemblait à un mannequin dans une vitrine.

— Laissez-moi entrer. De quoi avez-vous peur ? Je ne vais pas vous violer !

Ce mot l'atteignit de plein fouet. Elle le laissa entrer. Rolph ôta son manteau et suivit Hazel dans le living-room.

— Vous m'offrez un whisky ?

— Que voulez-vous de moi ? demanda-t-elle.

Puis, fiévreusement, elle prépara la boisson que demandait l'intrus.

— Vous n'auriez pas voulu que je vous dise par téléphone que vous êtes une incapable ? L'affaire est ratée. Cent mille fois ratée. Betty Clark court toujours, Harrison s'enrichit, les gosses se portent bien… La belle vie, en somme.

Hazel accusa le choc. Elle se servit un peu d'eau.

— Échec sur échec, poursuivit Rolf. Et madame veut tenir ses distances. Mais vous vous foutez de moi, Hazel ! Si vous l'avez fait exprès, c'est grave. Si c'était par maladresse, c'est pire encore.

Hazel tenta de se défendre :

— Les circonstances étaient contre nous…

— Vous vieillissez, dit Rolph en allongeant les jambes. Et, dans ce milieu, il n'y a pas de place pour les gâteux.

— J'avais tout préparé, dit-elle. Je ne pouvais pas prévoir que la fille s'attarderait dans la chambre de Patty. Et qu'elle resterait coincée dans l'immeuble.

— Vous n'avez même pas pu refiler les copies à Harrison, n'est-ce pas ? Si vous aviez les originaux, vous m'auriez reçu en les brandissant. Pour m'amadouer…

— À la seconde même où je lui aurais présenté les

faux, il s'en serait aperçu. Je n'aurais pas pu me défendre.

Elle devait attaquer pour survivre.

— Mais vous, poursuivit-elle. Vous m'auriez massacrée avec eux ! Vous oubliez l'explosion ? Vous vouliez aussi vous débarrasser de moi !

— Selon mes plans, dit Rolph, vous deviez vous trouver suffisamment loin pour être épargnée. Je vous avais dit de vous tenir à l'écart. Et votre présence sur le terrain n'était qu'un alibi. Mais, grâce à vous, l'affaire se retourne contre nous. Les deux gosses n'ont pas explosé dans les bras de leur mère, et celle-ci, bien vivante, se retrouve plus que jamais dans les grâces de Willy. Et vous n'avez même pas réussi à empêcher que des liens s'établissent entre Eberhardt et Harrison ! Je voulais prendre l'héroïne…

— Vous n'auriez jamais pu lui procurer la quantité de diamants que Eberhardt souhaite en échange de sa marchandise…

— J'aurais pu tout avoir, dit Rolph en avalant une grande gorgée d'alcool : la mort de Betty Clark, celle de ses morveux et, en prime, les diamants. Vous aviez tout en main. Vous n'avez même pas su téléguider correctement les jumeaux. Vous avez seulement réussi à nous mettre dans un embarras extrême, sans profit…

— L'échange de la marchandise est prévu pour demain soir à l'Albatros…

— Et alors ? Je ne peux pas aller là-bas avec un commando et les attaquer avec des soldats armés ! Nous aurions dû réussir en douceur.

— En douceur ?

— Oui, ma chère. La famille Harrison éliminée,

l'obèse placé sous une tente à oxygène qu'on aurait débranchée au bon moment, et tout était fini. Vous auriez pu rester seule sur le terrain. Après la mort de Harrison, vous auriez pu devenir très puissante. Suffisamment pour vider les coffres. Jusqu'au moment où le fisc aurait tout bloqué, nous aurions pu nous remplir les poches, déménager les pierres et l'argent, laissant l'immeuble de Diamonds and Co éventré, les coffres vidés… Plus tard, nous aurions recommencé ailleurs, avec un fonds de commerce unique, utilisant les relations internationales de Harrison que vous connaissez. Le temps que les avocats découvrent que la seule héritière était la mère de Betty, nous aurions volé un empire… Et vous avez tout fait rater !

Il se tut quelques instants avant d'ajouter :

— J'espère que celle-là au moins n'en a plus pour longtemps !

— Je peux vous être encore utile, dit Hazel. La famille va être dispersée. Willy envoie Betty Clark à Las Vegas.

— À Las Vegas ? dit Rolph. Qu'est-ce qu'elle va faire à Las Vegas ?

— Dans un premier temps, elle s'installera à l'hôtel. Ensuite, elle ira au ranch. Si Harrison continue à me confier ses affaires personnelles, c'est moi qui m'occuperai des questions pratiques – chambres, voitures et autres. J'aurai tous les éléments en main et pourrai ainsi vous renseigner… Même si elle parvient à voir sa mère…

— L'infirmière est-elle toujours avec nous ? demanda Rolph.

— Oui. Elle m'a avoué que le jour où Betty Clark

est venue rendre visite à sa mère, les deux femmes ont pu échanger quelques mots en dehors des contrôles.

— Si elle va à Las Vegas, résuma Rolph, et si elle sait quelque chose, elle essaiera de trouver l'argent…

— Peut-être, dit Hazel.

— Supposons, dit Rolph, que la mère, soucieuse de l'avenir de sa fille, refile des tuyaux à Betty. Celle-ci partira aussitôt à la recherche du fric. C'est humain. Qui voudrait laisser pourrir un million de dollars quelque part au Nevada ?

— Personne, approuva Hazel.

— Mais alors ! s'exclama Rolph, avant de faire supprimer cette petite, il faut la laisser chercher ! Elle peut nous conduire vers l'argent !

— Lord l'accompagnera. D'après moi, entre ces deux-là, il y aura un jour une histoire. Et Willy crèvera de jalousie.

Heureuse d'avoir pu apaiser la colère de Rolph, Hazel poursuivit :

— Vous aussi vous avez commis des erreurs. Nous n'aurions jamais dû séquestrer le gosse à l'Albatros. C'était une opération très risquée.

Rolph haussa les épaules.

— J'ai déjà utilisé cette maison. Vous souvenez-vous de la garden-party organisée par Eberhardt ?

— Évidemment que je m'en souviens !

— Go m'a reconnu. Elle a toujours eu peur de moi. Cette peur m'a servi une fois de plus…

Il but une gorgée de whisky et demanda :

— À quelle heure aurez-vous les diamants ?

— Juste avant le départ pour Long Island. Mais je

serai accompagnée par les Chinois. On ne pourra rien faire.

— Je suis retourné plusieurs fois à l'Albatros, se vanta Rolph. Je savais grâce à Go quand la maison était vide… L'Albatros est une maison chic et isolée. J'y ai donné rendez-vous à une femme. J'avais précisé à ma visiteuse que la porte de la propriété serait ouverte ainsi que celle du garage. Go m'avait remis toutes les clefs la veille. Je m'y suis donc rendu pour attendre cette femme.

— Pourquoi me racontez-vous cette anecdote ?

— Vous allez voir…

— Qui était cette femme ?

— Une ancienne strip-teaseuse française, Lena Whyler. Avant d'être bouffée par l'alcool et la drogue, elle était éblouissante. Elle avait réussi à épouser un Américain qui l'avait sortie de la boîte de nuit où elle travaillait à Paris. Arrivée aux USA, elle a découvert que son type, son rêve américain, était un homme odieux. Elle a résisté aux coups. Pourtant, l'homme cognait dur. Elle a vécu avec lui pendant cinq ans, le temps nécessaire pour obtenir la nationalité américaine. Dès qu'elle est devenue citoyenne de ce pays, elle a quitté son mari. Moi, je les avais connus lors d'une violente dispute au Dollar. Il l'avait amenée là-bas un soir et, parce qu'il avait bu, s'était mis à hurler : « Ça te manque le bordel, n'est-ce pas ? Ça te manque ? Alors reste ici ! C'est l'endroit qu'il te faut ! » Elle se défendait comme elle pouvait. Elle avait un corps superbe et une chevelure rousse fascinante. Je les ai séparés, calmés. J'ai pu éviter le scandale. Le lendemain, elle m'a appelé pour me remercier. Et quelques années plus tard – je sortais de prison –, nous nous sommes rencontrés par hasard dans la rue. Je l'ai reconnue à ses cheveux. Je l'ai invitée à prendre un verre. On a passé une heure ensemble. On s'est revus et j'ai découvert que la belle, farouchement déterminée à faire fortune, était plongée jusqu'au cou dans des combines – à Londres, à Vienne et dans le Kent. Elle était en contact avec un laboratoire clandestin et avait des points de chute un peu partout en Europe.

— Quel laboratoire ?

— À Londres ! Là-bas, elle a eu une brève aventure avec un chimiste, un vieux type plutôt voyeur qu'autre chose, qui, dans ses moments de faiblesse, lui a raconté ses petits secrets. Faute de pouvoir la baiser, il voulait l'éblouir. Il avait inventé une formule qui permettait, grâce à un additif spécial, de transformer l'héroïne en fines feuilles de papier. Elle devait m'apporter des échantillons d'Angleterre. Imaginez, Hazel, qu'on importe des feuilles de papier à cigarettes ou de papier bible et qu'en les retraitant, on trouve de la poudre. L'invention du siècle !

— Pourquoi avoir voulu la rencontrer à l'Albatros ?

— Je lui ai fait croire que j'étais devenu riche. Là-bas, c'était le cadre parfait. Je voulais garder les échantillons et obtenir l'adresse du chimiste. Elle aurait pu rester vivante si…

— Vivante ?

— Mais oui, elle est morte ! Elle a essayé de me faire chanter…

— Et vous l'avez tuée ?

— Exactement. Elle voulait vingt mille dollars

cash avant de rencontrer les fournisseurs, plus un pourcentage élevé sur toutes les transactions, y compris sur les bénéfices des autres laboratoires qui s'ouvriraient en Europe. Et elle m'a dit que son ami avait inventé un détecteur supersensible en métal, pas plus grand qu'une pastille. Ce détecteur pouvait signaler aux douaniers la nature du « papier ». Inutile de vous dire que je l'ai fouillée, la garce. Et je m'y connais. Je n'ai rien trouvé. Lorsque je lui ai permis de se rhabiller, elle s'est mise à courir : elle voulait rejoindre le garage, fermer la porte de communication et repartir avec la voiture. Je l'ai laissée arriver jusqu'à la Mercedes et j'ai bloqué la porte automatique du garage. Puis je l'ai assommée et l'ai laissée dans la voiture, le moteur tournant. J'ai attendu au moins deux heures. Elle est morte asphyxiée. Je l'ai couchée sur les deux sièges avant, la laissant comme cadeau aux amateurs de frissons… Je n'ai jamais pu retrouver le chimiste. Je ne sais même pas si Lena n'avait pas inventé toute cette histoire pour me soutirer de l'argent.

— Et le cadavre est toujours au garage ? demanda Hazel.

Elle respirait difficilement.

— Oui. Mais personne ne pourra remonter jusqu'à moi. Quand Eberhardt trouvera les restes, il n'aura qu'à se débrouiller. On va bien s'amuser demain, s'il y va… Rien n'est moins aisé que de faire disparaître un cadavre. Il paraît qu'il est intelligent, Eberhardt. On verra ce qu'il fera !

— Mais pourquoi avez-vous tué cette femme ?

— Elle était trop voyante, trop bavarde, trop nerveuse. Droguée aussi. Donc dangereuse…

— Vous m'avez bouleversée, dit Hazel. J'aurais préféré ignorer l'histoire. J'aurai très peur demain.

— Je sais que vous êtes une grande sensible, dit Rolph. Mais bientôt, vous aurez oublié cette histoire… Vous vous occuperez de l'installation de la belle Betty à Las Vegas. J'attendrai. Si cette petite peut nous conduire jusqu'au fric fantôme, il faut la laisser vivre. Qu'elle cherche pour nous. Ensuite, je la liquiderai…

— Pourquoi ? demanda Hazel, pourquoi la haïssez-vous à ce point ?

— Pourquoi ? répéta Rolph. Parce qu'elle peut sortir indemne de tout, des bas-fonds comme des humiliations, et conserver une âme intacte. Comme s'il y avait deux femmes en elle, l'une qui subit et l'autre qui se bagarre. Le mal, elle ne connaît pas. Elle a réussi à éviter la drogue, l'alcool, ses traits n'ont pas été abîmés par les épreuves de la nuit. Pour essayer de la briser, je l'ai livrée aux clients les plus exigeants, les plus pervers. Elle sortait de l'épreuve le visage transparent, le regard limpide. Elle conservait son insupportable pureté. Le jour où je l'ai ramassée à Washington Square, c'était une adolescente d'une remarquable beauté. Une beauté difficile à définir, mais saisissante par sa finesse, par sa fragilité. Avant même de la conduire chez moi pour qu'elle mange, dorme et se lave, je savais qu'elle ne pourrait pas faire équipe avec les autres filles sans avoir été préparée auparavant. Je voulais la détruire… À ce jour, je n'ai pas encore réussi.

Hazel l'interrompit :

— J'espère que vous ne regretterez pas vos paroles. Les confessions sont souvent dangereuses pour celui qui les écoute…

— Ne vous en faites pas, l'assura Rolph. Au début de nos relations, je vous ai prise pour une vieille fille aigrie, préoccupée uniquement par les chiffres et l'absence de sexe dans votre vie. Il m'a fallu du temps pour découvrir que vous étiez la reine des salopes. Et dans ma bouche, il s'agit d'un compliment…

— Continuez, dit Hazel.

— J'ai donc éprouvé un premier choc : cette gosse de seize ans me plaisait. Deuxième choc : elle résistait. Je la frappais mais pas assez pour qu'elle perde totalement connaissance : je voulais qu'elle me regarde pendant que je la pénétrais. Échec total là aussi…

— Pourquoi lui avez-vous procuré les papiers d'identité d'une certaine Helen Wallace, suicidée ou assassinée, jetée de Triboro Bridge ?

— Attention ! dit Rolph. À l'époque où j'ai pris les papiers d'Helen Wallace, celle-ci n'était pas morte.

Stupéfaite, Hazel l'interrogea :

— Je veux des détails. La fille qu'on a jetée de Triboro Bridge, qui était-ce alors ?

— Une autre. Qu'importe. Helen Wallace, femme intelligente et fine, a été mon premier courrier vers l'Est.

— Vers l'est ? Quel est ?

— L'est de l'Europe.

— Non ! s'exclama Hazel, ne me dites pas que…

— Si. À l'époque, Eberhardt tournait autour du Dollar. Pour deux raisons : d'abord parce qu'il était friand de femmes et que Go lui avait tourné la tête. Ensuite, parce qu'il voulait déjà entrer dans le circuit d'affaires de Harrison. Il rôdait autour de nous depuis longtemps. Eberhardt est un cerveau, un caméléon qui connaît admirablement les pays de l'Est, dont il est originaire. Nous avons décidé de créer ensemble un lien marginal avec Berlin-Est. Pour nous aider il fallait une femme plutôt jolie mais pas trop voyante, visiblement désireuse de se ranger dans la vie. Helen Wallace accepta d'effacer son passé en sortant du monde des vivants. Elle est partie avec un passeport américain qu'on lui a procuré. D'après ses papiers, elle était veuve et parcourait l'Europe en quête de consolation. Elle s'est installée à Vienne. Elle a parfaitement joué le rôle de la touriste errante qui tombe soudain amoureuse de l'Europe. Eberhardt avait pour mission de lui trouver un mari est-allemand de sorte que Helen puisse s'implanter de l'autre côté du rideau de fer. Nous attendions. Les papiers d'identité de Helen Wallace sont devenus ceux de Betty, qui, à l'époque – je ne connaissais évidemment pas leurs liens de parenté –, se cachait de Harrison. Un jour, selon les habitudes, j'ai montré à Harrison les photos des nouvelles recrues. Grâce à son instinct et à sa mémoire visuelle, il a aussitôt reconnu sa nièce. Malgré l'interdiction de Harrison, j'ai fait chanter la blanche colombe. Harrison l'a appris et m'a envoyé en taule. En sortant, voici bientôt un an, j'ai retrouvé les traces de Betty. Elle portait une zibeline et roulait en Rolls. J'ai voulu organiser un carnage avec votre aide. Et – il tendit les mains – on est là, les mains vides.

Il vida son verre et ajouta :

— Mais j'ai peut-être mieux. Quelque chose de plus définitif que la dynamite et les contrats passés avec des spécialistes…

— Betty est de plus en plus protégée par Harrison, objecta Hazel.

— Pas sur tous les plans, dit Rolf, songeur.

Il jaugea Hazel de son regard de jais.

— On pourrait accuser Betty Clark du meurtre de Helen Wallace…

— Cela ne tiendra pas deux jours. Si vous connaissiez les avocats de Harrison…

— Ça peut très bien tenir, dit Rolph.

— Pourquoi Betty Clark aurait-elle tué quelqu'un à l'âge de seize ans ?

— Je ne vous ai pas tout dit, dit Rolf. L'affaire Helen Wallace n'est pas terminée, loin de là. Elle voudrait revenir aux États-Unis…

— Si Harrison la défend, rien ni personne ne pourra toucher Betty Clark. Vous verrez bien.

— Si, dit Rolph. Elle-même. C'est une grande sentimentale.

Il émit un rire bref et ajouta :

— Vous êtes toujours aussi sûre de vous, Hazel, n'est-ce pas ? Et si un jour les jumeaux remontaient jusqu'à vous, hein ? Entre leurs mains, vous seriez peu de chose…

Il soupira, se leva, sortit dans le vestibule et revint avec son manteau. Il noua soigneusement un foulard autour de son cou.

— Vous permettez ? Juste un coup d'œil.

Il sortit sur la terrasse. De retour dans la pièce, il lança :

— Il ne faut pas avoir le vertige quand on a une terrasse de ce genre…

Il lui tapa sur l'épaule.

— Heureusement que vous n'avez pas le vertige, n'est-ce pas ?... Vous me tiendrez au courant du déroulement des opérations. Moi, en dehors de la fortune que je veux ramasser, je n'ai qu'une seule ambition.

— Laquelle ?

— Tenir Betty dans mes bras. La regarder en la pénétrant et l'obliger à me regarder aussi. Puis la tuer après... Ciao, darling. Faites de beaux rêves.

Il se retourna :

— Ne m'accompagnez pas. Je connais le chemin. À bientôt. Vous m'appelez, comme d'habitude...

Le lendemain, Liu et Han vinrent chercher Hazel chez elle et l'accompagnèrent jusqu'à l'immeuble de Diamonds and Co où elle avait rendez-vous avec un fournisseur. Celui-ci apporta le nombre de diamants dont Harrison avait besoin pour payer la livraison d'héroïne du soir : deux pochettes de pierres taillées en deux et trois carats. Hazel s'enferma ensuite à double tour dans son bureau et fixa les pochettes sous ses aisselles. Ce jour-là, elle ne se sentait ni grandiose ni admirable : seulement une employée chargée d'une mission délicate.

Werner vint vers 13 heures. Accompagnée des deux Chinois et de l'Allemand, Hazel monta ensuite dans la Cadillac de Harrison. Elle fut conduite à Park Avenue. Elle se retrouva bientôt dans l'appartement de Willy. Celui-ci semblait serein. Il souriait. La secrétaire saisit l'occasion pour lui parler de l'appartement :

— Voyez-vous, je fais tout ce que vous désirez. Vous connaissez le dévouement et l'affection qui me lient à vous. Mais j'aimerais connaître la date où, grâce à votre signature, l'appartement sera à mon nom.

— L'acte de donation est dans mon cœur, dans mon âme et dans ma conscience, dit Willy. Je donne parce que, à un moment donné, j'ai eu envie de vous récompenser. Mais d'abord, concluons l'affaire de ce soir, organisons l'installation de ma nièce à Las Vegas et ensuite, nous reprendrons nos activités normalement.

Elle passa l'après-midi chez Willy. Les heures s'écoulèrent lentement. Elle ne comprit pas pourquoi on la servait sur une table roulante dans le beau salon de Harrison. Han lui proposa même des desserts raffinés et Liu, en passant, lui demanda si elle ne désirait pas écouter un peu de musique classique ou voir des films vidéo. Au fur et à mesure que les heures s'écoulaient, elle se sentait de moins en moins sûre d'elle, presque prisonnière. Pourquoi Willy se comportait-il ainsi à son égard ? Le contact des pochettes l'indisposait : c'était comme si on lui avait imposé deux minuscules béquilles. À quoi rimait cette mise en scène dans ce salon ? En fin d'après-midi, Jimmy traversa la grande pièce.

— Bonjour, Jimmy, dit-elle. Ça va ? Je ne t'ai pas vu depuis avant-hier… Tu t'es remis de tes émotions ?

— Oui, Miss Hazel. Tout va bien à l'école. Oncle Willy est très content de moi. Il veut connaître mes notes.

— Il doit être très fier de toi !

Une vague de jalousie balaya son esprit : la nièce ne suffisait donc pas ! Il fallait aussi compter avec la présence du jeune garçon ! Willy s'était attaché au gosse. Il l'aimait peut-être. Ils allaient former une famille…

Vers 18 heures, impatiente, Hazel demanda à Han ce qui allait se passer, où se trouvaient M. Harrison et Mrs Clark. Elle éprouvait le besoin de les voir, de leur parler : l'atmosphère était par trop pesante. Elle ne comprenait vraiment pas pourquoi elle devait rester ainsi isolée, comme un malade contagieux, loin des autres. Han lui répondit que la maison était vide. M. Harrison était sorti de son côté et Mrs Clark du sien. Ils avaient pris chacun une voiture. Hazel se tourna vers Han.

— Comment vais-je aller à Long Island ? Il me faut un véhicule sûr…

Han souriait.

— Ne vous inquiétez pas, mademoiselle. Mon mari et moi vous accompagnerons. Nous utiliserons une voiture spéciale commandée par M. Harrison. Une voiture blindée. Au passage, nous prendrons les deux chimistes.

— Nous ne devons pas être en retard, déclara Hazel.

— Ne vous inquiétez pas, mademoiselle, répéta Han.

Vers 19 heures, enfin, Hazel sortit de l'appartement et monta dans le véhicule blindé. Ils roulèrent vers le bas de la 5e Avenue. Avant d'arriver à Greenwich, le break s'arrêta dans une des rues qui partaient de l'avenue. Deux hommes attendaient sur le trottoir : les chimistes de Willy. Ils devaient goûter, tester, analyser l'héroïne avant que Hazel paye.

Les deux hommes prirent place dans la voiture. L'un d'eux, aussi muet que l'autre, portait des lunettes dont les verres épais camouflaient son regard. Son compagnon lissait sa petite moustache. Ils ne parlaient pas.

Hazel était nerveuse. Elle échangea quelques mots avec Han avant de s'enfermer à son tour dans le silence.

Ils arrivèrent à Long Island. La voiture emprunta le chemin de terre puis s'arrêta devant la propriété. Dans la maison d'en face, Ida Lander referma ses volets. Go l'avait appelée en fin d'après-midi pour la prévenir qu'il y aurait un peu de remue-ménage à l'Albatros, qu'elle ne devait pas faire attention et que M. Eberhardt – qui lui envoyait ses meilleurs souvenirs – était au courant…

Avant de se cloîtrer dans sa forteresse, Ida entrouvrit la porte et appela Red, le chien.

*

* *

Après avoir quitté Eberhardt – qui semblait bien mal en point –, Go avait pris la route pour Long Island. Elle avait laissé sa voiture au parking et avait parcouru le chemin à travers les bois, courant comme un animal tenace et haletant. Elle pénétra par la porte de service dans la maison, songeant que les dieux l'avaient envoyée ici pour éprouver sa volonté, sa foi, sa force physique.

Avant d'entrer dans le garage, elle s'affubla d'un masque en tissu. Deux fentes lui permettaient de voir. Elle revêtit des gants en caoutchouc qui lui arrivaient jusqu'aux coudes et, tout en priant ces dieux dont elle n'avait jamais parlé à Eberhardt, entreprit d'enfermer dans des sacs les restes du cadavre. Elle sortit du garage et se retrouva dans le parc qui entourait la bâtisse du côté du bois. Elle creusa la terre, d'abord avec une pelle puis avec ses mains. Comme une taupe. Une heure et demie plus tard, elle revint vers la maison. Elle était épouvantée. Elle s'enferma dans une des salles de bains du premier étage, ôta son masque, se lava tout en luttant contre la nausée et ramassa ses cheveux derrière la nuque. Elle avait donné à Eberhardt la preuve absolue de son amour : le garage était net, propre, dépourvu de la moindre trace suspecte.

Elle descendit pour attendre ses visiteurs. Peu après, un break noir arriva. Go ouvrit la porte-fenêtre du salon. Miss Hazel entra dans la pièce, accompagnée des chimistes, des deux Chinois et de Werner. La secrétaire adoptait une attitude hautaine d'impératrice. Go contempla cette femme mauvaise qui lui avait fait tant de mal au Dollar. À l'époque, le profond mépris qu'elle éprouvait pour les filles qui travaillaient là était légendaire. Les femmes avaient plus peur d'elle que de Rolph ou de Willy.

Apercevant Go, Hazel s'exclama :

— Vous ? Que faites-vous là ? Où est M. Eberhardt ? J'ai rendez-vous avec lui et non pas avec sa maîtresse.

— M. Eberhardt n'a pas pu venir, répondit Go.

Elle était vêtue d'un pull-over et d'un pantalon jaune. Elle portait des boucles d'oreilles voyantes qui se balançaient quand elle tournait la tête. Elle s'était déguisée en femme-objet. Une vraie poupée métisse.

— Je ne peux pas traiter avec vous, ni même parler de nos affaires, déclara Hazel.

— Vous êtes pourtant obligée de le faire, Miss Hazel, répondit Go. J'ai la marchandise. Où sont les diamants ?

Les chimistes attendaient. Ils avaient l'air absent. Ils ne voulaient pas connaître les personnages qui les entouraient. Liu et Han se tenaient à côté de Hazel. Werner bâilla.

Hazel regarda autour d'elle. La situation lui parut anormale.

— Il faut commencer les tests, dit-elle. La table n'est pas préparée, les sacs non plus. Où sont les accessoires ? Je n'ai pas de temps à perdre.

Puis, s'adressant à Han et Liu :

— Tout cela n'est pas normal. Je ne peux pas prendre la responsabilité...

— C'est moi qui la prends !

La voix la fit frémir. Hazel se retourna. Willy était derrière elle.

— Il n'y a rien d'anormal chez nous, Miss Hazel, sauf, peut-être, vous.

Willy venait de la cuisine. Il avançait lentement. Il était vêtu d'une tunique noire, confectionnée dans un cachemire chaud et léger. Il se dirigea vers Hazel. Betty le suivait.

Willy ordonna :

— Liu, Han, apportez des chaises au milieu de la pièce... J'étais prévenu de l'absence de M. Eberhardt que vous représentez ici, Go. Ces deux messieurs – il désigna d'un geste les chimistes – vont monter au premier étage et commencer leur travail. Tout est prêt. Allez-y messieurs. J'attends votre avis...

Puis, s'adressant à Go :

— Où est l'expert en diamants ?

Go répondit ainsi que Eberhardt le lui avait demandé :

— Monsieur Harrison, nous connaissons votre absolue correction dans les affaires.

— J'aime qu'on me fasse confiance, dit Willy.

Guidés par Go, les deux chimistes traversèrent le salon et montèrent au premier étage. Dans la pièce où se trouvait le lit à baldaquin, exposés sur une grande table, les sacs d'héroïne attendaient.

— Vous pouvez prendre un échantillon de n'importe quel sac, dit Go. La qualité est la même. Vous en jugerez. Je vous laisse, messieurs. Vous travaillerez mieux seuls.

Elle quitta la chambre et avança dans la galerie du premier étage. Son cœur était glacé.

En bas, le grand salon était transformé en salle de tribunal.

Willy, assis derrière une table, tripotait des bobines magnétiques. Hazel se tenait au milieu du living-room.

— Depuis que vous avez emménagé dans l'appartement, dit Willy, nous avons enregistré le moindre bruit. Un système ultraperfectionné m'apprenait tout ce qui vous concernait. Vos appels, vos réponses au téléphone, les bavardages avec les entrepreneurs... Dans cette collection de témoignages, il y a un morceau de choix : votre dialogue avec Rolph.

Hazel crut que son cœur s'arrêtait de battre. Elle essaya de parler mais resta muette. Elle comprit soudain le mécanisme du piège dans lequel elle était tombée depuis la veille. Pourquoi avait-elle laissé entrer Rolph chez elle ?

Willy poursuivit :

— Vous n'imaginez quand même pas, ma chère Miss Hazel, que je vous aurais gardée sans connaître votre vie privée ! On teste bien l'héroïne !

Il eut une moue triste.

— Vous m'avez sous-estimé.

Soudain, sa voix explosa et claqua comme un fouet sur une peau nue :

— Déshabillez-vous !

Hazel se cramponna à une chaise.

— Je ne vous comprends pas… Que dites-vous ?
— Enlevez vos vêtements !
— Pourquoi ? bégaya-t-elle.
— Obéissez ou je vous les fais arracher !

Tremblante, Hazel ôta la veste de son tailleur. Elle s'arrêta.

— Continuez !

Elle défit la jupe, qui tomba par terre. Elle se sentait ridicule dans son chemisier et sa combinaison mauve.

— Elle est trop lente, dit Willy. Han et Liu : aidez-la.

Les doigts agiles de Han et de Liu défirent les vêtements de Hazel. Elle se retrouva nue. Les pochettes de diamants pendaient sous ses aisselles.

— Coupez les cordons, dit Willy.

Il soupesa les pochettes que Han posa sur la table devant lui.

De la galerie supérieure, Go regardait la scène. Combien de fois cette femme l'avait-elle humiliée au Dollar ! Aujourd'hui c'était son tour. Elle était nue devant Willy Harrison.

Hazel s'était raidie sous la peur et l'humiliation. Elle avait l'impression d'être couchée dans un cercueil ouvert. Elle se sentait sale, laide, vieille. Elle croisait ses bras sur sa poitrine et nouait ses jambes pour tenter de camoufler son sexe.

— Vous avez voulu faire tuer les enfants de ma nièce…

— Non ! cria-t-elle. Non, ce n'était pas moi ! Si j'avais inventé cette machination, je me serais éloignée à temps. Et je me trouvais sur place au moment où l'explosion aurait dû se produire.

— Vous ne voulez tout de même pas que je vous fasse écouter la bande sur laquelle Rolph explique tout si bien !

— C'est lui qu'il faut punir ! cria Hazel. C'est lui, ce n'est pas moi ! Je n'étais qu'une intermédiaire. J'étais sous son influence, hypnotisée par ses menaces.

— Ne vous fatiguez pas, Hazel, dit Willy. Vous aurez bientôt besoin de vos forces. Vous avez tout dit hier. Tout. J'ai écouté la bande en compagnie de ma nièce, des hommes, des femmes et de tous ceux qui m'entourent. Pendant ce temps-là, vous attendiez dans le salon. J'écoutais chaque mot et je mesurais l'horreur de votre trahison. Maintenant vous êtes nue, exposée à nos regards. Vous partirez d'ici sans rien, vers votre destin.

— Ne me faites pas ça ! cria Hazel.

Betty frissonna. Elle ne put s'empêcher de jeter son manteau sur Hazel qui grelottait de honte et de froid.

Willy se tourna vers sa nièce.

— Tu recommences ? Est-ce par générosité ou par stupidité ? Une fois déjà, tu as eu pitié des jumeaux. Le résultat ? Ils ont voulu enlever nos enfants et nous massacrer. Par l'intermédiaire de ce monstre téléguidé par un proxénète. Et tu viens à son aide ?

Betty détourna la tête.

— Oui, gémit Hazel. C'est Rolph, le coupable. Ce n'est pas moi. C'est lui qui a tout inventé.

Willy interpella Betty.

— Regarde-moi et admets que l'histoire se reproduit. Que veux-tu faire de cette femme ?

— Je ne sais pas, dit Betty. Ne m'obligez pas à devenir comme elle. Moi, je ne peux pas la voir nue.

Je veux qu'elle disparaisse de notre vue. Qu'on ne la voie plus jamais.

Willy s'exclama :

— Qu'elle meure, alors ?

— Je ne sais pas, dit Betty. Qu'elle sorte de notre vie…

— Ce que tu suggères est peut-être pire que la mort. Tu prends tes responsabilités ?

— Non, dit Betty. Laissez-moi en dehors de tout cela.

« Elle n'arrivera jamais à rien, pensa Hazel. Elle est trop faible. »

La porte de la chambre s'ouvrit. Les chimistes sortirent et appelèrent Go.

— Pouvez-vous venir, s'il vous plaît ?

Go entra dans la pièce.

— Selon nous, dit celui qui avait une moustache, votre marchandise est impeccable. Nous allons donner le feu vert à M. Harrison. Il peut vous payer.

Go ressentit un profond soulagement. Axel et elle n'étaient jamais tout à fait sûrs de la qualité de la drogue qu'on leur livrait d'Europe.

— Merci, messieurs, dit-elle.

Puis elle sortit de la pièce et descendit dans le living-room. Hazel, recouverte du manteau de Betty, tentait de se défendre.

— Taisez-vous, dit Willy.

Puis, faisant signe à Go :

— Alors ?

— Les chimistes ont terminé. Ils ont confirmé la qualité de la marchandise.

— Qu'ils descendent.

Go remonta et demanda aux deux experts de l'accompagner. Ils étaient muets et mal à l'aise à cause de la femme nue sous son manteau.

L'un d'eux prit la parole :

— Monsieur Harrison, selon les prélèvements effectués – sur vingt sacs, nous en avons testé neuf au hasard – la marchandise est conforme à ce qu'on vous a promis.

— Han, dit Harrison, donnez les sacs de diamants à cette jeune femme.

Han prit les deux pochettes et les tendit à Go.

— Puis-je partir maintenant ? demanda cette dernière.

— Vous pouvez ! dit Willy.

L'un des chimistes s'approcha.

— Cette jeune femme pourrait-elle nous reconduire ?

— Wang va vous ramener à Manhattan, monsieur Brown, dit Willy.

Tous les chimistes du milieu s'appelaient Brown.

Willy sourit :

— Je ne peux pas laisser cette jeune femme seule avec son trésor. Je suis responsable d'elle jusqu'au moment où elle franchira le seuil de son appartement.

— Merci, dit Go.

— Wang déposera M. Brown et M. Brown en route, dit Willy. Ensuite, vous retrouverez Axel von Eberhardt.

La porte d'entrée se referma sur Go et sur Brown et Brown. Wang leur ouvrit les portes de la Cadillac. À cette heure, la circulation n'était pas trop dense. Il songea qu'il reviendrait à temps pour la scène finale. Il ne voulait surtout pas la manquer.

— Passons au suivant, dit Willy.

Deux hommes, inconnus de Betty, entrèrent dans la pièce, poussant Rolph devant eux – le proxénète n'était vêtu que d'une chemise et d'un pantalon. Ses bras étaient noués derrière son dos.

Hazel cria :

— C'est lui qui a tout inventé ! C'est à cause de lui que j'ai fait ce faux pas. Mais je vais réparer, pardonnez-moi !

Elle enfila le manteau de Betty et le boutonna soigneusement.

Rolph se redressa et dit à Willy :

— Si vous voulez me faire tuer, faites-le, mais que ce soit rapide. Vous êtes une ordure !

Willy regardait autour de lui.

— Vous avez entendu le tueur ? Le tueur d'enfants ? Il me fait des reproches et désire une mort rapide ! Il aime le confort, celui-là !... Liu, Han, ayez l'exquise bonté de montrer à Rolph ce qu'il va porter sur sa chemise. Au moins, il ne prendra pas froid dehors ! Et quand il courra, il se réchauffera pour de bon !

Les Chinois apportèrent un gilet. Le même que celui qu'on avait mis sur Jimmy, mais préparé pour un adulte. Le gilet, chargé d'explosifs, semblait démesuré.

Rolf bégayait de terreur :

— Non, non ! Vous ne pouvez pas me faire ça. Vous n'avez pas le droit ! Vous pouvez inventer n'importe quoi, mais pas ça !

Il désigna Hazel.

— C'est à elle qu'il faut le donner. C'est elle qui a tout inventé !

— Menteur ! hurla Hazel. Menteur !

— Habillez ce guignol, ordonna Willy.

Les Chinois s'approchèrent de Rolf et l'obligèrent à endosser le gilet. Au bout d'une dizaine de minutes, le torse recouvert d'un matériel perfectionné, il ressemblait à un extraterrestre. Son visage n'exprimait plus rien d'humain. Il émergeait d'une sorte de minerve, en vérité un collier d'explosifs. Ses bras brinquebalaient, semblables à des objets en plastique ou en cire. La peur le fit vomir.

— À 21 heures, on lâchera cette saleté assez loin de la maison, dit Willy. Hélas, on ne pourra pas le voir courir, s'arrêter, et se cogner contre les arbres. Il faudra l'éloigner car l'explosion sera d'une très grande force.

Il s'appuya à la table et s'adressa à Rolph :

— Vous avez une seule chance de prolonger un peu votre vie. Une chance infinitésimale. Tout dépend de ce que vous ferez au moment où l'explosion interviendra. Ce n'est pas nous qui déclencherons le mécanisme. Le moment de l'explosion est déjà fixé. Si je vous dis trente, quarante, vingt-cinq ou dix minutes, quel intérêt ? Pour tenter de prolonger votre vie, vous devrez sans cesse changer le rythme de votre course : courir à perdre haleine, vous arrêter et rester immobile, marcher lentement, haleter, retenir votre souffle… L'appareil est d'une sensibilité extrême. À la seconde même où l'explosion doit se produire, le détonateur peut être déconnecté par la lenteur ou la rapidité de vos mouvements. C'est-à-dire par votre rythme cardiaque. Mais vous ne pourrez savoir si c'est l'immobilité ou au contraire la course qui vous sauvera. Vous n'avez pas donné plus de chance à Jimmy, à Betty et à moi ! Si le frère Connors n'avait pas oublié de camoufler le gilet, nous ne serions plus là. Tout dépend de votre rythme, Rolph…

L'homme travesti en poupée, en jouet scientifique, ne put articuler un seul mot.

Willy sourit :

— Han, Liu, emmenez ce tordu dans la Rolls. Vous le déposerez à deux miles d'ici. Il y a une autre petite forêt sans maison autour… Une petite indication pratique, Rolf : si vous vouliez revenir par ici pour exploser contre cette propriété, vous n'y parviendriez pas : l'appareil que nous avons conçu est aussi finaud que vous…

Han et Liu soutinrent Rolph, dont les jambes se dérobaient.

— Ce n'est pas le moment de faiblir, Rolph, dit Willy. Il faudra courir. Et si par hasard vous reveniez par ici, l'appareil exploserait aussitôt. Votre seule chance, c'est de vous éloigner de cette maison.

Les Chinois portèrent Rolph jusqu'à la voiture. Han prit le volant. Liu s'installa sur le siège arrière. La Rolls quitta le chemin. Au bout de deux miles, à l'orée d'un bois clairsemé, Rolph fut poussé dehors.

— Devant toi, dit Han, et jamais derrière.

Elle tourna rapidement et s'éloigna. L'homme condamné avança en titubant, se mit à courir, s'arrêta, repartit… Il hurlait de peur, semblable à un loup blessé.

Au salon, Willy contemplait Hazel. Il lui parla doucement.

— Ma nièce ne veut pas que vous mouriez ici. Elle

a tort. Mais enfin… Que voulez-vous, elle a bon cœur ! Si vous aviez le choix, quelle solution proposeriez-vous ?

— Laissez-moi partir, dit-elle. Je vous promets que je ferai tout pour mériter votre pardon. Je deviendrai votre domestique, votre servante. Je vous en supplie, laissez-moi la vie !

Elle se mit à genoux et tendit les mains vers Betty.

— Vous êtes une femme de cœur, votre oncle le sait. Vous ne pouvez pas me laisser mourir d'une manière sans doute atroce.

— Elle voulait tuer tes enfants et elle a peur ! dit Willy. Hazel, vous sous-estimez les gens ! Vous avez cru que j'étais un homme qu'on pouvait rouler, trahir, et maintenant vous me suppliez ! Quel manque de logique !

Une puissante explosion les fit taire. Les murs avaient tremblé. Hazel se plia en deux.

— Il ne reste rien de lui, dit Willy. Un de moins à enterrer…

Lorsqu'ils revinrent, les Chinois ligotèrent Hazel à une chaise et l'enfermèrent dans une pièce aux volets clos. La secrétaire entendit des pas. Elle eut l'impression qu'une foule invisible se déplaçait dans la maison. Vraisemblablement, on rangeait, on ramassait, on nettoyait.

Elle s'assoupit et faillit tomber en avant. Puis elle entendit des bruits de portières de voiture. Elle pensa que Willy et Betty quittaient la maison. Peut-être la laisserait-on vivre. Vivre.

La porte s'ouvrit doucement. C'était Wang.

— À nous, dit-il. Levez-vous.

— Je ne peux pas…

— C'est vrai. On ne peut pas se déplacer attachée à une chaise, même quand on est aussi intelligente que vous, hein, Hazel ?

Wang l'emporta dans la Cadillac. Hazel comprit bientôt qu'on la reconduisait là où elle habitait. Son appartement…

Wang la déposa au coin de la 93e Rue et de la 5e Avenue. Hazel sortit de la voiture pieds nus, entra dans le hall et passa devant le portier qui lui fit un petit signe. Dans la poche du manteau, quelqu'un avait glissé ses clés. Elle prit l'ascenseur jusqu'au douzième étage.

Elle longea le couloir, songeant qu'elle allait se réfugier chez elle, oublier sa nudité. Mais elle ne put entrer sa clé dans la serrure. Elle examina son trousseau : c'était bien le sien. Elle redescendit dans le hall et s'adressa au portier :

— Pourriez-vous m'aider ? Je n'arrive pas à ouvrir ma porte.

Le portier leva sur elle un regard vide.

— Madame, on a changé votre serrure. Vous ne pouvez plus rentrer chez vous…

Hazel recula. Elle faillit tomber. Elle comprit brusquement qu'elle se trouvait pieds nus, sans un dollar, dans la rue, à New York. Moins qu'une clocharde. À New York, les clochardes ont des sacs dans lesquels elles transportent leurs biens. Des privilégiées, en quelque sorte.

Hazel sortit de l'immeuble. Elle avança sur le trottoir, sentant le béton mouillé et crasseux sous ses pieds nus. Elle vivait un cauchemar. Elle ne craignait rien tant que la misère. Les passants ne la regardaient même pas. Soudain, une voiture s'arrêta en bordure du trottoir. Tournant la tête vers le véhicule, Hazel aperçut le visage de Wang. Grave mais pas hostile. Elle s'exclama :

— Oh ! merci ! vous êtes revenu pour moi ?

Par la vitre baissée, Wang lui dit :

— J'ai un message de la part de M. Harrison. M. Harrison vous offre le choix. Vous pouvez continuer à avancer pieds nus, sans un sou, dans les rues de New York, ou bien accepter que je vous amène jusqu'à un endroit désigné par lui. Il a dit que c'était une question de confiance. Une confiance que vous pouvez lui accorder ou non. Comme vous voudrez…

Hazel retrouva l'espoir. Willy allait pardonner. Elle en était sûre. Sinon, il n'aurait jamais envoyé Wang avec la Cadillac. Elle allait regagner la confiance de Willy. Elle ressentit un bonheur extrême à l'idée de se retrouver dans la Cadillac et de regarder, comme jadis, New York à travers les vitres fumées d'une voiture somptueuse. Elle acquiesça et voulut s'asseoir à côté de Wang. Le chauffeur fit non de la tête et lui demanda de prendre place derrière.

La portière arrière s'entrouvrit. Étonnée, elle aperçut le Dr Thunder.

— Que faites-vous là, docteur ? Quelqu'un est malade ? Les enfants ?

— Non, mademoiselle.

Le Dr Thunder se tourna vers elle :

— Je suis obligé de vous demander votre bras gauche.

— Pourquoi ? demanda-t-elle.

Le docteur hocha la tête, ouvrit sa petite trousse et prépara une seringue.

— Pas de piqûre ! s'écria-t-elle. Non ! Vous n'avez pas le droit de m'exécuter comme ça, dans une voiture. Ce n'est pas une affaire pour vous, docteur. Vous vous retrouverez en prison jusqu'à la fin de votre existence. Complice d'un meurtre. Tout le monde me connaît à New York. Hier encore, j'étais très respectée, très crainte. Vous ne pouvez pas me tuer dans la voiture de M. Harrison.

— Qui parle de meurtre, mademoiselle ? dit le docteur. Je dois juste vous endormir.

— Me droguer ! cria Hazel. C'est ça qu'il voudrait faire ? Me droguer pour me transformer en une loque qui vivrait en attendant ses doses ? C'est ça, la punition ?

— Je ne crois pas, dit le docteur. Ne résistez pas. Les portières sont bloquées et je dois obéir. À partir du moment où vous êtes entrée dans cette voiture, vous avez choisi.

Il saisit le bras de la femme et l'immobilisa. Elle se laissa faire. Elle n'avait plus envie de se défendre. C'était inutile. Elle allait peut-être mourir dans cette voiture qu'elle avait tellement appréciée.

Elle sentit l'aiguille lui pénétrer les chairs et, presque aussitôt, perdit connaissance.

Une heure et demie plus tard, un jet quitta un aéroport privé situé non loin de La Guardia. Il n'y avait pas d'hôtesse à bord. L'appareil transportait un paquet qui ressemblait à une momie. Il devait atterrir sur un aéroport privé de Mexico City. Mexico City : dix millions d'habitants et sans doute la plus grande concentration de misère du monde.

Immédiatement après l'atterrissage, une voiture se chargea du paquet humain. Les deux Mexicains qui le convoyaient déposèrent leur charge – une Américaine sans papiers, pieds nus, vêtue d'un manteau – sur une décharge d'ordures située dans un des quartiers les plus populeux de Mexico City, où aucun agent de police ni aucun Mexicain bien ou mal né ne s'aventurait.

— Pas assez jeune pour être pute, dit l'un des Mexicains. Pas assez vieille pour être maquerelle. Salut, poupée.

Hazel se retrouva donc dans un des quartiers les plus abominables que le monde et sa civilisation pourrie aient jamais sécrétés. Quelques heures plus tard, elle se réveilla lentement. Elle était couchée sur le dos. Elle tendit une main. Elle saisit une boîte de conserve vide. Un rat lui sauta dessus. Hazel ouvrit les yeux. Le soleil était dissimulé par des visages qui se penchaient sur elle. Leur assemblage formait comme une corolle de fleurs carnivores monstrueuses.

— Qui est-ce ? demanda quelqu'un.

— Une Américaine sans rien, une femme blanche, une clocharde, une folle, répondit-on.

— Non, objecta un vieux Mexicain complètement édenté.

Une grande giclée de salive sortit de sa bouche.

— Non, reprit le vieux Mexicain. C'est personne…

La veille du départ pour Las Vegas, Betty et Lord se rencontrèrent dans un des couloirs de l'appartement de Willy.

— Betty ?

— Je vous écoute.

— J'hésite…

— Vous n'êtes pas timide.

— Je commence à l'être.

Il souriait.

— J'allais vous faire une proposition. Elle aurait pu vous amuser.

— Vous pouvez me parler, tout m'intéresse. Pour moi, la vie commence demain. Nous partirons d'ici. Je reverrai ma mère. J'espère pouvoir l'installer un jour avec nous dans le ranch de mon oncle… Vous voyez, l'avenir s'éclaircit. Je voudrais vivre libre. Un peu plus libre.

Il savait qu'il l'aimait. Ils étaient si proches l'un de l'autre que leurs souffles se confondaient presque.

— Connaissez-vous le City Hall de Las Vegas ? demanda Lord.

— Non. Quel intérêt ?

— On y achète des licences de mariage.

— Drôle de cadeau, dit-elle. Un mariage…

— Un mariage dans le genre de celui que je vous propose pourrait être un véritable cadeau. Je ne plaisante pas… Madame Clark, verriez-vous un inconvénient majeur à m'épouser ?

Elle rit.

— Vous êtes drôle… Je ne vous imaginais pas souriant ou plaisantant. Quant au mariage, je n'en vois pas l'utilité. J'ai fait une promesse solennelle à tous les dieux présents ou à venir que plus personne ne me toucherait jusqu'au moment où mon fils, devenu adulte, me délierait du serment que j'ai fait pour le sauver. C'est une sorte de sacrifice.

— Je ne vois pas où est le problème, dit Lord. Il ne s'agit pas d'une question de lit mais d'une association à responsabilités non partagées. Je prendrai toutes les responsabilités.

— C'est-à-dire ?

— Je voudrais m'occuper de vous, dit-il. Et il n'est pas exclu non plus que je ressente pour vous un sentiment proche de l'amour. Amour encore un peu abstrait pour moi… Mais amour quand même…

— Je marcherai seule, Lord, dit-elle. Je vais devenir une femme de décision, un chef d'entreprise, une machine humaine.

— Machine ?

— Je veux me créer mon propre univers grâce à mon travail.

— Lorsque vous circulerez avec des millions de dollars en bijoux, vous ferez-vous accompagner par des hommes armés ?

— On s'habitue à tout, Lord... Vous me demandez en mariage et je ne connais même pas votre nom...

— Il n'est pas désagréable à porter. Il pourrait vous assurer une certaine liberté de mouvements en Angleterre. Et quelques autres avantages. Des surprises aussi.

— Laissez-moi construire mon existence. On verra plus tard.

Elle aurait donné une année de sa vie pour embrasser Lord, pour fondre dans ses bras. Mais elle avait promis...

— Même si nous succombions au fantasme d'un mariage, je me ferais toujours appeler Mrs Clark. C'est le nom que mon mari m'a donné.

Han passa à côté d'eux.

— M. Harrison vous attend, madame.

— J'arrive.

La Chinoise longea le couloir et disparut plus loin, derrière une porte.

— Et si je vous avouais que je vous aime vraiment, dit Lord, que répondriez-vous ?

— Mon oncle m'attend. À Las Vegas, nous aurons tout le temps nécessaire pour apprendre à nous connaître.

— Vous ne dites pas non ? demanda Lord.

Elle haussa les épaules et fit un petit signe de la main. Bonjour ou adieu ? Puis elle entra dans le bureau de Willy Harrison.

— Tu n'es pas pressée de me rejoindre !

Il la regarda, étonné. Elle ressemblait à une adolescente qui n'aurait jamais connu Washington Square.

Le cœur de Willy battit plus vite. Le passé revenait

par vagues, comme une marée qui charrie des coquillages-souvenirs.

— Betty ?

— Je peux m'asseoir ?

— Tu es chez toi.

— Même dans votre bureau ?

Elle était rayonnante.

— Tu pars demain, Betty… Tu as bien survécu aux chocs de ces derniers jours.

— Je suis apparemment aussi résistante que vous.

Ils s'observaient.

Une folle tentation s'empara de Willy. La tendresse le soûlait. Il croisa ses mains sur son estomac et dit :

— Bientôt, tous ensemble, nous pourrons former une vraie famille.

— En tout cas, une sacrée équipe ! dit-elle.

C'était comme si elle avait revêtu un manteau de velours sur une carapace d'anciens chagrins.

— Tu dis : une sacrée équipe ?

— Oui…

L'émotion étreignit Willy. Quelqu'un pouvait donc l'aimer ! L'aimer, lui, le puissant, le banni…

— Betty, en dehors de mon passé tumultueux, un seul élément nous distingue de ce qu'on appelle le commun des mortels.

— L'argent ? s'exclama-t-elle.

Il découvrit avec étonnement qu'elle ne semblait même pas hostile.

— Non, pas l'argent. Un oncle fou de sa nièce, ce n'est pas courant.

Elle haussa les épaules.

— Nous avons toujours été des originaux, je sais.

Normalement, ce sont les pères qui sont amoureux de leur fille.

— Comme moi, dit-il en s'essuyant le front. Comme moi…

— Aujourd'hui, tout le monde plaisante. Question d'astres…

— Attends, Betty. Si j'étais un père fou de sa fille ?

— Vous avez une fille ?

Elle continua, à voix très basse :

— Quel est son nom ?

— Betty. Betty Clark.

Œuvres de Christine Arnothy :

Autobiographies

J'AI QUINZE ANS ET JE NE VEUX PAS MOURIR (Grand Prix Vérité 1954), Fayard.
IL N'EST PAS SI FACILE DE VIVRE, Fayard.
JEUX DE MÉMOIRE, Fayard.
EMBRASSER LA VIE, Fayard.
LES ANNÉES CANNIBALES, Fayard.

Romans

DIEU EST EN RETARD, Gallimard.
LE CARDINAL PRISONNIER, Julliard.
LA SAISON DES AMÉRICAINS, Julliard.
LE JARDIN NOIR (Prix des Quatre-Jurys), Julliard.
JOUER À L'ÉTÉ, Julliard.
AVIVA, Flammarion.
CHICHE !, Flammarion.
UN TYPE MERVEILLEUX, Flammarion.
J'AIME LA VIE, Grasset.
LE BONHEUR D'UNE MANIÈRE OU D'UNE AUTRE, Grasset.
TOUTES LES CHANCES PLUS UNE (Prix Interallié), Grasset.
UN PARADIS SUR MESURE, Grasset.
L'AMI DE LA FAMILLE, Grasset.

LES TROUBLE-FÊTE, Grasset.
VENT AFRICAIN (Prix des Maisons de la Presse), Grasset.
UNE AFFAIRE D'HÉRITAGE, Grasset.
DÉSERT BRÛLANT, Grasset.
VOYAGE DE NOCES, Plon.
UNE QUESTION DE CHANCE, Plon.
LA PISTE AFRICAINE, Plon.
LA DERNIÈRE NUIT AVANT L'AN 2000, Plon.
MALINS PLAISIRS, Plon.
COMPLOT DE FEMMES, Fayard.
ON NE FAIT JAMAIS VRAIMENT CE QUE L'ON VEUT, Fayard.
ALLER-RETOUR, TOUS FRAIS PAYÉS, Fayard.
UNE RENTRÉE LITTÉRAIRE, Fayard.
RELATIONS INQUIÉTANTES, Fayard.
L'HOMME AUX YEUX DE DIAMANT, Fayard.
DONNANT, DONNANT, Fayard.
DE L'AUTRE CÔTÉ DE LA NUIT : MRS CLARK À LAS VEGAS, Fayard.
DES DIAMANTS POUR MRS CLARK, Fayard.
MRS CLARK ET LES ENFANTS DU DIABLE, Fayard.
DERNIÈRES VALSES À VIENNE, Fayard.

Recueil de nouvelles

LE CAVALIER MONGOL (Grand Prix de la nouvelle de l'Académie française), Flammarion.

Lettre ouverte

LETTRE OUVERTE AUX ROIS NUS, Albin Michel.

Composition réalisée par PCA

Achevé d'imprimer en mars 2009 en Espagne par
LITOGRAFIA ROSÉS S.A.
08850 Gava
Dépôt légal 1re publication : avril 2009
Librairie Générale Française – 31, rue de Fleurus – 75278 Paris Cedex 06

31/2408/8

ERRANCE

Belleville, quartier de Paris, est un carrefour de cultures où différentes communautés vivent en harmonie. Fenêtre ouverte sur toutes les villes, en mouvement perpétuel, où les gens de passage construisent, mettent en friche et reconstruisent...
Belleville éditions publie une littérature étrangère populaire. Des voix incontournables de notre temps qui nous emmènent en voyage dans les cultures d'ailleurs. Des textes humains et sans filtre pour une meilleure compréhension du monde.

Titre Original : Prelest

Première publication par Vulkan.
Illustration de couverture par Miloš Tripković.

8 bis rue Abel – 75012 Paris

Ce livre a bénéficié du soutien
du Centre National du livre.

Cette traduction a été publiée
avec le soutien du Ministère
de la Culture et de l'information
de la République de Serbie.

République de Serbie
Ministère de la Culture et de l'Information

FILIP GBRIC

ERRANCE

TRADUIT DU SERBE PAR ZIVKO VLAHOVIC

« Il y a les signes moraux d'errance et les signes manifestes. Les signes moraux sont : l'orgueil, la vanité, le mépris de ses semblables, l'égoïsme, la présomption et autre. Il arrive que tout cela soit dissimulé sous le masque du calme, c'est pourquoi une personne orgueilleuse dans les yeux des personnes spirituellement inexpérimentées peut sembler calme. Les signes manifestes de l'errance sont les visions, les sentiments irréguliers ou peut-être les apparitions pendant la prière. C'est pour cette raison que l'errance se fait appeler « l'errance » qui trompe l'homme, les faux états spirituels rappellent les vrais et une personne inexpérimentée s'y empêtre. »

Higoumène Avram, *Discours sur l'errance*

« Les passions, rivalisant entre elles, se battent pour moi, m'arrachent sans cesse l'une à l'autre, tournent autour de moi, ne me laissent pas en paix.

Et je ne vois pas mon état misérable ! Il y a dans mon esprit un rideau de ténèbres occultant ; il y a dans mon cœur une lourde pierre d'indifférence. »

Saint Ignace Briantchaninov, *Sur l'errance*

I

Les récidives du passé

« Eh mon pote, ressaisis-toi – c'est ce que je me suis dit – sinon tu vas finir par crever, tu vas crever. »

Géza Csáth, *Dépendances*

1

J'ai vu Viktor pour la dernière fois il y a un peu plus de quatre ans. Il était si mal en point que je l'ai à peine reconnu. Il était d'une maigreur d'ermite et ses dents étaient jaunes et pourries. Il m'avait fait venir dans le seul but de me demander cent euros. Lorsque je lui ai répondu que je ne pouvais pas lui passer plus de cinquante, il s'est contenté de hocher la tête de façon conciliante et a promis de me rembourser la somme, au plus tard à la fin du mois. Au cours de cette demi-heure très désagréable, j'ai éprouvé le plus profond dégoût pour cet homme à qui, dans le passé, j'aurais pu donner ma vie. Je lui ai assuré qu'il n'avait pas à me rendre mon argent, je lui ai également fait comprendre sans ambages que je ne voulais plus le revoir ni en entendre parler. J'étais convaincu que Viktor avait perdu toute estime de lui-même, qu'il était tombé si bas qu'il ne serait pas en mesure de tenir cette promesse, et qu'il réapparaîtrait sans doute au bout de quelques mois avec une nouvelle supplique, comme un nouveau prêt ou le gîte pour la nuit. Cependant, non seulement cette présomption était fausse, mais elle était particulièrement cynique : Viktor n'a plus montré signe de vie depuis ce jour. Bien sûr, je n'ai cessé de penser à lui. Il me semble qu'il ne s'est pas passé un seul jour sans que son souvenir m'assaille. Cependant, depuis que son frère, Luka, m'a dit qu'il s'était pendu à un arbre au sommet du mont Kablar, ma mémoire du temps passé ensemble m'a frappé de plein fouet. Au-delà des bons ou mauvais souvenirs qui faisaient irruption dans mon esprit, j'étais submergé par un sentiment de culpabilité particulièrement douloureux. Pourquoi avais-je dû faire preuve d'autant de dureté envers lui lors de notre dernière rencontre ? Pourquoi avais-je trahi notre amitié et fini par mener une vie que Viktor et moi, du temps où nous nous fréquentions, aurions méprisé du plus profond de notre âme ?

Quand nous nous sommes parlé pour la deuxième fois ce jour-là, Luka m'a fait le récit détaillé des dernières heures de la vie de Viktor. Ce matin-là, comme à son habitude, Viktor s'était rendu à Čačak pour trouver un emploi, sans que l'on sache si cette décision avait été préméditée ou spontanée. Toutefois, aux alentours de midi, il s'était retrouvé à Ovčar Banja au lieu de Čačak. On sait avec certitude qu'il avait d'abord visité le monastère de l'Annonciation, dont l'église était fermée, ce qui l'avait amené à l'hôtellerie où il était tombé sur un moine assis devant un ordinateur. Le moine avait décrit à Luka sa rencontre avec Viktor par le menu, avec une honnêteté pour le moins déconcertante. Viktor lui avait demandé s'il avait besoin d'une aide quelconque, ce à quoi le moine avait répondu par une question en lui demandant s'il savait réparer un ordinateur, car le sien fonctionnait très lentement ces derniers temps et, qui plus est, captait très difficilement le wifi ; cela faisait plusieurs jours qu'il n'avait pas pu visiter ses différents profils sur les réseaux sociaux, qui lui servaient à communiquer avec les fidèles à travers le monde. Viktor lui avait répondu qu'il ne connaissait rien aux ordinateurs, mais qu'il était en bonne condition physique et pouvait effectuer n'importe quelle tâche sans rechigner. Le moine avait agité la main et marmonné qu'il n'avait aucunement besoin d'un « ouvrier », tout en continuant à cliquer sur la souris et à fixer son écran. Viktor était resté silencieux quelques minutes, puis avait tourné les talons et repris la route menant jusqu'au sommet du mont Kablar. D'après Luka, Viktor avait très certainement fait un tour au monastère Saint-Nicolas, dont il n'avait pas non plus pu visiter l'église. Une religieuse l'avait presque réprimandé en le voyant debout devant l'entrée du vénérable bâtiment. Elle lui avait dit qu'il était hors de question qu'elle ouvre uniquement pour lui et que, s'il souhaitait tant voir les fresques, il n'avait qu'à attendre le groupe de touristes de Belgrade qui arriverait à quatorze heures. La religieuse a rapporté que Viktor avait vaguement laissé s'échapper un « ah bien, merci », puis quitté la porterie du monastère.

Luka était convaincu que Viktor n'avait pas prévu de mettre fin à ses jours ce matin-là, mais qu'il était venu dans cette région avec l'intention d'entrer dans les ordres de l'un des monastères des gorges de l'Ovčar-Kablar. Cependant, il avait dû déchanter sur place en constatant l'absurdité de cette décision. Pendant que Luka parlait, je restais silencieux et déglutissais. Ce n'est pas que je ne pouvais pas imaginer Viktor dans un monastère, bien au contraire. Viktor plaisantait souvent sur le fait que nous pourrions devenir des moines exemplaires car, comme il avait l'habitude de le dire, « il n'y a pas plus grands débauchés que ceux qui sont entrés dans les ordres », mais la pensée même que Viktor ait pu envisager une telle possibilité m'avait autant anéanti que la nouvelle même de son suicide.

Viktor avait été retrouvé relativement vite au sommet du mont Kablar, non loin de rochers offrant une magnifique vue sur l'Ovčar et le massif de la Morava occidentale, qui serpentait vigoureusement entre les deux montagnes. Aussi longtemps qu'il l'avait pu, Viktor avait serpenté entre les obligations et les responsabilités que lui imposait la vie, jusqu'à ce qu'il ait épuisé toutes possibilités de contorsion et finisse pendu à une branche de frêne noir. Il avait été trouvé par les touristes de Belgrade que la religieuse de Saint Nicolas avait annoncés. Personne n'avait osé s'approcher du corps, car sur cette même branche à laquelle était suspendu Viktor, il y avait une vipère. Ce reptile venimeux, selon toute probabilité, avait grimpé sur le bois après que Viktor s'était pendu avec une ceinture de couleur noire. Des témoins oculaires ont affirmé que la vipère avait rampé un moment autour du corps immobile et sans vie de Viktor, l'arpentant calmement de la tête aux pieds, avant de redescendre au sol et disparaître dans les fougères. Luka maudissait le serpent pour n'être pas monté plus tôt dans l'arbre et l'avoir mordu au cou, car alors tout cela aurait pu passer pour un accident, et non un suicide, nouvelle qui avait brisé leur mère. J'ai demandé à Luka l'heure et le lieu de l'enterrement. Viktor s'était pendu le 12 septembre, jour de l'anniversaire de Nina. Je n'ai pas voulu mentionner cette coïncidence à Luka. Mais j'ai, bien sûr, tout raconté à Nina.

2

Depuis le début du mois de septembre, il ne cessait de pleuvoir, ce qui avait soudainement écarté le sentiment de joie profonde qui m'habitait à la fin de l'été et l'avait remplacé par de banales considérations sur la finitude, la vieillesse, la décadence et la fuite toujours plus rapide du temps. Au lieu de profiter de l'abondance et de la splendeur de cette fin d'été, Nina et moi pataugions dans le cimetière boueux et escarpé du village, où les pierres tombales usées par les siècles apparaissaient ici et là entre des monticules frais, supportant des dalles de marbre surdimensionnées d'un goût douteux. Lorsque nous nous sommes acheminés vers la tombe depuis la chapelle au sommet de la colline, nous avons remarqué que nous ne connaissions pratiquement aucune des personnes présentes à l'enterrement. Je me demandais si Rastko serait là. La possibilité de le revoir après tant d'années me rendait particulièrement nerveux. Mais Rastko, bien sûr, n'est pas venu et je ne pense pas qu'il se serait montré, quand bien même il aurait été en Serbie. Nina m'avait gratifié d'une remarque cinglante, me demandant si, à sa place, j'aurais fait le voyage depuis Vancouver pour cette occasion. Je gardais le silence. « Tu as toujours été dur et injuste envers lui », a-t-elle dit. En pensée, tantôt je râlais un instant contre lui et ces stupides coutumes, tantôt je pleurais sur mon pauvre sort sous la pluie et dans la boue. Je ne pouvais penser à Viktor, c'était comme si tout cela n'avait aucun rapport avec lui.

Je dois ajouter que mon humeur avait évolué depuis le choc initial, de l'indifférence extrême, en passant par de courts accès de culpabilité et de remords, jusqu'à l'irritabilité, ce qui m'avait par moments amené à remettre en question ma présence aux funérailles. Que signifiait toute cette mascarade ? Nous nous étions quittés, les sentiments que nous avions les uns pour les autres avaient disparu, à quoi bon perdre son temps à patauger dans la boue du cimetière et saluer des gens qui ne signifiaient rien à nos yeux ; à quoi rimait tout ce cinéma et ces condoléances accompagnées d'expressions faciales d'une douleur théâtrale, derrière lesquelles on ne percevait aucune peine sincère, seulement une compassion superficielle, une pauvre pitié, le souhait d'avoir la conscience tranquille et de satisfaire sa vanité ? Puis, comme s'ils s'étaient concertés, nos vieux amis ont soudainement commencé à arriver.

Pendant la messe funèbre (il ne faut pas sous-estimer la curiosité intempestive des gens endeuillés), ainsi qu'à l'enterrement, nous avons échangé des questions et des réponses courtoises du type « comment vas-tu ? », « comment va la famille ? », « Tu travailles toujours à l'agence N ? », « ah oui, tu as changé de secteur. C'est bien mieux là-bas ! », « excellent ! », « et toi, j'ai entendu dire que tu as soutenu ta thèse, félicitations », etc. Puis nous nous sommes très vite séparés pour monter dans nos véhicules, et une heure plus tard, nous nous sommes à nouveau réunis autour d'une longue table dans la maison familiale de Viktor, tous dans le même coin. Sept années avaient passé depuis nos dernières retrouvailles. Tout le monde était présent sauf, bien sûr, Viktor, qui s'était pendu et qui nous avait par son geste à nouveau rassemblés, et Rastko, qui avait déménagé au Canada. Que chacun sache presque tous les détails de la vie publique des autres était étrange : ceux qui s'étaient mariés ou avaient divorcé, ceux qui avaient eu un enfant, ceux qui gagnaient bien leur vie, ceux qui n'avaient pas terminé leurs études, etc. Ce n'était pas si étonnant puisque nous nous suivions tous sur les réseaux sociaux, puis il suffisait que deux personnes, même si elles se voyaient très rarement, se réunissent autour d'un café pour que les informations soient échangées et transmises à tous ceux qui feignaient d'être désintéressés. Et lorsque nous eûmes enfin épuisé tous ces sujets de conversation déjà bien connus de tous, un silence désagréable avait envahi la pièce.

Marta n'avait pas supporté, elle s'était lancée dans un récit décousu, manifestement secouée et confuse, car elle avait rêvé de Viktor quelques jours auparavant, alors qu'elle n'avait pas pensé à lui depuis longtemps. « Dans ce rêve, Viktor habitait toujours la rue K. avec Maksim (c'est-à-dire moi), avait-elle dit, pourtant il ne s'agissait pas du studio qu'ils avaient loué durant des années, mais d'une salle de réception du lycée. » Nous nous sommes tous regardés, étonnés. Goran avait même esquissé un léger sourire. « À la place des étagères de livres à l'ouest de la salle, il y avait un immense bar avec divers alcools. Maksim préparait des cocktails avec son aisance inhabituelle et forçait Viktor à les boire cul sec. Viktor obtempérait avec docilité, même s'il n'en avait pas du tout envie, et suppliait, implorait Maksim d'arrêter. Il disait qu'il avait faim, qu'il préférait manger, mais Maksim n'en avait cure et lui répétait qu'il n'était qu'un imbécile, que la nourriture le dégriserait et qu'il était temps pour lui de se taire une bonne fois pour toutes car rien n'est plus beau qu'un *Long island* le ventre vide. « Ça ressemble plus à un souvenir qu'à un rêve », avait soudain marmonné Goga. Les deux filles m'avaient sûrement bien critiqué dans la voiture sur le chemin de Čačak, avais-je pensé. Marta avait poursuivi : « J'ai essayé de raisonner Maksim, mais il a brusquement augmenté le volume d'une musique électronique de tordus, ses yeux injectés de sang étincelaient, il était différent, il faisait semblant de ne pas nous entendre, de ne pas nous comprendre, et s'était mis à se trémousser tout en enlevant son t-shirt. J'ai senti que cela ne présageait rien de bon. » « Marta, tu es le genre de rêveuse dont rêvent les psys, avais-je ajouté, non sans sarcasme, moi, contrairement à toi, j'oublie tout dès que j'ouvre les yeux. » Marta s'était ébranlée un bref instant, elle tenait absolument raconter son rêve jusqu'au bout : « J'ai pris Viktor par la main et je l'ai conduit jusqu'à la grande porte à deux battants fermés à clé. Viktor était triste, passif et apathique. J'avais eu de la peine à le faire venir jusqu'à la fenêtre, mais à cet instant l'horreur m'a envahie, car à l'extérieur du studio, c'est-à-dire la salle de réception, il n'y avait rien, littéralement rien. Nous flottions dans un espace sans air, au loin nous pouvions à peine voir la Terre et la Lune, dont nous nous éloignions de plus en plus. Et c'est à cet instant que résonnèrent de terribles coups à la porte, je ne sais comment, mais j'étais sûre que Maksim avait en quelque sorte invoqué un énorme mal qui se précipitait sur nous. Viktor était agenouillé sous le bar, pleurait, implorait Maksim, mais ce dernier ne prêtait aucune attention à ses paroles et à ses gestes. J'étais pétrifiée, je haïssais Maksim, et pas seulement dans mon rêve, mais tout le long de la journée suivante, pour sa cruauté envers Viktor. » Après avoir prononcé ces mots, Marta m'avait lancé un rapide regard, manifestement inquiète de la réaction que je pourrais avoir. Il n'y avait pas l'ombre d'un doute qu'elle avait une opinion très défavorable à mon encontre, mais je n'étais pas certain qu'elle ait été consciente de rejeter sur moi la responsabilité de la fin malheureuse de Viktor. Je restais silencieux, même si je savais que ce rêve allait se terminer par cet « énorme mal » faisant irruption dans le studio-salle de réception, amenant Marta à se réveiller de ce terrible cauchemar.

J'ai remarqué que Goran avait beaucoup grossi. Mais à en juger par la vitesse avec laquelle il descendait les verres de raqi, je dirais qu'une bonne partie de cet embonpoint provenait peut-être de l'excès de liquide. À cause de ce changement physique évident, il donnait l'impression d'avoir brusquement vieilli. Heureusement, il n'avait pas ressenti le besoin d'interpréter ou de commenter le rêve de Marta, dont le sens était outrageusement limpide. J'ai l'impression que lui seul était sincèrement heureux de me voir. Il m'avait tout de suite dit qu'il lui arrivait de skyper avec Rastko. « Il va bien, a dit Goran, il a quitté les polices d'assurance. Il a finalement trouvé un emploi dans une grande entreprise informatique, où non seulement il a beaucoup moins de travail, mais également un salaire bien plus conséquent. » J'ai immédiatement imaginé Rastko passer sa journée à cliquer assis face à son écran. Le plus triste dans tout cela, à en juger par ce que disait Goran, c'est que selon toute vraisemblance, il y avait trouvé un certain bonheur. Alors qu'autrefois, nous nous moquions en ricanant du grand-frère de Goga qui était employé comme programmeur dans une société étrangère ! À trente ans, il en faisait déjà quarante : trois poils sur le caillou, du bide, le dos voûté, des mocassins marrons sur des chaussettes blanches… L'été, il souffrait d'éruption cutanée, transpirait en permanence à cause de son poids et, sans exagération, sa poitrine était aussi grosse que celle de Goga. Il prenait son petit-déjeuner deux à trois fois par jour et déjeunait à la même fréquence. Au travail, il lui arrivait de commander du poulet croustillant avec des frites, du ketchup et de la mayonnaise ou des hamburgers avec du cheddar et des rondelles d'oignon panées. Bien sûr, un repas n'est pas un repas s'il n'est pas parachevé par une portion de crêpes au sirop d'érable ou d'un feuilleté au nutella. Aucun de nous ne doutait qu'à ses trente ans, le frère de Goga, le développeur, était toujours puceau, et personne ne doutait non plus qu'il passait son temps à se masturber. Comme le veut l'usage, le vice devient plus exigeant et complexe avec le temps : un jour, Goga, secouée et sous le coup de l'émotion, avait avoué être tombée sur de courtes vidéos amateurs de la catégorie « *golden shower* et *caviar*, dans un dossier caché de son frère. Goga pleurait, alors que nous, nous hurlions de rire. Et maintenant, c'est Rastko qui était devenu développeur. *How time distorts things*[1]. Nina avait repris la conversation au moment opportun avec Goga, Marta et son nouveau petit ami, Kokan, qui avait failli me broyer la main en la serrant, et me regardait constamment d'un air de défi du genre « essaye de dire quelque chose d'insultant et ce seront tes derniers mots ». Qui sait comment Marta m'avait décrit à ce pauvre mec, qu'elle avait de toute évidence, et en un rien de temps, transformé en paillasson. J'en ai profité pour me tourner vers Goran qui, comme à son habitude, s'était installé juste à côté de moi et après quelques minutes (et quelques verres) s'était détendu pour redevenir le vieux gaillard, gai, braillard et agité d'autrefois. Depuis un an, il vivait en toute liberté, sa malfaisante grand-mère, « la reine mère », avait enfin rendu l'âme à l'âge de quatre-vingt-onze ans. Je n'avais jamais compris pourquoi Goran vivait avec cette grand-mère diabolique, qui l'avait cruellement maltraité depuis son enfance, et encore moins du moment où il avait commencé à bien gagner sa vie. Il avait été promu au poste de manager dans une société américaine qui avait ouvert une antenne à Belgrade, où les employés serbes

1 « Comment le temps déforme les choses. » En anglais dans le texte.

recevaient des appels depuis les États-Unis. Leur tâche était de donner, en anglais courant, des instructions précises aux utilisateurs, principalement à des techniciens de terrain qui s'occupaient des caisses enregistreuses et des distributeurs d'argent. Comme il avait grandi dans une famille chaotique, l'expérience de Goran nous permet de retracer ses tendances pathologiques.

Le défunt père de Goran, fils de la grand-mère diabolique, était décédé d'une tumeur au cerveau quand Goran avait six ans. Sa mère s'était très vite remariée, avait donné naissance à deux autres enfants et laissé par la même occasion le petit Goran survivre tant bien que mal avec sa mamie. Même après le divorce d'avec son nouveau mari, la mère de Goran n'avait pas montré plus d'intérêt pour son premier enfant. J'insiste là-dessus, car cette absence d'amour maternel a déterminé toutes les expériences ultérieures de Goran avec le sexe opposé. En effet, chez lui tout commençait et se terminait toujours de la même manière. Avant toute chose, le choix d'une partenaire candide en apparence, mais d'un égocentrisme dissimulé, qui était d'abord impressionnée par l'attention que lui portait un homme aussi viril, intelligent et cultivé que Goran. Puis arrivaient les désaccords et les cris, parce que ce même homme viril, intelligent et cultivé n'avait aucune ambition et n'était pas intéressé à l'idée de se battre pour une meilleure place dans la société. Les désaccords et les cris se transformaient en querelles ouvertes et, finalement, en périodes de lourds silences. Ce n'est qu'après la rupture que Goran découvrait qu'un autre homme traînait depuis un certain temps dans les parages, pas du tout viril, et encore moins intelligent, mais bien intégré et très ambitieux.

C'est ainsi que Goran, indigné, vivait encore avec sa cruelle grand-mère, répétant à sa manière le sort de son défunt père qui, à cause de cet insatiable désir d'amour maternel auquel il n'avait jamais goûté, avait tout négligé ; tel un esclave il servait un tyran capricieux et cela lui avait tout coûté : sa carrière, le bien-être de sa famille, sa santé et, finalement, sa vie. Il me semblait que Goran était déterminé à rompre avec ses atavismes. De plus, il donnait l'impression d'être libéré de ses chaînes. Il me parlait d'argent, de femmes et de voyages. Mais peu importe le degré de ma joie, je percevais la liberté fraîchement acquise de Goran comme une menace.

Après un certain temps, les conversations triviales avaient été interrompues par la mère effondrée de Viktor. Goran lui avait immédiatement cédé sa place et elle s'était assise à côté de moi. Nina avait remarqué que j'étais mal à l'aise, car la mère de Viktor évitait ouvertement de me regarder. Luka, aussi, avait adopté envers moi une attitude qui en disait long, « tu t'es vraiment senti obligé de venir ?! » Il n'avait pas été comme ça au téléphone. J'avais l'impression d'être le principal accusé d'un procès monté de toutes pièces. Il ne manquait plus que Marta, Goga ou la mère de Viktor ne m'accusent haut et fort : Viktor, le pauvre, était gentil, mais bien trop sensible et terriblement influençable, et il aurait sans doute été encore vivant s'il n'était pas tombé sur moi à une période charnière de sa vie, moi, ce débauché cauteleux, qui l'avait entraîné dans les sables mouvants des vices les plus sombres ; sables mouvants dont je m'étais extirpé à temps, grâce à mon amour-propre sans limites, alors que Viktor s'y était enfoncé à cause de son désamour sans fin. Mais qu'est-ce qui aurait été juste ? Que je m'enfonce avec lui au prix de ma propre vie ? Ou que je me détruise au lieu de détruire Viktor ? Cette atmosphère très pesante avait laissé une très mauvaise impression à Nina qui, sur le chemin du retour, avait demandé qu'on fasse une pause dans un restaurant non loin de la ville de Ljig.

3

Nina avait exigé des explications, elle avait dit qu'elle voulait « tout savoir », tout sans exception et sans fioriture. Elle voulait tout connaître de mon passé, dont elle n'avait qu'une vague idée, car elle n'avait simplement jamais voulu en apprendre plus jusque-là. Elle avait entendu des choses de ma bouche au début de notre relation, mais en voyant le dégoût et la stupéfaction que mes confidences provoquaient sur son visage, j'avais vite abandonné l'idée de la présenter à la personne que j'étais réellement, en dépit du désir que j'en avais. J'avais alors commencé à taire certains éléments, ou même à falsifier l'histoire pour préserver la stabilité affective et le soutien qui m'étaient précieux.

Nina avait eu vent de certaines choses que j'avais faites grâce à des ragots qui circulaient encore dans quelques milieux de la ville. Je ne pouvais me faire à l'idée qu'à Belgrade, tout le monde connaît tout le monde par l'intermédiaire de quelqu'un. C'est ainsi que lui étaient revenus aux oreilles des bruits selon lesquels Viktor et moi avions autrefois organisé des orgies dans notre appartement, que j'étais « un alcoolique dépravé doublé d'un pervers », que j'avais fait scandale à plusieurs reprises, comme lorsque j'avais soi-disant déambulé ivre au milieu de la nuit, complètement nu, dans le centre-ville, en chantant l'hymne *Die Fahne Hoch* (qui pourrait croire une chose pareille ?). Lorsque j'étais confronté à de telles rumeurs, j'usais de l'expédient d'Epictète : « Pardon ? C'est tout ce que vous savez ?! Eh bien, vous n'avez encore rien entendu ! » Mais il est clair que je pouvais mystifier ainsi tout le monde sauf Nina. De méchantes rumeurs avaient provoqué à plusieurs reprises une véritable crise dans notre relation. « Tu n'es pas sincère avec moi et qui sait ce que tu m'as caché ? », se plaignait Nina, même si elle-même n'était pas tout à fait honnête non plus quand elle disait cela, car sa capacité à m'accepter connaissait (oh que oui !) un seuil de tolérance, et à chaque fois que j'en approchais, notre relation vivait une nouvelle crise. Pour faire plus simple, Nina, comme ma mère, et peut-être même comme tous les êtres doués de conscience, sacrifiait certaines vérités sur l'autel de la paix quotidienne.

Pourquoi mes vieux amis me méprisaient-ils ? Pourquoi la mère de Viktor ne m'avait-elle pas adressé la parole une seule fois ? Comment pouvais-je me montrer si froid dans une telle situation ? Ce n'étaient que quelques-unes des questions de Nina. J'avais tenté de lui expliquer, du mieux que je pouvais, que ce « mépris », qu'elle n'avait pu s'empêcher de remarquer, ne s'arrêtait pas à moi, mais qu'il s'appliquait aussi à elle en bonne partie. Oui, oui, lui avais-je répété, ils te détestent, car ils pensent que tu n'es qu'une stupide salope qui a quitté Viktor pour te mettre avec moi. Cependant, ils restent courtois parce qu'ils te considèrent comme un être inférieur ; ils pensent que tu n'es que l'objet passif de mes manipulations, que tu es, comme tant d'autres femmes, victime de l'influence de mon errance, que tu n'as pas de *moi* et que par définition tu ne peux en avoir, car mon égo surdimensionné ne tolère aucune concurrence autour de lui. Nina voulait s'assurer que je pensais vraiment tout ce que je venais de dire.

— Pour l'amour de Dieu, Nina, tu ne vois pas ? Ils penseraient ça de toi même s'il ne s'était rien passé entre toi et Viktor.

— Mais avec Viktor, ça n'a pas duré plus de deux mois. D'ailleurs, il n'a fait aucun effort pour me retenir.

— Viktor n'a jamais fait le moindre effort.

Nina m'avait lancé un regard dur et douloureux.

— Sa pendaison le jour de mon anniversaire signifie-t-elle quelque chose ?

— Pour être honnête, je n'en sais rien. J'y pense sans arrêt moi aussi. Peut-être qu'il était furieux. Peut-être qu'il voulait nous faire du mal. En tout cas, il est clair que son esprit était enténébré.

— Tu penses aussi que je ne suis qu'une stupide salope ?

— Je pense que deux croissants au chocolat pourraient donner du goût à cet affreux café.

— Un être inférieur, tu dis ?

— Tu cherches un prétexte pour qu'on se dispute ?

— Non, Maksim, je suis juste horrifiée quand je réalise qu'après six ans de vie commune, je ne sais toujours pas ce que tu penses *vraiment* de moi.

Mes mains étaient posées sur la table, je me suis instinctivement pris le visage entre les paumes et suis resté dans cette posture une minute ou deux. Puis j'ai senti celles de Nina sur mes avant-bras. Elle me caressait en vain, essayant de croiser mon regard, qui était resté fixé sur la table.

Les croissants furent une très bonne idée.

4

Le directeur du lycée où j'enseigne avait, avec une indifférence totale, comme le métier l'impose, envoyé un e-mail aux employés le vendredi après-midi, avec une liste sur laquelle figuraient les noms et prénoms des enseignants qui devraient se rendre à une formation interne spéciale le lendemain, samedi pour être plus précis. Cette formation était dédiée à l'utilisation des nouvelles technologies de l'information en didactique. J'avais eu envie de pleurer en lisant mon nom sur cette liste ; je m'étais tout de suite mis à fantasmer sur la démission théâtrale que j'allais poser et mon exil sur une île grecque au milieu de nulle part (Icarie occupait mes pensées depuis un certain temps).

Les professeurs en informatique, chargés de notre formation durant le week-end, nous avaient répartis en groupes et envoyés dans les salles appropriées. J'avais eu l'impression que les gens autour de moi, en dépit des mécontentements, acceptaient docilement et non sans une certaine facilité cette obligation, qui ne faisait que s'ajouter à de nombreuses autres ; cela allait de soi, la vie n'était qu'une série d'obligations, une série de week-ends perdus et de plans avortés. Mais ce qui s'apparentait à des obligations routinières, dans mon cas, nécessitait en amont une préparation mentale éreintante, puis des efforts surhumains dans leur réalisation. J'étais forcé de coopérer, de communiquer avec les gens, et pourtant les gens m'irritent, me fatiguent. La douleur devenait plus colossale d'année en année, les joies s'amoindrissaient, peut-être même qu'elles finissaient par disparaître complètement. J'avais l'impression d'avoir de moins en moins de force pour vivre.

Le responsable de mon groupe était mon collègue, Dragoljub K., un petit gars potelé et dégarni, qui travaillait à l'école depuis à peine deux-trois ans. J'ai toujours cru que les étudiants en informatique, tous sans exception, en raison de la nature dynamique de ce domaine, espéraient un salaire élevé et une mobilité importante sur le marché mondial du travail. Pour autant que je sache, il suffit que quelqu'un soit un technicien médiocre avec une solide connaissance de l'anglais, pour qu'il puisse occuper un emploi lucratif non seulement en Serbie, mais aussi à l'étranger. Ce n'est peut-être qu'un mythe ou un préjugé, mais peu importe, c'est à cause de cela que j'ai nourri une méfiance envers les informaticiens travaillant dans les écoles. Je ne peux croire que l'amour pour « le transfert de connaissances » l'emporte sur le salaire et la réalisation des rêves puérils comme une vie à Buenos Aires ou à Rio de Janeiro. Les développeurs d'animations et d'applications étaient demandés dans le monde entier, mais Dragoljub K. et ses semblables ont choisi de travailler pour quelques centaines d'euros dans une sordide capitale des Balkans, que fuient tous ceux que la mentalité balkanique repousse, cette mentalité fourbe par excellence. Inutile d'être trop cynique pour douter du fait que l'enseignement de l'informatique à des adolescents peut faire briller leurs yeux et leur instiller une volonté de changer de vie par l'apport de nouvelles connaissances. Quelle autre passion ou satisfaction peut-on obtenir en cliquant frénétiquement ? Clic gauche, clic droit, copier un dossier, coller une image… À quoi bon ?!

Après une formation interactive à PowerPoint, notre tâche était la suivante : chacun de nous devait effectuer une présentation (ridicule : cinq à dix diapositives), dans laquelle on traiterait de façon originale une unité d'enseignement classique. Mes mains tremblaient plus que d'habitude en cette matinée, je m'injectais un spray à base d'éphédrine dans les narines toutes les demi-heures, car je ne pouvais me débarrasser d'une sensation de congestion. Je me suis immédiatement disputé avec mes collègues pédagogues et le psychologue, parce que j'étais fortement indigné par l'industrialisation, la démocratisation, la numérisation, la société de masse et les autres maux du modernisme. « Que veux-tu ? Que l'on revienne à l'époque féodale où les femmes restaient chez elles à donner naissance à des enfants qui mourraient généralement jeunes, tandis que les hommes passaient leurs journées dans les champs pour qu'une poignée d'aristocrates puissent profiter des concerts du compositeur de la cour ? » « Enfanter et travailler dans les champs d'une part, une vie de loisirs aristocratiques d'autre part… Ah, c'était le bon vieux temps ! », me réjouissais-je dans un état d'excitation malsaine.

— Avant de voir le jour à cette époque vulgaire, je possédais un grand domaine de trois mille âmes non loin de Novgorod… Je passais l'hiver dans mon fief et les étés à Petrograd, ou en voyage à travers l'Europe. J'ai souvent eu des ennuis à cause de mes aventures avec les femmes et les filles de comtes européens… Au moins deux fois par an, je devais participer à des duels et j'y prenais du plaisir…

Après le séminaire, le directeur m'a invité à une réunion en présence de la psychologue scolaire. La traîtresse m'avait dénoncé. Elle avait rapporté au directeur la nouvelle de ma « présentation scandaleuse », déclarant que mon « arrogance insupportable » rendait impossible toute coopération avec moi. Le directeur fronçait les sourcils. Il me fixait sévèrement, droit dans les yeux. Son regard grossier ne faisait que m'irriter davantage. J'ai répondu que ce n'était pas de ma faute si madame la psychologue, comme on dit aujourd'hui, n'était qu'une petite bourgeoise limitée et incapable de comprendre toute la profondeur de la pensée du fondateur de la tradition byzantine et orthodoxe en général – Saint Grégoire de Nysse. Sabrina est devenue complètement folle.

— Monsieur le Directeur, je ne peux plus tolérer cela, je compte porter plainte, j'attends de vous que vous engagiez une procédure disciplinaire et…

— Doucement, chère collègue, l'interrompit le directeur, qu'y a-t-il de discutable dans la présentation de Tumanov ?

— Qu'y a-t-il de discutable ? Vous me demandez ce qu'il y a de discutable ? Voilà, je vais vous montrer ce qu'il y a de discutable !

Sabrina s'est connectée au réseau de l'école via l'ordinateur du directeur, d'où elle a téléchargé ma courte présentation, qu'elle lui a immédiatement mise sous les yeux. Sur la première diapositive en noir et blanc, il n'y avait que le titre écrit en gros caractères : L'ORGANE LE PLUS SACRÉ SELON GREGOIRE DE NYSSE.

Le directeur était confus et répétait qu'il ne voyait pas où était le problème.

— Continuez à regarder, monsieur le Directeur, ce sera on ne peut plus clair dans un instant ! grogna Sabrina.

Les diapositives s'enchaînaient rapidement. Nous avons d'abord vu une fresque montrant Grégoire de Nysse, et en dessous, il était écrit qu'un homme « se sert de tous ses organes et de tous ses sens dans son propre intérêt ». Une diapositive était consacrée à chacun des sens de l'homme et de ses organes internes, soulignant leur égoïsme, jusqu'à parvenir enfin à la dernière diapositive, « problématique », qui montrait la photo d'un énorme sexe masculin en érection, complétée par une citation adéquate : « Le membre génital est le membre le plus sacré du corps humain, car l'homme se sert de tous les organes et sens dans son propre intérêt, et les membres génitaux ouvrent la voie à une nouvelle vie. »

Le directeur ne pouvait s'empêcher de sourire.

— Attendez, cher collègue, de quoi s'agit-il ? De sciences des religions ou de philosophie ? demanda-t-il.

— L'enseignement de saint Grégoire de Nysse est étudié dans le cadre de l'unité d'enseignement appelée *Les fondements de la doctrine chrétienne de la Sainte Trinité dans l'œuvre des Saint pères de Cappadoce*, ai-je répondu avec assurance.

— Et il ne s'agit pas de sciences des religions ? demanda le directeur, surpris.

— Honnêtement, je ne sais pas ce que vous appelez sciences des religions, mais je sais en revanche que l'interprétation finale du dogme de la Sainte Trinité n'aurait pas été possible sans l'aide des concepts néoplatoniciens et aristotéliciens…

— D'accord, d'accord, ne nous faites pas un exposé, je vous en prie…

Le directeur, mathématicien de formation, considérait toutes les sciences humaines sans exception comme des pseudosciences et les méprisait ouvertement.

Puisque le directeur n'avait pas réagi comme elle le voulait, Sabrina avait « repris ses esprits » de façon rusée et commencé à parler dans son langage répugnant et peu conciliant, caractéristique de la TCC et du reste de la clique thérapeutique. Elle avait décidé de s'adresser à moi à nouveau.

— Monsieur Tumanov, vos émotions sont de toute évidence piégées derrière votre muraille intellectuelle. Si vous pouviez relâcher ne serait-ce qu'un peu votre résistance rationnelle et permettiez à vos émotions de se libérer, je suis sûr que vous seriez bien moins imperméable aux innovations dans l'enseignement et je suis convaincue que vous vous sentiriez beaucoup mieux dans votre peau.

— Vous vous trompez, chère collègue, si vous pensez que derrière ma soi-disant *muraille* il y aurait des émotions puériles pures et intactes. Je vous assure que dans chacun des blocs, chacune des briques, de ma soi-disant muraille, j'ai investi toutes mes émotions et toute ma passion, et les espaces derrière cette muraille, dont vous parlez si habilement, reposent dans leur parfait néant.

Le bureau du directeur était décoré de grandes photographies encadrées de scientifiques : Einstein, Bohr, Heisenberg, Eddington, Hubble…

J'ai profité de ce moment propice pour jeter un coup d'œil sur les photos en question et paraphraser Einstein, qui avait dit en son temps que la vraie valeur d'un homme se déterminait en examinant dans quelle mesure et dans quel sens il était parvenu à se libérer du Moi.

— Voilà, avais-je ajouté, les grands qui ont effectué des percées incroyables dans la structure du monde physique n'ont pas perdu leur temps et leur énergie à s'occuper d'eux-mêmes. La concentration sur sa propre personne est soit inutile, soit dénuée de sens. Prenons par exemple la psychanalyse…

Sabrina s'était levée brusquement, demandant au directeur « est-ce que nous en avons fini », et comme il avait simplement hoché la tête, elle avait quitté son bureau en colère.

Je m'étais levé également en annonçant avec courtoisie que je ne voulais plus lui faire perdre son précieux temps. Le directeur m'a arrêté devant la porte de son bureau, m'a fermement saisi le bras et murmuré d'une voix enjouée :

— Cette folle devrait un peu plus fréquenter cet organe sacré, vous n'êtes pas d'accord ?

Il m'avait pris au dépourvu, parole d'honneur.

5

Sur le chemin du retour à la maison, j'ai à nouveau été pris par cette *sensation*. Après plusieurs semaines d'automne particulièrement brumeuses, froides et humides, le soleil avait fini par faire son apparition. Le temps s'était brusquement réchauffé à l'approche de l'Avent. Auparavant, je maugréais contre l'obscurité et le gris, j'attendais avec impatience le soleil, je déplorais les jours de plus en plus courts et dès que la lumière et la chaleur s'étaient répandues dans toute la ville, j'ai à nouveau été pris par cette *sensation*. J'avais mal aux yeux à cause de la lumière, je peinais à maintenir les paupières ouvertes. Je ne pouvais me frayer un chemin au milieu de la foule qui était dispersée dans le centre-ville. Il m'était difficile de me tenir à côté du feu. Difficile de donner des cours. Et encore plus difficile de communiquer avec les étudiants tout comme avec les collègues. Il m'était compliqué de penser à l'avenir qui, de toute façon, n'apporterait rien de nouveau. Je ne voulais pas de soleil, je ne voulais pas de nuages, et je ne voulais pas non plus de futur. Je ne souhaitais que me coucher dans mon lit et qu'on me laisse tranquille.

Nina était revenue du travail avant moi. Les mardis, lorsque je bossais l'après-midi, elle rentrait à la maison avant moi, mais cela n'arrivait presque jamais. À la porte, j'avais été accueilli par une odeur de nourriture préparée, ce qui n'arrivait que très rarement. *L'odeur d'une femme à la maison*. Peu habituée aux tâches ménagères, Nina avait semé la pagaille : des épinards à la crème cuisaient sur le feu, une dinde rôtissait dans le four, la fumée se répandait à travers l'appartement, ça sentait les oignons frits, le plan de travail était recouvert de légumes et d'épices en tout genre et l'évier débordait de casseroles et de poêles... Nina ne savait pas où donner de la tête, elle avait une brûlure à l'avant-bras et une grimace douloureuse sur le visage. Pour ma part, le dîner était excellent. Mais Nina était en colère, car « rien ne s'était passé comme elle l'imaginait ». Elle avait sans doute l'intention de passer une *soirée romantique* avec moi ; une jolie nappe, des bougies parfumées, les quintettes à cordes de Boccherini, des fromages français… L'atmosphère était censée être stimulante. J'aurais dû être heureux. Mais au lieu de ça, j'ai vécu l'ensemble de ce décor comme un fardeau supplémentaire et inutile dans une journée déjà pénible. Quand je suis entré dans l'appartement, une mallette dans la main droite, et dans la main gauche des bouteilles de deux litres de rosé qui tremblaient et s'entrechoquaient dans des sacs doublés, je savais que j'étais sur le point de me coltiner une dispute, ou du moins une conversation ennuyeuse. Mais dans les circonstances présentes, mon comportement avait provoqué l'indignation et une extrême déception. Bref, j'avais gâché la soirée. Je n'avais pas eu à l'esprit que Nina avait prévu qu'on « essaye de nouveau » ce jour-là, car dès le petit matin, je n'avais à l'esprit que l'idée de m'enfiler une tablette de Xanax avec deux bouteilles de rosé bon marché et de m'endormir sous la couette en position fœtale.

Je ne sais pas exactement à quel moment nous avons arrêté de communiquer. L'intérêt mutuel sincère des partenaires diminue inévitablement à un certain stade de leur vie commune. Certains couples sont touchés bien plus tôt que d'autres, mais cela arrive à tout le monde, sans exception. Des périodes de réchauffement occasionnelles, éblouissantes et de courte durée peuvent raviver pendant un instant l'intensité des sentiments des premiers jours, cet étrange rayonnement latent qui réfléchit le silence sans fin des espaces sidéraux sur la vie primitive et turbulente du cosmos succédant immédiatement au Big Bang. Les partenaires n'en sont que plus tristes, car comme l'avait remarqué Boèce dans son cachot à Milan : le souvenir du bonheur passé est l'aiguillon du malheur présent. Un bonheur qui ne reviendra probablement jamais.

Cette fois, le problème ne venait pas seulement du fait que j'avais, comme d'habitude et sans prévenir, recommencé à boire. Nina souffrait de mon renfermement chronique, de mon indifférence et de mon manque de volonté à faire au moins un petit effort pour me réjouir, surtout quand on voit à quel point elle y mettait du sien. J'aurais aussi dû essayer d'être de meilleure humeur. J'en étais conscient, mais la conscience de soi-même n'aidait en rien, car non seulement je me sentais comme une merde, mais je devais aussi me sentir comme une merde, car je me sentais comme une merde. Nina voulait savoir ce qui se tramait dans ma tête. Pourquoi étais-je si déprimé et froid ?

— Ça m'a pris. Je pensais que ce ne serait pas le cas, mais ça me l'a encore fait, avais-je marmonné tout en mâchant à contrecœur des morceaux de dinde que j'arrosais de vin.

— Ça m'étonne ! Tu as volontairement raccourci de moitié ta thérapie il y a un mois de cela, ce que tu as évidemment fait uniquement pour pouvoir te remettre à boire, et maintenant tu t'étonnes d'avoir, comme tu le dis, été « pris ». Tu as prévu une consultation chez Vera ?

Nina s'acharnait nerveusement sur son steak.

— Mais je me sentais bien mieux, vraiment…

— Tu te sentais mieux grâce aux médicaments, et regarde-toi maintenant depuis que tu ne prends plus les doses prescrites. Imagine ce qui arriverait si tu venais à réellement arrêter ton traitement comme tu aimes si bien le répéter ? De quoi tu aurais l'air alors ?

— Je ne me sens pas bien pendant un putain de jour et tu en fais déjà tout un drame ! Toi aussi il t'arrive d'être dans un mauvais jour et je ne t'attaque pas pour autant !

— Maksim, ne relativise pas sur ton état de santé, s'il te plaît. Ça ne dure pas *un jour*, comme tu le dis. Préviens juste Vera, tu peux faire ça pour moi, si ce n'est pas trop te demander ?

— D'accord.

Nous avions fini de dîner en silence. Nina était sortie, un grand verre de vin à la main, fumer sur la terrasse. Je savais qu'elle n'allait pas abandonner son plan. Ce soir, nous devions « essayer de nouveau ». Lorsque Nina est revenue, j'étais déjà allongé dans le canapé avec le téléphone à la main et j'épluchais les forums à la recherche de témoignages de personnes qui essayaient d'arrêter les antidépresseurs. Rien que des expériences cauchemardesques. Entre-temps, Nina m'avait sauté dessus. Par je ne sais quel miracle, j'avais eu une érection et cette relation sexuelle fut convenable, mais elle était dépourvue de chaleur et d'émotion – ce n'était qu'une baise classique, une masturbation à deux dans le but de procréer. Et comme plusieurs fois auparavant, rien – un échec.

6

« Comment dormez-vous ? » C'était la première question de tout psychiatre consciencieux. Dans les milieux professionnels, il est connu que l'insomnie est le point de départ de toutes les maladies mentales. Dès que je commençais à me réveiller vers deux ou trois heures du matin sans raison, après seulement quelques heures de sommeil, je savais que je devais prendre rendez-vous avec le docteur Vera. Si je prenais au sérieux tout ce qui me passait par la tête à cette heure de la nuit, j'accueillerais l'aube dans un état de conscience obscurci. C'était souvent le cas. La psychothérapie n'y changerait rien. Elle ne peut éventuellement aider qu'en cas de solitude extrême. Mais toute psychothérapie, quel qu'en soit le modèle théorique, ne se résume-t-elle pas à cela – louer des amitiés contre de l'argent ? Si le thérapeute est pour ainsi dire respectable, alors cinquante minutes de sa patience, de son écoute active, de ses commentaires et conseils réfléchis et bienveillants, coûtent environ quarante euros. En ce sens, je pense que la psychothérapie est semblable à la prostitution, les péripatéticiennes louant leur corps pour de l'argent, et les thérapeutes leur âme. Pourtant, il est injuste que les prostituées qui louent leur corps soient mises au ban de la société alors que ceux qui louent leur âme jouissent d'une bonne réputation. Et il ne fait aucun doute que les premières ont beaucoup plus contribué à la santé mentale de l'humanité que les seconds.

Cependant, la pharmacologie associée à un mode de vie sain donne des résultats. Mais ce n'est pas simple. Il faut d'abord traverser une période de suffisance, pendant laquelle le patient se raconte à lui-même qu'il n'a rien, qu'il peut surmonter ses problèmes par ses propres moyens, sans l'aide de personne ou de la moindre ordonnance. Mais le plus incroyable est la résistance aux traitements, qui repose sur la peur d'un possible changement de personnalité. Si seulement il existait un médicament qui puisse faire cela, c'est-à-dire changer la personnalité. Qu'est-ce que je ne donnerais pas ! Qu'ont-elles de si précieux pour que nous les conservions à tout prix ? Jusqu'à présent, je n'ai rien pu trouver chez l'être humain si ce n'est un mélange unique de néant et de vanité. Néanmoins, dès qu'un symptôme familier ou inconnu fait surface, mon comportement suit le même schéma insensé :

1. Je constate que je ne vais pas bien.
2. Je cherche ce qui ne va pas.
3. Je demande des conseils et des ordonnances.
4. J'ignore les conseils et les ordonnances.
5. Je bois.
6. Mon état empire.
7. J'accepte les conseils et les ordonnances de Vera.
8. Au bout de quelques semaines, je redeviens un malheureux promoteur de la pharmacothérapie.

J'ai dit à Vera que Viktor s'était pendu, que nous étions à l'enterrement et que presque tout le monde m'avait regardé de travers, que moi et Nina essayions sans succès d'avoir un enfant depuis deux ans et demi, que cet échec avait des conséquences catastrophiques sur notre relation, que je n'étais plus en mesure de travailler, que je n'étais plus en état de me réjouir, que j'avais le souffle court et que j'étais pris par d'étranges crises de démangeaisons, sans parler des douleurs fantômes sur le corps, qui m'obligeaient à croire que j'étais mourant, mais il était hors de question que je consulte un médecin car je ne voulais pas me retrouver avec un diagnostic ou un pronostic du type « il ne vous reste plus que trois-quatre mois, dans le meilleur des cas ».

À la place du Zoloft et du Xanax, on m'a donné de la Venlafaxine et du Lexomil, que je devais prendre si besoin, en cas d'anxiété ou d'étouffement, c'est-à-dire de crises d'angoisse.

Que devais-je faire de Nina ? Nous étions déjà allés à Prague à deux reprises, c'est dans une des meilleures cliniques de cette partie du globe que nous avions tenté une fécondation in vitro, mais les deux essais s'étaient soldés en échecs. Tout cela nous avait coûté environ dix mille euros, frais de transport et d'hébergement compris. Un spécialiste de la fertilité renommé en République tchèque nous avait annoncé sans détour, après nous avoir auscultés séparément, que tout allait bien, que nous étions tous les deux aptes à nous reproduire, mais que « nous n'étions pas compatibles ». En d'autres termes, Nina et moi pouvions facilement avoir des enfants avec d'autres partenaires, mais pour des raisons anatomiques ou génétiques (je n'ai pas bien compris), nous ne pourrions pas en avoir ensemble. Notre mariage ne s'était pas encore remis de ce diagnostic médical abrupt. C'est comme si la nature elle-même déclarait que nous n'étions pas faits l'un pour l'autre, et que nous devions nous séparer au plus vite car il ne nous restait plus beaucoup de temps.

Certaines personnes ressentent le besoin de se faire passer pour aliénées. D'un autre côté, je devais faire semblant d'être normal. Et je suis devenu un expert en la matière à tel point que l'apparence de normalité que j'arborais pour les évènements de circonstance, tels qu'un anniversaire, des fêtes religieuses, des événements scolaires, des mariages, des réceptions, etc. – m'amenait même à surclasser les personnes les plus banales, menant des vies tout ce qu'il y a de plus normal et dont les pensées étaient consacrées aux choses les plus normales, comme le salaire, la carrière et le bien-être matériel. Si seulement vous entendiez avec quelle conviction je m'exprime dès qu'il est question d'inflation, d'épargne en devises, de nouveaux immeubles de qualité ou non, des Volkswagen très prisées par les voleurs de voitures, ou des Toyota qui étaient injustement sous-représentées sur notre marché. En bref, j'avais appris à raconter des conneries en société et à faire semblant de comprendre des choses auxquelles je ne comprenais rien, j'avais pour ainsi dire appris à singer la normalité.

« Tu n'es pas normal ! » C'est ainsi que Nina a réagi quand je lui ai fait savoir que je n'avais plus l'intention de prendre mes médicaments.

« C'est tout ce qui t'intéresse, que je sois normal, peu importe le fait que les médicaments s'attaquent à mes sentiments, raccourcissent leurs sommets, me maintiennent dans un état sans extase, sans exaltation, sans jouissance… »

« … et sans tristesse, sans ressentiment, sans crise de colère… », n'avait-elle pas manqué d'ajouter.

Nous sommes restés silencieux pendant un moment. Nina s'était coupée en préparant une salade. La blessure n'était pas profonde, mais elle saignait abondamment. Même sans cela, je me sentais déjà assez coupable. J'avais promis que je ne ferais rien par moi-même et que je m'en tiendrais à la thérapie prescrite.

7

Cela faisait trois jours de suite que je me rendais au centre de santé le plus proche pour des thérapies inhalatoires. À côté de moi, une femme étrangement pâle et maigre suivait la sienne. Je l'avais reconnue. Je l'avais déjà vue au troisième étage en train d'attendre le début d'une réunion de groupe qui venait en aide aux patients voulant se défaire de leur addiction à la nicotine. Au-delà d'elle, il y avait ici toute une galerie de personnages hauts en couleurs. Je les avais observés attentivement en attendant que l'ORL me reçoive. Ils tenaient tous des dossiers méticuleusement préparés avec du matériel de propagande, qui ne semblait pas concerner exclusivement la lutte contre le tabagisme, mais surtout une guerre féroce contre les fumeurs, dont la conscience, en plus d'être accablée d'un sentiment de culpabilité en raison des maladies frappant les organes internes et les vaisseaux sanguins, voyait peser sur elle l'état de santé des enfants et, accessoirement, de tous les malades qu'ils croisaient. Celui qui se plongerait dans ces documents n'aurait d'autre choix que d'allumer une cigarette pour évacuer temporairement le stress.

D'un point de vue générationnel, ce groupe était dominé par des personnes nées dans les années 1950. Dans leur cas, le tabagisme était traité comme une question de vie ou de mort, car presque tous étaient gravement malades et beaucoup sortaient d'opérations sérieuses (tumeurs, maladies cardiovasculaires, etc.). L'un d'eux avait quitté la réunion à deux reprises pour faire une pause cigarette. Il s'agissait d'un homme à l'apparence peu banale ; baraqué, les cheveux grisonnants et épais, le regard pétillant d'un jeune homme – la rage lui sortait des yeux. Il n'avait pas l'air malade, mais lorsqu'il s'est mis à parler, tout semblait très clair. Cet homme parlait de façon incompréhensible, il prononçait à peine ses phrases, j'avais du mal à le comprendre, mais j'ai appris qu'il avait dû subir trois opérations à la gorge car on lui trouvait sans cesse « une nouvelle merde » près des cordes vocales. Sa femme l'avait forcé à venir dans ce « groupe débile », comme il le disait si bien, et il le faisait pour elle, mais il collectait aussi de l'argent pour son « dernier voyage » en Suisse ou aux Pays-Bas. Il parlait d'euthanasie sans ferveur, sans émotion, c'était quelque chose de banal et, de plus, inévitable après que la vie avait épuisé les dernières ressources de la jouissance. Il avait passé la moitié de son existence en Occident et affirmait que tous ses pairs pensaient de la même manière. J'étais touché par ces vieux soixante-huitards, qui s'en tenaient fermement à la logique de leur vision du monde ; la souffrance n'avait aucun sens, la vieillesse non plus, la vie ne valait la peine d'être vécue que tant qu'il était possible d'en profiter, donc lorsque vous êtes jeunes. Mais si vous êtes vieux et malade, alors vous ne pouvez plus en jouir. Il est temps pour vous de partir, aussi dégoûtante que soit la pensée de la mort.

Une autre personne de ce groupe avait attiré mon attention parce qu'elle avait l'air d'un intrus, ou plus simplement d'un fainéant, un genre bizarrement curieux, pour autant que je sache. C'était une jeune fille d'une vingtaine d'années, d'un extérieur particulièrement agréable soit dit en passant, qui avait l'air en très bonne santé et soignée. Je l'avais entendue se plaindre auprès d'une amie plus âgée du groupe que toute sa vie dépendait de la première cigarette qu'elle fumait dans la journée. Si elle parvenait à se réveiller sans allumer sa première cigarette, alors elle passait la journée à se nourrir sainement, se rendait à l'heure à l'université et y passait sept à huit heures de qualité à se préparer pour les examens, etc. Cependant, si par hasard elle allumait une cigarette avec son café matinal – sa journée entière était inévitablement vouée à l'échec. Elle ne pouvait plus rien faire d'utile pour elle-même ou pour les autres. Elle enchaînait les clopes, ne mangeait pas ou laissait place à la malbouffe, ne révisait pas, devenait aussi irritable qu'un « chat de gouttière », se disputait avec ses parents, ses amis, se saoulait le soir et baisait avec des inconnus. Lorsqu'elle a retroussé ses manches, j'ai aperçu des cicatrices sur son avant-bras. Cette ravissante jeune fille ressentait le besoin de se mutiler comme il se doit de temps en temps. Une folle à lier. Elle m'a beaucoup plu. J'avais ressenti un désir fou de l'approcher et de l'inviter à prendre un café, mais je n'en avais pas eu le courage. Et puis j'avais de la morve au nez sans arrêt. Que pouvais-je faire avec elle, alors que je ne ressemblais à rien ?

À l'extérieur, une tout autre atmosphère régnait. Les journées avaient déjà bien raccourci, la lumière avait changé de ton, mais les températures étaient au-dessus de la normale en cette période de l'année, et il m'arrivait même, au soleil, d'avoir chaud. Les gens se pressaient devant les vitrines dans les rues : gais, joyeux, d'humeur festive, ils se ruaient faire les courses et prenaient un café ou un vin chaud entre amis. Les vendeurs de saucisses et de confiseries avaient très rapidement ouvert leurs échoppes improvisées, qui rappelaient vaguement les marchés de Noël des pays germaniques ; en raison du temps inhabituellement chaud et sec, les terrasses des cafés étaient bondées, les chats étaient couchés sur les balcons, la fièvre des fêtes de fin d'année secouait les passants, moi aussi, et pas qu'un peu je dois dire. Je marchais lentement et avec incertitude près des passants pressés, mes membres étaient alourdis de tristesse et d'ennui, des pensées suicidaires me traversaient l'esprit. Je me suis souvenu d'un ancien collègue, qui remplaçait la professeure de physique partie en arrêt maladie, et qui une fois, à l'heure de la pause, avait dit que j'avais « l'aura d'un homme suicidaire » au beau milieu de la salle. Je marchais le long des trottoirs pavés tandis que la pensée d'avoir l'aura d'un homme suicidaire me travaillait. J'étais furieux contre ce jeune collègue insolent. Qu'est-ce que ça lui apportait ?! Comment avait-il osé me dire une chose pareille ?! De quel droit pouvait-il me lancer à la gueule une telle remarque qui était non seulement impolie, mais aussi agressive ? Et pourquoi étais-je resté de marbre sur le moment ? Et s'il pouvait voir quelque chose que je ne pouvais pas voir, moi ? Et si cet ancien collègue était doué d'un don de prophétie et qu'il avait vu mon avenir ? Donc, je vais me suicider. Cet hiver ? Ces jours-ci ? Aujourd'hui ?

J'ai appelé Mila. Elle a refusé mon appel, m'a écrit qu'elle était à une réunion, qu'elle ne pouvait pas me parler dans l'immédiat, et qu'elle me rappellerait plus tard. D'accord. J'ai appelé Irena. Elle n'a pas répondu. Je l'ai appelée encore une fois. Pareil. D'accord. J'ai pris place sur une des terrasses d'un de ces restaurants réputés pour son café, dans la rue du roi Pierre. J'ai épluché mon répertoire en pensant à la prochaine personne que je pourrais appeler. Il y avait des gens qui auraient aimé m'entendre. Mais est-ce que ça aurait été le cas pour moi ? À un moment donné, alors que je me demandais quelle compagnie je voudrais bien attirer, j'ai soudain reçu un appel de Nenad. Je ne lui ai pas répondu. J'ai continué à scruter mon répertoire. J'étais presque ravi en réalisant que j'avais complètement oublié Goran. Eh bien oui, je pouvais à nouveau le fréquenter ! Je l'ai appelé et il a immédiatement répondu. Mon vieil ami m'avait très vite rejoint ! Nous n'avons pas longtemps traîné dans la rue du roi Pierre. Il m'avait dit connaître un pub situé un peu à l'écart, non loin du Parlement. J'ai très vite perdu la notion du temps. J'avais aussi perdu la raison quelque part entre la cinquième et la sixième tournée de bière, lorsque deux collègues de Goran se sont jointes à nous. J'ai immédiatement pris l'initiative ; je riais, flirtais, j'étais détendu et drôle, ouvert à toutes les options. Et c'est ainsi que j'ai perdu la raison et la notion du temps. Je n'ai pas appelé Nina, je n'ai pas répondu à ses messages. Je suis rentrée à la maison vers cinq heures du matin. Elle était réveillée. Je me suis écroulé dans le lit en faisant semblant de ne pas l'avoir remarqué.

8

Dès que j'ai repris mes esprits le matin, je me suis senti comme la dernière des merdes. Je n'avais que de vagues souvenirs de la veille. Il ne m'en fallait pas plus pour être pris de crises de remords extrêmement douloureux. J'avais mal au crâne, ma gorge me faisait mal, j'avais du mal à respirer. Ça ne m'étonnait pas, j'avais fumé pas moins de cinquante cigarettes hier soir. À quoi bon ces thérapies inhalatoires tous les jours ?! Nina, comme d'habitude, se préparait pour le travail. Petit-déjeuner, café, douche, puis elle s'habillait. Cette fois sans moi. J'étais allongé dans mon lit tel un cadavre, je faisais semblant de dormir, même si je ne pouvais pas trouver le sommeil – j'entendais chaque bruit que faisait Nina, et je ressentais chacun de ces sons comme un terrible reproche. Oh non, hier soir, en étant ivre, j'ai promis à la collègue de Goran que j'allais l'emmener à une exposition aujourd'hui, puis à un concert, et pour finir, dans un hôtel spa, où on pourrait baiser dans le jacuzzi, entourés de pétales de rose, avec une bouteille de champagne et un pichet d'alcool, que j'aurais fait passer en douce dans ce baisodrome. Oh non, je me souviens maintenant ; elle m'avait parlé de papillons dans le ventre. Je t'en ficherais des papillons, ce n'est que de la vermine puante, il faut les écraser ! Je ne lui avais quand même pas laissé mon numéro ? Je n'osais pas vérifier mon téléphone ; la pire des choses à faire maintenant serait de le prendre et de lire toutes les bêtises que j'ai pu lui envoyer. Oh non, qu'est-ce que je lui avais raconté comme conneries ! Un homme envoie ce genre de messages sentimentaux peut-être une fois dans son existence, et seulement à la femme de sa vie, et non à un thon qu'il s'est tapé en passant dans les toilettes humides et enfumée d'un pub. Pas encore, Maksim ? Tu m'as déçu, Maksim, terriblement déçu !

J'ai passé la journée à me sentir sale et atrocement vulnérable. Et si la collègue de Goran se mettait à me harceler au téléphone ou à m'envoyer des tas de messages ? Et si elle trouvait mon adresse et venait à ma porte ? Je n'ai pas osé allumer mon téléphone jusqu'au soir. J'ai appelé Goran depuis mon fixe, lui demandant de me raconter en détail tout ce que j'avais fait et dit la veille. Je ne savais pas si c'était une sorte de mécanisme de défense, ou simplement un stade avancé d'alcoolisme, mais j'avais toujours des trous noirs après une nuit de biture. Ces trous noirs étaient suspects, car je n'oubliais, en règle générale, que les détails pas trop traumatisants pour ma conscience, incapable que j'étais de trouver une justification morale à de tels comportements. Goran ricanait en parlant de mes crises d'ivresse, l'une après l'autre, et moi je rétorquais à chaque fois : « Arrête ! T'es mauvais ! Tu me tortures ! » Il me demandait alors si je voulais qu'il s'arrête et, au contraire, j'exigeais fermement de lui qu'il poursuive et qu'il expose tous mes actes dans les moindres détails. Goran riait car il me connaissait bien ; en réalité, il ne s'était rien passé de terrible, mais il suffisait de peu à mon hypersensibilité, pour que je sois pris d'une crise de remords. « Pourquoi tu ne m'as pas attaché au radiateur ?, avais-je crié. Pourquoi tu ne m'as pas collé du ruban adhésif sur la bouche ? Pourquoi tu ne m'as pas enfilé une camisole ? » Goran pleurait de rire, il était de bonne humeur, car il avait l'impression que nous avions fait un voyage dans le temps – nous étions revenus des années en arrière et tout s'était passé selon le vieux schéma bien connu ; la beuverie, les aventures avec les femmes, mes crises de remords. Il était clair pour moi que Goran était resté piégé dans cette époque et qu'elle lui manquait terriblement. Non seulement cette période ne me manquait pas, mais au contraire, la régression inattendue vers ces atavismes de jeunesse me semblait être un cauchemar. Était-il possible que cette hyène atroce sommeille toujours en moi ? Était-il possible que rien, mis à part mon aspect extérieur, n'ait changé ? Je n'ai pas osé bouger du lit. Je n'ai même pas pris de douche. J'ai regardé toute la saison d'une série américaine stupide du début à la fin. Puis j'ai joué à d'anciens jeux de stratégie sur mon PC portable et je me suis branlé plusieurs fois en profitant des premières œuvres de Mario Salieri. Le soir-même, je voulais me poignarder avec un couteau de cuisine.

Alors que Nina était sur le point de rentrer du travail, je pensais à ce qui avait coincé entre nous. Et à quel moment ? Nous avions été confrontés à des crises majeures. À plusieurs reprises, nous avions failli rompre. Il était même question de déménagement et de répartition des obligations financières (les dettes s'étaient empilées). Mais, malgré toutes ces périodes difficiles, je n'avais jamais ressenti mon affection décroître. Cette fois-ci, mes tripes me disaient le contraire. Et cela durait depuis des mois. Nina ne m'aimait plus. Je ne savais pas si c'était le résultat d'une évolution progressive et lente, ou si c'est Nina qui était devenue froide à mon égard. Il n'y avait pas cette inimitié amère, qui n'est souvent que le partenaire de l'idéalisation caractéristique du phénomène amoureux. Nina, pour la première fois depuis notre rencontre, me voyait de *façon réaliste*, sans mépris et sans idéalisation, comme je suis, avec toutes mes vertus et mes défauts. Et l'homme que je suis est devenu un étranger à ses yeux. J'ai avalé dix milligrammes de diazépam et je me suis endormi avant qu'elle ne rentre du travail.

Je me suis réveillé vers une heure du matin. Enfin sans mal de tête. Nina dormait comme une souche et respirait profondément tout en me tournant le dos. Je me remémorais le rêve que je venais de faire. J'étais au cimetière de Čačak, au beau milieu de la nuit, avec la mère de Viktor. Nous nous rendions au caveau de leur famille. Elle portait un panier en osier rempli de nourriture et me parlait de l'accouchement facile qu'elle avait eu avec Luka, alors qu'avec Viktor, elle pensait que la douleur allait la rendre folle. « Malheureusement, Viktor a pris de son père qui a été emporté par l'alcool. » Quand nous avons finalement atteint le tombeau, nous avons remarqué sans surprise que les pierres tombales avaient été déplacées, que les cercueils étaient vides et qu'avait été dressée pour l'occasion une table où étaient assis Viktor, son père décédé depuis longtemps, Nina, Rastko, Marta, Goga, Goran et une foule d'inconnus. La mère de Viktor avait commencé à sortir la nourriture du panier ; du pain, des œufs durs, de la viande séchée, du fromage maison, des gâteaux, etc. Tout le monde était heureux. En me voyant, Viktor s'est brusquement levé et m'a enlacé avec ses bras musclés, tout en me demandant : « Où est-ce que tu étais passé tout ce temps-là ? » Je suis immédiatement tombé à genoux et j'ai serré ses jambes de toutes mes forces, le suppliant de me pardonner pour tout… Je pleurais. Viktor m'a levé, a ri, disant qu'il ne comprenait pas « ce que je racontais » et que je devrais « arrêter de balancer des conneries ». Et tout à coup, nous n'étions plus dans le cimetière, mais au bord d'une rivière étroite, peu profonde, rapide et froide. Toute la compagnie s'amusait à larguer des petites barques faites de courges, avec des couronnes de fleurs et des bougies allumées au centre. La rivière brillait, le chant des oiseaux s'échappait de la forêt, le spectacle était digne d'un conte de fées. Viktor a posé sa main sur mon épaule et m'a dit : « Regarde-moi cette beauté, n'est-ce pas incroyable ? » Très vite après mon réveil, je me suis rué dans la salle de bains et j'ai pleuré en m'accoudant au lavabo. J'essayais de ne pas réveiller Nina avec mes sanglots.

9

Le lendemain matin, Nina et moi avions fait comme si de rien n'était. C'était comme si je n'étais pas sortie la veille, sans lui dire où et avec qui j'étais. Je n'avais même pas répondu à ses messages. Elle ne m'avait rien demandé, et n'avait aucun commentaire à me faire, mais j'avais l'impression qu'elle m'avait définitivement rayé de sa vie. J'étais une sorte de parodie d'homme, qui ne méritait pas le respect, qui ne méritait pas une once d'empathie. Nous avions pris le petit-déjeuner et échangé des informations insignifiantes sur l'heure à laquelle devait passer la femme de ménage, les produits d'hygiène qu'il fallait que j'achète en revenant du boulot et la date à laquelle il faudrait verser l'acompte au voisin du rez-de-chaussée pour l'entretien de la cour. À un moment, au milieu de cette conversation banale, qui était en même temps entourée d'un impénétrable nuage de déception aigre, Nina m'avait indiqué au passage qu'elle irait retrouver Marta et Goga le soir, après le travail et qu'elle ne savait pas quand elle rentrerait. Elle songeait même à passer la nuit chez sa mère, car c'était plus « pratique » pour elle, elle irait dans un pub à Zemun, non loin du domicile maternel près de la rue Tošin bunar. Elle allait peut-être même y rester quelques jours. Elle ne l'avait pas annoncé dans le but d'en discuter, mais de manière catégorique, comme s'il ne s'agissait que de ses décisions, dont je n'avais pas le droit de me mêler. En bref, Nina avait décidé de prendre des mesures réciproques. J'étais à grand peine venu à bout de mes flocons d'avoine, que je mangeais comme si c'était de la merde.

Avant qu'elle ne quitte la maison, sur son trente-et-un et maquillée de façon inhabituelle, Nina m'avait fait remarquer avec indifférence qu'en plus des factures, il y avait une lettre du tribunal qui m'était adressée. Elle était partie sans dire au revoir. Devais-je avaler du diazépam ou cent grammes de vodka[1] ? Je devais travailler l'après-midi, et si je débutais la journée avec de l'alcool fort, je déconnerais à plein tubes à l'école. J'ai pris du diazépam. L'enveloppe du tribunal, oui. Peut-être avais-je conduit en état d'ivresse cette nuit-là et que je ne m'en rappelais pas ? Peut-être avais-je écrasé quelqu'un sur la route et que j'avais pris la fuite ? Il y avait des caméras partout en ville et tout était à coup sûr enregistré. Mais je n'avais pas conduit cette nuit-là. Je le savais avec certitude. Peut-être

1 L'auteur a vécu en Russie où l'alcool se sert au gramme.

qu'un parent indigné avait déposé une plainte à mon encontre ? Mais cela n'aurait-il pas dû en passer d'abord par une procédure disciplinaire à l'école, et seulement ensuite une poursuite par les autorités judiciaires ? Dans tous les cas, une enveloppe du tribunal ne disait rien qui vaille, mais ces ennuis n'étaient pas du genre à provoquer des changements tectoniques dans la vie, aux conséquences comparables au plus fort des tremblements de terre. Cependant, c'est exactement ce qu'il s'est passé.

Passons-nous du langage bureaucratique, une certaine Jelena Matijašević avait engagé des poursuites à mon encontre, exigeant l'établissement d'un lien paternel par une expertise médicale et un test ADN. Le nom de cette personne ne me disait absolument rien. Jelena Matijašević, Jelena Matijašević... Je l'entendais pour la première fois. La collègue de Goran était-elle malveillante au point de me faire ce sale coup ? Ou était-il question d'une blague particulièrement vicieuse d'une de mes anciennes élèves, que j'avais déçue ? Tout était possible, mais certainement pas que quelque part respire et me maudisse un enfant dont je serais le père, et ce, sans que je sois au courant. Quelle pensée terrible et effrayante. J'ai appelé le directeur adjoint et lui ai annoncé que je me mettais en arrêt maladie. J'ai alors avalé une double vodka, et encore une autre.

Quelques minutes plus tard, j'ai appelé Nenad, qui avait travaillé pendant des années comme inspecteur de police avant de terminer ses études de droit et se faire avocat. À chaque fois que je me trouvais en difficulté, je l'appelais, il avait de bons contacts en ville et le bras suffisamment long pour faciliter la vie même lorsque l'État, ou un individu arrogant, essayait de la complexifier. Le seul souci était que je ne l'appelais que lorsque j'avais des ennuis, sinon j'évitais, c'est pourquoi j'ai d'abord écouté cet homme d'expérience, qui nageait à travers la ville comme un requin, me faire la leçon. Nenad était mon aîné et il croyait que j'avais des capacités remarquables, comme si j'allais un jour devenir président, ou au moins ministre. De temps en temps, ses fantasmes flattaient mon égo et je les nourrissais consciemment avec mon talent à raconter des conneries. Je n'essayais pas du tout de dissiper ces fantasmes, parce que j'admirais la loyauté inconditionnelle et la compagnie de cet homme doué pour les armes et qui avait dû traverser tout un tas de situations inimaginables. Mais il ne comprenait pas que je n'avais même pas l'étoffe d'un fonctionnaire de seconde zone, alors encore moins celle d'un ministre ou d'un chef d'État. Si j'étais chef d'État, j'annulerais régulièrement mes réunions à cause de mes crises de mélancolie, qui me laissaient sans goût pour rien hormis la rêverie. Au lieu d'écrire la loi, j'écrirais de la poésie, aussi mauvaise soit-elle. Je ne me rendrais pas aux mornes commémorations officielles et aux dépôts de gerbes, je préférerais accompagner Daniel Harding aux frais de l'État, lors d'une de ses interprétations des symphonies de Mahler dans une salle de concert prestigieuse où son orchestre obéirait à l'unisson à son autorité, fruit de sa compréhension originale et profonde de la partition. Au cours de la première semaine de mon mandat, je conclurais très certainement un partenariat stratégique et une alliance militaire avec les Philippines. Je remettrais un doctorat honorifique à Rodrigo Duterte[1] et je ferais de Miroljub Petrović[2] le ministre de l'Éducation (en charge des fabriques à débiles). Une hypersensibilité innée et des dépressions constantes rendraient même la responsabilité d'enseignant bien trop lourde pour moi, et seule une personne inconsciente de son néant peut faire de la politique.

Après avoir donné quelques coups de téléphone, Nenad m'a contacté, il m'a tout de suite dit de ne pas paniquer, qu'il faudrait que je forme un recours qui ferait abandonner les poursuites, car les convocations aux audiences ne m'avaient pas été remises à temps (quelles audiences, bordel ?!), mais il m'a quand même demandé si je me rappelais où j'étais et ce que je faisais le 22 octobre 2003.

– Tu te fous de ma gueule ?, lui avais-je nonchalamment rétorqué.

– La nana qui a déposé plainte a déclaré avoir eu une relation avec toi ce jour-là.

– Mais je ne sais même pas qui c'est, comment veux-tu que je me rappelle ce que j'ai fait il y a quatorze ans ?!

– Ne t'en fais pas, la greluche a visiblement une case en moins. Tu n'es pas le seul à avoir été poursuivi. Il y a encore deux gars qui doivent faire l'analyse.

– Deux autres gars ?

– Ça te dit quelque chose, Rastko Lončar et Viktor Jokanović ?

1 Président des Philippines en fonction depuis 2016.

2 Docteur en philosophie connu pour ses nombreux passages à la télévision. C'est un partisan du créationnisme.

J'étais tombé des nues.

– Allô, tu m'entends ?

– Nenad, je te remercie, excuse-moi, je dois raccrocher, je t'appelle plus tard.

Le téléphone avait glissé de mes mains et était tombé par terre.

Quand Nenad avait prononcé les noms de Rastko Lončar et Viktor Jokanović, j'ai ressenti comme une décharge électrique ; une décharge qui m'avait immédiatement rafraîchi la mémoire. Cet automne-là, Viktor et moi avions à peine commencé à fréquenter Rastko qui, contrairement à nous, n'étudiait pas la philosophie, mais les mathématiques. Nous l'avions rencontré lors d'une fête dans l'appartement d'une collègue de la fac. Ce soir-là, Viktor était resplendissant dans sa chemise noire à moitié déboutonnée et débraillée de façon sexy, il était d'humeur festive, ce qui ne voulait dire qu'une chose : qu'il se précipitait, avec son sourire généreux au visage et sa passion dans la poitrine, vers sa propre autodestruction, avalant, sniffant, buvant et fumant tout ce qui lui passait sous son nez. Il était joyeux, direct, extraverti, mais ce qu'il disait était généralement sombre et pessimiste. Ce mélange de beauté et d'égarement, de charme et d'obscurité, d'esprit et de mépris de soi, avait eu un effet fatal sur Rastko. J'étais relégué au second plan ce soir-là et je croyais lui avoir laissé une impression diamétralement opposée ; celle d'un escroc et d'un coureur de jupons arrogant, qui flirtait avec cinq femmes à la fois. Contrairement à moi, Viktor était naturel et fort, comme un minéral, comme un chêne.

Le lendemain, Rastko et Viktor avaient pris un café pendant environ six heures. Six heures pour un café ! Viktor lui avait décrit en détail les relations difficiles dans sa famille dysfonctionnelle (un père activement agressif, une mère passivement conciliante), il lui avait raconté sa maladroite tentative de suicide pubertaire, lui avait présenté sa vision d'un monde dans lequel il n'y avait pas de place pour tout ce à quoi devait aspirer un jeune ; l'apprentissage, la réussite, la carrière, un mariage avec une fille de bonne famille, etc. Rastko était tellement secoué par les confessions de Viktor qu'il avait, de son propre aveu, passé le reste de la journée sur les toilettes avec d'affreux maux d'estomac. Il était resté assis sur la cuvette et avait fixé ses pieds de manière confuse. Au beau milieu de la nuit, Viktor, ivre, avait fait irruption dans la chambre de Rastko avec une bouteille d'alcool, l'avait regardé pieds nus et désemparé, ou plutôt désespérément amoureux, et s'était écrié : « I want to eat your beautiful feet ! »

À cette époque, Rastko et moi étions jaloux l'un de l'autre. Je grinçais des dents, parce que Viktor traînait Rastko partout avec lui comme une remorque, ce dernier quant à lui bouillait de rage, car presque aucune de leurs rencontres ne pouvait se passer sans moi et mon besoin compulsif de compagnie féminine. En fait, en y repensant, ce 22 octobre 2003 était une date très importante ; il s'agissait du jour où cette jalousie et cette tension anormales entre Rastko et moi s'étaient enfin calmées. La personne qui y avait contribué de manière décisive était la voisine renfermée de Rastko, une pauvre étudiante en tourisme venue d'un village des monts Golija, qui s'appelait Jelena Matijašević.

C'est étrange que j'aie pu supprimer cette soirée de ma mémoire sans m'en rendre compte. Et maintenant, tout me revenait, et pas uniquement cette soirée, mais aussi les sentiments qui allaient avec cette période. Je me souvenais très bien avoir été blessé parce que Viktor passait de plus en plus de temps chez Rastko. Parfois, il ne rentrait pas avant l'aube, avec la gueule de bois et pâle comme un chiffon, il me demandait alors quand débutaient les cours et les exercices d'éthique ou d'histoire de la philosophie, et moi je ne faisais que rire, car je savais que pour la fac, c'était râpé. Nous y allions éventuellement une fois par mois, pour nous rendre compte au bout d'une quinzaine de minutes que nous ne pouvions supporter cette atmosphère immonde, les tièdes professeurs et leurs lèches-bottes encore plus tièdes. Quinze minutes nous suffisaient pour fumer deux cigarettes chacun en présence de collègues de notre âge, qui nous voyaient comme deux cas sociaux, ce que nous étions, il faut le reconnaître, tous les deux. Heureusement, non loin de l'université, il y avait Le Rectorat, une taverne célèbre dont l'hôte aguerri et de la vieille école, l'Oncle Vesa, nous laissait boire à crédit. Il lui arrivait aussi de nous nourrir à l'œil. Les vagabonds comme nous se réunissaient là-bas et on pouvait y entendre plus de conversations philosophiques en une journée qu'en une année à la fac. J'exagérais peut-être. Pendant qu'à l'université, le système encombrant et bien trop coûteux encourageait des discussions plus que stériles, de véritables débats philosophiques avaient parfois lieu au Rectorat. À la fac, les « spécialistes » recueillaient leurs précieux points, alors qu'au *Rectorat* philosophaient des ratés. Cette différence était claire comme de l'eau de roche pour quiconque avait ressenti la morsure de la philosophie.

Au début, j'avais peut-être même été content que Viktor et moi nous nous voyions moins souvent. J'avais nettoyé le frigo, récuré la baignoire, appelé le plombier pour le robinet qui fuyait, arrangé à mon goût notre mignon petit studio en mettant de côté les créations artistiques de Viktor, divers dessins, portraits et croquis qui me sortaient par les yeux. J'avais trié les livres par genre et éditeur. J'avais siroté une à une les cinq bouteilles de blanc au frais, en rédigeant un mémoire sur le divertissement chez Pascal. Deux paragraphes un peu sensés avaient suffi pour boursouffler mon ego et me faire désirer une récompense immédiate avec une camarade que fascineraient mes capacités intellectuelles, ma facilité à écrire et ma queue dure comme un chêne.

Quelques jours précédant ce 22 octobre, Tijana était passée. Elle était si détruite sur le plan émotionnel, car ses parents divorçaient, que je n'avais aucune chance de me la faire ce soir-là. Elle m'avait étouffé avec son histoire de père absent et de mère trop dominante, qui s'immisçait partout. De ce que j'avais compris, la mère de Tijana était, entre autres, indignée contre le père parce qu'il ne s'intéressait à rien, ce qui se voyait clairement quand on savait que cet homme ne voulait pas s'acheter un nouveau téléphone, se contentant avec obstination d'un énorme modèle datant du siècle dernier. Cela ne pouvait pas être la raison du divorce, il devait y avoir un mécontentement plus profond, avais-dit à Tijana, même si je n'avais que faire de ses problèmes. Je ne sais pas si je l'avais réconfortée ce soir-là. Elle avait appelé un taxi à deux heures du matin et m'avait envoyé un message dans lequel elle me remerciait gentiment pour ma patience. J'étais déjà nu à cette heure-là, cherchant devant l'écran une misérable compensation, à défaut d'expérience réelle, dans des longs métrages de la catégorie *vintage*.

Le lendemain, j'avais attiré Mila dans l'appartement. Je l'avais habilement invitée à prendre un café quelque part en ville. Nous n'avions même pas bu la moitié du café que j'ai commencé à la persuader « d'améliorer » ce café avec de la vodka. Après le quatrième verre, j'avais commandé de la bière pour deux. Elle m'avait dit très bien comprendre ce que j'essayais de faire et qu'elle n'arrivait pas à croire que je lui faisais le même coup après tout ce qu'il s'était passé, elle s'étonnait d'avoir été si idiote et naïve au point d'avoir cru que je voulais juste prendre un café avec elle. Surpris par tant de résistance, j'avais dû imaginer l'histoire d'un chaton siamois qui nous avait été offert, à Viktor et à moi, par une amie, que ce pauvre chaton avait faim, car cela faisait plusieurs jours que Viktor n'était pas à la maison, et que puisqu'elle ne ressentait aucune pitié à mon égard, elle pouvait au moins passer à l'appartement pour ce chaton affamé. Je savais qu'elle ne résisterait pas à l'histoire féline. En entrant dans l'appartement, elle avait bien sûr compris que le chat n'était qu'une simple invention et manipulation, puis elle m'avait fait comprendre que je n'étais qu'un monstre. J'avais déboutonné son chemisier pendant qu'elle répétait que je n'étais qu'un monstre, ôté son soutien-gorge et commencé à lécher ses mamelons brun foncé et durs, alors qu'elle continuait à répéter que je n'étais qu'un monstre. Une bouteille de chardonnay fraîche nous avait permis de vivre de beaux moments ensemble. Mais après le deuxième orgasme, l'ennui me vint, et je repensais avec exaspération que Viktor m'avait trop facilement remplacé par un nouvel ami. Si au moins c'était un tombeur, mais ce n'était qu'un pantouflard, bon à rien, qui s'exprimait de manière incompréhensible. Un amour de mec. *Un être sensible*. Ah là là ! Il avait trouvé une nouvelle victime dont il se lasserait bientôt, comme il s'était lassé de toutes les précédentes. Il avait trouvé quelqu'un qui allait soupirer à son histoire tragique. Qu'est-ce qu'il m'énervait.

Ce 22 octobre était mal parti. Il ne me restait qu'une seule bouteille de chardonnay dans le frigo, je n'avais pas de quoi acheter ni alcool ni nourriture, mon mémoire sur Pascal était au point mort, mais le pire de tout était qu'aucune copine n'était libre pour venir traîner avec moi. J'épluchais mon répertoire et j'en étais arrivé à la malheureuse conclusion que les femmes que je désirais ne pouvaient pas ou ne voulaient pas de moi, tandis que celles qui étaient partantes, je ne souhaitais pas coïter avec. J'étais pris d'un ennui terrible. Et encore une fois, je ne pouvais m'empêcher de penser à Viktor et à son nouveau meilleur ami, Rastko. Quelle était cette grande et secrète joie qu'ils partageaient égoïstement ? Pourquoi était-ce toujours à moi de faire le premier pas ? Pourquoi Viktor ne m'appelait jamais de lui-même ? Comme s'il ne lui importait en rien que j'apprécie Rastko ou pas. J'étais passé outre ma fierté et j'avais téléphoné à Viktor. Il m'a dit qu'il était chez Rastko et qu'ils regardaient pour la cinquième fois un des récents concerts de Radiohead. La performance au Beacon Theater de New York était phénoménale et elle marquerait toute cette époque. Viktor m'avait demandé ce que je faisais de manière désintéressée. Je lui ai répondu que j'avais passé la nuit à baiser, mais que j'avais capitulé aujourd'hui avec mon programme et que j'attendais qu'ils m'invitent pour que je puisse me réchauffer au coin du feu de leur amitié homoérotique tordue. Rastko n'avait rien contre ma venue. Lui, imaginez cela, n'avait rien contre ma venue !

En arrivant dans l'appartement à moitié vide et pauvrement équipé de Rastko, où la vaisselle se faisait sous la douche car il n'avait pas assez d'argent pour réparer le robinet de sa petite cuisine, deux choses m'intéressaient :

1. Y avait-il de l'alcool dans la maison ?
2. Rastko pouvait-il appeler certaines de ses amies, séduisantes si possible, à se joindre à nous ?

Rastko m'avait proposé un café noir, fort comme tout, et une eau-de-vie maison cuite par son père. Viktor en avait déjà peut-être bu un quart de la bouteille de deux litres en plastique. Mais l'emballage ne devait pas induire en erreur ; il s'agissait d'une eau-de-vie de prune artisanale de qualité supérieure. Certes, plus forte que la normale, au-dessus des cinquante pourcents d'alcool. « On pourrait s'en mettre sur la plante des pieds », avait fait remarquer Viktor. Je m'étais mis à forcer les toasts à ma manière, Rastko aussi buvait, même s'il ne le faisait pas d'ordinaire, et très rapidement nous étions tous les trois bien éméchés.

« Les filles ! Où sont les filles !? » avais-je crié. Viktor me suppliait de me calmer, ce n'était pas le bon moment, mais il était toujours difficile de me raisonner. Rastko disait avoir plusieurs amies, mais qu'elles ne me plairaient pas. Je lui avais répondu être tellement excité que je me ferais la dernière des tombes. « Appelle-les ! Appelle-les ! » étais-je en train d'hurler. Rastko regardait Viktor comme s'il le suppliait, espérant que ce dernier aurait de l'influence sur moi. « Ça ne sert à rien, avait dit Viktor, il dit au revoir à son cerveau dès qu'il boit… Et si on appelait Jelena, la voisine du dessous… » avait-il ajouté avec un sourire malicieux, ce qui avait étonné Rastko, qui s'était contenté de froncer les sourcils et de lui lancer un regard plein de colère. Il n'avait pas prononcé un mot, on voyait qu'il était furieux à cause du changement dramatique d'"atmosphère dont j'étais la cause. Il était tombé des nues, car il venait de voir à quel point mon influence sur Viktor était forte, malgré tout.

Viktor avait commencé à me parler de Jelena Matijašević, la voisine qui vivait dans l'appartement du dessous. Étudiante en tourisme à l'université des sciences et des mathématiques, elle passait ses examens dans les temps, elle était belle et séduisante, mais…

Mais quoi ? Quoi ?! Parle, charogne ! J'étais d'humeur à faire des folies. Mais... il lui manque un bras. Le gauche. Du coude jusqu'en bas. Ah ah ah ah ! Je riais comme un malade. Appelle-la ! Appelle-la tout de suite ! Rastko avait dit qu'elle était très polie, gentille et qu'il n'était pas question de l'impliquer dans nos jeux tordus. Je n'avais pas du tout essayé de supplier Rastko ni tenu compte de son avis, j'avais simplement quitté l'appartement, descendu un étage et sonné à la porte. Une magnifique fille aux cheveux noirs avec des cernes prononcés m'avait ouvert. Elle portait un survêtement en coton, des pantoufles et un simple chemisier bleu. Elle préparait un devoir en gestion hôtelière. Elle avait l'air triste, mais je me disais qu'il s'agissait plutôt de la caractéristique anatomique de son visage que de son humeur du moment. Avec une grande aménité, doublée d'une gentillesse extrême, comme moi seul pouvais le faire, je l'avais invitée à se joindre à nous pour assister à la magnifique performance de *Radiohead*. Rastko avait assuré qu'il n'y avait aucune chance qu'elle vienne car il n'avait jamais rencontré de créature aussi introvertie qu'elle. Cependant, qui pourrait résister à cette proposition alimentée par ma légendaire concupiscence ?

Ce qui m'avait excité au plus haut point, c'est qu'après dix minutes, elle était venue en pyjama, sans se faire belle, sans maquillage. Elle avait sur elle un coussinet avec lequel elle dissimulait habilement son défaut physique de naissance. Paradoxalement, ce défaut avait eu un effet inhabituellement stimulant sur ma libido. En moins de cinq minutes (sans exagération), je m'étais entièrement déshabillé, ce qu'avaient aussi fait Jelena et Viktor, docilement. J'étais assis à côté d'elle et j'avais posé sa main droite sur ma queue en érection. Elle me masturbait lentement et avec douceur. Il me semble que Viktor lui-même était surpris par la rapidité avec laquelle tout s'était joué. Nos frères déprimés d'Oxford avaient commencé à interpréter la chanson « I might be wrong. » Rastko ne pouvait pas croire ce qu'il se passait. Il était parti dans la salle de bains pour un moment. En revenant dans le salon, Jelena était déjà en train de me sucer, tandis que Viktor léchait son vagin juteux et parfumé. Entre temps, Rastko avait rasé ses couilles et sa queue, laissant une étrange coupe en spirale au-dessus. Nous nous étions moqués de lui en disant qu'il avait la main verte. À partir de là, Rastko avait, à ma grande surprise et à celle de Viktor, pris l'initiative. Nous ne savions plus qui baisait qui, qui suçait qui, qui embrassait qui, et enfin, qui éjaculait et où.

À l'aube, Jelena n'était plus là, Viktor et moi étions nus, à moitié endormis, nous nous débattions pour une couverture sur le canapé, alors que Rastko était assis immobile sur une chaise en face. Il avait la tête entre les genoux et fixait ses pieds de manière troublée. Sans Viktor et son sens de l'humour, grâce auquel il détendait et relativisait les événements de la nuit précédente, Rastko, d'angoisse, aurait sombré dans la folie.

Jelena Matijašević avait déménagé après quelques semaines. Nous ne savions pas où. Nous pensions qu'elle était partie après avoir trouvé un appartement moins cher en banlieue, ou qu'il lui était tout simplement insupportable de rester dans cet appartement après tout ce qu'il s'était passé. Le plus important pour nous, c'est qu'après cette expérience, notre amitié s'était renforcée, nous étions devenus trois amis inséparables, et nous avions complètement oublié Jelena Matijašević. Moi en tout cas, je l'avais oubliée. Jusqu'à l'arrivée de cette enveloppe du Tribunal judiciaire de Belgrade.

10

Contrairement à moi, Viktor et Rastko étaient hors de portée des autorités judiciaires serbes. Viktor, comme on aime à le dire, reposait en paix, tandis que Rastko travaillait à réaliser son fantasme d'émigration au Canada. Je ne sais pas pourquoi j'étais fermement convaincu que Viktor était le père biologique de la fille de Jelena Matijašević. Probablement parce que je l'avais toujours vu comme étant plus naturel, plus fort et plus fertile que moi. Ou peut-être que je souhaitais semi-consciemment que Viktor ait laissé une trace derrière lui dans ce monde. Mais il n'aurait certainement pas voulu d'une telle chose.

Nenad, l'avocat, avait insisté pour que je fasse les tests dans un laboratoire privé, appartenant à l'un de ses parrains, car j'obtiendrais ainsi plus rapidement et à un prix plus abordable les résultats, et je m'épargnerais par la même occasion une attente inutile et désagréable.

À l'accueil, j'avais été informé que les résultats étaient communiqués sous deux ou trois jours, et que la fiabilité était de cent pour cent. Dans le laboratoire du parrain de Nenad, on appliquait la technique la plus moderne pour déterminer la parenté. Elle était basée sur l'analyse de parties des chromosomes, c'est-à-dire la comparaison du profil génétique du père et de l'enfant, et la découverte d'une correspondance entre les deux. Pour cet examen, il fallait 5 ml de sang veineux, puis une analyse QF-PCR était réalisée à l'aide du Genetic analyser 3130 de l'entreprise Applied biosystems. Tout cela inspirait confiance. Les progrès fascinants de la science ne laissaient aucune place au doute.

Ainsi, après deux ans et demi de tentatives infructueuses pour un avoir un enfant avec Nina, à ma grande surprise, à trente-six ans, j'ai appris sans équivoque que j'étais le père d'une fille de treize ans. Du laboratoire, je me suis précipité directement dans un pub avec une seule idée en tête : me saouler. J'ai continué à boire le lendemain matin. J'ai bu pendant des jours. Nina m'avait appelé. Mes parents et mon frère aussi. L'école avait essayé de me joindre. Vera aussi. Nenad et Goran l'un après l'autre. J'avais également reçu les appels répétés d'un numéro inconnu. Je n'avais répondu à personne. En parallèle, j'écrivais à mes anciennes et nouvelles connaissances, je les emmenais dans des cafés et des restaurants, je faisais chauffer ma Mastercard, je m'ennuyais, faisais des scandales, saoulais des filles et les attirais dans mon lit. Je n'avais aucune idée du nombre de jours que j'avais passés à faire ça. Finalement, Nenad est venu à ma porte et a frappé avec fureur et violemment jusqu'à ce que je lui ouvre enfin, et en me voyant, il s'est adressé à moi de manière inhabituellement grossière, presque impitoyable.

« Regarde-toi !, s'était-il écrié. Tu empestes autant qu'un clochard. Allez, à la douche et vite, arrange-toi ! Une longue route nous attend. On prendra le petit-déjeuner sur la route. »

La simple mention de petit-déjeuner avait suffi à me faire vomir par terre. Je voulais ouvrir une bouteille de bière, mais Nenad ne m'avait pas laissé le faire. Oui, mon esprit était assombri par l'alcool, mais lorsque Nenad s'est mis à renverser les bières une par une dans la cuvette des toilettes, j'ai voulu saisir un couteau de cuisine et le poignarder.

Nous sommes partis pour les monts Golija vers dix heures. En route, j'ai vomi à plusieurs reprises dans un sac en plastique. J'ai aussi vomi à la station-service NIS. Je n'arrivais pas à regarder Nenad manger son omelette au bacon dans le restaurant de la station. J'ai pris un double expresso à la machine à café et je me suis éloigné des distributeurs d'essence pour fumer. J'avais trois appels manqués de Nina. Elle m'avait écrit quelques messages doux et conciliants. Elle était désolée d'avoir été si raide et égoïste, elle avait repensé à son comportement, à nous, elle souhaitait qu'on en discute sérieusement… Elle avait écrit qu'elle m'aimait, ce qui n'était pas arrivé depuis longtemps. Que pouvais-je lui répondre ? Que je me trouvais au milieu de nulle part, en route pour un village de montagne dans la région de Raška, où j'allais, dans l'état actuel des choses, rencontrer ma fille de treize ans ?!

Je gémissais littéralement pendant que nous escaladions les monts Golija. Les routes sinueuses ne pardonnaient pas. J'avais supplié Nenad de stopper sa voiture, de s'arrêter, de saisir son arme et de me tirer une balle dans la tête. Je n'en pouvais plus. Je ne pouvais plus vivre comme ça. Je ne me remettrais jamais d'une telle chose. Jamais.

Nous sommes arrivés vers trois heures de l'après-midi. Je ne me souviens pas avoir vu une forêt de conifères aussi dense auparavant. L'air était frais et vif. La terre était humide. Le ciel, plombé. Nenad s'est garé non loin d'un magasin, probablement le seul du village. Il admirait haut et fort la nature et l'air pur, tandis que moi, j'avais allumé une cigarette en sortant de la voiture. La forêt de pins était si dense que le village paraissait sûrement sombre à tout moment de la journée et ne comptait pas plus d'une trentaine, voire d'une quarantaine de maisons habitées. Alors que Nenad se promenait autour de sa vieille Passat, se plaignant de l'absence de réseau, une femme est sortie du magasin pour nous accueillir, une montagnarde à l'apparence curieuse et qui ne devait pas dépasser les soixante ans. Elle savait qui nous étions ainsi que le motif de notre venue. Il s'agissait de Radmila Matijašević, la propriétaire du seul magasin du village, qui s'était avérée être la mère de Jelena. Elle avait un sourire sincère et naïf sur le visage, et elle portait un pull élimé venant probablement du surplus. Elle n'avait pas pu cacher sa déception en apprenant que j'étais cet homme, et non Nenad, qui avait rapidement laissé une impression incomparablement meilleure à la mienne. Malgré cela, elle m'avait chaleureusement salué, tout en nous demandant de patienter quelques instants, le temps de remettre des marchandises et fermer le magasin. Au bout d'une centaine de mètres de marche sur une route escarpée, nous nous sommes retrouvés dans la maison des Matijašević.

À première vue, rien ne me disait que Kristina était ma fille. Je n'avais aucune expérience avec les enfants de cet âge. Ni petite fille ni grande. Ses cernes apparents m'ont tout de suite mené à la conclusion qu'elle ressemblait à sa mère. Elle m'avait tendu la main et s'était présentée avec une gentillesse feinte. Le dégoût était évident. Elle devait probablement me mépriser, pensai-je. Sa main était froide et humide. La mienne l'était encore plus. Que se passait-il ? Pourquoi avais-je besoin de tout ça ?

Jelena m'attendait dans la salle à manger. Je ne l'avais pas tout de suite reconnue et un sentiment douloureux d'irréalité lié à la situation dans laquelle je m'étais retrouvé me poursuivait. Nous avons échangé quelques phrases courtoises. Nenad avait essayé de jouer le rôle de médiateur, mais un silence désagréable s'ensuivait après chaque phrase. Je voulais lui dire ; Nenad, tout ceci est absurde, s'il te plaît, reprends tes esprits et ramène-moi à la maison. Mais je n'ai pas osé le lui dire, car il me regardait avec une sévérité particulière. L'arrière-grand-mère de Kristina, mère du père absent de Jelena, était également présente dans la salle à manger et passait son temps à marmonner, ce qui accentuait l'étrange de la situation. Une querelle a éclaté entre elle et Jelena à propos de l'endroit où nous allions dormir. « Ils ne peuvent pas dormir dans la maison de Gavrilo ! Je ne veux pas ! Tu m'as bien entendu ?! », criait la vieille femme. Mais qui allait dormir ?! Elles sont malades ! Je n'ai pas eu d'autres choix que d'intervenir pour mettre fin à ce débat insensé.

— Mesdames, vous vous disputez sans raison. Je vous assure que notre visite sera de courte durée. Je suggère que nous passions tout de suite aux choses sérieuses.

Nenad levait les yeux au ciel.

— D'abord, j'aimerais avoir votre avis sur toute cette situation, puis je vous dirai honnêtement et en détail ce que vous pouvez attendre de moi.

Radmila Matijašević avait rapidement mis la table.

— C'est ce dont il est question, n'est-ce pas ? Ce que vous attendez de moi. Et ces attentes devraient être honnêtes…

Kristina ne l'a pas supporté et m'a immédiatement rétorqué :

— Je n'attends rien de vous !

Elle s'est alors retournée vers Jelena et lui a dit que c'est ce dont elle avait essayé de l'avertir, elle l'avait prédit, ce ne serait qu'une « perte de temps ». Elle a alors quitté la salle à manger en colère et en pleurs.

Radmila voulait lui dire quelque chose, mais elle n'avait pas réussi à la retenir. Elle avait alors continué à apporter du kajmak, du bacon, du pain de maïs et d'autres aliments en silence.

La mamie était de plus en plus tendue et son étrange marmonnement devenait toujours plus vif et important.

— Maksim, Jelena s'adressait à moi d'une voix calme, tu n'as pas besoin de te sentir menacé. Personne ne t'obligera à rien ici.

Je m'étais rendu compte qu'elle ne s'était pas levée une seule fois de son canapé et qu'elle se trouvait dans une position semi-allongée, recouverte d'une couverture rugueuse jusqu'à la poitrine. Il y avait une petite table sur laquelle étaient posés une tasse de thé et, juste à côté, une pile de livres. Au sommet de cette pile, les enseignements animiques d'un obscur vieillard d'un monastère, et sur le bord même du lit, j'ai remarqué une œuvre au titre obscur, il me semble qu'il était écrit *Livre sur l'errance*, ou quelque chose du genre.

J'ai hésité quelques instants, puis j'ai poursuivi :

— Jelena, avec tout le respect que je te dois, ta déclaration amicale ne correspond aucunement aux mesures juridiques que tu as prises à mon égard.

— J'ai eu une intuition, mais tu sais que ça ne suffit pas ici, Maksim. Je devais en être sûre.

Avant que je ne réponde quoi que ce soit, Nenad a réussi à persuader toutes les personnes présentes de quitter la pièce, pour que Jelena et moi puissions poursuivre la conversation en privé. J'ai demandé un verre de raqi avant que tout le monde ne sorte. Radmila m'a alors mis en garde quant à son ex-mari, le père de Jelena qui, malheureusement, vivait en face et à cause duquel elles ne gardaient pas d'alcool dans la maison. Elle avait ajouté que s'il venait à se montrer entre-temps, il ne faudrait pas faire attention à ce qu'il « raconte comme bêtises et radotages ». J'ai regardé Nenad, qui m'avait fait savoir d'un regard et d'un geste de la main qu'il fallait que je me détende et que j'essaye au moins une fois dans ma vie de ne pas me comporter comme le con que je suis.

Jelena et moi sommes restés seuls. Je me suis assis sur la chaise à côté de son canapé. Pendant un moment, nous nous sommes regardés dans les yeux en silence. Quelque chose n'allait pas chez elle, et le vieillissement n'y était pour rien. Sa main était si amaigrie qu'on pouvait y voir chaque os. Sa peau frippée pendant sur le coude. L'autre, l'estropiée, elle la dissimulait sous la couverture. Cependant, ses yeux brillaient comme autrefois et elle avait toujours ses cernes bleus. Elle avait remarqué mes doigts tremblant ostensiblement sur mes genoux. J'étais mal à l'aise, alors j'ai mécaniquement croisé les mains. Puis je les ai rentrées dans mes poches.

— Je suis désolée, nous n'avons pas une goutte d'alcool dans la maison, avait-elle dit, mais si ça ne va vraiment pas, je peux demander à Kristina d'aller au…

— Non, ça ira.

— Tu n'allais déjà pas bien à notre rencontre.

— Pourquoi avoir attendu si longtemps, bordel ? Pourquoi ne pas me l'avoir dit plus tôt ?

— Honnêtement, je te détestais du plus profond de mon âme. Pas seulement toi. Vous trois. Mais c'est toi que je détestais le plus.

— Ce qu'il s'est passé entre nous, c'était…

— C'était nécessaire, m'interrompit-elle brusquement. J'ai longtemps négligé cette nouvelle et j'étais égoïste de ne pas avoir entrepris quelque chose plus tôt.

— Et qu'est-ce qui t'a poussé à changer d'avis ?

— Je suis malade, Maksim.

Nous nous sommes à nouveau regardés en silence.

— Je ne suis pas prêt pour ça, Jelena. Tu ne sais pas qui je suis et ce que je traverse.

— Tu es le père de Kristina. Si ça ne te fait rien, tu devrais t'en aller d'ici dès maintenant.

J'ai plongé mon visage dans mes paumes.

— C'est grave ce que tu as ?

— Il y a deux ans, les médecins ne m'ont donné que trois à six mois.

— Un cancer ?

— Ça a commencé par des coups de poignards dans le ventre et tout le monde pensait que quelque chose n'allait pas avec mes organes digestifs. Ce n'est que trois mois plus tard qu'un spécialiste de la VMA a soupçonné un cancer du rein. En attendant, nous avons perdu un temps précieux.

J'ai inspiré profondément, bougeant à peine sur la chaise.

— Tu as des douleurs ?

— Ce n'est pas insupportable.

— Mais tu es vivante malgré ce pronostic. C'est bien, n'est-ce pas ?

— Non, Maksim. Ma santé n'a jamais autant été mauvaise. J'ai arrêté les cytostatiques. Maintenant, un simple rhume peut me terrasser. Je n'en ai plus pour longtemps.

Je me suis levé de ma chaise et j'ai commencé à marcher autour de la table dressée.

— Mon cousin est médecin et son ami, un des meilleurs spécialistes de Belgrade. Peut-être que je peux faire quelque chose…

— Tu peux. Reste ce soir. Demain aussi si tu le peux. Essaye de parler à Kristina. C'est tout ce que je te demande.

J'ai failli prononcer quelque chose de terriblement cynique, mais grâce à Dieu, je me suis retenu.

J'ai accepté de passer la nuit à Golija.

11

Après un déjeuner copieux, Radmila Matijašević nous a emmenés au chalet de son beau-frère Gavrilo, qui, par son architecture contemporaine, se démarquait visiblement du style de la région, et se trouvait à quelques centaines de mètres des deux maisons appartenant à la famille Matijašević. Jelena, Kristina et Radmila habitaient l'une de ces deux maisons, tandis que l'ex-mari de cette dernière, Stevan et sa mère Bosa, qui marmonnait sans arrêt, vivaient dans la deuxième. Quant à l'oncle Gavrilo, il avait construit une demeure vraiment impressionnante dans cet abîme – un deux – étages de plus de cinquante mètres carrés entièrement équipé, sans compter la terrasse spacieuse avec une vue spectaculaire sur la vallée que traversait la Studenica glaciale et claire. Contrairement à Stevan, l'ivrogne débauché, Gavrilo était un fils et frère exemplaire, et un homme entreprenant, qui prenait soin de toute sa famille. Son entreprise de construction opérait en Russie, dans la péninsule arabique, et parfois en Libye, où cet homme a amassé une solide fortune. Néanmoins, la compagne russe de Gavrilo détestait sa famille, et de ce fait sa patrie, donc il ne profitait pas tellement du magnifique édifice. Il rendait visite à sa famille une ou deux fois par an et avait laissé la gestion de sa propriété à Jelena, qu'il aimait autant que sa fille, dans l'espoir d'attirer des touristes avides de tourisme rural, d'excursions paisibles dans la magie de la nature environnante, ainsi que de produits biologiques du pays. Il faut l'avouer, ce n'était pas florissant. Mais la décision de Gavrilo avait énervé son frère Stevan, qui avait décidé de couper tout contact avec lui.

Je dois admettre que cet hébergement luxueux était certainement la dernière chose à laquelle je m'attendais sur cette fichue montagne insurmontable. Nous pouvions nous servir dans les affaires de Gavrilo ; ses caleçons neufs, ses chaussettes, ses produits de beauté, sa literie, ses pantalons, ses jeans et ses pulls. J'étais plus petit que ce gaillard de Nenad qui pouvait porter ces vêtements. À côté de lui, j'avais l'air d'un immigré ukrainien du Canada. Mon mauvais œil a immédiatement remarqué le bar et la vitrine fermée renfermant des alcools au prix prohibitif ; du whisky écossais et irlandais, de la vodka russe, du cognac, du calvados, des vins rouges et blancs… Mon humeur s'est soudainement égayée lorsque Radmila m'a remis la clé du minibar de l'oncle, avec comme seule consigne que je le referme après m'être servi. Je n'avais pas le droit de boire beaucoup à cause de Nenad. Quelques calvados pour me faire passer l'envie, et une bouteille de vin portugais. Il me grondait en me disant que j'étais insensible, gonflé, que je l'embarrassais tout le temps. Nenad, Nenad… si seulement tu savais comment je me sens et tous les fantômes auxquels je suis confronté jour et nuit, tu me laisserais tranquille. « Je te regarde depuis des années faire semblant d'être un faiblard, alors que je n'ai jamais vu d'homme aussi fort que toi. Quand est-ce que tu vas enfin arrêter ce cinéma ? » Laisse-moi, Nenad, encore aujourd'hui, regarde dans quoi je me suis fourré, mec…

L'alcool m'a rapidement étourdi et je me suis endormi sur le canapé avant qu'il ne fasse nuit noire. Quelqu'un m'a couvert.

J'ai rêvé que je me transformais en spermatozoïde géant. J'avais une tête, un cou et un fouet. Je me prélassais sur une chaise longue dans une station balnéaire égyptienne populaire. Je n'ai pas du tout été surpris en remarquant Viktor et Rastko qui étaient allongés sur les transats voisins, eux aussi sous forme de spermatozoïdes. À un moment, Nina est sortie de l'eau avec un gros poisson mort et a crié : « Sale porc ! Je n'arrive pas à croire ce que tu m'as fait ! Je ne te le pardonnerai jamais ! ». Puis elle s'est précipitée dans la mer et s'est mise à nager sauvagement vers le large. Au même moment, comme sur commande, Viktor, Rastko et moi, les trois immenses spermatozoïdes, avons plongé dans l'eau et suivi Nina. Pendant cette course folle, nous nous dépassions les uns les autres et nous frappions à coups de fouet sur la tête et le cou. Mais aucune trace de Nina. J'ai regardé en bas, dans les profondeurs et découvert que s'y trouvait une ville sous-marine. Une véritable cité avec des gratte-ciel, des rues, des boulevards et des rangées d'arbres. En regardant de plus près, j'ai compris qu'il ne s'agissait pas de n'importe quelle ville, c'était la mienne, Belgrade. J'ai immédiatement reconnu le lycée où j'enseigne. Viktor et Rastko m'ont suivi. Depuis la fenêtre de la salle de classe, je pouvais voir et entendre mon ancienne collègue Barbara, me calomniant sans vergogne devant les étudiants, leur disant que mon recueil d'essais était le livre le plus insignifiant qui soit jamais apparu sur la scène littéraire serbe, puis d'un ton égoïste et hautain, elle a commencé à débiter des inepties sur « l'intertextualité », « le glissement du signifiant », et la « déconstruction du sujet narratif ». Les élèves baillaient d'ennui, ce qui m'avait surpris. Viktor et Rastko se collaient aux fenêtres de plus en plus fort et les vitres se sont brisées. J'étais le premier à passer à travers, puis nous avons tous les trois cravaché la professeure de littérature avec nos fouets à spermatozoïdes. « Tu fais semblant d'être gentil, tu parles de signifiants, pourtant on sait tous que le *Berger des loups*[1] t'excite secrètement ! », criait Viktor. « Qui penses-tu impressionner avec tes conneries sur

1 Représentation folklorique de saint Sava, père de l'Église orthodoxe serbe et le plus populaire des saints de Serbie.

l'intertextualité, qui n'est qu'un refuge pseudo-intellectuel aux gnomes médiocres et stériles qui tentent de construire leurs nids en ruine sur les épaules des géants ! Tiens t'en à ton *Berger des loups* et à tes spectacles d'école, lorsque toute cette sophistication maquillée est suspendue avec le bon sens, et quand les élèves, qui n'ont rien demandé, sont forcés à déclamer d'un ton belligérant un collage absurde de vers patriotiques, invoquant la puanteur du trou perdu de Vuk, que décrit si bien Svetislav Basara. Là est ta limite, et si tu la franchis, tu recevras dix coups de fouet ! » Je me suis réveillé étonné. Pourquoi avais-je rêvé d'une telle chose ? Mon débardeur était trempé de sueur. Nenad dormait dans la chambre d'amis à l'étage, tandis que Kristina était assise sur le bord de mon canapé.

— Racontez-moi le rêve que vous avez fait. Vous étiez en plein délire, grinciez des dents et agitiez vos mains.

— S'il te plaît, ne me vouvoie pas.

— D'accord, parle-moi de ce rêve que tu viens de faire.

— Euh… Je ne m'en rappelle pas. J'oublie mes rêves juste après m'être réveillé.

— Tu mens.

— Ce que tu viens de dire, ce n'est pas bien.

— Montre-moi la photo de ta femme. Tu en as sûrement une sur ton téléphone.

Je me suis levé et j'ai commencé à faire les cent pas dans la pièce, à la recherche de mon téléphone, jusqu'à ce que je le remarque entre les mains de Kristina.

— Pourquoi tu me le demandes si tu l'as déjà vue ?

— Je n'ai rien vu. Je ne connais pas le mot de passe.

Je lui ai pris le téléphone des mains. Je l'ai déverrouillé et suis entré dans les paramètres.

— Quand es-tu née ?

— Le neuf juillet.

— Deux mille…

— Quatre.

J'ai changé le mot de passe.

— Maintenant, tu connais le code.

— Comment ça ?

— C'est simple. Tape 090704.

— Pff… la blague ! Tu le remplaceras dès que tu t'éclipseras d'ici.

— Qui a dit que je comptais m'éclipser ?

Kristina m'avait regardé pour la première fois sans ironie.

— Ah oui, la photo de ta femme.

Je lui ai montré une bibliothèque d'images de l'été dernier en Égypte.

— Elle est jolie. Vous faites un beau couple. Elle s'appelle comment ?

— Nina.

— Nina sait où tu es maintenant ?

Je me suis mis à tousser même si je n'en avais pas envie.

— Tu n'as pas besoin de répondre, j'ai tout compris.

— Tu en as de la chance, moi je suis complètement perdu.

— Qu'est-ce qui n'est pas clair pour toi ? Maman va mourir et elle a peur de me laisser ici avec une grand-mère pauvre et un grand-père fou.

— Qu'est-ce qui ne va pas chez grand-père ?

— C'est un ivrogne, un menteur et un psychopathe. Attends-toi à ce qu'il te demande de l'argent.

— Où est-ce qu'il est maintenant ?

— Chez lui, il dort, déchiré au cognac, c'est sa petite maman qui s'occupe de lui, c'est *la seule à le comprendre.*

Elle avait prononcé ces derniers mots avec une ironie amère.

— Il est agressif ?

— Pourquoi tu crois que ma mamie l'a quitté ? Il y a dix ans, la police est venue l'arrêter. On aurait quitté cet endroit depuis longtemps si on avait de l'argent.

Je me suis versé encore un calvados.

— Excuse-moi pour ma réaction d'aujourd'hui.

— C'est à moi de m'excuser, je me suis comporté comme un crétin.

Elle a ri. Et c'est seulement à cet instant qu'elle a dévoilé ses grandes dents nacrées qui brillaient, entourées de lèvres pulpeuses roses. Comment se faisait-il que je venais à peine de remarquer à quel point cette fillette était belle ?

— Je peux me servir un verre ?

— Tu rigoles ?

— Tu essayes d'entrer dans ton rôle de père ?

— T'es impossible !

— Ah ah ah !

Je lui ai versé un peu de calvados et tendu le verre avec précaution.

— Je vais aussi te prendre une cigarette.

— Ça aussi ?!

— Tu ne connais rien à la vie ! Tous mes amis fument, sauf Ana qui est asthmatique, la pauvre.

— Oui bien sûr, quelle bonne raison pour tu t'y mettes aussi.

— Ne sois pas aussi lourd.

Je lui ai donné un briquet. Elle a allumé sa cigarette et inhalé la première fumée. J'ai sourcillé pendant un instant en réalisant que pour la première fois de ma vie, je parlais à ma fille et, bizarrement, je trouvais cela très amusant.

— Je vais parler à ton grand-père.

— Ne sois pas fou. Il dort ivre en ce moment et ronfle comme le diable, laisse tomber. Je te conseille d'y aller de bonne heure, il s'enfile son raqi vers huit heures. Il te demandera de l'argent, mais ne lui donne rien.

— D'accord. On verra. Et qu'est-ce que tu fais ici toi ? Tu ne devrais pas être au lit ?

J'ai discuté avec Kristina jusqu'à ce que Radmila nous surprenne à deux heures et demie du matin en train de nous marrer sur des anecdotes de mon travail. Je décrivais certains élèves qui m'imitaient très bien et de façon comique, et des filles qui portaient des décolletés plongeants pendant que je leur faisais passer des oraux. Kristina a dit qu'elles faisaient ça parce qu'elles avaient vu clair dans mon jeu et que je ne me contenterais pas de regarder les seins de mes étudiantes. C'est pas possible ! Mais Kristina a avoué qu'elle aimerait me voir aussi strict et coincé pendant les cours. Je lui ai répondu que ce n'était pas impossible. Nous nous sommes tus pendant un moment, puis Radmila a ordonné à sa petite fille d'aller au lit, car elle devait se lever tôt pour l'école. Elle était ravie de la scène qu'elle avait eue sous les yeux, même si je n'avais pas besoin d'être devin pour me rendre compte que le calvados et la cigarette n'allaient pas forcément avec l'idée que se faisait Radmila du temps que devrait passer une fille avec son père. Je jouais la carte du débutant dans ce domaine et que je méritais pour cette raison une période de grâce.

II

L'issue est une nouvelle entrée

« L'âme humaine n'est-elle pas quelque chose comme une balançoire, qui, ayant reçu une poussée vers l'humanité, est, de ce fait, prédisposée à s'élancer du côté bestial ? »

M. Aguéev, *Roman avec cocaïne*

1

Au tout début de la nouvelle année scolaire, j'ai enfin accepté de prendre un café avec Mila, un amie de la fac, qui après une longue relation toxique aux côtés d'un mec pathologiquement jaloux, n'avait pas pu trouver un homme convenable, et la pression biologique combinée à la pression environnementale avait pris le dessus au fil du temps. C'est comme si elle avait senti que j'étais à nouveau célibataire après un long moment, alors elle s'est mise à insister pour ce café après avoir passé des années à l'éviter. Elle avait pris un expresso allongé avec du lait chaud, tandis que je m'étais offert un énorme mocha avec de la crème chantilly. Nous étions assis dans mon Coffee Dream préféré de la rue N. Le serveur, un homo très sympathique, a fait une blague sur mon compte, en me faisant remarquer que j'avais grossi. Dans son univers, les années, les kilos en trop et les entraînements irréguliers étaient inexcusables. Un univers cruel. Mila se plaignait sans arrêt des hommes mariés qui étaient les seuls à l'aborder. Je n'y voyais rien d'étrange. Les célibataires étaient pour la plupart déprimés, souvent en proie au manque d'argent, alors que les personnes mariées étaient arrogantes, sûres d'elles et enclines à aller voir ailleurs. Mila m'a parlé d'une boîte qui avait récemment ouvert à Belgrade, où se déroulaient des choses qu'elles n'osaient même pas prononcer. Elle m'avait pris de court en lançant qu'après ses expériences avec Viktor et moi, les relations sexuelles avec ses partenaires étaient devenues monotones, dépourvues d'imagination, d'enthousiasme et de douceur. Elle prétendait avoir eu son dernier orgasme avec moi. Cela voulait dire que mon amie n'avait jamais joui avec son partenaire de longue date, ce que ce dernier lui rappelait sans arrêt. J'ai eu l'impression qu'elle s'attendait à ce que je lui propose de visiter une de ces boîtes, ce que j'aurais très probablement fait si je n'avais reçu un coup de fil inhabituel de la part de la secrétaire du lycée. Elle ne voulait pas en parler au téléphone, mais elle m'avait fait comprendre que je devais immédiatement me rendre au bureau du directeur. J'ai réglé l'addition et je me suis excusé auprès de Mila pour ce départ précipité.

Sur le chemin du lycée, j'entamais une remise en question. La secrétaire avait l'air trop nerveuse, alors j'ai tout de suite exclu la possibilité d'une stupide plainte pour une note. Était-ce une étudiante frustrée, dont j'avais trahi les attentes et qui avait décidé de se venger ? Ignoble, mais pas impossible. Les gens à cet âge changent souvent et brusquement d'humeur, et nous ne savons jamais comment sur quel pied danser avec eux.

Dans le bureau du directeur se trouvait ce dernier, ses adjoints, la secrétaire, le psychologue, le pédagogue et trois autres jeunes personnes que je ne connaissais pas. Bref, un comité prêt à m'exécuter. La secrétaire m'a remis le document officiel, sur lequel étaient écrites plusieurs phrases comiques dans un style commissaire anachronique, si stupides que je me suis tout de suite mis à rire.

« Nous demandons par la présente à ce que le professeur de philosophie Maksim Tumanov soit écarté d'urgence de l'enseignement et que son autorisation de travailler dans l'éducation soit révoquée pour propagation du fascisme pendant ses cours, ce qui est contraire à toutes les valeurs humanistes des Lumières et de notre société. » Une jeune organisation de gauche avait signé cette lettre, sans oublier le détail militant indispensable à leur nom – le Front.

J'avais bien compris que les trois jeunes au regard féroce représentaient cette organisation et étaient venus pour me lyncher. Ils avaient entendu parler de moi par l'intermédiaire d'un de mes étudiants qui paraphrasait maladroitement mes paroles en classe sur Facebook, alors qu'il se disputait avec des membres de cette organisation, ce qui les avaient amenés à s'intéresser à moi. Dommage que je n'aie pas de lance-flammes sous la main – c'est la première chose qui m'est venue à l'esprit quand j'ai réalisé ce qu'il se passait. Il m'avait fallu un effort surhumain pour éviter un pétage de plomb.

L'apparence désagréable de mes accusateurs était frappante. Le plus arrogant parmi eux, un vrai petit Führer complexé, avait de longs cheveux gras, un visage grêlé et une fourberie si visqueuse dans son expression faciale qu'il m'a tout de suite fait penser à un lézard. L'autre gars à ses côtés était potelé et pas très bavard. J'avais l'impression que lui-même doutait de la véracité de toute cette mascarade, qu'il avait dû créer conformément aux règles de son parti. Avec eux se trouvait une fille aux cheveux roux qui, contrairement à ses camarades, était mignonne et agréable à l'œil. L'égomaniaque en chef, bien sûr, devait avoir avec lui une ennemie acharnée du capitalisme, pour gonfler d'orgueil en public et péter plus haut que son cul devant elle. Évidemment, seuls les antifascistes les plus féroces avaient le droit d'accéder à l'entrejambe des militantes sentimentales. Mais comment un homme pouvait-il se disputer avec un lézard ? C'était une expérience toute nouvelle pour moi : une rencontre rapprochée avec une racaille dénonciatrice et insidieuse. Dans certaines circonstances historiques, marquées par de violentes représailles contre ceux qui « sortaient du lot », « l'art » de ces hyènes s'épanouissait.

Alors que la fille et le type potelé étaient assis calmement et fixaient le somptueux bureau du directeur, le lézard lui me regardait droit dans les yeux. Ce regard me disait sans équivoque : « Tu as été pris en flagrant délit, fasciste ! Tu ne t'en sortiras pas ! » Sabrina, la psychologue, était aux anges. J'ai immédiatement demandé une explication en disant que, d'après la loi, je n'avais de compte à rendre qu'auprès du directeur. J'assurais qu'il était scandaleux que ces aventuriers soient même autorisés à entrer dans un établissement d'enseignement afin d'interroger les employés au sujet de leurs postulats idéologiques problématiques. Cela veut-il dire que les témoins de Jéhovah ou les néo-nazis peuvent également envoyer des délégations dans les écoles pour exprimer leurs objections à la mise en œuvre des programmes scolaires ? Cependant, le seuil social de tolérance pour la violence de gauche a été relevé, il suffit donc d'accuser quelqu'un de fasciste et vous pouvez compter à l'avance sur le fait que la société sera à priori de votre côté. À cause de tout cela, j'ai tout de suite demandé à toutes les personnes qui ne faisaient pas partie du personnel du lycée de quitter la salle. Mais le directeur m'a alors pointé du doigt pendant un moment, me disant que la presse à sensation avait passé la matinée à l'appeler pour qu'il fasse une déclaration sur le fait qu'il avait permis à un fasciste d'enseigner. À savoir, avant d'amener l'expédition punitive au lycée, le lézard avait envoyé un e-mail aux rédactions de tous les quotidiens à grand tirage annonçant un rassemblement de protestation dans la cour du lycée, prévu le lendemain à midi. Le directeur avait réussi à convaincre les journalistes de ne pas publier « la nouvelle choc » avant la fin de la journée, quand se terminera la réunion du conseil pédagogique, après quoi il les informera en personne des conclusions tirées. Il fallait d'abord « établir les faits ». Je savais que le lézard ne s'y intéressait pas le moins du monde, lui ce qu'il cherchait, c'était la publicité, afin de sortir sa sombre personnalité de l'insoutenable anonymat pendant une journée. Le fait qu'un éducateur allait être traîné dans la boue des journaux à sensation et qu'il y laisserait son honneur, son emploi et ses revenus – ça n'avait pas d'importance si vous le voyiez sous l'angle de la guerre des classes, dont peuvent parfois souffrir des innocents, à condition qu'il y en ait. On sait que dans le monde d'un révolutionnaire passionné, il n'y a pas d'innocents jusqu'à preuve du contraire.

La nature aime bien parfois jouer des tours à certaines personnes en les privant de tout don, mais elle les dote alors d'un amour-propre sans limites et d'ambitions débridées. Le lézard avait repris la parole et s'était mis à déblatérer des choses sur l'époque du fascisme ressuscité à laquelle nous vivions, commençant à énumérer certains pays comme les États-Unis, l'Ukraine, la Grèce et l'Allemagne, puis il a ajouté qu'il fallait rester vigilant car les fascistes étaient bien organisés, s'infiltrant de plus en plus dans le système et d'autres conneries du même genre. Le directeur a maladroitement tenté d'arrêter ce rêveur sanguinaire en lui demandant :

— Eh bien, qu'est-ce que le fascisme pour vous ? Ce terme est si souvent employé dans la vie publique qu'il a perdu tout sens.

— Le fascisme, c'est quand quelqu'un appelle à l'extermination de personnes simplement parce qu'elles appartiennent à d'autres races, nations ou religions, répondit le lézard avec assurance.

— Le fascisme, c'est aussi quand tu te lances dans de sales actions de dénonciations sans connaître les faits, abruti !

Je ne pouvais plus me retenir.

— Je demande que soit ajouté au procès-verbal que le fasciste vient de m'insulter !

Sabrina a hoché la tête, puisqu'elle prenait les notes, alors que le directeur m'avait pincé la cuisse. Désormais, c'est lui qui menait la conversation.

— Monsieur Tumanov, avez-vous parlé de fascisme dans vos cours ?

— Je n'ai jamais utilisé ce mot parce que, comme vous pouvez le voir, il existe des gens qui ne distinguent pas le fascisme de la pensée sur le fascisme. Je ne sais pas exactement ce qu'est le fascisme, mais j'ai l'impression que bientôt, la pensée sera considérée comme du fascisme.

— Ne compliquez pas davantage la situation, monsieur Tumanov. Certains étudiants ont eu l'impression que vous appeliez à l'extermination des musulmans. Est-ce correct ?

J'avais senti sur ma peau ce que cela fait quand le système vous force à dire des choses. Je comprenais ces martyrs qui dans les années 1930 avaient avoué des actes qu'ils n'avaient pas commis pour éviter le supplice de « l'interrogatoire » ou de la « présentation des preuves ».

— Monsieur le directeur, c'est absurde…

Je ne savais vraiment pas quoi dire.

— Vous voyez, cet homme ne nie même pas être un fasciste, le lézard avait retrouvé sa langue, et la colère avait monté en moi depuis l'estomac jusque dans la gorge.

— Garçon, je sais que tu t'amuses dans ton fantasme infantile de libérer le monde du mal. Mais en ce moment tu es entouré d'adultes qui, contrairement au fainéant que tu es, exercent un travail à responsabilités et n'ont pas le temps d'être les figurants de ton spectacle pour enfants.

Le lézard me regardait de travers, mais avec satisfaction car la situation évoluait dans la direction qu'il souhaitait. Il se voyait déjà faire des déclarations dans les journaux, faire tous les plateaux télé et crier dans un mégaphone lors d'une manifestation. Une vraie bête de foire.

Le directeur est de nouveau intervenu.

— Monsieur Tumanov, présentez brièvement le contenu du cours problématique que vous avez donné.

J'avais décidé de ne plus regarder le lézard. J'ai calmement continué à parler.

— J'ai interprété les soi-disant fragments politique d'Héraclite, qui correspondent à l'ensemble thématique de la philosophie grecque primitive dont je traite ce mois-ci.

— À votre avis, y avait-il des éléments controversés dans votre présentation ?

— En philosophie, les éléments controversés sont toujours possibles quand il est question d'interprétation. Je tenais à montrer pourquoi Nietzsche avait raison quand il disait d'Héraclite qu'il était éternellement actuel. Je pense que l'exemple de la phrase d'Héraclite, je cite : *le peuple doit défendre ses coutumes comme les remparts de sa ville* – peut confirmer l'étonnante actualité de sa philosophie.

Les militants ont commencé à ricaner et à marmonner doucement. Je n'y avais pas prêté attention.

— Cela signifie que vous ne parliez pas seulement d'Héraclite, mais aussi de la situation actuelle dans le monde.

— Bien sûr, sinon l'enseignement de la philosophie se transformerait en option complètement inutile et facultative, orientée vers la pratique. Faudrait-il donc traiter les questions philosophiques comme les loisirs de quelques fous excentriques qui existaient sur les bords de la Méditerranée il y a deux mille cinq cents ans ? Le but est d'assurer que leurs problématiques deviennent également les nôtres. Autrement, enseigner la philosophie ne serait qu'une perte de temps.

Lorsque j'ai prononcé la dernière phrase, j'ai senti que toutes les personnes présentes étaient intimement d'accord avec cette évaluation, peu importe ce que j'avais encore à dire. Cette situation leur donnait-elle raison ?

— Nietzsche était la lecture préférée des nazis qui ont exterminé les Juifs dans les chambres à gaz , a fait remarquer Sabrina.

— Néron a mis le feu à Rome pour imaginer ce à quoi ressemblait Troie en flammes. Est-ce que ça veut dire qu'on ne doit plus lire Homère ?

Sabrina était silencieuse avec une expression insatisfaite sur son visage.

— Monsieur Tumanov, avez-vous appelé à l'extermination des musulmans ?

— Je ne répondrai pas à cette question indécente. Héraclite a été l'occasion d'entamer une discussion en classe. Ce penseur mettait la survie physique d'une nation au même niveau que sa survie culturelle. La défense des coutumes, y compris les coutumes religieuses, est aussi importante que la défense des frontières terrestres à l'intérieur desquelles vit une nation. Une nation qui renonce à son identité culturelle fait quelque chose de si suicidaire qu'elle ne peut être comparée qu'à l'ouverture des frontières précédant l'invasion par des membres d'autres nations et cultures.

— Vous faites allusion à la crise des migrants ?

— Je ne fais aucune allusion, je pose des questions. Imaginez que pendant les guerres gréco-persanes il y avait une faction influente parmi les Grecs… humm… appelons-les multiculturalistes, ou réalistes politiques, qui auraient pu soutenir que la Perse était supérieure non seulement d'un point de vue militaire et économique, mais aussi culturel, et qu'il était insensé que de pauvres cités grecques divisées s'opposent à cette force irrésistible… Imaginez que certains Grecs influents aient entamé un *dialogue interne* sur les villes ioniennes conquises, affirmant qu'Homère, Hésiode et les mythes inutiles devraient être abandonnés au profit d'une coopération lucrative avec l'empereur perse ? La conscience culturelle des Grecs était une ressource morale qui donnait aux Hellènes, de moins en moins nombreux, non seulement la force de résister aux forces de l'Est, mais aussi de les vaincre enfin. Personne n'a pu entendre ces mots sortir de ma bouche. Je voulais seulement montrer que la pensée d'Héraclite pouvait être appliquée dans le contexte des tendances idéologiques domestiques actuelles. Les mythes sont des histoires qui se transmettent de génération en génération et leur fonction est de garder une nation unie. Ce sont des histoires grâce auxquelles un groupe ordinaire d'individus qui, tel un troupeau paissaient accidentellement sur le même pré, s'est développé en une communauté politique, ou un peuple si vous préférez. Une nation qui laisse tomber ses mythes commet un suicide politique, peu importe à quel point elle essaie d'envelopper ce renoncement dans des cadres rationnels et pragmatiques. La démythologisation s'accompagne de la montée d'un genre particulier d'absurdités, qui impliquent des fanfaronnades sur la croissance économique, l'intégration européenne, les bonnes relations avec les pays voisins, etc.

Le directeur avait l'air impuissant. J'ai cru qu'il allait se mettre à bailler. J'ai profité de cette minute de silence pour prononcer quelques phrases qui m'éviteraient de faire la une dans les tabloïds le lendemain.

— Je suis responsable de ce que je dis lors de mes cours, mais je ne suis pas responsable de la façon dont mes élèves interpréteront ce que je dis. Après tout, mes cours sont ouverts à tous et j'invite les personnes ici présentes à y assister quand elles le souhaitent, à l'improviste, je n'ai rien à cacher et rien à me reprocher.

Je savais qu'il s'agissait d'un moyen d'apaiser les militants qui ne devaient pas quitter cette réunion les mains vides. Je leur avais permis, tels trois commissaires politiques, de venir à mon cours et de constater par eux-mêmes comment je « pourrissais la jeunesse ». Ce jour-là, selon le planning, j'ai parlé de la déception dans l'exploration de la nature, survenue au milieu du cinquième siècle avant la nouvelle ère et de la montée du relativisme sophistique. Les militants se sont ennuyés pendant tout le cours. Plus tard, je leur ai parlé à la bibliothèque du lycée et leur ai donné des « leçons paternelles » sur l'irresponsabilité de jouer avec la vie des autres sur la base de commérages. Je ne pouvais m'empêcher d'avoir l'impression que les activistes aux airs de lézards étaient exceptionnellement courageux lorsqu'il s'agissait de combattre une idéologie depuis longtemps vaincue, et que cette chasse aux sorcières absurde des fascistes était en grande partie psychologiquement motivée par une fascination latente pour le fascisme historique. Un agitateur éduqué avec des pamphlets, selon sa structure mentale, s'intègre parfaitement dans le mécanisme de la foule qui a brisé les vitrines des magasins juifs dans les années 1930. Aujourd'hui, il s'excite contre l'ennemi de classe, demain ce sera peut-être à nouveau l'ennemi racial, qui sait, il est clair que cette conscience pervertie ne peut vivre sans une notion simplifiée de l'ennemi, qui l'aide à boucher les trous de son propre moi corrompu et à trouver une valve socialement acceptable pour son agressivité pathologique. La prochaine fois que vous serez en compagnie d'un militant bien-pensant et prédicateur de la lutte des classes, faites attention à l'excès de plaisir avec lequel il se livre à ses prédictions apocalyptiques. Ces gens ne rêvent pas de réconciliation entre peuples divisés ou d'une société dépourvue de classes : le sujet de leurs fantasmes sadiques sont les potences, les pelotons d'exécution et les îles-prison.

En fin de compte, mes accusateurs ont quand même accepté de dissuader les médias de ne pas publier la nouvelle scandaleuse. Il m'a même semblé que le lézard regrettait, mais j'ai par la suite découvert qu'il avait dit à une journaliste que j'étais « passé entre les mailles du filet » cette fois. Je n'ai pas été surpris en voyant quelque mois plus tard sa gueule grande ouverte et son poing fermé lors d'un rassemblement international consacré aux questions de sécurité mondiale, organisé par une

ONG nationale réputée. Le lézard avait fait son entrée sur la grande scène pour faire un malheur. C'était probablement le début d'une brillante carrière politique. La route n'aura pas été si longue pour ce révolutionnaire aux cheveux gras, aujourd'hui ministre corrompu qui présente une législation du travail néolibérale impitoyable.

2

Six mois se sont écoulés depuis les funérailles de Jelena Matijašević et le même nombre de mois depuis ma rupture avec Nina. Et je n'ai toujours pas réussi à me trouver dans ce nouveau rôle, celui de père. Kristina faisait plus ou moins ce qu'elle voulait sous mon toit. Elle me voyait comme un colocataire et non pas comme un père. Je n'exerçais presque aucune influence sur elle et cela me rendait parfois fou. Elle sortait quasiment tous les soirs dans un parc voisin avec ses nouveaux amis d'école, où elle était rapidement devenue populaire. Néanmoins, elle respectait le couvre-feu et rentrait à la maison avant vingt-trois heures. Kristina n'était pas uniquement absente de la maison, mais également à l'intérieur : elle passait ses journées sur son iPhone, tandis que je maudissais le jour où je lui en avais acheté un. Je me demandais comment elle faisait pour n'avoir que des vingt à l'école alors que je ne la voyais jamais en train d'étudier. Pourquoi mentirais-je à moi-même, comme si je ne savais pas que tout le système était parti en vrille.

J'ai appris par l'intermédiaire de Goran qu'entre-temps, Nina était tombée enceinte d'un collègue de travail de longue date, qui avait également raté son mariage. D'un point de vue légal, nous n'étions pas encore divorcés, mais Nina avait été tellement blessée par mon comportement et tout ce qui s'était passé, qu'elle n'a même pas voulu me voir en présence d'un avocat. Je m'en fichais jusqu'à ce que j'apprenne sa fichue grossesse. Bon sang, même pas un an et elle a déjà fondé une famille avec un autre type ! On dirait bien qu'elle avait secrètement préparé le terrain pour notre rupture pendant notre dernière année de mariage : un collègue de travail qui vit seul, une amitié intense avec ses copines qui me détestent tout autant que sa famille, un tas de jours de congé sauvegardés, etc. Goran m'a avoué que Nina était épanouie depuis la rupture, qu'elle dégageait une énergie positive, que ses yeux brillaient à nouveau et tout le tralala. J'ai balancé à la figure de Goran qu'un ami ne me raconterait pas tout ça. Mais ce n'était pas sa faute. Toutes les filles qui m'ont fréquenté ont ressenti un énorme soulagement après avoir rompu avec moi. J'avais l'impression d'être une fosse septique ambulante, qui avait tendance à déborder et à polluer tout ce qu'il y avait autour. Je souffrais beaucoup ces derniers jours.

Le grand-père de Kristina, Stevan, m'appelait de temps en temps pour me menacer. Il répétait connaître des personnes influentes à Belgrade, qu'il était comme « cul et chemise » avec les membres actuels du Conseil d'administration du parti progressiste serbe, puis qu'il allait me foutre en taule, me kidnapper et j'en passe. J'ai demandé conseil à Nenad qui m'a dit de ne pas m'inquiéter, car il savait d'expérience qu'un chien qui aboie ne mord pas. Je n'avais jamais vraiment compris le sens de ce dicton, car à plusieurs reprises dans ma vie, je me suis retrouvé face à des chiens qui non seulement aboyaient, mais qui croyez-moi, mordaient aussi.

Quelques jours avant le Nouvel An, papy Stevan a pris le volant tout en étant ivre et a pris la direction de Belgrade avec l'intention de récupérer Kristina et de me passer à tabac. Quelque part près de Lazarevac, il est sorti de la route et a percuté un arbre. Son Opel cadet était en morceaux, lui s'en était étonnement sorti, mais il était bien amoché. Les secours l'ont emmené à l'Académie de médecine militaire, où il a passé deux mois avec un drain thoracique. Les conséquences de l'accident n'étaient pas importantes, mais celles de son mode de vie l'étaient. On lui a par la suite posé un stent. Le médecin lui avait fait savoir que ses organes avaient au moins trente ans de plus que lui, alors qu'il n'avait qu'un peu plus de soixante ans. Lorsque le parrain de Stevan a appris la nouvelle, il s'est empressé de rendre visite à son compère bien-aimé quoique mouillé. Lui aussi avait pris le volant ivre et a eu un accident quelque part sur la route de l'Ibar. On l'avait également admis à l'Académie de médecine militaire. Le parrainage est vraiment une alliance inexplicable de deux âmes devant Dieu. Après avoir quitté l'hôpital, Stevan est très vite revenu à ses anciennes habitudes. Un matin, il fut retrouvé dans la cour par sa mère, froid et immobile sur la pelouse. J'avais ressenti un certain soulagement en apprenant la nouvelle.

À l'approche du Nouvel an, je ressentais à nouveau une gêne en moi. J'étais devenu agité et irritable. Je me suis disputé pendant des jours avec Kristina parce qu'elle prévoyait de passer le réveillon avec des amis dans un appartement loué pour l'occasion. Comment est-ce que des collégiens avaient eu l'idée d'organiser des fêtes dans des appartements de location ? Et qui sait ce à quoi ils s'adonnaient là-bas ? J'ai capitulé comme d'habitude, je suis resté seul à regarder le programme de merde du réveillon. Tout le monde était quelque part, tout le monde profitait des célébrations, buvait, sniffait, fumait, flirtait, baisait et s'amusait, alors que moi, j'étais l'unique personne esseulée. Il n'y avait que moi. Putain de merde !

Vers une heure du matin, j'ai reçu un message de la part de Mila qui me souhaitait une bonne année. Le message était plein de sentiment. Si je compte l'appeler, je vais inévitablement me saouler, si je me saoule, je le ferais aussi le lendemain, puis le jour d'après, et qui sait combien de temps encore. Je me sentirais encore plus pathétique et je recommencerais probablement à faire des conneries. Non, hors de question, maintenant j'ai plus de responsabilités et d'obligations que jamais, je suis devenu père, pour l'amour de Dieu, je vais ignorer le message de Mila. C'est plus pour moi tout ça.

J'ai appelé Mila vers une heure et demie du matin et j'ai crié : « Où est ce que t'es bordel ?! Je vais te défoncer ! Tu m'entends ? » Elle ne m'avait pas bien entendu car la musique live autour d'elle, amplifiée par les tapages, était très forte. Les vieux amis de la fac avaient réservé un bar dans le quartier de Dorćol. Mila m'a dit que tout le monde demandait de mes nouvelles et pourquoi on ne me voyait plus dans les parages depuis si longtemps. Quelle erreur ce fut d'aller à cette fête de merde ! Je le savais déjà en repassant ma plus belle chemise, en cirant mes chaussures les plus chères et en enfilant mon costume slim fit noir. Une erreur ! Une grosse ! Mais je ne pouvais pas résister. Le seul moyen de se délivrer d'une tentation, c'est d'y céder, disait Oscar Wilde, ce terrible libertin. Je me suis fait beau et j'ai pris la voiture. En chemin, je me suis arrêté dans un magasin pour acheter une bouteille de Jack Daniels que j'ai sifflée au volant.

L'ambiance dans les rues était carnavalesque : un éclairage kitsch dans les rues, des concerts sur les places, le boucan que faisait la pyrotechnique, des flopées de Slovènes ivres, d'humeur à s'enlacer et à s'embrasser. Je sentais que je faisais un pas dans l'incertitude. Qu'est-ce que je raconte, les choses seront définitivement pires après cette soirée, la seule chose dont on n'a pas connaissance est le genre et le degré de souffrance qui s'ensuivra. Goran est devenu fou en me voyant. Nous ne devions tout simplement pas traîner tous les deux, car nous étions un duo incorrigiblement toxique à chaque fois que nous nous réunissions. Il m'a embrassé sur la bouche ce con ! En même temps, il embrassait toutes les personnes présentes sur la bouche. Il avait emmené avec lui son collègue Ognjen, qui essayait de me convaincre de me mettre de la cocaïne dans l'œil, puisque lui terminait chacune de ses prises en se frottant l'œil avec, ce dernier devenant rouge et gonflé. Laisse-moi, mec, je veux juste une trace, fais ce que tu veux si tu as envie de perdre la vue, mais laisse mes yeux tranquilles ! Le plan était d'aller à l'after d'Ognjen, après la fête.

Mila a essayé de me faire une pipe dans les toilettes, sans succès, car ma queue était au plus mal à cause de la coke, et Ognjen ne nous avait pas laissé une seconde de répit en frappant à la porte tout le temps et en nous suppliant de le laisser entrer. Je n'avais jamais rencontré un malade comme celui-ci. Il se comportait comme un bulldozer turbocompressé. Il me rappelait Viktor. C'est peut-être pour ça que j'aimais particulièrement sa compagnie. Dans la cabine voisine, des gars de la fac, de bons garçons issus de bonnes familles, faisaient des lignes sur la cuvette à l'aide de leurs cartes de crédit. Je leur ai demandé ; je ne peux pas croire qu'il vous a fallu attendre vos trente ans pour découvrir la magie de la drogue et de l'alcool ? L'un d'eux m'a rétorqué avec assurance qu'il valait mieux être un *late bloomer* plutôt que de passer sa jeunesse dans des cliniques spécialisées à traiter sa toxicomanie.

« Tu vois, Maksim, dit l'ami late bloomer en frottant le reste de la cocaïne dans les gencives, chaque homme bénéficie d'un prêt pour le plaisir, qu'il devrait sagement diviser en six ou sept décennies de vie de qualité pour un adulte moyen. Toi, tu as flambé ton prêt avant tes vingt-cinq, vingt-six ans et voilà pourquoi tu ne te sens pas bien. » Mais qui dit que je ne me sens pas bien ? Regarde comme je profite, mon frère ! « Tu ne profites pas, poursuit le late bloomer, tu es triste, la solitude est gravée sur ton front et ça se voit que tu te forces. » Je me suis regardé dans le miroir. Il a raison, ce con ! J'ai l'air désespéré. Je me suis lancé dans de misérables confessions d'ivrogne. Je me plaignais de ma personnalité dépressive hypersensible, je pleurnichais que j'étais devenu père contre mon gré et que je ne pouvais pas du tout assumer ce rôle, je menaçais de me jeter dans le Danube à l'aube. Ognjen ne pouvant plus écouter mes conneries s'était éclipsé, avant de revenir très vite avec une paire de ciseaux à la main, qu'il avait vraisemblablement piqué dans le sac d'une poulette. Il était décidé à me couper les cheveux ce soir-là. J'ai dû le fuir dans le bar.

Le groupe a fait une pause vers trois heures du matin et nous nous sommes tous assis à table. Nous tous – les dépressifs, les toxicos, les milléniaux et les late bloomers. Parmi la cinquantaine d'invités, seuls quelques-uns avaient un enfant. La grande majorité n'était pas engagée dans un couple, encore moins dans un mariage. L'insécurité économique générale n'en était certainement pas la cause, car ceux qui étaient insatisfaits sur le plan professionnel n'étaient même pas là. Les effets de la morsure du temps étaient déjà clairement visibles sur les femmes. Goga expliquait qu'elle avait quitté un poste bien rémunéré à la banque juste pour voyager à travers le monde pendant un certain temps. Un mois en Indonésie, trois mois en Inde, six mois chez une amie doctorante à Edimbourg… Pas de mec. Elle buvait comme un trou. Et ses copines étaient pour la plupart dans le même délire, tandis que ses amis eux gagnaient bien mieux, conduisaient des voitures chères, se doraient la pilule sur des bateaux, séduisaient des jeunettes et passaient leurs week-ends à se complaire dans l'alcool et la drogue.

« Quelle génération de merde nous sommes, dis-je à voix haute. Mes grands-parents étaient des artisans, des apatrides, des ruraux pauvres du Royaume de Yougoslavie. Ils se sont mariés en pleine occupation féroce, d'une guerre fratricide et de la famine. Ils ont passé leur première nuit de noces assis devant des machines à coudre. Leur premier enfant est mort de malnutrition. L'autre a peiné à survivre. Le troisième fut ma mère. Cette génération a créé un État et une économie respectables, a repeuplé le pays, éduqué les enfants, les baby-boomers contribuant à relever encore le niveau. Et puis nous sommes arrivés, les milléniaux, avec nos voyages insensés et notre orientation exclusive vers la satisfaction de nos désirs personnels. Que restera-t-il de nous ? Rien ! Nous sommes de simples tire-au-flanc, un détail de l'histoire à recycler. » Je parlais tout en remarquant les chaises autour de moi se vider de plus en plus vite. Ognjen a finalement réussi à me couper une mèche de cheveux. Quel abruti ! Goran riait, nous enlaçait et réglait les problèmes d'organisation : qui allait être avec qui dans la voiture, puisque c'était l'heure de partir à l'*after* d'Ognjen. Je ne me souviens pas du tout de ce trajet, même si j'ai été surpris le lendemain en voyant ma Ford en un seul morceau et correctement garée. Il y aurait sûrement eu des traces de sang si j'avais écrasé quelqu'un… ou peut-être pas ? Quelle horreur !

Tous les stores de l'appartement avaient été fermés à temps, car le 1er janvier pénétrait d'une marche régulière et implacable toutes les entrées de l'appartement ainsi que les quelques entrées de nos consciences obscurcies par la drogue et l'alcool. Si nous ne pouvions plus arrêter cette réalité qu'était le lever du soleil, nous pouvions au moins la cacher à nos yeux et à nos esprits affolés. Il fallait boire encore plus. Et sniffer. En aucun cas penser à demain. Et Kristina ? J'ai vérifié mon téléphone qui s'est éteint au moment où j'ai voulu lire son sms. Putain ! Je n'ai pas eu le temps de le charger. J'ai demandé à Ognjen s'il avait un chargeur d'iPhone. Il m'a demandé de le suivre. On est allés dans son garage, dans sa golf noire, où il a sorti un gramme de coke pure qu'il avait gardé pour lui. J'en avais oublié le chargeur et Kristina. Lorsque nous sommes revenus dans l'appartement, l'accordéoniste et le bassiste étaient déjà là. L'atmosphère a de nouveau commencé à se réchauffer. Mila vomissait, mais il y avait trois autres filles qu'avait invitées Goran.

On se touchait et s'embrassait dans le salon et on commandait cette même chanson de taverne, jusqu'à ce qu'il n'y ait plus une miette de coke et une goutte d'alcool dans l'appart. Les amis commençaient à partir. Ognjen et Goran s'étaient enfermés avec les jeunettes dans la chambre. Je suis resté seul, entouré de gens que je ne connaissais pas. Mila m'avait formellement interdit de conduire. Elle avait appelé un taxi. Nous ne parlions pas. J'ai quitté le taxi le premier. Mila n'a pas voulu de mon argent pour le payer. En sortant de la voiture, j'ai senti la chaleur du soleil et la froideur de la peur.

3

Je suis entré dans l'appartement, j'ai jeté un coup d'œil dans la pièce où dormait Kristina et je me suis rappelé avec amertume que Nina et moi avions dormi dans cette chambre pendant six ans. J'ai remarqué des traces de mascara étalées sur l'oreiller. Pourquoi avait-elle pleuré ? Qui sait, les adolescents… tout ce qui importait pour moi c'était de voir qu'elle était là, saine et sauve. Je planais encore, ma mâchoire était raide, je ne clignais pas des yeux et vu la rivière d'alcool que j'avais bu, je devais encore être assez ivre. Dehors il faisait jour et dans l'appartement régnait un silence de mort. Une sensation de culpabilité commençait à me poignarder par rafales. J'ai mis mon téléphone à charger et j'ai enfin lu le message que Kristina m'avait envoyé avant deux heures du matin : « Hey, la fête est fichue ici, une bagarre a éclaté, quelqu'un a appelé la police, tu peux venir me chercher ? J'ai froid dans mes talons. MDR ! » Merde ! Elle n'a sûrement pas pu trouver un taxi à cette heure, et même si elle avait réussi, elle n'aurait pas eu de quoi le payer, car les chauffeurs arnaquaient les clients le soir du Nouvel an. Un paquet violet m'attendait sur la table à manger. Oh, non… Kristina m'avait acheté un cadeau pour la nouvelle année. Elle voulait me faire une surprise. Un parfum. Mon préféré, Burberry Weekend. Je ne lui avais rien acheté. J'ai essayé, je suis allé dans un centre commercial et j'en suis sorti au bout de dix minutes parce que je n'avais pas la patience de chercher quelque chose qui lui plairait. J'ai commencé à suffoquer de remords et de dégoût.

Il n'y avait aucune chance que je m'endorme. Je me suis assis sur le carrelage de la cuisine et j'ai regardé dans le vide. Les heures passaient. Kristina s'est levée vers dix heures et demie, est directement allée aux toilettes, puis pieds nus, en pyjama, s'est rendue dans la cuisine se préparer quelque chose pour le petit-déjeuner. Elle a eu peur en me voyant assis par terre dans mon costume de la veille.

— Qu'est-ce que tu fais ici ?! Tu saignes ! Qu'est-ce qu'il s'est passé ?

— Je ne saigne pas, qu'est-ce que tu racontes ? Tout va bien.

— Va te regarder dans un miroir !

Je me suis à peine levé en m'accrochant au comptoir de la cuisine. J'avais vraiment des traces de sang sur la moustache.

— C'est probablement un vaisseau dans mon nez qui a rompu. Je ne m'en suis même pas rendu compte.

— Maksim, que se passe-t-il ? Où étais-tu ? Pourquoi tu n'as pas répondu à mon sms ?

— J'étais... écoute, en fait, tu n'as pas besoin de savoir où j'étais. Comment t'es rentrée ? Je t'avais dit de ne pas aller à cette fête stupide !

— C'est pas de ma faute si ces abrutis se sont battus.

— Je savais que je n'aurais pas dû te laisser y aller.

— Tu n'as pas le droit de m'interdire quoi que ce soit !

J'ai vu rouge.

— Pardon ?! Répète un peu pour voir !

Les larmes sont montées aux yeux de Kristina.

— J'ai dit que tu n'avais pas le droit de m'interdire quoi que ce soit.

— Comment oses-tu ?! ai-je crié. Je suis celui qui t'as sorti de ce trou, je m'occupe de toi et j'endure tes délires pubertaires, si tu ne m'avais pas, tu serais sans doute en train de vendre des framboises au marché du village et l'autre vieillard de merde t'aurait vendu à un connard pour mille euros !

— Comment tu peux… Je ne peux plus…

— Qu'est-ce que tu ne peux plus ?! Je n'ai pas besoin de tes histoires de merde ! Si tu ne te plais pas ici, fais tes valises et rentre dans ton trou perdu !

Qu'est-ce qui m'a pris de dire ça ? Je ne voulais pas du tout balancer toutes ces conneries car je ne les pensais pas vraiment, mais une force incontrôlée sortait de moi. Et le pire dans tout ça, c'est que cette même force m'empêchait d'avoir des regrets et de m'excuser. Au contraire, je persistais dans une arrogance en faillite alors que Kristina rangeait ses affaires à toute vitesse dans sa valise à roulettes, pour bientôt quitter l'appartement en sanglotant amèrement et bruyamment. Encore aujourd'hui, je ne peux pas m'expliquer pourquoi je ne l'ai pas arrêtée dans les escaliers ou du moins devant l'immeuble. Je n'avais aucune idée de l'endroit où elle était allée. Je savais seulement où moi j'allais. Droit dans le mur !

J'ai appelé un taxi et je me suis rendu dans le quartier de Novi Beograd pour prendre la voiture, mais le diable ne me laissait pas une seconde de répit et j'ai fini par sonner chez Ognjen. Personne n'a ouvert pendant quelques minutes et alors que je m'étais déjà retourné pour partir, j'ai entendu quelqu'un déverrouiller la porte d'entrée. Ognjen se tenait sur le seuil, torse-nu, avec un chapeau de paille sur la tête et des lunettes noires.

— Bah alors, où est-ce que t'étais passé ? demanda-t-il. Entre et ne bouge pas ! Je dois te couper les cheveux d'urgence.

Je ne suis pas rentré chez moi les quatre jours qui ont suivi. De mes souvenirs n'étaient restés qu'un tas de fragments vaguement connectés, accompagnés d'un sentiment de chute libre dans tous les péchés possibles. Les stores sont restés baissés. Le dealer nous fournissait en coke, en herbe et en diverses pilules, et le larbin en alcool. Une fois par jour, nous commandions plusieurs pizzas, que nous n'arrivions pas à finir avant la fin de la journée, car nous nous mettions de la nourriture de force dans la bouche, sans avoir d'appétit, dans le seul but de tenir le coup. Encore. Encore ! Et ENCORE !!!

À aucun moment, je n'avais conscience de l'heure de la journée et de ce qu'il se passait dans le monde extérieur. Parfois, des jeunettes débarquaient, parfois des amies plus âgées, j'arrivais même à séduire des collègues qui ne me connaissaient pas sous cet angle, qui avaient de moi une image d'homme honnête et cultivé. Mais une force inconnue m'obligeait à montrer mes tripes pourries à toutes les personnes que j'avais rencontrées dans ma vie. Quelle était cette envie malade de révéler tous mes secrets, mêmes les plus sales ? Si une femme refusait de venir, je lui enverrais un message obscène honteux ou une jérémiade pseudo-poétique dégoutante sur l'absurdité de la vie.

Ognjen était en mesure de mâcher les morceaux d'un verre quand je mentionnais la Krajina, car il en était originaire. Je lui avais demandé comment il était possible que les habitants de la Krajina aient perdu la guerre alors que c'étaient tous des sauvages : « À cause de toi », me coupait-il. Ça n'avait duré qu'un instant, je ne sais pas pourquoi je l'ai retenu. Peut-être parce que je pouvais facilement imaginer Ognjen détruire l'ennemi avec une mitraillette, ou conduire une énorme moissonneuse et avoir onze enfants et beaucoup de terres. Mais à la place, il ne faisait que détruire des jeunettes dans son baisodrome et gâcher sa vie dans l'alcool et la débauche. Ognjen était un héros homérique qui errait dans le banal xxie siècle. Il n'avait conscience d'aucune limite et pas une once de respect. Il ne voulait que boire, baiser et maîtriser tous ceux qu'il rencontrait. Alors que ma débauche était une expression d'évasion et de résignation, il y avait quelque chose de triomphant, presque radieux, dans la sienne. Goran, pour sa part, possédait une habileté incroyable pour se sortir indemne de toutes nos expériences pendant ces quatre jours. Après une beuverie matinale et une partouze à midi, il était en mesure de prendre une douche, se raser, se mettre sur son trente-et-un, boire un café, manger une part de pizza et se rendre à une réunion importante. Il revenait le soir en compagnie de filles, avec une bouteille de tsipouro grec et la volonté de faire la fête jusqu'au matin, où il disparaissait à nouveau pour régler des affaires urgentes. Une telle chose m'était inconcevable. Il suffisait d'un verre pour me transformer en déchet sur pattes et pour me faire oublier toutes mes obligations et responsabilités. Je ne me souviens pas si ça a toujours été le cas, mais je sais que ça faisait déjà un moment et ça n'allait jamais, au grand jamais, changer.

Nenad m'a contacté le quatrième jour. Il m'a dit : « Je suis devant l'immeuble. Si tu ne sors pas dans les cinq minutes, je monte et je vous écrase un par un ! » Je savais qu'il ne plaisantait pas. Lors d'une fête, je l'avais entendu discuter avec un collègue de s'il valait mieux frapper quelqu'un au visage avec un canon ou une crosse. Je ne pouvais pas permettre que Nenad et Ognjen se croisent ne serait-ce qu'un instant. Je me suis précipité hors du bâtiment de Ognjen, en enfilant le pantalon et le pull de ce dernier. Quand il m'a vu, à part me dire que j'avais besoin d'un tuteur, Nenad n'a plus voulu me dire un mot. Il m'a tout de suite emmené au centre de prévention en addictologie de la rue Dreiser, où on m'a admis d'urgence et fait une perfusion. Je me suis endormi. Au réveil, j'ai remarqué que mes parents et mon frère étaient autour de mon lit d'hôpital, mais aussi la psychiatre Vera Čegarević, et bien évidemment – Nenad. Bordel, qu'est-ce qu'il se passe ? Pourquoi hurlaient-ils tous après moi d'un coup ?

4

Le premier janvier, le jour où nous nous sommes disputés et où je me suis comporté comme un con, Kristina s'est d'abord arrêtée chez une amie pour laisser ses affaires, puis elles sont parties dans café à Senjak, qui faisaient aussi office de casino. Des gens de toutes sortes s'y réunissaient : des arnaqueurs, des voyous, des alcooliques, d'anciens forçats, des dealers… C'était l'un de ses endroits où, lorsque vous y entrez, vous avez l'impression d'assister à un rassemblement informel de racailles de toutes les contrées de la galaxie. L'établissement avait été fermé à plusieurs reprises pour des règlements de comptes armés et du trafic de drogue. Je ne savais pas que Kristina était déjà allée dans cet endroit avec son amie turbulente, et qu'elle flirtait avec un certain Boban, un jeune homme qui avait un mandat d'arrêt sur le dos et qui se cachait de la police. Il n'avait que vingt-deux ans, mais avait passé la majeure partie de son âge adulte en prison pour divers délits : de la possession illégale d'armes, en passant par des coups et des blessures graves, jusqu'à la vente de stupéfiants. Après sa dernière libération, il arrêté de dealer de la drogue pour travailler comme videur sur les bateaux discothèques et les boîtes de nuit. Cependant, l'argent qu'il touchait pour se tenir devant une porte n'était certainement pas suffisant pour le quotidien onéreux de Boban.

En apprenant ce qu'il s'était passé, Boban a *généreusement* proposé à Kristina de l'héberger *gratuitement* chez lui, dans un appartement qu'il louait à Mirijevo. Il lui a également promis qu'il pourrait lui trouver un emploi sur un bateau discothèque, dans un casino ou un café du coin, sans aucun problème. Mais il valait mieux qu'elle travaille sur un bateau comme barmaid, car elle pouvait gagner deux à trois mille dinars pour chaque service. Je sais que la puberté est une période où toute absurdité, sans exception, sonne comme une bonne idée, mais accepter de déménager chez un abruti avec un mandat d'arrêt au cul juste pour une dispute houleuse avec son père ? D'accord, je l'avoue, je n'étais pas un ange ce jour-là, mais je pense quand même que la réaction de Kristina était disproportionnée et ridicule. Elle aurait dû au moins sentir le danger, puisqu'elle ne comprenait pas ce qu'elle faisait. Elle avait foulé un champ gouverné par des forces impures ; des forces qui, très vite, entourent un homme des pires personnes possibles ; elles le poussent dans des habitudes destructrices, le privent de liberté, d'espoir et d'estime de soi.

À partir du moment où elle a rompu tout contact avec moi et qu'elle a emménagé chez Boban, Kristina était exposée plus ou moins quotidiennement à des menaces. Dès le premier jour, Boban était maladivement jaloux et faisait constamment des scènes en public, lisait ses messages, vérifiait ses appels. Pour finir, il l'avait complètement isolée du monde extérieur – Kristina n'avait même plus le droit d'appeler sa meilleure amie, pour la courtoisie dont avait fait preuve un de ses amis envers Kristina, rien de plus, mais ça suffisait pour une scène en public, des accès de colère, des verres et des bouteilles brisés, des coups de pieds dans des tabourets de bar. Boban menaçait constamment Kristina de lui casser la mâchoire et de lui écraser les côtes si elle venait à le tromper. Il soupçonnait toute personne avec laquelle elle avait le moindre contact, alors qu'elle travaillait au comptoir et la description de son poste voulait qu'elle parle à des hommes, parmi lesquels se trouvait une poignée de pervers et vieux séducteurs. Elle m'a avoué plus tard que dans son ventre, au plus profond de son âme, elle sentait qu'elle se trompait, tout comme elle savait que toute cette période ne se terminerait pas d'une manière facile et indolore. Kristina a succombé à la croyance erronée que parce qu'elle possédait un courage inné et n'avait peur de rien, cela signifiait que rien de mal ne pouvait lui arriver. Elle se vengeait de son père faible et indigne en s'attirant des ennuis. Mais nous nous vengeons tous de nos pères en nous faisant du mal, pas en leur faisant à eux.

La relation toxique entre Kristina et Boban a duré aussi longtemps que ma cécité spirituelle causée par une rechute dans mes vieilles habitudes. Ce n'est qu'au cours du deuxième mois de convalescence que j'ai pris conscience du fait que ma maladie avait commencé à s'infiltrer en moi, à m'entourer bien avant que je me vautre ouvertement dans le bourbier du vice. Pourquoi avais-je caché à mes parents, à mon frère, le fait que j'étais rentré de Golija avec ma fille biologique ? Par honte ? Ou mon égo vulnérable était bouleversé par l'idée que les miens me condamneraient pour ma jeunesse dépravée, qu'ils allaient me sermonner, ce qui, d'ailleurs, ne s'est pas produit du tout. Peut-être que je voulais quelque chose d'incomparablement plus insidieux : en gardant le silence sur Kristina, j'ai créé une sorte de réserve, je me suis donné une « période d'essai » – car j'étais peut-être trop passif et paresseux, trop égoïste et labile pour être père ? Je m'étais incarné dans le monde de mes habitudes à l'image d'un ongle. Comment changer maintenant ? Et surtout de manière aussi brusque et radicale ? À tout moment, je pouvais simplement appeler les Matijašević et leur dire : « Radmila, je sais que vous n'avez pas d'argent pour l'éducation de Kristina et que Stevan est un abruti de première, mais dans l'état actuel des choses, je suis pire que lui. Il vaut peut-être mieux pour Kristina de grandir au grand air de la campagne, de cueillir des framboises et de vous aider au magasin plutôt que de respirer l'air pollué et d'absorber les vices d'une grande ville physiquement et moralement viciée. »

Lorsque Nenad m'a demandé des nouvelles de Kristina, je lui ai répondu sans réfléchir qu'elle était partie chez les siens à Golija, même si je n'avais pas la moindre idée de l'endroit où elle se trouvait à ce moment-là. Je m'étonnais que Nenad, dont la méfiance atteignait parfois des proportions dignes de la paranoïa, n'ait pas ressenti le besoin de vérifier mes paroles. Il tombait constamment sous le charme de mes douces promesses de changement, de nouveau départ, d'une vie meilleure et d'autres phrases optimistes destinées à un monde honnête et simple d'esprit, qui n'était pas infecté par l'arrogance et le cynisme. Je lui ai demandé de ne rien dire à ma famille au sujet de Kristina avant que je ne l'aie fait moi-même. Il a accepté, même s'il l'a regretté plus tard. Il m'a expliqué qu'une personne normale ne pouvait tout simplement pas s'y retrouver dans tous mes mensonges et mes vies parallèles. « Comment peux-tu vivre comme ça ? », m'avait-il demandé une fois en venant me rendre visite dans la rue Dreiser. « Pour être franc, je n'en sais rien, lui ai-je répondu, je vis par inertie, par quelque habitude aveugle et innée. Sans désir et sans joie. » Nenad baissa les yeux.

Mon frère, Igor, m'a par la suite raconté en détail la réunion de la cellule de crise du 1er janvier, ou plutôt devrais-je dire « thérapie de groupe », car toutes les personnes présentes étaient, d'une manière ou d'une autre, affectées par ma maladie récurrente. Pour la deuxième fois, dans un laps de temps relativement court, j'avais disparu de la maison pour faire la fête sans aucun contrôle, et comme j'étais sujet aux scandales dans cet état de conscience, tout comme à l'anarchie et à certaines bêtises, dont je ne me souvenais même pas, ma famille ne pouvait plus rester les bras croisés. C'était une conversation extrêmement dégradante pour ma personne, dans l'appartement de mes parents, dans un immeuble se trouvant à l'angle des boulevards Južni et Maksim Gorki.

C'est d'abord ma mère Jadranka qui a essayé d'expliquer à Nenad le caractère inconstant de ma maladie, qui dans un état aigu, sans exagération, kidnappait et torturait mon corps. Oleg, mon père, croyait que le problème avait une racine spirituelle et que mon âme était un champ de bataille sur lequel combattaient visiblement « les forces du bien et les forces du mal ». Pour le moment, c'est le grand cornu qui tenait la barre, mais Oleg croyait fermement que Dieu allait de nouveau faire preuve de miséricorde. Igor était sceptique. Il avait paraphrasé un vieux proverbe arabe selon lequel Dieu n'envoie un bateau d'or pour un homme que trois fois dans sa vie, et moi j'ai sauté hors de mon bateau d'or un nombre incalculable de fois, parce que j'étais infiniment arrogant et incapable de me réveiller une bonne fois pour toutes. Pour Nenad, toute cette histoire avec Dieu, le diable et le bateau en or semblait être une simple connerie. Il suggérait l'internement : me séparer physiquement de la bouteille et de mes mauvaises fréquentations, en bref, il proposait qu'on me renvoie dans la rue Dreiser.

En tant que médecin, Igor avait affirmé qu'il existait des cas incurables, des gens dont la passion les conduit en prison et dans des hôpitaux psychiatriques, mais en vain, car après une courte ou longue pause, ils reviennent inévitablement à leurs vieilles habitudes désastreuses. Jadranka a jeté un regard furieux à Igor, lui disant qu'il n'était qu'un « simple interne, pas un psychiatre » et qu'il pouvait montrer un peu plus d'empathie envers son frère qui n'allait pas bien. Pauvre Igor. Personne ne s'inquiétait de sa santé à lui. Il allait sans dire qu'Igor était en pleine forme. Il n'avait pas le choix, il devait toujours l'être pour que je puisse monopoliser l'attention. Je me demande à quoi ressemblerait notre planète si tous les Igor de ce monde perdaient la tête en même temps et décidaient de se foutre en l'air ? J'imagine que les ponts s'effondreraient, que les gens mourraient d'une simple grippe, que le réseau électrique serait déficient, sinon complètement à l'arrêt, les usines cesseraient de raffiner le pétrole, puis les trains resteraient sur les quais et les avions sur les pistes. Pour faire court : le monde plongerait très vite dans le chaos. Puisque le rejet de la faute était la norme, Igor avait commencé à parler des nouvelles méthodes efficaces qu'avait développées la médecine moderne, la combinaison de la psychothérapie à la pharmacothérapie donnait des raisons d'être optimiste, la guérison était possible avec une surveillance médicale et un mode de vie prudent, mais que le traitement ne devait pas se faire contre la volonté du patient, car cela ne mènerait nulle part. Pour Oleg, le problème résidait dans le fait que la volonté du patient était la première victime de cette maladie et qu'il ne fallait pas compter sur elle. « Sur quoi compter alors ?! » s'écria Jadranka avec colère. « Notre Dieu aimant », répondit calmement Oleg.

Nenad suivait attentivement le cours de la discussion jusqu'à ce qu'il se décide à me dire qu'il me donnerait un délai de trois jours pour reprendre mes esprits, ensuite il me trouverait où que je sois et m'emmènerait me faire traiter – gentiment ou par la force. Tous approuvaient tacitement l'ultimatum de Nenad et c'est ainsi que je me suis retrouvé dans la rue Dreiser, après quatre jours de débauche. J'y passais mes journées à écrire des « analyses de comportements », à participer à des séances individuelles et collectives avec mes « tuteurs de traitement », c'est-à-dire ma mère, mon père et mon frère ; je devais prendre du disulfirame, du naltrexone et du paroxétine. Une patiente brune sympathique, Ema, récidiviste comme moi, m'avait appris à jouer au tennis de table. La sécurité nous avait surpris en train de nous embrasser et de nous peloter dans les toilettes, et avaient menacé de nous rapporter au médecin s'ils nous surprenaient de nouveau. Nous étions piégés dans une garderie pour les grands perdants ; dans une école du soir pour les étrangers incapables de vivre de manière indépendante en société.

Ma mère était aussi tombée malade à la même période. Des marques rouges sont apparues sur son visage et ses mains, suivies de difficultés à respirer, et Oleg a pris sur lui tout le fardeau de la situation. Lors des conversations avec les psychiatres, je m'interrogeais à voix-haute. Je ne savais toujours pas en quoi ces deux êtres sereins et décents avaient mérité d'avoir un fils comme moi. J'ai toujours agi comme un sans-abri sorti tout droit d'une famille dysfonctionnelle et je me suis toujours plus facilement identifié à mes pairs qui vivaient un véritable enfer à la maison. Chez moi, au contraire, tout allait pour le mieux du monde. Jamais de disputes, jamais de violences, tout se résolvait de manière diplomatique : par des discussions et des accords. Igor avait, certes, eu ses propres déboires, mais après tout – qui n'en avait pas eu ?

Malgré des crises occasionnelles, c'était devenu un père de famille extraordinaire, dévoué et affectueux. Mais aucune de ces honnêtes personnes n'avait de décodeur pour moi. Je pouvais mentir et manipuler, et s'ils le découvraient, je continuais à mentir et à manipuler sans aucune conséquence. Jeune, je parlais beaucoup, mais les actes n'accompagnaient pas les paroles. À mesure que je grandissais, je parlais de plus en plus et j'en faisais de moins en moins.

« Votre confession, pour autant que je puisse le voir, dit le docteur Hrnjak pendant notre conversation en face à face, n'a qu'une seule fonction : vous libérer de toute responsabilité pour vos actes et pour votre vie. Vous avez une façon très dure de vous juger, cruelle par moments, je dirais, mais cette fausse autocritique n'a évidemment pas pour but de vous corriger et de vous perfectionner sur le plan personnel ou professionnel, au contraire : vous semblez apprécier pour une raison incompréhensible, le fait d'être parfaitement conscient de la profondeur de vos chutes périodiques. »

Que me dirait-il s'il venait à apprendre l'existence de Kristina ? J'ai soudain été submergé par un sentiment de honte extrêmement douloureux à cause d'elle. Je devais de toute urgence me confier à quelqu'un sur ce qui s'était passé avec Kristina. Mais auprès de qui ? Nenad ? Il m'aurait crié dessus. Il m'aurait rayé définitivement de sa vie ! En réalité, je pense que tout le monde me criera dessus, à part mon père, à condition que je le lui dise seul à seul tout en choisissant mes mots, ce que j'ai fait. Je lui ai demandé de m'accompagner dans le couloir devant la salle de tennis de table, où il n'y avait personne à ce moment-là. Je lui ai tout raconté sur Jelena Matijašević, Kristina, son grand-père Stevan, le voyage à Golija et ma rupture avec Nina. Au début, Oleg Tumanov avait du mal à le croire. Il pensait que je plaisantais et que j'essayais encore de le manipuler. Je lui ai demandé d'appeler Nenad s'il ne me croyait pas. C'est ce qu'il a fait. En apprenant que Kristina n'était pas à Golija, Nenad a mobilisé toute la police de Belgrade.

5

Grâce aux informations obtenues auprès des camarades de classe de Kristina, les membres de l'unité d'intervention ont perquisitionné le bateau discothèque S. où cette dernière travaillait au noir comme barmaid. Ce soir-là, Boban Đukanović a réussi à filer à l'heure. Il a été arrêté trois jours plus tard, alors qu'il tentait de franchir la frontière serbo-monténégrine. Il a été condamné à une détention de trois ans. Kristina a été minutieusement interrogée par la police et a signé une déclaration écrite en ma présence. Elle a déclaré que Boban Đukanović l'avait contraint, sous la menace, à travailler sur un bateau pour acheter de l'alcool et de la drogue, qu'ils consommaient ensemble dans un appartement loué à Mirijevo. Kristina a nié le fait que Boban l'avait forcée à avoir des relations sexuelles. Elle a admis qu'elle y avait consenti au début, jusqu'à ce qu'elle n'en puisse plus en raison des menaces qui pleuvaient sur elle. Elle a affirmé que Boban n'était pas violent envers elle, uniquement quand ils étaient tous les deux sous l'influence de l'alcool et de la drogue. À en croire Kristina, c'est la seule raison pour laquelle la résistance qu'elle conservait face à la prise de substances illicites avait cédé, et ce combat n'était pas négligeable, étant donné que son grand-père était un alcoolique doublé d'un tyran, et que son père ne valait pas mieux. Kristina n'avait pas de traces visibles de violence sur son corps, à l'exception de contusions au cou qui, selon elle, n'avait pas été faites contre sa volonté. Ma fille mineure était devenue accro à l'alcool et à la cocaïne et appréciait quand un gars effrayant la strangulait en pleine partie de jambes en l'air. Regarde ce que tu as fait, Maksim ! Tu ne pouvais pas tomber plus bas !

Nenad a probablement pensé que je ressentirais une sorte de satisfaction lorsqu'il m'a informé avec une certaine fierté enfantine qu'il avait personnellement veillé à ce que le jeune Boban reçoive un traitement adéquat à la maison d'arrêt centrale. On infligeait tout un tas de supplices aux pédocriminels, mais Nenad avait personnellement veillé à ce que Boban vive une véritable torture dès son premier jour : une mâchoire cassée à plusieurs endroits, des côtes en morceaux, des blessures au niveau de l'anus… J'ai demandé à Nenad d'arrêter, car ces informations n'avaient aucun intérêt à mes yeux. Je n'en avais rien à faire que d'autres personnes fassent de sa vie un enfer. Tout ce qui me satisferait serait que je lui fasse mal moi-même. Assoiffé de vengeance, je fantasmais souvent sur le fait de lui couper les parties génitales avec un couteau rouillé, puis de les lui faire manger. Cependant, j'étais conscient de me complaire dans ces fantasmes de la même manière que je me complaisais dans les autres : aveuglément et égoïstement. J'ai remarqué que je n'avais pas blâmé Kristina pour ce qu'il s'était passé, pas même Boban, mais seulement moi-même. Je me blâmais au point de me dégoûter de ma personne ; oh, je me méprisais comme jamais auparavant dans ma vie, et je m'en voulais beaucoup pendant cette période. Même si je démembrais le gars qui a souillé ma fille, ce ne serait qu'un autre sale acte d'une longue série qui m'avaient amené à cette situation. Il fallait que j'en termine avec cette saleté.

Et pourtant, aucune métamorphose mystique ne m'était arrivée, aucune remise en question soudaine et inexplicable, à laquelle mon cœur aurait aspiré. Je n'étais pas tombé de mon cheval sur le chemin de Damas. Je n'avais pas entendu une voix du ciel. Ma vie se poursuivait sans but supérieur ; la routine reprenait rapidement et presque imperceptiblement son rythme indifférent, et j'avais des sautes d'humeur fréquentes et la plupart du temps j'étais silencieux, difficile à vivre et d'humeur maussade.

J'ai convenu avec ma famille que Kristina continuerait à vivre avec moi, même s'ils avaient insisté pour qu'elle reste avec eux le temps que je me rétablisse complètement. Ils ont accepté à condition que je poursuive mon traitement dans un dispensaire, ce qui signifiait que je devais suivre des thérapies de groupe en plus de celle que je suivais déjà. Chaque jour je prenais du disulfirame, dont la seule fonction était de reporter indéfiniment ce débat douloureux et épuisant, qui se menait constamment, seconde après seconde, dans ma conscience : boire ou ne pas boire. Dès que ce débat éclatait, cela voulait dire que j'avais déjà tacitement pris position, à savoir, celle qui exigeait de « boire ». Et c'est la raison pour laquelle j'ai accepté de prendre ces fichues pilules, à cause desquelles mon haleine sentait le métal et ma bouche était sèche. Ce n'est que pendant que le disulfirame, cette substance active qui empêchait l'alcool de circuler dans le corps, était dans mon organisme, que je pouvais être sûr de ne pas boire. Dans les thérapies de groupe, j'ai rencontré des personnes qui avaient osé boire en même temps qu'elles prenaient du disulfirame, et c'est ainsi que j'ai pu entendre de première main ce à quoi ressemblait quelqu'un qui se retrouve aux urgences à cause d'une bière ou de la moitié d'une bouteille de vin avec les symptômes extrêmement douloureux d'un empoisonnement grave, qui, dans le pire des cas, pouvait être mortel. Le dilemme « boire ou ne pas boire » de cette manière, grâce au disulfirame, se transformait en un autre dilemme « boire ou vivre ». Qui aurait pensé que j'allais mener si loin ce vice autrefois complètement bénin et insignifiant.

J'ai mis fin à mon congé maladie et j'ai repris le travail. Même si je les percevais comme une corvée insupportable, je travaillais très dur sur mes cours ainsi que leur mise en œuvre, même leur succès ne dépendait pas seulement de ma bonne volonté, mais aussi de l'atmosphère spécifique qui n'était pas la même dans chaque classe. Parfois, vous entrez dans un marais et vous vous enfoncez dans ces sables mouvants, et parfois vous vous asseyez à table et déjeunez avec les dieux. Pour une raison quelconque, cette année scolaire, j'ai décidé de consacrer plus de temps au christianisme, que mes collègues survolaient d'habitude, sans prendre le temps de s'intéresser aux Évangiles, sans mentionner Saint Paul, agissant comme si la scolastique, avec ses preuves exsangues de l'existence de Dieu, était le seul fruit significatif de toute la spiritualité médiévale. En gros, comme si rien de significatif ne s'était passé entre Augustin et Thomas.

J'étais irrité par ce mépris pour le christianisme, et surtout le mépris pour la spiritualité byzantine orientale qui, par rapport à la scolastique occidentale, réalisait une synthèse incomparablement plus profonde de la pensée hellénistique et chrétienne. Ainsi, pendant plusieurs semaines, j'ai donné des cours sur Jésus et les apôtres, sur saint Paul, sur le conflit idéologique avec saint Pierre, sur la signification historique de ses épîtres et de ses voyages, sur le caractère des premières communautés chrétiennes, sur la manière dont les saint pères de Cappadoce au ive siècle de la nouvelle ère ont interprété la notion platonico-aristotélicienne d'*ousia* pour articuler l'enseignement théologique sur le Dieu trinitaire et unique, puis sur le fil ininterrompu de l'alphabétisation et de la littérature helléniques à Byzance après la chute de l'Empire romain occidental, sur Constantinople où Mihailo Psel a fondé la première université d'Europe, sur les hésychastes, les moines de l'Athos, grâce auxquels l'orthodoxie est restée en permanence à l'abri des élans de réforme, qui ont déchiré le corps de l'Église occidentale, ainsi que d'autres sujets sans lesquels on ne pourrait comprendre le contexte spirituel spécifique dans lequel nous, habitants de cette région, vivons.

Cependant, mes élèves baillaient et mouraient pour la plupart d'ennui. Après la splendeur des discussions athéniennes auxquelles ont pris part les esprits les plus doués de l'époque, nous nous sommes soudain retrouvés dans les villages autour de la mer de Galilée, où le fils du charpentier, en compagnie de ses élèves pêcheurs, promettait la béatitude au vulgaire par exemple – à ceux qui pleurent. Mes yeux étaient constamment humides ces jours-là et ma situation me faisait énormément souffrir. Mais pour mes auditeurs, cette problématique était répugnante même au sens physique, car je remarquais que les cours étaient de moins en moins fréquentés et que certains élèves présents arrivaient à peine à rester éveillés.

Je recevais des commentaires quant à l'atmosphère de mes cours, qui était digne de celle d'un cimetière, et des rumeurs ont commencé à circuler sur un groupe de diplômés ambitieux, membres du parlement étudiant, qui avait l'intention de lancer une pétition pour me remplacer. Personne n'avait un sens aussi aigu de la faiblesse humaine qu'un adolescent, personne n'était aussi cruel envers les faiblesses. Accablé par le doute, j'ai envisagé de prendre un congé sans solde et même de démissionner. Je me consolais en pensant au fragment énigmatique concernant Héraclite, auquel Hermann Diels avait attribué le numéro 92 : « la sibylle, de sa bouche en fureur, jette des paroles qui ne font pas rire, qui ne sont pas ornées et fardées, mais sa voix, grâce au dieu qui parle par elle, se prolonge pendant mille ans. » Et je suis désormais telle la sibylle. Ça va les chevilles, mec ?! Assez de cet amour-propre une bonne fois pour toutes. Reprends-toi. Regarde où ça t'a amené.

J'ai serré les dents et je suis allé au bout. En mars nous étions déjà sur le terrain de la renaissance florentine, la pression s'était relâchée, les yeux avaient recommencé à briller et, heureusement, plus personne ne parlait d'une quelconque pétition.

6

Kristina et moi avons convenu de ne plus rien nous cacher. Nous étions d'accord que la racine de tous nos malentendus résidait dans le manque de sincérité de notre relation. Nous n'avions jamais parlé de quoi que ce soit d'important auparavant et n'avons rien entrepris de significatif. Quant à la conversation, après tout ce qui s'est passé, nous nous sommes suffisamment ouverts l'un à l'autre.

J'ai avoué à Kristina que je n'avais jamais voulu d'enfants et que j'essayais d'en avoir juste pour faire plaisir à Nina. Mais je doutais également de la sincérité dont elle faisait preuve dans son souhait. Il me semblait qu'il y avait un temps pour tout dans la vie. On sait quand il faut étudier et quand il faut travailler. On sait quand il faut faire la fête et quand le temps est venu pour une longue relation. On sait également quand le temps est venu de passer d'une longue relation au mariage, et enfin, on sait qu'à la trentaine, une femme devrait accoucher pour la première fois. « Je veux avoir un enfant avec toi », c'est ce que Nina m'avait dit dans un élan d'extase, alors que nous grignotions des morceaux de parmesan, les arrosant avec un excellent vin local dans une taverne romaine à l'abri des regards non loin du Panthéon. Notre amour était encore naissant, plein d'agréables incertitudes et de cette inexplicable confiance en l'avenir. J'ai accueilli sa déclaration le sourire aux lèvres et j'y ai vu une sorte d'aveu, même si dans mon for intérieur je me demandais : Qu'est ce qui lui prenait de me dire ça, nous étions si bien ensemble et nous ne manquions de rien ? Ne se rendait-elle pas compte qu'un enfant nous éloignerait pour au moins quelques années ? Ne comprenait-elle pas que nous ne parlerons plus du Caravage et de Rilke, mais de la couleur du caca, des couches, des pommades, d'aspirateurs nasaux ? L'arrivée d'un enfant signifie la transformation irréversible d'une relation amoureuse en une relation amicale, et ce uniquement si les époux ont de la chance et ne se font pas la gueule pour chaque détail ou dès que l'un en fait plus que l'autre. Demandez à Knausgaard si vous ne me croyez pas. J'étais bête et égocentrique, je croyais que les gens voulaient des enfants de la même manière qu'ils veulent tous les autres symboles de statut social : un plus grand appartement, une meilleure voiture, un nouvel iPhone, un premier enfant, puis, bien sûr, un second, et enfin un gentil petit Jack Russell, dans le seul but de compléter ce tableau idyllique de Noël. En observant d'autres couples, j'ai remarqué que c'était une manière de s'imposer face à la société et de faire taire une bonne fois pour toutes, grands-parents, oncles et tantes. Mais pourquoi est-ce que je jouais à l'intelligent ? C'est le grand terrain qu'on foule sans réfléchir, car c'est *seulement* sur ce terrain que peut s'acquérir une forme de bonheur, peu importe le vide qui s'y trouve. J'ai toujours secrètement envié les gens qui ont su placer leur existence dans ces tableaux anonymes et de trouver le bonheur entre leurs frontières. Mais je ne faisais pas que les envier, je les méprisais aussi. « Le malheur a été mon dieu », pouvait-on lire chez Rimbaud, me semble-t-il. Kristina m'a soutenu et m'a immédiatement informé qu'elle s'était promis, bien avant notre rencontre, qu'elle n'aurait jamais d'enfants parce qu'elle ne voulait pas donner la vie à des êtres qui ne connaîtraient que la douleur du monde. Cela m'avait encouragé à présenter jusqu'au bout mes opinions anti-natalistes de jeunesse, dont j'avais d'ailleurs assez honte maintenant. Je n'ai pas trouvé de réponse suffisamment rationnelle et convaincante à la question suivante : pourquoi me reproduirais-je ? La seule chose que mon enfant pourrait hériter de moi est ma souffrance. La gradation de la douleur pouvait être bien démontrée sur l'exemple d'une vie humaine. L'enfance est souffrance, la jeunesse l'est encore plus, l'âge adulte, avec sa conscience de ses propres limites, ouvre un tout nouvel univers de douleur, pour que prenne enfin place la vieillesse, l'âge de la souffrance pure et de l'impuissance dévastatrice. Grâce à des délires persistants, nous oublions parfois toute cette souffrance. Jeunes, nous espérons qu'elle passera un jour, vieux et dans le déni, nous pensons que notre vie était meilleure avant. Au cours de mes études, j'ai nourri une foi ardente que la connaissance serait le bien salvateur qui m'apporterait la libération finale. Cependant, la connaissance n'a non seulement pas réparé ma nature pervertie, mais n'a fait que compliquer davantage ma vie, car à cause d'elles, j'ai pris conscience du gouffre béant entre ma réalité quotidienne et les idéaux auxquels j'ai aspiré sans succès. L'opinion et la foi ont placé le seuil d'une vie digne trop haut pour la nature humaine. Du moins, bien trop haut pour ma nature. Toutes ces écoles de pensée et de vie, toutes ces histoires d'ascètes et de sages, ne m'ont pas perfectionné pour le moins du monde, mais ont seulement contribué à ce que mon propre néant plane constamment sous mes yeux. Il m'a été donné de voir ce qui est sublime, mais pas d'atteindre ce même sublime dont je ne pouvais toujours pas me débarrasser, car je le voyais de manière plus claire que les choses qui m'entourent. Et c'est justement parce que j'étais guidé par le sublime, que je ne pouvais tout simplement pas tomber ou trébucher, je ne pouvais que plonger droit dans l'abîme. Toujours plus profondément. Bien trop ancré dans cet abîme pour me refaire une virginité. Bien trop sournois pour être contrit. Bien trop lâche pour éprouver un repentir sincère.

7

Je ne pouvais pas m'en empêcher, j'avais ressenti le besoin de parler à Kristina de l'époque à laquelle je traînais avec Viktor et Rastko. Tous les trois nous nous jetions la tête la première sur le bonheur humain sous toutes ses formes conventionnelles, et il est sûr que la fin de notre amitié n'avait pas pu faire en sorte que chacun de nous, du jour au lendemain, change d'avis et embrasse les valeurs qui nous répugnaient auparavant. En réalité, seul Viktor ne s'était pas mis à faire semblant ; seul lui avait essayé de continuer à vivre conformément à la conviction que la vie en tant que telle était sans valeur et dénuée de sens et qu'il ne fallait pas être prudent avec elle, à l'image de tout bon commerçant avec un capital, qu'il fallait sauver et investir rationnellement, mais plutôt le dépenser, le dilapider, le consumer dans l'ivresse et la débauche, tant que le corps en est capable et tant que vos proches ne perdent patience et décident de vous faire interner. Rastko a été le premier à lâcher. Ses parents arrivaient à peine à joindre les deux bouts, ils avaient été obligés de vendre une partie de leurs terres et d'emprunter une somme d'argent considérable, afin que Rastko puisse couvrir ses loyers impayés ainsi que les frais de scolarité croissants à l'université, où il a, soit dit en passant, passé plus d'années à prolonger ses études plutôt qu'à étudier. Lorsqu'il avait des périodes de crise, Viktor clamait qu'il avait picolé et sniffé suffisamment pour un appartement d'une bonne cinquantaine de mètres carrés dans un quartier attrayant de la ville. Mais le plus désagréable était les appels matinaux de la mère de Viktor, qui arrivaient toujours au moment où je pensais que la gueule de bois et les remords allaient me rendre fous. Avant de répondre, Viktor toussait bruyamment et prononçaient quelques mots sans rapport afin de préparer sa voix pour une nouvelle série de mensonges. « Bonjour, maman, non, je ne peux pas parler maintenant, je t'appelle plus tard, je suis à la bibliothèque… »

J'avais réussi à convaincre mes parents qu'il n'était pas naturel que leurs enfants vivent sous le même toit qu'eux après leurs vingt-et-un ans, soutenant mes prétentions infâmes avec l'exemple de mon frère aîné, qui avait déménagé à cet âge pour vivre avec sa petite amie avec laquelle il sortait depuis le lycée et avec laquelle il fonderait plus tard une famille. C'était très cynique de ma part, car Igor, en plus d'avoir passé haut la main ses examens de médecine, occupait divers emplois à temps partiel, de la réparation d'ordinateurs à la traduction, ce qui avait considérablement facilité la situation financière des parents. Et contrairement à Igor, qui aspirait vraiment à devenir indépendant sur le plan financier le plus tôt possible, moi je n'aspirais qu'à obtenir un espace dans lequel je pourrais m'abandonner aux vices sans entrave. Louer un appartement était trop cher. J'ai proposé à Viktor de vivre avec lui, et en retour, nous partagerions les frais. Cela va de soi, nous picolions énormément pendant cette période. Après six mois de vie commune, Viktor a fait sa première crise d'épilepsie. Elle est apparue sans prévenir, en plein jour. Nous nous étions parlé vingt minutes plus tôt, je l'avais appelé pour lui dire de me préparer un café, lui m'avait demandé de lui acheter des cigarettes. J'étais confus en voyant qu'il n'ouvrait pas la porte. Je ne pouvais pas ouvrir car sa clé était dans la serrure. Je n'arrêtais pas de sonner et frapper, un peu confus, car on entendait de la musique à l'intérieur – je ne l'oublierai jamais, la chanson « Loneliness » des Tuxedomoon, que nous écoutions souvent à cette époque. J'ai tout de suite pensé qu'il s'était pendu. Pourtant, il avait l'air parfaitement normal il y a tout juste vingt minutes, pourquoi m'aurait-il demandé de lui prendre ses foutus clopes s'il a décidé d'en finir ? Ça n'avait aucun sens, même si beaucoup de choses dans la vie de Viktor étaient dépourvues de sens.

Il a finalement ouvert la porte. Je ne pouvais comparer à rien l'horreur qui m'a submergé au moment où je l'ai vu. Viktor était couvert de sang, juste au-dessus de l'œil il avait une large entaille sous laquelle apparaissant l'os. Je n'avais jamais vu un os humain dans ce contexte. Il brillait comme du pudding. J'avais ressenti un mélange de peur et de dégoût.

— Putain ! Viktor ! Qu'est-ce qu'il s'est passé ?! Qui t'a fait ça ?!

— Qu'est-ce qu'il t'arrive ?

— Comment ça qu'est-ce qu'il m'arrive ?! Regarde-toi, putain de merde !

Le regard de Viktor était vide et inexpressif, il n'était pas du tout conscient de ce qui se passait et ça m'avait encore plus perturbé. La première chose qui m'est venue à l'esprit est qu'un ex ou le petit-ami d'une de nos invitées s'était pointé avec son équipe à la porte pour venger son orgueil souillé. Parfois, j'étais convaincu que ce n'était qu'une question de jours avant que cela n'arrive vraiment.

— Qui t'a fait ça ?! Réponds, vite ! Ils sont peut-être pas loin ! Pourquoi tu réponds pas et c'est quoi ces yeux de merlan frit ? Dis quelque chose, merde !

Je suis entré dans l'appartement et j'ai vu une mare de sang sur le sol, près du radiateur. Il est tombé et sa tête a heurté le radiateur. À quelques millimètres près, il perdait son œil. Mais pourquoi était-il tombé ? Viktor était perdu et il n'était pas en mesure de me raconter ce qui lui était arrivé. Il s'est assis sur le canapé, il était anormalement calme, il avait quelque peu divagué, comme s'il était en plein rêve. Son jean était trempé. Il s'était pissé dessus ! J'ai d'abord appelé Rastko qui est arrivé en moins de dix minutes, à peu près au même moment que les urgences. Nous avons passé toute la journée avec Viktor à l'hôpital, où il a d'abord été recousu, puis soumis à des examens. À l'aide d'un EGG, il a été déterminé que Viktor avait été victime d'un grand mal, sa première crise d'épilepsie. « C'est le signe que nous sommes allés trop loin, constatait Rastko en panique, on ne peut plus continuer comme ça, des éclats d'obus ont commencé à tomber dans notre fossé. » Rastko avait, bien sûr, tout à fait raison. La crise de Viktor devait être vue comme un avertissement. Mais non seulement nous n'avons pas arrêté, mais nous nous sommes jetés dans l'ivresse et dans des aventures encore plus féroces qu'auparavant.

L'état d'urgence dû à la chute de Viktor avait duré trois jours. Des proches venaient lui rendre visite, lui apportaient des médicaments, des fruits et de la nourriture faite maison. Rastko était très perturbé, en particulier au moment où il s'est rendu compte que Viktor, lui, ne l'était pas. Il lui avait acheté un distributeur à médicaments en plastique, dont les cases à gauche indiquaient le soleil au matin et à midi, tout comme le lever de la lune, ce qui devait signaler l'heure de la journée à laquelle il fallait prendre les médicaments appropriés. Rastko s'occupait très dur de Viktor à cette époque : il faisait les courses, mettait la table, l'obligeait à manger trois fois par jour, ce que ce dernier ne faisait jamais, il faisait la vaisselle dans la baignoire (nous n'avions pas de lavabo), passait l'aspirateur et essuyait les sols, lançait les lessives puis les étendait, et passait son temps libre à étudier l'épilepsie, et avait lu les expériences des personnes qui en souffraient. Il en était arrivé à la conclusion que le patient devait mener une vie saine, prendre régulièrement ses médicaments, dormir la nuit, éviter les efforts intellectuels ; les beuveries et la drogue étaient à exclure, car elles pouvaient directement provoquer une nouvelle crise. Le troisième jour, il avait même réussi à emmener Viktor à Ada, tôt le matin. Dans ce nouveau mode de vie, je me sentais à nouveau comme la troisième roue du carrosse, un élément étranger. Rastko avait de nouveau tenté de privatiser Viktor à mes dépens. Mais l'allié le plus puissant était de mon côté : la docilité de Viktor ainsi que son manque inné de volonté.

Je me souviens très bien de ce mercredi de juillet – je ne l'oublierai jamais. Viktor et Rastko sont rentrés affamés comme des loups après avoir passé toute la journée sur la plage d'Ada. Rastko s'est pressé pour réchauffer les choux farcis et couper les tomates, les concombres et les oignons pour la salade, tandis que Viktor essayait de trouver une version de qualité du film *The Hours*, qui, parmi nous, n'avait laissé aucune impression sur Viktor, alors que Rastko et moi l'avions regardé ensemble et séparément à plusieurs reprises. Et nous étions toujours sous le charme de ce film, à la fois par la profondeur et la nuance des personnages et de leurs relations délicates, mais aussi par la musique envoûtante du film, composée par Philip Glass. Cunningham, Daldry et Glass. Quel heureux choc d'individus doués appartenant à différents domaines artistiques ! Aucune chance pour moi de verser une larme au moment où Ed Harris prononce la phrase : « *I don't think I can make it to the party, Clarissa.* »

Alors que Viktor et Rastko étaient sur la plage d'Ada, j'étais chez mes parents pour le déjeuner. Jadranka avait fait en sorte de m'accueillir avec des chemises lavées et repassées, et moi d'apporter un sac à dos suffisamment spacieux pour à nouveau voler de quelques bouteilles. Grâce aux chemises que j'ai mises entre deux quilles de Russky standard, aucun tintement ne s'est échappé du sac lorsque j'ai quitté la maison. J'avais réussi ce coup crapuleux à plusieurs reprises.

En voyant que j'avais ramené deux litres de vodka dans l'appartement, Rastko était à deux doigts de me jeter de la vaisselle dessus. Plutôt que de bien manger et enfin regarder tous les trois notre film préféré, j'étais venu gâcher la soirée ; et encore, si ce n'était que ça, j'étais si cruel et égoïste que j'étais prêt à détruire la santé déjà altérée de mon meilleur ami, qui commençait tout juste à se remettre. « Oh oh ! Tu as apporté le plat de résistance ! », acclamait Viktor, alors que Rastko était devenu fou, nous envoyant tous les deux nous faire foutre. Très remonté, il s'est précipité hors de l'appartement, claquant la porte derrière lui.

Vers une heure et demie du matin, nous avons sonné à l'interphone de Rastko. On venait juste de siffler une bouteille et demie de vodka. « Madame Dalloway », criai-je alors que nous montions les escaliers. Viktor ricanait. Des insultes parvenaient clairement du cinquième étage, je ne me rappelle pas ce que Rastko nous répétait, mais je n'oublierai jamais son visage stupéfait en nous voyant devant son appartement. Je ne crois pas qu'il l'oubliera non plus. Viktor et moi étions complètement nus, de la tête aux pieds. À part le slip que nous portions sur la tête en guise de chapeau (celui de Viktor était blanc, le mien rouge), et les clés que Viktor tenait dans la main – nous n'avions rien d'autre, même pas de cigarettes. Toutes nos affaires étaient restées à l'appartement, à un moment donné, nous avons eu la sacrée bonne idée de rendre visite à « Madame Dalloway » complètement nus, pensant, je suppose, lui remontrer le moral. Mais Rastko nous avait claqué la porte au nez avec colère et ne n'a pas voulu nous laisser entrer. À ce moment-là, notre plan idiot a pris un nouveau sens que je qualifierais d'émancipateur. Puisque nous étions dans la rue Nušić, à cinq minutes de la place de la République, j'ai suggéré de démontrer notre liberation de l'asservissement par les conventions humaines avec un défilé triomphal à travers le centre-ville. C'est ce que nous avions fait.

Sur la place, près du monument dédié au prince Michel, un groupe de gothiques enthousiastes nous a donné des cigarettes. À cette heure de la nuit, ce sont surtout des jeunes qui traînaient dans le centre, il y avait aussi beaucoup d'étrangers. Certains nous ont applaudis. Mais la plupart nous ignoraient. Deux Polonaises ont pris des photos de nous dans la rue du prince Michel. Heureusement que tout cela avait eu lieu à une époque où les smartphones n'existaient pas et où les réseaux sociaux n'en étaient qu'à leurs balbutiements. Il y avait aussi des curieux qui nous demandaient s'il était question d'un pari ou d'une performance artistique. On racontait bien sûr de la merde, incitant toutes les personnes qui s'adresseraient à nous à faire la même chose – se mettre nu et se joindre à nous, car ainsi elles se sentiraient libérées du joug de l'opinion publique déformée sur ce qui est approprié et décent. Il fallait suivre la nature, ne pas obéir à des coutumes humaines artificielles, etc. Mon Dieu, quelles conneries ! Une bagarre avait éclaté devant la boite de la rue Rajić au moment où nous passions. Les garçons, à peu près de notre âge, se frappaient férocement alors que nous passions tranquillement entre eux. Personne ne nous a regardé de travers. « Ce ne sont pas nos histoires », avait calmement commenté Viktor. « Eh ouais, ai-je répondu, nous n'avons d'histoires avec plus personne, les histoires ne touchent que les gens trompés par leurs faux jugements, nous, nous ne sommes plus des gens, mais des êtres divins, si ce n'est angéliques. » Nous avons donc poursuivi vers le monument du Vainqueur situé dans la forteresse de Belgrade, sans aucune hâte et sans la moindre crainte. Comment se fait-il qu'il ne nous soit jamais venu à l'esprit que nous puissions croiser une connaissance ? Heureusement, cela ne s'était pas produit.

Sur le chemin du retour, près de la vitrine de Belgrade, nous avons croisé un groupe de touristes australiennes, qui étaient visiblement impressionnées par notre exploit, tout comme par nos attributs. Alors qu'elles s'apprêtaient à accepter de venir prendre le thé chez nous, un véhicule de patrouille de police est soudainement apparu devant nous, comme sorti de nulle part. Avant même que l'un des policiers n'ait eu le temps de dire quoi que ce soit, j'avais déjà commencé à le persuader d'enlever sa cravate, d'ôter le poids du rôle social qui lui était imposé et de nous suivre sur le chemin de la nature. « Jeune homme, laisse-moi t'expliquer brièvement la procédure : les gens comme vous, en règle générale, on les emmène à la clinique Laza », a-t-il gentiment répondu. Heureusement, les policiers étaient d'une tolérance déconcertante et ne nous ont pas harcelé à cause de notre nudité ou parce que nous n'avions pas nos papiers sur nous. Comme ils croyaient que nous vivions dans le coin (qui était assez fous pour partir nu depuis le quartier de Kaludjerica ?), ils nous ont dit de remettre nos pantalons sur le champ et de rentrer fissa chez nous, car s'ils tombaient à nouveau sur nous – ils nous traiteraient conformément à la loi. C'est ainsi qu'ils ont foutu en l'air notre thé avec les Australiennes, mais au moins, nous ne nous sommes pas réveillés à la clinique Laza ce matin-là. Je crois aujourd'hui que nous sommes rentrés chez nous sains et saufs en cette nuit de juillet parce que tout avait eu lieu au milieu des années 2000. J'ose à peine imaginer comment quelqu'un qui essaierait de faire quelque chose de similaire au cours de cette décennie sans pitié s'en tirerait.

8

Quelques mois après la première crise d'épilepsie de Viktor, les choses ont commencé à changer de manière significative. Rastko s'éloignait de plus en plus, tandis que Viktor avait commencé à fréquenter Marta, dont il avait été le point faible depuis la première année de fac. Je ne pensais pas qu'une telle chose soit possible, mais c'est arrivé : Viktor est tombé amoureux. L'amour s'est propagé sous sa forme monogame possessive et, bien sûr, je n'avais plus rien à faire là. Je n'osais pas faire de remarques sur le compte de Marta, car non seulement elle ne les méritait pas, elle était infiniment attachée à Viktor, luttant pour sa volonté instable, pour sa santé altérée, pour ses vagues projets d'avenir ; j'ai accepté cette nouvelle situation car je savais que les amitiés se brisaient inévitablement lorsque les amis essayaient de se mettre au-dessus des filles. Marta a essayé de toutes ses forces de faire sortir Viktor de son enfer privé, et une telle chose n'était possible que si Viktor s'éloignait de moi, la source constante de problèmes. Il n'y avait pas de querelles ou de conflits ouverts. Après une beuverie, alors que j'étais particulièrement difficile et caustique, Viktor m'a fermement annoncé que je devais quitter son appartement, car il souhaitait vivre avec Marta. Je suis retourné chez mes parents comme un pauvre con, sans argent, sans amis, avec un tas d'examens ratés, que je ne voulais pas préparer car rien à part l'ivresse et la débauche ne m'intéressait. Je faisais semblant d'être heureux pour Viktor, car il était tombé amoureux, je faisais semblant d'être heureux pour Rastko, car il s'était rangé. Mais dans mon for intérieur, j'étais indigné et abandonné.

J'ai appris au bout d'un an, que Viktor avait rompu avec Marta et qu'il avait commencé à travailler au Bar V dans le boulevard de Stefan le despote. Une occasion pour que je revienne dans sa vie. Un soir, j'ai proposé à Mila et ses amies que nous nous retrouvions dans ce bar pour savourer des cocktails. J'ai enchaîné les Long island et embrassé Mila sur le podium, démontrant ma liberté sans entrave devant Viktor, qui était visiblement au bord de la dépression nerveuse à cause de la fatigue et de l'insomnie. Il avait proposé lui-même que nous allions le voir à la fin de son service, ce que j'espérais entendre. Son appartement avait l'air différent, plus en ordre. Marta avait acheté diverses choses, comme une machine à café à filtre, des couvertures et des oreillers indiens colorés, un Lazy bag dans lequel je me suis immédiatement affalé, beaucoup de vaisselle avec des motifs géométriques délicats, des peintures encadrées, etc. Viktor ne s'était vraisemblablement pas remis de sa rupture, alors j'ai préféré ne pas lui poser de questions sur le sujet, son seul commentaire fut : « C'est mieux pour elle, croyez-moi. » Parmi toutes les amies de Mila, c'est Nina qui me plaisait le plus, mais c'est Viktor qui lui plaisait à elle. Peu importe ma jovialité et mon éloquence, j'étais tout simplement repoussant pour Nina. Elle a dit qu'elle n'avait jamais rencontré un homme aussi arrogant que moi. Eh puis zut, rien à faire, Mila était toujours là pour mes frasques. De toute façon, elle ne se remettra jamais de ces trois mois où nous étions quasiment tous les trois en couple. Pour Viktor et moi, ce n'était qu'un de ces souvenirs que nous voyions comme un trophée remporté par des efforts communs, alors que pour Mila, il s'agissait d'un événement qui avait changé sa vie et qui l'avait rendue incapable d'avoir des relations normales avec les hommes. Viktor était triste ce soir-là et il était bien plus intéressé par son herbe que par le sexe. Alors qu'il raccompagnait Nina à son bus de nuit, Mila et moi étions déjà nus dans son lit. À son retour, c'est à peine s'il ne s'était pas écrié : « Dégagez de mon plumard, vous me rendez dingue ! » Mais il s'est retenu, non sans effort.

Il est resté raide comme une statue de marbre pendant une minute ou deux, près du lit. Je lui ai soigneusement déboutonné la chemise et Mila a commencé à lui embrasser lentement la poitrine et le cou. Il s'est vite détendu et nous avons passé un bon moment. Mais pas aussi bon qu'autrefois.

Le lendemain, seule Mila était de bonne humeur, comme à son habitude, elle causait à toute vitesse, pendant que Viktor et moi échangions des regards amers. Ça ne pouvait plus continuer comme ça. Nous avions perdu tout enthousiasme et attrait pour ce qu'on faisait, et on se forçait. Dès le matin, Nina avait envoyé des messages à Viktor, elle était enflammée et lui, indifférent. « Je ne peux rien donner à personne », disait-il. Malgré cela, Nina venait sans arrêt au Bar V, lui tenait compagnie au comptoir, attendait la fin de son service. Toute cette situation avait fini par fatiguer Viktor et à être perçue comme une charge, alors un soir il s'est adressé à elle de manière assez brutale, lui disant qu'il n'était « qu'une pure invention dans sa tête », qu'elle devait rentrer chez elle et ne plus le déranger. Ça avait réveillé la rancune caractéristique de Nina, qui s'est mise à boire et à se jeter sur tous les hommes qui avaient l'air décent. Quand un ami ivre du propriétaire du bar, un vieux pervers qui lui avait auparavant demandé de le suivre dehors pour qu'il lui montre sa voiture et des conneries du genre, est descendu aux toilettes après elle, je les ai suivis. Ce gars répugnait Nina, elle le repoussait dans les toilettes des femmes, alors qu'il se montrait insistant et lui rentrait dedans. Je me suis approché de cette crapule et lui ai calmement fait savoir que ce n'était pas une façon de se comporter avec une dame et que, s'il n'arrêtait pas sur le champ, je serais obligé de le provoquer en duel à l'aube. J'ai mentionné des armes à feu, des témoins, une barrière et une distance de dix pas. À la russe. L'un de nous ne rentrera certainement pas chez lui vivant. Le gars s'est mis à rire, a dit qu'il n'avait jamais rien entendu d'aussi drôle, s'est retourné et s'en est allé. Bien sûr que c'était du bluff et que je n'étais pas prêt à aller me faire recoudre la tête, mais j'avais enfin réussi à faire bonne impression auprès de Nina. Elle a pleuré, avant de me prendre dans ses bras. Je l'ai raccompagnée chez elle et lui ai demandé de m'écrire à son réveil pour que je sache qu'elle va bien. Tout changeait, il était grand temps pour moi de suivre cette vague.

9

C'est ainsi que je me relevais puis chutais, me relevais à nouveau et chutais encore, je répétais les mêmes erreurs, je tournais en rond, il m'arrivait de retourner à des endroits que je pensais à tort avoir quitté une fois pour toutes. Il fallait s'accrocher à une nouvelle illusion, grâce à laquelle la vie redeviendrait possible. Au moins pour un moment. Je ne suis plus jeune, j'ai vécu beaucoup de choses, mais je me battais toujours corps et âme contre mes pulsions qui ne fléchissaient pas, tout comme j'étais encore en proie à des exaltations qui, avec le temps, perdaient leur intensité ainsi que leur force de persuasion. Je n'en pouvais plus de souffrir. Les passions m'avaient épuisé. J'avais l'impression de vivre depuis plus de trente mille ans.

Après avoir quitté la clinique de la rue Dreiser, en plus de mes habitudes et de mon style de vie, j'ai changé de numéro de téléphone. Le message le plus anodin de Goran, Mila ou d'une autre personne avec laquelle j'ai partouzé pourrait me titiller, m'irriter ou tout simplement me perturber. Je suivais régulièrement ma thérapie et après une longue pause, j'ai repris l'entraînement et me suis remis à courir sur des terrains ouverts. Je m'étais également remis à la lecture. Je me suis lancé dans les évangiles et les écrits des Saints Pères. Le ton pastoral et didactique spécifique de ces derniers m'avait vite épuisé, alors je me suis limité au Nouveau Testament, dans lequel j'ai toujours réussi à dénicher quelque chose qui allait me réconforter, même pour une courte durée. En vrai paranoïaque, je m'étais rentré dans la tête que j'étais personnellement concerné par le passage dans l'histoire du Christ sur le semeur dont la graine (la Parole) tombe sur « les roches ». Je suis de ceux qui écoutent la parole et l'embrassent aussitôt avec joie, mais comme ma personnalité ne puise pas ses racines en moi et que je suis de ce fait instable, les premiers coups durs de la vie ou la maladie suffisaient à m'offusquer et à me faire oublier la Parole, le Semeur ainsi que ma propre personne.

Mon humeur fluctuait de façon vertigineuse, d'heure en heure. La fin de l'année scolaire approchait à grands pas, je m'imaginais déjà louer une petite maison sur cette péninsule tranquille et parfumée qu'est la Sithonie, couverte par des forêts de pins ; une maison dans laquelle Kristina et moi passerions toutes les vacances scolaires ensemble. Mes parents pourraient nous rendre visite là-bas, ainsi que mon frère et sa famille, la grand-mère de Kristina, Radmila, mais aussi les amies de Kristina, si elles décident de passer l'été avec leurs parents dans cette partie de la Grèce. L'idée était certes belle et attrayante, mais difficilement réalisable, principalement pour des raisons financières. J'étais assez fou pour contracter un autre prêt, même si le dernier m'avait littéralement enterré. Mais j'avais l'habitude de ne jamais rien résoudre à l'avance dans ma vie, je m'attirais d'abord des problèmes, et ce n'est qu'ensuite que j'en ôtais la mouise et que je manœuvrais. Même si je ne savais pas encore si nous allions voyager ou pas, j'avais décidé qu'il était certainement préférable de faire à Kristina son passeport.

En sortant de la préfecture de la rue Savska, où j'ai déposé une demande de passeport pour ma fille mineure, ma Ford a tout à coup refusé de démarrer. La batterie était probablement morte. J'ai immédiatement commencé à trembler alors que j'étais aux prises avec une terrible crise de colère, j'ai frappé le volant ainsi que le tableau de bord, puis j'ai quitté la voiture et assené des coups de pieds aux pneus. Pendant que je faisais ma gymnastique au beau milieu de la rue, Kristina m'a appelé pour me dire qu'elle avait eu suffisamment de points au test final pour aller dans le lycée qu'elle souhaitait, celui où j'enseignais. Je l'ai tout de suite pris pour un signe. J'ai appelé Nenad de ce pas, lui demandant de me trouver un acheteur pour ma voiture, le cas échéant en dessous du prix du marché. Une Ford fiesta de 2008 qui n'avait même pas cent cinquante mille kilomètres au compteur… Une voiture assez solide pour les conditions urbaines. C'est ainsi que j'ai vendu, sans raison, ma voiture à laquelle il ne manquait rien si ce n'est une nouvelle batterie, pour la modique somme de 1 700 euros. Le même jour, sans réfléchir, j'ai fait don de la totalité de cette somme à l'orphelinat de la rue Zvečanska.

Alors que j'attendais le bus pour rentrer, je regardais le ciel bleu d'été sans un seul nuage à l'horizon, mon regard s'était perdu dans l'azur, qui me rappelait mon enfance et mes premiers émerveillements, ma stupeur à la vue de ce mystérieux bleu sans fin et de son insondable présence. Ce fut la première fois que j'avais pris conscience de mon existence, de l'existence du monde, et qu'en cela résidait non seulement quelque chose d'indicible, mais aussi de parfaitement incompréhensible. Je me suis alors convaincu qu'à ce moment-là, en attendant le bus, j'ai entendu, ni plus ni moins, qu'une liturgie dans les cieux, ou une liturgie céleste, quelque chose comme ça. Plutôt que la douleur et la peur habituelles, qui me donnaient des sensations d'oppression dans la poitrine à longueur de journées, j'ai soudainement senti une sorte de grâce m'envahir, je baignais dans la lumière et la chaleur qui s'est déversée sur moi en même temps que les paroles de l'hymne de la chorale céleste. « Seigneur ayez pitié, Seigneur ayez pitié, Seigneur ayeeezzz pitiiiiééé… » J'étais fermement convaincu que ce jour-là j'avais enfin senti la main de Dieu dans mon âme et qu'après cela, plus rien ne serait plus pareil. La lumière du Tout-puissant est venue chasser les ténèbres une bonne fois pour toutes. Soudain, le sens de la résurrection m'est devenu clair : la vie dans le mensonge est la mort, tandis que la résurrection est le don d'une nouvelle vie dans la vérité. Le passé ne me dérangeait plus. Tout ce qui est un jour arrivé – devait arriver pour me conduire à cet instant. Je suis parti à pied pour rentrer chez moi. Je marchais sur les trottoirs comme sur des nuages.

J'ai appelé le docteur Vera Čegarević pour lui annoncer sur un ton triomphant que j'étais un homme nouveau, que j'étais mort au nom du péché et que je n'avais plus besoin de ses conseils tout comme de ses ordonnances. Vera n'avait jamais eu l'air aussi inquiète auparavant. Elle m'a supplié de ne rien faire par moi-même, de venir pour un rendez-vous urgent, de préférence le jour-même, que les conséquences de mon état hypomaniaque pouvaient être très dangereuses et que ma crise était typique de la structure cyclothymique d'une personnalité comme la mienne. Je lui ai raccroché au nez. Mais je n'étais pas fâché. Pourquoi le serais-je, contre cette femme perdue ? Elle aussi est spirituellement aveugle et malade, comme tout le monde, comme moi avant que je ne ressente la main de Dieu dans mon âme. Je lui pardonne comme je pardonne à tous ceux qui m'ont fait du mal, à partir d'aujourd'hui je serai indulgent avec les autres et strict seulement avec moi-même. Je suis un homme nouveau.

J'ai emmené Kristina déjeuner au restaurant Sokoj de la rue Mišarska. Kristina n'avait pas l'habitude de me voir si radieux et excité, alors elle était un peu tendue au début, mais plus tard, et je remercie notre Seigneur, elle s'est détendue. J'ai tout de suite demandé au serveur de nous amener du kajmak, du fromage, du jambon et du pain de maïs. « Voulez-vous boire quelque chose ? demanda le serveur. Nous avons un large choix de vins des meilleurs domaines viticoles du pays… » J'ai failli lui répondre : « Bien évidemment ! Apportez-nous une bouteille de Chardonnay Kova*čević* ! Pendant un court moment, Kristna m'a regardé avec étonnement, mais je me suis ressaisi et j'ai commandé du jus de pêche et une bouteille d'eau plate. Qu'est-ce qu'il vient de passer ? Impossible qu'après l'expérience que j'ai eue, j'ai à nouveau envie de boire. Je me suis juste emporté, c'est tout. J'étais confus sur le moment, mais il n'était pas nécessaire d'en faire tout un drame. C'est ainsi que je l'ai expliqué à Kristina, même si je n'étais pas encore sûr de ce qui m'arrivait et de cette étrange extase dont j'étais pris, quels étaient ces vents qui me soufflaient tout à coup dans la tête ? Ça devait venir de Dieu, me disais-je, je devais conserver à tout prix ce feu gracieux qui s'est allumé en moi. Je ne pouvais pas laisser une telle chose arriver.

Nous avons apprécié le rôti d'agneau avec des pommes de terre, accompagné d'une salade chopska. Pour finir, nous avons savouré des crêpes au miel et aux noix avec un café maison.

— Je n'arrive pas à croire que dans seulement deux mois j'irai au lycée où tu enseignes !, a dit Kristina après avoir mangé la dernière bouchée de sa crêpe. La pensée-même de ce que je pourrais entendre sur toi là-bas ne te fait pas peur ?

— J'en suis à me demander s'il reste un côté désagréable de ma personnalité que tu n'as pas encore eu l'occasion de rencontrer. Tu en sais déjà trop. Bien trop pour ton âge.

— Mais je veux tout savoir sur toi. Et je ne regrette pas du tout ce que j'ai déjà découvert. »

— Tout ce que tu dois savoir maintenant, c'est que je ne suis plus le même.

— Bien sûr que tu ne l'es plus. Tu vas beaucoup mieux depuis que tu cours, t'entraînes et lis tes livres.

— Ça n'a rien à voir. Je ne peux pas te l'expliquer par des mots. Mais je veux que tu saches que je me comporterai mieux avec toi à présent.

— Ça veut dire qu'on ira ensemble à la mer ?

Le visage de Kristina s'illumina.

— Absolument ! Peut-être pas pendant toutes les vacances, mais pendant deux semaines, c'est tout à fait faisable...

Kristina s'est penchée sur la table et m'a embrassé sur la joue.

— Mais je serai ton copilote en charge des panneaux, des cartes, des virages et du choix de la musique que nous écouterons dans la voiture. Si tu pensais qu'on allait écouter tes liturgies toute la route – tu t'es mis le doigt dans l'œil ! Combien de temps il nous faut jusqu'en Sithonie ? Sept, huit heures ?

— Un peu plus, on prend le bus.

— Le bus ?! Et pourquoi pas la voiture ?

— Parce que je n'ai plus de voitures à ce jour. Je l'ai vendue.

Kristina ne parlait pas, une ombre noire lui avait traversé le visage.

— Tu as vendu la voiture pour louer une maison sur la plage ?

— Non, Kristina, je l'ai vendue pour donner l'argent à des enfants pauvres et abandonnés. S'il te plaît, ne m'oblige pas à t'expliquer, accepte le fait que je devais le faire. –

Kristina me regardait avec inquiétude.

— Il y a encore quelque chose qui ne va pas, n'est-ce pas ?

— Qu'est-ce que tu veux dire ?

— Tu ne te comportes pas normalement. Tu as parlé à Vera ?

— Oui et je voulais t'en parler, je n'irai plus chez elle. Je n'ai plus besoin de ses conseils cyniques et de ses outils pour supprimer la voix de Dieu de mon âme.

— Maksim, ça recommence, tu ne vas pas bien !

— Kristina, tu parles comme Nina, ça ne te va vraiment pas, je ne sais pas en quoi je l'ai mérité, aujourd'hui en plus, quand tu vois à quel point j'étais sincèrement fier de ta réussite et… En fait, je dois te dire que je ne me suis jamais senti aussi bien.

J'ai passé ma paume sur mon visage, en regardant le morceau de ciel bleu, qui pointait le bout de son nez entre un parasol blanc et des cimes vertes. J'étais furieux et je me sentais enfermé. Je ne sais pas comment nous en étions arrivés là. Nous sommes rentrés à la maison en silence, en faisant la première partie du chemin à pied et la deuxième en trolleybus. Le soir, je me suis calmé et j'ai commencé à désespérer. Pourquoi avais-je vendu la voiture, merde ? Si j'avais au moins investi cet argent pour offrir à Kristina de belles vacances riches en événements ! Si je ne m'abuse, j'étais à deux doigts de commander une bouteille de vin au restaurant ? J'ai posé la main sur mon front. Il était brûlant.

10

Les jours qui ont suivi, j'ai encore entendu à quelques reprises cette liturgie céleste, puis de nouveau une grâce inexprimable s'est installé dans ma poitrine, d'où elle s'est répandue dans d'autres parties de mon corps, avant de s'apaiser, et avec elle le sentiment de béatitude intérieure disparaissait, immédiatement remplacée par des crises de panique et de doute, suivies par des représentations extrêmement indécentes et obscènes du Christ, de la Vierge et des apôtres, qui planaient sans arrêt sous mes yeux. Je m'agenouillais, je priais, mes alors ces scènes dégoutantes assaillaient encore plus férocement mon esprit, et c'est comme ça que j'ai arrêté de m'agenouiller et de prier. Qu'est-ce qu'il m'arrivait ? Peut-être que Dieu ne rendait pas du tout visite à mon âme, peut-être que c'étaient les démons qui jouaient avec. Malgré cela, j'accomplissais toutes mes tâches quotidiennes comme si de rien n'était. Après tout, il valait mieux être un pauvre homme fonctionnel qu'un ivrogne défectueux. Après avoir effectué diverses tâches, principalement administratives, qui concernaient la gestion de la documentation pédagogique, j'ai assisté à une séance du conseil des enseignants, au cours de laquelle nous avons rudement débattu sur le choix de l'élève de l'année. Le choix le plus restreint portait sur deux étudiantes, l'une en option sciences de la nature et l'autre en sciences sociales. Les deux étaient à vingt de moyenne, elles avaient remporté des prix aux compétitions municipales et nationales, elles étaient engagées avec succès dans des activités extrascolaires (la première avait été décorée en patinage artistique et l'autre était la rédactrice en chef du journal de l'école) et toutes deux, comme les professeurs principaux aimaient à le dire, étaient « appréciées non seulement pour leurs succès, mais aussi pour leurs qualités humaines et amicales ». Très bien. Personne n'a été surpris lorsque le titre d'élève de l'année a été remporté par la patineuse, la fille des sciences de la nature, car non seulement les professeurs issus de ces matières étaient plus nombreux, mais le directeur, qui ce jour-là portait une cravate violette, favorisait ouvertement les naturalistes, estimant que les sciences sociales ne méritaient pas d'être considérées comme telles.

Lorsque le conseil a abordé l'autre point à l'ordre du jour, celui de l'introduction de nouvelles options pour les élèves de CP, le directeur s'est presque mis à siffler les enseignants, parlant d'un ton menaçant et prophétique sur le fait que « nous n'avions pas la moindre idée des intentions des générations à venir, que nous, enseignants, étions un peu comme des néandertaliens par rapport aux jeunes, car nous avions acquis nos connaissances dépassées en fouillant dans les bibliothèques et en lisant des livres obsolètes, alors que pour les nouvelles générations, tout le savoir du monde était accessible en un seul clic ». Un confrère sociologue n'a pas pu résister, il a pris la parole et a posé une question : « Voilà, j'avoue mon retard et je suis prêt à changer, dites-moi juste où cliquer pour acquérir toutes les connaissances du monde ? » Des rires ont éclaté dans la salle, tandis que le directeur frappait avec colère la table à l'aide de sa cigarette électronique, exigeant le silence. Le malheureux sermon du directeur a provoqué la consternation générale et a longtemps fait l'objet de moqueries auprès d'une bonne partie du collectif.

Plus tard dans la journée, j'ai fait un tour à la banque, décidé à n'accepter aucune offre, aussi tentante soit-elle, mais juste payer mes factures du mois. Cependant, la conseillère était non seulement belle, mais elle avait également une voix d'une douceur déconcertante, presque maternelle, et elle a très vite fait remarquer, habilement je dirais, que j'étais leur client VIP. « Vous essayez de m'amadouer, lui ai-je dit, impossible que l'état de notre économie soit malheureux à tel point qu'un éducateur ait le statut de client VIP dans une banque. » « C'est très triste, en effet », a-t-elle répondu avec un léger spasme sur les lèvres pendant qu'elle rentrait mes informations personnelles sur son ordinateur. Je n'avais aucune chance de me défendre contre la charmante conseillère, qui m'a convaincu que « seulement pour moi » et « seulement aujourd'hui » il y avait une « offre spéciale » (un prêt, qu'est-ce que ça aurait pu être d'autre ?) avec des taux d'intérêt particulièrement bas et la possibilité de payer en différé. Je n'avais même pas remboursé la moitié du prêt que j'avais contracté pendant que j'étais avec Nina, j'avais atteint le plafond de ma Mastercard, et grâce au nouveau prêt, non seulement j'allais régler toutes mes dettes à la banque, mais j'allais avoir 2 500 euros à ma disposition. La conseillère m'a remis un à un les documents, contenant tous des textes, des nombres et des pourcentages densément dactylographiés. Je n'ai même pas essayé de les lire, je les ai signés sans enthousiasme. Avec ce nouveau contrat, je m'étais lié à la banque et conformément à ce même contrat, je devais dire adieu à un quart de mon salaire chaque mois pendant les sept prochaines années. Comment dire « non » à une femme aussi belle et délicate ? Si vous êtes du genre à vouloir plaire aux gens, je vous déconseille de venir à la banque. Ne soyez pas technophobe comme moi, installez cette fichue application une bonne fois pour toutes.

Sur le chemin du retour, j'ai été pris d'une fatigue que je n'avais jamais ressenti auparavant, pas même dans ma jeunesse lorsque pendant l'été, je portais des sacs de ciment au troisième étage sans ascenseur. Je n'ai pas retiré mes chaussures, je ne me suis pas changé, je me suis assis dans le canapé avec les Sermons de St. Siméon dans ma main et c'est ainsi que je me suis endormi, en lisant quelques passages revigorant l'âme, sur Dieu en tant qu'Esprit, Lumière, Vigueur…

J'ai rêvé que je me trouvais dans l'ancien salon de mes parents, où l'on buvait habituellement du café, mangeait des gâteaux et commentait les infos sur les chaînes russes. Je ne me souviens pas pourquoi Oleg avait changé de chaîne. Une nouvelle téléréalité venait de commencer sur Pink. Au centre de l'immense studio onéreux et vivement éclairé se trouvaient trois grands lits parsemés de pétales de roses rouges. En plus de l'animateur Milan Kalinić, qui portait un costume gris brillant, Nina est apparue à la surprise générale avec son nouveau mec, un collègue de bureau, qui ne ressemblait pas au vrai. Pour être plus précis, il ressemblait à un jeune Arabe qui faisait la manche ce matin-là. Nina portait sa robe de cocktail noire sexy, qu'elle ne mettait que lors d'occasions festives, tandis que l'Arabe était petit, trapu, il portait des lunettes de hipster à monture épaisse et une épaisse barbe noire. Ses vêtements semblaient usés et miteux. L'animateur a annoncé d'un ton pompeux que dans quelques minutes à peine, les téléspectateurs pourraient regarder un acte sexuel en direct. Quoi ?! Le mec a retiré ses vêtements et ceux de Nina devant la caméra, l'a allongée dans le lit et a commencé à la satisfaire oralement, puis à la baiser. « Il est doué », avait fait remarquer Oleg en arrosant de café, comme si de rien n'était, une bouchée de gâteau à la framboise. C'est quoi cette merde ?! « Ouiii, c'est ça, donc, Nina vient de concevoir son enfant. C'est bien », avait commenté Jadranka comme si rien d'inhabituel ne venait d'avoir lieu. J'ai réalisé que je regardais en direct la conception de l'enfant de ma légitime épouse, même si c'était, bien sûr, impossible, mais les rêves n'avaient que faire du possible et de l'impossible. Puis deux autres couples sont entrés dans ce même studio, j'ai tout de suite reconnu les deux candidates pour le prix de l'élève de l'année. Chacune d'entre elles devait se faire prendre par un Arabe. Oleg avait déclaré avec satisfaction que la « situation démographique allait certainement se consolider ». « Qu'elles sont belles ! », disait Jadranka. Après que l'Arabe a éjaculé en Nina, ce que le public a salué par un tonnerre d'applaudissements, elle s'est rhabillée, est sortie du lit et s'est approchée de Milan Kalinić qui lui a tendu le micro. Nina a regardé droit dans la caméra et a déclaré : « Maksim, accepte-le, c'est fini. » Puis ils ont laissé le lit aux prochains candidats. C'est fini, je deviens fou.

Kristina me secouait pour me réveiller. J'étais paralysé – je ne pouvais bouger aucune partie de mon corps, pas même mes orteils. Pendant un instant, j'ai cru que je serais paralysé et dans l'incapacité de parler pour toujours. Kristina m'a apporté un verre d'eau et un comprimé de diazépam.

— Tu devrais aller chez ta mamie pendant quelques jours, lui ai-je suggéré.

— Ça veut dire qu'on ne va pas à la mer ?

— Non, non… J'ai juste besoin de quelques jours pour me remettre. Eh puis, tu n'as pas vu ta grand-mère depuis un moment, elle a appelé, tu lui manques…

— Pourquoi tu m'éloignes de toi ?

— On va à la mer à 100 %, ne t'inquiète pas, j'ai pris un crédit. On part à ton retour.

— D'accord, mais s'il te plaît : ne nous gâche pas cet été. Pas besoin d'aller en Grèce si tu n'en as pas envie. On peut ne rien faire. Le plus important, c'est que tu ailles bien.

— Kristina, tout va pour le mieux dans le meilleur des mondes. On va passer un merveilleux été.

Après le dîner, j'ai aidé Kristina à faire ses bagages et je l'ai accompagnée jusqu'à la gare. Dans le parc près de la faculté des sciences économiques, je fumais une cigarette et j'observais avec indignation un groupe de jeunes et séduisants Arabes. J'ai envoyé un sms à Ema, ma compagnonne d'armes de la clinique rue Dreiser :

Quoi de neuf ?

J'ai été viré de mon agence aujourd'hui. J'ai envisagé la possibilité de me jeter d'un pont.

Ce serait plus romantique si on sautait ensemble, en nous tenant par la main.

Elle m'a répondu par un smiley accompagné d'un cœur. Nous avons décidé de nous retrouver en ville dans quarante-cinq minutes.

11

On s'est retrouvés près de la Fontaine blanche dans la rue du Prince Michel, puis nous avons fait un tour au Kafe en faktorija, où nous avons pris deux lattés à emporter. Nous nous sommes longtemps promenés dans le centre et dans les faubourgs de la forteresse de Belgrade, puis, près de la tour Nebojša, nous nous sommes retrouvés sur la promenade le long de la Save. Une belle odeur d'humidité estivale et de spécialités des cuisines des restaurants sur la promenade planait. Nous nous sommes arrêtés pour regarder le coucher de soleil, accoudés à la balustrade. Ce fut la première pause significative de notre intense conversation, au cours de laquelle nous rebondissions avec vivacité sur ce que l'autre avait dit. Près du pont Branko, nous faisions des blagues à nos dépens et nous riions beaucoup, car nous avions remarqué que le désespoir initial de nos sms avait complètement disparu grâce à la promenade.

— On devrait faire ça plus souvent, lui ai-je dis.

— Quoi, pleurnicher comme deux grands-mères ?, a-t-elle répondu en riant.

— Je ne sais pas comment l'expliquer par des mots, mais quand je te parle, je n'ai pas l'impression de sortir des limites de ma personnalité, c'est comme si tu étais mon sous-locataire, et moi le tien.

— T'as trouvé la bonne personne pour partager ton toit.

— Non, mais sérieusement, je ne me souviens plus quand est-ce que j'ai ressenti un tel degré d'intimité avec quelqu'un.

— C'est parce que je suis aussi dérangée que toi.

— Probablement. Mais ce n'est qu'en ta compagnie que je ne le ressens pas comme un fardeau, mais carrément comme un privilège. C'est très tordu.

— Je comprends. Moi, après un café avec mes collègues, ex-collègues, pardon, il me faut une pause. Comment suivre toutes ces histoires de salaires, d'augmentations, de ventes, de beaux profs de fitness et de vacances d'été en Chalcidique ?

J'ai baissé les yeux.

— J'ai dit quelque chose qu'il ne fallait pas ?

— Non, non… C'est juste que je prévois d'emmener ma fille en Sithonie cet été. Et je rentre dans ce stéréotype stupide.

— Excuse-moi. Je n'ai vraiment rien contre les gens qui passent leurs étés en Grèce, mais tu comprends ce que je voulais dire…

— Je te comprends parfaitement. Parler à des gens qui n'ont pas de personnalité est aussi épuisant que de travailler dans une mine. Après avoir discuté avec certaines personnes, j'ai l'impression d'avoir été exposé à des radiations.

— Ça veut dire qu'avoir une personnalité est un privilège qui appartient exclusivement à des malades comme nous ?

— Ah ah ah… C'est ça.

Quand j'ai avoué à Ema que j'avais arrêté de prendre mes médicaments, y compris le disulfirame, à cause de l'extase religieuse que j'avais vécue, elle a immédiatement sorti une boite de son sac et m'a tendu un comprimé de disulfirame.

— Prends-le tout de suite. Sans émotions et sans réfléchir.

— Mais, pas besoin, je me suis transformé, le désir s'en est allé et…

— Peux-tu juste avaler ce comprimé, sans dire un mot ? Il ne peut rien enlever ou ajouter à tes expériences spirituelles, n'est-ce pas ?

Je n'ai pas répondu. J'ai avalé ce fichu comprimé après quelques instants d'hésitation. Nous avons poursuivi notre marche sans revenir sur cet incident.

Comme nous avons eu faim entre-temps, nous avons mangé chinois dans la rue Vasina. Pour finir, nous nous sommes fait plaisir avec une portion de crème glacée extravagante au fameux Mouton noir dans la rue du roi Pierre. Mes sentiments envers Ema étaient intimes, tendres, protecteurs, mais dépourvus de possessivité et d'habituels désirs compulsifs, qui m'obligeaient à me faire à tout prix toutes les femmes attirantes. Elle était bien trop intelligente, elle me voyait bien trop sous mon vrai jour, je la respectais trop pour m'en servir dans le seul but de vider mes testicules. Nous étions d'accord sur le fait que l'épisode de l'embrassade dans les toilettes de la clinique était une frasque inoffensive, caractéristique des premiers jours de rétablissement de quelqu'un d'aussi brisé, apitoyé sur son propre sort et suffisamment vulnérable pour tomber amoureux de la première personne sur laquelle il tombe, que ce soit un patient, un psychiatre, une voisine, peu importe, dans le seul but de ressentir quelque chose dans cette poitrine meurtrie.

Ema vivait avec ses parents à Novi Beograd, près du centre commercial Pyramide. Je l'ai raccompagnée chez elle. Nous nous sommes enlacés très fort devant la porte, et cela avait duré, quelques minutes. En attendant le bus, j'écoutais le ciel, mais rien n'en sortait. Les chérubins et les séraphins étaient au repos. Je me suis rappelé avoir vendu ma Ford et j'ai eu une envie de pleurer de douleur.

Comme je dormais à poings fermés l'après-midi, je n'avais aucune chance de me rendormir. J'étudiais alors obsessionnellement l'offre d'événements culturels dans la ville, pour voir ce que je pourrais proposer à Ema, dès demain. La saison des concerts à Kolarac était finie, cependant, nous pouvions nous lever plus tôt et venir écouter les jeunes interprètes non établis, qui se produisaient dans le cadre du cycle « Podium de la musique de chambre. » Le concert était prévu pour 11 heures. C'était bien trop tôt et ça ressemblait trop à mon style retraité coincé. Je voulais que ce soit quand même en soirée, et, si possible, que ce soit quelque chose d'assez urbain, le désir d'impressionner une personne du sexe opposé s'était à nouveau réveillé en moi. J'avais enfin trouvé ce que je cherchais sur le site Urbanbug. Ma vieille amie Ana Ćurčin se produisait le lendemain avec son groupe à la maison de la jeunesse. Je l'ai tout de suite appelée après un très long moment.

— Tu es encore ivre ?, m'a demandé Ana en riant, elle n'avait même pas dit « salut ».

— Tu ne devrais pas commencer par un : Salut, Maksim, comment ça va ? Comment vont les tiens ? » Et ne pas m'agresser instantanément ?!

— Ne joue pas la victime, m'a-t-elle répondu, tu sais que tu m'appelles que quand t'es bourré.

— Tu as peut-être raison. Je t'appelle que quand je suis bourré, mais toi tu ne m'appelles JAMAIS !

— Ah ah ah, tu n'as pas entièrement tort.

— Quoi qu'il en soit, je ne suis pas ivre en ce moment, j'aimerais assister à ton concert de demain. Il reste des billets dispos ?

— Pour toi, toujours. Combien il t'en faut ?

— Deux. Je viens avec une femme très spéciale.

— Ah ah ah, j'imagine que cette femme très spéciale n'est pas Nina. Quel petit voyou tu es, Maksim. Tu trouveras tes billets au guichet, ils seront à mon nom. Je suis contente que tu viennes.

J'ai remercié Ana, puis j'ai immédiatement envoyé un sms à Ema pour lui proposer de me rejoindre au concert de demain. Elle a accepté avec plaisir. Je ne savais pas comment réagir. Je n'étais plus habitué à ce genre d'excitation. Et si on finissait la soirée chez moi ? Même s'il était bientôt minuit, j'ai passé l'aspirateur dans tous les recoins de l'appartement, nettoyé la poussière des étagères, empilé le linge qui séchait sur la terrasse, fait la vaisselle, nettoyé la douche, récuré la cuvette et le sol de la salle de bains. Pour finir, j'ai sorti deux sacs plein d'ordures, de 60 litres chacun.

Avant le concert, nous avons pris un café dans un des bars de la rue Cetinjska. Ema s'était habillée de façon provocante. Un pantalon coupe trois-quarts moulant qui mettait en valeur ses jambes fines, au-dessus une tunique noire transparente sous laquelle apparaissait discrètement un soutien-gorge de la même couleur, et des converses noire et blanche aux pieds. Elle n'avait pas de gros seins, mais ils avaient une belle forme, ce qui avait plus d'importance. Elle portait des bijoux modernes conçus avec goût autour du cou et des mains. Je lui ai dit qu'elle aurait clairement pu se faire passer pour une de mes élèves. Après tout, elle n'était pas vieille – elle n'avait que 29 ans. Elle était juste un peu trop brisée pour son âge, lui ai-je dit à ce moment-là, dans la rue Cetinjska, ce à quoi elle a répondu par un gentil rire.

Ana Ćurčin était de bonne humeur et dès l'interprétation de la première chanson, « Alone », elle avait créé la chimie appropriée dans la salle, et le public s'est changé en un corps vivant qui bougeait selon l'humeur d'Ana. Elle interprétait des chansons de son premier album *Sketches of Belonging*, mais avant de jouer « Silence », elle a fait une courte pause et annoncé que ce soir, elle dédiait cette chanson à son ami Maksim Tumanov. Les gens ont applaudi – bien sûr, mais Ana, pas moi – et moi, j'avais l'impression de flotter dans les airs. Ema m'a serré dans ses bras et a posé sa tête sur mon épaule. J'étais abasourdi. Abasourdi et reconnaissant.

III

Des illusions et rien d'autre

« Comment inventer un remède à l'existence, comment conclure cette guérison sans fin ? Et comment se remettre de sa naissance ? »

Emil Cioran, *Précis de décomposition*

1

Ema et moi passions du temps ensemble tous les jours, sans exception. En réalité, on arrivait à peine à se séparer. À l'approche du coucher, submergé par une agitation agréable et une excitation jusque-là presque inconnue, je repoussais mon sommeil à plus tard pour pouvoir poursuivre mes rêveries. Je tournais dans mon lit, enlaçait mon oreiller dont je pliais les plumes, et pendant tout ce temps, le visage d'Ema planait sous mes yeux. Son sourire éclatant. Ses dents épaisses, blanches comme neige et impeccables d'un point de vue architecturale. Son regard enfantin et impassible. Ses pupilles à peine discernables à cause des anneaux brun foncé qui les entouraient ; j'ai longuement observé ses yeux, je pense n'en avoir jamais vu d'aussi sombres et impressionnants. Mais aucunement froids, éternellement humides, jamais sans éclat. Le visage d'Ema s'accordait aux mouvements de son âme, la rendant accessible, transparente. Grâce à cet attribut, elle n'a pas laissé de place aux doutes habituels : « À quoi pense-t-elle maintenant ? Qu'est-ce qui lui passe par la tête ? » ou « Qu'est-ce qu'elle pense vraiment de moi ? » Mon envie débridée de me confesser sans arrêt, révélant constamment de nouvelles vérités désagréables sur moi-même, n'impressionnait pas trop Ema. Je pouvais faire sortir de mes entrailles les secrets les plus sombres et les lui présenter, mais il manquait la réaction forte dont se nourrissait cette envie, Ema essayait calmement de me faire comprendre que je m'empoisonnais inutilement la vie en ressassant le passé. Pour faire court : le passé – c'est le passé, le principal est que tu te sentes bien maintenant. Ainsi, mon envie de dire la vérité sur moi-même a perdu son côté autodestructeur frénétique. C'est comme si elle s'était calmée, car elle avait trouvé la bonne personne pour la canaliser. Je me sentais comme un homme ayant marché à travers le désert pendant des kilomètres (j'imaginais un légionnaire en tenue de guerre, je ne savais pas de quoi ça avait l'air, mais ça sonnait bien), le désert l'avait entraîné de plus en plus profondément en lui durant des jours, le séduisant avec des mirages, pour qu'en fin de compte, épuisé, il tombe sur une véritable oasis, un lieu d'où jaillissait l'eau la plus claire et autour duquel s'épanouissait une végétation riche, où poussaient les palmiers d'où tombaient des dattes sucrées, et tout autour se faisait sentir l'odeur des buissons et des cactus avec leurs fruits juteux (le fantasme de la chatte divine). J'ai finalement étanché la soif qui m'avait tant tourmenté et je me suis allongé sur le sable chaud, qui s'est adapté au poids et à la forme de mon corps. Est-il possible que je sois à nouveau tombé amoureux ? Oh, je suis amoureux, et pas qu'un peu ! La fatigue avait disparu, il n'y avait plus aucun signe de dépression. Soudain, une énergie dont je n'avais pas connaissance s'était libérée. J'étais aussi fort que le Danube, je pouvais alimenter des villes entières en électricité, seulement si les ingénieurs pouvaient me connecter aux électrodes ainsi qu'aux turbines. Il faut creuser un tunnel sous Topčidersko brdo ? Pas de problèmes, il sera prêt avant l'aube ! Donnez-moi une barque, une barque en bois toute simple et je ramerai jusqu'à la mer Noire, jusqu'à Constantinople, tant qu'Ema est sur ma barque ! Rien, plus rien n'est difficile. Il fait bon vivre. La vie vaut la peine d'être vécue. Par ailleurs, mon amour pour Ema était immaculé. C'est pourquoi j'étais sûr qu'il était question d'un véritable amour, celui qui éclaire l'esprit et lui rend la vue, et non une autre passion étouffante. Je me reprochais chaque pensée indécente à propos d'Ema qui me traversait spontanément l'esprit. Je riais de moi-même d'être tout à coup devenu si chaste. Je gardais un œil vigilant sur mes propres pensées, m'assurant que rien de bas et d'indigne à propos d'Ema ne voit le jour dans ma tête.

Dix jours se sont écoulés depuis ce soir où nous nous sommes retrouvés à la Fontaine blanche comme deux cas désespérés, depuis nous ne nous sommes plus séparés, nous avons eu des conversations passionnées pendant des heures sur divers phénomènes, de la botanique à l'astrophysique, de la musique pop à la droite populiste, de la mélancolie à la prière. Et pendant tout ce temps, nous n'avons pas eu de rapports sexuels. Comme Ema était visiblement d'humeur pour une finalisation logique et naturelle de notre romance, j'ai été obligé de lui révéler mes sentiments. Je ne m'inquiétais pas tellement, car je savais qu'Ema allait bientôt voir de ses propres yeux que je n'étais pas impuissant et que j'avais un organe aux dimensions à faire rougir, ce qui voulait dire que le problème est purement de nature psychologique. Eh puis, ce n'était pas du tout un problème, mais le signe que mes sentiments étaient réels et profonds. Pourtant, nous avions eu une sorte de dispute à ce sujet.

Après le dîner que j'ai cuisiné – je ne croyais pas qu'une telle chose puisse être possible, mais tout était possible désormais – en suivant, tel un débutant, étape par étape, les instructions de Jamie Oliver pour préparer des pâtes à la Bolognaise (j'ai tout gâché en mettant trop d'origan, et Ema déteste l'origan), nous sommes allés dans le salon, où nous avons commencé à nous embrasser furieusement sur le sofa. J'appréciais les baisers, les lèvres pleines d'Ema et sa langue chaude et douce, avec laquelle elle caressait habilement la mienne. Son haleine humide enivrant m'excitait. Nos parties génitales se touchaient, j'avais suffisamment d'expérience pour savoir que les premiers baisers annonçaient le feu d'artifice de nos futurs ébats. Mais le plus important était que l'odeur du corps d'Ema m'amenait à l'extase. Je ne doutais pas une seconde que des plaisirs sexuels intenses et imprévisibles nous attendaient. Mais pas maintenant, pas ce soir ! Et donc, quand Ema a attrapé ma queue, je me suis éloigné d'elle et me suis assis sur le sol. Elle est restée allongée quelques instants sur le sofa, respirant rapidement, puis après s'être calmée, elle est venue s'assoir à côté de moi.

— Qu'est-ce qui ne va pas ?

— Ne va pas croire que je n'ai pas envie de toi. Je suis dingue de toi. Mais j'ai le sentiment que je vais gâcher quelque chose si j'entre en toi, comme si j'allais te détériorer, te profaner.

— Tu parles comme si j'étais une bonne sœur, pourtant tu sais tout ce que j'ai traversé…

— Je sais, si je pouvais, je castrerais tous les hommes qui t'ont touché. Rigole, je m'en fiche, mais c'est ce que je ressens. Je fais consciemment passer mon envie de t'idéaliser avant mes envies charnelles. Je te respecte trop pour me servir de toi de cette façon.

— Ah ah ah…– Je suis sérieux.

— Tu es malade. Tu me surprends un peu là, je dois l'admettre. Je ne m'attendais pas à ce que tu sois si sensible aux idées patriarcales sur les femmes et le sexe.

— Comment ça ?

— Les femmes qui ne servent qu'à réaliser les fantasmes sexuels des hommes – ces derniers ne les aiment pas et ne les respectent pas. D'un autre côté, lorsqu'ils en choisissent une qu'ils aiment et respectent, ils développent à son égard un type de sentimentalité possessif, mais aussi sublime et désincarné. Est-il possible que chez toi aussi, Maksim Tumanov, il n'y ait que des putains et des saintes parmi les femmes ? De quel genre de machisme infantile s'agit-il ?

Pendant un instant, je me suis senti comme un garçon de treize ans qui avait besoin d'être éduqué. Je n'étais pas à l'aide cartes de crédit du tout à l'aise dans ce rôle.

— C'est quoi ces conneries féministes sur les putains et les saintes ? Je me fiche des deux. En fait, je cultive une sorte de nostalgie pour le culte disparu de la dame.

— Mais tu ne comprends pas que la dame à laquelle tu voues un culte n'existe que dans ta tête ? Je ne suis pas une dame, je suis une fille ordinaire, j'ai couché avec des hommes et des femmes, j'ai eu deux longues relations, il m'est arrivé de tromper de temps en temps mes deux petits-amis, et quand je n'étais pas prise, je sortais, je me saoulais et il m'arrivait de me faire sauter dans les toilettes et de ne plus me rappeler le nom du mec juste après… Tu m'étouffes un peu avec ton histoire de dame.

J'ai regardé Ema dans les yeux et soudain j'ai commencé à remarquer des imperfections sur son visage : son nez avait une forme irrégulière, son front était trop accentué, le sommet de ses oreilles était étrangement courbé, elle avait la peau sèche, des cernes… J'ai vite baissé le regard et observé le sol.

— Tu es partante pour quelque chose de sucré ? J'ai un excellent tiramisu au frigo.

— Pourquoi t'es fâché maintenant ?

— Tu veux un thé ou un café avec ton dessert ?

— Si tu continues avec ce comportement passif-agressif, j'appelle un taxi.

— Passif, tu dis ? Je dois être actif-agressif ?! C'est pas un peu démodé ? On ne préfère pas les paillassons féminisés sans personnalité qui acceptent les femmes telles qu'elles sont, c'est-à-dire comme des salopes égocentriques avec un agenda politique ?

— D'accord, je n'ai pas à supporter tes insultes, j'appelle un taxi.

Ema fit le tour du salon avec le téléphone à l'oreille. Cette oreille de fée ne me plaît pas ! Elle ne me plaît pas du tout !

Mes mains tremblaient de rage. Ema a commandé un taxi, a récupéré ses affaires et a quitté l'appartement en quelques minutes. Sans me dire au revoir. J'ai jeté un coup d'œil abattu sur la pile de vaisselle sale, la perception froide m'a donné un aperçu clair sans équivoque de la tentative ratée d'un dîner romantique, de la tentative ratée d'une romance, de la tentative ratée d'une vie banale. Je me suis assis sur le canapé, puis je me suis très vite allongé, recroquevillé en position fœtale. Ema avait peut-être raison, je ne suis pas capable d'accepter les choses telles qu'elles sont réellement. Je ne suis pas capable de vivre dans le monde réel. Grâce à l'alcool, les gens laids devenaient beaux, et les abrutis intelligents. Grâce à l'alcool, je croyais aussi que les problèmes insolubles de ma vie étaient en fait faciles à résoudre. Alors l'alcool lui-même est devenu un de ces problèmes insolubles. Mais, je n'étais pas sobre même lorsque je m'abstenais de boire. Mes émotions étaient éternellement en désordre et c'est pourquoi j'observais tout à travers le prisme de mes extases corruptrices, qu'elles me conduisent à la joie ou au désespoir. Je n'oserais pas dire ce qui m'importe le plus : la personne prénommée Ema, qui existe indépendamment de mes pensées, mes désirs et mes affinités, ou au torrent de notions intérieures que cette Ema provoquait en moi ? Est-il possible que son influence me soit plus précieuse que sa personne ? Je me suis spontanément lancé dans une brève analyse ontologique comme la ferait le jeune Heidegger : une étrange entité du nom d'Ema interprète son existence sur le fil conducteur du concept moderne de la *fille ordinaire*. Mon interprétation de cette entité va plus loin, et révèle une abondance de possibilités intérieures, à condition que l'entité du nom d'Ema soit considérée à la lumière de l'ancien culte de la dame. Mais il n'est pas question d'un regard indifférent et désintéressé. Seul un regard amoureux peut voir ce que c'est, ou plutôt, *qui* est Ema. C'est pourquoi je reste campé sur mon interprétation. L'interprétation est un processus audacieux qui ne devient possible que s'il repose sur l'amour. Celui qui n'a pas l'amour et le courage d'interpréter, devra se contenter de filles ordinaires, pensais-je en frottant la casserole avec une éponge métallique et du liquide vaisselle.

2

Je n'ai pas fermé l'œil de la nuit et à plusieurs reprises, j'ai eu l'impression que je perdais la raison, mais quand le soleil s'est enfin levé, j'ai bondi du lit, pressé deux citrons que j'ai mélangés avec une cuillerée de miel, puis j'ai bu le tout cul sec, avant d'enfiler les baskets Asics flashy qu'Igor m'avait offertes pour m'encourager à faire du sport et à mener une vie saine – ces baskets étaient à la fois les plus confortables et les plus laides jamais produites – je suis sorti à toute vitesse de l'appartement et j'ai passé près d'une heure à courir dans Hyde Park sur la terre sèche, craquelée par la chaleur. J'ai fait l'impasse sur les étirements habituels de mes muscles dorsaux et de mes ischios, car j'étais pressé de réaliser ce que j'avais en tête. J'ai pris une douche rapide et au lieu de prendre mon petit-déjeuner, j'ai mangé une banane en chemin.

Madame Elezović, la propriétaire d'un magasin de fleurs à proximité de l'Atelier 212, n'avait pas encore ouvert sa boutique lorsque j'ai saisi la poignée. Elle m'a laissé entrer même si je suis arrivé quinze minutes avant l'ouverture – nous étions quand même de vieilles connaissances. Madame Elezović a plaisanté en disant qu'elle avait compris qu'il s'agissait là d'une « question de vie ou de mort ». Elle avait dit cela gentiment parce que j'étais convaincu que j'allais mourir (pas métaphoriquement, mais littéralement) si je ne me réconciliais pas en l'espace de quelques heures avec Ema.

Je n'ai pas choisi le magasin de Madame Elezović par hasard, il était spécialisé dans l'envoi de présents à domicile ; des présents qui comprenaient non seulement des compositions florales, mais aussi des bouteilles de vins onéreuses et des corbeilles de fruits exotiques. Hors de question de lui offrir du vin, alors que je pouvais compter sur le somptueux bouquet de roses rouges et la corbeille en osier pleine de fruits juteux du sud, accompagnés d'une note que j'avais écrit moi-même : « Je t'ai déjà dit que je ne savais pas écrire en vers, mais je sais raconter de la merde à la manière du "professeur"que je suis. Je veux juste te dire que je t'aime et que je n'attends rien de toi si ce n'est que tu sois toi-même. Cette demande serait mesquine et triviale si elle n'était pas si difficile, peut-être même irréalisable. Tu existes et ça me suffit. Ou : tu existes et putain, pourquoi ça ne me suffit pas ? Quand je dis "suffit", je pense à l'abondance de tout ce que tu es et que tu pourrais encore devenir. Tu sais que je mourrais si tu ne me réponds pas. Ton M. »

Vers midi, Ema m'a envoyé un sms : « tu ne changeras jamais :) », qui, malgré son ambiguïté, partait d'une bonne intention (elle m'aurait brisé si elle avait oublié le smiley). Oui, je continuais avec mes gestes galants de macho (un bouquet de rose, une corbeille de fruit, un petit mot), je continuais à jouer le conquérant et de ce fait, à forcer Ema à devenir passive, à accepter le rôle de la chérie idéale et du cerf innocent qui est tombé devant un lion. Pourquoi je faisais cela ? La réponse était simple : ça m'excitait.

J'ai réservé une séance au spa de Vračar où les conditions esthétiques et d'hygiène étaient de qualité (tout comme le prix, après tout). Six heures dans une chambre équipée d'un sauna finlandais, un jacuzzi et un grand lit double devraient suffire pour une première expérience inoubliable. Au lieu du champagne – une portion de fruits : des fraises, des cerises, des pruneaux, des raisins et de la pastèque ; des pétales de roses éparpillées sur le lit, le sol, autour de la baignoire et, cela va de soi, des bougies parfumées, autant que possible, la cire est toujours bienvenue.

Ça avait marché. Nous avions étouffé l'inconfort initial avec des baisers gourmands dans le lit, puis très vite nous étions terriblement excités et nous nous sommes déshabillés sans attendre. Ema ne m'a même pas laissé lui montrer ce que je savais faire avec ma langue, qu'elle m'avait fait savoir d'un ton autoritaire qu'elle voulait que je la prenne sur le champ. Elle était incroyablement humide, je suis entré en elle jusqu'au fond, j'ai senti le relief intérieur de son vagin étroit et parfumé, je me suis blotti contre elle avec ton mon corps (pendant ce temps, elle tirait mes fesses de toutes ses forces), nous nous sommes regardés dans les yeux, nous nous sommes embrassés et immédiatement le souffle d'Ema s'est arrêté, tandis que son corps avait commencé à se contracter. Je suis discrètement sorti de son corps, la laissant jouir en paix. Moins de dix minutes se sont écoulées et nous avons remis le couvert cette fois-là pendant plus longtemps, toutes les fois suivantes ont duré plus longtemps, nous avions même testé le jacuzzi et le sauna, que nous n'avions même pas allumé, tout comme le petit bar près de la porte d'entrée. Ça faisait longtemps que je n'avais pas éjaculé trois fois en une nuit. Une demi-heure avant que nous soyons obligés de quitter la chambre, je me suis endormi comme une masse, Ema m'avait à peine réveillé et obligé à m'habiller. Nous avons pris un taxi, acheté chinois sur la route : du poulet aux pousses de bambou, du bœuf à la sauce Sichuan, du poulet au soja et bien sûr, du riz. Nous nous sommes régalés, avant de nous endormir enlacés sur le lit, que Nina avait autrefois choisi, commandé et payé.

Au matin, l'interphone nous a réveillés. Ema m'a demandé si j'attendais quelqu'un. « Non, lui ai-je répondu, ça doit être le facteur ou un militant politique. » L'interphone a encore sonné, cette fois plus longtemps. « Et si c'était quelqu'un de ta famille ? » a demandé Ema. « Alors là, je ne risque pas d'ouvrir. » J'ai retourné Ema sur le dos, je suis monté sur elle et j'ai commencé à l'embrasser, j'étais dur et excité. Mais au bout de quelques minutes, la sonnette d'entrée s'est fait entendre. Ce n'est pas le facteur et encore moins un militant politique. Ema s'est énervée, alors que moi, j'ai rapidement enfilé mon bas de survêtement et un peignoir. Ma queue était encore dure, mais bon, c'est comme ça, je devais voir qui était à la porte. J'ai regardé à travers le judas. Kristina ! J'ai vite ouvert. Elle m'a regardé sans bouger pendant un instant, n'osant pas entrer.

— T'as oublié qu'on est le treize ? On s'est mis d'accord pour que je vienne le treize, non ?

Putain de merde !

— Oui, bien sûr… Mon Dieu, pourquoi tu ne m'as pas appelé pour que je t'attende à la gare ?

— Je t'ai appelé au moins cinq fois depuis hier soir, mais tu n'as pas répondu.

Mon portable était en mode silencieux depuis hier. Kristina s'est dirigée vers la chambre avec son sac sur l'épaule droite et la poignée de sa valise à roulette dans la main gauche. Elle s'est arrêtée d'un coup et s'est retournée dans ma direction. J'avais l'impression d'être un vaurien qui venait de se faire prendre la main dans le sac par ses parents. Elle m'a traversé du regard de la tête aux pieds. Je stressais.

— Tu n'es pas seul ?

Je devais avoir une expression idiote sur le visage, j'avais commencé à bégayer, ce qui ne m'arrivait jamais. Kristina a laissé sa valise dans le couloir et sans un mot, elle s'est dirigée vers le salon. Elle a déposé son sac à dos sur le canapé et s'est assis juste à côté, posant les coudes sur ses genoux ; elle était visiblement tendue. Pendant ce temps, j'ai essayé de nettoyer rapidement le plan de travail de la cuisine, en jetant les restes de nourriture chinoise d'hier dans une poubelle pleine à ras bord, puis j'ai ouvert le frigo en espérant y trouver un jus d'orange, mais en vain, il n'y avait rien à part un pot de beurre de cacahuètes, un thon en boite et deux citrons.

— Tu veux une limonade maison ?

J'ai jeté un coup d'œil dans le salon, où Kristina était assise sur le canapé, sans bouger.

— Maksim, s'il te plaît, sois honnête avec moi. J'ai constamment le sentiment d'être un fardeau pour toi, d'être de trop ici…

— Enfin quelqu'un qui sait ce que je ressens aux côtés de cet homme épouvantable !

Ema s'était habillée entre-temps, elle est passée à côté de moi sans m'effleurer, s'est arrêtée face à Kristina et lui a tendu la main.

— Salut, je suis Ema.

Kristina a levé les yeux vers Ema, qui était radieuse, mais sans la moindre insistance, avec un sourire généreux aux lèvres.

— Salut.

— Je peux m'asseoir à côté ?

Kristina a déplacé son sac et Ema s'est assise juste à côté d'elle. Belle technique. Comme elle est belle. Comme je l'aime.

— Elle vient cette limonade ?, demanda Ema.

J'ai nettoyé le plan de travail, lavé la vaisselle, coupé les citrons en deux, rincé le presse-agrumes à l'eau, fait une courte pause, car je venais d'entendre un rire mignon qui provenait du salon, puis j'ai continué à presser les moitiés de citron une par une, tout en m'arrêtant par moments pour espionner Kristina et Ema, mais je n'arrivais pas à les comprendre. Alors j'ai versé de l'eau chaude et du miel dans les limonades, mélangé le tout, nettoyé le presse-agrumes, essuyé le plan de travail avec un chiffon, ajouté deux glaçons, déposé le pichet de limonade et trois grands verres sur un plateau et je les ai servis.

Je ne savais pas qu'une première rencontre pouvait aussi bien se passer. Kristina et Ema parlaient l'une après l'autre sereinement et sans se couper, comme si elles se connaissaient depuis toujours, et non depuis une demi-heure. J'étais, évidemment, raide et planté comme un tronc d'arbre de Golija. J'étais silencieux, je hochais la tête et je souriais pendant qu'elles discutaient de toutes sortes de choses futiles. Comme d'habitude, à un moment donné, je me suis déconnecté et j'ai pris conscience de mes pensées. Kristina est intuitive, elle ressent tout, je ne peux rien lui cacher. Rationnellement parlant, c'est une bonne fille, un être au grand cœur, qui ne fait jamais de caprices, qui travaille ses devoirs et ne demande pas à ce que je lui consacre plus de temps ou d'attention. Pour être honnête, son arrivée dans ma vie ne m'avait apporté aucune restriction, et je n'avais pas eu à renoncer à certaines de mes libertés. Elle n'était pas non plus une charge financière, au contraire, elle est modeste et économe (elle avait plus d'argent de côté que moi), après tout, mes parents et son oncle Gavrilo lui envoyaient souvent de l'argent, des vêtements ainsi que des cadeaux. Mais pourquoi alors sa présence représentait-elle un poids ? Ema ne la considérait pas comme une menace, pourquoi le ferait-elle ? Kristina est une ado, elle est autonome, ce n'est pas comme si je l'avais eu au sein d'un mariage, ce qui aurait rendu inévitable la tension due à la présence de mon ex-femme. Ce qui facilitait également la situation était le fait qu'Ema n'avaient rien contre les enfants et, par-dessus tout, rien contre un homme qui a un enfant, autrement dit, Ema n'avait rien contre moi. En même temps, je ne pensais pas que Kristina dérangerait Ema, le problème résidait dans le fait que je savais que Kristina me dérangerait moi.

— Maksim, tu es toujours avec nous, tu viens d'entendre ce sur quoi on s'est mise d'accord ? Maksim ? Allô ?

Ema s'est penché vers moi et à tapoter du doigt la table.

— Oui ? Ah oui, oui… j'ai tout entendu, on va d'abord à Ušće pour acheter un maillot de bain à Kristina et tout ce dont elle a besoin, sinon on passera la journée de demain à la piscine du 25 mai.

Je me suis frotté le visage avec les paumes.

— J'ai hâte !, dit joyeusement Kristina. Ils ont annoncé une chaleur infernale pour demain, le moment idéal pour passer la journée à la piscine.

L'espace d'un instant, j'ai imaginé Viktor pendu à une branche de frêne noir. Ses joues étaient enflées, ses yeux exorbités, sa langue raide, son jean taché d'urine et de merde. Il ne ressemblait pas à un homme, mais plutôt à une poupée. Un serpent rampait autour de son corps sans vie. Tu as toujours été le plus digne, mon ami, tu as toujours été une meilleure personne que moi. Kristina et Ema ne pouvaient pas le remarquer, car j'avais passé la journée à rire et à essayer d'être normal, mais faire semblant n'aidait pas, je recommençais à sombrer. J'ai à nouveau été pris par cette sensation. Je ne me sentais pas bien, et quand je m'en suis rendu compte, ça a empiré. Tout cela n'est pas fait pour toi, Maksim, mais c'est comme tu veux, fais semblant tant que tu peux, la vie est possible tant que tu parviens à convaincre les autres que tu y tiens. Allez, fais comme si elle te tenait à cœur, tu peux le faire. Encore un peu.

3

Je me suis réveillé mort de fatigue. Je ne voulais pas me lever, j'essayais en vain de reconstituer le rêve agité que j'ai fait quand je me suis enfin endormi vers quatre heures et demie, après avoir passé quelques heures à fixer mon stupide téléphone, à lire des articles troublants sur des centaines de jeunes Arabes qui débarquent chaque jour sur les îles Egéennes. Ces jeunes ne sont pas aussi bons musulmans que nous sommes de mauvais chrétiens. Depuis plus de deux siècles, le néant érode l'existence historique de l'homme européen. C'est ce qui a rompu ses liens avec la religion, les mythes, la terre et le passé, et a enchaîné sa vie monotone avec la technique. Le nihilisme est la dernière étape de la civilisation, rien ne vient après. *Nihil.* Rien. Quelque chose d'autre va tout naturellement prendre place dans cet espace vide, quelque chose qui n'a pas encore épuisé son énergie d'illusion, quelque chose qui peut-être pendant plusieurs siècles encore ne regardera dans son néant. Mais une fois que les nations ou les individus goûtent le *rien*, alors chaque *quelque chose* devient insipide. Le quelque chose périt naturellement, alors que le rien est ce dont tu ne peux plus te débarrasser. Quoi qu'il en soit, j'ai passé la moitié de la nuit à savourer mon rien, l'autre moitié à faire un rêve étrange dont je ne me souviens pas. Je sais juste que j'ai rêvé de Nina et je me suis réveillé avec la certitude qu'elle était la seule femme au monde que j'aimais. Pendant ce temps, Ema dormait en silence à côté de moi. Quelle déchéance émotionnelle. Mais il fallait se préparer pour la piscine. La journée s'annonçait longue.

À la piscine du 25 mai, nous avons croisé les amis de fac d'Ema. Un type maigre avec une épaisse barbe de hipster bien entretenue, un autre dégarni avec un corps tremblotant et une nana aux cheveux courts, avec des tatouages et une expression faciale belliqueuse, qui ressemblait à une skinhead lesbienne. Sans réfléchir, Ema a accepté qu'on laisse nos sacs et nos serviettes aux côtés des leurs. J'ai remarqué que Kristina était mal à l'aise en retirant son t-shirt. La veille, Ema et elle avaient passé une bonne heure dans la cabine d'essayage du centre commercial, à la recherche d'un maillot de bain adapté. Aucun d'entre eux n'était assez spacieux pour sa poitrine généreuse. En maillot de bain et les cheveux dénoués, elle ressemblait à une nymphe. Pour des beautés pareilles, des guerres éclataient dans les temps anciens. J'ai prêté attention aux regards des amis d'Ema. Ils étaient dégoûtés. On voyait qu'ils considéraient la beauté physique visible à l'œil nul comme quelque chose d'indécent, d'agressif, du moins incompatible avec la vision égalitaire du monde. Spontanée comme elle l'était, la nature se voulait sélective et capricieuse, et même aristocratique, mais en tant que telle, la nature représentait nécessairement l'ennemi juré invincible et de classe supérieure de tous les dégénérés émancipés. Contrairement à Kristina, la lesbienne skinhead n'avait pas de seins, mais des cuisses énormes et les épaules larges, tandis que le dégarni avait les bras fins et la poitrine tombante. Il m'a fallu une heure pour réaliser qu'ils étaient en couple. Il se sont rencontrés à la fac, où ils suivaient tous deux des cours sur le féminisme et la théorie queer. En les écoutant, j'ai compris qu'ils faisaient du bénévolat dans les centres de prise en charge des migrants du Moyen-Orient et qu'ils plaidaient pour la légalisation des drogues douces et l'incrimination pour l'utilisation de viande animale dans l'alimentation. Comme de bons végans fondamentalistes, ils ont vite sorti du shit et du papier cigarette. À première vue, le hipster maigre à barbe semblait être quelqu'un de correct, mais il s'est alors mis à raconter de la merde sur son « projet d'art multimédia » appelé l'*Honorable vibrateur*. En effet, ce gars a filmé avec son iPhone la réaction de ses parents lorsqu'il s'est pointé lors de la fête religieuse de famille avec un vibromasseur sous la forme de Saint Nicolas. Son père l'avait giflé, son frère l'avait maudit, sa mère pleurait, les invités avaient commencé à partir, etc. Il a immédiatement posté son étude-vidéo de trois minutes sur les réseaux sociaux. L'idée était « d'observer les mécanismes répressifs de la culture hétéropatriarcale phallocentrique », ou un truc du genre. « Et quel a été le résultat de cette étude ? », ai-je osé demander. « Bah, que la culture hétéropatriarcale est répressive. » « Okay », ai-je répondu. J'ai remarqué que Kristina avait commencé à frire au soleil. La piscine en extérieur se remplissait à toute vitesse, alors je l'ai appelée pour faire quelques longueurs avec moi tant que c'était encore possible. Ema m'observait avec inquiétude, essayant de me présenter des excuses par le regard. Pas besoin, tout va bien, je vois la présence de ces personnes comme l'opportunité de travailler ma patience et mon indifférence.

Le soir, nous sommes allés dîner sur la promenade le long de la Save. Nous avions tous les trois pris des coups de soleil. À table, nous faisons des projets pour les prochains jours, pour le reste de l'été. Corfou, Leucade ou la Sithonie. Nous n'avons pas pu décider dans lequel de ces trois endroits il serait préférable de louer une maison, mais nous avons convenu d'étudier l'offre et de faire un choix dans les plus brefs délais.

Les jours qui ont suivi, nous avons tout fait ensemble. Même si personne ne m'a forcé la main, j'ai suggéré que nous allions déjeuner chez mes parents. Igor et sa famille sont également venus. Je savais qu'Ema ferait bonne impression et je voulais voir à quoi ressemblaient les relations familiales dans la dynamique de groupe. La communication était impersonnelle, mais chaleureuse. Tous étaient de bonne humeur, ou du moins tous avaient l'air de bonne humeur. Bravo. Quant à moi, j'étais désespéré.

Les choses ont commencé à échapper à leur contrôle après le mariage du cousin d'Ema. Je savais que je n'aurais pas dû y aller. Les mariages sont des fêtes païennes petites-bourgeoises, dont le but était d'écraser davantage l'individu avec des attentes sociales insensées. Si vous venez seul, il y aura certainement une tante pour vous demander : « Mais où est ta copine ? » Si vous emmenez votre copine, elle vous demandera sans aucune gêne : « Quand est-ce que vous allez vous marier ? ». Si vous avez emmené votre femme, la question qui suivra forcément est : « Qu'est-ce que vous attendez ? À quand le bébé ? » Vous en avez déjà un ? Vous n'allez pas vous arrêter en si bon chemin ! Cette folie pouvait durer éternellement. Le cousin d'Ema avait une solide formation en génie civil, mais ça ne l'empêchait pas de se comporter en conformiste idiot dans tout ce qui ne touchait pas le bâtiment. Les études de master à Cologne ne pouvaient rien y changer, pas plus que le prestige d'être « un fils de bonne famille ». La fiancée du frère d'Ema avait toujours rêvé d'un mariage blanc pathétique à l'américaine, avec un protocole stupide, des danses stupides, des discours encore plus stupides et des tubes d'ex-Yougoslavie insupportables. La veille du mariage, mes mains étaient gelées, mes paumes humides, mes émotions merdiques. J'ai pris un diazépam. Puisque j'étais encore tendu au bout d'une heure, j'ai repris 20 mg.

Kristina et Ema s'amusaient sur la scène, commandaient des chansons, se trémoussaient, riaient, discutaient et se prenaient en photo avec les invités, alors que moi, pendant ce temps, j'étais immobile, assis à table, comme une merde. À mes côtés se trouvait une femme en fauteuil roulant, la sœur aînée de la mariée, Jasna, qui souffrait de paralysie cérébrale depuis la naissance. Elle avait du mal à parler, grimaçait de douleurs, mais si j'avais bien compris, elle ne souffrait pas et son esprit était parfaitement préservé. Elle avait publié plusieurs recueils de poésie, dont un qui a été récompensé. Son partenaire avait la même déficience motrice, mais pour des raisons de santé, il n'avait pas pu venir. Jasna n'était pas triste, elle appréciait la fête sans la moindre jalousie, elle était sincèrement heureuse pour sa sœur. Ainsi, une personne qui ne pouvait même pas atteindre la rivière en roulant depuis un pont flottant était plus épanouie et heureuse que moi, un misérable qui souffrait d'une parfaite santé, un acteur incorrigible qui captivait par son regard et ses mots, mais qui renfermait une âme pervertie par la passion.

Lorsque le groupe de musique a fait une pause, Jasna m'a raconté avoir observé la veille des fourmis dans le parc de Tašmajdan, qui, que pouvait-elle faire d'autre, étaient engagées dans une collecte de nourriture organisée. Cette rationalité inconsciente l'avait amenée à penser qu'à l'origine de la nature se trouvait un Esprit infini et infiniment bon. Cette découverte l'a tellement emballée qu'elle avait chanté de vive voix en revenant à la maison. J'avais bien fait d'avaler tous ces diazépams, sinon j'aurais eu une crise de panique.

Heureusement que je n'étais pas la star de la soirée. J'observais le frère aîné du témoin, imbibé d'alcool, qui passait pour un con sur scène, à imiter Madonna dans le clip de « Hung up. » Gros, poilu, dégarni, il perdait la tête face au groupe, lançait des regards de séducteur aux femmes, se comportait de manière inappropriée envers la mariée, se collait littéralement à elle, imbibant de sueur sa magnifique robe. Quand le groupe a pris sa pause, il est monté sur scène et a commencé à se trémousser à côté du micro comme s'il s'agissait d'une barre de strip-tease et à chanter « Like a virgin. » Un spectacle douloureux. Son frère l'a escorté jusqu'à l'autre bout de la salle et sur le moment, j'ai senti le soulagement sur le visage des invités. Cependant, la scène la plus embarrassante a eu lieu lorsque les mariés ont coupé le gâteau. Les serveurs ont éteint les lumières, allumé les bougies et les cierges magiques, le groupe a commencé à interpréter « Wonderful tonight » de Clapton, puis les serveurs ont rassemblé les tables pour y déposer l'énorme gâteau à plusieurs étages. Ce plan fut contrecarré par le frère du témoin, qui s'est jeté sur les tables, sa chemise moulante s'est à ce moment-là relevé, laissant paraître son gros ventre poilu – et entouré d'invités abasourdis, il s'est mis à répéter : « Coupez-moi ! Coupez-moi ! » C'est ce qu'on appelle monter sur scène avec style. C'est la stupeur et une rude journée qui attendait notre pauvre ami demain.

Au retour, j'étais silencieux dans la voiture, alors que Kristina et Ema riaient et se racontaient les ragots de la soirée. Dès que nous sommes entrés dans l'appartement, nous avons commencé à nous disputer. Je reprochais à Ema le fait d'avoir appris à ma fille à danser comme une traînée. Ema était folle de rage.

— Sale merde ! criait-elle à travers les larmes. À tes côtés, personne n'a le droit de se détendre un instant, de se réjouir ! Qu'est-ce que tu veux de moi ? Regarde ce que tu fais ! Tu fais des idoles de tes états de conscience obscurcis. Je dois me sentir coupable parce que j'en ai bien profité ? Qu'est-ce que je t'ai fait ?!

— Je dis juste que c'était inapproprié que tu danses comme une traînée et que tu flirtes avec tout le monde sous les yeux de Kristina.

— Ema, ne fais pas attention, dit Kristina, tu ne vois pas qu'il est en pleine crise ?

— Lui, en crise ? Lui ?! Et nous alors ? Ce monstre ne se demande-t-il jamais si tu vas bien ? Il est parfaitement indifférent envers tout le monde. Non, il n'est pas indifférent, il nous méprise tous. Tous se prosternent devant lui comme s'il était dieu ! Pourquoi ?! À cause de sa vanité sans fin ! Sors une bonne fois pour toutes de ton marais, bon sang ! Tu ne vis pas seul sur terre et tu n'es pas aussi spécial que tu l'imagines.

Ema s'est précipitée dans la salle de bains. On a entendu des sanglots. Kristina s'est assise à côté de moi sur le canapé.

— Tu as l'intention de m'abandonner, avoue.

Kristina tremblait.

— J'ai juste besoin de souffler un peu, c'est tout.

— Souffler de quoi, Maksim ? Tu ne fais rien ! Tu veux te reposer d'Ema ? Elle t'aime, imbécile. Pourquoi tu la repousses ?

— Je ne sais pas. Je suis fatigué.

— Que ferais-tu si tu étais complètement seul ?

— J'appellerais Mila et Goran, puis j'irais me défoncer à l'alcool et à la drogue.

— D'accord. Pourquoi tu ne le fais pas ? » J'ai baissé les yeux.

— Vas-y, va faire ce que tu veux. C'est insupportable. Je ne suis pas un obstacle et je ne te reproche rien. Je te demande juste de ne pas faire de moi un ennemi. C'est d'accord ?

— Tu le dis maintenant, mais demain, c'est la Sainte Inquisition qui va m'accueillir.

— Je ne sais pas, Maksim, tu dois décider toi-même de la façon dont tu veux vivre. Si je le pouvais, je prendrais sur moi toutc ta douleur.

— Ne sois pas ridicule. –

Ema est sortie de la salle de bain les yeux gonflés.

— Kristina, ça ne sert à rien de lui parler maintenant. Je suis stupide de m'énerver contre un homme malade. Je suis stupide d'avoir cru pendant un instant qu'on pouvait réussir ensemble…

Ema a essuyé ses joues humides avec ses mains.

— Alors ? C'est quoi le plan, Maksim ? Tu vas draguer en ville ? S'il te plaît, n'oublie pas de te protéger si tu sautes une salope. Et puis zut, j'en ai rien à faire, à ton retour, je ne serai plus là.

— Laisse-le, dit Kristina, il te suppliera de revenir demain.

— Ça ne m'intéresse pas. Je m'en vais s'il n'avale pas sur le champ le disulfirame qu'il ne prend plus depuis quelques jours. Pourquoi tu me regardes comme ça ? Tu croyais que je n'avais pas remarqué que tu mentais ? Je te connais que trop bien, sale menteur !

— Maksim, tu veux bien prendre un disulfirame ? S'il te plaît ?

C'était humiliant.

— Je vais faire un tour dans le quartier, pour me rafraîchir les idées, on continuera cette discussion à mon retour, d'accord ?

Ema hochait la tête en me lançant un regard qui en disait long ; « alors c'est comme ça ».

— Vas-y, Maksim, et amuse-toi bien.

4

En tapant sur Google, j'ai trouvé l'emplacement exact du siège social de l'entreprise de Goran, celle où les employés du centre d'appel donnaient des instructions aux techniciens de terrain qui s'occupaient des caisses enregistreuses et des distributeurs d'argent. J'ai fait un tour au supermarché pour acheter une bouteille de Jack, puis je suis monté dans un taxi en direction de Novi Beograd, à Airport city pour être plus précis.

À la réception, j'ai été accueilli par le portier, un homme âgé au visage sillonné de rides dans un costume bleu marine à l'ancienne, dont on pouvait apercevoir les pliures sur les coudières à cause de l'usure. J'ai tout de suite remarqué ses tristes chaussures à bout en bec de canard. Il ne m'a pas laissé entrer dans l'ascenseur, bien que je lui aie fait savoir que j'avais rendez-vous avec le directeur, Goran. Pendant que j'attendais qu'il vienne me chercher, le portier m'a fait savoir qu'il était strictement interdit de fumer. Puisqu'il n'y avait pas de cendrier à portée de main, j'ai laissé ma cigarette à moitié consumée dans le goulot de la bouteille, puis j'ai bu une gorgée. J'en ai proposé au portier qui m'a remercié et m'a surpris en disant qu'il avait arrêté il y a dix-neuf ans, sept mois et quatre jours.

— Quatre jours ?, ai-je marmonné avec désintérêt.

— Dix-neuf ans, sept mois et quatre jours, a répété le portier avec fierté.

— Félicitations, ai-je répondu, je rencontre enfin quelqu'un qui pense à la boisson plus que moi.

— Eh bien, tu pourrais au moins m'envoyer un message avant que l'idée ne te vienne dans cet esprit fou de passer au bureau pour me ruiner ?!

Goran ne pouvait pas cacher sa joie de me voir après un long moment.

— Que veux-tu que je fasse, je dois te foutre un peu la honte devant tes collègues. En fait, je prévois de te faire perdre ton job pour qu'on puisse draguer sans arrêt.

— Ah ah ah, je vois que t'es en forme ! Allez, on monte, Ognjen est au bureau, il sera content de te voir... Sinon, les nouvelles collègues sont là... si tu voyais ces petites chattes ! Tout juste sorties de la fac, fraîches comme les fraises du mois de mai !

— Arrête tes conneries, Goran, bois un peu de Jack, réveille-toi.

Goran s'est rué sur la bouteille dans l'ascenseur et a bu quelques bonnes gorgées. Ses yeux se sont immédiatement injectés de sang et devenus brillants.

Alors que nous montions en ascenseur, je me suis regardé dans le miroir. Une pâleur de mort, des rides nettes autour de la bouche, des lèvres orgueilleusement serrées, un regard plein de mépris. J'avais vieilli. J'étais rempli de haine.

Le centre d'appel était au septième étage. Il s'agissait d'une grande pièce remplie de cabines dans lesquelles étaient principalement assises de jeunes femmes avec des écouteurs et des micros. Elles donnaient des instructions aux clients dans un anglais courant, en regardant en permanence les cartes satellites des villes sur leurs ordinateurs. Il était 23 heures passées et le centre était bondé. Goran m'a dit qu'il y avait beaucoup d'affluence pendant le service de nuit, en raison du décalage horaire avec la Californie, d'où provenait la majorité des appels.

Nous sommes entrés dans le bureau d'Ognjen. Il était en plein entretien professionnel via Viber, il m'a fait un signe de la tête et a souri en me voyant, mais ça n'avait pas affecté le ton sec, sérieux et professionnel, qu'il avait maintenu tout au long de la conversation. D'après ce que j'ai pu comprendre, il avait passé des accords avec ses supérieurs de San Diego, qui exigeait le licenciement d'une partie des employés et que les autres bénéficient d'une augmentation de cinq pour cent de leur salaire net et que leurs heures de travail soient prolongées de deux heures.

Quand il a raccroché au bout de dix minutes, Ognjen m'a pris dans ses bras, m'a dit que j'étais « beau comme un cœur », puis nous nous sommes assis tous les trois à son bureau. Ognjen a sorti une bouteille de cognac Hennessy XO et trois verres de sa vitrine, puis à l'aide d'une clé miniature, il a ouvert le tiroir situé juste en dessous du grand écran de son ordinateur. Il en a sorti un sac en plastique contenant quelques grammes de coke. Pendant qu'Ognjen traçait des lignes avec une carte bleue, Goran avait sorti un billet de cent euros, qu'il a habilement enroulé, et nous avons directement commencé à sniffer la poudre chatoyante, qui supprimait la fatigue et tous les symptômes négatifs causés par une consommation excessive d'alcool. Le Jack a vite rendu l'âme et nous sommes passés au cognac. Ognjen faisait des signes que je n'essayais pas d'interpréter à la secrétaire. Très vite, trois jeunes et belles stagiaires se sont jointes à nous pour boire et sniffer, une blonde, jolie et avec de petits seins et deux brunes avec des cuisses et des culs imposants ainsi que d'énormes poitrines. Ognjen a fait un tour de table et a embrassé chacune d'elles sur la bouche. Très vite, nous

nous sommes tous embrassés sur la bouche. Quelque chose me tracassait et ne me laissait pas de répit.

— Vous savez que votre portier n'a pas bu une goutte d'alcool depuis deux décennies ?

— Qui ? Bane ? C'est un type bien, il est devenu grand-père le mois dernier. »

— Qu'est-ce que tu racontes, s'est écrié Ognjen. Ça va fait au moins six mois !

— Impossible. Je lui ai donné une prime de dix mille et j'ai personnellement envoyé un cadeau à sa petite fille avec des fleurs, des couches, des pommades et toutes ces conneries. Je m'en rappelle comme si c'était hier.

— Ah ah ah, tu vois que ton cerveau s'est transformé en noix à cause de la drogue et l'alcool, c'était avant le Nouvel An.

— Mais non, j'en suis sûr, il faisait chaud, je me souviens de tout.

— Pourquoi vous n'appelez pas le gars, demandais-je soudainement, laissons-le dire lui-même quand est-ce qu'est née sa petite fille.

Les filles ont commencé à rire.

— Tu as raison !, a crié Ognjen, avant d'ordonner à la secrétaire de faire venir le portier, Bane.

Le portier est monté au bureau d'Ognjen après quelques minutes. Son visage est devenu pâle et sombre dès qu'il a remarqué l'atmosphère qui régnait à l'intérieur.

— Dis-moi, Bane, quand est-ce qu'est née ta petite fille ?

— Le 27 mai, patron.

Nous avons tous ri.

— Qui a une noix à la place du cerveau, hein ? Qui ?, criait Goran.

— Mais c'est impossible, monsieur Bane, tu dois te tromper, c'était au Nouvel An !

Le portier se forçait à rire. Il avait une expression servile sur le visage, ça m'avait dégoûté.

— Asseyez-vous, m'sieur Bane, lui dis-je, qu'est-ce que vous voulez boire ? Nous avons un excellent cognac…

— Merci, monsieur, mais je ne bois pas.

— Ça va faire combien déjà, deux cent soixante ans, quarante-quatre minutes et tic-tac, tic-tac, tic-tac, ah ah ah !

— Dix-neuf ans, sept mois et quatre jours, monsieur.

Nous avons tous commencé à hurler de rire. Le portier était mal à l'aise, mais il souriait toujours misérablement, comme un domestique.

— Allez, monsieur Bane, asseyez-vous à côté de moi, lui ai-je dit, aujourd'hui, j'ai *arrêté de ne pas boire* après moins longtemps, et pour être franc – je me sens mieux. Imaginez comment vous vous sentiriez après toutes ces années ! Ce serait l'extase à l'état pur !

— Bane, tu pourrais t'en envoyer un avec nous, pour ta petite fille !

Ognjen se balançait sur sa chaise.

Soudain, les filles ont commencé à tourner autour de lui et à le persuader de boire un verre de cognac.

— Ne m'en voulez pas, mesdames et messieurs, je ne peux pas, et si vous me le permettez, j'aimerais retourner à l'accueil…

— Assieds-toi bordel de merde ! a grogné Ognjen comme un animal.

— Arrête tes conneries, Ognjen, calme-toi et laisse-le partir.

Goran a froncé les sourcils.

Le portier s'est assis à côté de moi. Je lui ai tendu un verre en disant de ne pas s'en faire, car c'était du coca. Je lui ai demandé de nous montrer des photos de famille. Bane a sorti son téléphone, m'a montré les photos pourries du mariage de sa fille, je me suis rendu compte qu'il avait mauvaise haleine, j'ai remarqué que sa fille était une belle pouliche et son gendre, un gros porc par excellence. Il m'a ensuite montré les photos du baptême de sa petite fille dodue, puis d'un barbecue qui avait eu lieu sur son terrain délaissé près de Smederevo. Je faisais semblant de m'y intéresser, je commentais de manière hypocrite les photos, tout en faisant des clins d'œil à Ognjen qui versait discrètement du coca sur le cognac dans le même verre que je servais encore et encore à Bane, qui pendant ce temps m'expliquait qui se trouvait sur les photos. Inconsciemment, il buvait et devenait de plus en plus bavard.

On le regardait tous et on se retenait de ne pas éclater de rire encore une fois.

— Encore un coca, monsieur Bane ?, ai-je demandé à voix haute.

— Avec plaisir, d'habitude je ne bois pas cette merde ricaine, mais ça va pour aujourd'hui.

Monsieur Bane, le portier, a bu neuf ou dix coca en une heure, je ne suis pas sûr. Quand on lui a enfin avoué que tout ce temps, il avait bu du coca au cognac, il est devenu rouge et s'est mis à transpirer, avant de commencer à rire comme s'il n'avait pas toute sa tête. Il a saisi la bouteille de cognac sur la table et en a bu près du quart cul sec. Il en a immédiatement redemandé.

— Hé… , dit Ognjen, bien sûr qu'il y en a, mais une de ces bouteilles de cette eau de feu coûte un peu moins que tout ton salaire, Bane, et toi tu as une bonne descente. Il n'y a plus de cognac, mais on a un bon vieux Johnny Walker pour toi, si tu savais comme il est doux. Comme du beurre !

— Ça me va, chef, peu importe, tant qu'on s'amuse !, s'est écrié Bane.

— Je te donne toute la bouteille si tu fais le tour de la table à quatre pattes en aboyant comme un cabot ouaf ouaf ouaf ouaf !

— Arrête tes conneries, Ognjen, n'exagère pas, laisse-le ! Tu vois qu'il ne se sent pas bien. Dis quelque chose, Maksim ! T'avais vraiment besoin de ça ?!

Goran s'est levé et s'est mis à marcher nerveusement dans le bureau.

— Doucement, ai-je dit, nous sommes de bons gars, Bane, on n'est pas comme ça ! Vous croyiez vraiment qu'on vous aurait obligé à aboyer comme un molosse pour un stupide whisky ?!

— Monsieur, j'aboierais s'il le fallait, vous êtes jeune, c'est sympa d'être avec vous, je l'ai été, j'ai fait la fête, beaucoup trop même, monsieur…

— La fête vous dites ? Eh bien, ce soir, vous allez faire la fête avec nous. Au matin, vous me direz si c'est comme dans votre jeunesse, ça m'intéresse.

— Maksim, ça suffit, est intervenu Goran, rentrez chez vous, Bane, prenez votre journée de demain, après-demain aussi si nécessaire, voilà de l'argent pour le taxi, ne nous en voulez pas, on s'est un peu emporté.

Goran a sorti 2000 dinars de son portefeuille et les a donnés au portier.

— Non, non… ne l'écoute pas, Bane, cet escroc de Maksim a raison, tu viens avec nous boire jusqu'à l'aube !

Goran s'est contenté de hausser les épaule et a marmonné qu'il en avait plus rien à foutre.

— On va où ?, demanda une des collègues. On ne va quand même pas dans une de ces boites pourries de la rue Cetinjska ?

— En boîte, bien sûr, mais dans une boîte où vous n'êtes jamais allées, croyez-moi. Une telle chose n'existait pas à l'époque où Bane faisait la fête, ah ah ah !

J'ai immédiatement appelé Mila pour lui demander où se trouvait ce fameux endroit obscène dont elle m'avait parlé. Elle a promis de me le dire à condition que je l'invite à nous rejoindre. Elle aime sniffer et se faire sauter dans des orgies, on ne la changera jamais. Aucun problème, c'est encore mieux en ce qui me concerne. En fait, ça tombait bien, car on commençait à faire de plus en plus de bruit dans le bureau d'Ognjen. Mila nous a donné une adresse dans la rue George Washington, où se tenaient des soirées spéciales avec des couples et des groupes qui « discutaient » en buvant et en écoutant de la musique. Objectivement parlant – rien de spécial – une baraque modeste de deux étages éclairés différemment. Au premier, le plus éclairé : un bar, une scène, des carrés VIP, des transats ; au deuxième, qui était plus tamisé : des chambres avec des lits, un sauna, une piscine chauffée à la température du corps humain. Nous nous sommes mis à l'aise. À l'image d'un couple habitué de la séduction, Mila et moi avons rapidement commencé à discuter avec un gentil couple de Subotica. Ils étaient peut-être légèrement plus âgés que nous. Les boissons s'enchaînaient, Ognjen était parti jusqu'à la voiture pour prendre encore de la coke. Après les préliminaires et après avoir couché avec le couple de Subotica, je me suis endormi comme une masse. En me réveillant, Goran et Ognjen, cela va de soi, s'étaient déjà éclipsés, alors que Mila avait passé la nuit à faire le guet à côté de moi. « Tu as pleuré dans ton sommeil, tes joues étaient complètement humides. Je suis désolée, Maksim, de te voir autant souffrir. Tu veux que je te ramène chez toi ? » J'avais un de ces mal de crâne, mes yeux me brûlaient. « Pas chez moi, je ne peux pas me pointer comme ça, je peux rester chez toi un jour ou deux ? »

Dans le taxi, sur le chemin de l'appart de Mila, je me demandais ce qu'avait ressenti Viktor en allant en bus de Čačak à Ovčar Banja. À quoi pensait-il ? Était-il en colère ou triste ? Se sentait-il abandonné et trahi ? Je n'ai pas dit un mot, mais les larmes me coulaient sur les joues. Nous sommes arrivés vers 11 heures. Avant que je ne me couche dans lit de Mila, j'ai pris une douche. La chambre était sombre, les draps fraîchement lavés. J'ai demandé à Mila de ne pas me laisser seul. Elle s'est allongée à côté et m'a pris dans ses bras, avant de me répéter une nouvelle fois qu'elle était désolée de me voir autant souffrir.

Vers midi, Goran m'a appelé à l'improviste et d'une voix extrêmement sérieuse, m'a demandé si je savais où était Bane le portier ? Eh merde ! Qu'est-ce que j'en sais. Je n'ai pas fait attention à lui une seule fois au moment où j'ai franchi la porte de la boite. J'ai pensé qu'il ne s'était pas bien senti et qu'il avait décidé de quitter la soirée. Apparemment, il n'est pas rentré chez lui et sa famille est inquiète. Ils ont signalé sa disparition à la police. Merde !

Le soir, nous avons appris que Bane avait passé la matinée à faire le tour des bars de sa jeunesse, et que dans l'après-midi, à cause d'une forte crise de pancréatite, il a fait une chute dans la rue, a heurté sa tête sur le trottoir, a eu un hématome et a été transporté par une ambulance aux urgences, en réanimation, où les médecins se sont battus en vain pour sa vie pendant quatre heures.

5

Je n'ai pas pu quitter l'appartement de Mila pendant des jours. Chaque fois que le téléphone ou l'interphone sonnait, j'avais une crise de panique, pensant que quelqu'un venait m'arrêter, me punir, me tuer. Mila m'a dit que je débitais des inepties en dormant, d'après ses dires, j'aurais supplié Viktor de rendre ses chaussures à Bane. La situation empirait de jour en jour. Un soir, ma température a d'un coup grimpé à quarante degrés. Je me suis brièvement évanoui dans le lit, Mila n'a pas réussi à faire venir une ambulance, alors elle a appelé Igor, qui est arrivé en moins de vingt minutes, pour me faire une piqûre et une perfusion, après quoi j'ai dormi pendant un long moment, plus de quinze heures.

Quand je me suis réveillé, Rastko était assis dans le fauteuil en face de moi. Il était plus grisonnant qu'avant, il avait aussi pris du poids, mais il le portait bien, tout comme ses vêtements nord-américains anticonformiste en tissu fin, qui n'enlevaient rien à sa fameuse posture élégante.

— Rastko, où est-ce que tu étais jusque-là ?! Je m'effondre, mon ami.

— Je vois ça.

— Si tu étais venu un jour plus tôt, tu aurais vu Viktor. Dommage !

Rastko était silencieux et me regardait attentivement.

— Hier encore il est passé, là sur le balcon, tu n'y croirais pas, nous avons longtemps parlé, longtemps, de tout, de lui, de toi, de nous… Il m'a ordonné d'écrire, il m'a dit que chacun avait son devoir, que le mien était d'écrire, de décrire notre amitié. J'ai essayé de lui expliquer que je n'avais pas la force pour une telle chose et que j'allais tout rater, que j'allais trahir notre amour. Il m'a grondé parce que je reculais face à la difficulté…

Allez, a-t-il dit, je vais te montrer où je vis et où je travaille maintenant. Il m'a pris par la taille et nous n'étions plus sur le balcon de Mila, mais dans un club de karaoké, loin, très loin d'ici. À Pékin, je crois. Ou à Séoul. Je n'en suis pas sûr. Quoi qu'il en soit, il m'a emmené dans un club où il se produisait régulièrement, il m'a présenté comme son ami à des invités que je n'arrivais pas à comprendre, car ils étaient tous Asiatiques, mais j'avais compris qu'il avait un statut de star dans ce lieu. Tout le monde l'admirait, Rastko ! Si seulement tu avais pu voir cette performance ! Viktor s'était sérieusement préparé. Il est monté sur scène vêtu d'une magnifique toilette rouge pour femmes. Mains, jambes et torse épilés, perruque bleue sur la tête, maquillé comme Marilyn Monroe, ongles vernis, il ressemblait à la queen de toutes les Drag queens… Ah ah ah… Seulement… il y a une chose que je n'avais pas comprise, il y avait un portier, c'est bizarre, mais peu importe, en gros, pour une raison que j'ignore, Viktor portait constamment ses chaussures…

— Maksim…, Rastko a essayé de m'arrêter.

— Non, non, ne me crois pas, Rastko, il est toujours aussi têtu, ce genre de chaussures étaient à la mode dans les années 1990, si ce n'est avant, elles sont d'une… tristesse. Mais peu importe, Viktor a fait une super performance, inoubliable, presque mystique… Il a fini par chanter « I heard it through the grapewine », notre version préférée interprétée par Tuxedomoon… Tu te souviens ? J'étais très content pour lui. Je savais que tôt ou tard il monterait sur scène et conquerrait le monde.

— Maksim, répéta Rastko plus fort, il est temps d'y aller, ne résiste pas, tout va bien se passer, je suis là maintenant, je te promets que tout, mais vraiment tout, ira bien à la fin, tu me fais confiance ?

— À la fin, tu dis ? La fin est importante, Rastko, en fait, quel que soit le sujet, la fin est ce qu'il y a de plus important… Si tu savais à quel point je suis heureux que tu sois là ! Mais j'ai fait une grosse connerie et je ne peux plus remettre les choses en ordre. Une bonne fin ne se profile pas pour moi à l'horizon, mon ami… Putain, j'ai une de ces migraines, si tu savais ce que j'ai mal… Je peux juste aller dans la salle de bain vite fait, prendre une douche avant qu'on parte ?

— Maksim, pas le temps. Tu prendras ta douche à notre arrivée.

— On va chez Kristina ? J'ai oublié de te le dire, mon ami ! Il y a beaucoup de choses que tu ne sais pas ! J'ai une fille ! Si tu savais ce qu'elle est belle et gentille, j'ai hâte de te la présenter. C'est juste qu'elle doit me détester en ce moment, je ne m'y suis pas vraiment retrouvé dans le rôle de père, en fait, pas du tout, mon ami…

— Ne t'en fais pas, tu t'y retrouveras quand tu seras prêt, je crois en toi. Seulement, Maksim, tu dois écouter ce que j'ai à te dire : Kristina n'est pas ta fille.

— Qu'est-ce que tu racontes, mec ?

— On a fait un test de paternité, comme il faut cette fois-là. Le résultat est sans appel. Kristina n'est pas ta fille.

— Comment c'est possible ? Il n'y a jamais d'erreur avec ces tests, Nenad m'a apporté les résultats…

— Tu sais toi-même que le parrain de Nenad est le propriétaire du laboratoire où tu as été testé. Nenad a délibérément demandé que les résultats soient truqués, il t'a délibérément menti en pensant que le fait d'avoir une fille allait enfin te réveiller.

— Rastko, qu'est-ce que tu racontes, bordel ?! Nenad est mon ami, il a toujours été là pour moi, et toi tu parles comme si tu étais mon ennemi ! Tu veux me prendre mon enfant ?

— Kristina n'est pas ton enfant, le mien non plus si ça t'intéresse.

Nous sommes restés silencieux pendant deux minutes.

— La dernière fois que tu as quitté la maison, Kristina a eu une crise, elle a eu des convulsions. Un grand mal, Maksim. Igor m'a contacté via Skype, c'est comme ça que j'ai sauté dans le premier avion pour Belgrade.

— Excuse-moi, je dois aller aux toilettes. C'est urgent.

Rastko s'est levé et a commencé à me suivre anxieusement jusqu'à la salle de bains.

— Qu'est-ce qui ne va pas chez toi, mec ? Laisse-moi pisser !

— Ne rends pas la situation plus difficile qu'elle ne l'est déjà, Maksim, fais-le devant moi. S'il te plaît. Il ne va rien t'arriver.

Je l'ai juste poussé et j'ai couru dans la salle de bains où j'ai réussi à m'enfermer avant qu'il n'attrape la poignée. Rastko s'est mis à donner des coups de pied dans la porte, essayant de la forcer, alors que pendant ce temps je buvais cul sec du dégraissant pour carrelage, avalait le peu de somnifères que possédait Mila (des conneries aux plantes), puis j'ai pris le rasoir de Mila, celui avec lequel elle se rasait les jambes, avant de commencer à me frapper de toutes mes forces les articulations et le cou avec, ma peau était arrachée, j'étais en sang de partout, mais je n'avais pas réussi à faire une incision plus profonde ou à toucher une veine. Rastko a forcé la porte et on a commencé à se battre. Il a réussi à m'attraper par le col, tandis que moi, je l'ai frappé sur la tête avec le pommeau de la douche, jusqu'à ce qu'il se casse littéralement. Nous sommes tombés par terre, après avoir déglingué les petites armoires suspendues, brisé le miroir, renversé tout ce qu'il y avait à renverser dans la pièce. Je suis monté sur Rastko et j'ai commencé à lui mettre des coups de poing au visage, j'avais touché son nez et du sang avait giclé sur le carrelage. C'est à ce moment-là que nous nous sommes arrêtés un instant. Rastko est resté allongé au sol à haleter, tandis que je suis parti tout droit dans la cuisine. J'ai ouvert les tiroirs un à un, à la recherche du couteau adapté. Rastko m'a sauté dessus et s'est mis à me frapper à la tête avec une statue en bronze, que l'ex de Mila lui avait offert. J'ai perdu connaissance.

Je me suis réveillé attaché au lit et relié à une intraveineuse. Je criais, hurlais et gémissais. Je n'avais aucune idée de l'heure qu'il était. J'appelais ma mère. L'infirmière m'a dit que mes parents étaient passés pendant les heures de visite, puis elle m'a administré des sédatifs supplémentaires dans la pochette reliée à la veine de ma main droite. Avant que je ne perde conscience à nouveau, j'ai remarqué que Viktor était allongé dans lit voisin. Ses yeux étaient fermés et il respirait par la bouche. Il ne m'a même pas regardé, il a juste dit : « Pourquoi tu résistes ? Laisse cette tempête te briser une bonne fois pour toutes. Ne sois pas aveugle, ne laisse pas tout ce qui te gêne t'empêcher de reconnaître la beauté qui est plus vieille que toi et moi et que le monde entier. Réveille-toi, mon ami, tu peux le faire. »

* * *

Deux ans après la mésaventure avec le portier Branislav Pešić, Rastko est revenu à Belgrade, cette fois accompagné de son partenaire de longue date Sean Brennan, un Canadien roux d'origine irlandaise, qui écrivait des critiques notables pour des magazines de musique réputés. Kristina est restée à Vancouver, où elle a décidé de se consacrer à des cours intensifs de théâtre, de diction et de chant, à la fin de l'année scolaire. Elle avait déjà eu plusieurs rôles notables dans des publicités, et elle avait même fait une apparition dans un court métrage de SF, qui avait été bien accueilli dans les festivals en Amérique du Nord. Bref, Kristina venait de renaître et n'avait ni l'envie ni le temps de venir en Serbie.

Avant même d'arriver à Belgrade, Sean a appris que Wieland Wagner, le petit-fils de Richard Wagner, avait séjourné à l'hôtel Moscou. Comme le peintre était un ivrogne de première et n'avait pas l'argent pour payer son séjour, il a réglé sa note en offrant à l'hôtel une huile sur toile intitulée « Boka. » Intrigués par cette anecdote, Rastko et Sean ont loué l'appartement 214, où se trouvait ce précieux tableau et qui offrait, soit dit en passant, une vue magnifique sur la fontaine Terazije. Rastko est venu en Serbie pour aider sa mère à rassembler les documents nécessaires pour obtenir un visa d'immigrant pour le Canada et pour vendre la propriété qui appartenait à son défunt père. Les fonds de la vente ont été remis à Radmila Matijašević, qui, grâce à cela, a pu enfin quitter Golija, acheter une maison à Sopot et se lancer dans l'apiculture, qui était devenue une activité assez lucrative ces dernières années.

La veille de leur départ pour l'Ecosse, où Rastko et Sean avaient l'intention d'assister à la finale du célèbre festival international d'Edimbourg, Rastko a invité un cercle restreint de vieux amis dans leur appartement. À l'heure du déjeuner, Mila et Goran m'ont appelé pour me demander si je voulais y aller avec eux. Je leur ai répondu que je n'irais nulle part sans être invité. Rastko m'a appelé vers seize heures. Il a insisté pour que je vienne. Il m'a aussi demandé si cela me dérangerait qu'il serve de l'alcool aux invités. Je lui ai répondu que ça ne me posait aucun problème et que je me débrouillais bien dans le rôle de sage grec de symposium – le chef de banquet, qui ne buvait pas, mais faisait attention à ce que les autres n'exagèrent pas sur la bouteille et les conversations inappropriées. Dès que je suis entré dans l'appartement, j'ai compris qu'avec Sean dans les parages, je ne pouvais être le chef de quoi que ce soit. Le gars avait vraisemblablement l'habitude de faire des situations quotidiennes d'élégants phénomènes esthétiques. Il a immédiatement récupéré toutes les cigarettes ordinaires des fumeurs et les a jetées aux ordures. Il a alors posé une boite en bois contenant plus d'une centaine de gitanes sans filtres. Il a laissé dans un coin toutes les bouteilles de vin et de whisky qu'avait apporté les invités, sans cacher son dégoût, et a servi du Glenfiddich single malt, un whisky dix-huit ans d'âge. Il mélangeait l'alcool à de l'eau fraîche Evian, en veillant soigneusement que le rapport whisky/eau soit de 2 pour 1 en faveur du whisky. Quant à moi, il m'a versé un verre d'eau et m'a demandé si je voulais un espresso fait avec des grains du Nicaragua. J'ai hoché la tête en signe de reconnaissance. Il ne nous a même pas demandé si nous avions quelque chose contre le fait de discuter avec en arrière-plan « L'Or du Rhin » de Wagner, qu'Herbert von Karajan a joué à Salzbourg en 1967. Bien sûr, personne n'a pensé à s'opposer à cet homme, qui se souciait plus de l'esthétique que des invités. Très vite s'est répandu le son uniforme, mythique et digne de celui d'un orgue, des cuivres du prélude. Mila, Goran, Marta, Goga et moi étions plantés sur nos chaises, n'osant pas interrompre ce moment solennel. Sean se tenait debout devant la fenêtre avec une cigarette à la main, il plissait les yeux et dictait doucement le tempo lent de l'orchestre avec sa main droite. L'heure du coucher du soleil approchait, la soirée était chaude, un vent agréable soufflait, beaucoup de jeunes d'humeur festive s'étaient rassemblés devant la fontaine Terazije. À un moment donné, Rastko a tapoté les fesses de Sean et lui a ordonné de « s'asseoir et de se calmer un peu parce que les invités n'étaient pas venus pour écouter de la musique ». Sean lui a répondu que c'était « vraiment dommage » avant de s'affaler dans son fauteuil avec une expression d'enfant-boudeur sur le visage. Je voulais lui dire qu'il en attendait beaucoup trop de l'art, mais je me suis quand même abstenu. Après tout, nous ne sommes pas venus débattre du sens de l'art. Mais pourquoi sommes-nous venus ?

— J'ai oublié de te dire qu'Ema était aussi la bienvenue ce soir, demande-lui de se joindre à nous si elle est d'humeur, proposa Rastko avec courtoisie.

— Je lui ai proposé de venir, mais aucune chance. Viktor a encore une infection. Depuis qu'il est entré à la crèche il y a deux moi, il est malade presque une fois par semaine.

— Pauvre bébé ! Il est obligé d'y aller, dans cette crèche ?, demanda Marta.

— Ema et le pédiatre pensent que c'est la meilleure des manières pour que l'enfant renforce son immunité.

— Tu aurais peut-être dû attendre qu'il grandisse un peu, qu'il ait deux ou trois ans…

— Marta, de quoi tu te mêles, les parents savent ce qui est le mieux pour leur enfant, trancha Goga.

— Dans ce genre de situations, tout le monde sait tout et personne ne sait rien. En fin de compte, tu dois prendre tes propres décisions.

— Portons un toast aux bonnes décisions !, prononça Goran en levant son verre.

Tous ont trinqué sauf moi.

— Tu as l'air en forme, Maksim, dit Rastko.

— Ne me fais pas rire. Tu ne devrais pas juger un moine à son habit.

— Ne commence pas, s'il te plaît, Goga leva les yeux au ciel.

— Pourquoi ? Tout va bien chez toi ?

— Bien ? Ah ah ah ! Deux semaines après que mon père est subitement mort d'une crise cardiaque, j'ai dû me faire retirer un myome de l'utérus. Ils ont aussi retiré mes ovaires pour être sûr. Mais je vais bien, Maksim, merci de demander.

— Je suis désolé, je n'étais pas au courant.

— Putain, qu'est-ce qui nous est arrivé, demanda Marta, il fut un temps où nous étions frais et plein de confiance dans l'existence, maintenant nous sommes tous dans le cirage.

— Si tu n'ajustes pas tes attentes après la trentaine, tu finis comme Maksim.

Pourquoi tu l'embêtes, merde ?!, cria Mila sur Goga.

— Goga a raison, je suis victime de mes propres illusions, dis-je en baissant le regard.

— Si seulement tu étais la seule victime de tes illusions.

Goga s'est versé un autre verre de whisky.

— Je ne sais pas comment tu as pu continuer à vivre après tout ce que tu as fait.

J'ai regardé Rastko. Il a vu noir.

— Tu regrettes déjà d'avoir organisé ça, avoue, lui ai-je dit avec un rire amer.

Rastko a voulu dire quelque chose, mais c'est comme si les mots étaient restés coincés dans sa gorge. Ses yeux étaient remplis de larmes.

J'ai quitté l'hôtel, des jeunes chantaient des chants spirituels devant l'église de l'Ascension. Parmi eux, j'ai reconnu Viktor, qui avait enfilé sur ses pieds nus des chaussures à bec de canard usés. J'ai couru pour prendre mon trolleybus.

Rastko nous a surpris le lendemain matin. Il s'est levé tôt et a pris un taxi jusqu'à l'appartement où nous habitions, Ema, le petit Viktor et moi. Il a apporté un bouquet de roses blanches et plusieurs sacs contenant des cadeaux et des jouets pour enfants. Viktor a eu tellement peur en voyant Rastko qu'il s'est mis à pleurer et pendant un moment, il n'a même pas osé montrer le bout de son nez. Au bout d'une dizaine de minutes, il a laissé Rastko le prendre dans ses bras, et nous avons pris plusieurs belles photos ensemble. Rastko me regardait avec étonnement alors que je changeais habilement la couche de Viktor. Nous avons alors joué tous les trois par terre pendant une dizaine de minutes avec les cubes colorés que Rastko avait apportés. Je lui ai proposé de le raccompagner à l'aéroport, où Sean l'attendait déjà dans un café près des guichets de contrôle des passeports. Nous nous sommes tous les deux assis sur la banquette arrière du taxi. Des lambeaux de phrases imprégnées de larmes étaient projetés avec force hors de nous, tels de l'eau chaude d'un geyser.

Corrigé par les fabuleuses Hania Jalkh et Hélène Boudinot.

Composé par la talentueuse Chloé Madeline.

Merci l'open source pour les typographies :
Gesine Todt, la créatrice de la typo Amaranth ;
Łukasz Dziedzic, le créateur de la typo Lato ;
Steve Matteson, le créateur de la typo Open Sans ;
Et Robert Slimbach, le créateur de la typo Adobe Garamond.

MAIS AUSSI CHEZ BELLEVILLE ÉDITIONS

ZAHRA ABDI
La complainte de la limace

SOCORRO ACIOLI
Sainte Caboche

HAMDI AL-GAZZAR
Aux femmes

OSSAMA ALAYSSA
Les fous de Bethléem

IULIAN CIOCAN
Le royaume de Sasha Kozak
L'empire de Nistor Polobok

LEYLA ERBIL
Une drôle de femme

MARCIAL GALA
La cathédrale des noirs

DAMIR KARAKAŠ
Blue Moon

MONIKA KOMPANIKOVA
Le cinquième bateau

THOMAS KOROVINIS
Le cycle de la mort

FUTHI NTSHINGILA
Enrage contre la mort de la lumière

OLUMIDE POPOOLA & ANNIE HOLMES
Brèches

JEAN-CHAT TEKGYOZYAN
La ville en fuite
Troisième sexe

LATIFE TEKIN
Dérives

AGATA TOMAŽIČ
Ce que l'on ne peut confier à sa coiffeuse

CORINA SABAU
Et on entendait les grillons

SERAY ŞAHINER
Ne tournez pas la page
La coiffure de la mariée

EMRAH SERBES
Taksim Moonwalk

ET...

ADINA ROSETTI – VICTORIA PATRASCU – IULIA IORDAN – LAURA GRÜNBERG – CRISTINA ANDONE
Désobéissantes

Imprimé en France en décembre 2021
Dépôt légal : janvier 2022
N° d'impression : 167963